U0133136

国家出版基金项目
NATIONAL PUBLICATION FOUNDATION

湘绮楼日记

四

[清] 王闿运———— 著

王 勇———— 点校

CNS
岳麓书社·长沙

2021—2035年国家古籍工作规划重点出版项目

国家出版基金项目

湖南省社科基金基地委托项目《王闿运史部著作整理》（17JD17）成果

目　录

光绪二十二年丙申……… 1499

　　正　月……………… 1499

　　二　月……………… 1503

　　三　月……………… 1507

　　四　月……………… 1512

　　五　月……………… 1516

　　六　月……………… 1521

　　七　月……………… 1525

　　八　月……………… 1529

　　九　月……………… 1533

　　十　月……………… 1537

　　十一月……………… 1542

光绪二十四年戊戌……… 1546

　　三　月……………… 1546

　　闰三月……………… 1551

　　四　月……………… 1555

　　五　月……………… 1561

　　六　月……………… 1567

　　七　月……………… 1570

　　十　月……………… 1574

　　十一月……………… 1580

　　十二月……………… 1584

光绪二十五年己亥……… 1589

　　正　月……………… 1589

　　二　月……………… 1594

　　三　月……………… 1599

　　四　月……………… 1603

　　五　月……………… 1607

　　六　月……………… 1612

　　七　月……………… 1616

　　八　月……………… 1621

　　九　月……………… 1625

　　十　月……………… 1629

　　十一月……………… 1633

　　十二月……………… 1637

光绪二十六年庚子……… 1643

　　正　月……………… 1643

　　二　月……………… 1650

　　三　月……………… 1656

　　四　月……………… 1661

　　五　月……………… 1668

　　六　月……………… 1673

1

七　月	……………	1678
八　月	……………	1682
闰八月	……………	1688
九　月	……………	1693
十　月	……………	1698
十一月	……………	1701
十二月	……………	1705

光绪二十七年辛丑………1710

正　月	……………	1710
二　月	……………	1714
三　月	……………	1718
四　月	……………	1722
五　月	……………	1729
六　月	……………	1733
七　月	……………	1740
八　月	……………	1744
九　月	……………	1748
十　月	……………	1752
十一月	……………	1756
十二月	……………	1762

光绪二十八年壬寅………1769

正　月	……………	1769
二　月	……………	1775
三　月	……………	1779
四　月	……………	1783
五　月	……………	1788

六　月	……………	1794
七　月	……………	1798
八　月	……………	1802
九　月	……………	1806
十　月	……………	1811
十一月	……………	1815
十二月	……………	1819

光绪二十九年癸卯………1824

正　月	……………	1824
二　月	……………	1828
三　月	……………	1837
四　月	……………	1844
五　月	……………	1847
闰五月	……………	1851
六　月	……………	1854
七　月	……………	1858
八　月	……………	1862
九　月	……………	1866
十　月	……………	1872
十一月	……………	1877
十二月	……………	1883

光绪三十年甲辰………1890

正　月	……………	1890
二　月	……………	1894
三　月	……………	1900
四　月	……………	1904

五　月…………………… 1911

光绪三十一年乙巳……… 1913

　正　月…………………… 1913

　二　月…………………… 1917

　三　月…………………… 1921

　四　月…………………… 1924

　五　月…………………… 1928

　六　月…………………… 1932

　七　月…………………… 1936

　八　月…………………… 1939

　九　月…………………… 1943

　十　月…………………… 1948

　十一月…………………… 1953

　十二月…………………… 1960

光绪三十二年丙午……… 1964

　正　月…………………… 1964

　二　月…………………… 1969

　三　月…………………… 1974

　四　月…………………… 1979

　闰四月…………………… 1984

　五　月…………………… 1991

　六　月…………………… 1997

　七　月…………………… 2001

　八　月…………………… 2006

　九　月…………………… 2010

　十　月…………………… 2014

　十一月…………………… 2018

　十二月…………………… 2022

光绪二十二年丙申

正 月

丙申正月丙申朔　祭拜均以功儿摄主，唯主家庭谒拜，待至朝食后，妇女乃出。客亦寥寥，唯董生、胡婿午后入见。夜将掷骰，昏倦遂寝。

二日　阴晴。路潎可行，本宜出拜客，念空驰无益，遣仆代之，功儿亦同出。杨儿来，问昨日何不至，云破日故。王惕庵来，亦常年所无客也。笠僧约春集，往则仲硕先在，更有二龚，未卒哭而拨宴会，与巽盦正相对，余皆庙祝也。涵楼后至，狂论稍减。浩园新柳裊丝，已复生意。夕还，夜斗牌。

三日　晴。振作精神，集家人为掷骰之戏。未一二巡，笠僧来，道僧同行，鲁和尚阗入，留食年糕，遂久坐不去。甫入，海琴僧又来，同食饼，遂一日未饭。虽有疾，亦懒忙使然。夜复假寐，起斗牌，每夜负一千。

四日　晴。晨梦，遂寐皮靴骑马逐驴行，脚夫整驮，出化龙巷门，余回马西驰，甚驶，乃复是东巷口，见马汗甚，下骑，令牵回书院。仆人云锦水无草，余云牧近处耳。仆云求贤近，余言不可。道上有折桃一枝，红萼已绽，其荫一亩。寻胡家门乃又已过，复回行，道阻且长。俄焉而觉。

五日　晴。避客楼居。袁守愚自携方物，步行来寻，富贵不衣锦，极难得也。外论殊不然，云其矫饰。余云矫饰尤难能，约往访之。

六日　晴煊。往祭酒家看戏，筠山不至，改请官场及武营，兼有诸爵主及诸名士，门多杂宾，信乎其杂也，惜其位望不足副之。裕三儿不复父雠，尤为无礼，此则太杂之弊。夜还，巳亥正。

七日　壬寅，雨水。晴。令诸儿上冢，余亦步往，先过袁户部，遂出南门省墓。入城至筠山父子处久谈。仲琇旧居规模宛然，谌家大屋则成洋楼矣。抄《楞伽①》二卷成。书与孝达，谢其月饩，交李督销带去。

八日　晴。久谢客，终当一见。今日辟门，赵敬五先来，首县头班，不负盛典，后见二柱，则败人意。郑妇母病革，归去。刘道台夕来。

九日　晴。姜昆山来，卅年前旧博徒也。鲁柱相斵不已，招之来食以拒之。朱耻江来送诗。夜雨。

十日　阴。朱纯卿来，云孙翼之同寓，约夜往访之。待至三更乃往，见孙弟，初未问讯，亦疏率之至，少坐即还。黄蓉瑞来。鲁索书与总督。

十一日　阴晴。诸女妇孙上食毕，作饼犒之。孙老总来。袁守愚来。今日未写经。

十二日　晴。六都周生来，留之子舍。李佛意来，谈文。纨告钱乏，与庄米汤谋之。郑妇母丧，又当营奠，应酬烦累，未能捷应。夜月。

十三日　阴。沈用周鸿宾来，言铸钱。许生送股票六十分来，便复书去。正欲绝粮，不免扯寸筋谎，无聊中有天安排也。张子年来，海和尚来，约吃饼。夜雨。

---

① "楞伽"，原刊本作"㥽伽"，本月廿三日、廿五日又作"愣伽"。上年十二月十九日作"楞伽"，今据以统一。

十四日　雨。过张子年摸麻雀，与夏小梧同局，云陈鸿甥师也。人安贫无求，午吃饼，晚又吃饭，饱矣。

十五日　苦雨凄风，好节景也。夏、张、海夜来，冒雨去。儿女拜节，吃汤圆。

十六日　阴晴，有雨。诸女往易家春宴，至夜始归。宓女还，送行。

十七日　雨。孙老总、张太耶来。杨伯琇自南洲来。易硕甫来话别，云笏公一惊，盖惊其不求平原君也。颜生兄弟来。今日阅卷，大为诸客所扰，然烛毕之。凡评阅百五十卷，亦费三日力矣。三百元消得，然无益也。夜摸牌。

十八日　阴。杨伯琇来，即托其带卷去，奖银已入箱，不复取也，亦寸筋谎之一。料理上湘，至夕未得船，自至川岸求之。两十一抔从付，兼要撰子，散遣"卯金刀"、工文柄之流，二人俱相随不舍，乃遂俱上。今日无行舟，遇一熟船夫，觅得一船，云无风不能远，且泊朝宗门下。

十九日　雨。晨复还家，诸人亦俱还。纯孙感寒不能食，遂定不去。笔研皆在船，终日抹牌，夜还宿楼。遣文柄往郑家送奠。

廿日　阴，北风。晨起登舟，撰子、功、懿从，携戴名德以行。午睡未酣，已过昭山矣。未初至县城，登岸谒彭明府、朱驿丞。借轿许家，轿未至，许两生先来，立谈顷之，约至其家。便过宾兴堂，萧某、朱倬夫均在，未遑款话，即遣戴名看船。余坐许家待饭，复遣寻戴名，二更来，云船不可卧，已襆被来。遂留许斋，竟夜雨。

廿一日　雨。又待朝食，遂至日中，登舟即行，逆风甚迟，至姜畲已晡，命两儿至乾元。乾元二孙来迎，不去，至夕又以舁来，因往，俱宿店中。

廿二日　丁巳，惊蛰。风寒雨雪，始雷。午初至山庄，小睡，起食。五日未写《楞伽》，夕书一页，未毕而昏，无油瞑坐，然香半炷便寝。夜风吼窗。

廿三日　仍风，愈寒。朝食后补昨经，成二页。经营但碑、复写《楞伽》二页，补二页，然有三讹字，仍若未补也。时闻密雪，间有人来，皆馈肉者。张颈圈来，为进士父求禳病。乡中别有此等应酬文，不可拒也，以言适用，犹愈于作碑。

廿四日　晨起，看柏树，雪尽堆满地下半尺矣，犹雾雾未已。还睡待人起，几二时，犹无足音，惜不能灭亡，使众无觅我处，孤冷至此，善哉善哉。未朝食，作但碑成，不古不今，非佳文也。谭团总来。馈肉者复三至。移书三老耶除祟。六十年来，闻声灵久矣，唯神奋武唐代，建福湘民，候禳祷祠，如响斯应。兹有六都武生张某，去岁敝庄留饮，被酒夜归，念其独行，恐多惧怖，果乘虚怯，中于风邪，寝疾入春，遂成重膇。武不自振，药不自医，投命于神，谅蒙救佑。但杯弓弗释，终有忧疑，因述疴原，翼凭施力。云峰之西，则吾境内；越岭东南，或有不蠲，网两游先，能为祟祸。今惊蛰应候，霆声发荣，阴沴则消，阳和将起。神其照察，或谢或禳，牲酒之酬，张氏是供。　代告，惟鉴斯昭，书至如律令。已亦"三老耶"也，不然何求请之多。检日记，竟为揩生借去，可谓能守舍者。

廿五日　阴寒。写《楞伽》三卷成。冯甲、周佃、许虹桥俱来见。夜寒。

廿六日　阴，有雨。笏子妇来，贤人也，夫取姜不妒，乃肯为之求事。杨锡子兄弟来。其弟，张生弟子，呈其《礼记传》，为批正十数处。其最得意者，不服暗为梁暗，不治事则不登高，即不即位，不登危又改为不成诡。王氏之学流敝如此。周翼云来，今日又去斗米。

廿七日　阴晴。冯甲来，言有船下湘。写经后束装待之。周生先去，船至夕乃来，携金子同行，至姜畲已昏，饭后不辨上下水，反棹舟还，令问岸人不肯，久之遇一船，告之南北，乃至袁河，不复敢进，遂令两从者登岸宿，已则倦卧。

廿八日　晨雨。湘涨平岸，乘流至沙弯，不敢飘江。遣送信彭明府，久之还。附舟顺行，以为即至，忽遇北风，重载不敢摇，舣鹞崖。

廿九日　北风愈壮，强行十里，泊暮云司。登岸，携经子从，留仆守舟，泥行甚泞，廿里至大汜，得兜子，轻行到城，未夕食，余则未朝食也。与以四百钱，舁者欣然。写字手颤，摸牌至三更。

晦节　晴。待船将午始至，已写经三页矣。昨日刘生来见，今日又遇王生，避客出游，要海琴、张子年看木器、估衣，因至浩园看樱桃，与笠僧游陈祠，小有结构，向所不知也。唐小说娄有此等境地，今恍遇焉。与笠还家，小坐而散。发帖请客。夜雨。

二 月

二月丙寅朔　清旧画，已不存矣，忽又存万辋冈画，亟命装潢之。但粮储来，云张孝达已回任。叶麻来。张子年来。易硕甫送诗来。何棠孙来。

二日　雨。硕甫来谈诗。余晚年诗浑漫与，尚不及少作，试拟昔作杂诗，诗思甚窘。笠、道两僧来，议请抚台。

三日　阴。硕甫妻沈来，与滋结姊妹，余斋戒未见。视涤濯后，逸梧来，视馔而去。

四日　晴。晨当夙兴，因待家人反晏，起行事，似迟于平时，将午乃祠礽。二妇礼节生疏，易、沈匿笑，湘孙稍娴习耳。以冢妇亚献，长孙三献，孙亦粗疏，惜不令张先生见之。夕约客馂，李盐不来，但粮来最早，庄米汤反迟，易郎则疲于津梁矣。未上菜，王逸梧已来催客，余呕促之去，主客三人，对谈至戌散。

五日　晴，大热。朝课未毕，命舁出城，久未至碧湖也。因约陈右公父子小集，便约笏山父子，至则硕甫先到，僧俗十五人，有三山长、二太保。晡后忽转风，寒煊顿异，席散已暮。步至校经堂，硕甫步行来迎①，因待舁，同入城。得右铭书，云当遣其子先来。若依《儒林外史》之例，亲密甚矣；今日花样不同，专务外场，则不足也。既约不可虚，因并约地主、诗僧，以成禊局。夜大风雷。

六日　竟日大风，复着重裘。程子大来，可谓风雨无阻。写经少一页，不能补也，实则多二页。

七日　雪。未起觉寒，房妪来报，雪二寸矣。沈子趣来，求饭，并告辞去，又费我半日。

八日　冰柱长尺，去冬所无。约客碧湖，陈总三遣使请改地，以既告抚台，不可。朝食后往，松、道二僧引一僧，请为武陵吴生关说，何僧家之好管俗事。云可捐千金，陈镇索万金，故求于我，笑而谢之。笏山父子早来，天官亦来，总戎反后，云病不能出，勉陪客耳。笠云又早于易，二陈来已将夕，促食而散。实甫更言程子大见要，实无其事，姑从而往，则刘、王、汪、俞、叶天官先在，皆前辈也，唯通典一外官，谑笑尚不伤雅，二更乃还。有微雨。

九日　阴寒。一日无客，为易郎题二妓画扇，作小词一首，开口便令人失笑，以太谐不录。

十日　雨。课读认真，又将移席，所谓一暴十寒者。夕出访逸吾、心盦，因赴粮储饯席，与易郎同入。宇恬、绥愚先在，查

---

① "迎"，原误作"近"。

鹭阶知县后至。河南人，何藩甥。初无新论，唯为臬使索题画册。

十一日　雨。写《楞伽》成。遣招笠云同校，不至。遣青莲来送藏本，又误取入《楞伽经》，仍令检之，便销半日。徐幼穆又来，殷殷拳拳，亦甚相得，坐半日而去。发行李，遣妇女山居。

十二日　雨。请孙翼翁代觅一船，移至朝宗门，家人先上，纷纭半日，筐筥累累，皆可不用者，亦姑听其搬去，但钱吃亏耳。独宿东头，欲校《楞伽》，烛昏而罢。六耶来，旋去。李盐道送信来。

十三日　雨。质明周妪还，催饭罢，校补《楞伽》，自巳至申乃毕。何棠孙来。永、云两孙来。棠孙即坐案旁，永、云则仅一见也。终日伏案，未遑一起，惫矣。将上镫，走别李仲仙，云张楚宝事已了，革职而已。翼云来催，往则已夜，舟不能发。沈珂告去，诸女并留其舟谈，一夜不还，余与翼之兄弟坐至四更，亦通夕未寐。为俞廙仙题《卧游图》。令人画册而到处征题，殊难着笔。记曾探、山阴春晓，思发花前，兴先云到。王谢风流，远情都说，宦游好。玉骢朱舫，刚一洗、酸寒稿。况鹤畔琴边，自指点、年时游钓。　吟啸，正汾阴听雁，又早洞庭飞棹。渔蓑豸绣，总不负、江山文藻。更到处、胜侣高朋，间添入、奚囊诗料。但展卷看题，空想图中三妙。《长亭怨慢》，用主人原韵调。廙仙之号，取王廙之移兰亭水中，以自表其为山阴人也。

十四日　晴。晨发，缆行五十五里，泊鹳崖。夜大雨，惊寐，及醒，雨止。

十五日　晴。南风颇壮，缆行至午始至十四总，遣觅拨船，舣半日，上镫始开至对岸。

十六日　阴。晨发行李，午食毕换船。余以忌日，素食不饱，家人亦未午餐，以为早到，及至山塘，夕矣。小雨间作，乃命妇女登岸，唯纨以足肿待异，仅而得至舟边。大雨，行李沾湿，庄上初无大点滴也。至午夜，大雷电。

十七日　雨，复寒。检点行李，纷纭总杂，突有人入内室，殊似旧识，又似颠狂，引之出坐，乃游学者。言谈未毕，许笃斋来，引入内斋，使懿引游学者至外舍题诗，有句云"诗写奇穷句不新"，佳句也，余则别字不通，正值奇穷，与以升米。与许生谈少顷。大睡一时许乃起，夕又早眠。

十八日　大风细雨，更寒欲雪。许生告去。夕，田雷子来，正飧，不茶去。夜风吹窗，通夜不息。

十九日　风雨半日。迪子来拜半山墓，令真女冒雨傍立礼之。冯甲来，管事论种菜，宜筑围墙，别开门，欲伐去当门冬青，起屋人习气也，冒雨辞去。得程孙书，请改墓志文。

廿日　雨一日。课读一日。夕，姜畲专足来，言张先生告状，与书切责，令觅窃名人。

廿一日　阴。当入祠，功儿避不去，乃欲令其弟去，无以喻之，乃自去以耻之。将午而行，着重裘，舁行泥中，亦甚迅疾，未夕食而至。三童少先到矣，保官亦来，石珊暮至，婴孩喧不可禁，坐室中不敢更出。

廿二日　丁亥，清明。阴。岁例祭祖庙，亦略依馈食礼，但不设佐食为异。余为主人，代诰亚献，名耀三献，唯其才也。饭毕而行，稍迟于来时。

廿三日　雨。揸子来，衣沾湿矣。张佃、周佃来。田宇春，此乡公举为团总，周生言其才短，因令其诸事问之，鸤鸠之义也。午晴，夜仍雨。

廿四日　晨雨，旋阴。改《礼》注，说"君之南面"及正"方"，似稍有着落。看早年日记，尽征逐游宴事也。虽有日课，荒旷时多。

廿五日　晴。谭前总来。张生偕韩石泉来，留午饭，未去，都总郭润堂来，言盛团总不可革及义谷事。仓长亦来，久不去，幸日长，未废课耳。

廿六日　大晴，始煊。石珊来。㩐子去。盛举兄来，言当雪冤，欲与谭质，久之乃去。冯屠坚欲请余过之，辞以且缓。《丙申二月督抚歌》：湘直骖旗少漕符，鄂洪窥浙傲三苏。莫□西□□滇□，拥旄犹胜半徽无。此次歌诀举重如轻，而诸公亦轻极矣。

廿七日　大晴，煊，可单衣。张、周二生来，留一日去。田子复来，论讼事，并索得二朱公函，菊泉廪，先晖举。为片告都总郭料理之。

廿八日　晴，愈热。约作《禹贡图》，久未得纸，遣足至省城取之。囊唯一钱，当先赙张生，因舁而往，见其表兄，云刘力堂其叔祖去岁死矣。又一王姓，言讼事，小坐而还。长麻子镇湘来，言有两生求附课，许之，遂去。始得芥孙。方四午行。开枝后妻来，言诸子不肖，吾末如之何，开枝必有隐慝，不然何报之速。石珊复来。

廿九日　晴煊，南风甚壮。许甥来，言姜畲讼已成，不能和息，且将乘县试生事。匆匆而去。

卅日　阴，南风。萧、罗两生来，初未相见，闻吾能速化，愿受业者，空空如也。顷之客去，转风北，云欲雨，几散几聚，乃遂寒栗，雷雨总至，大风振壁。余向夕酣眠，起已夜分，求火，唯一镫烬，持出户而灭，遂无如何。考廿八宿，得其大略。

三　月

三月丙申朔　阴雨。颇寒，复衣一皮褂。盈孙始读《丧服》。

说"童子不杖"，以长子殇说之乃安。

二日　雨。石珊时来时去，似有所求，盖近日景况甚窘，与余略同，未能若余守静耳。《尔雅》家以"茜"为"菰"，余亦因之，竟忘其为"缩"，可笑也。

三日　雨。弥沉阴，春游不得。张生、朱通公、刘生冒雨来。胡氏外甥来，云卅八矣。上下求索，往来衡、长，亦甚能干。龙八之弟指路，乃得来。顷之龙佣亦至，云方四亦还矣。今日令节，不得闲戏，夕强率诸女摸牌，未二更寝。

四日　雨寒。上巳也。仍不得游，方四还，得张犯官书，麻张书，胡亚书，言七女婚事。

五日　雨雷。姜畬二乾元来，送笋。说《尔雅》"旌旟"，并考《周官·司常》《司马》旗物，并得大通。以"旆"为今伞，向所不闻。凡旂皆四垂，以旗从"扴"耳，不似旗也。

六日　雨。晨抄《尔雅》未半页，复思湘、淮胜败之故，借张提督墓志而一发之，韩退之所谓谀墓文也。然韩言私，吾言公，则为胜之。张云捻寇，前作其妻墓志已疑之，今更大疑，当问之合肥人。检前数年日记，求其妻志稿不得，遂自书之。

七日　壬戌，谷雨。阴雨。补抄《尔雅》一页。考"十薮"，无《职方》貕养，而增海隅。疑海隅即貕养也。《职方》无焦获，以在圻内不数。故《尔雅》十，而《职方》九，此疑易释。郑注言《尔雅》八薮，亦以《尔雅》不数貕养耳。貕养在长广，以为海隅，自可通，如此则九、八、十之异亦可通矣。始闻布谷。

八日　雨。厨人又告断炊，居乡不樵薪而必买煤，民不聊生，于此可见乡俗。盖以无煤为耻，故冯甲坚主之，亦如今之主自强也。石珊夜又来。

九日　雨。抄《尔雅》。"五方异气"，今并未闻，记之亦无用，似后儒附益也。医无闾珣、玕、琪，分为大、小二种，至"璆、琳、琅、玕"，皆大玉。古人不言白玉，而言青玉，从多者言之，不以难得为贵也。

十日　阴，有雨。久闭不出，肩舁行近处，因答访韩石泉，闻六都都总家有花鼓，往观焉，故谣言也。初疑延师不可花鼓，故欲征其去就，谣言不知所由，使非目验，遂成市虎矣。周生以"桓、文正谲"发题，未得的解，因代改文一篇，大意以《春秋》不讳桓而讳晋，恐人不以桓为正，故特著之，其不谲，则尚未得确据。凡饭二家，还已昏暮。

十一日　阴。督课，补昨旷功，竟日竭蹶。与书张犯官，劝以不更言洋务，以养其耻。

十二日　阴晴。抄《尔雅》，不得地图，未能立说。平阳、蒲阪、安邑，亦竟未知其形势，有愧亭林也。杉塘三生来，一李一崔，初不相识，从盈少耶来游耳。云县令即将交替，代者为陈宝恕，奇文也。与同出至石泥故宅，逢谭、周，小坐还。补夕课，犹未晚，曹生来相寻，未见，留书而去。书词似其家泽公。

十三日　雨。复女读《内则》。更说"慈以旨甘"为父母慈子，似胜旧义，其用多理胜也。命士有典膳者，诸子亦少耶，好吃，宜节其嗜欲，故赐乃得食，慈之即所以教之。盈孙发哮，放学。

十四日　阴雨。功儿回省，久不得行，促之去。薄暮王凤喈、周生率生徒二人来，留饭去。因客散，摸牌至二更。雷殷殷，雨潇潇。

十五日　雨，午霁。冯甲假归，比日唯今无客。春尽无花，寒尚似初春，然雨景翠蒙，殊不寂寞。

十六日　阴晴。田生请饭，云生子三朝，有十余席，待课毕而往。真、盈殊不得毕，并拙之，仍未毕，已夕矣。往则满屋土老，识者张进士、刘甲总与王凤喈。宾主同食川笋席，饭罢，召花鼓，留看，殊不知其可乐。笼镫还，已二更。

十七日　寒风细雨。石珊来，昨与周生论晋文谲，周生云："自明其书法，踊讳自狩独优于桓，文与实不与，是为谲也。"义得大通，亟采入《集解》。周生初空空耳，不意聪明如此，又突过王光棣。

十八日　雨竟日。说《周官》，始知经有"颍"字，《尔雅》释"颍"乃有依据。眼前字不省忆，其滑略可晒。因又检《周礼》，四时皆夏正，亦向所未详，如此而称经师，廖乎廖乎。

十九日　雨稍止。欲送石珊于家弯，意不欲行，亦奇也。《尔雅》未注者已毕，草草未遑收拾，且重注《草木》。黄孙已能读书，寿孙亦信口咿唔，又一乐也。

廿日　晨见日，早起，已而便雨，午又晴，已而又雨，一日六变。始得食菌。猪价斗长，乡人云猪贵溲贱，猪贱溲贵，亦与谷贱伤农意同。夜梦与弥之论吾五律，仅一平稳耳。弥云正自如此。吾责以初不闻直言者，何卒后始一见梦，念多负之。时正鸡鸣矣，雨又潇潇，遂不能寐。

廿一日　雨。盈孙嗽，辍读，殊觉清暇，令纨、复增读《庄子》、律诗，以发聪明。真女愈拙，有似郝联薇之父，人定有愈学愈愚者。夜思《职方》四、三、五种，要必有说，蓄疑久矣，聊为补之。二男二女，则郑生之目睫，亦其愚也。

廿二日　雨。晨茗，复得清水，令人心目俱明。晡后周生引一客来，面目甚熟，初不知其某甲。云有诗求教，出其诗卷，曰刘玉岑，尤令人茫然。久游江南，黄少昆弟子也。周生偕石珊去，某甲留饭去，已昏暮，云宿石泥塘。

廿三日　戊寅，辰正立夏。儿女秤轻重，湘土俗也。谭团总来。刘玉岑来，看其诗二卷，加评点还之，亦有功候，胜谭荔仙。许生专足来送省信，得宋生京书，云将改外官。午后频雨，夜复寒。

廿四日　晴。虽有小霹雳，不成雨也。石坤族孙来，引二生来执贽。成炳圭字倬云，年卅八。许维梧字鹤龄，年二十二。许似较胜，而成生髦而好学，不可及也。磨坊刘姓亦来见。夜见残月。

廿五日　晴。始得正朗。遣人上县觅食物，本求蚕豆，昨已得之，又多此一遣，乡居自谓至节省，仍未除习气也。谭佃送新茶来。

廿六日　晴。日热气凉，已是初夏。朝课未毕，周生送石珊来，遂约同步古城，会食韩家，朱通公先在，蒸鸡甚佳，为饭二碗，遂不更飧矣。还啜粥，食一鸡子，遂寝。

廿七日　晴。晨抄《尔雅》，考凫茈、茨菰二种。因看小说，见杨媛《征验记》，"罗汉"字"维"上无"四"，乃知纪昀"罗"上加"网"之说，李若农询余出处，经廿年未能答。邻妇青唇，博征不易，然亦可见有则识之也。夕衡院专足来迎。

廿八日　阴。晨复丁六、刘生书，寄《礼经》去。大风骤寒，已而雨至，仍重绵着帽，至夜早眠。

廿九日　晴。晨起偶不冠，便觉寒侵，天时人事均大变矣。夕，城中人还，功无消息，云大水。

晦日　阴，有雨。朝食后立门外，遇二乡人求助讼者，喜其得相值。叩两端，竭焉，皆争闲气，成深仇，不可理也，挥而去之。招墙大老耶来问讼状，亦有可喜。乡人妇求劾鬼，云遇溺死者，每自欲入水。告诸女，三月正当三十日，宜饯春送神，乃俱把卷伊吾。夜雨，方四还。

四 月

四月丙寅朔 雨。始有游兴。张生冒雨来，云欲一饭。以其未卒哭，屡饮酒食肉，虽合于黎简堂、蔡与循之意，而余心终不安。未欲诲之，以所伤大也，托词拒之。彼遂不悟，且言及未葬，犹不悟也。以礼不下庶人，姑以民礼待之。功儿冒雨还，云廿八日大风破舟，几不得免。夜雨始畅。

二日 雨仍未已。张生遣人来舁我渡云湖，往会食，朱通公、韩、周先在，田雷子后至，见其弟子，设馔甚精，殊非乡风。写字六张。遣人至县磨纸，云矾则脆。食罢，还已暮。周生送蚕豆。

三日 大晴。改《内则》见子礼，君大夫异，有明文。郑注：贵人，大夫以上。下当笺云：此记大夫以下庶礼，贵人即大夫耳，君礼不同，具于下文。滥。字当作"槛"。置冰鉴上凉之，六饮五凉一暖，暖者亦可凉饮。涺。涺室，暖室，火炉屋也。慈以旨甘。父母赐子旨甘也。子有官不敢自养，故父母赐之，亦杜其骄侈。燂汤。凡言汤者，有香草。七十而有阁。然则天子诸侯即位而有阁，士无阁也，下曰士于坫。此与上记云云，删。明夫人不以己所生子为贵。

四日 晴。张正旸来，问《礼记》数中有阙文。专静之效也。留宿内斋。功遂卧病。

五日 晴。朝课未毕，许生来，朱、张、韩继至。杨晳子来，问《公羊》"郊卜"，未明其例。论《王制》"牺禘一"，为除丧后祭祖不祫，牺一祫，为下天子，故特一当祫者。似较直截，甚有心思。晡会食，待周、田来，久不至，及散尚早。田、许早去，韩、张、朱次之，杨、周、张留宿。夜谈禘祭，辨昭穆，每君不同，故须谛也。石珊来，诉三十和无赖之状，殆甚其兄。开枝子俱不肖，可怪。

六日　晴。检郊卜，四、五均在四月，未识其节。卜在一日，则不得逾旬，卜必逾月，则四、五不同限。十二月下辛卜正月上辛不从，以正月卜二月。不从，以二月卜三月。不从，以三月卜四月。此之谓三卜不从。又卜则同日，又三卜，故四、五、三皆在四月前也。五月用郊，因正月牛死故，九月用郊，则以公出故，皆违过时不祭之义。然则三卜而从，四月可郊，殷四月，夏三月。午初张、周告去，皙子后去。

七日　晴。遣觅夫上衡，功儿等从船上湘，仍课如额。夜摸牌。

八日　晴。晨兴待发，加挑子，云已往呼之。遂饭而行，甚热，宿花石。是日癸酉，小满，云宜雨。

九日　晨雨。饭龙王桥。过牛髀，雨大至，又多歧路，得一童子为导。至一桥，问云马迹桥也，后山出湘潭之口，频过不知其名，欲停已过，遂宿界牌。行六十里，费一日之力。

十日　雨。行未半里，仍止界牌口，闻知黑沙潭必由马迹道入，行李留亭中，独携四夫，仍还马迹。曲折登山，可十里至黑沙龙祠，大雨，衣履尽湿。步至潭口，乃非瀑泉，虚有其名耳，无甚可观，遂还。冒雨宿国清，行十里。

十一日　霁。七里过黑坳，又五里饭蚌塘，资斧告竭，质衣而行，夫力乃无逗留之心矣。午饭集兵滩，雨又至，泥行至七里井，汲泉瀹茗，遂舁入衡州北门。雨大至，至程家，夕矣。方作道场，铙钹竞作，不闻语声。与二程兄弟少谈，出宿江南馆。戢生来，朱德臣来，少坐去。见曹东瀛言时事书，两宫大和矣，李相力也，然竟斩一常侍，似乎太辣。夜雨尤酣，梦中频醒。

十二日　阴，有雨。江南韩公生日，设面请客，朝饥，正思食，邀张子年同往吃两碗。江尉来，未坐去。还房，月樵来，复朝餐二瓯，自来无如此多食者。借舁仆出拜客，从府、县、协、道出城至厘局，见者文子章、盛绎卿、陈寿桥、_{梓敬}。隆书村、朱纯卿、张老师、萧子端，还院甚早。佣工外出，呼斋夫除草。诸生衣冠人者皆辞不坐，入谈者皆旧学也，桂阳人尤亲密，则隽丞因缘。

十三日　晴。晨待饭而出，渡湘，诣杨、萧、冯、丁、冯、丁不遇，从浮桥故步渡西岸入潇湘门，访府幕不遇。街湿，绕西行，复东至邹松谷、陈十一郎家，入江南馆小憩。张子年来，同午饭。遇王鲁峰，求阅卷馆。至厘局，访孙丽生、秦容丞，还宿江南馆。

十四日　晴。刘子惠来，因程家有事，不欲扰之，邀与俱出。至子年家，刘劝我留饭，张亦难办，仍邀子年至程店。孙翼之来，其弟及容丞续至，反同饭而散。余欲少憩，冯絜翁来，久谈已晡，遂与丽生步至厘局，朱纯卿已先至，庄叔塍、马少云来，共戏，至戌散。大雷惊坐，雨如澍，乘舆还安记。

十五日　晴热。忌日避客，坐安记，晚间任、庄、杨、黄来。黄字伯周，江西思贤生也，今幕清泉。萧伯康送鳗，适素食，以付厨人。夜热不可眠。

十六日　阴。待饭过午乃得食，至院已夕，复不得食，上镫乃食。闻陈若愚作臬司，一月而死。

十七日　晴阴。稍理日课。午至新安馆，请刘子惠治具延客，为马少云饯行，毛少云先到，朱、庄旋至，共戏。任、孙、张后来，张又先去。未夕食毕，余疾不多食，犹食五饼。夜还，移外斋。毛云熊秉三庶常见我日记。

十八日　大晴。夏五彝来，谈《说文》。因热未抄书。李生复讲《礼记》。

十九日　晴，热甚。颜生钧来，通判兄也，云十三日曾到此，留早饭，无菜，仅得黄瓜一条，煮之共食。讲书毕，与同至厘局，不得入，复至铁炉门，步上，入安记，料理米盐，旋至府署。颜还判署，余入，至任斋小坐，招黄伯周来较牌。顷之，伯纯来，入局，热甚，二孙兄弟及胡子扬续至，胡小梧从子，亦刑幕也。主人大设俎豆，皆三镶，余唯多食甜羹。至夕，稍凉，有雨，登舟，久撑乃至，过二鼓矣，寂无人声，皆已睡去。

廿日　晴，阴凉。萧教授来，丁、章、清泉继至，余倦少惕，云道台来久矣。出释奠送学，草草行事，汗洽重衣。诸生入见者十余人，客散不得休。

廿一日　阴，有雨颇凉。午睡初醒，闻人行声，懿儿陪杨晢子来，云功儿不至，俱愿居外斋，因移入让之。

廿二日　阴雨，复寒。外府人无威仪，屡饬不变，复劝导之，礼失难兴，亦穷于海。孔子欲先进野人，今乃宜先进君子，君子尤野于野人而悍于野人，故难进也。龙八自长沙来，闻杨梅舅被劾罢。

廿三日　阴。冯絜翁来。王生送润笔，本未用笔，辞之。欲寄家用，从厘局假四十元寄去，因还开福斋钱。

廿四日　己丑，芒种。阴。江尉来。夏生饮。段海侯二子来，皆笃朴无野气。程生来，并未饭去。龙八去，欲遣方四，固不肯行。徐火来，求说盐税事。

廿五日　阴，稍煊。晨出点名开课，有五十余人，甚盛集也。杨慕李、颜通判来。日长无事，但有闲行。

廿六日　阴热。讲书未毕，碧崖僧来，遂与同舟至城，买米煤。至厘局，问知孙总办关节不到，遂不往说。步至安记少惕，看子年，已往会矣，两处皆留点心。欲出，遇雨，还张客坐，看姚改之《草法》十二册。江尉遣昇来，往则大雨，昇夫衣尽湿。客唯两人未至，入局共戏，久之不决，乃饭，未甚欲食，不能终席，纷纷各散。陈、杨先去，张、任继之，余与黄、庄、张待终局。昇至船上，乃仅一人榜行，久之始至，又遇雨，待镫亦至半时许，从者无一能人，故至此也。得常氏女书，因作复寄之。

廿七日　阴凉。吴僮不复能混，更以廖升代之。攸文植相送花蔬，更有一信与胡婿，鹘鹘突突，亦不知其人安在。杨生说"辞无所贬"为有贬，是也。而忘小国不卒葬，例不熟之故。

廿八日　晴。懿疾不讲书，李、杨遂亦不至。饭后出城，诣通判署，看颜生，过程生家，公事旁午，不能少坐，遂出。颜生二子，长者拔儿，次者甚肥。二门徒一钱一李，均出见，其三弟亦出，遂留剃头。至头门，遣约庄师同至朱宅，纯卿治癣而肿其面，任师旋来，同较牌，黄生亦与朱弟芸卿后出。孙老总兄弟来，言杨师生辰，宜公祝，因留不归。二更后散，宿安记。

廿九日　大晴，复热。安记劳于供养，不可坐食，步至府署任斋久坐，乃得朝餐。向午，招庄、黄来，杨子亨病不能兴，生辰成赌局矣。纯卿遣弟来，郝尉、江尉均拜生而去，留郝陪客，并留张老师、吴养煦、二孙兄弟、颜通判同饮。室中甚热，席于阶下。凡六较四胜，孙老总逃去，二更还。

五　月

五月乙未朔　晴。昨得黄佩石书，召见其使，略问家事，大约欲得局馆，吃空饭。近年以来，国家养民几半，国力竭矣，民力未舒，言仁政者又何说焉。夕雨。

二日　晴。首士送脩金来。遣黄使去，期以二月，为之觅馆。

卜太耶来，谋衡阳征比。清泉请饭，辞之，又送帖来。

三日　晴阴。入城，先至厘局，留点心，遂历二时。托刘子重换银，便至安记，闻徐生吐血，疑其因盐案也，财与命连，为之泫然。答访攸文生。过清泉，方捕得强盗拷讯，入至胡斋，纯卿先在，又有一少年，疑是魏姓，旋知梅子也。主人退堂已夕，散时初更矣。夜雨。杨叔文来还《史赞》。

四日　雨。衡州无水利，唯望雨始免击道门鼓耳。罗伯宜儿专人来送衣料，求调优差，与书责之。竟日阅卷。麻郎来送香稻。颜生、丁生来搅。

五日节　草草办具，亦费六千，可怪也。待客无至者，过午，颜通判、胡师耶来，留点心。毛尉、龚生先去，二孙、宾、刘继至，程生父子先后来，江尉儿孙来，遂至昏暮。用人生疏，不能待客。方四告去，并遣罗使即还。送罗继祖母奠二元。定课等。

六日　晴凉。移内坐。方四眷眷有离别之色，不知何以又去，挥使速行。颜生长子拔儿来，名桓，字双表，范溶兄子婿也。书秀润，经解亦有心思，年始弱耳。令看课卷，夕食后去。刘子惠来。抄《释木》毕。

七日　晴。正夏景，不热不寒，风日甚美。曾醒愚来，久坐去。梅少耶来，不能见也。

八日　晴。诸生入讲者四五人，犹胜不讲。午渡湘过石鼓，赴罗汉寺斋，任师母作道场，因送明器。至则纯卿先在，庄师设席较牌，胡杏生作陪，甚非宜也。张生所云王父无礼，道台有礼者，以道台欲引疾告退，故有礼也。胡生云亲见任母回灵，又云孙老总见鬼，令人悚然。顷之二孙来，盛清泉继至，亦入局共戏，至夕散乃食。舁还，甫渡，大雨，船轿人夫并沾衣如落水。

九日　晴。喻生引黄生来见，程女外孙也。亲见其母嫁，今入学矣。午间并引程女二子来，长者已头童齿豁，令人思天台还家时。考六服色章之次殊未妥帖，当分虞、周异尚乃可。谭妪来即去。

十日　阴凉。任师来谢奠，与吴养煦同来，衡刑友也。程月樵来，言当请孙老总说盐事，并请任、庄。顷之，庄偕黄伯周来，均留早饭，唯吴已食，巳正乃散。与庄、黄同至白沙，毛尉已设午点矣。留纳凉，与熊翁较牌至夕，颇热，饭一盂，乞荷而还。讲书毕已暮。

十一日　乙巳，卯初夏至，长日已过矣。工课甚简，颇负羸夏。蒋辉熊多别字，定期面试，并戒谕求课者无并心于道台。夜雨。

十二日　雨，至朝食时止。讲书未毕，廖升营营焉，既至城，则冯、程均发积谷。独看徐光启《历书》，惜其不遇时，在今日大用矣。又往看戏，见岳鄂王，又惜其不在今日，怅然而还。张子年、孙老七、任、庄、孙总、江尉均来，将说官事，余乃求叶子，设局于房，草草而散。絜翁先去，余留待孙轿乃还。

十三日　晴。蒋辉熊辞试告去，笑而听焉。祖考忌日，素食。来二客，见一杨以乾，希陶妻侄也；又一郑少耶则辞未见。去年今日，亦得郑少耶书，甚矣！郑少耶之为患类于周处也。手老湛诗竟日，而不能接其子，信父子之不相及。与李生论草蛇灰线。天生张中堂以草书取士，而得陈兆葵，因以其力为庶弟求财，以成买妓之过，又不知李盐道当权，所为者何，吾已言之矣，不负俦丞也。廖升，大坏人也，姑与之，为无町畦，听其来去。夜雨。

十四日　晴凉。水赤映窗，乃知新涨。抄《尔雅》十五篇毕。夏至后犹未闻蝉，益知蝉鸣在五月望后，不系节早晚。夜得省寓书及丁氏女、易仙童、曹中书书。湘孙来书，言新妇曝书，一雅事也。

十五日　阴风。懿讲《考工·舆人》毕，辍讲赴试去，遣胡甥送之，与以十元。为仙童评阅南岳诗，便复书劝其莫哭。又与书六耶，并送一元，遣投曾昭吉。并催饭遣懿行。陈顺来求调缺，告以无及。程孙来，入孝廉堂，问当何学，无对也。夜大雨。今日改正大祭三贰及补释"粢缇在堂"旧注，费大力矣。

十六日　大雨，至巳犹未已。抄书毕，颜生来，待讲书，已过午。下湘答杨秉吾，欲更诣客，因雨不果。至程家遇祝□□。卧藤床看《申报》，荣仲华拜衮矣，又何晚也。朱德臣、丁笃生、吴桂樵继至，朱纯卿后到，入席已夕，散犹未夜。

十七日　阴。课毕游白沙，毛尉留饮较牌，任、庄、二孙、刘、张并集，至夕散。始食新莲子。

十八日　晴。讲书未毕，毛、贺来，同下湘看金同知，罚戏，朱、庄、任、张并集，岈樵亦在。殊热，不可坐，设面又成糨糊，草草而散。船不得上，水军舵工助之，仅而得至，已二更矣。

十九日　晴。颜生父子来，讲书。刘生始到院。冯家来催客两次，知其尚早，不能不往，便看魏二、黄营官、彭四少，乃至冯家，始过午。笃生亦先至，朱、程、黄继至，夕散。步还，诸生并出，寂无一人，眠至四更起关门，猫破锅盆，内外纵横。始闻新蝉。

廿日　晴。杨生未归，饭后讲书毕，下湘，访曾廉伯隅，近来志节士也。杨生亦在其寓，云邵阳有贺秀才金声，亦节士，近为毛令所礼用。坐顷之，估客来，遂出。至衡阳署答访吴师，云正坐堂，辞焉。还至彭祠，已迷路矣，乃绕出祠东，至则任、江先来，萧然无办，云以无资故罢，使人揶揄。乃令传班张镫，庄、陈继至，因约纯卿先来，热无处坐，坐巷中，仅容一椅，岈樵后至，强移后斋。待至日夕，翼之不来，入坐食半乃来，云今夜即行。夜乃演唱，主人陆续逃去，唯我与江陪客，至二更散。宿安记。

廿一日　阴。晏起，待轿不至，步出南门，坐船还，犹未朝食，可谓极晏。讲书后大睡至夕。曾伯隅来谈，宿杨生斋。

廿二日　晴。晨写书毕，客犹未起。徐姓来，言孙昏妄，恐盐事反复，与书任师谋之，并作书寄李督销。饭后讲书毕少睡。伯隅复入谈，顷之与同舟至盐局，王、谢、扬生设酒，更有尹生及颜生，未昏便散。咏"日暮碧云合"之句，疑暮无碧云，盖写春景耳，见碧则不暮矣。还院颇热。得何衡峰书。萧菊陔来。

廿三日　晴，风凉。写扇三柄，校《论语》。夜开门睡久之乃寤，月午矣。盐局王槐轩纪元来。莫生来。

廿四日　阴凉，可布衣。校《论语》，以意属读。看少作文，叙战事，殊有才情。夕复早眠，起亦二更。舆儿书来，言功定来，诡计多变，吾乌乎测之？何僅送越粽，貌似而已。

廿五日　晴，风凉。校《礼记》二本，前刻甚劣。喻生召其戚刘姓来领工，言词闪烁，士有贾行者也。张子年送莲蓬，报以火腿。

廿六日　晴，大风，煊。与书茇女。扬生家专丁来，云山庄人已在途矣。校《礼记》二本。

廿七日　辛酉，小暑。晴，大风，煊。校《礼记》二本。夕得北风，登楼乘凉。夏生告去。

廿八日　阴凉。早起寄刘书去，旋睡，将食乃起。毛尉来，言盐道能撤安徽人，孙老总仓皇去也。午后冯甲来，言乡间雨足，并寄衣冠来，前所云云皆诳也。

廿九日　阴风，益凉。作书复滋，令待秋来。讲《伐檀》，因校改三大夫禄之说，并校《王制》误字。夕为程生改夏龚墓表，两三句间精神顿异。夕雨，独坐久之，杳无人迹，遂寝。

晦日　阴，有雨，煊。写扇二柄。冯甲去。《尔雅·释鸟》成。检二足为禽之说，经记无证。夕冷如秋。

六　月

六月乙丑朔　阴凉。晨出点名。朝食后出城，为安记关说盐事，便至程家小坐。朱纯卿云省城方疑程家把持，且须待之。还安记尚早，至府署看文太尊，因留任斋，宾客甚众，较牌大负，一战而胜，遂出还船。夜雨欲酣，俄而复霁。麻子来送石。

二日　晴。常氏女小姑病没，淹缠二月余，信瘰疾之难死。棚人送蘧蔬，云尚不食新，将须十五。衡俗尝以卯日，寅支卯粮之义。午睡禾看，陈华甫、张监院来。彭公孙景云来，云常婿已到城，尚须缓数日乃能来。陈、张留饭，彭去，坐谈三时之久，张已再渴睡矣。公所作床凳来。

三日　晴，阴凉。讲书未毕，王嘉禾来，丁忧将归，留妻子居衡州，并携其三子来，云颜生父子亦将至。颜生讲礼甚细，益友也。入内斋待之，遂坐一日，留晚饭去。惫矣，早睡。二更后起，徘徊欲坐，雨声飒然，遂睡。

四日　阴雨，蒸温。校《论语》，无底本，错落甚多，未能订正。俞廙使送茶脯，并书谢题，盖抛砖之义。夕得大雨。

五日　阴。常婿来，萧生来，送堆翅，均不饭去。杨生来，问寄武冈书，率作二纸付去。

六日　庚午，初伏。晴。程峴樵送羊。出吊杨六嫂，便访容丞，与同至朱嘉瑞买绮带，闻闽馆有戏，约同往。余先入道署，访华甫不遇，遇王、朱，小坐，出则无戏。便过子年不遇，过府学，试问张老师，云在署，入谈，吃局，乘阴凉还。讲书。王妪来，以绍脯与珰。文柄告劳，令撤厨房。夜颇闷热，梦摊钱大胜而醒。

七日　晴。内外仆不肯撤厨房，仍就内食。抄《尔雅》十八篇毕。讲书后下湘，甚热，步至衡阳，陈华甫亦至，坐吴养煦斋久谈。陈衡阳频来催，云萧少已至，往则庄师、程岘樵继至，任师后来，纷纭二时，乃入席，夕散。与岘樵步出，复过其家少坐。程生遣镫送登舟，乘月还。浴。

八日　晴暑。在内斋讲论。周生、李复先生来，言讣务，云黄修元先生将按临矣。胡甥又来。致功儿书，犹是前古之事。

九日　晴暑。晨不思食，但未拔剑击柱耳。饿一日，亦甚适。常婿夕来，云明日还家。斋夫、外甥、萧衡卿来求救。

十日　阴。未讲书。曾醒吾来，送酱油，同下厘卡小坐。入城，步至衡署吴斋，云四人公请斗牌。初无至者，郑二少耶、张账房来陪，皆不内行，已而庄、胡、任并至。会食甚饱，散后复小坐，吴遣送出。半道遇廖升来，迎至安记，小坐，欲睡，岘樵来，程生及李子正来，二更始散。夜寒。

十一日　晴。看《西湖志》。过程家朝食。萧衡卿复来求救，程生所用萧铣卿陷之也。而程生不服，云铣卿正人，衡卿哥匪。余既不与世事，任其颠倒而已。见冒籍李副车，已改正得馆选矣，父必昌，王赓虞旧交也，南人北相，在袁、曹之间。同饭罢，还安记，看《西湖志》十本，写字十余纸。庄、颜来，乃同步至道署，客无至者，唯吴仰煦先在陈华甫处。华甫生日，未往，而坐食烧猪，并与通判斗牌。夕还，渡夫小儿榜船，亦俄顷而至。

十二日　丙子，大暑。甚凉。朝食后刘、张、毛三厘员来。

常霖生来，谈盗技，有声有色，云近日盗俱能者。张家年侄来求信，与书李督销试之，俱未饭去。讲书未毕，已夕食矣。夜月，早眠。

十三日　晴。频日欲雨不雨，气凉云阴，从来伏日所无也。抄《尔雅》草草毕，非佳作也，正了一年工，同于运甓。

十四日　晴。看课卷，定等第。下湘寻刘子惠买煤，便邀同至安记，寻钱，开菜单，至张子年家，托其代办，还渡头呼船还。讲书毕，小愒。斋夫二女来谒，召入闲谈。闻足音跫然，功携两孙、三孙女来，云三女皆至，自往船迎之，遂不夕食。夜饭半盂，复不能寐，凡再起至晓。闻毛杏生将告辞，往留之，因遇孙丽生。

十五日　阴晴。出食外斋，讲书，问难者相继。午晦，衡阳送瓜来，方食瓜，又挑一担来，不知何从，知必舆所贡也。初十出场，十一专人，尚为开展。庄观察借五十金，送家用，亦并寄来，以赎前挈白剪绺之咎。刘子惠、毛杏生来。颜生父子来。欲雷不雷，亦竟不雨，然夕阴如秋，乘凉俱睡。

十六日　阴晴。庚辰，中伏。早起，未甚思食。午初下湘□瓜，至子年宅，托代办请客。客久不来，过午，庄师始至，任、吴继来，较牌。常霖生来，陈华甫、王辅庭同来，更招刘子惠谈厘务。戌初设坐庭廊，飞雨飘背，移内斋，热甚，草草而散。王、吴待轿不能去，仍补一较，冒雨俱异还。龙八来，云功在程家，且携两孙，不能来。榜至东洲，已见月矣。

十七日　晴凉。李生独讲书毕。两女点书，写意而已。纵经已毕读，且授《诗》、子。遣复出看陈十一妾，因过孙、程、江，亦欲看江养孤女，夕雨沾衣，云皆未见。功亦冒雨还。

十八日　晴，仍凉。仍令盈孙从我点读，并为三女点读，长日有事，亦不觉长矣。

十九日　晴。遣问木料价值，因知工部定价民间上下之故，盖银两有定，而一两易钱多少则无定。今银一两，值钱六千四百，谓之八贯，可至三、五贯，必不能两贯九贯也。始浴。陈十一郎来，诲以求友纳谏之道。

廿日　晴。毛尉来，云即当购木，迟无及矣。余行事必待时，往往迫促，木筏以六月半罢市。

廿一日　晴。武冈张朝贵来见。武功忠勇皆今所不取者，而邓翼之、尚之坚坐待见，亦一厄也。

廿二日　晴。比日俱凉。岘樵晨来，留饭，同下湘。诣冯、杨不遇，渡铁炉，步至安记理账，过纯卿，云王濂中伤，员司代之。俞庼仙擢晋藩。桂臬移湘，陈又老险哉。朱弟转翰讲，司经局。明印无清文，亦一异闻。

廿三日　晴凉。絜翁早来，云老来不宜午出，宜自珍重。吐哺待之。午后稍热，再浴。今年伏前宜浴，未敢太早，至此已过浴时矣。

廿四日　晴凉。与书茇女，寄布去。去年亦此日发信，匆匆一岁矣。夜为寱语惊醒，遂不寐。

廿五日　晴。朝食后出，藏镪往木卡市木，局员、绅俱不在，交稽查而还。讲"司尊彝"甚谬葛，颜通判来乃罢。食瓜。夜早眠。

廿六日　庚寅，三伏。晴。大风卷我屋上三重芦。讲"齐酒"半日，稍有头目。齐酒截然二种，而醴有清糟，又谓之清，与清酒之名相乱，故互混耳。天子祭礼亦似可推。黄船芝来。夜食瓜稍多，不适。

廿七日　阴。早凉冷，蒙被久睡，向食时乃起。讲"齐酒"仍谬葛，以司尊四酌无泛缇沉，郑以意上下，从之无实据也。衡阳片来招饮，正欲往说萧侯鹄，异至程家，云去矣。待顷之，往见斗、蹕、丁笃生。程生论萧事，断断似欲假此除之。程衡阳方信用之，非疏远所能间也。云吾两儿考试，均在优等。珰遣人来。

廿八日　壬辰，立秋。朝食后觅洋表，乃无自随者，向向生假之，又久未开，西学不行，大异四十年前。借日圭定时，正巳正，立秋矣。吴仰煦来，上虞生员也，任小棠高足弟子，言王介艇以官殉友，北人乃有此高义家耶，可无恨矣。长沙遗缺，府必欲到任，本缺，遂不能不到任，又裕守不虞之晦气。今日稍热于中伏。

廿九日　晴。朝食甚晏，方催促甚切，外庭爆竹振响，知报懿入学者，仲子长儿亦有名，吾家正盛时也。留珰家人待信，竟得之，亦可喜矣，即作书遣之去。诸生入贺者三班，遂不能饭，散学一日。盛暑，杨慕李招饮，小睡而往，张子年、萧伯康先在，陈丹池分府、笃生、张监院继至，斗、蹕后来。步还，甚热，温风吹水，倦睡片刻始到。

七　月

七月甲午朔　晨出点名毕，作两书寄两宅，以册元遣家佣去。晴热罢讲。陈衡阳来，颜生父子来，亦未能讲问。厘局送瓜，夜剖一枚。浴毕而寝。

二日　晴，有风。商霖来，留饭去，草具甚恶，无复家法。甚热。

三日　晴。风吹如烧，始知秋暑。冯絜翁次子来。

四日　晴。更热，然尚可坐卧，似减于去秋。复讲至晡。看刘基所临书谱，似是真迹。

　　五日　晴。晨索饭不得，下湘，谢絜翁，乃反得越物以归。渡东门入府署，人夫俱饭于任师。旋至通判署早面，至衡署答吴，过陈、程两郎小坐。已午，至厘局，孙老总形色仓皇，不能为宾主，还食瓜。房妪口角，稍申饬之。长妇云震惊家人，因未深究。盖谗人在侧能生事，唯智者能照之，则亦无所能为，不若佞人移人不觉，虽圣王宜先远之。

　　六日　晴。晨约诸幕友便饭，遣船对岸迎之。麻七子先来，因留陪客。盛清泉、杨斗垣来，久谈。文太尊又至，任、吴、胡、江尉、庄师均在内，移诸女楼上，乃得三客坐。张保吾捕厅来催饭，令去，比食，日午矣。任师急欲去，匆匆俱行。

　　七日　晴。庚子，末伏。愈热，夕大风雨。颜生父子及顾子来。杨慕李来贺。文太尊送京靴，正言无人送靴，喜而受之。夜雨未已，乘凉早睡。令诸儿设瓜果，聊应节候。三更复起，食不托。朱纯卿来辞行。

　　八日　晴。当出，且挨一日。魏二大人、张老师来。客去，乃悟明日忌辰，不可出。刘、毛二厘员来，毛言买木甚贵，当俟明年。

　　九日　晴。冯、萧来，不避国忌，非宦家所宜。萧生父子勇于构讼，当戒饬之。夜雨。

　　十日　阴凉。始有秋色。改定"酒正"笺说，"三贰"且含糊了之，取无违反而已。

　　十一日　晴，复热。朝食时，黄佩石儿来，沈子趣婿也，未遑与谈，且出谢客。至府县署，因留夕食，遂渡湘答三家，仍还衡阳，乃初无设。见陈华甫之兄倬堂，未夜还。

　　十二日　晴。晨与黄郎略言其家事，留之尝新乃去。

　　十三日　晴。长妇生日，自至吾家，未尝特设，命诸女为作汤饼，又不能自办，街上觅人，至午不来，程岘樵不能待而去，陈华甫来，吃面去。夕招颜生父子来，及廖、李、杨、黄并食。余三碗后，退饭于内，饭不可吃。作书与庄米①汤送黄郎去。

十四日　晴。程生请饭，而以各幕友作陪，未便占坐，辞之。再遣来邀，适值大风雨，遂不能去。朱纯卿来辞行。

十五日　晴。夹水送贺礼者廿余家，虽不尽受，颇为繁费。张子年、朱得臣、唐澄卿来。夕有雨。今日戊申，处暑，中。

十六日　晴。入城答谢陈、唐、朱三家。华甫兄弟约便饭，遂至朱家，解带脱靴，至安记小憩。云朱纯卿已至道署，步往略谈。任、吴、庄来较牌，夕还。秦容丞来。

十七日　晴。彭公孙来，由刑郎擢取知府，请假初还。不甚知京事，乃不知有陈伯崗，朴笃如此。云过鄂见孝达，此外皆未谒，王藩之教也。得茙女书。

十八日　晴。下湘，欲过东岸，日色杲杲，仅至秦家少坐。步至衡阳两县，刑幕公请，而胡子阳以交代不至，庄师谢寿来，遂与孙老少学由湖之戏，算牌繁难，非闲适之具也。将夕，胡、任、陈同来。程衡阳以诸幕局骗欺之，怒其幕友，吴亦大骂言去，殊不顾客。余方念酒食征逐，亦须口福，恐无以堪之。厘局方散，四幕难继，果有风波，可为笑叹。

十九日　晴。讲内史属礼官，而职任枢密，为礼部增价，后世无其意也。作书荐余华于右铭，何镜海旧僮也。何、张生存交游甚密，死后颇羞称之，知择交不慎，徒取才气致然，虽诗本无名，岂能自掩。复紫谷道人书。

廿日　晴。晨阅课卷，新说颇多，俱驳斥之。午日甚灼，步

---

① "米"，原误作 "朱"。

至彭、丁家少坐，正见纯卿开船渡湘，至衡捕署，江尉办具，与余同约吴、胡便饭，因及张、陈、任、庄，较牌，甚热。夜还船。

廿一日　晴阴。得陈芳畹书，看道光上谕，措置夷务，庸臣欺饰，与今如一。方知湘军成功，非关运气，在无官气耳。晡时大风雨，甚凉，已而复热。萧规秀才来，正七十一矣。

廿二日　晴热。斋长始回。胡甥为周妪所骂，涕泣而去。不欲守本业，因假此以发怒耳。

廿三日　晴，热甚。看唐诗，聊以逃暑。讲《周官·司马》分誓削坛社，未甚的当。侵伐则有久暂之分，侵谓屯兵渐逼之。《传》云粗精，犹浅深也。前讲《诗》分天帝，《大明》天帝相混，殊未可分，一简之中自相违反，可怪。

廿四日　晴。夏生儿来，留早饭，遂入内食。改功儿"当直"之解，亦无以异于蒂蒂儿。答访萧规，已去。至府署较牌，热不能食，夕散。昇至厘局，一了酒债，报饭恩，自此绝矣。还进果饮，犹热，乃寝。

廿五日　晴。早起不凉，午后愈热，竟日未事，卧看朝报。

廿六日　晴。发山东信，亦请王观察代寄。麻年佺来，未见。夕始凉，夜雨。

廿七日　阴晴。说《诗》"清酒"，《记》"醆酒"，总不能合用，唯有鬯，今高粱烧，盖古名醆酒，于朝事时酌奠，况以明水，故曰"醆酒况于清"，清为水号，非清酒也。况水之鬯，《诗》名曰清酒，又曰汁献。况于醆酒，谓以郁和鬯也，《诗》名曰黄流。王赐鬯以祭君，祭时况鬯以奉朝事，故先曰黄流，后曰清酒。《小雅》曰"祭以清酒"，则谓赐鬯以后事也。显父饯韩侯清酒百壶，亦谓上公三祼。周则改以明水况鬯，鬯况昔酒，故《记》以今事喻古，曰犹明清也。明与醆酒，即醆酒况清，清与旧醳，即汁献沆醲酒，清则圉名，非酒水名矣。

廿八日　阴。入城寻张子年，讲书毕始往，已晏矣，取十元而还。夜雨。

廿九日　晨雨，旋晴。待讲书，又无人来。午前与杨生同下湘，至清泉胡幕，其子又病热，客主不安，勉与杂客共戏而还。得舆儿、滋女书，舆与兄书文词甚美。夜起作书，请张子年呼匠算屋材，遂不睡。

八　月

八月癸亥朔　白露。晴。待晓朦胧，忽不欲兴，因外已三点，始出，盥、衣冠毕，日在人甲矣。初以为正课生半去，乃犹余十五人，多半昨夜来者。李、杨均不入讲，自改"司尊彝"笺。颜生父子来，闻其兄弟参差，欲问之，未便穷诘，遂不提及。

二日　晴。杨生假归，寄砖钱与冯甲，又与书永、桂二守，荐颜生阅卷。张子年来，商量请客。竟日教读甚倦，未夕即睡。

三日　晴。鸡初鸣即起，凡再睡皆梦，未甚着也，起时日上窗矣。去古既远，不独制度难明，即酒亦彼此差互，且先取《礼记》列之。常霖生来，又问作酒法，乃分三酒为黄白三种。周生焕舟夕来，半日对客，未暇寻检。

四日　晴。晏起，检《礼记》诸言"酒齐"者，以醲酒为最舛互，分殷、周说之，苦无证也。胡童、宾生来，正作汤饼，留之点心。得钟军犯甲午冬书，并寄八分一联。复得李督销书，言子弟尽在江门。刘、张必欲寿我，喜而折屐。

五日　晴。晨起衣冠下湘，至厘局，寿孙母，遂留面饭一日，较牌一日，酒阑人散，不胜宝玉之感。又闻朝出两使，查办十款。

又闻翁守擢抚，衡人望幸之情，皆可笑可乐。夕还。永新贺孝廉来见，皮六云弟子也。

六日　晴。朝课毕，携盈孙下湘。至四同馆，请张子年馔具，约牌客东道，兼招监院、陈华甫，较牌大胜。庄师齿痛，不能坐，先去。

七日　朝阴。将答常霖生，逡巡日出，遂止。发帖酬宾，至夕乃下，大风，舟不复流，泊柴步。至德丰，客满坐，皆雪琴孙及族子也，未甚酬问，匆匆反船。有一船来就，云清泉客，则贺尔翙也。云相寻再过矣。三顾草庐，由是感激，要还留宿，谈《公羊》、时事，云张謇状元劝君读《朱子全书》，骆成骧状元"主辱臣死"，皆不遵格式，以得高第。文间面已至长沙，叶麻子入都矣。

八日　晴。晨起客辞去，遣船送之。曾主事熙子缉来求书并贺，各书一联赠之，因作字半日。谭姬来，磨墨拂纸，已生疏矣。

九日　晴。盈孙读书迟钝，似不必教，因无事，聊与为无町畦，而愈教愈顽，有似郝联薇，怒而责之，殊无益也，且又置之而去。入城至衡署，章月波作东，牌局阑珊，未终而散。与任、张同过江尉，庄师亦来。夜宿安记。

十日　晴热。屺樵来，陪早饭。遣迎女妇、诸孙看戏，至午皆至。步入彭祠，见蔡子固，心泉少子也，年幼刁脾，亦自开展，可造之材也。魏赓臣儿来，亦不儇佻。胜源老板则无可说。凡官幕、绅士廿三人公饯，男女四孙设六席，亦甚费。夜月清凉，惜无歌管，率房媪船还，呕吐如在海船，夜寐不安。三女俱留程家未归。

十一日　晨雨顿凉，始成秋景。今年暑炎至百廿日，惫哉。程生为廖生和讼，廖不干己，程反干己，为发明《春秋》之义，云可取和，则胥命之说与？可为一叹。

十二日　晴，复热。请张子年办具，假席彭祠，大飨诸送礼家，凡廿九人，外除三人不至，共坐五席，唱戏甚热闹。诸女悉来，本可早散，客不欲去，遂至密雨，前去者干手干脚，后者困踬。先本在城不回，既雨，女妇坚欲还寓，泥行出城，幸遇程生异来，中道乘之，仅而到船，与三孙二女同还。睡顷之，十女等始至，先热后凉，一觉至晓。

十三日　阴雨。晨起方知佣仆昨夜均还，唯功儿在城。俄而甚凉，方忆无衣，则率周媪还矣。功幸未病，周乃暴疾。

十四日　阴。颜生来，预贺秋节。蜀傅生来求见，以无因辞之。夜见月。

十五日　阴雨。避客居内，亦无节景，放散生徒。索面极醋，陆续小食，殊未能饱，饮酒一杯而罢。二更后有月，仍有诗兴，结习未忘也。

十六日　戊寅，秋分。阴晴。陈又老所避日也。得张生书。晚间议专足至省城，询两儿踪迹。懿儿还，襕衫谒觐，家人欢笑。陈十一郎来，未暇出见也。

十七日　晴。令功儿清客单，院生犹有卅人，当治具燕之。因作衫袍，十余年未有此盛举。

十八日　晴热，复纻衣。功儿往程家代媒。晡时疾风暴雨，似夏日气候，秋分后未尝见此，已复暑热。城人夜还，乃云无雨。

十九日　晴。蒸汗如雨，而不可解衣，气仍冷也。步从西岸至白沙卡，无一人，唯一巡丁磕睡，亦一佳景。还船，甚暑，夜卧，汗透枕席。尽写送纸，还书债，亦颇有佳者。遣龙八还。

廿日　晴。烈日燥热，可纻衣。欲整理诗书，重写一过，嫌老而不休，近蠹鲆也，又无佳纸笔，且徐徐云。夜月凉朗，赏秋佳处，正在内堂，惜无同话者。茂修来，又拏一盗焉。

廿一日　晴。改定《礼记》"明清醆酒"之说，及"醴醆在户"，终不妥密。邓在和来，云其外祖墓被发。程生来，问之乃新改葬谋地也。乡人亦狡诈，置不为理。遣房姬为诸女制衫裙，自送至城。因过衡阳幕、尉看病，尉不能兴，幕留斗牌，甚热，然饭两碗，夕还。月出。

廿二日　晴。遂成秋炎，不复有凉风，晨气亦不润矣。李生讲《周官》毕。懿说"戈胡"，未审其制。戈为句兵，字从弋，有枝在下，而用在入决，今无其器。

廿三日　阴。程母升主，恐冯絜翁往而我不往，则与"登堂一人"之句有愧，因往视之。至则已毕事，客无远至者，乃还。过子年、容丞，容丞云孙总逃去，迂道往验之，兄弟具在，云张总来矣，留食韭合而还。待船轿于太史马头，儿孙往石鼓，亦来，令同还，未几已夕。龙十买刀而还，久不见此凶器矣。

廿四日　晨起微雨，有桂花之想，昨觅皆无花蕊，云无雨故干。朝食后大晴，日烈可畏。二程来谢，皆未见。水师来请客，再肃矣，下船，逢张子年，未能还陪，舁上马头。客皆非昨单上人，乃四学官。有聂约翁，云易实甫寄问，似是武陵人，而音殊不类；又云陈我山同县，则武陵明矣。不甚说话，唯与黄将论战事，颇称李希庵，与余所闻不同，亦以看地势为主，湘军派也。言阳逻之战，及唐艺渠，如见当时军容。

廿五日　阴。朝食后晴，比日皆如此。毛尉，衡、清二学官来。聂镇衡字岳峰，非约也，云与秦子质同年，易油壶之师。正宴院生，便留一饭，梅意欣然，聂似不肯，小坐而去。设五席讲堂，集者卅七人，各送一觯，序齿费推排耳，未夕散。远者有颜生之子，旧者有喻、邹，达者有程、萧。而萧未入席。

廿六日　阴，日不烈矣。令懿出拜客。得易仙童、曹主事书。常婿遣人来。清坐无事，复有抄撰之兴。

廿七日　阴。懿早出谒谢，余亦于朝食后下湘。步往府署，问木器，乃无所有，勉留较牌，作饼未能待，日已晼矣。异至彭祠，陪两县。八主人内有一人母于本日死，与成静帅仿佛。演戏至二鼓乃散。

廿八日　阴。晨起作书，约文心来游。家人皆早起，斋长来诉斋夫，余云此监院事。官话也，又安能逐斋夫，不过陪礼，愈增其丑，便令绝不与斋夫交际。近日书院往往有此，由立法者更不及前人。夏五彝来，谈小学。懿往姊家。

廿九日　阴，有风颇凉。丁、黄来答懿，因留小坐。写对屏十余纸。与书文衡州求馆。

晦日　晨阴，朝食时雨。王枝大来，石门旧邻也。询其桃花，死矣。桂树犹存，花香已残，城中遂无桂花。忆丙戌秋初访东洲时亦迟，城人哗言早故，未尽然也。夜雨，腹痛。

九　月

九月癸巳朔　雨，遂深秋。晨起暴下，似不能出观礼。闻杀牲甚早，以为当行事，出视院中，均未起，唯斋房有明灯，厨中人喧耳。将午，始祭船山以乡贤之礼，兴此六年，今稍习矣。张监院后到，泥谈而去。余亦散学，竟日摸牌。

二日　甲午，寒露。雨竟日。将遣女妇入城，已妆不得往，乃命功冒雨至程家，贺程嫂生日。六十七年为妇，今乃申尊，故当一往。

三日　雨。湘涨丈余。程岏郎来谢寿。刘生岳屏病发告归，廖胖入城发戳，精华去矣。今日愉悦逾常，未知何祥。

四日　雨。始检《诗经》，斟酌笺注。入厨见仆妪狎坐，惜张生不在，未能整顿。写字数张。桂阳刘生亦去。文衡州书报许诺。

五日　雨。晨起，责数女佣，涕泣不服，恐其张也，自为掩之。方知男女之事无日不有，佛言善哉，诚为善教。吴童复诉青蝇，可谓不自量，要之此奴庶乎不浸不热者，死生利害不得至其前，其至愚若圣者与？夜再起，风雨鸡鸣，颇为不夷。

六日　晴。遂有霜意。欲写字，无话可写。方知宋理宗书楹，为累后人。七言对犹易开销，八言四句不能猝办。秦容丞、麻七郎来，容丞老而检束，犹有古风，兼能切磋。

七日　晴。入城唁朱德臣兄弟，便答访聂约峰，云病未食。见梅澹翁而还。过衡阳，略问试事，兼知厘局事可了，孙老总颠矣。请岈樵办具，为重九之会。买米油丝线还。渡夫云四少已归，三女不至。得黄佩石书，谢唡饭处。

八日　晴。孺人生辰，命作汤饼。儿妇问当供否，以既袼，"无丰于昵"，不别供也。常氏一行，而费四万钱，信俗之奢，使文节闻之，当骇绝矣。

九日　晨雨，旋阴。合家出游，二子两孙先去，余率妇女泛新舫至新安馆，真女、慧孙从余上，迟桂初开，不负此集。冯絜翁早来，岈樵、文衡州继至，彭郎中后来。夜风甚壮，携女、孙同还，微月。

十日　晴。待信未来，诸事且停。蔡师耶来，亦心泉子也，开展无俗气。言省事不尽知，知不敢效小棠矣，不甚以桂臬为然。

十一日　雨。早课毕，下湘，将答蔡郎，知沈有昏事，未去。至张虞阶处，日晼矣。约客无一客至，唯道遇吴师，顷之亦来，云孙翼之上船矣，为之凄然，酒肉朋友亦有恩纪。华甫、辅丞来，遂同较牌。通判至，代华。胡子阳、杨子亨后来，皆衣冠，半局而散。食复不饱，酒后复终一局，舁夫有怨言矣。秋夕言寒，贫人可怜。夜雨，起听鸡鸣。

十二日　雨。晨梦见会试闱墨，云懿作解元，其文皆五六句一条，记杂史事。又五策在前，上刻原问，文理粲然，唯不见懿文耳。

十三日　阴晴。朝食后至大马头，登孙老总船送行，遂至府署，吴、陈、任、胡请分府委员。看京报，设书局，派孙老总五兄为老总。顷之颜通判入内庭校牌，竭蹶半日。客有石平甫之弟、李委员、蔡师子、江捕厅，余皆狎客。设食甚饱，二更还。

十四日　阴晴。陈郎、杨、萧、孙老总兄弟及哨官王姓来，云莫揗卿旧部也。纷纭一日，无所课作。夜月甚明，斫桂一担，并作包子。

十五日　晴。写字无墨，遂罢。欲送孙翼之，无船亦还。斋夫女婿来见。李恪橄来，送方物，云自郴来。夜月，女妇泛湘，采绵而归。

十六日　晴。看《中日战纪》，全无心肝人所作也。李生言杂人溷迹斋房，余亦如曾文正大鱼不进时矣，从人遂有三烟徒，尚何暇外治。

十七日　晴阴。写字二张。今日己酉，霜降。午殊热，不可绵。湘复小涨。卜允哉来，诉女无所寄，允为照料。

十八日　晴。毛杏生晨来谢文。朝课毕，日斜矣。从新城步绕岳屏至西门，诣衡捕、萧教授，借地请客，皆师耶也。烧方作饼，不似豆腐官。夜还欲雨，幸未沾衣。

十九日　雨。纵女更讲《史记》，日受一卷，殊不能解，贤于摸牌耳。自十七日起，今已三卷。

廿日　晴寒。郑少耶来，老湛三子，殊嫌其多。先孺人生辰，未敢设面。讲《周本纪》后采《国策》数事，虽欲著其微弱，乃取市井反覆之言，登之高文典册，以续六经，乖史法矣。

廿一日　晴。颜拔十子来，言其仲父欲令往耒阳代父阅卷，余云无此理，得钱无救饥寒，而失礼信，不可往也。存此说，亦使后生知处世之道。张少衡来，盖不知有师白山房者，云曾于高庙、营盘街皆相见，动十年也。余初见之，似尚朴讷，今又稍发舒矣。书一联赠之。念我能书数字至；羡君不入七贵门。七贵实一贵也，而又不贵，贵之所以贱之。

廿二日　晴。孺人忌日，懿犹能哀，可喜也。朝课未毕，龙、马、贺孝廉来。龙则起涛从子；马，常德人，从永州来，皆馆清泉。龙名国榛，字兰友；马字士元。龙、贺同县。颇问文诗门径，因与同往讲《论语》。至潇湘门，中途谒胡司事，看眼，余步至衡署，答。下阙。

廿三日至廿四日阙。

廿五日　阙一段。女。因至城，入府署，游螺园，满地燕支，大有柳梦梅之感。还招吴师较牌。黄生自来。颜生频来请，往则华甫先在，胡子阳亦至，较未三局，突来一人，余起避之，遂至船。遣寻两孙未得，独还已夕。懿率两孙先还，家中犹未食。岘樵送菌，煮食二碗。功亦哑还，云明当早去也。

廿六日　晴。晨促功去，独在外斋校《诗》补《笺》，又不知"殽核"之义。有送字人自称蜀生，辞之未见。功初夜已还，寿孙同还，云二日未食。

廿七日　阴，有雨。长妇招两女同看王嘉禾妻，李生告归，内外清寂。将遣人还办烝祭，欲待省信来而自往，至是日近，又久停课，不可往，乃与书李艺渊，并寄茇书，遣龙佣行。夜雨。

廿八日　霁。龙佣去，妇女始还。卯金之子亦去。王生妻送汤丸，饱啖而寝。夜雨。

廿九日　阴，夜雨。卜允哉来催信，云将为掣钱凭据，换羊，书不虚也。家中尽出，龙八来，乃未还城。城中儿女等乃云我还山矣，寄果菌来。周生书来，亦言书院事。二百册石谷须奥援数人，其可叹哉，然吾于此不愧陈右铭。麻郎送佛手柑。

十　月

十月壬戌朔　校改《诗笺》毕，又增"自羊徂牛"一义，殊为罕得。院生有经年未到者，为讲道、食不并谋之义，并稽名册，将小罚之。时阴时雨。伍生来，言书院文体王、刘异趣。

二日　阴。讲《史记》律于兵，尤重方士之说，假托《周官》吹律听声，凶则不出师耶？殊非兵法。程生来。珰送菌芝、风栗。颜儿片来寻懿，遂不闻知，亦可异也。

三日　阴。为伍生写字，纸滑墨不干，遂罢。程生母来，初到时请不至，以为不好游，今复自来，盖其姑以寡妇不可出，不论年也，其谨如此。颜儿来，略问其家事，颇分别会意、谐声字。

四日　阴。萧侯鹄复求入肄业，笑而许之。程生母面邀诸女往看新妇，遣纨、真往。因论无衣以无母，今孙女有母而无衣，又一奇也。叮咛顾婢子，语刺刺不能休，老而有女态，亦势使然。复女独留，欲略教以笔法，懒未能也。

五日　晴。戏令诸女立字课。夕自率三孙下湘迎两女，久之不至。小雨无篷，欲上岸，又无人守船，亦小窘也，幸雨不成。周妪来，云舁轿越领矣，乃还。湘涨行迟，明镫乃至。程生为张儿求书，已书，失之，因再作二语与之。知君开馆常爱客，赖尔高文一启予。

六日　雨。乞菊于斗蹞，得十二株，便有秋色。程孙来，言抚台将至城中，正办差，未能往看也。菊花想长价矣。讲《天官书》，复得启明、长庚之说。

七日　雨。欲至城居，稍营衣食，遣至厘局寻船。因阅课卷，诸女早课未毕，已夕矣。乃云夕食太晚，饭复不饱，非亲见，几信以为实事。

八日　雨阴。厘卡附一船，但至湘潭，辞之。朝食后讲《史记》毕，写字四张，率吴僮以行。至城兑银钱，因至衡署，问办差事，诸师均至道署去矣。欲出北门，恐船未开，还至旧步视之，正逢船工，便至耒口。附煤船，夕发，宿杜公浦。逆风吹雨，终夜酣眠，不知行旅悲也。

九日　雨。风横有声，船行不止，朝食后舣雷石。船人但云彭宫保死后，横加至两倍，果有之耶？夕舣石弯，看盐亦觇琐，不似常时。夜宿四竹站，过百里矣。雨气愈浓，欲作诗不得。

十日　蒙雨竟日。舟外冷潇潇，贪程促夜桡。雨笼千里色，风急五更潮。征路从凄槭，秋情爱寂寥。霜花何处好，行处酒旗招。　近岸鸣秋叶，乘流压浪花。依然篷背雨，来听晓飞鸦。过县行如客，听风卧到家。居人问安否，一笑对浮槎。舣株洲，卖私盐，至夕乃行。冒雨逆风，泊向家塘。门外潇湘一带宽，为乘霜涨逐鸣湍。朝看紫盖松云白，晚惜朱洲柏叶丹。风力岂知难近鹢，雨声犹似暂凭阑。无端估客谙行路，不遣寒舟犯夜滩。至夜雨亦密。

十一日　晨犹渐渐，起乃少霁。至县命停桡上岸，寻朱倬夫，至学坪，误从左，乃至瞻岳门，还旧路，从亭子塘至宾兴堂，乃无一人，复循城至育婴堂，又不得门，出巷左转便得。许庆丰遣招，许生父子俱出，留点心，遣其子送至船边。还卧，顷之六耶、月生寻至，留坐久之，去而复来，送黄甘八枚而去。开船，夜月，过昭山，舣靳口。

十二日　晴。晨未起，已至西湖桥，船不再下。从陆行七八里到家，外孙欢迎，舆亦在外，正逢宗兄送米，未及交语，湘孙出见，三妇、滋女、次妇均出。余仍楼居。欲出，未知城中何衣，自往抚辕伺之。久不得轿，顷之狗门内来二轿，从后觇之，则直入宅门，必私人也。念李石梧被鞭，不敢更入，往来裴回，竟无人来。直从府街至贡院街，入曾祠，僧门不启。伺候张雨珊之门，乃见一客，又未见其衣，而何人呼问思贤老师何姓，惧门启，乃出。至前门，又遇张仆，问知陶大人穿绵衣，乃还。出拜李督销、王祭酒，并云中丞请去矣。亦欲诣中丞，而嫌未请，乃归。遇督销驻杨家门前，杨家久无车马，岂道台归来耶？还与宗兄夕食。致正旸书。

十三日　晴。舒孙从余眠，五更醒，喃喃至日出，语不休。起未暇食，衡便来，后二日发，后一日至。得张生做媒书，便复书，令斟酌婚期，乃议下聘。出寻瞿七哥打金首饰。

十四日　晴。晨出看木器，无可用者。还朝食，令摺子与舆看衣。楼窗日照不可坐，为舒孙点《诗经》毕，便下，游行。瞿海渔夕来，至二更乃去。

十五日　晴。与书李艺园，取股票钱，午乃更送六蟹。陈佩秋来，送昭潭首士书及倬夫书，措词甚得体。胡大耶来。笠云送诗，欲约一斋，未暇也。陈梅根来，云欲馆欲官，匆匆便去。

十六日　晴。晨未起，张正旸来，余已戒行矣。佩秋又来，云欲入卅局，留坐一日不去。买衣物毕，已夕矣。待饭不得，乃留张生外斋，食毕已夜，不能出城。五更府街火，人声喧唤，惊醒不见火光，乃睡。

十七日　晴。先考生辰，未能待奠，设汤饼，拜奠，遂与张生同行。道遇曾昭吉，欲要余还言廿事，余云余见言廿者则憎之，无他事，不必还也。至船，已有杂人，无可奈何而安之。行半日，未能十里，夕乃稍驶，泊东岳涧。张生唯问《庄子》至人、神人、圣人之分，余云此横担题也。尧为神人，许由四子皆次之，一让一丧，出世事也，未若入世法，入世则神矣。夜帆风行。

十八日　晴。晓过昭山，已到县，遣问杨生未来，移泊十五总。步上，从通济门入，至宾兴堂，杨生已至，韩石泉亦在，云可上衡。即同至许生家，坐未定，子云来，请石泉看船，便换①张生同饭许家，留坐久之。云孙亦来看，便同至芙蓉园看菊，残英三四枝，余买尽矣，唯野菊数丛，取四盆至船。出过善堂，遇杨胖，云书院首士已知不受聘之说，因留张生明日往喻意。要石泉同夜上船，仍前船去，杂人未能申要命也。三更复从观湘门上，泊九总。今日己卯，小雪。

十九日　阴晴。南风，行一日仅至马家河，夜泊下弯。偶论乡团，遂及攘夷事，精神为之一振，遂起觅火吃烟，已三更矣，舟人谵语与相和。睡醒，闻雨淅淅。

廿日　阴。晨饭后偶与石泉论六壬，请以昨夜事占之，云得伏吟，无成也。南风大作，仅至怀杜崖。

廿一日　雨。韩、杨登崖，还乃朝食。午后北风大作，帆行过朱亭，泊塘厂，湘潭地，对岸衡山地，去晚洲七里。

廿二日　雨。南风，北风无定，然皆无力。午初舣雷石，欲买菜，促行不果。至萱洲已暮，遂宿。夜风动舟，邻船皆发，舟人未敢从也。

廿三日　晴。北风帆行，至午风止，仅至大步，犹有一日程，

─────────────

① "换"，疑当作"唤"。

乃泊樟寺对岸。今日风日俱美，舟行甚适。

廿四日　阴晴。欲至书院乃食，遂止不饭。船行极迟，到过午矣。邀客登岸，云胡子靖来此已数日，将与相见，忽晕眩不可起，食柑两片乃能行。所谓仲子三咽者耶？向来不如此，盖槟榔使然。饭后复睡，起摸牌，夜早眠，闻雨。

廿五日　雨。晏起，四川涪人胡云泰来受业，即前月所谓送字人也，正一月矣，乃得一见。卜云哉女来寄居，以其母亡嫂不容也。尝治荑疾，敛非女，有恩纪，故留之。正理女书，课孙读，不暇给，又费一时位置。校《史记》一本，未能毕也。二席不敷坐，始复独饭。

廿六日　雨阴。晨欲看书，因移去竹榻，诃问，未得主名，言人人殊，疑莫能明也，遂纷纭久之，已朝食矣。侏儒观一节，定不能察盗听讼。程岘樵偕其妻兄赵屼秋来，江苏令也，伯璋从弟，言曾解书至京，敕印《图书集成》，费数十万金，又不如和日本，败子盗臣，今定胜古。

廿七日　雨寒，始裘。除楼房，设榻。胡子靖去。看《中俄和约》，"俄"者，俄顷，岂云"义帝"，义亦假也，未可号国。

廿八日　雨。楼居课读，竟日竭蹶，师劳功半，谁之过与？

廿九日　霁阴。将订懿昏，往城请代媒，因答访张次侯、赵屼秋，便唁陈华甫兄，陈兄未还。湘水复涨，冬波浩荡，又异于秋水，亦咏物家所未道者。

晦日　晴。杨盐局来，致希陶书。

十一月

十一月壬辰朔　晨出点名，唯十九人耳。为懿订昏，写庚帖，请韩石泉、程戟传为媒，请张子年作陪，三师不期而会。午正交礼，申正会饭，余咳嗽未陪客，功为主人，一席坐八人，夕散。今日晴明可喜。

二日　癸巳，大雪。晴阴。感寒未愈，昨约公送任妻生辰礼，强一往。北风颇寒，半渡遇程衡阳，复还舟，同至斋中，作酪待之，程去日斜矣。复命舟，泊潇湘门，步至府斋，吴、胡方待我而设汤饼，席散，较牌一局，已夕。步至清泉，答龙、马、任、吴、张从。胡疾发，不能兴矣，何其速也。

三日　晴。昨遣龙八往珰家。晨而金姬涕泣求归，令待三小姐，必不可，众欲不给盘费以留之，余乃许自送以留之，逡遁遂不去矣。此又处事之一道，袁子才所谓大才小用也。杨生复讲《诗》，并课诸儿，工业早毕。

四日　大晴。遣功儿看木器，因邀石潜略游，余则督课未陪也。唐泽荫澄斋来，艺渠孙也，颇言京城事，博于彭孙，然非所宜言。

五日　晴。讲"清庙"，初不知清字之义，检《大传》亦近望文，以别无证，姑依为训。以意度之，清庙、閟宫一义也，皆无事常严之地。宫为郊宫，庙为祖庙，又不相类。

六日　阴。翻类书，求萼绿华、许侍中事不得，眼前典故亦费搜考如此。条脱大于指环，则非臂约，岂今搬指耶？

七日　雨。先孺人忌日，素食深居。

八日　阴雨。答访杨盐总，云通判缉私，斤两不符，将通禀矣，此又异于刘倅。往衡阳问程明府，大以为然。及询诸幕友，皆以为然。颜、刘异行，而爱憎异论，可诧也。胡子旸生日设面，吴、任送礼，因入一分，便晚饭而还。

九日　阴。真十三岁生辰，放学一日。博戏，无肯用心者，余乃召三女摸牌，自申至戌罢。秦容丞来。

十日　阴晴。龙兰友国榛来，颇谈杂学，江西通人也。讲《诗》，因论世室但有二，以统诸宗，如二王后之例，似为简当。纯卿送水仙、黄芽、螃蟹、茶叶，皆清供也。

十一日　阴。王生自常宁来，云学使今日当至，至午果至，建赧步上久谈，见示新刻丛书，复登楼啜茗而去，日遂夕矣。铺后衣冠往答拜，并请题沈石田画幅，还已二更。

十二日　阴。张文心孙来见，并致文心书及《婴山集》。婴山，文心曾祖，名诚，狂生也，亦有奇气。夜月。

十三日　阴。丁生德威来谈，托买橙，云无之。讲书毕遂暮。珰遣书来，云不能还，先使佣妪来。

十四日　雨。与书常霖生，问珰家事。卜二子芒芒来，兄弟并捆送清泉矣，与书盛绶卿，令释之。看课卷十余本。

十五日　雨。颇寒，然尚小毛。杨生讲《诗》毕。韩[1]石潜赠诗，有云"糟粕余灵液"，知言也。真认字始毕一过，往年一月功，今须二年也。

十六日　雨。始裘。讲《史记》，觉所采未经整理，不为完善，如李斯传可删也。

十七日　戊申，冬至。微雪。石潜《球图》告成，方议校改《禹贡》。程生招陪朱纯卿，黄、冯、丁皆在，还船，满铺雪矣。

---

① "韩"，原误作"幹"，据本月廿八日日记改。

十八日　阴。三孙女生日，令作馎馎饴之。讲"夹右碣石"，不得其解。始抄《禹贡》。

十九日　晴。入城看船，将欲避客，未发，有一船来，云府县案首，以为衡清人，未详问也。诣纯卿未遇，至容丞处谈，还至安记，看陆存斋丛书，买被褥施与内外佣人。

廿日　阴。颜生长子偕阳曲金副榜来，字立侯，求书而去。王灼棠送脩金四百元。

廿一日　阴，复煊。晨作晋、鄂二布政书。颜通判来，留早饭。饭后，余亦入城，答访唐艺公曾孙房杜，府案首也，并见其弟。入倅署，答金立侯，门者并云不在，自入，乃皆见之。少谈，至府幕较牌，坐客十人，前送任妻生辰纲者也。设食甚晚，席谈已二更，再较一局，还遂三更矣。程衡阳专来留我，遇之太史渡，辞谢令还。与任、吴议，不可不留，始定请客单。

廿二日　阴。唐澂斋及其弟云鹄、子杜房来，少坐即去。其弟送大卷来看，亦端洁无乡气。艺渠有孙，可喜也。杨斗垣病故。

廿三日　晴。毛少云宾司事来。写字一日。说《禹贡》"夹右碣石"及略嵎夷为东南海防；桓是织皮，为西北陆防，始知古圣瞻瞩之远。

廿四日　阴。常霖生来，言珰姑妇分家；龙十来，言滋夫妇重合，皆异闻也。吾女皆薄命，然非才貌累之，昔人所云殊矫激，《苦相篇》则合事情，夷狄贵女，则无此患。

廿五日　阴，大风。遣懿往送杨葬，因与常婿同来。唐澂斋送席，便招来饮，并招张备顺来饭。送菜不可吃，稍整理之。程孝廉作陪客。本期早集，乃至见烛。

廿六日　阴。入城问醵饮局成否，至安记，闻吴仰煦已在彭祠相度，往则江尉亦在，云四署合演戏，事在必成，已发帖矣。

因邀余入县署摸牌，程令妻弟华、账房张同局。庄师来，任师夜来，约明日集府斋，鸡鸣散。吴备具甚悉。

廿七日　雨。昇至府署，大设，招朱纯卿来同较牌，二更乃散，余冒夜还院。

廿八日　雨。晨起诸生预贺余生日，设六席待之，爆竹甚盛，不减成都。午后令两儿侍至彭祠，已起戏，陈衡阳已先至，诸客亦陆续至，应接不暇，遂成忙人。内外男女十一席，从人不与焉，颇似程寿星做生时，稠汤而已，应有尽有。鸡鸣客散，留宿彭祠，与韩石潜、杨生及儿孙分四床，女妇、孙女往宿王嘉禾妻寓。

廿九日　雨，颇寒。晨未起，岏樵已至，商霖父子复为我设寿堂，遂有五处供帐，亦少僭矣。拜生者纷至，避之通判署。颜生方科头指挥，诸客亦稍稍至，避西轩较牌，不能安也。因令真入府署，招文二女，皆不至。外设五席，内二席，眉眼一堆，实做一闹字。纯卿有诗赠双宝，开口一浑字，颇难和韵。三更客未散，余不能先去，分遣子孙、妇女先去，携纯孙至府斋，与任、庄、吴较牌，终局始鸡鸣，吴仰煕犹欲谈，余倦遂睡。①

---

① 缺本年十二月全月、光绪二十三年全年及光绪二十四年正月、二月日记。

光绪二十四年戊戌

三 月

戊戌三月甲戌朔　雨，寒甚。检日记，书吕册。贺门生来，居前堂东房。城中夫力还，云诸女昨晨上船，北风壮怒，未知成行否。送黄参赞《日本志》来，搜辑虽勤，竟无所用，不知彼国亦喜之否。若作小说，反有可观，顾忌既多，词又雅正，便成无用也。马卜儿百姓眠竟酣然矣。

二日　寒阴，颇见日色。理日记，写吕册，看黄《志》。冯甲亦成黄鹤矣。竟日倚闾，欲步濡泥，还卧，占书，忽闻轿至，则滋、真携黄孙已入门，乃反从姜畲步上，云船即至矣。遣轿往迎，三反乃俱到，卜女、湘孙、复、真也，张妪步从。周妪独后，来见，余正值铺床，鸡鸣乃寝，通夕烜和。行李暗至。

三日　大晴。佳节良辰，犹有余寒。移席外房，开窗复掩，不胜东风拂面也。午携诸女踏青。家紫桐儿来，与周浩翁师子儿周生同至。食饼，旋稍饱，客来已暮，犹未欲饭。王儿之树芙塘，昨夜被劫，尽缚人，被蒙之，席卷衣物以去，愚哉，劫也。诸女各占窗几，明净可喜。余但书吕册一条。夜问诸女，劫至当如何？俱云避之。因告以德恭人前事，我所以不如之故，以妇女不可临时为避匿计。德事在丙戌日记。迎船夜来，吃荠卵、苣卷乃寝。

四日　晴。始烜，易绵衣。起行李。湘孙今日生日，正廿岁，以未卒哭，无汤饼也。招团总来，议设树艺局。县令送卷包来。早寝。

五日　阴风。懿儿假归，迎兄嫂。辅廷来扫墓，因吊彭妇殡，不饭去。召缝工、木匠，补衣安床。夜欲雨复止。桃李花。

六日　阴。许外孙来，云周铁已被陈抚捉去，云毁天主，当治罪也。盈老少来，皆未饭去。看课卷，周尚德论富弼，甚有词藻，及再阅他卷，乃抄袭来者，殊可怪叹，此题亦有可抄袭，则无所不有。未二更即寝。始闻蛙。

七日　阴。揩子早来，云周铁募勇。旋去。张星二来，言县传都总令妻病故云云。议种艺局事。阅童卷，毕百本。亥寝。

八日　晴，有雨。看童卷。彭鹗来，问富弼使虏。余云遣往议和，犹使长工议水分，必无死法。地在千里之内，亦非远适，而自誓以死，不发家书，则恇怯甚矣。宋主动容，犹谈虎色变，为忠臣所恐吓也。宋人习气如此，不足论。夜酣睡，至晓解衣乃寝。

九日　阴煊。童卷三百本阅毕。卯金刀来。桃李盛开，夜亦早睡。

十日　晴。晨课毕，饬船下涟口，至县到沙弯，月正中矣。暗行入宾兴堂，唐春湖之子屏丞在寓，待朱倬夫来，已二更，略谈即眠。

十一日　晨起，至石珊处问公屋，便至许庆丰借米筛，还堂朝食。二万郎来。饭后与萧某至书院取公谷，正遇蔡天民，同出买麻石、板绫还。异出吊陈明府，小坐仍还。写陈妻挽联。早传闻官阁清贫，依然佐读青镫，又见郎君新射策；曾享尽人间富贵，今日满城红雨，正逢寒食夜啼鹃。陈妻，叶故爵阁督之小女，所谓卅六猫主人，筠仙所羡者。蔡翁携莲儿来。龚吉生来，致陈公意，必留主讲，余云以不考不上学为妙。颜太守方断断不可之，宜先避也。又云何藩十七去，李臬明日署藩。诸事粗了，上船，还宿沙弯。

十二日　晨阴，见东方晓霞，有雨征，令移船入涟。甫至杨梅洲，大风已发，雨从而至，遂成狂风，甚寒。小洞犹不能进，三十子衣尽湿，浪泼入船，方僮助之，船内外皆湿，仅舣袁河。方僮上岸买米，夜遂不来。

十三日　雨小风止。三十子不能榜，一日竭蹶，仅至坝下。顾车运石，遂助榜船到家。夕食，华一、华三来借宿，未遑与谈，二更便寝。

十四日　雨寒。偶翻廿年日记，有感碑志之作，取严辑校张集蔡文，将勒一书，用便寻检，遂坐半日。周生来，云周铁下狱矣，亦一奇也。未夕假寐，二更解衣，四更复醒，将曙酣寝。

十五日　戊子，清明。阴，仍寒。晨起甚早，校蔡文。约邻农设树艺局，卅二家来者三分有二，一萧生不约而来，盛、张党也，然颇有条呈，非附和者。竟日乃散，惫矣。石珊又夜来，旋去。早睡。

十六日　阴。早起，将督土工，工殊不易。朝食，复报舆携妇来，大运家具，遂尽一日。召匠漆卓几。张子持来。前甲总来，请发传单，亦纷纭移晷，留张饭，去已夕矣。夜月徘徊，三更未梦，鸡鸣乃寝。昨始闻鹃，今乃无闻。

十七日　晴阴。晏起，改路就树，立门外督工。懿儿来，移室居之，新斋未兴工，暂居半山室中。作书告县令以种植之事。改周生所作《朱氏谱序》。周约能得我文，其兄便可得啖①饭处，此文有用，即援笔作之，名为改耳。仍令交倬夫，原手一就两用也。初昏便息，二更乃起解衣。夜雨，闻鹃。

十八日　午前仍雨，复阴。校蔡文，毕碑铭而止，以将大录

————————

① "啖"，原误作"瞰"。

汉刻石也，全文无《石鼓文》，《急就章》亦未为全。睡未着。

十九日　晨雨，午风而霁。遣迎四妇母子来乡居。工人起甚晏，乃反得晴潦，懒之利也。申正杨氏妇来，生孙将两月，始奉以见，□携乳姬。既皆见，乃令吊湘孙，遂饭。始见茇女书及黄年子书。陈抚监禁周、孔徒牒，易甥、孙婿时务议，新学鬼话一络流，可与康祖诒抗行。早睡早醒。

廿日　阴。始督工开土，而四人共锄一亩地，知其混饭，遣去。寻周生更招工，周生亦不知何处去矣。夕团总来。抄汉刻石文。

廿一日　晴，犹寒。抄汉碑，讲范史，论马武请伐匈奴，文情甚美，为班书所不逮。徐甥来，送点心并其父书，求欧文。彭鹗再来。

廿二日　晴。朝课毕，出无车，令匠作一轿窗，三时不成。问银田寺去此几里，云一舍程。当往返，已晡矣，乃飞足而行。至新桥，张六不能进，蹒跚缓步，日斜竟至。团总议遏粜，云从众意也，虽遏犹积，但名不美耳。余云若拦路夺米，吾必治以劫贼之法。众人皆饭，余与韩某等同席，便辞出，见一肥人，云唐鸿圃弟也。弟十近在二甲，门有美塘，往来皆过焉。团局唤一夫送我，复飞足而还。至唐门正黑，乞火便行，到家初更耳。两时驰六十里，快于马。少坐便睡，夜半醋寝，不复知人。

廿三日　晴，犹未煊。抄汉碑，张公仙人九歌已录而不忆，记性不如人如此。杨家请周岁饭，四妇不能往，遣真女往代贺。午去，周妪从行，待至二更不还，余睡意甚浓，遂睡。贺生从学而不知门，遣谕令去。石珊来。

廿四日　晴。始不可绵。露重，不可行。昨夕与搢子登前山，望所居冈峦甚有气势，试往寻之，适遇石珊，三人同往，屦袜皆湿，乃还。郑商来，言开山事，便去。地师来，定中封。莲弟来。真还未知也。贺生告去。夜早睡，半夜醒，鸡三鸣乃寝。

廿五日　晴煊。可单衣。筑墙人挥汗荫喝，如五六月也。朱通公来。润子来，乞食三日矣，又病疟，与约三日不语，便收之，先移之客房。石珊、莲弟并去。九妹之女蔡携小女来，居之对房。晨起复寝，东方昌矣。

廿六日　晴热。抄汉碑。遣女蔡去，约到城为谋生计。内外僮奴曝衣。初夜小睡起，食粥，夜半寝正酣，忽闻唤声，以为纨女在后房，起看乃知谬误。残月正明，舆儿闻开门声起看也，因出询之，还寝，天曙矣。

廿七日　晴热，将雨矣，风暖似暑。石珊又来。团总来，请开山费，谕以钱出于土，不患无用也。周生挟文干茶商，八日不还，殊可叹怪。晚问石珊行医，何为故逃避，石珊遂去。

廿八日　阴。晨有雨，已而复晴，但稍凉耳。成六来送诗，正郭孙之匹也，于其乡人顾少所可。膏醢已罄，冲菜正当时，将入城求滋味，因遣人至省宅一看，附去。与乾元论租谷事。抄汉碑甚勇。

廿九日　晴。朝食后往后山，念当有人来，及出则船夫来，云水涸不能上。问卷封，云先十日来矣。又一卯金也。卯金亦来。抄汉碑。黄孙往桥市看戏，放学一日。讲《马援传》，甚有生趣。午睡甚久，夜寝未适。

晦日　晴。周佣来上工。冯甲运煤，木匠架椽，纷纭一日。滋再看戏，有疾不依礼，两功丧不废乐也。旧周佣与卯金俱下县，与书萧某借钱。周生来。盛生员来，告会试题，并送土仪。四老少来，言封窿事。今日癸卯，谷雨。燕子频来，呢喃软语，盖去年生雏，故今年房房有定巢者。

闰三月

闰三月甲辰一日　晴热，未午起云。梅林黄姓引心兰少子来，字素六，年廿四，云比遭丧负债，未专学也。留居外斋，将课以杂文，遣其工力先去。黄请作路碑，正录汉刻石，诺之，黄遂辞去。四老少亦去。顷之雨作，对子未燥，不能去矣。滋出看戏，遂不能归。大风冲门户，竟夜不宁。

二日　雨。晨炊失饪，数诲佣工，所谓周四者。遂逃去。罗研翁所愁者，余不畏也。抄汉碑。傍晚滋还，周妪后至。风犹未息，待粥乃睡。

三日　阴。谭郎妇家遣人来迎，午去，赠以《论语》，似不甚解也。四老少亦去。欲仿汉《修道记》作碑，竟未能模古，姑塞其请耳。

四日　晴，欲寒。盛、张复来，与同寻周生，因与周生至石泥塘，更要周厚瀛同至颜阁塘，从石道分道，遇石珊同还。入讲书毕，遂暮。周佣还，致银物、衡卷。夜雨，卜女闻大父丧，令发哀。

五日　雨。田始优渥，一犁水活，乡城儆人冀旱乐灾者无所借口矣。看衡卷。周生来，云湘潭不及也，赋亦有成章者。寝闻雷醒，将曙复寐。

六日　雨。晨阅衡卷毕，作书荐盛秀才于衡府，送卷陈兵备，复程屼樵书，托带呢线。片告斋长，问樱桃。出题甚窘，竟费半日工。始闻布谷。

七日　雨。晨遣衡信去。检得《隶释》，校对刻文，甚可遣日，不知日之夕也。

八日　晴。校写汉碑竟日。盛、张复来，言王赓虞逝矣，谣言也，入相矣。追想生平，不胜凄感。晡后雨渐渐，遂至终夜。四更醒，旋寐。

九日　阴雨。仓唯两石谷，遣觅谷米，冯甲云无，乃知义仓之益，乡间穷乏至此，独立难矣。午炊竟断，出衡米，令僮妪爨之，厨下已夺食矣。

十日　晨雨，至朝食后未已。船来载瓦，甲匠均不知何往。余乃下县，舁往湖濒，船又不见，遣问云独去矣。还讲书，遂留一日。郭伋乃郭解玄孙，亦贰臣也。

十一日　晴。滋疾小愈。冯甲面谩，斥之。愚人多诈，极为可耻。羊续清贫，闭郭拒妻，不输左骀，反得郡赙，殊足助谈柄。连得倬夫两书，皆言润笔。周生坐索，有夏南琴之风，亦所谓活报应。

十二日　晴。校汉碑，颇有所乐。将下县而船已往石潭，方治土阶，因停一日。衡信还。夜早寝。

十三日　晨雨，旋晴。遣觅船人，往来云湖，遂至日昃，饭于姜畲，至城犹未昏。倬夫已出，留宿宾兴堂。

十四日　阴，有雨，时作时止。请萧生、徐甥购办家用零星，五十元撒手空矣。午间登舟小睡，倬夫以舁来迎，招吃烧豚，并迎朱、黄、茅、杨梅生。余先过杨宅，看舜生文，已通矣，想又是许生所改也。其《乐毅论》云"毅当声田氏篡姜之罪"，颇有所见。还，许兄旋来。夜待厨人甚久，食毕已将鸡鸣。会试信至，而不见全录。

十五日　阴晴。今日戊午，立夏。昨约与二朱冶游送春，期以巳初，向午黄、茅未来，因登舟解维而归。行东岸几一时许，饭于袁河，至南柏塘已夕，乘月还家。诸女留夏羹待我，半夜乃寝。

十六日　大晴。甚热，始簟。欲看桂卷，以将上湘，留为舟课。仍抄校汉碑。夜月。

十七日　阴凉，午前有雨。遣方桂入城取赴文，因与书仙童，冒雨便发。得杨生书，送文稿，云朝官讳言利，厘盐归赫德，以偿债息耳，非整顿也。外夷不取我土地，而能榷关市，殆先王讥征所不料，此所谓筑台于秦者。四妇姊妹均作望海诗，亦不谋同词，有类元、白慈恩之作。

十八日　晴。文柄自衡来，一无所知，似桃源仙人出洞。冯甲至石潭，亦一日不来。方四复病。

十九日　晨雨，复寒。杨笃吾兄弟冒雨来。朱巡检、陈县令遣人来吊，俱有赙赠，随复书谢之。朱送我双井茶，则受以自啜。笃吾不饭而去，出留之，则已去矣。留仲子居外斋。诸女以娣葬，停课一日。方贵还，见千佛名经，几成城旦书矣。

廿日　癸亥。营葬次妇，雨不能行礼，欲往圹看视，亦不能行，冒雨往，屦袜俱湿，正彷徨间，周生引一人来，脱雨靴阶前，乃着以往。开方中太浅，令加深二尺。日垂暮矣，雨稍止，涂已毕启，草绳系枢，未引而断，急以布代之。女妇皆望哭以过丧，仲子步送，余欲待下窆，靴主久待，乃还，具食。酉正始下，大雨旋至，遂掩而还，从已鸡鸣。

廿一日　大雨。朝起庀具，为次妇具卒哭之荐，乃知祔礼用尹祭。及取左脇折俎之说，改定《礼》注一条。今既不祔，略依三虞告奠而已。湘孙制杖为主，日中行事，尚不乖节。朝祥暮歌，夜遂无哀，非所谓不敢不勉者，然已勉三月矣。文柄、周妪喧争，俱斥令睡。余睡稍晚于昨，而鸡未鸣。

廿二日　大雨。复常课。讲《汉书》张佚"争援"，殿本作

"戚援"，二字甚生。校汉碑则多识破体，甚以为能。袁、向学官、龚吉生均专使来吊。

廿三日　阴晴。杨生弟去，余欲上衡，而《隶释续》未毕校，尽日勘点，兼抄所遗，至夜竟毕。书冯姓扇一柄，唯成姓诗未看。百日不摸牌矣，夜呼诸女作四圈。

廿四日　大晴。携黄孙上衡，自授之读，便携周妪护视。早集夫力，将午乃行。夕至涟口，附行舟便发，夜泊向塘。竟夜酣睡。

廿五日　晴煊。南风似夏，烈日灼人。看桂卷。缆行六十里，泊泥塘。

廿六日　晴。大热，单衣犹汗。守风渌口，至夕乃泊山门。夜不能寝，开窗纳凉，须臾风起水涌，北风大凉。阅卷毕。

廿七日　凉雨。帆风，未几又拉望矣。冒雨缆行，水流甚迅，过晚洲，乃上望，十五里复帆，夕泊雷石，迟一刻未得过卡。夜得甘寝。黄孙始读。桂卷未开。

廿八日　阴。待看船，至辰乃发，巡丁犹怒目疾视，以未得开箱箧也。雨止风息，缆行甚迟，夜泊七里站，颇为蚊扰。

廿九①日　阴。待看船，至辰乃发，②暮乃至，将近耒口，忽云有风，停久之。微雨飘洒，顷之见日，已不能复上，遂舣石鼓。步入北门，过贺家，并傻角而无之矣。道湿不可行，循城根上，遇刘信卿，云将访章月坡，立谈不欲别，乃与同至陕馆，旋同至安记，索面。因要岵樵摸牌四圈，云杨伯琇因牌得疾，甚殆。夜不眠，致阴虚也。方僮来，云船已来迎，时至二更，遂与刘、章

———————————

① "廿九"，原刊作"廿八"。
② "阴。待看船，至辰乃发"，与廿八日重，疑错简。

同出，分道各还。唱梆过戌到书院，人静镫昏，斋长俱出，书办亦游不归，幸王文柄作主人耳。今日壬寅，小满。闰无中气，此误记也。

四 月

四月癸未朔 大晴。失晓，起已日满窗。岘樵送果菜，斋夫供草具，早饭甚俭，午饭甚奢也。出堂点名，有二十二人。王克家来见，作揖不如法，思俞岱青之面斥，素无威重，不能顿俨然也，作谕诫之，乃不及私室训过之善。学使舟过，与周妪凭阑看之。黄联镳又来，半揖，因并饬之。衡人亦有长沙派，渐不可长也。晡后凉雨。得邹氏姨书。李结甫来。

二日 甲戌，小满。阴晴。可夹衣。晨起最早，黄孙亦早读。午下湘，课半毕矣。从珠琳巷上，答访结甫。诣三否不遇。至道署，觅号房不得，乃径入，寻刘省卿，尚卧未起。主人已延宾，至客座，见所书大字甚佳，略谈零陵风土，遂还船。遣方僮分赴，余独还。晡食稍早，二更假寐，遂至半夜，乃起解衣。

三日 阴。未辨色，黄孙已起，因皆早起，则王文柄已持帚在阶前，盖欲听伺，而不料如此早觉也。丑人多作怪，亦自可笑。陈六笙兵备送永物。萧、谭两学官来，点心已过，以百合粉待之。王国俊来，一言不发而退。夜命僮妪作饼。未镫先睡，三更始起，小坐旋寝，似闻远鸡鸣，然未分明。

四日 晴热。南风似伏日。朝食后陈兵备来谈，至午去，约晚饭。谭、杨、揩兄弟来。秀枝僧来，言官事，留点心，同下湘看杨伯琇病。过对岸步上，至安记小睡。道署催客，至谭、萧学舍，唯见秀阶。至刘省卿斋，萧、朱均在，更有曾生，邵阳人，藏船山《惜发赋》者也。午前六笙送墨迹来，代请题跋，云欲相见，余请并邀同集，故遇于此。又有广东颜生，陈女夫也。设食甚早，初更小雨，昃出已晴。

五日　阴凉。郴何生自长沙来，云叶焕彬声名甚盛，以能折梁启超也。梁之来此，乃为叶增价耳，人事倚伏可玩。邵曾叙侯来，促题王册。孙阆青儿来送画，赠以四元，自云衣被被茅栗失之，则似荒唐。

六日　晨雨。闲看赋，课卷竟无佳者，欲改为一篇，事杂未暇。张子年来，李次山继至，云三否将来，彭新亦至矣。凡讼事构架，全不可信，非老人欺诬，老而愚为人欺也。夜寐不安，为黄孙所䀲。三否亦竟不来。

七日　晴热。朝课毕下湘，将至盐局，未舣船，见一官舫，令看，知是永康牧。遣问，黄郎正在船上，便往问讯，要泊书院下。望之父子来，避暑不肯留饭，余入外斋，霖生偕杨郎先在，共谈半日，俱去。望之夕食后又来，至二更去。更请其两妾入内纳凉，先不肯至，将夕乃来，锁断宅门延之。正纷纭间，不知何人阑入外斋，窃墨合去。

八日　晴。日烈如火，墙壁皆烧。登楼看黄舟上永，旋见一下水船拢马头，以为常宁生也，乃是曾重伯，从大榕江来访，郑清泉亦来，共谈久之。郑去曾留，说四始五际，兼及新学，取《论语》以去。黄孙急欲至西禅寺，周妪亦欲礼佛，同下湘问讯。霖生畏日不上，入城，小憩安记，买瓷器。步出西门，至天马丛林，客皆不至，唯岘樵在。午斋早散，轿夫不来，大为所窘，坐小艇，待两时许，乃得同还。复访霖生不遇，步从东涧别渡，小艇亦到。汗浃衣绔，未能快浴，稍进浆面而寝，竟夜未衣。得许仙屏书。

九日　晴热。遣陈八还山。程岏樵来，云萧郎欲招陪曾翼长，而以坐次为难，余正欲看仙童，因许同往。程又不去，遂留夕食。日落泛舟，二杨先在，仙童服洋药矣，又不若吃盐者之得正味。黄孙亦能饮酒，二更乃还，已熟睡，余亦就寝。

十日　晴热。毛杏生、张子年、任九、刘镜泉、章月坡、盛衡阳、胡子清相继来。盛中久坐，遂不得朝食，聊作饼款客。客去，正午，人倦，遂酣睡一时许。岏樵送枇杷、家信，八女又不能回。黄孙读《曲礼》毕。得吕生书，词甚诣阿，有似梁启超。又闻欧阳伯伯复有去志，此如丁汝昌，既献地而仰药，以为贤于李鸿章、皮锡瑞可也。夜雨。

十一日　稍凉。课毕，卜二子来，同下湘访张子年于徽馆，杨五依然，诸人尽换。要张同至安记，余携黄孙舁入城，更衣，答访两县官幕，还少睡。岏樵催客，常、丁、杨、萧、朱、德并先集矣。听说沙市之斗，有湘潭大架之风，至云夷人乘球夜遁，殊可乐也。鱼翅极佳，未夜已散，步还安记，阻戏不得入。从小巷，乃遇江尉，复小谈而别。买物多遗忘，留方僮城宿，独携孙还。方四来。

十二日　晴，复热。方欲入乡，畏日颇沮，写字数十纸。卜郎复来，与书吴、陈，托荐之州县。麻、马来访，约饭。常家觅船甚贵，自觅之亦不廉，甚装回也，姑待船夫回谋之。霖生已发溜单，自往止之。夕行甚困，而又不遇，乃至冯絜翁处小坐而还。本携黄孙，不令入，文柄欲吃茶，违教放入，又吃果饼而还。月行愈热，还困，酣眠。

十三日　早凉得寝，起犹未宴。絜翁约来谢委，云其子得始兴令，又得随牧，书荐一人，不能位置，可知其狡。郑太耶言殿试不以闰月，得《春秋》之意。与康进士欲改正朔从耶稣者，同为历家言。黄盐道欲巡抚用礼拜日休息，则不知何意。始浴。黄孙未朝食，停温书。晡后凉，雨未成。

十四日　晴热。向午不得朝食，余先饭一盂而罢，僮姬餐时已过午矣。麻七郎请饭，去年猪头愿也，几不能偿，幸而为费。同坐刘生，盖左仆小使，云于黄此山处同席，竟忘之矣。李子仁、马叔云均与，客无一至者，子仁又为府试校阅，先去。酒罢已夜，坐学坪纳凉，还正二鼓，热不可睡。午夜大雷，电光吸室中，惊起，听雨倾盆，又连发震霆，乃寝至晓。

十五日　晨阴。祖妣忌日，素食谢客。斡薛阿夜来，未之闻也。夜月。

十六日　晴。晨起命舟溯烝，仆姬并从。方欲自爨，外报客来，薛阿及舁夫昨已借宿外房矣，云为熊一和求信与沈子粹。正言喻之，以为戏论，但欲得八行耳，迷于势利至如此，乃欲种树、练团何哉！因与书吴师耶，遣之去，己亦下船。携黄孙至厘局，为刘弟送名条，便至章师处寻牌局。道逢任弟，又一求八行者，与同访江尉，遇杨、廖少谈还。要陈倬翁与章同至安记，黄孙并从。至暮饥甚，令方四作面，极佳。顷之岘樵还，章菜亦至，刘信卿后至，摸雀四圈，胡师亦来，盖任弟所央及来也。夜月回船，城门已闭。

十七日　晴热。晨陈倬翁邀谈，以当去辞之。朝食后遣方僮回书院，余皆携行。入承口，溯流甚迟，觅水手未得，乃命往松亭桥，三泊三缆，至夜犹不能到，余倦眠柁楼，未之问也。

十八日　庚申，芒种。晴。船不能上，舣松亭，换轿往石门。将午乃行，度不能至，但期大胜，舁夫欣然索钱六百。留周姬护黄孙，携二力同行。晡渡台源新桥，近五六年所建也，工力甚巨。未二里雨至，避于余乐亭，雨止，轿后又步进一里，大雨沾衣，还复至亭，待舁而进。至大胜，日犹未下舂。舍轿步投庙山，文柄、方四亦至，至七里坤，暝矣。雷电雨风交至，舁行欲迷，三人皆无盖，雨淋汗蒸，气出如炊，奇景也。闻机器人言，头足湿则致电气，霹雳虽远，电光闪烁，自念或同李元霸耶？既已在路，勉步四里，宿楂林塘。期月出即行，雨久不休，人倦就枕，正月出矣。十二年夜行不休，今乃阻此，亦往复之理然。薄暮雷电雨，风泉助凄冷。淋淋两青鞋，行行三短亭。雨汗蒸蓬鬓，萤电烁夜冥。荒涂失松翳，危石践苔青。好游诚逸性，窘步亦劳形。　劳逸亦何常，欣戚信多端。夜投楂林宿，感念夕马烦。欢亲终有穷，柳死槐桂残。谁言丝竹响，但见樵牧还。音迹步步存，时节冉冉弹。即此自嗟吊，溪流涕潺潺。　潺潺别旧蹊，驰骛遵平陆。午云阴亭皋，南风振绨縠。谁希叔直舁①，且寻孙兴服。岭霞复兴晦②，舟车俄往复。漏尽行不休，林昏道固熟。且乘颜蠋车，无讥桑下宿。　忘情随地游，佚老与天翔。泛泛轻舟游，陶陶万物昌。行春已后时，闰夏烈新旸。芙蕖隐早花，稻叶竟初芒。舍舟松亭桥，酌酒金乌坊。川原既周柔，屦步恣徜徉。旧庐深山深，盘纡百里长③。

　十九日　晴。晓凉，山行衣夹。五里寻石门旧居，桐树迎归者已樵尽矣，平桥亦不似昔经，两头屋不复相属，道旁复有新筑室，余皆依然。在和出迎客，大秀儿已能陪饭，陈七儿、李祖纶弟皆来问讯。欲迎船来，云须三日，念黄孙不可须臾离，遂辍游计，亦不欲旹携童稚行游也。遣文柄往问讯，率方四以还。李、陈送我，道增一人。向午还辕，投暮犹未得金乌井，舁人不能暗进，自步十里，至松亭，饭罢月出矣。唯问得钟满，八十无依，赐以八百。

　廿日　晨雨。舁夫饱饭而去，余乃还舟，吟"匡庐旧业"之

① "直舁"，据《湘绮楼诗集》补。
② "晦"，据《湘绮楼诗集》补。
③ "百里长"，据《湘绮楼诗集》补。

诗，疑鸦翻夕阳是刺君相。至黄沙湾，南风大作，不能溯流，泊东岸久之，见一海关道船，不知何人也。方四从东洲复下，余乃命移船，宿萧、杨间。

廿一日　晴热。朝食后方写纪行诗，胡子清来，云新藩廿五日接印。任师求书甚迫，又不敢言，已有渊源，而欲吾为阳鱲，催馆败兴，兴不易败，乃缘黄公度前信为说，庶几宰、端之词命乎？虽然成事在天，巧言何益，亟与之书，使去。风雨旋至，吃饼，写诗，沐浴。

廿二日　晴。本约小集，以刘疾改期。在船未上，常霖生、杨叔文、萧仲常、左全孝来，久谈，留食饺。胡子清来催客，携黄孙同往章家，陈师兄、胡、马均在，更有陈鹤仙，摸雀四圈，热甚各散。得湘潭令君书、陈芳畹书。

廿三日　晴热。以为岸上当愈，携黄孙至安记读书，至午愈热，回船纳凉。顾尉署清泉捕，来见三次矣，踵门复至，不可不见，延入少谈。写字数纸，清泉令来催客，当送道台女添箱，久待方僅，至夕乃步往。萧教授，章、陈两师同集，狂谈时务。夜步还船，小雨。熊儿来迎母。

廿四日　雨，稍凉。遣周妪视程嫂疾。在船课读，晡命作面。程屼樵、张子年来。伯琇约食猪头，携黄孙同往。萧郎路旁相待，入角门少坐，饮余滋山房，丁笃生先在。酒未罢，屼樵以母疾先去，余步下船。熊妪来告辞，求盘费，予以四十元，周妪先言也。

廿五日　雨。遣方四往桂阳送卷，因辍游意。朝食后冒雨入城，贺六笙兵备七女加笄。陈十女六子，尚有三未嫁，与余正同。因看刘信卿，刘四支风痹，亦异疾也。道署犹未朝食，出至文昌宫，看招募，丁、萧、常、夏、张太耶皆在。闻程嫂未愈，借张雨鞋，步往问讯，其子孙均出陪话。复至文昌宫，误至西门，还行，久之乃至。渴睡，欲少休，舁还安记小憩。道署催客，两媒、二协、双通、两县、陈及女婿颜生、张翘楚，分二席，初更散。还船，江尉送鼓子、点心。早睡。

廿六日 阴晴，晨有微雨。还船归馆，到即自炊，晡食已夕矣。为黄孙别设榻，半寝堕地，仍从余眠。

廿七日 雨竟日。午往絜翁家会食。魏二、杨八、程、杨、丁均先在，夕还，到已夜。

廿八日 晴。朝课毕，携黄孙同下湘，至新安馆，张子年代办肴馔，请陈师、章月坡、江尉、胡师、陈兄倬卿。同集。客俱晏至，云误往白沙，却还也。夜散，亥寝。

廿九日 又雨。谭姑少来。午下湘，至浮桥马头，水涨丈余。丁驾生设酒，冯、杨、程、二萧俱集。伯琇云南学被打，应逐鹿之谶也。萧盛言火柴发财。未夕还，幸未犯夜。

晦日 晨晴，午后大雨不止。设饯续副将，已往零陵，便招陈兵备、熊营官、冯、丁同集，岿樵代办，客至厨空，幸而集事。自午坐至夕，惫矣。客从沾衣，亦云劳止。岿樵复去，即睡。邓妹往桂林，停舟告贷，遣周妪赠以廿元，报南昌之惠也。已去五十金，犹未能已，然施者已厌，报者未倦。正逢招客，不能自往耳，故胜于赗。保之、罗三官犹未死，亦一奇事。

五 月

五月癸丑朔 阴。出堂点名，以"屈平受禄"为题，截剪稽语，诸生皆疑，不知用事不拘也。看闰月课卷，无甚佳者，半日而毕。黄孙读性忽钝，欲减之又无所用心，甚难为诱。文倦，假寐，遂寝不觉。

　　二日　晴。朝课毕，下湘料理节事，因访容丞，云病甚，气从耳出。余云龟息寿征，何以反苦？谈顷之，耳复出气，遂不能言，遽别而出。至江南馆少睡，看宋人本学两本。萧教授来催客，往则陈、章、任九、陈兄皆在，胡师后来，谭训导陪客。先约手谈，已晏，不及事，一较而散，食毕夜矣。程婿、夏生得一甲第二，来报，余未闻也。步至白鹭桥上船，犹行二三刻乃止。

　　三日　阴。乙卯，长至。写字数纸。开菜单，唯用十二豆，省事息人，应景而已，然已侈矣。岘樵送时鱼。

　　四日　雨。道台、二程俱送节物，道别送节金及波离窗价，辞谢不受，以其多礼也。方四从桂阳还。

　　五日节　晴。杨伯琇、送节物，加以鱼翅。两麻郎来。诸生入者皆谢未见。暮放遣从人观竞渡，黄孙亦出坐船。四谭来，已夕矣。

　　六日　大雨竟日。看桂卷赋廿四篇，无合作，姑就分次第而已。似有蝉鸣，而未成声。

　　七日　晴。谭香荄训导请客，兼及黄孙，课未毕而往，以为当昇，乃略可步。至则主人方从考棚还，云三否期黎明，乃至日昃诸客尚未集。看《湘报》一月。有一分府官，正黄公度同里人，云保卫不成，枭请开缺，抚台慰留；抚亦被劾，朝廷慰留。爱惜人材如此。陈隽丞最讳言丁公密保，恐抚、枭亦讳言慰留也。本欲宿城中，天气尚早，谭遣昇送还船。初月忽昏，溯流暗还。

　　八日　阴晴。看桂卷。朝课未毕。黄孙全不用心，本不欲督责，愈不可治，痛笪之。步往道署看刘信卿，已大愈矣，陈六翁出谈。衡阳催客，步过曹润六教谕，云解元亲房，润之疏族也。至衡阳，铁匠群殴铁行，来验伤。入胡子清斋中，两府学先在，刘、章继至，将夕乃得食。二更还，乘月颇凉。伯琇送鳗，以饷信卿。

　九日　阴晴。晨未饭，梅澹如训导来约饭，客去，问黄孙点心否，乃知昨夜顿尽豆糕一合，骇叹悔怖，切责周妪，为之辍食。爱子托人，几陷之死，信乳保之不易也。看桂卷毕，定等第。程生寄京物，并言即墨毁像，曲阜衰败之状。张尉、唐澂卿来。左教谕涛来，谈锡九旧事。向生自南海还，致许抚、刘谷怀及其父书，并送粤物。夕大风雨，门窗帘帐并飞。

　十日　晴。左奉生送鼓子。夏生兄子青来，云湖北无馆，将归谋食。初以为夏生儿也，几令久待，款谈，耳聋不能达意矣。夜月久不寝，玩赏至夜分。

　十一日　晴。晨得时鱼，以酬左教官，因其自言妇、子不衣帛，必未见时鱼，故奖之也。江夏吴训导光燿送蜀绸，求文。其文似廿四家，沾沾自喜，亦楚材也。起，早饭早，半日课毕犹未午。卜湘至安记，闻梅约客，方自招客，询知太早，卧一时许。甚热，乃舁出，答两协，雷风忽起，急出城至清泉学舍，雨至，才得沾洒。有二客不相识，知其一是许本恺，一则未敢问姓。陈鹤仙来，同访左教谕。顷之胡子清来，云翁师被逐，荣出督畿，裕王入相，时事殊可骇。又云徐学使父专举黄盐道，巡抚复奏留。又传有夺门之功。

　十二日　晴。朝课未毕，缘与胡约早到，便携黄孙同往江南馆，议饯续协。课读至久，书不上口，知其全不用心，乃命辍读。日夕胡师、张尉同来，道署已催客矣。摸牌一圈，与胡、陈同步至道署，托黄孙于张子年。谭进士先在，六公出谈，更约刘信卿、颜姑耶同吃烧猪网肝，尚佳。热不可久坐，二更步至厘卡，张送黄孙登舟，遂发。

　十三日　晴。先祖考忌日，谢客。欧阳璧、陈十一郎皆来，冲破忌日，余皆谢未见。写对一联。

十四日　晴。连日入城犯夜冲卡，因移床船上，携黄孙同往。正欲登舟，郑清泉鸣锣来，久之始入，买"三礼"一部而去，余遂泊城下。待至申初，步至程家，则客已到门。同入迎谈，乃张庆云子峰。顷之续协宜之亦至，谈京中事。谭进士后来。余约岘樵为主人，燕菜烧猪，大请其客，弄巧反拙，亦不得已。夜散，还船。

十五日　晴。晨间饭具一无所备，遣人买菜又不能待，率黄孙复还书院，帘栊凉敞，朝食正午矣。周妪云七字俱无，亦将到船。因又下湘，遣人力俱上，独携黄孙读。至夕不得食，饥疲俱甚。日落船来，刘信卿约饮，已再催矣。步往道署，颜婿、朱嘉瑞、胡师、岘樵先在，沈敬轩、王松涛初不相见，较前两集为凉。步月还船，风息甚热，解衣洗足，二更乃睡。四更起，看月食未缺，再起已食甚而隐，亦未见也。

十六日　阴凉。午后船压梢，当载煤。携黄孙入城，无所往，复出南门，往乘云寺纳凉，因至鲁般庙看戏，见一桂装老媪，携三轿停槐阴，不知何家流寓也。《樊梨花》无可观，因先还船，黄孙亦旋至。江尉晨来。胡师午至。张庆云亦早来，言月食将既，未复圆，已入地矣。陈八兄船下水，烧水师帐篷，来求邀恩。

十七日　晴。将看课卷，李子仁、马寿云、张尉来。烧篷事未了，高荣贵妻又被歇户扣留，斋夫复来诉饭店被诬扳，皆清泉事也，郑令难与言，托人告之。张尉复与麻十郎来，云篷可不赔矣。看赋甚有佳篇，有效可喜。入城至安记，岘樵云比两日甚热。刷书十部来，便以二部赠其兄弟。步访陈倬卿，新事都无所闻。日斜至谭委员处会饮，陈、朱、张、毛俱在，李子仁后至，甚诋署臬裹足之猥琐。

十八日　晴。晨移舟过载，送蓬还水军。萧生自南海还，云《全文》十七元。黄船芝来求乞，与以一元，至樟寺寄之，恶其不知时也。午饭后先发饷，船旋至。夜泊寒林站。

十九日　辛未，小暑。守风黄石望，午过石湾。至当铺取银，杨夥送原封来。六耶来诉减薪水，云仙童已为两督所保，当以才子入帝廷矣。戴把总来谢恩。又有会办求见，促发避之。夜泊淦田，船漏，几至漂仓版，方贵舱之。

廿日　晴。守风上弯，湘令送课卷来。半日下水守望，盖夏景也。夜泊涟口。

廿一日　晨起过载，卯金还县去。午至湖口，遣送黄孙先还，余步至炭塘，念周妪一人挟重资，惧有劫盗，复还看之。岸上小儿女嬉游，殊有桃源之景，可无虑也。复从田塍避狗上至小径，调方贵，旋遇两儿来迎，至家则宗兄族妇盈庭，诸女皆言新室甚凉，即入偃息，寸步不出。待饭，至夕乃餐，不饱。夜摸牌，困眠。

廿二日　晴。复女生日，群女仆来贺，大作汤饼铺之。盛团总来，谈南北讲义竟日。谭前总翁婿来，摸牌、较牌、回龙，作杏酪、鱼面、豆粥。至初更甚倦，睡不欲醒，家人相待吃面，强起，啜汤甚佳。

廿三日　晴。携复女入城看会，三妇、湘孙请从，检衣装，遂命同往。反复舁担，过午乃得发。夕至城，入宾兴堂，唯倬夫在，遣与陈公相闻，顷之步往，遇于板石巷，仍还堂，谈保甲团练，三更乃去。钟报丑初，即睡。

廿四日　晴。晨还船即发，未午已到朝宗门，女妇将入城，塞会塞涂，余乃携周妪儿步上，书舍纵横皆是，真读书人。功儿呈洋报，八比改策论定矣。无宿处，居次妇旧房，心戚戚焉。夜半不眠，与张先生谈。

廿五日　晴。晨命市瓜。自访任师不遇，还朝食。八指来，多识时务，市僧也。笠僧旋至。留设杏酪，不能待，皆去。顷之塞神者至，一人困于人马间，入门求容，云曾相识。视其名刺，刘毓兰也，云字少秋，甲子举人。同看会，谈会所始，余唯记蒋侯出荡，其原始于索室大傩耳。夜仍不安眠。食瓜极佳。

廿六日　晴。已当还山，留看善化塞会。船人告无米，城中半斗四百，故当亟去。陈伯弢来。周妪假还复来。夕命女妇登舟，携盈孙以行，期至南门相待。邀张生率功儿访仙童，磕睡未醒，略谈时局，梁启超党人也。熊吉士方攻王祭酒，陈抚父子助熊。三山长被逐两，仙童和之，有瑕戮人，可为不自重者之戒。复过叶麻不遇。至伯弢寓，同至南门洞，迎者未来，辞陈令还，余独去，至地黑乃还。张生、功儿犹相待，乃俱还家，移居余故室，整理书楼，然后去之。书与茂女。

廿七日　晴。昇上湘潭诞登渡，犹似霸王，竟无过问者，可叹也。晡后至宾兴堂，要倬夫晚饭，杨家遇章湘亭，炰鳖、糟鲤，为饭两碗，热不可坐，乃还。堂内亦热，乃眠。

廿八日　庚辰，初伏。晴。晨呼赵十八看公屋，二万子来。石珊、朱通公亦至，议圻屋暂作两间，以四万钱包工。涂遇杨福生，气急败坏，请余上学，向老师、陈父台继至，云云等因，余云当作牌示晓谕无师之意。杨孙来求书扇。徐甥□□羊肉。衡船午至，借谷拨船，纷纭至夕。曾甥，永、云二孙均来。陈明府送束脩，倬夫送润笔，俱五十元。买纺绸作绮，送蔡氏从女四元，自交鹿槃妇与之，遂登舟暗行。妇女舟先发，余船夫老钝，又重载，泊于涟口。

廿九日　晓过袁河，日出风凉，至姜畲正午，犹未盥漱。望南柏塘如百里程，行一时许方入湖口，迎者散去，独步烈日中，唯周妪来迎，始知接父不及接差，名不敌利也，周亦属员类，故关心耳。昨午未饭，至今正十二时矣。连剖三瓜，未得佳者，乃饭无菜饭。较牌负四十文。夜早睡，旋起就寝，枕簟甚凉。

晦日　晴。积卷如山，期三日了之，不问他事。卯金、方四、熊大、方贵皆来。冯甲告去。团总来。南风止息，十四朝耳。

六　月

六月癸未朔　晴。始定日课。内斋热不可坐，间出间入，又时有乡人来扰，点卯而已。方贵请假去，熊儿亦去。夜睡苦不足，不暇食也。

二日　晴。团总来，请领积谷，云市无米粜，人心惴惴，又劳十午水，禾尾有红者。立待书告县令，留饭而去。

三日　晴。风热，日色稍薄。阅卷毕，遣方四送去，并至省城市瓜，与书笠僧，荐王文柄。㧖子不告而去，外斋虚焉，令卯金镇之。

四日　晴。休息一日，亦热不可事，兼昼有蚊扰，摸牌犹不安宁，所谓"清簟疏帘看弈棋"者，消夏佳境也。夜卧，闻方四被捶，挂红升舁去矣。磕睡太多，稍自警醒，乃得甘寝。夜闻松风谖谖，十八日南风，今日已满。

五日　丁亥，大暑。阴。始有雨意。晡后雷雨北风，雨不破块，外凉室暑，唯卧乃适。五更起，寝遂不寐，殊有秋感。

六日　阴热。看衡卷未十本，蚊扰而罢。摸牌较牌。团甲来，言积谷不发，欲余籴济，此当行之事，而无人承领，且徐议之。夜睡不觉。

七日　阴。阅卷毕。鳌石李姓来诉访闻事，云团总假事陷之。顷之团总来，亦伏假事，而请惩其辱骂。正谈间，石井铺有游勇杀人，众人愕视，比之秦武阳，余亦悸而寝。

八日　庚寅，中伏。晴。日光未烈，暑退五日矣，午有小雨。团总来，言游勇未去，但横刀不可近。遣卯金送卷衡州，便与书陈兵备、程岘樵，因过云湖就执之，已扬长去矣。前日县中亦大掠龚家，团练不可不急也，而无一人可用。团总来，请开山津贴，盖乡人唯知骗钱。

九日　晴。晏起，淋血又发，意甚恶之。遣甲总报县防劫。盛团总来，言李文山、郑福隆来言逆子，云有师耶劝子讼父。蚌塘两佃请借公费，自设局以来，始有相闻者，各如其数以予之。计七都一甲非万金不给，十甲则十万金，一县当百万金，尽地之利，薄矣，此岂可仰公费耶？五十里成国，一同而兴，非虚词也。薄暮甚热，顷之大风，遂凉如秋，中夜再起再睡。

十日　阴凉。北风动地，殊不似中伏。胡三省以剑名欧刀，取欧冶子，殊为曲说。"欧刀亭刃"，受刃之词耳。方四送瓜来。得功、茇书，言迁除事。熊儿又来。

十一日　阴，仍凉有雨。看县课卷。易命申送羊、鱼，责以口惠实不至，又甚于陈芳畹，人穷气怫，鹿死不择音，理宜有之，置之不答，本朝派也。

十二日　晴，稍热，午后有雨。阅卷懈怠。田雷子来，言大掠龚氏，并扭罪人送县，奇闻可骇。

十三日　晴，晡大雨，自此沾足矣。遣舆送存银下县，采买蔬菔，因代课读。

十四日　晴，雨依时。甲总来，云县中无办法。不意懈怠至此。夜月，寝凉。

十五日　晴，雨如例。阅卷数十本。买瓜船过午始至，方僮亦担瓜来，触目皆溃，又非头瓜，不能佳也。

十六日　晴，不复雨。漏伏最准，理不可解。今日虽无雨，近处自有也。盛团总来，云为李文山所侮，必求解铃者仍系之，为书与八甲团总评其曲直。阅卷四百本毕，亦有二本可取者，此固清泉所无，所谓大县多人材也。

十七日　晴，热风，着衣如烟。阅卷毕，不能检校也，呼诸女摸牌消夏。作杏浆，唤厨人不至，大加申饬，并园丁遣之。文柄自城还，芳畹来书告贷。夜月。睡醒，忽闻开门声，出视乃宗兄睡门外，可以守盗，亦可以招盗也。正欲还寝，复为所扰，久之乃睡。

十八日　庚子，三伏。晨起径出，校定等第，封卷，遣送县。晡后有雨，夜复小雨。有书生贸然来，云是门生，初不知姓名。

十九日　晴。县送告示来。盗劫公行，欲以一纸了之，乡人犹云有益，可叹也。午雨。团总来，言押租事。夜晏寝。

廿日　壬寅，立秋。诸女讲书，言词章家用伊傅、伊周、伊吕、伊管、伊霍，崔瑗又用伊箕，他文罕见。早散，摸牌。二更后方佣始担瓜还，正值立秋时，剖三瓜皆甘冷，召家人食之，又献蒲桃、韭花，池中亦摘一莲蓬。皆时物也。再起纳凉，半寝，闻鸡遂睡，失晓。

廿一日　晴阴。北风过旬，松涛送响，城中无此清凉界也。考"練"字即"疎"字之或体，束皙本疏姓，知此字起自汉。看《礼经》犹多不了。改《春秋》二条。

廿二日　晴，稍热。盛团总来，请告状。误用一人，生事扰民，保甲局之罪也，然乡愚亦实自取。写字三纸。瑞、瀛两孙来，荒唐无知，各训饬之，逡巡自去。至夕，功儿书与滋女，促其省姑疾。夜食瓜。

廿三日　晴热。滋自求去，呼船竟日未得，云皆运粮去矣。醴陵新米已出，运至此，获利甚厚。

廿四日　阴晴。滋携子还长沙，张妪从去。在内小坐，忽闻传呼声，讶乡间何得有此，出看，则巡检、外委来迎教士者。朱伟斋，熟人也，相见甚欢，谈至晡去，夕答访之。得凉风。作乾元小门榜。

廿五日　晴热。次妇生日，命其子女奠墓，自往看之，坟成尚未一临也，亦太简矣。午增具肉菜，邀伟斋便饭，夕集亥散。

廿六日　晴。南风如薰，几簟皆热。竟日无所作，唯看《尔雅》，增释"启明"一条，去岁所知今又忘矣。遣邀朱、刘来避暑，期以明午。

廿七日　晴，愈热。委员回县，云教士从船下矣。避暑无风，殊不安适。夜坐学坪纳凉，竟无凉意，但见星斗昭回，俨然云汉图。

廿八日　晴。庚戌，末伏。讲范书《臧洪传》，殊不知其可取。当时有重名，盖但取其能拒袁。赵木匠来。

廿九日　晴热。团总来，初不知其何事，询之乃求书扇，走笔应之。夜寝不凉，乡居所罕。

七　月

七月壬子朔　晴。晨待匠移神坐，朝食后乃至，工殊不简，惧一日未能毕。衣冠奉高祖主，乃见中题"六世祖"，非词也。余无后祔食主，不可胜诘，当俟龛成，一一以昭穆次之。而妇主无宜杂糅，姑以昭穆分左右。又有男女共主者，可谓不经之甚。夕行礼安主。

二日　晴热。方四还，云滋姑已逝，欲守至卒哭。食新菱，已陈腐矣。夜热不可睡。得雷教官书。

三日　晴热。两儿应考，欲分道行，问其故，云三嫂言。叔索剃头钱，使族无赖群索之，兄弟不交谈数月矣。问舆，乃云无有。知三妇不能主家，夺门复辟，以息诤讼。本不欲两儿应试，因此反勒令同往。热，得大风，夜遂冷，醒闻雨。

四日　阴，有雨。移族中无主后群主于两龛，别择殇主题弟妹者藏之。盈孙造言，幸不生事，不足诘也。高荣贵来见，云细蕙钦差矣，与书送之。两儿夕去，遣文柄、熊二送护，因顿遣男女两仆，房妪云月内去十一人矣。诸女作包。四妇手肿，未知何疾。夜凉。

五日　晴。移孙入读。看课卷，湘潭愈多妄人，胆大心粗，真不可教。敷教在宽，师严道尊，二者有先后，倒置则大坏也，此不能不归咎于陈知县。夜禄孙乳妪惊呼有盗吹镫，言之凿然，为终夜警备。以明日懿妇将归母家，不过劳一夜也。

六日　晴，夕阴而雨。午懿妇携孙俱还外家。重定盈孙工课，数易师授，朝令夕更，故无恒心，余之过也。卯金不还，衡信复当行，夜出课题。潇潇秋雨甚凉。

七日　戊午，处暑。晨见日，朝食后雨。家中闲人尽去。遣衡信去，寓书陈兵备。移守厨房，因东头无成人，须自镇之。

八日　晴凉。看课卷。有一卷有家法，疑亦许生作也。银钱告匮，复将具馈荐新，踌躇所办之处，城中遂无可倚，亦太少人力，由姻族尽不能自存，唯倚我一人也。

九日　晴。两妇无女仆，四处访求，乃得桥上饭店女，明知不可用，无奈留之。近日男女佣工俱难得，宜国家之不振。看课卷逾百本，亦有佳者。

十日　晴。晨起分派种菜煮饭诸事。王文柄还，云滋女单身来，自出迎之。还问来意，云欲斥卖衣饰，求田问舍，且云三所房屋去其二矣。高荣贵来销差，云钦差请假三月，又新闻也。卯金还，送桂阳脩金来。

十一日　晴。滋女云明日将去，余云不若今日。因命唤船，船已为何人盗卖，遣甲总追还，又云已上坡油舱。别呼一船，至晡乃至，已八较矣。大雨骤至，投暮滋去，家人俱为废事一日。夜早寝。丹桂已花。

十二日　晴。晨梦与□交辈，不记何人，仿佛隽丞之子。余画羊，陈云似虎，遂题其上云"湘绮画羊，陈云似虎，群辈犬奔，石头无语"，初题作众的云云，自以恐成谶而改之。梦殊分明，未知所由。阅经课卷毕，定等第，第一诡名曰王守义，又一诡名曰牺旁，不知何取。乡人求禳祈文者甚多，悟其省巫祝钱糈也。乃定价，千钱一篇，以酬童仆，冀以拒之。书院人来，附经课卷去。

1572

十三日　晴。新安高祖神坐，借荐新设荐，诸女亦为其生母设荐，兼及二嫂，以其子女皆在此也。寻厨人不得，僮妪共馔。熊儿、文柄皆后至，坐食而已。申正行事，酉初烧包。余一日未食。

十四日　晴。正欲种菜，无人工，文柄称疾，佣工亦实病，无可如何也。唯有一王三，又不欲苦役之。看卷五十本。

十五日　晴。独坐看卷，闻叩门声，幹生来，致吴仰煦书，熊姓坟山大有转机，送梨子而去。珍重不可分甘，客去即悉分之。郑太耶子死得缺，余之谋也，死晚矣。检日记，寻其幕友不得，七年往事，遂无影响，乃蔡师代办，故不可记。郑巧宦，无所不损减，犹云无一钱，何哉？

十六日　晴。看课卷。遣觅卅和船，责令受主赔还，乘旸舲油，云四日可毕工，将乘以上衡。

十七日　晴。幹生还，留宿，谈树艺局。吴僮、方佣并来，门庭复喧矣。岘樵送西山茶。

十八日　晴。幹勒令作字，为作四纸乃去。课卷阅毕。满绅病终，实七八，未八十也。余供之年半，去谷一石。

十九日　晴，仍热。遣方四送佣价与四妇，其母家代顾乳妪，故偿其直。六兄及其弟十三来，六年则八十矣。夜得快雨。

廿日　阴。晨起唤人，僮佣并能早起，寝门不辟，待久之，乃得盥洗。厨中无人料理，亦不举火，纯乎官派矣，宜用厨子包火食，设账房管厨人。秋雨欲凉，课佣种菜。

廿一日　阴。六耶告去，名世楝，字莫如，大房曾孙也，穷老见窘于从子福一。来投石珊，石珊以投余，许为廪之，补满绅遗缺，亦月给谷斛，且将以公谷作善事，乃相率俱去。夜月。

廿二日　晴，复热。遣文柄往祠田问租谷，寻人不得，专人往追之，陆续潜回。大训吴僮，不觉淘神，乃还内讲书。舆夜还，得俞藩寄信物，桂圆尽腐矣，与陈兵备茶可相配，惜不以馈恽次山耳。见汰官诏书，许仙屏、谭敬甫、王鲁芗并失业矣。盈孙复来从余眠。

廿三日　晴。晨起觅点心，周媪云未办，当俟朝食，后复令免之。洋饼膻，不可食，似又改制矣，大要即鸡卵和面为之，远不及中土之制。镇湘来，诉石珊，并偕其弟，则不识之，点心而去。今日甲戌，白露。

廿四日　晴热。移坐外斋，见一人似邓六翁，俄入则四老少，云舆儿处处驰书，初不知其何事。文柄投暮乃还，促之下省，云不能去。败子无可如何，虽有富贵不能受也。镇湘又来，言石珊自认讹索骗食绝业，喻令径去。假报人来报一等。

廿五日　晴热。四老少闻报即去，望其子入学甚切，所谓不知苗硕者。暮召石珊来，问绝业事，则云绝房坟皆彼司挂扫培补，故应享其余利。夜大风雨雷电，不似秋分时景。

廿六日　复晴。流潦纵横外斋，几案皆泥沙，亦奇景也。朝食后催石珊去，云欲借钱屯谷。问其所需，在百石以上。余云："弟昔作零工，得一百钱，便富矣，若有人送谷一石，其感谢何如，今乃顿阔耶？"谢以不能。

廿七日　阴。源远佃户送租廿一石五斗，零数乃绝产入公者，石珊以为己有，姑别贮之。桂阳文卷芜梗，一一疏通，费五日之力乃毕，卅二卷《经义》则易易矣。夜不能寝。

廿八日　阴。晨起，案上得一文书，发之，乃县令送朝报，有寄谕巡抚，察看品学，是否可起用，盖家赓虞以我为废员也。未用而已被劾，尚不能行乎季孙矣。寻思世事，无处下手，又将为左季高耶？唯有藏拙而已。看桂卷，写字，工课早毕。

廿九日　阴。周、张两生祠中值年，来。盛赓唐来，言保卫局。万毅甫求易仙童，久已忘之。盈孙逃眠，余遂独寝。

卅日　阴。看桂卷毕。冯甲来。盛秀才来押租，以长妇百金骑田。遣两方入城买油。陈佣、方僮并惑张女，八舅母认红生事，故俱遣之。闲人顿去七八，犹有二也。①

十　月

戊戌十月辛巳朔　晴。出堂点名，正课去者小半，唯远县皆

---

① 缺八、九两月日记。

在耳，仍令课赋。作字六纸。为西禅寺改丛林题一联，以赞碧崖僧之勇猛。弹指见华严，看天马云开，一角小山藏世界；观心礼尊宿，听木鱼晨叩，十方古德应斋期。张伯纯来。客去已夕，两孙课未全毕。昨夜为狂人所扰，未夜便卧，二更后乃起，小坐即寝。

二日　晴。写字十余纸。沈静轩、孙芸生来。将抄《孝经》，笔秃纸涩，甚不悦目。师称弟子为"子"，别无例证。曾子少孔子四十八，作《孝经》时方廿余，未为鲁也，疑《史记》年不可信。盖据其谱，谱容有误字耳。

三日　阴。朝课未毕，入城贺隆妻生辰，坐任斋，传帖阙。辞出，与子清、黼丞同至正街，各散，黼阙。俱西至潇湘门，余答访余、张，见张阙。同入沈斋，江尉阙。与任、胡、陈三师，江、顾二尉同坐珠玉堂。沈师陪客，朱七亦出作东，自云戒烟能酒，且屡至卫青斋中。二炮入坐，散已三更，同子清出宿衡阳署中。

四日　晨阴，午晴。了清为我通夕预备，使人不安。吃莲子毕，步出南门，唤船径归，饭尚未熟。早课毕，仍至城送关聘。孙生、徐幼穆来安记相访，冯絜翁亦在，与屺樵同至彭祠。道台分三日宴客，绅士第一日，看戏，至二炮散，复还船回院。雅耶来，并有仆从，居然入我室酣眠。

五日　晴。晨问雅耶差使撤否，答云尚未，唯与会办不合，切戒以勿言。办公本以情面得饭吃，有何劳绩？雅耶□彩其身，居然老耶矣。闻言怅然而去。桂阳送束脩来，并请免课，来人七十余矣，留居一日，为点评课卷十余本。

六日　晴热。看课卷。谭妪荐主来，求买橘园，告以不必公凑钱，供烟资而已。赠以二元，约明日清账。夕余十余卷未看，大睡一时许，起乃毕之。人静更深，方僮入城，方佣夜去，独掩门自睡。

七日　风。郑伯文来辞行，且索字债。隆道台谢寿，谢未见。本率两孙下湘，因客遂止。入城至安记，遇黄生，告以不必营营自可云云。与岘樵同至陈倬卿消寒第二集，江、张二尉旋至，请牌，未一校，胡小梧、谭厚之、朱德臣均至，从容较毕一庄，乃入坐。胡大赞菜，众亦附和，退有后言。与张、朱、程同步至南门，大风欲雪，归，坐良久乃寝。少年经涉风霜，今得安眠，良为庆幸。

八日　阴风。始寒，顿加三绵。萧将来送手帕。为郑伯文写字五纸。夕觉脚冷，乃覆被自暖，夜遂未铺，颇不甜适。

九日　己丑，小雪。晴风。朝食后课字毕，携两孙下湘，至新安馆，请张子年办具，饯郑清泉，并为书屏联，约印委三令作陪，兼约沈师。幼穆早至，綍卿亦来，待静轩夕矣。正吃蟹时，洋镫然绳断，坠打震青头，合坐惶骇，幸未伤损。初更散，乘月还。

十日　晴。始裘，求小毛褂未得，方欲借之。谭子来，偶问其父携小毛衣行否，答云初无此服，怃然忽悟，即衣夹衣出。送郑答萧，乃闻陈师亦去，至清泉问之，约十三日来饭。过谭震青父子，遇胡小梧、熊云卿，小坐，至安记，候衣鞋来，步上船，还已夕。吃饭甚饱。

十一日　晴。程生引其从弟景来问学，字仲旭，廿二矣。段海侯第四子来，云尚有四兄弟，求作谱传，令程生作之。

十二日　晴。谭震青、毛杏生、张尉来。珰专人报夫兄丧。常氏三令，一月皆罢，当官时不为盛，失之则为衰也。本约归家，今留待殡。厨中治具，半夜未毕，余先假寐，待闭门乃寝。

十三日　晴。晨无风雨，向午乃大风。陈鹤仙来辞行，便设酒饯之，请丁笃生作陪，各饮廿余杯。周妪托故与方四龃龉，不司爨事，亦能敷衍终席。未正客去。将夕，陈完夫及廖、李拔贡来，得儿婿书，并各送京物，留宿前房。夜月甚明，久未快谈，纵论时事，至二更乃散，少坐即寝。丁送蟹菘，寄珰八螯。斋长、谢生亦还。

十四日　晴。陈、廖朝食后去，李生留，更送江西瓷器，正无碗用，适须之也。然公车携方物，则太侈矣。诗兴久发，每坐辄值倍书，大似马二先生游西湖时。屼樵来谒师。隆道台送聘。程景移入内斋。夜作诗二首。《十日饯郑清泉作示新令徐幼穆》：衡阳木叶落，湘浦晴潋绚。南浦风日佳，临流展嘉饯。故人新尹喜相招，清酒黄花逸兴遥。暂同陶令开三径，得与元生共一瓢。澧沅近迤江波沸，未若朱陵通紫盖。隐士长吟桂树间，秦人只在桃源外。渔火鼍更归舫凉，鸣铙上路月如霜。高轩客散酒未尽，不醉方知清夜长。　　《再饯陈处士客散廖李贡生自京还与陈公子同过夜谈有作》：二客饮竟日，主人惭独醒。空庭静鸟雀，独夜看双星。行子京尘满，归装海气腥。深山共明月，木落倍清泠。

十五日　晴。看课卷毕。湘潭送卷复来。写字数纸。夜月甚蒙。

十六日　晴。朝课毕，将下湘，朱七老耶来，传其兄命，请夜饭。留食饼而往，同至铁炉门。余至江南馆小坐，程屼樵云丁笃生待同往，因至其家。舁至清泉，徐幼穆设酒，更招黄委员、粟诗人、朱德臣同饮。席将散，府署催客，秉烛而往。彭小香、张伯纯、三猫、清捕、任师、江尉先在，席设濯清堂，朱德臣送菜，沈师少坐即去，酒甚草草，二更后散。步出从潇湘门至大街，江南馆已闭门，主人亦去矣。仿偟无所往，还至程家，宿旧榻。已一年未至，程孙作主人，换三世矣。

十七日　晏起。晴。点心后步至道署，任婿已上，与隆道台略谈而去。唤船还，乔耶已归。滋书来，言诗文稿被骗去，奇闻也。景韩移浙抚。夜看课卷。

十八日　晨微雨。遣方四看窊女去。看课卷了无佳者。夜朱弟章甫来片，云何以失约？本未坚约，又已经二日，许以明日往。舒读《檀弓》毕。

十九日　复晴。胡小梧招入消寒会，约以明日。因朱约吃蟹，朝食后往。过张尉，方剃发。过任师，云出署矣。复还至吉祥寺，遇张，同行，过胡子清小坐。乃入府，至沈斋，朱七、九并在，待任来共摸牌，胡亦晚至，沈设汤饼，仅毕四圈，已夜。朱署府请，坐客唯老熊，又一彭小香，余皆前人，食四螯，月出乃归。

廿日　晴。晨起，一人突入，设拜，称老伯，湘乡音也，自云蒲圻但湘良之表弟。心知骗诗者，喜于珠还。问其来意，云求盘费。入遣乔耶质之，不敢斥言，乃召斋长，出家书示之，麾令速去。课卷阅毕入城，赴朱七之约。至安记，携两孙同往，张尉，唐卿方修曲会，听唱三枝。朱、任继至，摸牌四圈。三客各设点心，余反无设。胡家催客，与程、张步往，小梧啧有烦言矣。诸客皆先集，亦无怪其怪也。西集戌散。还至安记，寻两孙，又失之，讶陈八何以大胆，遣觅船，乃云在程家，遣送还船。任师送菘蟹、果脯。

廿一日　晴。卯金去，寄书首事，辞经课阅卷事。寄家书，告得诗事。萧生来辞行，赆十元，报古文之馈也。左奉三、梅澹如两教官来。与书刘谷怀，送墓志稿。陈完夫携其侄婿颜生来读书，住内斋，与程生同食于我。盈孙生日，设汤饼，至夜乃办。

廿二日　晴。看本院课卷廿余本，终旦而毕。待盈孙书毕，往吊贺年侄，赙以二元。余别访两府教，均欲留饭，辞以携孙。先还船，盈孙来船已夕矣，亟还。索饭，饭毕遂夜。

廿三日　晴霜，早寒。一日无事，始毕常课。写字数幅。欲集《孝经纬》，求无蓝本，罢业以嬉。午后阴，微暖，似欲雪。鼠出窥人，主人将去。

廿四日　甲辰，大雪。复晴煊，不可裘。王鲁峰来，言培义
冢。余告以黄子襄巨万之工，而反发骸碎骨，其后家破人病，不
可为善。王意怫然，云万无可虑，但求作募疏耳。徒步而来，要
之坐船不肯，犹有岣云崛强之态。岘樵约饭，并要两孙，以夜行
未便小儿，因独往，尚早，要任师、张尉摸牌，戌初诸客皆至，
亥散。步从白鹭桥上船，舣西岸，从小门还。

廿五日　晴。竟日无事，督课一日。弹匠、木匠均来，闹
半日。

廿六日　晴。朝食时任辅丞来，云已食，且云胡子清即当至，
余未待之。已而胡至，云未饭，为设素食水餐。周松乔亦来，设
点心。出门，萧、谭两学师来，徐幼穆从子、粟谷卿、王书启、
向盐商均至，遂消一日。

廿七日　阴。朝课未毕，日已过午。步至粟家马头，渡湘至
学舍，立门外待任师，遇谭三哥，要入西斋，香阶出陪，同至萧
斋，仍无赌友，四人强较二局，不成场面，自此戒赌矣。吃馒头，
辞出。至张尉寓，厢房设席，亦不成场面。消寒四集，八人俱至，
酒罢听谭翁两曲。前集听琴，此听笛，差为解愁。

廿八日　晴。方四还，得胡婿书。孙芸生、麻十哥来。麻送
水仙、龙井，并致陈笠唐书，云仙童将复还矣。诸生当领银者亦
皆至。与芸生同过萧教授晚饭，任、胡、谭、陶同坐，朱大老醉
不能来，戌散。还船，不能上滩，步沙而还。和八耶来，收捐
四元。

廿九日　晨雨，已而复晴。岘樵送双雉，留一送江尉，令佐
消寒之品。孙阆青儿来，居外斋，孑然一身，坐陈公子之上，亦
殊遇也。曾生父来见，即寓子舍，老实人也。

十一月

十一月庚戌朔　晴。晨起未见霜，城中人云有霜。点名发题，复《经解》旧例。朝食后携两孙游西湖，余过左斋，梅翁亦在，吃桂圆、橘饼而出。入城至胡子清斋，任、陶、马均在，云待久矣。仍成较局，又不完卷。江尉来催，子清设饼，余遣送两孙先还，与陈倬卿同步至捕厅，胡、朱、张、程均先在，谭翁后至，谈笛弦，酉坐戌散。昇还正二更，程生来，已睡矣。

二日　朝寒，已而晴煊。睡起甚不适，昨夜食果饭未一盂，已伤食矣，朝食减半盂，遂愈，老境也，仍以果饭蒸薯填塞之。程生居内斋，两孙移入内室。写字。

三日　晴煊。尽写送纸。衡山向姓送墨，便求十幅联。王保澄来见，意在求局差。

四日　晴。移杏树，恰可缸运至乡，以冬至未可远致，且种阑边。夕食失箸，责方僮求之，遂与佣工大闹相殴，误伤周妪，见血而罢。宽纵无法，下人横恣至此，不可令黄子春、常仪安闻也，然是风气使然。

五日　阴雨。不能湿衣。从西岸渡湘，径诣清泉，云方遣迎，至粟谷青斋问何事，云摸牌耳。幼穆出，其从子道周亦在粟斋，更同访王师耶，见李师子尹端亦出，吴仰煦不许同席坐者也。幼穆遣招沈师、熊革士来同戏，四圈毕，见雨，昇出乃无点雨渗泥。至厘局，谭翁设饮，胡、朱、张、陈先至，岘樵后来，馔颇清软，多谈道光督抚事。戌散，步出，乃知雨湿街。至程家少坐，昇至白鹭桥登舟还。犹未饱，吃鸡肉、米花、橙子，又出外斋寻人谈话，乃寝。

六日　晴煊。昨有宁知州儿鹏南来谒，未见，后见于幼穆处，云与康有为同年同部，来此发卷。补昨夜诗二首，与粟孝廉。张子年送皮褂来，与麻十、马寿云同坐，设鸭面，未食而去。夜半醒，遂不能寐，续前作一首。我有一片月，留之紫盖峰。今来五十载，长照万株松。之子观云海，清吟应晓钟。元君不可见，玉检白云封。

七日　晴。先孺人忌日，素食。作字数纸。

八日　晴。始检唐诗，何生自长沙来索得者。又为改蒋寿文，未毕，夏榜眼来，留晚饭去。京、浙事均无异闻。夜风，抄唐诗一页。

九日　风寒，始欲酿雪。看课卷毕。谢生言刘生可妻，遣问讯焉，故促发卷。抄唐诗二页。

十日　庚申，冬至。程生请致馂，往朝食毕，至江南馆待客。胡小梧云不知，知方僮毛包，失于再请，然拿腔作势，亦自可厌，颇有愠意。谭厚之解之，更邀乃来，未肯多食。屺樵具肴，子年作饼饵、鹿筋、脂糕，甚佳，饱食而散，更吹笛唱曲，船还尚早。徐幼穆约明日早饭，往来不惮烦也。夜雨。

十一日　阴。陈、程、颜生均还，同朝食。朝课未毕，便往清泉，答宁翼云工部，留谷卿斋摸牌，幼穆更邀沈师、朱七来。三圈毕，熊革士来。又两圈，初更矣。晚饭两小盂，步从大马头还船。两县明日求雪。

十二日　阴晴。抄诗四页，尽补逋课。又为陈郎论歌行源流。作草四幅。又跋《淳化帖圣教序》，字甚不佳，看晋人书势多自造无法，然不易学也，要须精熟，孙谱言不虚。孙芸生来，言朱九甚佳，惜其芝草醴泉未能采之。

十三日　阴，晨雨。作字数幅，微雪。抄唐诗二页。始议散学，诸生皆去。陈、常来请托。

十四日　大霜。晏起，陈郎、程、颜俱待辞，遣谢不去，乃起送之。点书毕，率两孙俱往西禅寺看佛会，周妪奉斋二元，客皆未至。久之夏、程来，任师继至，日已过午，遣妪率两孙还。已亦步入西门，逢马、程，马未见，程下昇欲还，留之不得，乃同步还寺。热甚，稍愒。胡师、两县继至，幼穆来，已夕矣。杨家催客，乘昇与屼樵渡湘，至杨慕李家，魏、陈、杨、蒋诸土老吃鱼翅席，二更散。步月还，无一行人，唯遇一女轿，入方伯第，门随闭矣。至船始知霜湿衣，少坐即寝。夜踏霜露，亦复金床玉肌，歌《咸阳王》一阕。

十五日　大雾。晏起，未饭，携两孙同入城，点书，未倍也。陈郎请饭，辞不得，至彭祠，与二程、夏、颜同饭，未散。赴江南馆，张、任已先至，胡、陈旋来，同摸牌，两罢令均至，朱嘉瑞亦来，局未终而罢。席散，客去，张、程少坐亦去。留宿客房。月食不见。

十六日　阴。早起，步欲下船，街湿仍还。向生来，张尉、夏榜眼同饭，吃野鸭、班鸠。与屼樵至道署，隆兵备出谈，面辞告去。任师约饭，约从书院还仍来。乘船还馆，检笔墨，写信与俞抚台，为孙生求馆。与片幼穆，索干脩。琐门乃行，至船已装载毕矣。赴任约，仍入城，遇夏、程踏泥来送，勒令还城。迎两孙上船，与夏、程同至安记小坐。遣辞任面不得，乃往，周松乔亦在，更邀程屼樵同较牌，吃晚饭，从容四较。二更，程、张同送上船，送程仪者两家未去，各与片遣之，与程、张立船头略谈，别去。即开船，至石鼓泊。夜暖寝酣，不觉至曙。

十七日　雨。有成雪者，北风颇寒。午过樟木寺买油，久之乃行，十五里泊站门前。夜雪，寝暖。

十八日　大雪成冰。泊一日，夜愈暖。

十九日　细雨飞冰。过七里站甚迟，恐胶，下滩得畅行，已暮矣。泊萱洲，自炊而食，甚饱。两孙复常课。

廿日　雪雨间作。午至雷石，雨止，待巡丁看船，久之不至，写票复查，已夕矣。买炭无有，云须虚期。夜泊衡山。

廿一日　晴煊。晨发甚晏，午过石弯，六耶云欲一面，未能待之。过卡，乃复上买竹火笼，久之乃发，至晚洲已夜。

廿二日　晴霜。待朝食过乃起，已至四竹站矣，云江西大路也。昭灵滩石湍毕露，水皆激上；三门则不见石，但见水倒流耳，船人戒备过于昭灵。夜泊白石港。

廿三日　晴。食米已尽，遂未朝食。至易俗场北风忽起，摇橹甚迟，试舣涟口，觅家门船，恰得三只，行李一舟可载，张大其势，悉用三船。过午便行，至姜畲已夜，夕食，黄孙睡熟矣。二更到南柏塘，携盈孙步上，雪涂犹可容屐，方僮然镫，取山径到家。儿女俱未眠，云连夜鸡鸣甚早，少坐已三鸣，犹未四更也。舆儿自至船携甥俱还，余先睡。

廿四日　癸酉，小寒。晴，夜欲雨。起行李，遂至半日，犹倾一石油。忆衡僧语，知有前定，惜未布施耳。幹薛阿来，言树艺局须用钱，当为谋之。又言局丁倾油，宜何处治？余言彼自以为官人，实私雇也，斥逐之，使知下上之分。盛、张团总来。

廿五日　晴。田团总来。杨晳子来，言王总兵身后事。京官多事，大要利其财耳。夜看所作诗赋，及其伯子幼学注经，大有著作之意。得瑞生书，并送锡器。莲弟来，两孙复常课。

廿六日　阴晴。杨生告去。幹将军需钱甚急，无以应之，昏夜叩门，匆匆复去。

廿七日　阴，欲雨。贺生来，言讼事。周浩人先生及其两徒王、谭来，武生红衣，有新贵之容。夜雨。

廿八日　晴，午后风，夜雨。乡人颇知吾生日，幹薛阿乃云，将大受礼物。人多醵钱为馈，盖欲以我为毕司马也。以此一介不取，犹时有母鸡、豚肩之获。谭佃妻来，为其婿求请，云原告贿三百千，笞一百矣。沈太耶定胜陈太耶。杨、张、周生同来。桂七、石珊、华一、芸孙、郑福隆儿均来，郑初不相识，遂留不去。余云"有朋自远"，"乐"则未也，"不亦乎"则有之矣。夜待功儿父子至三更，三遣人迎，不相遇，诸女、妇子行礼毕乃来。睡已夜深，而鸡未鸣。

廿九日　阴。半寝，偶觉，已质明矣。因待诸女妇装，乃更晏起。将午，家人毕贺，外客皆谢不见，唯杨、韩、周生得入。午面，夕饭，杀羊以飨，甚盛举也。夜雨。

晦日　雨。杉塘子孙告去，云孙同去，皆昇而行。周生亦去。桂七大人及其子不辞先去。为杨生看诗。张生引萧童子来，呈诗，寿山甥子也。

十二月

十二月庚辰朔　晴。张生不辞而去，客唯杨生耳，督课未遑出。滋女辞事，以纨代之。增改欧阳烟行墓文，添三句成文，甚得意也。

二日　阴。唤船下湘，与杨生同至姜畬，杨上张下，未夕到城。张还馆，余至宾兴堂，刘心阁相见甚欢，朱倬夫晚归，谈至鸡鸣。云孙来。

三日　阴。至杨前官处问萧润笔，因访朱巡检，云送鬼去矣。还，盛、田、幹皆在，心阁逃去。看经课卷百四十八本。复与朱谈贺童掘冢事，其人狡猾，宜责其出钱了案。谭前总亦来关说。

紫谷道士来卖琴，琴新漆，不可用，而道士称之，疑为朱屠增价也，又云王谷山家有佳琴，留饭而去。张生弟子易云麓来呈诗。龚德培来问讯。

四日　阴，欲雪。借钱与幹先生。易生来，守候改诗。许生师弟、谭姑耶、杨舅昨日均来，唯徐甥不至，遣招之。陈佩秋携其子来，易老翁亦携子来，皆与万穆甫同求厘差，余云夏道未卸，臬篆不可干也。徐甥、盛举人来，云盛京卿同姓，左子异甚重之。乡有达人，可喜。谭文大送银票来。待朱翰林关说，朱出甚久，欲睡不可，解衣卧谈，遂寐无觉。

五日　阴寒。晨令方僮唤轿，待久不至。张生来，同步出，遇幹将军，轿夫不欲行，易三处，皆骄不可使。幹借油鞋，如刘先主遇法孝直，但恨重裘行热也。从南门出后湖，至正街，循湘岸到船，方僮方买水瓨，舟人皆云乡中价廉货好，笑城人不知土宜也。船人早饭甚久，至沿湘市又午饭，遂消一日。托云风雨不可行，遂泊此岸。方僮后来先去，无人具食，幸有路菜，拦腰一扁担。和衣而睡，夜雪。

六日　阴。晨发极晏，饭后行乃猛迅，云无雨可篙也。迎风指痛，不遑息。未夕至湖口，迎候者伺两日矣。致陈兵备书，致陈督销书，与丁康侯书，致夏观察书。方夕食，归遂不食。滋疾未起，忧之煎心，儿女情多，境使之然。幹生夜来索钱。

七日　阴。复常课。幹生早来，云当下省。谭姓来，言贺月秋。滋疾未愈，与茇书，殊无欢绪。

八日　阴。滋愈，诸女作粥供佛，稍有年景。功儿将还省寓。姊妹较牌，余间入局。复讲《汉书·西羌传》，殊难省记。偶闲谈，始知郭郎水死，诸儿不报，吁，可怪也。

九日　阴晴。戊子，大寒。功儿、纯孙告去，城乡年事命之料理，遣方僮从往。夜寒。

十日　阴。功儿专丁来言押租事，懿以为欲揽利权，不之应也。而皆不禀我，又各欲专事，宜其事也，但不宜使傍人闻之，所谓愚而财，则益其过，不必多财也。

十一日　晴。南风，颇有年光。说《诗》"稷重穋禾"，前未分析，始考补之。熊姓送秫盐谢讼，将军力也。

十二日　阴晴，有风。杨孙来送表里绣佩，并致萧怡丰银十二斤半，皆润笔也，留宿外斋。三、四老少来，遂至满坐。

十三日　阴。杨孙早戒行，晨起送之，乃皆未起。顷之食具，挂面点心，向所不下箸，亦为尽一器。客去，幹将军来，邀同答周叟不遇，遇王姬焉，又同过谭前总，夕还。夜雨。

十四日　晴。为懿妇弟看诗，学孟东野一首极佳，方知家数之小。七都农人沈篆送诗来，并与幹书，及和陶诗，胸次吐属不凡，隐士也。谭佃夜来，甲总更夜，似催租，惊犬吠，乡人乃好夜行，非良民也。

十五日　阴。谭佃遣孙来取书，干朱太史，因附银二百还宾兴堂。两孙散学，不读生书。夜雨。

十六日　时有雨。幹石潜下县取钱，冒雨冲泥，殊可不必，盖其性急，不欲任人，故如此。家中作灶，柴炭并竭，乃试烧糠。前日未抄诗，今乃补之。夜月。

十七日　晴煊。午出小步，见牧牛羊豕者，俱有画意。说"五亦有中，三亦有中"，为顺讳文，乃不费力。与"古田""东田"同为平正通达，斯为说经正轨。夜月极佳。

十八日　大晴。幹将军还，来报园菜被盗。致刘中丞书。步访沈逸人篆，从云湖循左岸行，过一冈，望见两处屋，若在湖中，犹为对宇也。渡涧西上，便至沈居，貌似曾介石，踪迹志趣亦略相类，惜聋不便谈，待幹饭毕而还。过涧，别从山道，还已夕矣。往返约廿里，亦可云卅里。方僮还，云易仙童欲入都，想又有钻营也。

十九日　晴阴，欲雨。程郎专使来索书，欲为其妻兄谋浙抚巡捕，关节灵巧，赵氏派也。廖仆实来。寝室开户通内院，尘坋不可坐。厨中复作灶，遂自蒸鹅，器物皆不备洁，方知无媵御之不足自养。彭雪琴能役丁壮，余不能也，亦是习气之一病。

廿日　晴。谭前总来，言朱太史不能了事，须请片至门房。何门房之能管事如此，惜有体制，不能如其请以试之。天晴气和，可以出游，将至县算账，因约石潜同往。还，闻张正旸来，留饭，夜谈，皆儒生之言。

廿一日　晴。韩来张未起，入室泛言。朝食后云门儿率幼子来，所云被诬为盗者也，卯金从子，一门多才，亦有家学。午与张、韩同步三塘，看种菜地，夕食后张去。

廿二日　晴。谭姓具船，并遣甲总具食，与石潜下湘，巳发酉至。携两孙同投宾兴堂，闻刘星阁被盗，现官退城，不免盗劫，与毁龚家同为异事，余亦自危。谭总复来，率贺生问讼事，教以早归。两孙早眠，余亦遂睡。解元两儿来。

廿三日　晴，朝露颇寒。万生来，携刘石庵一幅，欲索百金，亦异闻也。与石潜同至县署看春仗，过杨宅，公孙俱出相呼，立谈数语。还堂，倬夫方盥颒，言陈、贺讼事可和，而无居间者，请待来年。两族孙来，同出看迎春，因过许生店，未入，与石潜同往。携两孙至九总买煤炭，因待县官，吏骑步卤簿，俱不合式，唯前有二牌，书"三都三总"，余皆不及，未知其缘起。春牛作兕形，尤为任意，然水田之宜，不必合五行也。看毕下船，船未至，请石潜领两孙，余还堂料理。倬夫方与吴少芝对枪，因约同访道士。堂书请饭，饭罢俱昇往。昇夫皆不识雷坛观，余步从吴轿，往来隘巷，巷人云雷坛观即天符庙，余又未省也，见门楄乃入，询道士，果邻天符。日已西斜，计还船必昏黑，携《升平传》一本而出。至九总，船去矣，至杉弯，云又上迎，余得陈姓舟而隐焉，有似清河藏舟，但无飞霞耳。遣招船来，久不至。韩兄、方僮往来奔忙，余但守株刻舟，差为闲静。二更后船来，两孙已睡。三更石潜来，四更熊儿来送肉，酬以二元遣之。五更方僮还。未明余起，留船下钱，自携两孙先还。

廿四日　癸卯，立春节。晴。乘月发舟至涟口，质明矣。饭于袁岸，舟人竟不午食，可谓勤俭，幹将军所不能也。夕泊湖口，两孙并踊跃先行，家中未午食，喜可知矣。较牌未终局，稍倦遂寝。

廿五日　晴。方僮买年货还，亦费四十千，大要成年例矣。又言陈姓强葬，与朱言大谬，居间不易也。

廿六日　晴。石潜还，云郑贾欲以儿托余，请捐二百金助树艺局用，此亦匪夷，任自为之。陈芳畹专人来取钱。

廿七日　晴。贺姓来送钱，麾去之。王妪来，告住屋已卖。吾家住百四十年，渠家卅余年，今易夏姓作家祠，遂恐难复，坐见先业易姓，颇为怅惘。

廿八日　晴。前约沈山人来谈，遣轿迎之。午至树艺局问讯，乃逢郑轿及乔耶，方食，遂与沈俱还。要至内斋，看书一日，约至鸡鸣乃睡。今夜鸡晏鸣，乃送沈出，先寝。郑生来见，卅许矣，一无所解。

廿九日　岁除，晏起，沈已先兴矣。朝食甚晏，午送沈归，料理馔具。巡检专丁来馈岁，即复书谢之。夕食尤晚，将戌矣。石潜昨半夜去，今夜仍来，要与团年，又待送灶乃祭诗，已再鸡鸣。仆妪或睡或守岁，余独先睡，闻诸女笑语，终夜未阖扉也。

光绪二十五年己亥

正 月

己亥正月己酉朔　晴。竟得佳日，日朗气和，可喜也。待诸妇女妆竟乃起，诣高祖坐前行礼，家人以次拜毕，入诣半山室行礼，受贺。斡亦来饭，未食，朱、张已来出行，将午矣，云方食不饭，遂留午点，夕食而去。王孙来，言买田卖田事。

二日　雨风。杨生来贺年，因留谈艺。乡人来者皆谢不见。夜风寒，客房冷寂，便留杨同榻。

三日　雨阴。张生来，客不孤矣，连日渴睡，闭门早眠。_{斡先生勒令作字。磨墨一日，今早为写四五纸。}

四日　雨。杨家遣轿迎客，张生云已预办。本约不雨行，既有储供，勉往领意，与杨、张同发。过姜畬，至乾元看迪子，颧发赤，非佳证也。又过许乾元，出街泥行三里许，至杨家，二子出迎，入见亲家母，坐客房，张先生相陪。顷之杨笃吾还，过东头小坐，还吃鱼翅席，早眠。

五日　雨竟日。笃子请早饭，饭毕，论书院事，云可整理。遂冒雨过一大冈，便是蔡岭，十年不到妇家，入门升堂，则无人焉。击磬拜像，悉召其家人，半不识矣。与循、叔止依然，唯棣生妻不肯来见。园门已断，宿于学堂，客坐亦空矣。夕饭棣生家，夜酒则值年备办。与循来谈，二更去，叔止待余睡乃去。

六日　阴。本约饭刘心阁家，叔止坚留吃海参席，一鸭颇佳。早饭罢，即访心阁，谈未一刻，有客来，余遂辞出，约至城整顿书院。从蔡领右行，过杨家，二子倚门，停舁谈入城事，云已见葛鹤农矣。便往姜畲，饭许乾元，遇鹤农，招张生同饭，余不食，张亦已食，匆匆别去。到家甚早，将至始见懿妇轿来，竟不相闻。四老少来拜年，未暇款接，便令摊钱共戏，至夜觉倦，遂寝。

人日　大雨竟日。命作饼应节，六女馔具，进食，食春卷，饱，遂不夕食。夜乃食饼，家人半睡矣。雨声繁喧，仆妪意钱。早睡一觉，醒闻鸡鸣，房妪尚未闭户，再三促之，明镫送茶烟，乃各还寝。

八日　质明遣呼懿令起，往妇家贺年祝寿。许虹桥来。迪子儿来。雨止风起，出看种竹。易诗人、郑门生俱来贺年。至夜玉岑女又携子来，云刘桂阳族孙欲分父遗产，请为问之。自表贞节，未深知也。同曾祖兄弟分居，遂不相知。唐尧收族，盛时之事与？姑令从其母宿，易亦留宿，二客恼人，鸡鸣乃睡。易报刘坤一之丧，云元旦辰时出缺。何范祈之竟验。

九日　阴，有晴意。盛、田、彭来拜年。韩移老梅来，花已过矣。易、刘俱去，懿妇亦同还。为迪子作襁文。

十日　戊午，雨水。中。有雨。遣人看迪子。宝官来。晨与石潜论花树，云白桃最少，石云最多。盖惯驳人，口快不思事理，或云装憨，未必如此诈也。凡说话不可顺口，故云安定词。欲作杂诗，思多不可理，逡巡而罢。彭鹗、盛润唐来。宝官夜赌，亦托之宝官耳，宝官实不赌也。宗兄为之，老近无赖，故孔子欲其死。

十一日　阴。银田甲总来言事，因石潜以通。余责方僮，周妪护之，反谓石潜多事，谕之不止。令不能行于仆妪，履霜坚冰之渐也，自省而已。小人信不可假词色，盖非人情所能料，孔子所以叹难养也，宜峻其防。种竹移梅。

十二日　晴。石潜晨遂不至，益令人惶恐。宝官去。作诗八首，学陶尚不夹杂，然非佳篇。夜月。

十三日　晴。龙狮来不绝，虽无可观，亦动土气。舆妇又易一女工，盖不得用人之方，凡无用者一丘三貉，虽百变无益也。以非己事，不宜干之。

十四日　晴。沈山人来，写诗赠之。看《老子》未得头绪。文大耶来，以赊朱太史百元还，言官事未了，亦非余所宜了。杨家来请客。夜倦早睡，鸡鸣暂醒，复寐。

十五日　晴热。晨看沈山人，与韩皆方起盥颒。沈嫌我饭晏，故宿树厂，亦不能早也。待其饭熟，还家，饭亦熟矣。午后复阴，龙狮来，酒饭，夜雨乃去。周翼云来，宿外斋。

十六日　晴热。晨待船出县，至巳未至，乃饭而行，携良孙从。至午复阴，到城正夕食矣。永、云两孙来。人宾兴堂，无一人，遣招朱巡检来谈。夜大雨。

十七日　雨。葛鹤农来。蔡天民来，一日不去。晨至杨总兵家贺生辰，见徐峙云、郭花汀、杨子杏、与循。子杏云彭畯五不到桂阳，已欲代之，絮语问方法。余云刘直牧方被议，开馆期近，恐未及来问也。匡策吾来，云朱太史嫌钱少，故贺事不谐，当加价求和。又云刘制军尚存，前传讹也。遣迎良孙来，同寓堂中。易叟父子来。峙云来。始雷。

十八日　雨。有龚姓专足至衡相寻，踪迹至乡城，函中语似是一进士，了不省识，传问来人，云思贤门生也。以与方伯莫逆，故来求信。念来足奔波可悯，依而与之，与片切戒。午出诣文武印官。沈太耶请留一日，设戏酒相待。旋至杨家看戏。大雨复雷，正演不孝呼雷事，雷声隆隆，坐者色动，此是县署事。尽见县中出头绅商。郭宝生留一日，欧阳蕃复请留一夜，人情难拒，皆许诺而散。

十九日　阴雨。戴老士遣子为门人，说三年矣，复不敢来，数质介者，今始来见，具贽廿金，又改廿元。余例不受贽，还之则中计，受之则破例，乃收其半，以半交峙云，峙云又中我计也。机械相乘，雅道扫地，然非我之过。正需零用，即以八元交杨家送家中。戴儿名辅铭，字日新，教其作律赋。问识沈萱甫否，云识之。顷之沈生来，云得之郭宝生，宝生已出矣。沈穷不死，郭侠能交，俱可喜也。遣送良孙，看韱妇，因遣觅船。佶子遗画四帧，永孙求题，县壁看之，似学周少白，未知其家法也。杨师耶来。胡荫枏儿及杨、孙、张守备均来相看。李翰屏自蓝山来。皙子来，言书院事，殊无可问者，因作告白，送县令看之，但云好好而已。设席四桌，以余为首，并坐者即马钱贩，众皆目笑之，未知何以为令贵客也，至夕散。卯金刀来。遣迎良孙还，宿堂中。

廿日　阴晴。永孙来，令其暂取画去，俟后题之。本约已集郭祠，至午未来请，请葛、杨先往，余后踵之，则主人犹未至。看《经世新编》，梁启超之作也，以余为不谈洋务，盖拾筼仙唾余而稍变者。康、梁师弟私淑郭、王，不意及身而流敝至此。看齐木匠刻印字画，又一寄禅、张先生也。顷之，匡省吾、晏翰生、龚文生、傅鼎、仲彝先后至，峙云、葛、杨、欧阳为客，又一钱估，何钱之多，午集戌散。异至十二总欧阳花园，杨总兵、张守备先在，余与峙云、朱巡检皆从郭席散而至此。召妓七人，有两人过卅矣，余皆无童音，各唱一两曲，费卅元，致尊礼之意。鱼翅甚佳，为之一饱。丑初散，月中天矣。水栅已闭，绕道上船即睡，良孙从。

廿一日　晴。辰初开行，期夕泊渌口，问所泊地名，云大树垸，未到渌口也。初未闻此地名，方僮云故知之。一夜未解衣。

廿二日　阴晴。晨买油渌口，将午乃到三门。良孙读书，颇有苦色。山蒜含香配紫兰，青娥二七对婵娟。镫窗玉朗春相映，银管脂融夜不寒。罢酒还船街鼓绝，送人正有清霄月。鸳瓦红楼雨未干，画桥绿柳丝堪结。欢情不待管弦终，乘兴探云过五峰。朱陵白鹿久相待，须及郿湖冬酒浓。上元二日春昼明，连朝听雨皆春声。四豪公子五都侠，锦障油壁迎倾城。此时良会开文宴，绮席琼筵荷嘉荐。卜夜先论一日欢，清歌共待三更转。玉梅如雪六重花，四面香风绣幕遮。流云绕柱箫声散，漫舞留人漏箭赊。少府行春不辞醉，雨湖夜半栖鸦起。芳园庆岁续椒盘，列坐飞花薰曲几。**夜泊花石上梅冲，皆从来未泊之处。**

廿三日　雨。闭坐竟日，未夕食，缆行七十五里，泊淦田。正去年出门日，变故万端，仍故我耳。雨竟夜。

廿四日　阴。晨起甚早，过石弯向午矣，过衡山城遂夕。雷石买菜，夜泊老牛仓，雨竟夜。常宁黄生来见，云陈兵备约其至岳，已乃至澧，取五千而还。送鲍鱼，却之。

廿五日　癸酉，惊蛰。雨至午止。

廿六日　阴晴。晨发七里站，无风缆行，望珠辉塔，久不得至。船人惮进，换小划至城，将夕矣。投江南馆，岘樵方请府客，更增夜戏。冯絜翁、两程生来。遣告任辅丞，顷之任来，因遂留看戏，云经厅约饮，夜乃与徐幼穆俱来。朱三否率其弟子僚友十五人先后来。看馔甚旨，看戏至三更。沈、熊、朱七摸牌一圈，朱儿甚小，发留俱有心孔，余以自代。上床闻鸡声，以为初鸣，及再鸣，竟曙矣。

廿七日　晴。朝食后出拜客，入道署，见隆、任。作书为吴仰煦觅衡馆。看陈郎、程孙、江尉、梅、左教官、衡阳盛、胡府阿舅、沈师、陈倬卿。访幼穆，送诗。渡湘见熊将、丁笃生、蒋幼吾、魏二大人。入书院看梅花、樱桃，皆落尽矣。李生已入内斋，陈伯雅又将移入，不可在外，因定到馆期。夜还，旋雨。

廿八日　雨。张子年来。谭香阶、萧子端再过，幼穆亦再至，完夫甥舅均来谈。常霖生亦至，论经济，不外修己，修己安人，使人自修也。尧、舜不能安百姓，若共、鲧、瞽、象是也，故无务外之学。

廿九日　雨。彭公孙、丁笃翁、孙芸生、陈倬卿皆入谈，余多谢不见。刘生自桂阳来。看报。

晦节　阴。始食芥荃。隆兵备、熊营官、盛衡阳并招饮，悉辞不赴，发行李入书院。任辅丞来。幼穆设三桌，演戏，来甚早，诸客亦多早来。中间入愒，与沈、任、胡摸牌六次，沈竟未下庄而散。朱守不去，看戏至丑正，幼穆复坐片刻乃去。永端昨来见，今同席。

二　月

二月己卯朔　午前有雨。始食枕芽。船来迎我，冒雨踏泥出城，半渡遂霁。陈、程俱先到，余居外斋，入看杏花，始发一蕚，桎木亦含花矣。少坐下湘，赴絮翁招，客尚未集，唯一刘翁，其妹婿也。答访霖生，遇其将赴冯招，与程生同步还。熊、丁继至，魏二后到。又雨，舁上船，到院二更，盈孙已睡，唤起即眠。

二日　晴。理蕉。上学。岘樵来。诸生来见者数班。邹生来，言省城事。陈复心片问言事之文体式何宗。其子送律赋来选，告假去。

三日　晴。看龙赞善所辑馆课赋，六十年前诸老虽陋，风气驯谨，今并无此矣。寄诗湘潭，兼觅茶碗。晚至陈倬卿春酌，去甚早，待岘樵、李从九、舜卿同较牌，未毕，胡小梧、朱德臣、江尉来，二更散。还，留僮伴孙，一人独来往，幸厘卡不盘诘耳。至柴步，遇常生枢船将至，迎者三轿。闻蛙。

四日　雨，复寒。桃杏均花，李花已落。看赋，见夏姑夫、胡咏公所作，如逢故人。独无曾侯，盖不以为能，翰林赏鉴不同如此。

　　五日　晨雨，午霁。午课毕，携良孙下湘，至安记点心。程生叔从。同集道署，隆书村发疾，不能为主人，设二席，更有二武员、四幕同集。必邀良孙，辞以丧服，引旗礼，不顾也，以其难悟，姑命之来。二更散，还宿江南馆。寻虱，甚不安。

　　六日　晴，晨大雾。早起求仆从不得，乃皆未起，或匿旁舍，凡三出寻始得之，更劳于寻虱。盥毕，主人点心已至，半面而行，到馆半饭。春风尚寒，晴日甚佳。作常生挽联：石门尊酒惜论文，如今旧梦全非，瀛岛未游何所憾；瘴海十年劳作吏，差幸家声不忝，归装无宝莫嫌贫。夕饭熊宅，与程生步还。

1595

　　七日　晨雨。偶与程、李生论大考赋，《左传》六府，未知火府何掌。府者，库藏。若藏火化、火成之物，则不胜藏，藏火又无可藏。当以《礼记》六府为定，水府藏凡水中物宝，土府可兼谷。因出两赋题课徒。良孙欲看烟火，属喻、程携往。本约夜集，杨家催客过早，云冯大人至矣。急忙先往，则冯、杨、陈郎方推牌九，见余欲散，强推三庄，未逢胜彩。熊云卿来，遂罢。顷之霖生来，同吃烧猪。叔文为主人，而误持萧、廖联名帖，亦可笑也。小猪吃几尽，乃更上席，肴馔斟酌，豚肩颇佳。客先散，余待良孙船，与陈郎独留。船人来，云良孙先还矣，余乃辞还。无月暗行，到院即寝，夜半觉。

　　八日　阴。卜二毛来，字厚之，示其父书，方在湖北待盘缠奔丧，正是云哉举动。令其往宁乡寻湛侯，许助以五百钱而去。作书寄程生、茂女。日长无事，登楼看桃花，院中花殊不盛，唯山茶烂漫耳。

　　九日　雨。为程生改赋一篇，看律赋遣日，闲甚无事。衡阳黄生锦章之子名草服来，求讲《仪礼》。其名不似，问之乃师所名，其师可想，令易之。问礼，不中肯，而求住院，令傡斋夫杂屋以居。

十日　戊子，春分。衡阳学送胙特，分牛羊胁，已又从例送猪肉，顿备一牢。诸生皆出外。复心次子从桂阳来，从兄读，无舍可处，姑令同居一房。常婿来。盛衡阳招饮，往则空室尽出，乃携良孙送江南馆。独赴衡阳，陪冯翊廷山长、絜翁次子、丁次山、郭少耶、知县子、盛门生。江尉，饮响片甚佳，二更还。

十一日　雨竟日。晨起忽思四老少可投陈复心，起作书寄陈，并作家书，遣陈八去。犹待湘船，更留一日。午后萧教授遣人来催请，再跌于泥，里外衣俱污，令随船下，寒风吹赤脚，冷不可当，更令上岸。留僮伴孙，独往东斋，岘樵、胡、任、沈师继至，为意钱之戏。朱德臣不知而屡胜，钱寻财主，不虚也。永端后至，半席，余先辞还。

十二日　大晴。遣孙视笛渔殡。即遣陈八行。独居院中，俗客踵至，所谓雷森者，云当往湘潭，附书雷教官，论书院事。又有王见田求干清泉，王保臣求啖饭处，迫人于危，甚可惧也，急命琐门假寐。陈完夫来谈诗。陈二自城来，言刘尚在家，月底可到，迎使已发矣。夜月甚佳，裴回柳岸。

十三日　阴。黄妻、哨官。李弟京官。来，均斥不见。六耶来告穷，亦斥其使。蚁慕羊肉，非羊之利也。生平多此烦恼，然已心许之矣。木居士见鸡豚，虽不能食，必降之福。夜雨。

十四日　晨雨，朝食后霁。本约与任辅丞较牌，陈郎复请饭，欲去则雨，欲不去又无雨，踌躇久之，乃携良孙以往。至安记则任待久矣，招赌不来，即捉一钱店客共局，未终，沈、朱来，摸雀四圈。盖今年始成一局，其难如此。任、沈饮谭教官处，余饮于陈，各散而往，期夜再集。夜月甚明，胡子清来，云任不至，所说事多皆不可行者。

十五日　晴。晨起，至清泉吊幼穆，至考棚去矣。当答永、王，遣问皆已起，乃入谈。遣问沈师，未起。过陈兄，亦约赌不至者。程母生日，其孙、曾设奠。独饭，招子年来，议与屺樵作五十生日，遂坐久之。寻钱估不得，陈、任、胡来较牌，未终局，谭香阶催客，往则甚早，丁、顾、江先在，余与子年同往，待萧久不至，顷之来，又去，言毛杏生发财，有田二千亩矣。未夕上菜，一更犹不得散，还船将二更。程、陈、孙均在岸相待，棹月还。

十六日　晴。先府君忌日，素食，诸生亦素食，过也。内室深居，霖生三代常婿、常生子寿门。闯入。顷之，幼穆又来，以方吊彼来谢，宜相见，遂留共食，谈至初更，乘月去。今日本绝人事，乃至酬对一日，何其巧值。陈生又告假去。

十七日　晴。早起忽有微雨。与书但少村，为任三求差，无厌之请也。张、毛、唐及张婿来。麻十兄弟、廖生来入馆。竟日阴煊。看律赋。雁峰西禅三僧来，言佛事。

十八日　阴晴。风暖，不可重绵。诸生过六人，不容异席，率良孙饭于内院。将出，隆书村来，请入考棚。蒋幼梧、贺亲家来。日日拒客，日日来客，可恨可笑。夜大风，震惊摇撼，凡再起。

十九日　雨，午后霁。寒可重裘。陈鉴唐、孙光炘来见。刘斋长来。如此寒风，奔走不废，迭请，不得已而见之。看《登科记》。唐试赋别有体裁，不知其何以去取。《性有相远赋》，起尤不可解，盖取其押"君"字新样也。夜月火银，惜寒甚，不能驻赏。

廿日　晴。朝食后携程生、良孙同下湘，从太史马头步上雁峰，绕山避泥，误由车江道，居人呼余还，复误从花药山，乃至西禅寺。官绅幕商大集，请僧百人，为徐幼穆兄方履诵经拜忏，因设斋食，至夕散。还城与任师同至道署，盈孙留程家。陈八还，云迎船未得，行将至矣。

廿一日　晴。晨兴，与任师入考棚，隆公甄别，府学监场。墙头设梯，外闻爆竹声不绝，以非关防，又不干己事，匿笑而已。唯与监场官较牌，牧猪奴亦设二局，则不能自正耳。勉坐至夜，步还安记，招良孙来，子年先在，坐久之去。

廿二日　阴。晨约子年买瓷、帖，久待不至。出门逢岏樵，与俱至集锦斋看帖，取八种以还。午食罢，陈倬卿来，遣招任辅丞同摸牌，顷之沈、胡至，幼穆亦来，旋去，四圈毕尚早，复作较局。盛緌卿、江尉均来同戏。朱德臣、丁、冯、朱太尊、杨少臣、魏二大人、子年与余，同设戏酒，为岏樵五十生日作宴。岏樵固不肯当，自设一席请客，点镫入坐，子正散。未夕时方四来，报船至，冲泥往看，船人不肯上，乃令泊门外马头。乘昇携黄孙同看戏，即留，同宿安记，一夜不寐。

廿三日　雨。晨踏泥上船，朝食时开行，缆上东洲。检行李，失去手巾包银，又还一欠。移入内寝。得抚藩书。

廿四日　雨。两孙入学，三女、一女孙均复常课。余唯阅课卷，颇觉少暇。夜寒早寝。

廿五日　癸卯，麻十早来，云已撤差。清明。作粉糍蒸粉肉。四老少来，云十八日沉舟甚夥，空泠滩水为墨；十九日湘潭大雪，此间乃无睹也。黄稉圭来，诉仙童无状。阅卷毕，逍遥以嬉。夜闻风水声，以为爆竹。

廿六日　雨。未午入城，送卷道台。复衣小毛。在任斋小坐，借轿出城，至清泉学署。梅澹余招饮，一分府黄生先在，朱嘉瑞、盛衡阳、顾尉、程生俱集，初更还，至已二更后矣，行城外甚困。与书易仙童，切责其好动笔墨。莲耶来。得陈兵备书。

廿七日　雨。朝食后携真女入城，遣贺程嫂。余至任斋，约胡、沈摸牌，胡已大负，梁协将催客三次，急于要散，胡一战而胜，尽复所负，大笑而罢，乐哉乐哉。朝旨特责皮举人，与论学术，而我荒宴弥甚，殊非敬谨之道。昇至协署，诸客毕集，以我为客，既所不安，又连宵犯夜，亦当少戢，遂与絜翁俱辞而退。夜雷。

廿八日　雨竟日。麻年侄来。昨梦与鹿滋轩论吏治，余云徐小坡著名昏庸，鹿滋轩自命清干，同为首府，无分优劣，当此之世，有何人材。滋轩貌尚是三四十岁人，科头谈笑，不似为督抚后大架了。囚梦语有理，故记之。杨叔文来。

廿九日　晴。李道士来，送果粉，坐半日去。抄改《书笺》，开补《春秋笺义》，于"京师楚"义尚未允惬。夕假寐，二更起，少坐，及寝未久，已天明矣。

三　月

三月戊申朔　阴。程峘樵来，请其召匠估工，增起学舍，并开房门。四老少去，诸女寄书。八女兼饬家事。再与书复心，荐方四去。夜出题、阅卷。

二日　晴阴。晨未起，外报任辅丞来。今日覆试，道台来点名，两府学官先至，八钟均集，吃点心三道，令诸生各饭，乃召十八人入试，余皆散坐。道台去，教官监场，余入内摸牌竟日，五钟散，客去人倦乃寝。夜微雨。

三日　阴晴，亦时欲雨。阅卷廿余本。出城，还轿任师，因同步过福建馆看牡丹，至江尉署褉饮消寒，人皆集，更有道士，未夜散。

四日　晴。阅卷毕。湘孙生日，初未知之，因责良孙始悟，宜薄其责，幸未大怒耳。

五日　晴。送卷道署，因招辅丞，云已往福建馆。朱德臣、孙芸生来安记晤谈，看缎子，作寿对。同芸生步至闽馆，陈倬卿先在，胡子清与辅丞为主人，沈静轩后至，共摸牌四圈。程生叔从及两县均集，散亦未夜。

六日　大晴。道士及张尉来。冯絜翁来。言明日送学，顷之首士送席赀来。周姬入城看裁料。

七日　大风，晴煊。朝食后丁笃生来，两府学继至，云县道已来矣，久之乃至。夹衣行礼，流汗浃襟，客散日斜，稍惕遂暮。

八日　雨。衡士公请隆公，为作六十生日，推余为主，屺樵承办。朝食后冒雨入城，谢客六处，入府署见沈师，清泉访幼穆，道辕谢隆公，余皆未入。至江南馆，主人唯彭公孙未至，顷之亦来。衡清三猫、梁协、鳌、谭皆至，隆公踵至，菜出甚迟，精而且腆。二更散，三更乘月还。

九日　晴。缎对帖金无笔法，令诸女用金线双钩，前日兴工。今日程家招看戏，湘孙不能往，留纨伴之。令复、真入城，与同船至马头，径舁至彭祠。余至安记稍睡，未正起，至厘局，看毛杏生，遂往看戏。两县仍昨客，为隆公祝生辰。稍早，二更已还，无月。

十日　阴，夕雨。改定"礿则不禘"之说。曾苠思来，言陈复心儿结交不择人，宜居乡间，易于查察，其长者已告去矣，次其女婿，令从其说。于是两陈皆去，外斋人少，更起火食，令诸生食于我。陈芳畹专人来索钱。王伯戎之弟来见。

十一日　戊午，谷雨。晨雨，朝食时见日。省城讹言京师夷变，自至城中探之。方至教官处，遇桂阳罗训导，遣招张子年来，又遇岳州谭训导，同出寻香阶。见一轿过，俄而复转，下舁则朱七大人，云方至吉祥寺寻我，讶其消息真确，乃约会于安记，遂别三教。与子年寻辅丞不遇，已在安记矣，因留摸牌四圈而散。幼穆来寻，步往访粟谷青，遇杨诗白，小坐而还，上船已夕。

十二日　阴。看石鼓甄别卷百余本。粟、杨来，遇雨，旋去。

十三日　雨。阅卷竟日，翻三百余本，亦有用心者，似胜湘潭。

十四日　雨。复寒，风景凄凄。忽有黄玻来见，草服之伯父也。因缘攀缠，殊为可笑。阅卷四百本，千卷毕览矣。程岘樵又送一子来，长过诸兄，初不知其来意，已乃知其来读书，且令居前房，亦抄经，有常课。得文心书，并属向寿衡索书。

十五日　朝雨午晴。幼穆约游花药寺，与程生同往，周敬湖、先稷、丁次山、岘樵、粟、杨同集，乃改设雁峰，云无鞋不能步，期以他日。多谈康有为踪迹。

十六日　晴。大校千卷，定去取。廖生前所次者，竟不可取，又悉改之，一日未能了。遣送隆对，因复芳畹书，与以十元。

十七日　晴。送卷朱猫。谭震青来。令廖生考"家父""孔父"义例未定，说"馂馀"即"馈馀"，又识一字。年垂七十，经字犹未尽识，可叹也。

十八日　晴。晨往道署贺生辰，例本不见，今乃设面。六十整生，诸客皆会，余至尚早，与任、胡、朱同坐西厅，谭、吴支宾，延坐小厅。东厅延官，西延绅商，一有戏，一无戏，外来者唯衡山令耳。又有一昇，张盖从城外来，未知何人。设面甚糟，应景而出，还始早饭。谭尚贵来，未见。

十九日　阴晴。曾广敏请书，间执其婿，依而与之。熊儿被裁撤，与书石弯赵质夫谋之。马寿云来。与书寿衡，为柯孝廉索父书，并复文心。丁笔帖式来，送越茶，留饭而去。同至城，异入道署，土老毕集矣，戏亦应景，乘月还。

廿日　晴。始巡四斋，诸生尚整齐，唯清泉正课例出。监院送卷来。朱七哥来。耒阳举人谢镛来见，乙酉人物也，黑矢不可当，云与道台相好，已保知县，可选缺矣。

廿一日　晴。看官课卷卅本，已觉竭蹶。两孙课读甚劳，非娱老事也。

廿二日　晴。程九郎入学尚未归家，令从往城，并携两孙一游，房妪亦侍，从大马头步上。入城逢厘局催客，讶其太早，云请摸牌。至任师处，乃云亦来约，便与同往。招屼樵来，陈倬卿来，江尉亦在，谭翁出，至彭祠正厅，胡小梧旋至，胡子清、朱德臣后至，已四圈矣，复杀一围而罢。设食颇洁，戌散。步至白鹭桥下船，复绕道闽馆，看烟火。江、谭、任、程同往，人多失散，惟与屼樵立门外火光中，无所见。至船已二更，两孙先还睡矣。

廿三日　晴。陈复心次子复逃来，数责之，此非失教，乃下愚也，姑托之失教，以观改悔。唐艺公曾孙杜房来受业，处之内楼。写《禹贡》，说雍、梁黑水不足画界，华阳亦远隔荆山，未得其审。欲遣人取《禹贡图》来，先令买茉莉，莲弟无事，且令贩花。

廿四日　晴。晨未起，忽左足如刃刺，以为转筋，乃久不愈，遂经两时许不能步，诸生骇然，为求木瓜酒，酒来已愈矣。日课如额。

廿五日　晴阴。幼穆来看，入门正扣我病处，讶其神也。登楼谈，久之乃去。夜酣寝。

廿六日　阴。丁生来。朱稚泉自城来。得易仙童书，纯乎宝玉议论。王生女婿彭姓来，云当还蜀。功儿来书，殊无新事。看京报，三月十五犹从容议治河，外间纷纷传说，皆讹言也。

廿七日　甲戌，立夏。程家送菜羹，余亦作杏浆，并得沾足。作字数纸。看沈佺期诗，了不似其手笔。检唐诗未得，遂未点诗。雨寒复绵。

廿八日　晴。作字数纸，有四幅甚佳。朱署府请阅课卷，先送脩金，辞之。

廿九日　晴。朝课毕下湘，将访幼穆，朱嘉瑞请客，往则已有程、江先在，乃入看柜泉，重绵避风，诸客踵至，仍去年消寒会人也。早散早还，幸不侵夜。

晦日　晴。出钱春，便过石鼓，答访胡敬俤，与程生携两孙以往。楫告退，余独还船，与两孙看新塔，甫上二层，恐小儿跌落乃下。复入北门，余过幼穆，遇子清、尹端，谈言官弹事。入府看沈师，唁其殇子，寻孙芸生，均不见。还至安记，迎两孙，遇芸生，同行至太史马头。云珰船在石鼓，唤船往迎，并攸花亦至，别呼船还，则攸花满岸，已先到矣。珰二更始至，犹未饭，二女同来，幼者睡去，移外斋寝。

四　月

四月戊寅朔　晴。始开课点名，申严出游之禁。诸女因姊还，散学一日。

二日　晴。沈师、熊散士来。孙芸生谋宜章讲席，其权在熊，然不可言，与书朱德臣干隆道台。平江邓生来献诗，求馆。

三日　晴热。遣人往永兴看宓女，便送之渡湘，因至道署，问二馆。有人踥至来请，则幼穆约至花药，讶其踪迹的实，云在朱嘉瑞侦知之。便邀辅丞同步往，幼穆与碧崖僧先在树下，顷之二丁、一熊、程、粟、郭、王、二朱继至，游花药，程生亦来，复同步至西禅寺，五人不能从矣，散还。与任师步至西街各还。

四日　晴。孙芸生来，跌泥中，污衣，留浣濯一日乃去。云朱不肯荐，当作罢论。

五日　晴。两县求雨。廖笙阶来，调清泉训导，自云辞而不允。玱出。遣周童去。

六日　大雨竟日。看课卷一日，仅得七本，训课殊无暇晷，令玱代听倍书。

七日　晴。杨伯琇来。抄《禹贡》略有头绪，以州后所记为弼服之数，似甚妥确。夜微雨。

八日　晴。徐幼穆约游东塔，晨往，周姬请从，送之铁炉门，即召程生同往大石。至潇湘门，见大船缆待，询之徐尚未至，便登舟偃卧。顷之幼穆来，粟、朱、胡、郭、秀碧两僧俱至，谭震青后到，待王儿未至，已向午矣。从至耒口，正见任从陆渡湘，谭不能步，任不能船，好游客也。至塔，徐强余上，上百八级，犹少于寻常阶级。催饭急归，中流风起，舟子喜甚，任遂阴喝矣。到岸雨至，移泊铁炉步，乃更无雨。岘樵续消寒集，胡、谭、陈、任、朱、江皆在。朱七大人先待余于馆，亦留同坐，夜散，强余出题课石鼓书院。余避出，朱乃立待，至朱嘉瑞借镫，便写二题塞责，到太史步，朱已待久矣，告之乃去。乘月还。得景韩浙书。苏三献茗脯。

九日　大雨，顿寒。桐城杨伯衡进士及王香余来。杨，老儒也，然颇汲汲于求馆，而弃官早休。看课卷毕，良孙淘气，禁之卧房，暂不令读书，亦以休之。此儿未测其成败，姑尽吾技耳，已三日矣，殊无悛惧。

十日　雨。遣复女看徐女，自送之，正迎北风，衣薄甚冷，先送往清泉，余至江尉处待。从人往送梅，报廖、谢、杨饮于徐，陪媒二席，任师亦与。夜散，就沈师宿府园，先摸牌，后与朱谈，寅初乃寝。

十一日　雨霁。晨起看书四本，门犹未辟，方僮亦不知何往，九点钟始盥颒。沈师来，要早饭，同访何商子安，亦已早饭。陈倬卿来要，沈妾办具，又发面留点心，饭罢已过午，点心罢过申矣。胡小梧招消寒人集，又皆先往，余以幼穆来要，待轿一时许，至则已酉初。感寒挑菜，匆匆而散，还院正二更。得胡婿书。宬女下省去。

十二日　阴晴。看课卷毕，定等第，出课题。下湘至徐家，赞礼未集，媒犹未全。酉初迎婿，礼节不整暇，家丁仆妇无娴习者。设三席，余陪小梧、丁、程、谭、盛在内斋。宴散月明，入新房看枕便行，到院已三更矣。今日己丑，小满。

十三日　大雨。诸程皆假去。抄《禹贡》毕。得陈用阶次子书，来告贷，名钟湘，初不省记，后乃悟耳。用阶长子得缺甚肥，而云亏空，盖接脚姑妈之力，抑穷自有种，亦如世卿耶？

十四日　晴。纨女生日，为作汤饼。常笛渔儿、周竹轩、徐幼穆来，游谈竟日。

十五日　晴。祖母忌日。晨出寻人买菜，四、健儿皆外宿，质明不至，乃蹀躞内外，俄寝俄兴。健儿既非长工，工役亦无夜禁，听之而已。看杨伯衡诗文杂著，阎、顾俦也，而无其博雅，吴挚甫浮誉之，殊无规益。

十六日　晴。答访杨伯琇、周竹轩，因与周同至程家。闻丁董言取课违制事，自往道署问之，则未取蒙奖，不合定例，吾之过也。隆兵备坚留看戏，正欲还愿，因要任辅丞至厘局，适遇谷青，至九福堂摸牌四圈。还至道署，子清旋至，看戏至月正中，舁上白鹭桥，登舟而还。

十七日　晴。看桂卷。燔熊掌，因悟燔燔之义，起于烧兽蹄也。与伯琇约请客，送肴肉去。遣买煤运乡，因寄杂物。陈二、莲耶并求信去。卜二毛来。

十八日　雨寒。杨进士来。幼穆送界田茶叶，盛称其佳，非知茶者也。茶以轻清为佳，而界田重浊，龙井又太轻，故君山为贵，蒙顶亦轻而无味，余皆重矣。

十九日　晴。珰生日，为设汤饼。笛渔儿来求书。至城贺岏樵取三妇，待见急还，遇幼穆，亦求书，要与上船，同话，至太史步各还。烧熊掌，不能透烈火，半夜乃寝。平姑子来看其嫂，便留内宿。

廿日　晴。平姑饭后去，徐女又来，房妪劳连日，厨门并无人，亦竟可省。看桂卷毕卅本。岏樵送轿来。

廿一日　晴。幼穆来，谈谅山战事，是曾见兵阵者。夏子青来，索旧债。穷思烂账，不虚也，必当还之，以劝借者。

廿二日　雨。程岏樵来，谢之不肯，径人，旋去，多此过节，使吾早饭未饱。雨少止，遣珰乘舆先出，余在后小部署。甫欲上船，幼穆来，请改俞书，再易乃可，犹惴惴也，非知命者。又作谭督、邓道二书，皆应人求。与幼穆至杨园，热甚，纳凉船房，摸牌待客，朱稚泉、张子年、程岏樵、朱德臣、周竹轩、谭厚之、胡小梧来。谭犹畏风，更移奥处。熊掌皆焦，其掌唯食指耳。鱼翅甚佳，本因谭不食鸡，而特蒸豚，谭又不食，甚以为歉，未夜散。周妪请放盈孙，自任稽察之。

廿三日　雨。丁生来告别，云奉母入都，又请与谭书，亦依与之。大雨竟日。麻五哥来，致十书。子年及竹轩、江西老表、卜允哉弟枚斋、陈梅生兄子伯新来。复还内寝。

廿四日　雨复竟日。晨闻两学来。顷之伯琇来，言送黎生上学耳。黎，衡山令子，奉节人，亦胖子也。伯琇冒雨去。黎生无可居，处之程新郎之旧斋。夜雨，隔绝内外。

廿五日　雨。作字数纸，为黎孙定功课。盈孙甫释，即匿周妪门包一元，前四元必所窃也。惷而戆，其性然矣，何可教养。

廿六日　晴。大水平磴，乘舟往迎珰，云尚在杨家，舣树阴，久之移泊新城，又久之，待买油菜乃还，将夕食矣。周病不能兴，求苦瓜竟未得。

廿七日　晴阴。水仍未退。巡二斋，各有问难，适有客来，未及上楼，晡后往值斋中，午饭乃还。

廿八日　晴。水退一丈，补巡两斋，上西多琐门去，仅存一二人耳。《尔雅》加偏旁字，有省形存音者，如权舆、趹踢之类。去其□所加"虫"旁，则不可识。又"虫"必当为"蟲"，不可为"虺"，言《说文》者多不知。

廿九日　雨。庐陵馆新成，求楹帖，代江西五府首士作一联，自书之，颇跅浪，胜于词也。胡文游迹至今传，高闲重新，当令先正流芳远；湘岳清晖扶栋起，一枝广荫，共喜江州盛会多。昨日芒种，余尚以为方小满，可谓迅速。

五　月

五月丁未朔　晴。晨出堂发题，诸生皆在。朝食未具，三否来送石鼓卷，云难逢难值，宜沾膏馥。其词甚当，不可驳也，因不复辞，漫任置之，坐至午乃去。饥而入食，复有待见者。杨伯衡、徐幼穆、廖苏荄俱送书物。黎生告去。珰还，其次女未还。

二日　晴。办节物，收束脩，亦须自处分。抄《尔雅》下卷毕，初以为皆毕，检之乃无中卷，不能复抄，且姑停工。煤船还。

三日　晴。陈完夫来，言江南事。芍药过时两月矣，乃以火腿代之，亦所谓芍药之和具也。写字数纸，无佳者。

四日　晴。熊儿求巡丁，幼穆以亲兵待之，辞不愿往，适亦乏人，留之煮饭。房妪劳困，鼾于卧侧，余避入内。坐未定，外报干将军来，披衣出迎，方与妪话，若早一刻，直入卧内，有可观也。柳下煦人怀之女，《毛传》以为避嫌之不审，余则审矣。得家中信物，并告树艺不成。

五日　晴。与干谈，待朝食，避客登楼。朱稚泉来，云尚未食，令办饭，厨娘怒，有违言，执爨无人，限于时地，亦实无可用者。顷之方四来，以为遇法孝直矣。幼穆送干馆来，乃知熊儿未辞差，切责遣去。客无至者，三否竟不送礼，亦出意外。清净竟日，得少佳趣，至夕食后放假，家人俱出。

六日　晴。与干商量《禹贡图》，欲召邓生写地名，邓乃假归，正需人时，闲人尽散，张文祥所云用在一朝者，不可恃也。干亦欲出游，并一朝而不得，然《禹贡》非用人可了，州后记地，尚未得其理解，图未可遽成也。周竹轩来辞行，取所写字去。夜见课卷积压，心颇着忙。

七日　晴。晨起悉翻童卷四百本，至朝食后又消摇矣。定等第，加批点，复杨生书，与汤幼安荐杨进士书，复幼穆书，谕两儿书，一时俱办，乃促干去，至城赠以百元，又索煤油盐，皆与之，又索零用钱，亦与之。至安记送竹轩行，屼樵留饭，幼穆来谈，欲还不得，大雨俄至，更招谭、朱、任来，摸牌四圈未毕，夜二更矣，乃饭而散。方四不肯煮饭，数而遣之。

八日　晴。厨中无人，乃报省船到，宿、滋同来，外孙、仆妇七八人，一时俱须容膝地，虚两室待之。岵樵送时鱼，买办得茄瓜，并以款客。顷之理安复来，云将验看，留谈一日，将去，大雨更猛于昨午，稍止已初更，遣船送之。宓夫兄子念远宿我榻，遣盈孙伴之，余登楼自宿。房妪嘈杂闲言，责之，乃怒掷镫于沟，愤然而去。幸方僮不怒，煮鱼烹茗，酣然而寝。得陈复心书，并赠远物。

九日　晴。晨起视厨中则无人焉，问僮奴，则皆入城。怒妪气冲冲入厨而炊，不待呼唤，得人死力之效，乃验于此，然不能使不怒也。说以使民，盖尚有道。幼穆求书干汤藩，依而与之。杨伯衡来辞行。午后雨。

十日　晴。滋生日，初欲张宴，传班无有，乃设两席宴女，至午尚未得食。杨、程家女客来，将夕得早面，可笑也。幼穆夜来，云当勘水灾。坐雨中看月，二更乃霁。得茂女书。

十一日　晴。晨起，陈完夫来，程九争房，琐门而去，虚内斋居之。入城践任约，往则发疾，云述恩子请客，食扁荚，破腹，几不能兴矣。朱稚泉候久，遣呼之，余遇子年于巷，亦要同至。顷之岵樵来较牌，谭震青、沈静轩、胡子阳均欲摸雀，廖荪荄催客，各半局而往。初云为二王特设，往则三学、一老表。例菜不旨，半饮仍还道署。程去朱来，饭毕终牌局，宿任纱幮。

十二日　晨起辞任，出访理安，留点心，久谈，欲留饭，乃出。理安固欲送余，直送至南门马头乃别，各归。呼谭舟还，遇迎船，云永兴船今日定发，还正早饭，可谓晏矣。南风甚壮，夕促宓去，遣诸女送之耒口，以两舫从。夜月正明，好诗料也，欲作未成，而送船还。

十三日　晴。忌日，谢客。张子年、麻年侄必欲一见，又桂阳王生求见，适出相值。麻送桃源冻布，自言其母七十，方受其礼，不可不答，因作一联与之。

十四日　晴。晨写寿对，悉阅诸生诗文，讲课如额，复振作矣。佣工来一日即去。

十五日　辛酉，夏至。晨起甚早，厨中无执爨者，待方僮洮米后，乃入城贺麻母生，无人相识，乃辞还。正值朝食，饭已冷矣。竟日楼居，夜不掩身，乃犯月禁，及觉天明矣。

十六日　晨阴。俄鸠啼甚急，密雨随至。遣方僮便至家送茶叶，因送谭儿。月食不见。

十七日　晴热，蒸如伏暑。楼居不下，偶出值讲，问者数辈，亦巧值也。楼上写字殊不合光。夜半大风雷雨，床寝不安，起行后檐，房妪来看，阻雨不得上，雨止乃来点镫，已鸡鸣矣。诸女俱起，案上文书吹去数纸。

十八日　晴。方僮复还，云谭儿约今日乃去，乃作二纸书与之。廖俊三来，初以为门生，欲召之人，遣视乃知之，出谈数语，还少休息，功课粗毕。朝食后较牌，不能终局。酣卧不醒，四更乃起，开门觅火复睡。梦张雨珊来，为孺人觅葬地，余欲在后山，张云四角孤虚，不可。顷来时过一茅庵，闻钟声，其旁可葬，请与偕往。命三儿取雨鞋，余赤足从之。出门，张飞行从乾陇直上一高墙，峻不可攀。余追至，掖张下，竟未至其地也，似云在石泥塘后。劳悸而醒，天明矣。午闻新蝉。

十九日　晴，风凉甚快。卜二毛来，云郑太耶一毛不拔，九头鸟名不虚传，出乎人情之外。许以干馆，谢过，作半揖而去，又宜不为郑所理。三幕复作一集，见要，送猴头菌往佐馔。

廿日　晴风。朝食后有呼冤者，云从我处逃逋，当守吾门逻之。呼问外守者，则已闯入厨房求救。乃游勇奸拐民妇，翁索钱不遂，私具船来，约同逃也。程七喻遣各去。余亦下湘，至安记，靮《春秋》纵抄本。旋往厘局，京人无至者，云戏局不成。浙海有警，湘抚断电报以靖人心，亦异政也。岘樵来，更招稚泉。雨至风凉，顿加一衣，已而复燠。胡、任、沈踵至，朱德臣来，摸牌五圈。同至彭祠，待盛衡阳，贺赏翎。任师必欲戏局，夜半不能得箱，招朱府、徐县皆不至，人倦遂散，宿安记。食新莲。

廿一日　晨凉，有雨吹至如喷唾。还馆朝食。桂阳送卷来。

廿二日　晴。复生日，吃面未饱，午饭颇有好菜。

廿三日　晴。看官课卷，吃粉蒸鱼翅，卅年未尝此味矣。

廿四日　晴。热不可事。卜二毛来，言谭进士署祁阳，谋一小馆，许为关说。

廿五日　晴。常寿门来，云从西乡还，欲觐垲，令待朝食。又云步行来甚远，令同船入城，并携周妪同往，至铁炉门各散。余往厘局，因毛杏生得见祁令，云尚未朝食，留晚饭戏局，诸以在安记相待。往遇岘樵，要同至朱德臣处，访稚泉。门口颇有凉风，因令办饭。待谭、任，过晡不至，三人共摸牌。夕食任来，谭仍未至，遣招同饭。朱设海菜，咄嗟而办，较胜平时例菜。热不可耐，强饭，复食汤饼。呼船上泊，自至太史马头，久待不来，遇完夫同还。

廿六日　晴。朱送岭南食物、夏布。病暑甚困，楼卧谢客。王镜芙女婿来，云还蜀不成，随人溺死，令还蓝山。萧少玉来，于楼上遥与语。

廿七日　晴热。疾愈，看桂卷，热不可坐。少理课事，多卧不饭。遣方四往永兴。

廿八日　晴热。有风，犹不可坐，夕得北风阵雨，俄霁，复睡。

廿九日　阴雨。竟日行游不出十步之内。卜二毛犹着春衣，亦不见热。

卅日　晴，晨凉。谭震青、胡分府、王经历来，留面去，遂不朝食。李生自桂阳来，廖生告归。尝新。今日丙子，小暑，如大暑。

六　月

六月丁丑朔　晴。晨点名，才四十许人。看桂卷毕。讲诸葛亮《蒋琬传》。"珍百姓"教，未得解。

二日　晴热。老不恬澹，尤弊烦暑，数日来坐卧不适，加以蚊蚋，殆生平之最苦矣。忆西楼甚凉，试往如烘，乃知无风使然。南风解温，北风蕴暑，无风坐困也。

三日　晨稍凉。张子年勘灾回，云水从穴涌出，山上大石如叶飘落川渚，自茶、攸、安仁、衡山冲溢百余里。刘牧村不牧，但村耳。至渡口吹风，程生来，乃同入。午后复热，夜睡檐口，蚊啑而醒。唤房妪起，汗如渑馏，奇热也。

四日　北风阴云，暑气始退。得报，幼铭涮复，叙伪也。其用舍之由，支离诞饰，然非例语，犹雍、乾故事也。大要当为浙抚，取其知兵耳。夜凉早睡，至旦乃觉。方四还。得胡婿书。

五日　晴。北窗早凉。看《庄子·杂篇》。得山中书，报舆妇生男。得陈芳畹书。方僮信尚未至，真无饭吃矣。

六日　阴燠。二麻来，欲求信干夔帅，以一兵丁而见宰相，奇想也，又不知夔帅何以待之。往厘局会饮，彭祠不肯开门，程孙遂不能指挥，令人有故李将军之叹。就移程家，任师谢寿序，更邀吴桂樵，写屏人也，朱稚泉作陪，胡子清经手人，余皆捉刀人，颇热，未多食。未晚遣船还，待于白鹭桥，夜步上船。

七日　晴。移床廊下，以避晚热。余孙娶倡女，来求护持，云狗樊旧人也。

八日　晴。朱太尊遣母弟送卷来。与茂女书。送廖刻诗与胡子清，并荐长随与祁阳。谭厘局替人已到矣。夜大雷雨，高蕉中折。

九日　晴。王进士道凝来，字聚庭，巨野人，新即用。言毓、锡，颇有抑扬，皆其本府，想是公论。夜复雨雷，不及昨猛耳。

十日　晴阴。看课卷毕，无甚佳者。程孙儿复来，云疾已愈，神色未旺，且令少读。

十一日　晴。杨家请饭，当答王厘员，因携仆姬早去。过杨家，云客已有到者，往则唯朱稚泉一人，求摸牌，无刈手者。入城，王出不值。小憩安记，甚热。往看任师，食三白小瓜，复还安记。待船未至，步出南门渡湘，正值幼穆方到，顷之陈、程甥舅来，为主人，沈师、谭令继来。大风小雨，登楼看荷无花，坐藤厅，仍不甚凉。程儿复疾来告，丁次山来诊之，皆云不可入院，唯可就塾。谭求渡船不到，余便送朱渡，因以及谭，程孙携儿后去，陈郎同还，至磴而雨。连夜可睡，便不畏暑矣。

十二日　晴。午后有雨意而未成云，亦不甚凉。夜冷忽醒，斋夫女哭孩扰人。又一人夜至，不知何处足信也，因起少坐，还寝，遂觉。永生黄金鉴失妾求讼，谕令早去。

十三日　晴。麻颖来取信，便作三纸与之，干夔石，因留之饭。续宜之来，言京中事，云夷服为荣禄所阻，故激成事变也。唯有早凉，又为二客所扰，遂不能事。夜得宋生书，云被命入京。盖假此撤之，欲捐官出仕，未知能免否？求进好事，饰以经义，狼狈可愍也。

十四日　阴晴。北风振波，热仍未减。今日庚寅，初伏。岘樵作会，午浴而往，在金银巷故宅，余旧携媵寄焉，弹指卅年矣。亦不甚凉，众皆以为阴荫。朱、任、胡、张继至，更招徐幼穆，谭震青亦来，沈师、朱否旋至，摸牌三圈，屡作屡辍。上镫乃入坐，肴不多而甚满，十人犹不能尽一器。步出南门，从新城登舟。

十五日　晴。看石鼓卷，甚劳于海，亦畏热不能伏案也。游戏消日，待至午后，答访王聚亭、续宜之。续云永守已至，方将见过。余辞出，至四同馆，陈、毛、程、张公饯谭祁阳，往则客皆未至，久之谭来，问未见本府，复促之去。任、胡、朱同作客。夜散，异还船。

十六日　晴。壬辰，大暑。阅卷日不能十本，伤暑多汗。晨为复心书扇，因书三扇。饭后不能事，较牌而已。博弈犹贤，正用心之效。

十七日　晴。滋女血疽，昨闻王经历有良药，往府幕求之，送药水来，非良药也，即熊庶常发恶者。入夜将四更，见一人直至床后，诃问之，云方佣送沈书画出，未还，恐急疾，故夜至耳。求火，与书谢之，未久天明矣。

十八日　晴。昨夜忽咳汗，起，食瓜不佳，今晨尚不适。朝食毕下湘，至潇湘门，步上，入府署，云客皆未至。西禅两僧来，久之乃去。余与沈师至螺园，云珠玉堂甚凉。朱太尊与祁阳李姓方坐荫室，余不肯入室，邀坐堂中，两僧又来，又久之乃去。食白桃不佳，谈沅州女鬼。顷之摸牌，任、程同局，谭祁阳来乃饭，更有三猫，初更散。坐程孙轿出城。

十九日　晴。午后入城，遣问府客未至，至清泉寻幼穆谈，程孙亦来，留食酥饼，已夕矣。入府园，则诸客先在，二更入坐，席散，留宿濯清堂，留伯琇摸牌二圈，二朱代之，终局已鸡鸣矣。复得豆粥甚宜，少谈而睡。

廿日　晴。晨起，方佣未醒，看课卷十本，呼佣同至安记。屺樵来，邀至旧典早饭，招任师来消永昼，因与胡分府俱至。三较未毕，幼穆来请，步至福建馆，幼穆、朱生先在，程孙继至，王、谭二委员、陈郎、丁举人，朱三代兄为主人，杨伯琇均在，未夜散，还。

廿一日　晴。杨都司、孙武字来求饭吃，均留吃我饭，而意怏怏。孙云在蜀识余，周云昆顾工也。程九吐血假归。桂阳以女讼，官民成仇，昏庸人犹可为虐，故官长不可不慎也。

廿二日　晴。遣送卜二毛干脩与张子年，又与书廖荪陔荐周佣，回信云夹袋中多材，询之乃有四人候荐，唯收此耳。以扇来索书，题诗报之。

廿三日　晴。吃饭人尽去，唯留陈升耳。吃本地瓜亦尚有汁，胜前七年者，啜两瓯，内热顿消。

廿四日　庚子，中伏。晴，有风。朱稚泉来告辞，云又得永州差，为黎儿求题。桂阳又送卷来，求题。石鼓卷尚未完，颇为竭蹶。珰往陈郎家贺平姑生，云杨六嫂亦衣珠来贺，何其太谦。夜凉早寝。

廿五日　晨大雨数点，已而旋止，颇凉。看西泠五布衣诗。吴颖芳、魏之琇初不闻知，丁敬、龙泓。金农、冬心。奚冈铁生。则先知之，皆斗方名士，亦有可览。又附邵蕙西诗，则不伦矣。更有魏成宪、何琪，皆所未闻。

廿六日　晴，颇凉。子年晨来，言朱稚泉办牙帖，有张雨珊之风。王进士颇不谓然，或云谭进士为之。今日可坐，尽阅石鼓卷，计二百廿本，费十九日力，每日得十本多，犹为速也。夜遣人至杨家乞外科药。

廿七日　晴。遣送卷去。桂阳及本书院送卷又来，殊无暇日。

廿八日　阴凉。午将雨而散。因入城，则街衢流水，云方大雨也。入安记卧，招辅丞来。方贵瓜船到，遣人往觅。客来无茶，同至金银巷，寻屺樵，琐门不得入。乃至府署，与静轩谈，一酒楼可坐，静云须请陈文案同往，复至柴埠门松鹤泉内，果敞亮可坐，吃四楪一点，费钱千三百文，不相应也。陈还衙门，余三人步至衡阳，二程后至，徐幼穆先在胡子清所，同坐，吃烧猪。甚凉，还船加衣，到院看儿女家书。

廿九日　晴凉。莲弟来，云王先谦骂曾昭吉，一万金送去矣。陶秀才、谭老师来，正作饼，留之少坐。出游万寿寺，被船户催去。屺樵来，亦不肯留。午食饼甚不佳。平姑子来，旋去，云其夫恐其说短长也，此盖妇女心眼，未必实然。移床上楼。马先生儿来。

七　月

七月丙午朔　凉风似深秋。点名，犹有卅余人。李生为嫌贫案，欲本道提讯，不知此道之不能提也。云有雷氏女，能歌善饮，且知文字。刘牧不肯断归本夫，乃出差勇，勒令交还，以至大哄，妇女出畺，官竟着落族人交出。其夫来此上控，亦有人主使，云正纲纪。余云正纲纪者官之事也，娶妇嫌贫，宜听其去，他人更不得干预之。李生甘心求胜，未为知经术。房妪暴疾，欧声动壁，诸女皆往看之，余亦秉烛，招彭翁为诊，仍用麻、细，似不对证。夜雨。

二日　北风更凉，有雨。纨讲《国志》毕，将看《晋书》，云看朝报多不解，古今文字隔尘，亦犹苍下之不相知。张子年来，云刘子惠复将撤差，程生所切齿者也。

三日　晴。珰家来迎，搜索物事遣之。看课卷。今日戊申，立秋。食瓜甚甘。

四日　晴，复热。珰将午乃发，初欲舟送，小船回往，索十二千，闻所未闻，乃听自还。余送至铁炉门，因入道署，答陶赞之，同过任斋，要与闲游。至府学西斋，谭香陔适出，遣寻之，坐客坐吹风。香陔还，留便饭，任局脊不安，旋去。更邀萧子端来共戏，酉散还。

五日　晴。程孙来，言幼女姻事。余云王父无权，应由其父自主。因遣方四还山送书，并送寿序节略。仙童入见。节吾弟子来，主醝纲，世异时移，后浪推前浪矣。

六日　频雨，至夜乃成长脚秋霖。顿寒，始覆被。送卷谭香陔。看李生《公羊例表》。

七日　雨，至午乃止。讲书毕，携两孙至龙祠，幼穆设酒，客皆云我后至，匆匆入坐，及散已夜。还看诸女乞巧，老妪吟诗，正值"露盘花水"之句，亦为巧也。水暴涨复落。

八日　晴凉。写字数幅，久废弛不事，但督课未懈耳，殊非惜分阴之义。

九日　晴，遂凉无暑。看课卷廿本。夕看笃生疾，便吊絜翁子妇丧，还船到洲，澍雨不能登岸，将四刻雨少稀乃登。夜饭摸牌。

十日　阴雨。看课卷七本，毕一课，更看文卷，颇为改定。午食蒸鸡，遂饱不饭，夜啜粥，较牌。

十一日　晴。改文竟日，毕十余本。更看周荇农诗，殊无胸次，誉儿则第一也。夜复雨。任师来，报府县更替。

十二日　雨。遣僮送信。廖荪陔书亦报府县，程生又专报府县，饭后入城看之，遣约辅丞，云今日饭于道署，不得他适。幼穆亦将来，程生来往作陪，乃留江南馆待之。顷之马师耶至，较牌待客，幼穆、子清、岘樵均到，更约盛綷卿，则先往矣，四点钟散。还，云有客相寻，名陈光烈，似是四川一门生。久之乃云有书，则杏生书，为其子求书干丁慎五者。送端砚、橘皮。

十三日　尝日放学。晴。斗牌。设食招诸生、斋长，半去矣。陈茂伯来，因留共饭，更招邓生子沅，绘图人也，申散。将雨，客去遂倦。

十四日　阴。与书张冶秋，论荐康事。令诸女抄稿，待至过午乃毕。将行，幼穆来，登楼少谈，同船下湘，已至太史马头，乃云欲过杨、丁，复还东岸。船夫家荐方僮弄船，竟亦得济。见伯琇，容色沮怆，有丧气，问之乃其父妾病终，因守节，遂以为庶母，但不为立后，又非礼意，不后则不母矣。更招叔文问校经新事，云近复喜伊藤，欲令佩中国相印，伊藤不屑，欲以领事自代，可谓大辱国也。青衣行酒，臣妾金名，不是过矣。要是康、翁徒党之言，恐非事实。幼穆催余先出，过湘入城，至马趾口，陈生外出，必往烟馆也，交信而还。入府署已晚，少坐即出，幼穆亦还，余出城登舟，还始上镫。

十五日　阴凉。三伏竟过，得两伏凉，始愿殊不料。看桂卷。

十六日　晴。卜二毛来，言清泉十九交卸，红示已帖。与书三否，托荐小席。夜两胫强直，不良于行。夜颇热，旋凉。

十七日　晴凉。昨夜两女守侍，五更房姬复来，竟似病人，本不思食，遂不出食。刘子惠来，正倦于接对，又云麻佺来，知是老兵也，强出见之。午食得糟鱼，勉为加餐，计两月来减饭百碗矣。斋长送"三礼"来。子惠言谭翁已去，未得送之。

十八日　癸亥，处暑。阴。奥凉不常，时有冷汗。子年来，云屼樵为其内侄所讥，余亦欲讥之，嫌扯是非，遂罢。《增广经》曰："逢人且说三分话，未可全抛一片心。"心亦宜抛，但不可全抛耳。欲毕课卷，天晚雨至，泛湘至铁炉门，雨大至，待久之，舁入城，舁夫惮远，不爱钱，乃至安记，屼樵又在，必曰人言不可信也。云廿日戏宜仍在江南馆，以当铺无戏房，遂步往同看。甚热，坐久之，轿来，同出城，陪饯幼穆，廖荪陔为主人，更有周山长、盛衡阳、程孝廉。将食，雨云如烟，窗轩欲潇，以为当翻盆大漱，已而风起，飞珠不甚滂沛。谈王雪轩送鸩何督，及赵竹生学苗先生，李中堂请变法读洋书，及脉案复出。《学堂》《闹钱》皆可听，亦可喜。夜舁还船，过毛桥，月出，还更啜叔较牌。

十九日　阴雨，旋晴。晨毕课卷，交刘生带去，便请九月题，遂以"亦太早计"为赋韵。而船又谬去，其无信如此。

廿日　阴。晨起忽觉右腰不适，酸痛隐隐，旋及前腹，不知起病处，遂不能坐卧，时起行，愈不适，每觉酸涨，则汗出沾洽，四支厥冷，如是十数发，大不支，作欧干逆，不进水饮。方请饯朱、徐，竟不能往。眠起躁扰，不自由也。但求顷刻安，竟不可得，于是频数翻覆，亦竟无差，殆误饮牵机药耶？至夕凉雨，家人环伺，尤不静，尽麾去，又不欲，颠连竟日夜不安。将鸡鸣，风雨凉冷，潜卧外楼，始得一觉，乃知中暑也。忆癸未在泸舟，亦如此一日。

廿一日　晨犹不适，质明大愈，正对时也。遂仍出食，食半瓯，顷之又卧，食蒸梨。子年来，顷之幼穆、粟谷青来，留登楼摸牌。设汤饼麕浆，顷之又饭，夜复觉饿，未敢多食，真老矣，何其自珍卫。

廿二日　阴。莲耶、刘丁并去。王进士来，云欲相要，问可到否，答以唯唯。写字数幅，若暴疾遂笃，未完事也。

廿三日　阴晴。吃包子甚饱，因馅咸，不能分人也。内外佣欲房妪作生日饮食，托疾卧半日，余呼之亦不应也。鸡竟不可得吃，反费余一豚肩耳。

廿四日　晴。晨有船来，云可附载，六女思归，便率张妪、周媳同行，陈仆送之。与书陈六笙。方欲治装，三否来问题，孙稣生来送佛手、羊肚菌，人客纷纭，急催内装，竟不遑食。客去即送滋行，率外孙送母至柴步。入城取钱，便报谒孙楚生委员，并要任师同至程家，断屠，无点心，唯调百合粉半瓯。谭香荄亦来摸牌，外孙在彭祠看戏。厘局催客便散，任、谭自归。程、孙均同席，更有丁笃生、完夫、毛杏生，闲谈之间，忽成戏局，看祁阳新班。余以携童孙，未便深夜，三爵后辞出。天沉沉欲雨，幸未成滴，还已二更矣。移床内寝。

廿五日　晴。唐绝句久未抄，复写二纸，内以花蕊一诗入王仲初，必为考据家所笑。唐树林夜来送梨。改陈孙母状。

廿六日　雨。看课卷，赋无佳者。沈琇莹来，肄业石鼓，高等生也，亦欲借其才华以张吾军。盈孙读《诗》毕，令抄《易》。僧秀枝来，取粟孝廉诗卷去。

廿七日　昨夜雨潇潇，大有秋感。今晨早起，还寝复睡。竟日阴。阅课卷，毕卅本。

廿八日　阴晴。发茇女信。定等第。李荣卿《帘钩赋》中段云"是以重帏深院，思君不见"，拔之第一。颇可入唐人小说，惜通体不称耳，不然岂非才子才子？复抄《尔雅》二纸。复读《礼经》毕，更授以《易》。

廿九日　阴，午有雨。抄《尔雅》三纸。讲《晋书》，始知桂阳曾属江西，前作志时漏未及此。

晦日　阴雨。抄《尔雅》五纸。遣看府县交替否，云清泉令来矣。彭畯五兄弟书来，请干丁藩台。

八　月

八月丙子朔　阴雨。出堂点名，诸生半去，正课皆在。顷之朱老七来，送石鼓卷，云八日交印，须七日发。

二日　阴。三学送胙，与书丁慎五、彭稷初，遣其使去。乔耶来。

三日　阴。清泉令陈彦鹏字啸云来，疑是颂南儿，未便问也。既去，旋送家集来，果颂南儿，纯乎岭外人。

四日　己卯，白露。雨。闻府当交印，连日校阅，继以夜课，三日毕二百八十本，嘻，甚矣惫。常霖生、曾昭吉来，吃包子去。周六来。懿妇送程寿序文，未朴茂，疑其兄所作也，乘夜为删改。

五日　晴。发序稿清誊，太少，文气又未足，当更加足，且姑置之。昇出答访陈新令。过廖笙陔，要同至西禅斋会，至则客无来者。僧假名要客，走价奔忙至夕，罗致任、朱来，已饿困矣，先来者屼樵、叔从、萧生、衡令、幼穆。纷纭一日，余乘暝色先还。改定程序，颇为完美。交卷三否。

六日　晴。屼樵遣人来问寿序，遣呼孝廉来，欲得事略改颂，久待不至，以意成之，发使去，已过午矣。并为第四孙制名曰畴，小名宜孙。

七日　晴，复有热意。遣船迎客，三客一来，本为霖生特设，亦无菜也。粉蒸鱼翅不能佳，海参鸭则可吃，无厨人，唯方僮掌锅，仅夜乃办。

八日　晴。任请陪饯孙委员，云牌局，往则无人。良久胡子清、徐幼穆来，胡分府又去，余待霖生，催客久不至，过晡乃来，至安记，客榻已彻矣。昇往彭祠，杨八、彭寄生、罗六哥、杨和尚、程孙先到，岘樵叔父为媒，乃坐次席。既坐，杨二太耶来，笛渔孙来，未上粥，杨八耶亦去，余乃从出。步至任斋，则周松乔、刘子重亦到，余不能食，坐待席散。席久不散，乃步出南门，初月将落，陈郎先在船，过卡已二鼓，云周六附行船去矣。

九日　晴。子年率女婿、内侄来，云永州请捐课额，请为委员。午后雨至，夜遂潇潇可听。与书陈右老、朱伟斋，右老有三年不可说，今复旧矣。

十日　雨。看课卷廿二本，即定等第。连日夜雨不绝，内斋人俱去。

十一日　雨。待面，至午乃得食。诸女为其母生日，未得与荐，因设两席，示不忘也。放学一日则回龙，至夕罢。有月。

十二日　阴。得六耶书，欲充会办，与唐树林意思一般。霖生来。

十三日　晴。携黄孙入城，问节账。至金银巷，看当铺开门，随入城，阻泥，送黄孙至安记小坐，余先至船，令往负之。见两轿渡湘，知是会中客，而并上行，以为客未至，又待久之，恐迟，乃移船渡东岸，舣宫保门外。遣问公寿、霖生主人齐否，云客早至矣，主人半未到。衣冠径入，久不至此园矣。彭公孙三人俱在，杨氏亦来四五人，霖生不待请而先集，礼也。须臾程、丁、邱皆至，设三席，看祁阳班《荆轲刺秦王》，大为武阳生色。入园中，新增十二曲阑，主人手书对楄俱零落。周生在焉，引过书房，仍还戏坐，日色尚早，已欲倦矣。夜始入席，客殊不言去，丁病先遁，余亦继去。到船乃是初更，始悟太早，乘月还，渐阴欲雨。电报王爵堂得晋抚。

十四日　阴雨。程家送节礼，黎衡山亦送节礼，则客套矣。为书扇一柄，与片告以不必。

十五日　阴，有雨。避客过节。萧生父子闯入楼上，小坐去。石生来，则出见之，以子年女婿故也。卜甥来，辞谢不见。三者亲疏厚薄不相称，所谓曲而致者。正铺食时，幹生来，每节必至，盖善奔者。夜云中有月。诸生并去馆，幹琐房。

十六日　阴。稍理通课，入城至府署，论退修金事。居船山而受石鼓卷费，是贱丈夫。欲过清泉，遇雨即还。及到船，船夫不见，独立岸上，颇畏日灼，乃登舟，移缆客船。船俄去，解缆，呼我持篙，谢不能也，稍移傍岸。久之周妪、方僮来，乃得归，已暮。

十七日　阴晴。为幹生作字三纸，语之云："他日淫坊屠肆皆款大兄，则提挈之力耳。"遣余佣还山庄，接程寿屏。

十八日　晴阴。送幹生去，因入潇湘门，寻沈师，请代退银。欲过小梧，误入茛臣门，本当谢步，因小坐而出，过小梧门，不敢复入矣。至衡阳，看胡子清，留面，乃出。欲至程家，误出小东华门，乃至当铺，晤屼樵，云徐幼穆方相寻，乃留待之，因并招任师来谈。屼樵摘童蒿，留饭。顷之幼穆至，任、胡踵来，一喻姓同坐，云三否荐画者，复较牌半局而饭，饭后各散。

十九日　甲午，秋分。晴。抄唐绝句成。张妪还，滋写屏已寄来，可谓迅速，写作均佳，名不虚得。周妪寻医，方僮朝岳，正在寂寂，复喧阗矣。夜久不眠，未得其理。

廿日　大晴。方僮亦还。改作寿序。得俞中丞书，孝达以中丞为不典，昨看《晋书》，《职官志》云，中丞，外督部刺史。正今行省台衙。乃知甚典，孝达不学故也。幼穆来，便留谈半日，至夜乃去。

廿一日　张子年及陈仲阁来，晋卿子也，云在裕太尊幕司书记，故先来，因以寿序委之入城打格子。江少甫昨来，已回任。

廿二日　晴。看《春秋笺》，将重刻，更改《叔服笺》。得孙芸生及二彭书，云寿孙定姻杨氏。周姬复就医城中。

廿三日　晴阴。张仲旸及舆儿来，专信亦还。午至杨家陪幼穆，更有钱店一火。夜步还。

廿四日　晴。刘子惠来，言已调东洲。卜二毛及石生来，言沈、卜姻事，余云有①室则可寄居人家，有妻子则不容矣。程孙送杨家草庚来，功小女定杨伯琇小儿，今始成说也。回女庚待三日，亦俗例也。

廿五日　晴。张正旸当作媒人，以无衣冠，改请李生砥卿送女庚往杨氏。蒸腊肩，三日始烂，以馈徐妻，答两沙也。因与张生及舆儿、两孙同舟下湘，余送徐未遇，携两孙上岸，张、舆已先上，不可复遇矣。至程家，乃知当铺未铺排。约两孙待于江南馆，余访江尉，吃黄山茶甚清，比至江南馆，未见两孙，云程家要人，遣唤之，又云留饭，余乃先还。至夜大风，两孙从张、舆还，已二更矣。

廿六日　晴。屺樵来，答访张，张便告去，留待夕食后自送之。大风吹船，三人力不能胜，舣白蜡桥，与张步上。至潇湘门，余下船送幼穆，张自去附船。幼穆不在船，云往衡阳署。余亦入城，从潇湘门直西行，右转又至原处，乃从府街折至衡署，闻辅丞声，正会食。郭大令自京还，盛言朝政，因留共饮。饮散，幼穆、子清均欲往书院，因同步出。任亦无舁，余呼舁后随，四人同访朱德臣不遇，任遂还馆。余三人舁出南门，至白蜡桥上船，榜还，已二更矣。幼穆宿前斋，子清宿对房，夜未剧谈，匆匆

_____

① "有"，疑当为 "无"。

各睡。

廿七日　晴。早起，侦客未起，仍还内坐。顷之二客俱兴，不早饭，同到杨家小坐，复同舣大马头，二客昇去，余从船至铁炉步入城，小憩江南馆。程生来请，云幼穆即当来早饭。余卧看何孟春《录》一本，云徐已至，便往会食，已向午矣。及散，门遇任、胡、朱，皆云送徐，余仍从船，三人遵陆，会于徐船，更招钱估来议买谷，移船更上，余辞还。

廿八日　晴。马士元偕其乡人陈、刘来，刘则采九子也。陈为王军大所荐，以属锡藩，乃弃之外县，殊为元载所笑。

廿九日　晴。早起从周姬请，下湘料理，至大马头，步入道署，问寿屏尚未送。至安记，方僮方闲谈，勒令取寿烛去。顷之陈八来，云周已往医所矣。余无所得食，复至四同馆，寻张子年，紫谷在焉，吃油条毕，同出，仍至仟斋早饭。屏仍未来，又至安记，从人俱去，卧待任来，同往府署，沈师留面，三否亦来谈。船夫又来，云舣船相待。面不可即得，辅丞往寻永端来，又久之，乃同出过锦元、茹古、程家，皆匆匆而出，急步上船。复过盐卡，看陈氏二子写寿屏甚佳。还已晡矣，尚未早饭，拦腰一扁担，甚倦，酣寝。起，较牌一局，复睡，再醒时，天明矣。

晦日　晴。饭后闻炮，裕庆知府来，字蓉屏，初莅衡州，未通谒。夜肄秋祭船山仪。

九　月

九月丙午朔　大晴。晨起庀具，巳初释奠，实用时制秋祭礼而小变之，未为合礼，当直行乡饮，而先释奠，则庶几成理，斟酌古今，良不易也。邬师耶来，参案有名，人云与陈甥家婚姻。

紫谷来，所求无厌，亦秀枝之流。

二日　晴。晨起未辨色，下湘至城，春甫妻七十称寿，为之知宾，陪道、协后便出，小睡江南馆。答裕衡州，未请，巫小亭延入谈。还，待未时，欲看接印。起已过申，府中虚焉，至沈师处小坐，遇朱六少谈。借仆至清泉，答访陈师耶，闻湘臬改放人，未知来历。步还馆，仆力尽散，独至太史马头，遇刘缺载。还甚饿，索食未饱。待九女还，已将二更，遂寝。

三日　晴。防营营官王鼎荣来，其名刺书字颇有法，言蓝山盗劫有头目。为道士题楄，笔小不成字。

四日　己酉，寒露。晴。陈芳畹、刘镇藩均有书来干求。卜二毛来，未见。

五日　晴。看汉文一本。陈郎请选尤雅者，以资仿效，亦不可多得。衡阳请饭，初无所因，近于食而弗爱者，以专为我设，亦姑一往。先至两路口，回看王游击，入城，小憩江南馆，步往衡阳，寻胡师已出，至马士元处小坐。盛太耶来，任、胡、萧、左、廖旋至，待陶师至夕，半饮，月已落矣。复过子年，仍未遇。廖佣无力，昇甚不适，乃步至船。珰遣人来。

六日　晴。程嫂邀诸女看戏，遣纨、复往。珰使待信，邓生辞行，总集一时，便如山阴道上，须臾俱了。看汉文一本。校改"仲遂"一条。仲，字也，误改为氏。据孙以王父字为氏，仍改从何。据季友例，仲季见母弟耳。

七日　晴。六耶来，云已更换，欲求蝉联，又言八妹欲余一临其丧，以为宠光，旋即辞去。

八日　晴。诸女为其母设汤饼，而晏起不具，改于午后。放学一日。方食，女客来，余颇潓，不甘食，夕遂大睡。

九日　阴，午欲雨。朱太尊请登高。王生罢蓝山来，弟子、女婿同至，坐久之。程生送京杏仁，四老少送宜昌栗子，遂以款客。同下湘，并携子孙俱至雁峰，则文武大会，云备十筵，来者六席。将散冻雨，旋止，雨点径寸，但未成雹耳。夜复密雨。

十日　阴。作二律送朱永州。朱留别有廿首，可谓胜臣十倍。

十一日　晴。曾广塽来，七十余矣，云和官事。因常家称雄卌年，骤被人欺，故一墙亦成大讼耳。

十二日　晴阴。前约公宴两守，未午而往，则无其事，云改期矣。携黄孙去，便留之城中看戏，匆匆遂还。未至，见一轿需沙，云梅训导在廖胖处。即令要之点心，言宜章山水。

十三日　阴晴。黄孙生日，作饼啖之。午后入城，至程家寿酒，早辞还，微雨。

十四日　阴。张子年晨来，言请客事，留饭先去。余携僮妪下湘，步至程宅，已有到者，张尚未至，退入程内厅少憩，午后乃出。宾吏至者十余辈，公请新旧二守，余陪朱看戏，至二更后乃还。

十五日　阴。讲《晋书》，看汉文，选课艺，校《春秋笺》，皆非正课，而日不暇给。

十六日　阴，始寒。杨大使来，言于抚亦未清正，欲干余守而无其阶，匆匆旋去，此等可怜人真无可如何也。

十七日　阴晴。曾昭吉来，诉二骗事，不实不尽，又半日乃去。

十八日　阴雨。入城看任辅丞，过三否，骇然，尚未去耶？便留半日。胡太耶、陶师耶来。清泉催客，待轿不至，久之已夕矣。询客尚早，答访裕庆知府，适值方回，无可退，乃至邬小亭斋小坐，旋出客坐。头眩几欲倾倒，强至清泉，不支矣，欲辞去不可，待客集，如坐针毡。程岏、魏业、朱嘉、胡儿一一来，席散已夜。暗上湘川，风涛激响，俨然千里迁客也。得文心书。

十九日　阴。陈十二郎将来受业，以其久失教，请廖生专督之。朱太尊夕来，自恨遇事无把握，以其无望，但答以多阅历即学问也。阅历亦须历天下事，但治官事，不为阅也。

廿日　阴。闻陈郎不欲从师，遣李生往看之，及来欣然，临拜乃不肯，盖为其从子所惑。然听妄言，行妄事，即其罪也。告其兄及两甥，即逐之。云令服礼，然已坏不可依常教矣，以其童骏，姑默不言。王聚庭来，便留陪先生，既夕乃散。

廿一日　阴。家僮妪并告假，看江西估客塞神，遂卧竟日。

廿二日　阴。风凉始绵。杉塘三子来。作书复文心，因寄程生，并复茂女。下湘贺衡阳娶儿妇，至濂溪祠，阻塞神者不得过。胡荩臣知县在门前相呼，遂入，坐吃点心。已至衡阳，则开筵相待，入看新妇，出陪大老，便留饮而还。雨。

廿三日　雨。昨约水师船便迎女妇，因遣乔耶先往知会，并寄祭费十元与懿，令办。

廿四日　晴。杉塘三子各言其志：宝官志在渡岭，与书匡四，令位置之；瑞师则当问程、朱；四老少仍从我游。一时俱去。邠师来，又言阅石鼓卷事，唯唯否否，待其去，追书谢之。

廿五日　阴。邠书来，词章无益，必欲行官意。顷之裕衡州自来，泛谈而去。看课卷卅六本，无佳者。

廿六日　阴。刘牧村署安仁，来见道府，因来谒师，云其子侄均得举贡矣，以将同集守庭，故先相看，坐顷之去。课毕下湘，闻胡子清妻丧，往唁之，人命迅速，真如屈申臂顷。任师亦在，朱德臣旋至，闻府已催客，往则上镫矣，大雨不止，衣襟尽湿。二更还船，到院，雨声未绝，遂听达旦。

廿七日　阴。看课卷廿本，无佳者。李馥先生、紫谷道人来。

陈倬卿来，云携子妇居省城，寄鸡鸭而去。曾朽人、常孙来，言讼事。萧伯康来。

廿八日　晴，夜雨。龙八来，得刘景韩书，墨着纸如刻印，大有工力。

廿九日　雨。午课毕，出吊胡子清，陪道台，与任、邬、江、顾、盛、梅杂谈。渡湘赴杨慕李招，云已遣船迎我去矣。冯、彭、萧、程继至，戌散。程从舟还。

十　月

十月乙亥朔　阴。出堂点名，可廿余人。看桂阳课卷，有一卷颇有文人吐属。作胡妻挽联、东邻箫鼓正喧阗，撒手捐尘，从此不为儿女累；中壶衿缨传法则，同心述美，岂徒悲咏曜灵诗。八妹挽联、辛苦忆孤童，劳役欢然，早知后福当荣寿；艰危得偕隐，繁华偶耳。独恨佳儿坐厄穷。蓝绫色深，以藤黄书之，竟作淡碧色，殊不显亮，乃改用墨。

二日　晴。作家书，并改刘书，遣龙八去，又为萧儿与刘书，又与书余尧衢，托杨儿。稍清案牍。发桂卷。

三日　阴。早课毕，入城至安记，招辅丞问新事，便邀岘樵，交朱银，作课艺刻资，适遇絜翁，较牌一局。午饭毕，上船即睡。本言即开，乃不克行，广西糖船也。

四日　晴。晨至耒口，复舣良久。看俞樾笔记三本。夜至老牛仓。

五日　己卯，立冬。阴，午晴。晨舣淰口久之，巡丁不来看，遂至近午，船家复负钱买布，遂日晡矣。晚又北风，计不能上岸，遂泊晚洲。

六日　阴。开行甚早，至花石，问药店陈姓，留余早饭，坚辞，乃代备轿担。行可六七里，至曾家，不至廿八年矣，流光迅速，才如昨日。入临八妹枢，见其三孙、新妇，乃知已娶孙妇矣，良可悲喜。琴舟六子：孟侯、仲甫、叔云、季初、菊生、渝生。夜雨。

七日　阴，夜月。午间为祝甥写主。日夜唯看仙童鬼话，借以避客。醒愚来。曾族见者有敬安、岳宾、彭新妇弟金生。齐氏族妹子德爱来见，六十六父外孙也。

八日　阴。晨作祭文，乃成诔词，以当奠，无可读，姑以代之。齐心甫子获洲、哲生，聘南子善卿，北举，梅生女婿。王纯甫、周逊斋、煤局委员戚介坪、文岳，江西萍乡人。黄三元子兆莲、曾春三，翁子能子苌浦、广诗。赓池、广诚。舜俞广让。均来见。又有再妹夫，年六十余，忘其名字。是夜陪李润民题主，设奠，至夜分犹未祖饯，乡人以达旦为敬。夜雨。

九日　雨。晨起，以不送葬，先饭而行。至岸即得一船，久待挑夫不至，知必倾跌。遣迎之，则尽污湿，又如去岁覆舟事，并曲园书而尽濡之，何文字之无灵。被褥亦湿，不可睡，饭后和衣而眠。夜闻风吼，泊黄石望。

十日　晴。帆行一日，至七里滩，风小遂泊。

十一日　晴。无风，缆行，至潇湘门已晡，舟子尚欲相送，止之，便登岸，送书还屼樵。至道署送月课，未见任而出。至太史马头，待划子来，久之乃到书院，夕矣。女、妇尚未到，少谈即寝。

十二日　晴。诸生问事者数辈。看桂卷。陈郎病疟去。萧郎送鹅、羊、牛肉。向生送柑、栗。宁乡周家送润笔甚夥，但无干礼耳，免为俞荫甫所疑。

十三日　晴。看桂卷、汉文，讲《晋书》，点读竟日未息。萧复送鸼鹓。

十四日　晴。课如额。桂卷毕阅。珰女寄菌油甚多，不及往年甘鲜，想过霜降味减也。常婿来书，言讼事。

十五日　晴。昨夜邻妇癫发，杀猪击磬，喧闹半夜，初以为有庆事，后乃知之。夜月。

十六日　晴。朝食后入城取银发奖，先至道署，云孙儿未荐，裕府无用无情如此。遇一盛马元，同任出访扬子亨，谭香陔处留点心。复至安记，寻周妪，过当铺，寻岣樵不遇，得莪女书。还，船未至，望见一船舣马头，意三妇至矣，入乃四妇及六女、卜女、邓妪、谭妇，人物喧阗。曾昭吉又来候见。齐心甫次子来见，留居内斋。

十七日　晴。张子年晨来，正看早课，辍业陪之。欧医闯入，不忆之矣。刘应恺举人来见，云十二龄受业，今廿四矣。毛太耶来。左奉三、廖荪荄载鸡豚来，谈一日。杨棠来辞行。竟日未事。舆儿告归。

十八日　晴。休暇一日。齐璜拜门，以文诗为贽，文尚成章，诗则似薛蟠体。

十九日　晴。齐生告去，送之至大马头。登岸至灰土巷，答访毛太耶，遂访秦容丞，尚健在，不甚委顿，亦颇闻世事，非卧病人也。待船不来，步还东洲，便过厘局，答王进士。

廿日　甲午，大雪。晴。向生来，报衡山有劫盗，党众号万，克期举事。王进士来谈。看汉碑，讲《晋书》如额。得徐幼穆书。

廿一日　晴。盈孙生日放学，不背书，耳根清静。抄改《多士》一篇成。夜作书与冶秋，为冯、唐属托。

廿二日　晴。谢生告去，请书扇一柄。朝食后入城，至子年公馆待客，任师邀马师至，非其好也。毛少云、岣樵、沈静轩、邬小亭续至，本不继烛，散乃昏夜。暗行还船，少云遣丁送至马头。

廿三日　晴。送"三礼"、点心与刘孝廉。熊营官送稊崧，荐李哨官，答之。冯絜翁来。向生造其父书来催请，云有九十老父，刻不可待。其词未圆妥；及看《晋书》，王导议赠周札，其词又太圆妥，始悟易笏山修词立诚之说。而易笏山之不诚又过于王导，同于向熙之诚，则诚不诚亦不易言也。熙但伤于太诚耳，若修之，又同王导矣。吾不知所去取。

廿四日　晴。向生来报，衡山已定乱。营官来信，云有苦衷，匆匆即去。

廿五日　晴。看课卷，顷刻毕。有人言昨夜戌初地震。

廿六日　晴。看石鼓课卷百本，课读如额。夜寒，烧叶以暖，因烧肉煨栗，颇有冬景。

廿七日　晴。谭训导儿娶妇，写小对赠之，因写字数幅，看卷百本。

廿八日　晴。将出，见二客直入，乃张生、携其兄子。杨晳子也，小坐与语。喻生引邵阳郑生来，愿留受业，辞之。下湘贺岘樵分居、谭香陔取妇，往则众客立待，正迎喜神。妻儿待米，且归去，到院未夕，张生已去矣。夜与杨生谈诗，云阮诗径窄，不能平言，颇有理，向所未知也。

廿九日　晴。朝课毕，看石鼓课卷七十本。常寿门、沈阿鸿来。盛衡阳、熊营官并言向道隆已正法，衡山无事矣。

晦日　晴。看课卷百本。岘樵来早饭。张太耶来，言道差、厘卝委必欲得一，允为至省谋之。道台送新历。

十一月

十一月乙巳朔　晨出点名，尚有卅余人。出《四本论》，以此论不传，仅见《世说》中，阮生犹未见，故欲补之。但论材性同异离合，云以傅①碬为长，亦未知四者各有本，抑四本唯主一也。看课卷百本。下湘，会饮絜翁家，公子、公孙皆不至，唯故公孙、梅老师、屼樵先在，亦设烧猪。夜还已倦，旋寝。

二日　晴。看课卷毕，出吊胡子清。裕衡州遣人要请即日晚饭，邬小亭面证之，不许辞。众客纷至，重裘作热，亟出诣道台告行。还船不见船夫，坐待，顷之得还。渡子言三少耶到矣。清卷未及分束，已暮矣，到城遂夜。暗行入府署，无从者，当关秉烛相迎，入则坐客已满，识者孙楚牛委员、任、邬、沈，不识者萧、戴两尉，散未二更。还院，张生与舆儿并在高谈。

三日　晴。正欲看汉碑，了字债，裕蓉坪来。王鲁峰来，必欲得一馆。卜二毛来，告已得馆。比客来，已向午矣，一事不办。与正旸、晳子、陈、李、程、父子、萧、廖同入城，至安记，清课卷，唯杨、陈、李在耳，清卷后杨亦去。余至屼樵家，见徐幼穆，生客有邬小亭，戌散，与陈、杨、李、廖同还。见一云湖船，以为必将军来寻事，入则云吕生翼文父子从云湖来，惊喜相见，可谓大会，略问奉天事。以女、妇久待，遂还内。

四日　晴。朝食后与吕、杨登舟，诸生送至渡头。吕、杨、陈、廖、舆儿同下湘，至大马头，余往幼穆寓，践昨约。幼穆已出，张生出见，与屼樵小坐出。过安记，往道署，未入，竟无所

————————

① "傅"，原误作"传"。

往，遂出潇湘门看船，梅家犹未发行李，卧顷之，登岸。廖升云任师来践牌约，余以程家上有母，下有子，不可牌赌，更招任师来衡阳。余先往胡斋，见余经历儿，任、马俱来，仍无四友。出寻沈师不遇，寻邬师，遇孙同知，从卅厂来，旋去。邬师要入内，见其子妇，二妹夫兄女也，小时见之，尚能仿佛。更招沈师来，复至衡阳，牌于买池轩，终一较，盛绤卿送点心，遂罢。出会饮，幼穆亦来，与邬论八指争田事，赌酒赌气。酒罢，任、胡各去，余俱送余出城登舟，邬行绝疾，徐、沈在后，复坐久之。陈毓华来说是非，余责数之，因并及其导齐七以无礼，云儿戏可成大祸也。三客先去，陈留，欲有言而无所言，亦促之去。余行李仆从

1634

俱来，襥被遂睡，夜暄。

　　五日　己酉，大雪节。阴晴。书、纸俱未将来，闲无所为。马、任来送，喻、邓两生来，恐相寻无已，避入城。任要寻沈，遂留点心，复成牌局。程孙遣舁仆相寻，待面至已晡矣，舁往，遂将夕。道有迎者，云客多未早饭，往则幼穆、吕、廖、张、李、杨、陈、程俱在，云张以四点钟来，复四点钟矣。余问昨是非，陈、李均不言，似所谓岂弟君子者。岏樵旋至，馔不能佳，余亦饱，不能多食，未夜得散，颇欲转风。陈儿要吕生诊齐七，诸生散去。徐、岏复来，小坐去。梅家亦上船，挤不容针，遣三儿还书院，黄孙恋恋，谕令从舅，乃与廖生俱去。夜无容膝地，而余仍得一舱，与杨生对眠。夜雨。

　　六日　阴。上岸，遇李生挈装同行，余往程家，访幼穆，皇皇于委署，乃辞出还船。三儿亦至，与廖生旋入城去。余饭毕将开船，阅朔课卷，无一成篇者，草草毕之。至午将发，坐船未至，留吕船待之，余遂先行。王进士、胡子清均来送，尧孙亦来，客去促发。顷之吕船来，杨、李均附舟，盈孙亦欲往，乃令随吕舟。

过七里站，有呼于窗外者，将军来矣，风帽重裘，行色匆匆，挟吴仰煦书以来，乘我扁舟，正便于事。至夜遂泊。

七日　晴。忌辰，素食。厨乃具肉菜，匆匆未暇问也。吕、李先去，盈孙从之，幹将亦与，俱可谓勇猛也。过雷石不舣，亦无问者，遂泊衡山，行百五里。

八日　晴。行七十五里至朱亭，已暮，舣片刻，乘月复行，四十五里泊空泠峡，劳攘竟夜，可笑也。

九日　晴。待厨船不来，竟日借炊无菜。看三国文，每日三本，均毕。为湘孙删校《书笺》亦竟，乃吟诗一首。连日多事，遂忘忌日，可谓荒唐。船行不休，从者欲病，会斗风，乃泊下弯，甫泊而厨传亦至。大风甚猛，幸不长耳。

十日　晴。晨起理装，送四妇兄妹还山，朝食时乃望见易俗场，已将午矣，促移船急去。午正到县，泊久之，云须夜乃行。上岸寻朱倬夫于十二总，步上，初以为近，乃亦过二更，倬夫以保甲积谷讼事逃去。堂差云孙蔚林欲相见，往报一信。余往虁子妇家，喑失孙，见从曾女，甚可爱。永孙欲从出游，许为先谋一席。又遇十三弟，云欲弄活，亦谩应之。杨振清欲差委，则未暇言矣。还堂，遣要吴仰煦、朱伟斋来谈，待船至二更乃别，各还。竟夜摇摇，仅泊昭山。

十一日　晴，晨雾。食粥。至日晡乃到城，泊王去思坊下。步入城至家，六耶、吕生已先到矣。登楼乃知王生妇女来贺生日，留饭未去。吃羊肉面已饱，夕食唯得一碗。朱生稚泉来，言袁世凯署东抚，因邀吃烧鸭，步至青石街回子店，乘月还。夜睡颇早，李生还，谈数句，已睡着矣。

十二日　晴热。曾醒愚来。朝食后绂子、月生、瑞孙来，树生、狗孙亦来。当出送名条，匆匆出城登舟，则方僮攘钱别母，无人跑帖，令呼朱生仆来，竟不知盐道在何街，亦可笑也。陈六翁约饭，辞之不可，乃出诣但、夏，出南门上冢，入东门访夏子新，但已老矣，夏竟未见，相需殷而相遇疏，留书干之。云孙求荐馆，亦为作书干但，并言桂阳牧心疾，宜销其案。朱生送点心，李生觅船换载，令四老少伴之守船。夜待便衣，久之未至，夹衫步出，犹热。至盐署，见常汉筼，居然老吏，亏空千金，许为了结。步月还，遇八指，斗然一惊。

十三日　晴，稍凉。晨诣朱生。王生弟镜荃来见。朝食后写字二纸，船人来催，吕生先去。寄、笠二僧来。月瑞相缠，与朱生同至万福林，作片叶麻。立马头久之，功儿不至，乃别朱、寄登舟，吕生父子、四老少、周姬、戴、方、廖佣俱先在。功儿送路菜点心，藩台亦送路菜点心，俱犒其使。两孙来送，慈以旨甘。待李生来，促儿孙去，已夜矣。郑儿来送，董子宜来寻事，俱善遣之。移船傅家洲宿。

十四日　晴凉。北风，行十里，激浪拍舷，强进一舍，舣荆子弯，遂泊。夜风簸船。

十五日　阴，欲雨。守风一日。四老少上岸，看龙潭寺石鸟笼、算盘，余未能去。

十六日　风雨，更守一日。舟中无书，看吕生教其子看评话，亲为校定，是金人瑞家法，非正轨也。

十七日　阴，有雨。风稍息，行五十余里泊清水圩，湘阴地。

十八日　风雨，稍寒。守风不行，至申初乃帆，东风，过黄陵庙，宿青洲。

十九日　阴。行六十余里泊白鱼岐，舟人过载，遂舣不行。

廿日　晴。晨复过载，朝食后得南风，帆行甚快，以为岳州城夕食尚早也。复胶于沙，又起拨百十石，已夜矣，尚不得动，束手坐视。舟人投煤江中，未减五百斤，船忽得行，泊艑山，已过初更。大风忽起，簸舟终夜，若仍胶，必大困也。

廿一日　乙丑，冬至。大风终日，蔬、炭已绝，再遣使从陆向城，狂浪不敢渡。消寒第一集无酒无诗，煮芹菘为羹，以庆佳节。

廿二日　阴，有雨。守风艑山，欲觅陆道至岳州，云不可通。

廿三日　雨，欲雪。仍守艑山。

廿四日　阴。晨挂㠾取岳阳楼，久之乃至。登楼访旧迹，已殊往制，上层改为回廊，无可坐处，唯见松坪一扁，亦古迹矣。吕生父子稽延，四老少寻酒去，独与李生还船，久之人齐乃行。过城陵矶，未见新关规模，亦无轮船，中流呼划子，送吕生入荆脑候船。未久已夕，泊象骨港，行四十里。夜大风，冻。

廿五日　守风港中，欲雪不雪，时有飞雨，闭窗坐卧而已。

廿六日　西风，挂㠾，仅而得进，行卅里泊鱼矶，临湘县浦口也。微雨。

廿七日　阴。西风，挂帆行颇平稳，看《国策》半本。行百里舣观音洲，看舱遂宿。

廿八日　阴雨。行十五里泊龙口。嘉鱼地。夜雪。

廿九日　雪深五寸，泊舟守风，仆从为设汤饼作生日，亦似家厨。晚享太牢。

十二月

十二月甲戌朔　晴。仍守风龙口，寒冻，午睡不温。

二日　阴，复有小雪。强行廿余里，泊小泠峡上燕子窝。

三日　晴，未煊。李生始学《春秋》，未携笺本，以意答问，不知是否。晨得顺风，瞬息至东瓜脑，阻风遂泊。

四日　雪。守风东瓜脑。

五日　雪阴。仍不欲行，强至金口。六十里经三日，遇湘抚还舟。

六日　己卯，小寒。晴。午至汉口，泊大马头，遣取银钱，云本日未能得。明日无轮船，又不行矣。

七日　晴。舟中不可久宿，朝食后上岸，欲待夜登舟。从打扣巷步上，往来正街，将穷九层，脚指为鞋尖所逼，不良于行，还至潮嘉馆看戏，无可看。至洋街寻马利司等船未得，闻今日船不开。乃至安记号客何子典寓中，何与许姓同寓，吃饭已过，买羊面一碗，借宿估客房。

八日　晴。客中不能作粥。晏起，何客留饭，鱼、羊、腰花，亦复不恶。饭罢复至戏场，仍无好戏，从人时来时去，久待不至。无可留赏，乃至洋场问巡捕，得华利船，寻房未得，呼方贵，则绂庭出应，云李生渡江矣。顷之七人俱集，至戌初开船东下。闻谭、刘俱罢，李出魏升，又一局也。夜至武穴始明。

九日　晴。至九江，欲买瓷器不得，绂子买四碗八盘，均无相应。轮行甚迟，五夜始泊芜湖。

十日　晴。关吏不来，客货已起。芜湖豆干亦不如往年。船主讥禁茶房伺候，皆不复勤谨。辰初复行，午过小孤，山色依然可玩。投暮至镇江，舣风神庙下。绂子往寻道士，遂不复来。独立江边，霜凄月微，周妪、李生后来，皆令还等[①]船避寒。李生再上，云往寻绂踪迹，旋来报云已安坐庙中矣。乃发行李，同至庙门，登楼，遇赵晴帆，劝令入客寓，勉从所请，移祥发栈。独与

①"等"，疑当为"迓"。

道士登楼，已三到此，前后卅年，仲复、劼刚金销，英骨已皆朽，壁画桌椅犹故物也。与赵叟、绂子同至栈楼，分两房安宿，房妪大不悦，未测其意。

十一日 晴。道士看门头皆言觅船甚难，遣戴僮觅之，甚易，自往江岸看之。赵叟送包饺，自备炒蟹，炊饭具餐，食毕登舟，午后行李始齐，移泊三益店口。夜月。

十二日 晴。晨发颇早，唯以无水为苦，饭尚可食。过二摧卡，从月河口入，水流甚急，缆行七十五里，泊张公渡。舟婆二女一子，不假多佣，亦可乐也。

十三日 晴。至午忽阴欲雪，已而又霁。丹阳买米，临口买薪，顺风帆行，夜至常州府城。买篦，以太费，仅购十具。

十四日 大晴。晨发，久之犹未过府城，朝食无菜，七子堰买肉，豆油斤值百五十，未知民何以供。将游惠山，舟人先难而欲后获，恶其刁愚，遂不复往。乘月缆行，泊无锡城南。无锡大城，几比安庆，前两过均未觉也。

十五日 大晴。顺风帆行，午正已至阊门，未泊前马头，移下数十步，船多碍望。遣人问程生，李生亦当往探亲，绂子同往，从者俱上。令房妪与船女同入城，则至桥而返。独坐待，已夕方食。程生来，云文卿已归矣，粤事颇有主见，故为李夺，苏提仅免，琼道仍因，又言刘华轩之能，景韩被劾云云，促令早去。啖橙蔗，看月。作书寄茇。

十六日 晴。晨遣人从绂子买路菜，乃不相遇。朝食后遣问讯吴清卿、朱竹石、费念慈、文小坡。绂还舟，唯待李生，李亦被遣吊江建霞。久不至，乃同上岸，欲入城，殊非丑年泊处，怅怅而返。程生送食物，过晡自来。顷之刘姓送李生来，刘亦衡人，程生门客也。看《申报》，毓、谭、刘皆以忤狄罢，甚非佳事。移船盘门，已为日本马头，改山河矣。欲上桥，怯霜。促程生去。夜月，坐稍久，还寝颇暖。

十七日　鸡鸣已发，江湖浩渺，水亦清旷，非复旧游之景。过五十三弓、宝塔桥，未久便过吴江望，平望邻舟向湖州去，缆至王江泾，已夜矣，行百卅五里，入浙境。

十八日　未明微雨。晏起，朝食，已过嘉兴城，有新馆，题"杉青第一园"，盖酒楼也。过午雨止，欲宿石门望，过桥撞来船，落军持，回船寻之，来船弃缆而逃，乃泊双桥，行九十九里。夜月。

十九日　阴。朝食过石门县城，亦大城也。沿堤林树接连，胜于苏、常。夜泊塘栖，买蔗，店房甚盛，市镫如星。

廿日　阴。距杭城已近，以为弹指即到。晨为船人作字。朝食后循苕溪趣拱宸桥，上坝已过午末。步从电线路入城，过三闸，犹未见郭门，惧雨仍还。李生先往探，不半里，坐船已到，从王家坝下船，将夕索饭。先遣人与景韩相闻，竟无人来。从艮山水门入城，泊万安桥南，旺马头也。二炮船，无更鼓，市声亦静。夜雨。

廿一日　阴。沟水不可漱饮，坚卧不起，遣砥、绂寻萧统领，早饭。将午，萧、刘俱遣轿来迎，苏三来发行李，余乘舁径诣抚署，行久之乃至，不甚省记矣。景韩似有忧者，言语匆匆，少坐即出。至城头巷寻萧公馆，忽然过去，乃见李生迎轿来，复退行数十步乃入。见瞿公馆，询知海渔寓，遣招来谈，遂同食。毕，瞿、萧、砥、绂步行，余乘萧轿，用瞿夫，出涌金门，至湖边待渡。方僮已到寓，又入城矣。苏佣唤船舣待瞿、砥、绂来，云萧更邀李少笙来，顷之亦至。从阮墩至三潭印月，入退省庵楼坐，谈久之。同游东西曲阑桥，看景致，以对武陵山处为最佳，惜无亭轩，前游无此结构，故云苏堤段桥为胜，今则品此地为第一矣，湖山亦颇葱翠胜前时。

廿二日　晴煊。李、瞿、萧俱送食用物，苏佣送菜脯。午正景韩携儿孙来，小步濠梁，日色甚丽，顷之告去。李幼梅来，纯似其父，无此酷肖者。瞿十九从其七哥来，同坐久之，约明日入城小游，未食，去已夕矣。饭罢甚倦，遂寝。

廿三日　风，阴有雨。送灶日也。欲作糕无器具，又物价翔贵，不欲多费财力，务在省息。朝食后看僧寺红梅，似胜寓楼，复往小步，逢僧萍藏来，谈俗务。杨叔文及栗诚少子广钟季镛。来，风雨愈甚，将夕去，遂大风竟夜，犹时闻爆竹声。

廿四日　风雨。海渔及吴季策来。金时安子国栋、李新燕子鸣九鹤皋道台、齐心甫同知来。彭荔樵送酒肉，瞿、李、苏三俱送炭菜饼面，袁子才所谓几般礼物者，应接不暇。以风寒罢游，且俟新年。夜寒。

廿五日　晓光见雪。遣人觅钱，应付送礼者，因令李生往看叔文。午间无事，忽报齐同知来，遂已上楼，谈语愤率，且不相谅，乃欲以利饵我，非直人也，将夕去。又雪。薄暮绂子还，云衣尽冻。

廿六日　大雪，稍暖。李生偕瞿海渔来就我居，云朝见群臣，将有大议。

廿七日　雪少雨多，竟日未止。午间幼梅偕荔樵、石玖携酒来游，兼招砥、绂、海渔同探梅。孤山梅未及三潭也，但有古树小山，里湖苏堤较有丘壑，惜山斜向，不成局面。小青墓在其下，欲往阻雪，仍由西泠桥出，还三潭。饮馔亦罢，遂散各还。赵桑溪来，未晤。景韩馈岁。

廿八日　晨雪，午晴。二瞿、彭荔樵、吴季策载酒相过，兼招砥、绂同游。从文澜阁循湖路而上，至岳坟，唯圣因行宫未复，余皆新修，更增蒋、左、刘祠，蒋祠后石磴大观也，阁前假山亦可观。欲访高江村故宅，云船大不能入里湖，乃还，犹未夕。李鸣九、齐心甫馈岁。游处扫雪人，给数十文，便欣然相导，胜于苏州城。

廿九日　早晴，旋雪。丁绸庄、鲍书估来。鲍约清斋，定明年三日。赵璜县丞字磻西、齐少耶荻洲来。坐齐舫，与三子游高庄，旋还。得京报，用吴可读旧议，别封皇嗣，私忖久之，未知礼意，想孝达亦当悔其前奏。夜看沈德潜《西湖志纂》，当时无高庄，乃近年富家高氏别业，结构虽小，颇揽湖中之胜。晡晴，复雨至夜分。

除日　雪雨。闻陈署枭暴疾，遂死，亦可骇也。杨叔文晨来看京报，朝食后去。瞿郎亦归度岁。邻僧馈岁。楼中寂静，僮仆入城，房妪入厨，皆劳悴于风雨。三更后祭诗酌酒，扫地闭门安寝。

光绪二十六年庚子

正　月

　　庚子岁春正月甲辰朔　风雨。晏起，至辰正乃出客厅受贺，吃年糕。吴翔冈长子来，云到省廿六年矣，少坐而去。船轿已费二千文，宜其告穷。客去少睡，至夜，寒寂早眠，无梦。

　　二日　晨雨，少止。早饭，待船渡湖，入涌金门，一马三夫，驰步城中，唯臬署未往，余皆到门。又遍诣同乡七品以上官，唯萧、李、齐三宅得入。时犹未晚，轿夫告劳，乃出城，待李生来，仍渡湖还，风雨总至。杨叔文旋至，衣袜尽湿，留宿，夜谈至二更。

　　三日　风雨。喻遣叔文早归，辞以远志。以天下为己任，乃成哥会、白教，亦可异也。鲍通判家鼎字叔衡，招同砥、绂、满舟僧游净慈。大雨，步至寺门，全非昔观，僧雪舟、知客慧心出迎，入内寮少坐，轩堂皆新修，颇有花石。感旧欲题，旋出斋供，饭罢同还，雨势仍浓。

　　四日　阴风。晏起。遇鲍通判，出示藩札院函，沥陈苦况，云当向偏心解释之。金县丞来，始知康孽均聚于浙，诡秘昌狂，荡无法纪，时文习气扫地尽矣。夜寒早眠。

　　五日　戊申，立春。晴。湖水尽冰，午后大风。彭荔樵、赵盘西、王苌臣、知府。沈子谷、通判。秦心泉、令。齐心甫、丞。章六衡、令。徐树渊、令，兰生。曾季镛、萧伯康、李鸣九、二瞿率四子先后来。齐、瞿、李均吃饼而去，齐更吃饭，几竟日也。同看和尚，并言揭帖由邮政代送，律不能禁之敝，使筠仙在，不知又作何议论。大要西法与宋学有妨，王子明不能报国也。

六日　晴，冰。吴钱塘、殿英佑孙。毛渐鸿辅轩，旧监院子。未入。傅泽鸿知府、少卿。景韩、蒋知县本鉴、鼎丞。陈仁和吉士希贤。来，遂竟一日。幼梅送《丁氏丛书》来，看十余本，坐至三更。

人日　晴，午后阴。早起待彭荔樵船，约游云栖。辰正彭来同饭，烹鸭被狗盗，乃无鲑菜，白饭而已。自雷峰上，李生同行，马不能追，中道而返。叶同知元芳、祖香。齐心甫俱同游续至。从丛冢中出江边，踏沙行，共十余里，小憩梵村，折西行，数里入山。山不甚奇，唯修篁夹径，可数万竿，虽不及樟寺幽深，亦湖上所罕见，但频烦御跸，则僧缘耳。看董玄宰手书《金经》，字体不能一律，题款"庶吉士"，是少作耳，题者皆云墨宝，亦殊不然。斋罢遂行，叶丞自六和塔东分道去，四人同至净慈傍停舁，余下船独还。道中见二古树，得诗一首。凤竹连三里，鸾舆记十巡。劫灰余旧寺，人日探新春。避客僧非俗，留斋主即宾。归途指江树，曾拂属车尘。

八日　晨起始知夜雪，草树尽花，俄而消尽。吴季泽知县来。赵盘西来，云丁机师将请一饭，谢以无暇。要赵同游苏堤，赵以余未朝食，榜船酒楼旁。乃先舣湖心亭，鄂僧迎客，诉满舟夺己香火，怜其孤贫，赠以二角。自行宫步至俞楼，复还至圣因，循堤西上，至段桥上船，赵与绂、砥至张曜祠，余坐待同还，分船各归。夜看《武林丛书》，自昨日起已毕四十八本。

九日　阴。笠樵书来言事。有雨。看陈云伯《闺咏诗》五百首。

十日　晨雨。未饭，棹小船渡湖，李生从至城门。遇瞿轿来迎，补访同乡，仅见秦、赵。行过旗城贡院，颇为旷寂，至萧宅早饭。曾七郎与伯康同设酒，坐客李生、瞿、李、赵。晡至箭道巷叶祖香宅午饭，坐客郭文翘、海宁夏经生、三叶一李及荔樵，皆候补丞令，未昏散。仍棹小船还，未待李生。

十一日　晴寒。晏起。闻李生还，且有客，乃起。谭乙舟从孙字建侯盐经历。来，云在此廿年从宦，因官此。初不知乙舟从子发财，因此忆前奏案，朦胧可乐。齐心甫约游武林山，遣儿来迎，乃与俱去。舣舟茅家步，与绂、砥俱，笠樵亦至。入山可三四里，便至灵隐，小坐，啜茗出。登弢光，舁夫不肯上，令客皆步，可二百级。赵盘西亦至，从右上。至庵小坐，看金莲池，再上炼丹台，盖白香山遗迹，后奉吕道士，云可见江，余仍仅见湖耳。下看罗汉堂，出偈冷泉亭，壑雷亭，泉流不甚响，云雷细矣，蚊雷耳。邀入吃饭，步出看呼猿洞、一线天。僧送至大道，乘舁至下天竺，前记云在灵隐隔山，误也，乃旁径耳。一涧东流，涧北三寺，相去可里许。至上寺则山径穷，乃当路建一寺也。皆毁于兵火，葺修无财力，仅支门面。疾驰而还，不从先路，于普福寺分歧向南，径可三里许。到茅步，诸君入城，余与绂、砥坐原船还三潭。

十二日　大晴。胡卣生来。秦进士家穆来，三次始一见。幼梅、盘西来。梁新学来，言公法，盖欲探我宗旨，答以不忘名利者必非豪杰，尚不屑教以思不出位也。盖能忘名利，又当思不出位，而初学必自孟子所谓大丈夫者始。要槃西同游苏堤，绂、砥并从，龚子勋、向晓渠、唐寿臣便衣来，自压堤桥步上，过高庄，访花港，因至于坟。还寓，吃茶，槃西径去。寺门雪石秀云椒，翠竹寒松荫瀑桥。幽涧泉分千字水，上方晴见午时潮。弢光去后成僧市，御辇来频记塔标。闻道伏龙春未起，北峰吟望海天遥。

十三日　晴。朝食后渡湖，遇傅少卿仆人来催，即令先去。闻会馆不远，步入城，可一里许方至，就对门照壁后易衣冠而入，乡人半集矣。北省有胡荫森、李绳祺两太尊，湘人有管定武、李风来两武官，值年有傅少卿、王莨臣、颜义轩，观察有二李、一郭集芬，辅卿，进士加捐。余不悉记。熟者二瞿、李、萧、曾、金。团拜后设十席，围鼓，以余为客，与张、邹、胡同席。邹云四十前于受庵京寓相见。申正散，待轿而出。小坐账房，张润阶从九送茶，与二瞿、李生步出，辞李令去。同瞿看故衣，挑得九件，后市街成裕典。颇倦乃还。芷完还家，海渔同渡湖。

十四日　阴。秦进士来谒师，遂同朝食。张营官宝源来见，言刘抚军政。饭后坐秦船至净慈，瞿、李、绂子皆从，觅赵槃西不得，乃问路先行，未数武，赵、齐轿马皆在后相呼。舁从赤山步上石屋岭，看三洞，复从山道行，旁皆石山，石树幽曲。可五六里至理安寺，寺在山中，丛碧四围，亦胜云栖。登丛青阁废趾，云宪皇读书处。槃西设斋，蒸羊，杯盘甚盛，饱吃馒头。从人未食。与海、砥步出，从右径入山，留绂待齐、赵，告以往龙井。樵人云山路难识，至石桥再问樵人，指令入山，循毛路渡十八涧，便至龙井。山游皆登陟，此则下坡，尤为不劳。甫渡十五涧，舁从追来，遂至龙井寺。寺僧亦无市气，瀹茗汲泉，摘芹而返。从大道至湖滨，待齐、绂不至，顷之齐来，云绂先归矣，其可恶如此。舍舁登舟，至月老祠，复啜茗而出。要齐、赵同至三潭较牌，海渔凑局。夜分吃粥，兼作汤饼，丑初各睡。

十五日　阴。龙名晃妹夫来，云自江宁，岘庄已去。遣呼渡舟来，与客及寓人同入城，唯戴僮不去。谭於潜从归安来拜年，因招游浙江，设席江山船上，渡湖至岸，纷然各去。余被舁从城旁，循城南行，过清波、凤山、候潮三门，至江干，市集颇盛。上船则瞿芷完、彭荔樵、龚子勋先在，谭聘臣为主人。船主陈和尚，有女四人，小者十岁，长廿许，殊无可取，但浪费耳。移船海潮寺，不得上，复移船步，更招二妓，轰饮至夕散，还船已昏暮。绂子久待砥卿不来，周妪先归矣。雨凄凄至，无月无镫，亦无节礼，未二更遂睡。得功儿前月书，并奭良一书，未知何人。

十六日　雨。李袭男初无赴书，忽然猝至。蔡子庚来拜会，以其与曾纪春熙元。来，未能骂之。秦门生来请饭，谢以未暇。世振之都转来。邹严州元吉、贺年孙来。邹即会馆叙旧者也，谈贵州事，甚推李蟠战功及高洁过雪琴。云九龙大王妻复仇，蟠一战摧之，遂降百寨，肃清千里，归隐屠肆，授总兵不拜，奇人也。欲作李挽联，未得词意。仆从俱入城，无人具食。徘徊久之，忽成一联，曾涤公不能过也。时事积艰危，申甫再生犹有憾；越防坚壁垒，丁沽回首更伤心。凤山望江隔岸有山，平顶如覆银锭，云是龛山，外为鳖子门，嶷然有异诸峰。夜雪。

十七日　雪雨并作。作字数幅。遣方僮、廖佣俱入城，至午始朝食，又无鲑菜，房妪亦病，不能下楼，竟日清静。夜作大圣寿诗。

十八日　阴。齐甥早来。蒋知府德璜字玉墀。来面请，兼要同渡。令李生买纸送人。齐甥舍舁舁我入城，诣世振之畅谈。旋上吴山，李鸣九、王荩臣、徐兰生、章六衡及蒋设一席，曾季容陪。张范臣游击宝源。设一席，招李幼梅、瞿、彭等陪，大会赵公祠，至戌散，到寓初更矣。

十九日　晴。阎肖岩、龙翰卿来，已朝食矣，阎话不休，因与同船入城。笠樵、少笙均遣轿来迎，坐彭轿至彭宅小坐，同上吴山，再寻旧游。从感花岩上，先看紫阳洞，望江，因至城隍祠，看城中无复黑气，喜休息也。李宅再遣舁迎，与溧樵同往，二瞿、曾季融先在，砥、绂均至，心甫后来，谈撤差事。景韩送信来，遣送船钱。饭后与海渔同步看旧书，无可买者。日欲晚，出城，船在柳洲，却南行二里许。鼓棹而还，发船钱一枚。

廿日　癸亥，雨水。阴。晨作字十余纸。彭笠樵、金咏莪、赵檠西、吴季泽、吴翔冈子、鲍廷爵、秦门生来，唯赵同朝食。苏三来发行李，坐划子先渡湖，赵、砥同步入城，看估衣，此间曰"满衣"，挑得廿余件，唯裙最贵，竟至廿余千，可怪也。日已西斜，同至瞿海渔处，衣靴已至，云行李已毕上船，乃至抚署辞景韩，略言公事。会馆小团拜待久矣，傅、沈、蒋、曾、彭为主人，余与二李、邹严州、李进士、季融同坐，戌散。还船，吴季泽、蔡子庚及绂子同来，心甫后至，坐过二更乃去。余作三书与抚、枭、幼梅，皆为关说。

廿一日　晨起最早，待赵檠西不至。遣买绫联，挽陈养源。梅冶记相逢，骇浪十年，咫尺无缘重把臂；柏台疑有厄，白衣三会，孤茕失怙最怜君。龙名晃、齐世兄来送礼。檠西来看写字。吴季泽、蔡子赓来。余未朝食，要檠西同上避客。步至衣庄，旋上吴山，小坐石阑。金仆来觇知，檠西遂去。余入赵祠，龚子勋、胡卣笙、唐寿臣、金咏莪、贺惠孙为主人，齐心甫后亦同钱，先写字九纸，砥、绂来，同就席，酉初散。步出城隍牌楼，误从采霞岭，旋绕一里许，问知从过军桥出城头巷，遇彭、瞿、赵、曾、李、萧、砥、绂，瞿九亦至，俱欲送至船，力辞不听，唯彭肯回，绂亦留城中，余皆踵至。蔡、吴复来，李大人又至，知县少散，李坐甚久乃去。瞿、李等复集，已而告去。赵、吴留坐。谭建侯求题李西涯诗册，无可着笔，乃以致仕不归为由，牵扯近时两一品，以为谈柄。发船钱四枚。

廿二日　晴。写字数幅。齐儿及其妇翁龙翰臣来。吴、瞿、赵、萧、鲍、龚子勋、李少笙来送行，抚台来皆散。景韩似有明白气，惜余将行矣。王明望来求差。瞿子完来送衣箱及谭进士二百元，犹以为未足。移船太平街，邀檠西至丁日新机房取钱，并谢步拜年。上船复移过坝，不由来时故道，别出登云桥，遂泊拱宸。蔡子庚来，初以为彭、齐必在，及至无人，唯吴、瞿相送。邀槃西同行，四老少、戴僮均留此觅食，余仍来人。夕食后步上夷场，夜往听戏。齐心甫来，芒芒未食，云出城三次矣，命子庚陪至饭馆。玉和。余同槃西、瞿、吴、砥入阳春园池心坐，顷之齐、蔡亦来，十二钟散，有旦演悲哭状颇真。同还船宿，心甫自借宿黎寓，赵、李先睡，余陪吴、瞿较牌，子庚入局，鸡三号乃罢，寅正矣。发船钱五枚，犒赏四角。

廿三日　晴。昨夜眠迟，醒已辰正，客犹鼾也。槃西已登岸，余亦上岸寻之，还颒毕，三客乃起，待饭未来，又半较乃朝食。吴、瞿、蔡呼船去，余舟即发，午初矣。夕泊唐栖。发饭钱一枚。

廿四口　晴煊。行舟满川，余船始发。朝食后酣眠，醒已未初，便至石门，补作初到雪诗。夜泊双桥。

廿五日　晴。作字一纸。过嘉兴未舣，欲更进，船人怯盗劫，乃宿角里街。发饭钱一枚。

廿六日　晴。饭后至平湖，泊西门外。入城寻文心家，云在江月弄，及至，乃酱园弄也，声转字雅。渡桥便至张家，正门不开，房舍颇整，文心出见，两子一孙均出。衣冠拜海门师神牌，又拜文心夫人，礼毕坐谈。文心苦聋，未能畅达。遣其孙上船，要槃西、砥卿同来，各吃鰕面，同至张家旧屋看婴山。还已将夕，明镫晚饭。文心设三榻待客，入客房，看其《公羊记》，疑及臆说，皆非鲁莽语。子初请息，又独看包世臣《一》《双》《三》《四》书，丑初眠。发船钱二枚。

廿七日　晴。晨要槃西、砥生还船，文心踵送，旋去，即解缆。文心说此大卤也，据言败狄是在狄地，狄在大卤，无大原名，时中国通谓狄为卤。夜至嘉兴城外，未能登岸，俄而微雨。发船饭钱二枚。

廿八日　阴，大风复寒。朝食后船倾侧不进，登岸小步六七里，至王江泾乃上船，复缆行卅里，泊平望。夜复微雨。书扇三柄。

廿九日　雨。东风，宜帆，破帆无风亦能强进。榜人欲舣吴江，促之使发。作字二副。申过五十三空桥，槃西云八月十五镫船群戏于此。夜泊盘门，槃西入城，砥率僮丁看戏。微雨。

二　月

二月己卯癸酉朔　阴，风寒。晨呼佣起，船人笑云城中俱未开门，早起无益，遂不复呼。已而赵屿秋知州谨琪。来，槃西兄也，一船俱睡，驻客久之，乃延入，云当泊胥门。以衙参，促之去。乃移船沿城根行，泊行台前，十二年前旧泊处也，风景依然。饭罢，槃西及其弟季莹、谨琇来，云城中尚早，无物可买。待午初遣周妪至会馆，李生至程公馆，偕其管事刘姓来。余试入城寻旧游，因访朱竹石。朱移厘局，初未识路，直东北行，可四五里至厘局，门者辞以有客，遂还。过桥百许步，复来请，仍还，晤竹石，快谈三刻许。藩台来，辞出，从故道诣答屿秋，至会馆，门者故识我，迎谒甚亲敬。槃西出，云其兄未还，留面而归。误从东行，至吉利桥乃悟，仍西行出城。刘生尚在，未饭而去。殷孙来，正欲寻之，索名条，令去，已而送程仪、果鸭，责以不应，令持去，乃强委而去。槃西复来，周妪亦上船，云玉器无佳者，期以明日，槃西旋去。夜稍暖，三更睡。

二日　阴。朝食后周妪步上，砥往百花巷寻蒋生，云欲师我者，顷之还，言往上海矣。屿秋具船要游邓尉，并要李生同游，襆被往。帆行颇驶，至木渎，欲要王小吾同知秉忠。导游，王辞以疾，以罗藻香代行，亦以被来。雨意甚浓，知不可前，乃劝主人还舟。夜抵胥门，雨泥沾泞矣。还船少坐，屺秋入城，槃西复来宿。看玉钏、绣裙。

三日　雨。朱竹石书来，送程仪百元，报书受之，兼为赵屺秋、殷敏关说。来往竟未至程生宅，令李生以其舁来迎，兼看费屺怀。至桃花坞，费已赴宴，何其暇豫，俞荫甫所谓萧萧墐水者不足忧耶？复过竹石，云吴粮道望见我，以为仙风道骨。余闻甚喜，大王即升玉皇，不算恭维者也。出访文小坡，行甚远，而云外出。乃过程生公馆，看其幼孩，甚可喜。还船作书与景韩，文以书来迎，不能去矣。夜雨甚寒。发船钱二枚。《电挐沈编修夜至感作一首》：凄风微雨望阊亭，岸柳新黄芽麦青。名郡望衰金宝尽，皋桥客去虎春停。春风恻恻镫将灺，夜舫摇摇酒半醒。闻道未央雠五噫，几从寥廓视焦冥。

四日　晴。船不欲行，余亦逗留。槃西昨来宿，今遂不至。李生上岸，朝食前后甚岑寂。竹石来送行，就行台延之，小坡复来迎，亦未能报。午后闲行，岸上遇三乡人，皆丑年往还者，特来相访。上船叙谈，竟不知其姓字，久之一人自言鸣九之弟；一人言湘阴事，知是湘阴人；一人则不能知之。客去，槃西暮来，问知湘阴人为钟瑶阶，一人仍不知。屺秋被檄往无锡，移船来约同行，问知为谢钧县丞，字岳秋，考据之难如此。在苏买玉绣百余元。槃西告去，寄衡书一纸，与屺船同泊。

五日　大晴。晨发，已至浒关，买席。屺秋见过，旋去。吴门至无锡不能九十里，而居人行者皆言百四十里，盖前有关，时例停一日，故加一站耳。夕循县城濠行，上镫乃泊西门接官马头，因屺秋先在，招呼同宿也。屺因提碓坊米账流水簿来，至则已为局提到，厘局作弊如此。附书文小坡。

六日　戊寅，惊蛰。晴。晨过慧山，未入港，复令还行五六里，从小金山入小溪，舣祝祠前，未过桥，令僮汲泉烹茗，久之乃至。余未入寺，但游行，两岸皆县人公私祠，有书院，盖于山凹，多作屋，坊题"岩壑双清"，未然也。午初行，出港甚近，横风摇船，令无张帆。六十里泊七子堰，阳湖地。夜看《国策》二卷。

七日　晴。朝食时始至常州城，僮妪买篦，久之乃发。卅里过犇牛，日晼矣。来时一日，今须两日。夜缆行，至初更乃宿吕城，七十二里。

八日　晴，有霜。昨夜寐不安，今日饱睡，仅卧看丁丙诗一本。夜泊新丰，多火腿处也。

九日　晴。至丹徒口仅十二里，竭蹶至午始到，又怯风不行，依前船而泊。作丁松生诗序。

十日　阴。风愈寒，不移寸步。遣李生由陆先去，廖丁伴之，一小车载行李，如飞而去。为李绍生书册页。方僮遣溲邻船，为船人所执，放爆仗而解。大辱国，方知小儿不可独任也。

十一日　晴。北风愈狂，破船帆行巨浪中，仅而后济。依镇江城绕洲行，至轮船马头，未遑朝食。遣方僮寻廖丁，云出买箱□未还，乃令具食。饭后廖偕赵道士来，道士又遣九子来作经纪。余因上岸，寄书茂女。至风神庙寻道士，遇陈仲昀，不识之，坐谈乃悟，亦欲附轮舟往上海，俱未午飧，同至酒楼小坐，报云下水船到，匆匆散。仲昀复送余上趸船，为余觅坐处乃去。道士陪坐，久之报云行李毕至，俱坐船边待船。过三更乃上安庆轮船，太古行船也，价反昂于野鸡，以道士荐，赏以一元。四更开行，船房甚小，外人甚杂，不甚安，五更得睡。

十二日　晴。至江宁城外，客去大半，夜至芜湖。

十三日　晴煊。南风甚壮，楼上客坐尽空，可以游眺。二更后至九江，小停即发，初以为是湖口，见蹇船乃知是九江城也。马当石山甚雄秀，小孤峭削依然，山背白石如瀑布，前所未赏也。北风扬子渡，急浪欺双桨。斜日缆危桥，低樯摇五两。北固山前桃未花，风神祠下数归鸦。故人为酌中泠水，道士新煎阳羡茶。酒楼促坐镫光白，馈浆未罢还争席。玉乳鲜浮土步羹，金盘香荐车螯炙。楼船吹角散匆匆，燕去劳飞路不同。东向吴淞听戍鼓，西留江浦待晨钟。一留一去情无限，三更四更星自转。风涛浩浩忽生云，汀树青青常在眼。瓜步潮来月渐微，春霜欲下渚禽飞。犹怜京口酒初冷，正见焦山僧夜归。《京口待渡赠赵道士陈同知诗》。

十四日　阴。西北风。晨至黄石港，朝食后至黄州。大风忽起，船行甚迟，夕至汉口，竟不能舣，向所未闻见也。折旋久之，始近蹇船，步上跳板，摇动不能行立，仍还船借宿。未开晚饭，买饼食二枚。

十五日　阴。风未全息，但可步矣。换划子拨行李，甚清静，无来扰者。房媪怯水，令坐轿至打扣巷，余步从江边行。稍后相失，已至船边，尚未觉也。渡子呼余，云行李未到。立顷之，划子来，不肯到岸。小划子索钱甚多，余令房姬上岸以避一班盘剥者，余亦别去，少顷至小江口，则毕上矣。立待来迎，大雪骤至，避上岸，则街石沾湿，恐不能下，又还岸边，泥沙亦滑，乃立脚划久之。几两时许，廖丁持伞来，始上船盥颒，此又无人经由之过也。已而雪积二寸，一步不可行。饱饭酣眠，遣人至青龙街吉隆栈看李生，云轮船未到。

十六日　寒雨如冬。方僮上岸，廖丁具食。先府君忌日，未办蔬菜，晨遂吃肉蒸豆豉，并不背人矣，午乃素食。饭后行卅里泊沌口，船关来稽货税，从来所未闻也。今日社日，占云宜雨，戊子雨。又云春事佳也。出船遇一游学生，片与岳生，令照料。

十七日　阴，午有雪雨。船行簰洲望，缆廿里乃得帆风，泊簰洲，九十里。未夕也，夜发太早，故宿亦早。

十八日　阴。顺风行，亦有望，晡后乃至龙口。受寒甚不适，多卧少起。夕至宝塔洲，看船即行。一日未饭。夜风颇壮，宿峡口，行百廿里。

十九日　晴。帆行百廿里，至城陵矶，又看船。夕泊岳州南塔下，颇煊，夜暗。

廿日　阴雨。风息，幸无满水，篙缆可行，湖中游衍两时，只在君山对岸耳。夕泊火龙滩，在鹿角上里许。

廿一日　癸巳，春分。晴。南风，缆行卅里过磊石，遂泊陈岐望，云六十里者，张大其词。

廿二日　阴，晨雨。南风，缆行可七十里，泊芦林潭，距湘阴犹卅里。

廿三日　晨雨，昼阴。小得北风，帆篙行，夜投靖港宿。靖港冬涸，不可藏船，丁果臣云唯港可泊者，亦据夏水言之，且云志以李靖名港，亦非名港之原始。

廿四日　晴。得北风，帆行，近城见水军三版还营，或云浏阳有土寇，昨得捕禽三人，盖解严也。舟人不肯舣北头，周妪必欲入朝宗门，相持久之。余步上岸，泥甚，几透袜。冢妇王、孙女出见，云功儿移馆湘潭，教复心三子及己两儿。顷之良孙还，登楼少坐，纯孙、功儿前后还，云宓女病。朱穉泉来，谈时事，云陈郎鼎发回长沙永禁，久不见党锢事，不意诸人以病狂得之，此又一奇也。从姆迎周妪来，云蜀青自求服役，令召之同去。余惧暗，先上船，周亦踵至。遣方僮省母，廖丁先从陈渡还家矣。遂宿舟中。

廿五日　雨。家中无人至。陈孙华、衡。来见。久之方、廖均来，遣周妪还家养息。两孙及两孙女均来觐，麿女令去，亦负孙归。功儿来送晨羞，亦令即还。乘风开船，夕泊鹞崖。

廿六日　晨雨凄苦。蓐下忽冰，惊起，水入被矣，不知其何从来。遂不复寐，起视，正在县城，顷之泊九总。久之乃行，倾倒破碗盏，至夕风止，宿株洲。看《世说》。

廿七日　晴。缆行，铺时过三门，全非旧观，红庙乃侧向，水旁无连屋，何涨落殊形如此？昨见鼓磉洲，亦正如马颊临湘，疑马家河本马颊也，冬涸时亦屡过，皆无此异状。九十里泊淦田。

廿八月　晴。有雾，正好春也。两岸唯有李花。黯淡不明。久未作督抚歌诀，聊复次之，乃不记陕护抚及滇抚，甚矣吾衰。夜泊黄田，行九十里。

廿九日　雨。舟眠头桅，以水窄不须小帆也。竟日避雨，然犹湿衣，至晡未能至衡山，南风稍长，亦所不料。二四旗开蔽日光，粤燕鼎足小相当。正怜微起价滇豫，谁忆湘蓑比鄂口。夜泊雷石，亦得卅五里。

晦日　阴。晨待开关，又过一难，自此无竞矣。舟人烧香，改于柁后，盖分内外江，过衡山遂不鸣钲，亦内外之义，既至草鱼石，又不然，此无义例。此等皆有礼意。万里聊一游，风霜固不论。敲冰武林湖，颣雪清汉津。客行信永久，春气殊未温。江涛助长淼，昨夜巨舟掀。晨雾骤飘瞥，急浪共奔翻。岸柳俄已皓，堤沙昼自昏。藏船鹦鹉洲，系缆乌白根。鱼鸟得愒息，緊吾亦忘言。脱有来访戴，无劳君埽门。二月十五日汉口舟中大雪，作示张孝达。孝达本绝不通矣，既在相望，未忘旧好，不能公而忘私也，以医吾狷，消彼俗。午至寒林站，雷雨小泊。得李小泉赴，作一联吊之。契阔旧相随，记从龙树分襟，尊酒宾筵应忆我；封疆才弟一，正值鲸波沸海，角巾私第不言兵。亦卅年不通问矣。竟日缆行，夜得小风，泊草鱼石。

三 月

三月癸卯朔　雨雷。停半日乃行。午过樟寺，得风，至大石渡风息，换渡船，缆行向城，几两时许乃至东洲。夕照已沉，儿女犹未饭。一日不饮啖，催饭，与廖生同席。云舆往常家去未归，陈郎昨已移住新斋，诸生亦有七八人在，甄别系张先生主政，案已发矣。见茂女十二月朔书。夜宿外斋。大风旋止。

二日　晴。陈郎及其季兄来。料理杭物，答饯赠诸公。程孙率弟子五人来，萧孝廉同至，留晚饭。买得大鱼，仅烹一头，分两桌，殊失所望。舆儿携其次甥女来。

三日　晴煊。隆观察来，樾乔继至，张子年、任三老耶、刘子惠、沈伯鸿先来，未得一言，惊散便去，樾乔留饭去。江太耶来。午入城拜客，至道府，江、程处皆久坐。衡阳胡师留百合粉，程家吃包子，余皆未入。不及渡湘便还，甚倦，早眠。梦与官秀峰密谈，同食牛肾，云旄牛囊也，以为未见之品。客更有谭敬甫，余与言戏，官云不宜。余初以为无妨，官云更有属吏在坐，嫌于侮之，余因叹中堂福禄富贵不虚得也。又引林黛玉谢薛宝钗，仍是嘲诮故态，醒更自笑。官与余未尝见，何为见梦，其荆州之因想乎？

四日　晴。夹衣犹热。耒阳谢生从麓山来，因定居新斋之限。刘子重分府来见。舆往永兴省宓疾。看晋文一本。渡湘，步至毛桥，遇王聚庭船上相呼，要同坐，泛湘至熊营官，论炮船护卡事，遂至相争。两人皆指画攘臂，而王之理短，余笑解之，引与俱去，分水陆各还。余步访丁、冯、魏、彭，皆见，萧、杨未晤。期于毛桥待船，船竟未至。一划子自请渡余，遂渡西岸，访刘、任，任亦失约,唯子惠在。久坐待船,乃见送女轿,已而还舣东岸,更遣人呼之来,还院已夕。饭罢遂睡,初更后起,吃水苍糕,仍倦复寝。《督抚歌》有误,更为正之。粤节三持盛拟燕,鄂徽衰似豫吴滇。湘人两督输真抚,二四旗开浙比肩。

五日　晴。午阴,有雨,旋止,仍晴。两教官,邬、胡二师,毛,张,子年。常,丁,彭佩芝,裕太尊,和尚均来,邬、裕坐最久,至夕乃散。入内小坐,夜倦早眠。张生妇昨来,未及取妾事。

六日　戊申,清明。阴。将携黄孙出游,人客踵至,萧、谭两教官,杨慕李,冯絜翁,杨伯琇,丁笃生来。客去已夕,写女扇数行。煊可单衣,始箑。

七日　晴煊。写女扇,令诸女各得小楷,以为后玩。□典史来。杨伯琇母来,云其季子已归。程岷樵妻来,值阴云未得去,已而大雨雷,至夕乃霁,客去稍凉。

八日　阴。写女扇毕三箑。午携黄孙往新安馆,任绩臣招客,邬师旋至,岷、年均来较牌,任兄病目未与,马师后来,夕散,复终四校始散。竟日凉冷。

九日　阴,复煊。写女扇。胡子靖来,云来阅府县卷。作饼甚佳,滋暴疾呻吟,不能饱食。江西王客招饮,设于新馆,凡七八席。二程、杨伯琇均在,余客将五六十人,亦有识者,未甚接谈,看戏草草,未二更散。乘微月榜舟还,春景甚佳。

十日　阴,午后凉。女扇毕写。将携黄孙入城访张子年,未发,谭郎仲霖来,魏二大人来,言渡夫失礼,要我派船送之,乃与魏、谭俱下。至厘卡,魏去,谭同至灰土巷口亦去。余携黄孙至容丞家,喜其尚在,小坐而出。令方僮领黄往安记问马褂。余至张馆,未入,还至府学西斋,答谭香陔。遇萧生,同至萧子端处,见设涂车,询知其次妇病危。急出至安记,令萧往财神巷寻屼樵，余独入，则屼正在店，复呼萧来，张先生、左山长、程孝廉均至。左云被莲湖诸生辱骂。盛衡阳令暂避数日。余云当辞馆，左云已辞矣，但恐行囊被劫。或云诸生必喜其去，不至扣留衣被也。此事罕闻，皆程生好用新进之过。小坐而散。任绩臣设面相待，还入新安馆，子惠亦来，酌酒吃面而散。滋女小愈。夜较牌四胜。

十一日　阴。三学首事来，言莲湖闹学，左山长亦来言原委。午下湘赴厘局饭，因过程孙，往陪任师、邬、毛，更有王姓，云太尊旧友，甚质讷，刚毅类也。夜更过程，言童生闹堂，求任保释。

十二日　晴。道台送学，萧教官来甚早，谭训继至，要共早饭，客坐桌椅零落，余云监院不职，萧尚不悟其官守也。丁笃生来，道台踵至，早于常年一时许，首事无办，斋夫亦仓皇，清泉令后至，面糕不设，将晡各散。彭、萧、陈、程俱来，未饭，大风，遂去。

十三日　昨夜小雨，竟日阴。午前大风，晡息。下湘答礼道台及刘子重、顾典史，承欢。皆辞谢。乃至府署，两县方白公事，至邬斋坐，任三老耶先在，郭大老耶继至。已而请客，云熊大人来，王总办后至，邬云此辕门射戟宴也。未初更散，各还。李生还，旋告归。

十四日　阴寒。本与三师约不诣人，当作竟日戏。熊云卿再请，不得辞，乃先遣船来，令待城岸，余自乘船舣大马头。至任斋，胡子清先在，小亭继至，较牌未一局，熊更来请，遣招樾乔来代。步至铁炉门，坐四版至熊寓，太尊已渡矣，顷之来，让坐甚谦。程、彭孙继至，谭老师辞帖。入席甚早，出菜颇迟，上镫散。熊复具船轿送我还任斋，郭大老耶又先在，程孙继至，席散已过二更。凡食品味几五六十种。

十五日　阴。杨叔文来，谈任学，即问其先集，留早饭去，便为略翻十本，存其二三。早课毕，吃点心，便出赴道台戏集。步至闽馆看牡丹，则三师先在，云待久矣，问之已申正，可谓迅速。看新戏，吃陈酒，同集者更有郭公、张生、程、朱、任弟，亥散。

十六日　阴，有雨。序杨奏稿，搭天桥骂人，亦宋派也。午倦，入内少憩。杨、程催客，下湘至余滋山房，客皆未至。顷之蒋、冯来，裕太尊继至，步园中看牡丹、新笋，明镫设食，裕气痛先去，席亦旋散，初更还。舆从永兴归，云窆似内伤。

十七日　晨风雷雨，俄霁，复阴。长沙会馆首事四人来，请劝捐。

十八日　阴雨。看晋文二本。遣女妇至杨家会亲，僮仆送去，遂俱不还，独居无朋，亦不觉寂寞。胡子靖来。又二廖生来，皆襄校也。廖欲得道馆，送酱油、皮卵而去。道台生日，常年必亲往，今遂不差帖。

十九日　阴雨。朝食后下湘，欲诣两学，以昨与任约早集衡阳，至胡斋遇任，同至马斋。遇长沙盛晟，莽撞诗人也，出游集见质。披读未一纸，邬来，共较牌，手挥目送，未能遍读。盛衡阳出谈，陈清泉旋至，共饮而散。仍至马斋，马已赴价廉色美之约矣。六耶率文柄来，食于我。

廿日　阴雨。登楼看学台。熊水师来，诉进士调遣水师之事。张太耶送饼饵、绣被。朱德臣招饮，熊、萧、谭、杨、二程同集。

廿一日　癸亥，谷雨。裕衡州送课卷来，看百本。往挈翁家会食，朱、熊、丁、杨均先至。夜还小雨，至院乃云大雨，舟中有雷，院中无雷，则可异也。熊裕德来求事。

廿二日　晨复雷雨，朝食时霁。看课卷未百本，廖荪荄来，留同下湘，云须诣魏家，乃去。余携黄孙至新安馆，子年、子惠设酒，邬、胡、二任，此外无客，共戏，未毕馔具而罢。席散未夜，竟得早归。

廿三日　阴，欲晴不晴。看课卷未百本。孙名畴。乳妪被真嫌出，欲更觅一室居之，竟不可得，姑令三妇居楼，又不肯去。此妇无礼，尚不及彭妇，未能教之。晡赴长沙馆，四学毕集，外有易应庚、纯斋、周松乔、刘子惠，作募疏毕，会食。清泉催客，乃往，即前集衡阳诸客，一人不多少，西散。熊儿不能舁，掳令抬轿，甚危欲跌，方僮必不更换人，自请代之，亦不合脚，踦蹁而还。

廿四日　雨。水涨平岸。郭崚青知州、力臣孙、邬儿、梅生女婿，字恂如。谭二少耶同来，谭送一品锅馒头，遇雨，留之饭，不辞而去。陈完夫来，共饭。李生始告归桂阳，来辞。看生卷毕，定等第，甚倦，夕睡夜起，为丁笃生作书与野秋，属托其亲家刘镇寰。刘补乐昌，有六大三阳之望，来书谆谆可怪也，既不能弹劾，更依而干之。江太耶送礼，亦甚可怪。

廿五日　大雨。水涨，可不急。发片谢郭太耶，不能同去，看课卷亦未毕，宜从容也。下湘逆风，船不能驶，从太史马头上，直西至雁峰，转北行至清泉学会饮。衡山张、耒阳邹、常宁罗、安仁郑、南洲杨，皆广文也，亦多谈教官事。夜还，舁行甚危，仅而后至。

廿六日　仍雨。看课卷竟日。女妇至程嫂家春宴，三女皆不去，外孙女亦不去，惮雨行也。时入内视真、卜。得谭祁阳书，请买阿胶。

廿七日　阴晴。看课卷。舆及彭、廖所评皆未的当，更涂改之。竟日未遑他事，至暮而毕，遣送府署。更看院生课卷，有五本佳者，十年之效也，磨砖作镜，无此难矣。违约已二日，游饮之过。

廿八日　晴。晨阅课卷毕。朝食后书三扇，题胡妻遗画，摸牌四圈，乃发行李。熊儿、柄孙从至安记，张生俄至，沈孙来见，令往江、淮。罗店主请看戏，岘樵同往，皆城中闻人也。戏至无聊，坐携黄孙欲看杀和尚，为留久之。复与岘樵、叔从同还安记，已更设榻，平地版矣。程生得淮北督销，陈郎入筹防局，鹿有代刘之意矣。鸡鸣乃寐。

廿九日　晴。晨欲阅谢文，张生来，因先改定其诗。沈孙弟来，欲识荆州。曾生以讼事来，意甚仓皇，云已讦于学使，将褫革矣。唐孙及其从子来送礼，令送院中。岘樵来早饭，任、胡送程仪，顷之马泗源、谭仲明及其父均来送，江太耶来送。任来邬继，要谭斗牌。余人皆去。杨郎、张尉、胡子清均来，人浮于牌。欲更摸雀，而索书者甚急，写对一幅，扇二柄。陈郎复送红本文集来，请校雠，应接不暇。舆儿复从廖、谢来送，遂夕矣。天复欲雨，送船久待，酒罢复终校局，客主均送登舟。黄孙从舅先去，余要胡、邬同船，至潇湘门别去。微雨，登舟已近二更，宿石鼓山下。

四　月

四月壬申朔　晴。晨起舟已至七里站。校文集二本，倦惫遂寐。醒闻舟子云至樟木寺，方讶其迟，俄顷见巡丁登舟，乃知雷石矣，迅速可喜。更校二本文乃夕食，行二百廿里，泊朱亭上山下，旁无邻舟。

二日　阴。有日有雨。午泊下弯，销私盐。看梁文三本。陆罩年十八，为太子庶子，与於法宝之作，字洞元。晡时小雨，遂至暮，夜泊县九总。

三日　雨。晨起甚迟，盖连日太早，一睡皆失晓也。饭后乃行，至文昌阁，北风起，雨益大，遂泊。令方僮到城顾夫，假寐方醒，轿来迎，遂上，见店家方食，以为早饭也。行廿里，大风吹轿，顿加小毛御寒。至瓦亭午食，云将夕矣，乃知先是午饭，幸昼长行疾，到家尚未夕食。懿夫妇出觐，开我西阁门。禄孙能言，不畏生人，亦颇了了。夜看才女诗。星满天。

四日　晴。遣人报杨家，令杨生会于姜畬。朝食后始出山，杨使未遇，遂行，复饭瓦亭，到县始申初。止宾兴堂，萧、伍俱病，独坐。久之杨生来，云宾兴七首士矣。顷之李雨人首士来，朱倬夫亦还，乃共夜饭。周生、胡孝廉来，先去。永、云两孙来，旋去。欧阳烟客请听戏，杨子南来诊萧，客散已三更，与倬、晢谈至丑初。复闭门与晢子谈诗，论学曹、陆当用实字成句，不可露意，晢子以章法意匠求陆，故不似也。

五日　晴。朱能早起，信贤者不可测。辰初朝食，子云来，已将行矣，留谈一刻。绕正街，出拱极门，至诞登，寻店妇，有崔护重来之感，未七年，迷处所矣。行一坐九，将日落乃到家，家中晡食早过，待夜乃饭。蜀婢出见，自请从行，令到衡州待我。夜看梁文三本，僮妪俱不在侧，无可为计，独宿书楼。朱稚泉来。

六日　晴热。徐幼穆来，约夜来长谈，余客皆谢不见，独见黎胖，问李铜椎，云其父不以公事告，应对尚得体。看陈文五本，会暮下楼。朱、黎送菜，遣方僮省母，至夜乃归。谭文卿入都，不能送矣。夕食后再看魏文，则猫爪败碎，不可复理；镫盏柄脱，亦不便照书。二更后幼穆来宿，谈至四更。

七日　晨阴。晏起，幼穆亦起，告去。余步至荷池，访谭文卿，已去矣。王三长未起。欲诣汤团练，迷道，至左家门前，欲雨乃还，已而成雨。朱生来谈。周妪来，旋去。稷初兄弟来，皆老师矣。遣觅船未得。沈子趣夜来，云为院幕所挤。王三长旋来。

八日　风雨。己卯，立夏。二彭再来谈。朱稚泉登楼。周妈来，苦客不能相见，晡时客去，始令治装。遣方、廖并出看船，云无沙市船，乃定由轮船去，价倍民船，长沙事可笑如此。树生来求食，无以应之。为邹师干锡藩，与书王三，辞以不能。

九日　晴热。朝寒犹可重绵，夜遂单衣。午正出城，稚泉仍送，功、良步从，三孙女坐轿先来。久待挑担无人，稚泉要坐盐船，又值其留饭，乃先上轮船。船名永吉，大仓不容人，房仓例不短顾，幸遇欧阳金刚，邀坐船顶。久之账房来，云不知驾到，即移□房。夕照如火，苦不能坐，仍还船顶。待夜乃下，与周俱困卧，不省人。五更始醒，犹热如蒸，门环露如雨，外内有炎凉之异矣。邻房夏翁接谈。董子宜来寻，即请从游。

十日　晨雨。大北风，浪湿船仓，船顶人尽散去。过湘阴，风少可帆，又拖茶船一只，午后望磊石平碧，知过湖矣。未夕至岳州，云当到城陵矶，因留待之。来客纷纷，账房欲空一房留我，以当移被，因令方僮寻仰煦。顷之颜署道遣人船来迎，到署方张镫，仆从别馆，余入吴斋，颜来摆饭，饭罢已倦，遂辞出。逆旅妇让床居我，又欲以其女伴周，许而不至，酣眠竟夜。

十一日　晴煊。客房无坐处，游街避日，遂至府署，册六年不到矣。还早饭，入提督署，即道署也。吴、黄、言、毕方起，黄作周、言荫松、毕瑀亭皆有世谊，言则访臣从子，毕乃纯斋孙耳。颜长子均伯索书，前已介沈子趣，得三纸，今乃至七八纸，余亦各有挥染，遂费半日力。法字营官来谒颜，颜出未还，遂入吴斋，余正欲为周妹老夫道地，适逢其便，此来为此耳，而余费十金矣。吴留午饭，颜子亦出，饭后出游小乔墓。夜补较雀，各四局，留宿吴斋。颜送程仪。

　　十二日　晴煊。晏起，待饭，饭罢同吴、黄、毕出，言亦踵至，同游岳阳楼。仙人旧馆遇一傅生，南州人也，少坐旋出。坐小划至城陵矶，行李仆从昨夜先至矣。入工程局，访贺蓁生孝廉，云曾佐子玖校阅，今来为令。又一罗敬则，亦大挑新来，广东人。居余道台签押房，贺子师周磊才来谈。局中人索书，涂十余纸。将夕，厘局收支胡翔清来，亦大挑班。与贺、胡同至厘局，访郭志城故垒，遇日本商学生，喜其中国衣冠，略与接谈，步月还。仰煦送日记来，夜宿客床。

　　十三日　晴阴。阵雨，忽寒忽燠。作字数纸。蓁生特设酒饯我，因招日本生同席，云年十八，不知国中政事，但能华言耳。然闻余言，似欣解，疑阳愚者。胡亦同坐，夕散。待船，看《随园诗话》。叶凤荪妻李氏有长沙节署诗，云其父鹤峰曾抚湘。廿年咏絮鸣环地，今日随君幕府开。画阁乍迎新使节，春风犹忆旧妆台。殊恩象服惭难称，雅爱棠阴待补栽。闻道江城舆颂美，如冰乐令又重来。夜大雨。

　　十四日　晴。罗敬则、胡翔清饭后均来。又作字一纸，轮船乃到。午后登舟，得一房仓，不通天气，姑容身耳。夜行皆不知所过。

　　十五日　晴。忌日，素食。朝食时始过郝穴，减于前过时店舍一半。申正到沙头，遇沈仲銮从九，言程、朱盐店可住，遂发行李。步往，相失，问云在金台会馆，既至则泾太也。管事萧、王相迎，又一本地火计，居我厢，处沈、董于外铺，夕食设馔甚多，忘辞以素食，遂略食鱼鲲。倦眠，醒已二更，匆匆复睡。

　　十六日　晴。沙头晏市，晨无饭吃，吃面一碗。董、沈流连，余遂独行，出门即与僮相失。步至堤上，乃见已具船矣，更有二客。循城濠行可十余里，至东门，初闻船行尚须陆进，乃殊不然，舟直傍城根，由东至南可五里。乃忘携船钱，遂遣告荆宜道台，以舁来迎。入城可二里许，至道署，奭良、邵南迎我入谈，遂居其东亭。邵南年五十矣，其父恩元善伯尚健在，壬子挑班知县，以子官，遂告归。尚未朝食，饭后，告当往沙市谒领事。幕客刘海门、张西溟出相酬对，余亦告出。至门遇欧阳友焱伯庭，复还坐，云城隍庙可居，江陵已备办矣，乃命发行李。刘海门言易清涟在此掌教，因往荆南书院看之，童孺狼藉，人尚精明，谈久之。复过江陵令张集庆云生，略谈而还。过城祠，行李未至，邵南亦未还，顷之俱至。夕食后遂还寓，江陵办差犹未去，从人方食也。沈从九在此未便，令移客寓。二更后关门。

十七日　晴。晨起甚早。俟清涟不至乃饭。饭后入道署，卧久之，欧阳来，云当往沙头迎复心。余看《荆州志》二本，见将摆饭，乃出还寓。顷之邵南来，约还署，见其三子，未二炮即还。江陵令率二客来，一洪子东，一刘楚青，诗人也。

十八日　晴。南风气燥，僮妪俱睡不起，客来尚未辟门也。清涟携其少子、从孙来，留点心，须臾食至，复同饭，乃去。钱榘知县、江陵尉来，均谢不见。夕仍至道署食，早还。

十九日　雨。召南请作字，凡书十余纸。正挥毫，欧阳友焱、伯琴来迎，陈道台兆葵、吴知县用威同来，匆匆未知是复心，坐乃见之。尚未朝食，已过午矣。云宜从水仍取清江道。昨车夫似不欲长行，又闻当至南阳，依违未决。顷之，召南来，云定从水，送船价及其祖遗诗，兼约夜宴。甚倦稍惕，邓沆来，夏绍范、马师耶质庵均来。客去少寐，起赴道署，复心、吴董卿、刘、张同集，烧猪不能佳，席散，少坐还。与复心同寓。

廿日　晴。晨起答访钱、洪、江陵尉，均不入。至清涟处小坐，还，朝食。书与召南，受船价，退程仪，赏办差送礼人十元，挥手便行。从城根至南门，疑昨入无此繁盛，复还正街看之，遇马师耶，仍还出南门，坐小划。待行李久不至，顷之见复心四轿亲兵过去，行李从之。沈太耶、董相公亦至。复心还从船，船至坝口换船，至不知地名处而止。有大冢，题孙叔敖，未核也。待轿待船已两时许，不能更待，便邀复心步至行台，未一里仍唤轿行，比至行台，周姬乃先到矣。沙关委员李，江宁人，云系由幕而官，方谋移局，未定而客至，器具略备，以正房居姬，我居楼上。晚食早眠，四更起复睡。同裕来候，并送礼请饭，均辞未见。

廿一日　晴。朝食汤饼。午初轮船到，复心、李委员、夏、沈、马、邓、董均坐炮船送我。选仓乃着吾炉火上，初不觉也，客去饱睡。船主具食，唯出一餐。至夜始知卧火上，仓皇起踞上床，已出荆脑。未久已天明。对仓彭泽尉周，问湘潭先生，云宋芸子弟子也。

廿二日　晴。晨过新堤，未初到汉口，即移怡和行船，船名吉和。明日始开，云礼拜不发货也，负茶箱几万口。至五更乃息。夕有小雨。

廿三日　甲午，小满。阴。泊汉口，畏热不能上，遣僮办食，姬买布，均无所得而还。二更后开行，凉风振席，四更更热，起看已过蕲州。

廿四日　晴阴。朝食后至九江，云当停半日，过晡已发。夜热卧上床，复卧下床，出看门外，被襆狼藉，烧烟者彻夜不倦，极可恼。唤房姬起，瞢腾未醒，又可笑也。邻仓梁山陈姓，引大兴庄生来见，云蘧庵女婿也，言钟郎母死满服矣，问讯甚殷。

廿五日　晴阴，热。晨舣芜湖，晡至镇江。上岸至风神祠，道士为觅清江船，即居其上。登岸少坐，还船吃饭，遂夕。夜热未被。

廿六日　晴热。晨起步柳阴下纳凉，登风神楼，道士未起。丹徒午前无饭买，吃面一碗。道士来迎，与步入西门，热甚，从丹阳涧边还，船待发矣，遂登舟，酣睡。至扬州甚迟，与民船无异，入夜乃驶。邻仓烟薰气恶，又明镫竟夕，通夜不安。

廿七日　阴。晨凉可绵。过宝应乃煊，仍单衣。晡至淮关，关吏看船，甚恭顺，洋旗之威也。到清江，轮船浅不能上，榜至步头，遣问淮北新盐局，云在西坝。日夕将雨，乃命住店。自至桥北看一店，云无上房；小车至，又有上房。欲寻分局委员，云在南安寺，遍询无之，一老翁云是觉津寺。飞步还，东行，至无人处，再问，云已过矣。又还从道北，寻得则系新勇屯营，仍还入店。俄而雨至，店主云且待明早，遂买饭晚餐，僮妪同房，蓬然睡去。感寒，咳嗽竟夜。

廿八日　昨夜大雨，晨仍未歇，待霁，呼僮送信西坝。卧久之，程生遣舁来迎，云车当从西坝过，并移行李。余先行可十余里，至票商公祠，祀关侯，观音，曾、沈、马三督。新设官运局，借以开张，程观察居沈祠，左斌提调居曾祠。犹未朝食，久之乃具。祠局不可居女人，因令房妪借榻亲兵家，夜食后乃去。程生请汤守备为余顾车，云须待一日。阴雨顿寒。

廿九日　雨细风凉，遂加两绵。朝不得食，过午乃早饭，遂以为例。谈鹿、刘事，天下事可知不足论也。闷坐待车，看朝报三本。程生请朱委员治具宴我，费而无味。

五　月

五月辛丑朔　盐局挂牌，因悉见其委员，幕友有李生务园、姚治堂、刘□林、新来欧阳先生，委员左、朱外又有一人，未问讯。昨吃时鱼，左知县讶云此已过时，且不合江南制；今复吃时鱼，不登头尾，则江南制也。江南经尹、袁讲究，乃用刀截时鱼，可为一叹。天阴可行，车仍不来，自出写忧，从海州运判行署穿茅屋行游，此处占地甚大，但无市店耳。复从僻处得大道，西行乃至所寓墙后。雨意甚浓，即还，房姬来寻，麾令避出。局中设宴开张，馔反精于昨设。夜得清河陈令送车来，云须人同往发价，便令方僮往，已二更矣，待至三更未归，乃寝。

二日　晴。晨起待水。朝食时车来，千三百一站，包饭人三百，半官半民，不昂不贱价也。装毕，为朱委员题其父小泉《清水潭工①图》，吃面一碗便行。三十里尖鱼沟，尚早，夜宿众兴，大镇也，桃源地。湘勇二人来见，陈国瑞从子所统。

三日　晴。晨绵午单。尖仰化，宿顺河甚早，大睡六刻，得凉风，乃起行游。宿迁距此四里。

四日　大晴。唤起甚早，待明乃行，六十里峒峮，至已忘其地名，记有山环，今乃未见。四十里过牛马庄，廿里宿红花埠，小镇也。入山东郯城地，有巡兵查护行李。

五日节　道上乃无节景，异于南七省。六十里尖郯城十里铺，前遇劫武定太守妻，今犹有戒。六十里宿李家庄，有兵护行。朝食汤饼，夕食豆粥。

---

① "工"，疑当为"上"。

六日　晴。尖沂州，银饼不能通行，遣至兰山令换钱，辞以无钱，遂延两时，折阅算与车夫，乃得成行。出门渡沂，又无渡钱，路程不熟，故至支绌如此。夕宿伴城，兰山地。明日入山。

七日　晴。车夫请破一站，过青驼，尖垛庄，宿孔家城。垛庄唯一店为马军所占，孔城店小，至则大雨，五床三漏，乃移外床，雨至夜半。沂水地。

八日　晨起甚晏，以当渡水，昨雨暴涨，尚不濡轨。尖鳌阳，宿羊流。夕凉，一绵犹冷。

九日　晴。早发，行九十里尖泰安，钱尽无计，自往寻泰安令毛澂曙云，假得万钱，匆匆话数语，云其弟官蒙自，去年死矣。还店即发。宿佃台，酣眠不觉晓。

十日　庚戌，芒种节。天明乃行，路长人渴，初不知经过几镇市，到店间云黄山店，离历城一舍耳，犹是长清地。不吃顿饭，索面甚佳。行已日斜，未至城，车夫请换车，入城避差，久待未至，叱驭而行。入城问丁宫保家，已鲜知者，三问乃得之，方僮已先至矣。丁婿亦从越还，及其从子道本、溯根出迎。初至风尘，未具客礼，荗女于闺门相见。丁家犹未夕食，初更乃饭。闻寿衡丧。饭后荗来觐见，馆余客房。

十一日　晴。濯足梳头，衣冠入见亲家母，便服如妪，俭朴可想，少坐即出。午后乃饭。裕太尊兄子文乾健臣来，陈十郎继至，问以水陆所宜，尚无定计。畿东拳徒生事，毁电线铁路，且戕执吏将，朝廷不敢公捕讨，示弱如此。夜大雨雷电，四更止。

十二日　阴。晨携僮妪看趵突泉，坐小车以往。出泺源门，至井巷，步入方池，水半黄碧，涌流殊不能高。记四十年前水高数丈如瀑，今全不似矣，未知前误看耶？抑今昔顿殊至此耶？废然而返。泺水已涨。午食后阴。将食，张仲雨来，溯根妻兄也。出答访文健臣，见其诸弟，并欲求裕太尊提干股给三仆，且助引见，费千金。言其家事甚详，久之乃出。过陈渭春，遇其有客，又将雨，小坐还。看小说至三更。

十三日　晴。忌日，不能谢客。张兰九知县来，仲雨父也。未去，黄扶山同知及渭春来，言泺口无船，当由陆还。因要溯根同游大明湖，湖尽苇荡，荷花才百许本，舣历亭，设茗东轩。西轩方奏女乐，二三伧父，殊非雅集。待文健臣来，复上船，至汇泉寺、北极阁、张祠，还历亭，丁婿已至。共饮至二更，步月还寓。

十四日　晴。晨出答访张氏父子，均未起。旋至陈十郎处，亦未起。还丁家午饭。渭春来送盘缠，张兰九请游历山，少待，丁郎先去矣。与溯根同舁往，则不肯登山，乃步上石磴，兰九亦甫至。坐北窗看城中，不似昔年林树阴浓，初不露屋。丁婿言不及开元寺，因约明日同往，坐两时许乃下山。入南门至刷律巷，张家设酒，更邀莱芜丁令作陪，馔俭而精，为之致饱。还尚未夜。

十五日　晴。晨出访谌吉皆，未辟门，从隙中投刺而还。访黄瑚山，已出衙参矣。还吃早饭，甚倦，假寐。黄德斋、陈小江_{毓松}来，约同乡小集，辞以不暇，乃约同游开元寺。丁婿骤身热，不出午饭。陈渭春、文健臣来送，陈待余出而后去。乘山轿，又出南门，取东径向角山，访开元寺，僮妪不相及，憩柏林待之。见二人坐小车来，一为冯樾青，一则陈弟小岚，车不上山，皆步而去。余坐轿继之，亦颇竭蹶，顷之僮妪皆至。寺在山缺处，有灵泉三洞，幽不通尘，都人多读书于此。黄、陈更招吴坦生来，湘阴吴孝廉之子，曾令历城者，年过五十，颇能东语。设馔亦佳，但烧鸭未脆，月上乃散。留城得人，则谌吉皆、张兰久相待。又一生客，云赵次山尔巽，自新藩丁母忧，还寓山东，自言死丧之威，兄弟虽盛无益，但求一文。余初羡赵氏，今又惊愕，许其为父母作志铭。一肚诗思，遇客顿尽。张又言婿疾，宜待其愈。余云女不必归，且再商量，真悔留一日也。

十六日　晴。晏起，车来，复约明日，诚为反覆。茂来见，云婿已愈，可行矣。入看康侯，兼入谢其母。陈郎引姚孝廉来见，镇洋人，名鹏图，字古凤，大挑来此，与黄瑚山并有文名于东。黄德斋、冯樾青、陈岳生来。陈云其兄已为备一昇，余力辞之，必不得已，令折夫价。丁少蓉云恩少耶，谌吉皆女夫。来看溯根，溯根仓皇去矣，云得京电，兵事急，人心慌，故急往侍母，贤人也。陈、张、黄、冯、二陈俱送土仪，陈小江送京钱百千，茂携五十金，因以还陈渭春。夜作二诗。

十七日　阴晴。未明，周妪即来理装，车轿寻至，炒饭朝食乃行。一轿与茂母女，用夫八名，钱百千；一车载仆妪，皆茂随从；一车自载，一马随轿。至黄山店，马已瘏矣，云历城差马，亟遣之还。张顺护送，照料尖宿，"油饼将军"大胜方僮。夜宿章夏，远望一山，上如椎髻，疑所谓上正章者，故云章下，对历下为名。至店密雨，三更止。

十八日　早起见月，已而阴云，未至佃台，密雨仍至，涂潦积湿，人马俱泞，到泰安大晴。夕食后步访毛泰安，小坐，乘夕光还店，还所借万钱。曙云已供张铺垫、送席，皆辞之，又送还万钱，加以程仪一个宝。钱送两回，程仪亦送两回，乃不还钱，亦不怀宝。二更后曙云自来。买碑七种，去钱二千，请游泰山，则以小外孙女畏风，不能往。

十九日　阴凉。晏发，尖茬庄，车夫云史家庄。行五十里渡汶水，凡涉水三四渡，未辨何方向也。六十里宿羊流店。

廿日　晴。仍凉可绵。看郑子尹所著书三种，似未及子偲也。

廿五里尖翟家庄。四十里宿螯阳，到尚未晡，以茷异夫当休息，张顺买驴，余亦得少憩。

廿一日　晴凉。五十里尖天齐庙，非站口也，惟一店。美夷三人逃来，云避拳民，相逐而行。六十里宿垛庄，庄前数里有大堡，门题"仁和"，稍东更有一堡。

廿二日　阴晴。五十里尖青驼寺，夷人亦相随，五十里宿伴城。

廿三日　晴。渡沂，至沂洲治，尖南关，云五十里。复渡则不可砅，分三船过，宿李庄。

1672

廿四日　晨雨，出店愁沾湿，已而复霁，尖郯城十里铺。午热，与夷镳争店，疾驱先至，亦防雨也。宿红花埠。

廿五日　阴。雨意颇浓，竟日清凉。六十里尖峒峿，困于跪脆。六十里宿顺河，求肉不得，缘路并无凳担，惟牛马庄见屠一豕，未开解，不能待也。店家肉皆盐之，故全无味。夜微雨。

廿六日　丙寅，夏至。晴凉。始闻蝉声，茷云前日已有新蝉矣。五十里尖仰化，道上仍有尘土。五十里宿众兴，店有小院，甚洁静。山东俗，冬至包子夏至面，今晨为设汤饼，应节景也。卯发申至，行程不劳，又全无热蒸，功程圆满可喜。

廿七日　晴，稍热。行八十里未秣，颇困于饥，午渡盐河，已不烦舟矣。上岸便至西坝，入盐局，茷率女至程生公馆，两妪俱从。道路传言甚凶，云大沽炮台炸裂，京城焚教堂，袁抚北援，新军急调。又云运渠水浅，并无轮舟。姑宿一夜，取钱开下脚，百金余半，尚须还茷，垂橐入国，幸不蒂欠。夜宿程榻。传云茷小疾。

廿八日　阴凉。昨夜遣张顺先至扬州，今当自往看水，朝待点心，至巳乃出。正逢过军，人马塞途，皆湘军也，乃还寓。方僮代往袁浦，晡时还，云有船，复往定仓坐。看《郑板桥集》及《画征录》《秋雨庵词学》书。至暮僮还，云已定二仓。

廿九日　晴凉。晨起甚早，经三时许乃得食，饭罢便行。车担、大轿，甚为靡费，然颇得程力，无羁旅之容也。午正上新鸿拖船，船名同济，房仓宽于来船。坐顷之，俱睡，至淮关乃起。关吏注意后拖船，不复查验拖船，便留同济，真济矣。余前无八驷，甚厌盘诘，得此如唐三藏过通天河也。夜至界首，水浅船胶，遂停不进，然非所惧也。

晦日　晴凉。过卯尚不能行，乃舍轮而缆。廿里逢来轮，将转便得拖带，新鸿改锦舲矣。日落至扬州，油饼将军已具船待拨，虽费万钱，幸不仓卒。茂携女往陈家，余与僮妪居船，宿钞关。

六　月

六月辛未朔　阴凉。当往陈家，因过看柯逊庵运司，亦有老派，议论不离官话，云六百里加紧调李鉴堂为大将，可叹也，小坐而出。至陈六舟阁学家作吊。还船，柯、陈俱来。陈郎渔文与其二子延晖、延丰。亦有官话，观此知夷患可无虑，以天下官犹多也。讹言诇诇，云京中已无一鬼矣。陈重庆署盐来，依例辞之，其弟送菜，唯吃荷叶肉六七片，余皆散给僮工。卧竟日，未夕妪还，二更复睡。

二日　晴凉。仍泊东门，卧半日。陈渔文复来送，云明日不能来，家有丧奠。以茂客彼不便，遣妪招还，且无盘费，亦不可买杂物也。晡后随妪至陈家，见陈逊斋及其二子延曾、铧，铧能文好学，年廿二，已成章矣。少坐而出。夕食后茂携女上船，陈道旋来，丁姊来送，并请见我，幡然欲老。客去，遂移泊钞关。

三日　晴。凉甚，夹衣。至午乘南风挂戗渡扬子，至镇江。陈家遣人来顾船，本船人不肯送，张顺请移站房，托云陈仆意也，并斥之。遂至风祠看道士，还船午食。仍登岸，看招商等船，则已移舟发行李矣。自酉至戌，江永船来乃得行，播越两时。若依我调度，南旺泊港中待上，便于事多矣。然船人狡猾，亦须三令五申，非雏客所能办也。三更行，晓至江宁。

四日　晴。船人处我火仓，自移出外，犹费四十五圆。上海还者纷纷，云北信甚佳，夷人失势，诸帅亦失势，恐来索战也。过江宁及九江，江水皆回流，频移避日。夜至大通。

五日　晴。船行甚凉。客有周浩、李玉芳：周挈媪引见，自携厨传；李来寻我，问我名，自喜物色风尘，如得孟嘉，乃与接谈。夜见一人来送衣箱，问知是盗，悉取包去，无甚可惜，亦姑置之。顷之忆裕寄红顶，乃告账房查办。盗送衣还而留红顶，则余之负托彰矣，懊恼不眠。

六日　晴凉。已到汉口，李麟生别去。颍人官江苏，与伯足同寅，故知我。其子以道员需次湖北，有一例差。午移小轮，名问津，上下仓皆满，乃定官仓，二人十八圆，余三人八圆四角。客有同县谭媪母子，求房不得，乃与茂同居，其子居房，余仍大仓。盘费告罄，又节省得六圆，借廿金换去，不愁匮乏矣。明日乃发，即宿烟棚，颇起巡更。

七日　晴。欲雨不成，稍热闷，始易纻衣。附船者蚁聚而不能蜂屯，皆植立以待命，命买二竹床应用。闻陈六公仲子在商局，遣与相闻，乃云同舟还湘省亲，甚喜相见。顷之易姓来，云得啖饭处，甚感，今当报。岳大人令来。又云邹巡捕亦回矣。午后仲麓来，言北事未悉。岳生来问讯，甚周至，将开船乃去，亦云北信未确，但闻北洋死，南洋吓欲死，孝达亦不能不皇然也。酉初开行，移卧房仓外，询之谭媪即碧理妾也，其子似解元，人甚老实，但不世路。

八日　阴凉。晓过簿洲，午至新堤。颇热，见来船，云是南洋妾，本船又有长江提督妾，皆避地送辎重还者。夜渡江口，初月平波。仲麓有诗。

九日　晴凉。晨至岳州，待换船未到，岳营站队接差，云安徽巡抚夫人也。三姬亦舍去耶？未遑问之。巳初楚宝来，船甚窄，移官仓不得，乃止一房，与人共门，账房识仲麓，处之外房，仲麓乃与谭儿共推我同房，稍可安身。申正开船。廖丁送菜，求改荐厘局。与书仰煦，兼送东物，并与贺奉生相闻，还其船钱。遇学幕四生，唯知一范姓，杭人也，云科场奏停。盖疆臣欲以恐吓枢廷，坚和议。又南宋所无之事，或云出自荣相意也。月过洞庭，波平如镜。

十日　晴，颇热。晨至靖港，黄妾去，刘妾船浅，王妾拖船在后。东仓迎日，移坐西舷，巳正至大西门，纷纷俱上。遣轿迎茂女。余步上岸，待仲麓轿至乃行。将至复遇茂、舆，与同到家，热甚，始浴。浴毕，仲麓偕刘省钦来，兼致六翁约夜饮。看电报，真决战矣，不顾刘、张吓死，乃征于、锡入卫，亦奇计也。夜至盐署，与六翁父子谈，便留夜饭。遣信报诸女，文柄不肯去。

十一日　辛巳，小暑。将往衡州，水迟陆困，未果行也。二陈孙来。寄禅来，荒唐似有狂疾。

十二日　晴阴。可行，以省钦约饮未能去，以为有戏局。朝食后往访汤团练，闻团练已派胡孙矣。过吊伯屏未入，因访朱叔彝，便至盐署，客俱未至。坐久之，黎善化、陈少修、仲麓、颜生先后来，待叶麻，至夕乃至。热甚，酒罢，还浴。看小说，居楼上，有雨。

十三日　阴晴。胡子彝来，留饭，辞去。待饭，未欲吃，步至善化署，诸客皆集矣。未面者王心田，曾识者曾师耶，昨客叶麻及省钦，新招欧接吾。饭后摸牌，本欲与欧阳对手，乃更辞去，刘又酣睡，余与王、叶、曾皆非练军，草草四圈。吃豆花不佳，步出，与刘、叶狭游，至二处少坐，恐雨，各还。至吉祥巷，村妇迷道，令从余行，领至左局，指示令去。周妪假还，已去。

十四日　晴。闻与循在城，欲往未果，久要旧姻晚至于此，可慨也。申后雨。节吾来，亦草草应酬。交游泛爱犹不易得，况亲仁友贤乎。

十五日　晴。叶麻来久谈，欲出未得，已至午矣，乃遂与女孙摸牌，移席门堂，客来殊不欲顾。二彭坐久之，乃延同话，屈小樵亦来，梁璧元后至，客散遂夕。周妪还，定行期。与书但少村，荐戴名。

十六日　晴。晨出，待轿至两刻，诣盐署贺生，盐总家吊死，盐号王家辞博，进盐厘周同知家看笠翁，皆未入，飞轿而还，始朝食。写字一张。六笙约饮，未欲去。送寄谕来，复决战矣。衡阳应命毁教堂七处，督抚惧怒，而无如何，无纲纪至如此。夜月澄明。

十七日　晴，颇热。方僮不便使令，遣投米汤，仍令看船下行李。子夷来早饭。陈孙荒唐，动至兴讼，以非吾所统，姑置不问。午仍摸牌，吃点心。申正至王莘田处会饮，熊庶常存案干证也。叶、朱先在，朱即压良为贱者。王兄长沙令，亦来相会。黄修、梁璧元、孔钦师、屈蓝谕同集。将上镫，余出城上船，夜唯一妪，睡不闭仓，水风甚凉。

十八日　阴。南风打船，喷浪如雨。遣取遗件。福同从乡来省，遂同上湘。邹刻字来，求见安抚。何藐视疆臣如此，岂亦西人耶？家中遣送菜饵，纯孙来送，树生来搭船，七都萧毅夫来问科场，夜移百搭桥。

十九日　阴凉。缆行大风，时牵时息。夕骤凉，仍大东南风，泊包庙久之，复缆行，至朝霞司宿焉。

廿日　庚寅，初伏。稍有暑气。南风吹浪，顺水生波，可观也。缆停复进，竭蹶到县。与书宝少、陈鹏，皆荐亲兵。赐才女一瓜，遣李佣还，树生先去。

廿一日　晴。晨无风，船停不发，待大南风起，乃移对岸泊焉。朝不欲食，午饭一盂。缆至马颊复停。夜得顺风，泊上弯。

廿二日　晴。午至株洲，南风乌云，已而复晴，停久之，夜行，泊上银塘，渌口上地。

廿三日　晴。南风动地，缆至三门，颇有热氛，忽得小北风，帆行，夜宿晚洲。

廿四日　晴。正欲南风，乃无纤飚，缆出黄石望，至黄田，风怒号矣。泊两时许，船版蒸热，卧醒苦闷，开窗纳炎风，亦足释烦。夜宿石弯。

廿五日　晴。十五里至衡山县，乃费半日工，遂泊待夕，俄至雷石，已夜矣。南风夜吼。

廿六日　晴。朝食时过老牛仓，见大石陵，可横二三里，雷石正脉也。午泊萱洲久之，夜宿杜浦。

廿七日　丁酉，大暑。晴热。午至樟寺，缆行甚勇，小憩即行，投暮到大石，有逻巡船，云查奸细，泊石鼓，已不辨色矣。携水手登岸，欲入北门，门已早闭，亦云防奸宄也。潇湘门已闭，不可启，柴步则可呼，因伺开而入。至屺樵家，寻张先生，其弟子皆出见，戴传亦与彭瑞清同来。云门禁甚严，南门不能启，仍从柴步出。要张生同行。至太史马头，行李船犹未至，比上船，见火起城中，张生甚惊忙，恐其家中无主，然不能还。榜人甚迟，水手下水助牵，犹三更乃至。未夕食，促办饭，小坐已至鸡鸣。申饬斋长，责以不信条教，盖取信之难如此，师弟十年，犹以我为戏，何足以立法制。

廿八日　晴。诸生分班入见，亦诘责不信我者。任绩臣、刘子惠来。朝食后与张生同下湘，至道署，任师已出。见书村兵备，甚喜我来，云方谋团练守备之事。北行，误出考棚街，乃至衡阳署，见胡子清，热甚，赤膊坐见。盛绎卿、任辅丞亦来，吃百合粉。至府署，见邬师、裕太尊，热不可奈。步还珠琳巷，下船径还。

廿九日　晴。移席楼上，可得半日凉。隆兵备来，邬小亭来，正浴，裸祖对客，会日将暮，匆匆而去。陈生甥舅五人来，昨俱留宿，问前寄书，遂茫不省记，入问，始知由蜀青来，遂以付之。程孙今早来，云设饮余滋。朝食后并舆儿俱去。萧孝廉来，论纵横事。彭瑞清来应课。

七　月

七月庚子朔　中伏日。始开课点名，殊有城阙之感。论读书致用，不读书如张之洞陷篡杀而不自知，犹自以为读书多如王伟也。待饭未来，出访任、刘，遇张子年、陈郎伯新、麻十少耶，三人俱留任处早饭。余还待客，催豆粥不得，甚怒，而无如何。卜二毛、喻老太俱在，尤不暇接待，退坐楼上，乃延问之。早讲《晋书》，午较牌消夏。谭香阶来。裕太尊来，夕去。甚倦，愒外寝，得美睡，二更醒已朦胧，诸女亦烂漫，顷之俱坐楼上，外孙复睡去，乃散。

二日　晴。早课毕，便睡。日夕凉风，复移外寝。因训蜀青，兼告舆妇妇道。

三日　晨阴凉。张尉、麻十来。周佣还，得功、茂书，言时事，云夷将奉我迁都，此又外寇之创局，疑有此也。省委道台来办教案，可谓恂谨，得事大之礼。

四日　晴。萧监院来。盛衡阳来，言督索夷尸甚急，此又不智之甚，所谓苟患失之，无所不至，功名士末路至此，余甚悔不知人也。昨夜雨甚久而小。

五日　晴。晨出访熊、冯，旋还朝食，云任师顷来，亦异事也。程屼樵、杨伯琇来，所言又异，云康党言已大乱。程送羊肘。午热。珰遣使来问讯。廖、左二教官来。

六日　晴。为黄孙讲"有马十乘"，得"畜马乘"之解，十乘言贵，非言富也。看晋义三本。夜凉。

七日　晴。今日饯毛孝子，毛与张子年晨来，遂留朝食，同至新安馆待客。携黄孙同往，更请子惠为客。坐任绩臣房，颇热，移床外坐。辅丞来，共摸雀。未二圈，邬小亭来，改为较牌，亦未终局。廖荪陔来，小坐入席。中饮甚热，俄而大风，客惧雨遂散，乘凉还。

八日　晴热。看晋文。王生巨吾来诉王卫青横擅，令诉同学斋长，议召卫青问之，此亦学校美事。冯絜翁来，言丁京官已出京，但闻要钱，无复余事，北洋替代，未知作准否。

九日　晴。送《论语》与毛、廖。监院来请题，知其早，预先缄以待，即以付之。夕得怪风小雨，俄而蒸热，睡甚不适。

十日　晴。蜀婢思家，遣狗孙送之，即去，附书告茂。夜卧不安，五更暴泄。

十一日　晴。庚戌，三伏。未饭，向午泄止，仍不食，热卧甚困。

十二日　晴。望雨不至，殊无逃暑地。谭香荄请客，以其俭省，不能不往。扶疾上船，至大马头步上，客尚未至。顷之郚小亭来，遣招廖、萧两学及任师来。余已两日不食矣，尚知菜味，但未能啖。夕散，城门未闭。

十三日　晴。尝日也，衡无新米，故无以办。张生来，谈竟日。邓生还永兴，附书问窕。疾小愈，三日不食矣。

十四日　癸丑，立秋。晴热。晨仍未食。陈清泉来，客坐甚热，匆匆送之去。常宁两王生构讼，与书其学官邓、罗和解之，两人亦各有所主，可笑也。

十五日　晴热。程孙来，言李鸿章将由袁浦北上，饬备火车，以张声势云云，未知天竟何如。令作饼煮鱼，招杨、任学来，谈新说，至夕乃至，未尽所怀。

十六日　晴。陈郎、李生来，亦留谈一日去。毒热，唯能卧谈，又无茶瓜，内院炎光甚烁，不及往年闲适也。

十七日　晴，热甚，将夕骤风阵雨，殊不能凉。夜月极明。

十八日　晴，仍热。卧看陈文。得文心四月书，请述祖德。程孙送瓜。

十九日　晴。柱壁如烘，热无可避，唯昏睡地席，枕簟皆灼人。

廿日　晴。官始求雨。热甚，无可往，以为夜船必凉，试往杨家，兼答麻六哥，乃正相遇，留坐待面，至月出无设，兴辞榜还。

廿一日　庚申，末伏。晴，愈热。讲《晋书》，《王沈传》有"眂眂"二字，"眂"盖"眡"字之误。又说君褶衣为两重帛，前说为禅，误也。

廿二日　晴热。但卧不事，夜又不能卧，床席皆如焚，唯地席不热。

廿三日　晴。狗孙还，无京信，但云李鸿章至上海矣。移榻檐下。熊游击送瓜。

廿四日　晴。闭南门，从东门入城，甚热，亟还。晚得凉风，陈、李来，言团练，且云衡守更替。适府送课卷来，询云不闻。

廿五日　凉，晨得阴，俄雨。出访廖、左，兼过裕、裕处见省报，爽秋正法，与许景澄同罪，未知其由，为之骇然。陈。左言周同年女送侄就昏，病于舟中，左迎上岸，今垂绝矣，余许为觅棺。至陈屼郎家，已来催问，此出专为此事，益信前定之说。还船已暮。得杨生书。

廿六日　晴。遂凉不暑，朝夜可睡，午夕犹挥汗。张子年来，欲丁裕差委，许为竿牍。看课卷，毕二课。张生兄来，宿一夜去，昨往寻之，云已归矣。

廿七日　晴。始看石鼓卷，甚烦。晨为陈、程看诗文，午稍愒，与书裕太尊。

廿八日　晴。裕复书，许张所言。任、邬约饮，兼报清泉因教案撤任。二毛来，言陈啸云欲余明之于俞抚，不知余方雠张、俞，必不干之也。遣狗往珰家，约其来衡。

廿九日　戊辰，处暑。阴，已而浓雨。看课卷，毕二百本。童题"守望相助"，竟无佳者。滋暴疾心痛，念其孤弱，无以慰之。

晦日　晴。当遣诸女迎莪，为之屏当行计。入城至安记取钱，邀任师，因至程家。遇孙提督子，不识之，误呼其父名，在晋、宋时一大笑柄也。铸生来，与张生送客，同访霖生，常孙为主人，各设瓜子、月饼，殊不得饱。闻任学还，因与任别，携张、程渡湘，至杨家，伯琇云弟已渡湘。顷之叔文来，云两宫无恙，袁欲南下，杜探花妻被伤，曾侯家被焚，然不能言余官消息，仍无闻也。麻六来，同留夜饭，初夜各散。五更不寐，起行阶上，思为道府作奏，遣人入都奔问，以石鼓馆师自愿充使故也，似是正办，但懒作奏耳。

八 月

八月庚午朔　晴。昨夜五更起，遂不寐，待日出出堂点名。昨一日饿，今晨火灭，不得饭，米汤泡饭，先食一盂，遂不朝食矣。四女将行，留小者不去，六、九、十携两族侄以往，水浅从沙上，余携黄孙、周姬坐小船先至城取钱。复杨生书，欲寻程孙论军门大事，云又出游矣。取百元寄乡，余用买炭，今年煤价同汉口，所未闻也。出城看女船，顷之亦至。登船小食，欲炒面，不能久待，携黄孙还，已夕，久之乃食。甚热，欲看课卷，汗浃乃止。早眠，中夜起，两姬俱直宿内堂，反不闭门，呵之反唇，所谓近之不孙者耶？默然还寝。

二日　晴。风凉日热，内斋犹不可坐。正看课卷，云常德赵客来，屺樵同至，殆其妻弟也。令真女呼房姬入，移舆妇出，真亦不肯，又呵之。程云朝出两使王、懿荣。赵，舒翘。意在张、刘，古钱名士门房人遂查办主人翁友，可谓暴贵也。陈清泉来诉冤，余告以教案将反，保护又有罪矣。汉口教堂亦毁，张真张也。客去，食未饱。莲弟来。看课卷毕，定等第送去。

三日　晴热未减，北风聚燠，清坐犹汗。看隋文二本。

四日　晴。任、邬约饮，待黄孙课毕同往买油盐。房姬为三妇请钱，补发月费。遣陈八送黄孙看戏，独至道署，胡子清亦在，主到，招屺樵来摸雀，顷之邬来。近日城官以争教案各有意见，幕客各为其主，亦相得罪，邬气尤盛，虽见不和也。王聚庭、廖荪荄、任弟、程孙续至，又改较牌，俱不专心，应景而已。夜初散，南门未闭，与任弟同船还至卡。张生伴黄在船，子年遣人笼镫，俱谢之去。任送茶二瓯，黄孙不饮，余啜一瓯，余以赏渡夫。

五日　晴热，仍似伏，但几席水石皆凉冷，未测其理。昨去太晚，今当诣两县和解，因至程岘家小坐，云张先生游西禅寺去矣。顷西禅秀枝来送莲蓬，余与同出，见一人称余"一叔"，愕不识也，舍之而出。自程家步至衡阳，岘送出门，余便邀同行。盛太耶以兵差为忧，胡师尚未早饭，芮师已出，便占其书室，拉程、盛与任较牌，亦不用心，半较便散。子清设水饽饽，任设麻滚，并留任、陈晚饭。辞出，与余同至清泉，陈啸云亦不牢骚。小坐出，分道，余独至府署，周山长先在，蒋儿、程孙亦至，更有马委员、朱孝廉、邬师同坐。程送余出柴步门，门已闭矣。还与卜、真两女斗牌，未终局，倦眠。来人即少瑚族子，言天津事，始得真消息。

六日　晴。李傅相之余恩犹在天津，比桧贼故胜，孝达晚出，乃遗笑柄。读书人反不及八股人，此则安分不安分之别。桧亦安分，佌胄则不安分，荣祸所以异也。近日大搜康党，云宦裔士林竟至放飘，同会匪之为，殊可怪叹。遣问杨、任学命竟何如。仍下湘，至安记，遣邀任师来。张生携其三弟子来问讯，因谈向道隆、谭嗣同死轻鸿毛，仍蒙篡弑之名，亦不读书之过。岘邀至当铺，与赵摸雀，任师大负，似有里手、外行之别。四圈两点毕，散，与任同至府学，邬、廖、谭先在，又一老翁来，左季高所谓后生。问姓，云廖子师也。席散未夜，步出南门，乘月还。比日皆先看魏、隋文一本乃朝食。

七日　晨阴。昨入内太早，反至晏起，今不复入，补写日记。

杨慕李请看戏，傍晚乃去，犹热不停扇。丁笃生亦斗分唱戏，殊有童心。蒋、彭、伯琇同坐，携常孙女往，便令隔坐，未二更散。川风犹温，水则凉矣。

八日　晴。两学送胙，屠人送羊，顿备太牢，惜天热不能饭，负好殽耳。夜雷雨，大风吹帐，时已半夜，唤曙子闭门乃定。

九日　晴，复热。江少甫来，云今日祭社稷坛，留早饭，固辞而去。饭后张麻来，吃牢丸。以携婴诣杨，受其二元，于情理不合，乃补送戏分二元，托张交杨，欲必收受也。移入内室，就便照料。

十日　晴。看北朝文毕。甄鸾卅六笑犹未能过笔，严抄大要专恃《弘明集》，不若置《弘明集》及《文苑精华》，则大雅矣。匠作床架，复移真对房。书院及诸公所收捐，大敝事也。乡人辄以讼不得直者悉输入公，首士代之受过，余遇此等，悉拒不纳。西乡有公田，六姓所置，三姓不能问，廿余年无粒谷入公，因捐入船山公租。彼三姓以私捐讼县，县中不直捐者，又不知不捐者为尤私也。蒋生来告，余以属程、丁，因自入城，兼访京中事，但哗西奔，未得其审。过道署，遇胡师，因与任、胡同出，至铁炉门下船而还。黄孙昨欲从余看戏，告以成童不可跟脚，并携入城，会少湖饮，至火祠看戏，少湖又急遽回船，乃俱还。王庶常来。

十一日　晴。首事送修金，真素餐也，亦借以过节。

十二日　晴。遣少湖去，还以卅元。廿金十二年，仅取息二两，犹为大幸，使无此则困矣。余懒不事，舆儿不老成，大小事倚房姬为之，并令入城，终日清孤，大有老境。

十三日　晴。议告道府，遣人入京问讯，附奏外事。朔课发题试诸生，交卷久矣，未遑披阅，稍凉改定数篇。常霖生父子及其从孙父子与程孙同来，遂留一日。新田教官周年侄及任贾来，俱未问其名字。夜月树阴，移镫床上，从来未有此。

十四日　晴。晨出纳凉。改课卷未二三本，突有张国维求见，挟辅廷书。问其来意，云王斐章将领三营，来求差使。告以方过节，未暇也。裕衡州送卷脩、糖乳，糖颇似柿霜，尚胜北流。

十五日　甲申，白露节，犹似三伏。约武陵赵叔佩摸牌，子年为具，安记未明具食，即携两外孙、舆儿同往，乃无所办，唯程家佣仆扫洒以待。遣舆往侦之，乃偕张生、程孙俱来，久之任师、赵四均至，子年后至，更招常霖生来。屼樵继至，云程家为主，前饥后饱。月出还舟，甚倦且热，儿女拜节，小坐即睡，二更后醒，还寝。

十六日　晴。稍理功课。昨乔子妇来见，遣船送之去。石潭女了也，来即为副耶娘了，反贵丁喟生嫂。张国维再来见，云王斐章字紫田，求信，与之。余有愿，来者不拒，许为作书。夜倦先寝。

十七日　未明，然烛作书与王姓，初不记曾见否。林文忠日记本不随身，殊不得日记之用。饭后萧生偕张通晋来，张国维亦相识，未及谈。程孙偕其妹夫夏五彝及弟子来。久不见五彝，与论国事，乃云西行的实，拳勇护驾，故可出也。颇言张孝达顾全大局，余言非疆臣之义，且亦不中情事，假令不保护，亦无事也。留饭去。张生兄弟异来同去。

十八日　阴，少凉。出看熊游击，闻其初撤而代者倏至，迅疾骇人。又闻大诛会匪，杨叔文亦在刊章中，亦宜往看。先至陈家，答访夏榜眼，遇萧生同渡湘，熊出杨逃，冯、蒋均出，仅见伯琇而还。送萧渡船，余独还。初更，夏、程又来谈时局。夜雨。

十九日　阴雨，不甚凉。晨出小坐，黄元吉来送文相质，问西幸事。余云凡夷狄侵我，犹乡中抄抢，虽宜报官，非家所由兴衰，不足问也。又与夏言君父危急，义当往赴，不必问有益否。又言圣道将明，盖以利辅礼之穷。中国人心不测，唯礼可齐，而实伪耳。伪不能久，故孔子又云小人喻利，君子喻以义，分而二之，意亦救敝之一道，文、质之别派乎？朝食后程、夏去，小睡便夕食，以为太早，家人皆云不早，已食逾时乃夕，正早十刻耳。夜复索汤饼，犹未得饱。熊营官将去，请程屼樵代其钱席。夜雨。

廿日　阴雨。未明起，送帖请道台、陪客，已复小睡。卜女疾，未朝食。余出外斋，欲为刘希陶作序，曾醒愚来久谈，遂罢。

傍晚任、刘从卡局来，云清泉得留，熊亦以保护被撤，省城方闭城索反者，挨户派费练丁，人心大定，可怪也。盖官场之言，以扰人为安人。

廿一日　朝雨甚浓，已而阴霁。携黄孙入城，至程家待客，舁而往，任已在坐，云约九点钟，今已十一点矣。余但与任弟约其早至，实未约时刻也。要赵、程同摸牌四圈，局散，催客。胡子清先至，道台旋到，待熊云卿甚久，云为续协所留，道台已倦矣，熊方豪谈，余未敢酬答。二更散。黄孙在程宅待去，负之出城，川光甚暗，还船凄黯。

廿二日　晴。朝食后复下湘，至安记，坐待李复先生，久之与何镜湖同来，张、程生亦来谈时事。李欲用孙坚法，斩阻格义兵者。余云方今乱杀人，可从谭、唐流血也。又言大学堂状元被杀，皆不当结连日本，当自树一帜，但无钱耳。余云未闻刘、项待钱而兴。又言上等如汉、唐，次为曹操。余云曹起最正，后乃谬耳，汉、唐乱民，不足称上。又言浮桥捐，则非豪杰所宜言。坐散，至当铺陪钱赵之局。本约摸牌，而客不来，勉要任、江一戏，邬师先至，易摸而较。亦止一戏，遂入坐，丁次山、朱德臣、张、程生同集，殽胜昨设，未夜散。次山同步出南门，张、程送至门，余借朱镫，次山与仆同送至太史马头，乃上岸去。还有星光，湘水暴涨。

廿三日　晴。秋风振林，竹阴筛日，好光景也。桂阳尹生来上学。看课卷。会馆首事来。

廿四日　晴。晨起入城，欲为妇女设席听戏，闻在天后祠，故不可往。往来道署、安记，始作罢论，道台及任师皆往府署祝寿去矣。至程家，遣呼程生来。道遇朱德臣，甚讶余早，岘樵犹未起，复与张、程生至安记，又还金银巷，乃朝食，犹早于常日。饭后独至安记清坐，常寿民来相看，久之去。岘遣舁来迎，令待午后。又卧久之，衣冠舁至闽馆，陪熊云卿，任、邬、朱、程、江、顾、马、陈为主人，陈即馆人也。壁挂汀连人四大字，殊不能佳。将夕熊至，未二鼓散，出铁炉门，还船。

廿五日　晴。晨出点定课卷，甫毕，还内稍愒。外报曾姓人从广西来，疑为游学者，又疑是震伯，遣侦之，果曾太守也。喜问何来，云广西抚遣问安，喜植庭之知礼。同来二人，一陈姓，一云体用学生，皆不发一言。谈正酣，熊云卿来送船，船价百五十元，岘、姁皆以为不可买，余违谏而买之。船行以有先约，抗不许，熊乃至请知府出差，可笑也。既送来，不问来历而收受焉，即登舟看视。熊固请先去，余要曾、陈三人同舟，其一复辞，上小船。震伯欲得《公羊笺》，遣舆儿往城中觅之，遂同下湘。余从大马步上，至朱家已夕矣，任、江、赵、二程久待，匆匆上食。席散，迎者未至，要任、赵俱至安记摸牌，江以轿后。张生来，云陈八在舟相待，余以为必不然，已而陈来，乃知书生论不实。仍与任步从铁炉门出，还始二更。

廿六日　晴。朝食前始起。邓生来，言刘永福即康有为，且盛言哥弟会之可用。李生正复来，言时皆竖子，大有无所不可之意，与书王巡抚荐之。胡咏丈以一军穷雨苍，是一块考金石也，说大话者但不送头，皆宜一用。

廿七日　晴。无事清坐，姑作《江陵祠记》，未数行，辍之。看股票，乃知余有《大戴评注》，遣舆取看，云尚未至。

廿八日　晴。作《祠记》欲成，复辍之。蒋满大人来，云京官补缺，可不夹箸，且约明日登朱楼赏秋，何其暇豫。又云京官皆出京矣，唯夏、彭未出，大可补缺。

廿九日　晴。朝课未毕，朱、蒋来催客，答以甚早。已复念俱在城外，恐当早散，未初便往。杨慕李方短衣磅礴，小坐登楼，炎光犹烁，复下点心。任师、邬、胡、罗、三蹿来，谈取粮价为团费，皆云可行。夏五夷来相闻，遣约之来，则张、程俱至。又一生客，云欧阳叔德，牧云孙也，云曾在江南曾祠相见，重伯、叔文之流也。夏言李生办团有效，群疑众谤，成功将退矣。未及行炙，已及初更，率四客俱还，更同晚饭，倦早寝。

晦日　己亥，秋分。晴。欧阳生谈西人毒炮火龙，似读《封神传》，然余未见，仍不信也。火攻固宜极凶，欲尽一城之人民，则无此理，姜子牙已不能行，又何患耶？吾自有龙吉公主洒水救之。朝食后促张生去，四客皆去。常孙女夜啼，令从吾眠，搅半夜，不得寝。

闰八月

闰月庚子朔　晴。出堂点名，改派斋长，便下湘答戴参将，送熊游击。携黄孙从渡湘，看夏榜眼，正在写字，字殊不成章，杨八蹿枉送一扇；为吾作楷隶，尚有笔法。一军官、二僧来搅人，避出。答访王进士，似尚未起。局中正饭，未知早饭、午饭，还程家朝食。与张生同至岸边上船，还已日斜矣。陈郎自桂还，来未遇。

二日　晴。萧生来言讼事，王生亦来言讼，何闳散之多也。陈郎复与其弟来，李生亦还，俱晚饭而去。书与奭兵备，寄《祠记》去。

三日　晴。夏瑰青来。朝食后程、夏、李来。夏欲荐李于父，余以为未宜。幕客必平行，为主人严事，若子友，则体纪难也。李生未去，而夏兄已忌之，两人犹未知，程似知之。程天分钝于李、夏，而先知情伪，所谓旁观明也。正纵论间，周妪抱一婴儿来，云是丁孙，乃知女船已至。往看，茂与珰先到矣，各携一女，云顾一破船，倾侧漏水。出客坐毕谈，夏营务先辞去，余亦继去。云竹轩擢蜀臬，滋轩改粤督，和议不堪想，蜀、桂方议勒干，勒王亦不堪想也。湘孙亦来，箱箧尽湿，暴洗烦劳，幸不覆舟耳。夜移外寝，内室顿增至十五人，外住六人，并佣工流寓廿四也，尚无跟班厨子，其繁如此。

四日　晴。遣狗孙从军，从桂阳勇去。茂遣妪下湘，送土仪。廖荪荄送池鱼。

五日　晴。晨始可绵，正午犹热。写字四幅。夏、张来，云程亦当至，已而得廖拔贡讣，匆匆俱去。余同下湘，至盐卡，答访张通晋，云已归矣，任三赴席，子惠头痛。裴回待船，子惠扶疾来陪，入卡坐，看桂花未发，至簰上坐久之，船来乃还。斋长请革渡夫，以刘门子代之，陈八仍恋充，斥令交替。

六日　晴。作书复吴用威、董卿，又为熊翁求解。叶麻吟诗一首送夏榜眼。觅儿子不得，兼责妇女，滋方病，旋自解释，多此一怒也，门内直无用威时。

七日　晴。遣送信寻夏，云昨已去。写字四幅。将下湘，萧监院来请题，以前月题与之。

八日　晴。晨起吃面，下湘，送大马头上，欲诣西门，误循南巷行，遂入南门。至道署问道府被议事，不请朝旨，而径檄代，督抚专擅如此。出西门，看廖笙阶，已顾船矣，殊太匆匆。入城至胡斋、程家。告张生以作文法。程郎云相待为文，前分派三生，今一去矣，当于我取之，且云太尊即来取。乃还院，令舆儿拟之，至夜改成，告祭湘川一篇，亦殊周匝。洲东水阔，改道西岸。

九日　晨未起，衡令遣人守取文，便以付之。又作庆桥文，则无蓝本，告陈郎以上梁、考室为比。懒于翻检，直作四言，两句一换韵，亦新体也。陈、李夜来谈时事，李生得意团练，未知告事之难，当令与朱品隆、张运兰等一遇，方知人情耳。

十日　晴。看《诗补笺》十页。廖荪荄来。李生云今无曾、胡其人，余云廖即曾，夏即胡也。以告廖，廖云曾愚不可及，今殊无好事之意。马先儿来送蟹栗，未及见。见陈八郎书、董相公书。

十一日　晴。陈郎作《桥记》，亦不似，再改之，略似，为改定之。令舆作，三日不交卷，此又太速也。复讲《晋书》。贾姬病疟。

十二日　晴。程生自清浦寄声，索希陶文序，云时敏欲借以报，未详何人也。玙与三妇出访亲族，茇移房与真同室。

十三日　晴。晨起明镫，补序刘事，遂成一晋文，即寄淮上送去。裕求桥文，而不自索，程郎使来，已夕矣，前早后迟，俱出意表。夜早眠，中宵起，闻雨，出看复见月，诸女皆夜起待旦。

十四日　阴，始欲寒矣。晨未辨色即起，具划子三舫，携滋、纨、复、真、卜女、湘孙、黄、常外孙、奶妈、佣归①、舆儿夫妇、宜孙俱下湘看浮桥，两迎珌女不来，设蟹面为早餐。自至潇湘门官厅，两孙、三学、协将、府员、绅皆在，道府至，遂祭桥。步桥推余及彭翁为前行，并称刘永福之忠勇，云和议成，师将还粤。

十五日　甲寅，寒露。阴凉，夜雨。始阅石鼓卷五十本，召佣妇照料贾姬。

十六日　阴。廖荪荟送炭。阅课卷。张子年、周松乔来。得丁郎山东书。

十七日　阴。阅课卷。夕珌还。张生、生女、廖佣来，云疟未愈，且寄食而已。

十八日　阴雨。阅课卷。六耶来。张仲旸来。值雨船去，六耶亦去，云欲仍求盐卡应急，卅务不可为也。夜作牢丸。

十九日　阴。写对子，阅课卷。荟荟来辞行，云省信来，巡抚不能为谋，盖亦无如婵娟何。又欲送煤，兼督写诗卷，半日了之，遣信送去。二陈郎、李生夜来。

廿日　阴。荟出诣姻友家，房妪从行，船夫亦去，遂无便辟使令。廖送煤来，自出料理。毛孝子送银鱼，陆生送梨，皆适于用。看课卷至夜。闻大迁除，未记姓名，但讶李鸿章无故开缺。

廿一日　晴。看课卷。女客来，半日未入内，客去已夕矣。邬子、许徒来，许峄台孙也。

廿二日　晴。看课卷。毛孝子、张尉来。夜定等第，检雷同卷，俄失之矣，脑气筋不灵，荒忽如此。《记》《传》言古者多云殷制，《公羊传》云古者郑国处于留，古非殷自明。黄孙夜疾。王

① "归"，当为"妇"之讹。

岣云儿来，六十矣，已卅年不相闻，此来为讼事。

廿三日　晴。课卷阅毕，遣送府署。久未入城，往道署，适督、抚撤任檄至，张督荒唐不足论，俞抚附和可耻，曾不知也。任师伥伥。因出寻岵樵，求寿对。唁张生殇女，四日之殇，未名不哭，并不能以日易月者。张云程生自省还，遣唤至，余已出门，因邀同船还，云杨生甚谨言，亦奇闻也，聪明人年年有进境。令作饼具饭，至夕乃散。

廿四日　晴。看月课卷。隆道台将去矣，为了未完事，半日毕。

廿五日　晴热，复单衣。将下湘，房妪作饼，留啖四枚。出至道署，唁隆兵备失位，坐任斋，值胡委员方将斩囚，为张督讨也。余言官已不保，何为杀人媚人，宜纵舍之，皆愕不应。遂至安记买米，云米已贵矣，宜储过冬，乃至岵家谋之，而已约任，待于街侧久之。云任与萧、谭将步往，余亦遇岵于巷，云已储米十石，遂赴衡阳，方聚讼。至胡斋，邬先在，任、萧、谭继至，盛綘卿延宾入坐，至戌乃散。欲出潇湘门不得，出柴步门，未闭，复下，从浮桥渡至毛桥，遇异来迎，令待于津，踏水过，已二更，夜雨。

廿六日　阴，有雨，仍未凉。女妇均赴程家，黄孙生蜘蛛丹，亦令往觅医，唯留两宜孙从奶子在家。至夕盛诗人来，声如洪钟，屋瓦皆飞，刘知幾所未见也。云欲游江南，强我为序，劫于威而从之。古今称李白豪于诗，自许能倚马万言，杜甫亦云斗酒百篇。今观其集，唯古风有数十首，殊非一日之作，自外无连数十篇者。至明人乃有一夜成百首以夸同人，率一生偶一为之。若其兴酣疾书，下笔不能自休，余所闻见唯汤海翁，亦只自言十年三千首，以太白较之，费三石酒耳，何其仅也。余友邓辛眉，五十年诗殆万首，比之《剑南》及《乐善堂》，皆以久积为富。善化盛寿岩勇于诗，自言年甫壮已有诗二十一卷。余得见其衡、永游诗四卷，无论大小题，古近体，每辄二三十首，自言不多则郁郁不快。曾涤丈所云数十万言才未尽者，乃真复见之，信天才之各殊乎？诗气豪而语绝驯，无艰深险怪之字，于吾县陶园为近。其先世固居吾乡，为巨富，至寿岩孤贫力学，宜以其文富哉。义宁陈侍郎抚湘，礼致之甚敬。及设湘学，上客后皆挂文网，寿岩翛然不与，又非太白好侠之比也。今将游江淮，益壮其诗情，将十年万首，并载百斛酒，拍浮长江，又何羡乎汉水鸭头绿乎！余居饭颗山，瘦且老，犹将与细论文也。① 夜六、九女，三妇及卜女还，余均留城。为卜女书扇。

廿七日　阴晴。晨校春秋。黄孙心忡，暂停读。程嫂仍来迎诸女去，惟三妇不往。夜暗，水陆各还，人亦劳止，人手犹少之过。王鲁峰来。夜风，始寒。

廿八日　阴晴。校《春秋》。得少胡书。熊云卿书来谢教。子年来。

廿九日　晴。小疾甚困。刘生来问礼，未能答也。夜肆仪，亦未能出。陈、张、李生来，留宿书斋。

九　月

九月己巳朔　晨辨色起待事，监院迟到，巳初献，谭香荄来，便请摄事，萧教授来，事毕矣，首事遂不至。设面，为船山作生日，午散。甚倦，夜早眠。

二日　晴。庚午，霜降。三女告归，云其叔舅五十生辰，求对一联，晨起作之。午后舆妇同往杨、程家。遣问任师行止，云已赁宅矣。

三日　晴。舆请往常家，云我命也。未记曾说否，姑令一往，亦晨去。写字三纸，早眠。

---

① 此序原置廿四日日记之后。今改置此，以与其内容衔接。

四日　晴。看前月课卷廿余本，写对一联。桂阳刘生来，与言世事，乃一不解，犹自以团练有功，与长沙秀才大异，此正可用之验，而自驱入阱者，亦可怜也。乃知曾侯请练兵，亦愚而非忠，又湘乡同外府之验，知民情定难，晋文未必尽之。

五日　晴热。晨诣马嘶巷看隆兵备赁宅，便至道署，已无任师矣，遣问鲁峰，云不知下落。至当铺，遇朱德臣，与岘樵同至家，少坐，吃撩粥、油桧。张生亦与。过濂溪巷，任九出陪，云其兄外出，约再来。便至府署邬斋，遇张耒阳，名致安，辛卯黔解也，亦进士官，云掌富有贵为之狱。顷之蓉屏来请客，邬辞不去，余正未食，便邀同往，陪姚通判，云曾见于黄海翁处，海翁乃有此客耶？饭罢出至署经厅处，未遇，复还任寓，又见一俗吏，小坐而出。还船甚热，到院晡矣。复具汤饼，未几又夕食。

六日　晴。二毛来，云署道已至。遣送大鱼与蓉屏。作韭饼、鳀饺，女客来。检赵次山节略，失之，遍检败兴，遂无所作。

七日　晴。昨夜遣船下城，乃与王妾佣斗争而还，一无所得。殷潜学善之来。送卜云哉信物，并寄银与其子女。女约盛昏，云又无成，遣召二毛来，令往就昏。朱宗胜来居间，云我捉王佣来，请释放。乃初不知有此，询之云实来，被曾二耶靷去矣。离奇可喜，召渡夫诘责之。

八日　阴，朝食后晴。入城送隆兵备，犹未移寓，乃至安记。张生师徒来。岘樵留点心，今日孺人生辰，早面已饱，未能再吃。因与张生及谭姓、程二子同至道署看送故，入官厅，始知府杂同流，甚无体制，还寓小坐，再往则已出署。穿段家巷出铁炉门，复下至八元坊南遇之，旋至西陵宫易衣，乘舁而往，见隆方入宅，谈数语，热甚。出遇朱德臣，一揖而别。还院已夕，夜大雨。

九日　阴雨。欲登高不果。遣黄孙从诸生上雁峰，聊应节景。

作酪无糕，以饵代之，若遇刘郎，又不敢题矣。

十日　晴。任师早来，告去，留饭乃行。午间夏署道子新来，旧相识也，来未往看之，拘于俗派。言文卿已生还，两宫至获鹿乃得饭，未必如此之惫。隆书村亦来，新官对旧官，张孝达之谬也。

十一日　晴。晨起送任，尚未上船，至其宅则方梳发，不欲久坐，同出访江署厅，荐周妪兄公往耒阳，此妪平生得意事也。还船看起炭团，将午乃还。与书荐陈升随夏。

十二日　晴。院生有携洋枪凶徒，令斋长饬禁之。程七少耶浮来暂去，曾薛蟠之不如，亦训饬之。程生送蟹。

十三日　晴。黄孙十岁，散学，设汤饼。小疾不欲食。黄孙请斋长、喻秀才，余招张生、陈郎兄弟来持鳌，张失约不来，乃留面待之，面又不足。至午张、陈来，令舆设酒，余未出也，少食亦未饭。陈郎送赋来看，居然成章，疑有假手。

十四日　阴。将下湘，房妪疾，请留一日。夜雨。功遣龙八来送腌菜。

十五日　阴晴。毛杏生来，值余已出，沙中立语而别，云当送其子入学，从谢生读，完夫照料之。余遂入城，答访夏署道，说大学堂，论张光宇。还船上湘，见一脚划，询知梅老师相待久矣，问其行踪，汲汲以到湘潭上任为急。梅本求回任，而为廖所持，雷生乃乘间而代之，以湘潭训导缺较瘠也。梅始而怫然，继而欣然，今而皇然，少坐而去。

十六日　晴。为陈郎评三史序、述、赞，兼示韵学门径，颇有新得。午后毛杏生携子来见，忘为陈设，客来扫地，令入新斋从师，余不预焉，专师之尊也。为作饺子，毛又载酒延师，令舆往作主。张子年遣船送菊四十株。

十七日　晴风。乙酉，立冬。遣周六往永兴看女，诸女往杨家看菊，纨女未去。看范《书·传论》。

十八日　晴。张生昨遣妻来辞行，辞未见。张又自来，录余史评。余欲换金买炭，仍至程家，过厘卡，询知任师未去，又一奇也。张之洞以衡士敢轻洋人，檄捕邹松谷于狱，乘程举人不在城也。夜大雨。

十九日　雨。舆从张俱去，云有看菊之会。看扬雄《箴》、李斯《铭》，均不为极思。邹不能捕，以其子代。

廿日　风寒。先孺人生辰，例有汤饼，仍令作饼应节，俾客中不忘祭荐耳。因思先母安养仅得十年，不及亡妻尘福，风树之悲，知有子之不足恃也，但曰贻令，不如即时一杯酒。黄孙从舆入城，云衡守亦撤。

廿一日　晴。旧抄汉碑记、《隶释》，次第为作目录，乃阙四十八及十，当时殊不仔细。陈升方去，陈顺复来，无业者多，生路绝少。入城送张生，一日尚不成行，竟未相见。寻任师，云在衡阳，追至衡署，直入胡斋，坐久之无人，窃马褂而出，亦无人问。出城正见杀人，观者如堵。至清泉学舍，问廖、梅、左消息。从故道还至程家，亦直入，无人，复出，无人问。至安记寻黄孙不得，出入亦无人问。还船俱集，从李渡上，陆行还院。

廿二日　晴。看汉碑，欲作赵氏碣，文思不属。亡妻忌日，子女皆素食，罢戏废业。余携黄孙、周妪入城，未诣人而还。夜笼鸡为野狸所啮，晾衣被盗卷去。

廿三日　晴。遣人入城，项背相望。移三女入内，衣箱下楼，皆为窃戒也。鼠偷亦能扰人，由无高垣重门之故，故设险说不可废，而余好坦易，所居无垣墙，亦未大失也。夜热。永兴信还。

廿四日　晴，有风。看汉碑了不异人，而苦不能似，由想境、思路、字面今古不同，虽好手不能胜拙工，非才不逮也。始见学差单，皆尹铭寿之流，浙人殊多，所谓尽杀江浙人者，殊不足信。

廿五日　晴。唐蓬洲来署衡守，未受印，先拜客。不见十八九年矣，云少我五岁，尚不能休，以无家可归。又言隆兵备必罢官，众皆知之，智者无所用其谋，唯通神者可免，江人镜是也。孝达遂至于此，宜世人之不用名士。

廿六日　晴。召花农来删枝条。下湘，答唐拜，兼陪隆道台。隆将下省，劝之不止，本不必劝，所谓诗之失愚也。至府正值初拜印，并喭裕公而还程家，吴桂樵、左仪坡作陪客，书村来，便入席，岘樵叔侄作主人，报隆京席也，二更还。毛杏生午间来送羊肉馒头，饱食而寝，夜半不觉。左言程仪洛，字羽亭，山阴进士，诸贵人所争举，当今人材也。又云皖抚擢川督，刚毅病故。今年树介，未知虏亦应天象否。

廿七日　晴。隆兵备来辞行，去时拜辞，盖不复来。点《礼记》"安其居节"，旧读皆云"节丑"。今案丑即恶也，与下卑宫室为类。上云"会节"，此云"居节"，礼以节为用也，节即则也。礼至于序宗族，则必求安其居节，故力有不给，而必自丑其衣服，卑其宫室，乃能赡也。文本易明，郑注亦未以"节"属下，乃自来误读，今始正之。

廿八日　晴。衡人公饯道府，初不知会，昨始知之，以例附入。未正携舆下湘。王鲁峰来送土仪，世俗最可厌事，将求于人，必以豚蹄，辞未见。令房妪入城，因与同舟。下步至厘局，答访毛杏生，乃知有戏。衡绅魏、二。萧、一。杨、三。程一。皆双分，冯、一。丁、一。旧族廖、一。隽新参并水、一。戴、路、一。王、彭、二。公孙、李哨官，凡十八人，设四席，隆、裕独坐，衡、清旁陪，菜出甚迟，初更乃散，已闭栅琐门，路无行人矣。驰舁呼渡，家人来迎，遵岸而还。有候见二人，其一宝官，一似许虹桥，问之乃瑞孙也。得珰信、懿书、荆宜道书。

廿九日　晴煊。督佣扫叶拾枝，以备冬用。黄孙顽劣，挞之，甚怒，遂动气心冲，未能夕食，殊乖调养之道。

晦日　阴，欲雨而日。隆兵备送靴，将不复得京制矣。见其招帖，犹为惋叹。

十 月

十月己亥朔　点名，始复常课。朝食后有雨，已而复霁。寄浙信，复赵九先生，其甥不知其第九，亦犹黄子寿不知其师第十三也。懿来请钱，今年亏空，恐无以了之。

二日　庚子，小雪。雨淅沥不休，才能湿衣耳。出送隆兵备，日旰而往，正值登舟，即往话别，匆匆而退。坐舟中待换锅，几一时许，乃云求凫茈不得，可笑也。还到岸，昏不辨路，易鞋呼火始得上。

三日　阴雨。检知县赠京衔未得，即更作文鲁斋墓铭及文，皆寸寸煨蛇而成，亦自可观。封寄山东，了此一债。

四日　阴雨。寻阳谷水道不得，漯水径莘、聊城，必径阳谷，然则所谓东武阳，即今东昌，而阳平是阳谷也。《水经注》之阳谷，乃今东阿耳。隔运渠也。

五日　阴晴。霖生子从姊夫来入学，齐七亦来。陈鸿子来求馆。

六日　阴，寒雨。邓生来送橙柑。裕衡州来告行。端王圈禁，和议可成。以数十贾人居然抗行中国帝后，自羲、黄已来未有之辱也，又不如刘、石、乌珠，为其俘囚。

七日　寒风仍雨。舆妇入城。山东专人来迎茷。复书陈甥，与书赵景午托之。

八日　阴。看陈郎所释《天问》，较叔师为有眉目。读巡抚批祭酒呈词，世俗无耻，至以具呈为山长之职，此为子游公事云云所误也。

九日　晴。作字送邓生，以报橘子之惠。发湘潭信，寄银百四十两，作花边二百元。送裕诗册去。管家婆辞工，比罗研丈长工辞工为尤可虑，抑志弭节以留之。

十日　晴。教湘孙作书复茷姑。说《离骚》"该秉季德"，该即少昊之四叔，该为蓐收。季即孟仲季月之季时也，今犹谓四时为四季。厥父盖少康之臣也。臧，匿也。羿、浇乱夏，该父藏匿之，故失其官，而为有扈牧竖，遇少康求浇，因为内应，而告以浇处，因得击床杀之耳。恒则未闻，亦秉季德，则亦四叔之一，自得朴牛以班禄，是未失官，亦未必与该同时。作书报扬州陈虞文、沛南丁溯根。

十一日　阴，晴雨不定。朝食后下湘，泊浮桥上，送裕衡州。其媵属先上，道府群僚俱待津馆，城中皆焚香供水以饯。自北门出，南门还，至潇湘门已将夕矣。程氏叔从亦来送，要之过船少坐，待客散而后往，小坐而别。程从陆，余过船，裕送上桥，还尚未夜。湘水小涨，船从故处上，已两月断流矣。

十二日　晴。彭公孙及常通判国璐。来，稀客也。顷之石师耶汀西、谭香陔、夏道台踵至，家无应门，干坐而已。夏复以看课卷相矙，云恐有意见之说，亦官话也。直道不行，左丘明耻耶？否耶？孔子亦必猎较。

十三日　晴。夏道台送聘书来。诸女议燕茷，入城办具。

十四日　晴。文心求作其大父母传表，本无文情，取卷纸每暇书一两行，自来作文无此法，孙过庭所谓五乖也。

十五日　晴煊。校新刻《唐歌行》五卷。卜女生日，为设汤饼。夜半大风，有雨。

十六日　甲寅，大雪节。阴风，有雪。诸女入城，三妇称疾不往，盖外来女不闻礼教，骤教亦不能变，古人所以立去妇之法，在今则不可教而不能怒矣。自为经营送迎，至三更乃还。夜月。

十七日　晴，仍寒。作张氏二传成，亦可交卷。邬小亭赠诗，午又来谈，云端、毓俱自尽矣。程孙送电报来，则云未和。俱食以汤圆而去。

十八日　晴。出城答谭、石，过夏、程，看胡子清，诣邬、唐，俱来长谈，日已斜矣。本携两外孙，恐其难久待，因令船还。余过浮桥访常通判，云已还乡，遂独步从沙岸还，到院正夕食。房妪未还，将遣迎两孩，俄而皆至。夜自处分厨人，乃遭彼妇申申，责之不服，乃竟掩扉睡去，情理俱穷，亦遂置之，此则近于孟子之所三自反矣，然自反而礼则犹未也。湘浦复涸，仍由西渡。

十九日　晴。遣人买煤，价已十倍五年前矣。此乃反本之兆，煤本非家常所用，仍当樵刍也。

廿日　晴。丁氏外孙女生日，其母云姑丧不可设汤饼，赏以千钱，又以一元为设点心。夜待月乃寝。

廿一日　晴煊。看课卷，期一日毕，至夜遂罢。夕睡，遂不寐，月出乃解衣，已鸡鸣矣。

廿二日　晴。课卷阅毕。午看官课卷，至夕亦毕。遣送监院。西禅僧领祁阳僧来，送锡茶具。夜早眠。

廿三日　晴。晨阅唐诗。作牢丸。欲诣白沙，仍不果往，因循两月余。萧举人来请荐函。

廿四日　晴。晨看陈郎赋甚佳。作书与道台、衡阳令，皆荐卷馆。罗汉寺僧来，送豆干，约斋集，默然许往。道署送卷敬，以还逋欠。!

廿五日　晴。舆儿生日，诸生为设酒，四程皆来，谈宴竟日。李生云和议支吾，又将幸蜀。

廿六日　晴。胡子清来，云道革府降，洋兵将来，限六礼拜献湘、鄂，抚委蔡道迎款矣。看《唐歌行》。

廿七日　晴。两路防营新旧营官来。新弁汪炳礼，字兰生，称世愚侄，云颂年编修族兄也，老矣。出示抚奏，乃知教案原委。又云魏移云贵，崧得甘陕，谭真向隅矣。有雨旋止。

廿八日　晴。刘子惠送炭。戴明来，群仆以我为逋薮，来者不拒，因与之为无町畦，细思之真不聊生也。办肉菜亦兼昔日一月之粮，如何下台，此又经典所未言，人生所难值。夜煊，梦行空宅，房室陈设甚丽。

廿九日　阴。门前乌臼树为僧盗斫，僧之无聊如此。院生或禁或通，意亦不同，又夺其薪，亦为非罚，既不相干，一皆听之。外间传言洋兵已到江、汉，国如无人，可叹也。敝至如此，此五胡之极报与！

晦日　阴，欲雨不雨。殊无所事，亦当复日课，以消永日。寻思无事可作，拟为韵书，取龙翰臣《通说》勘之，殊悁悦无定。

十一月

十一月己巳朔　晨起点名，朝食后欲出，遇雨而止。毛杏生来，安砚具挚，辞谢。与其子同舍，为出一餐。

二日　阴晴。朝食甚晏。任辅丞自省来，云夷船已还鄂。夷使来谢张督者十余兵船，大宴黄鹤楼，书生之荣极矣。客去乃饭，舁至两路口，携黄孙从，令看郊垒。汪营官正入城，相值于道，王都司已去矣。即从太史渡渡，循沙舁还，尚未午也。任绩丞、刘子惠来。

三日　阴，大雾。舆赴消寒集，二陈俱去，弹指一年，事变不变，此寒真宜消耳。

四日　晴煊。朝食后答访任、刘，俱不遇。便出西城，过辅丞，约其斋集，云三猫妻生，当往贺也。余先舁出城，停轿学前，问廖笙阶，云已到矣，方入城衙参。遂至西禅，则请经僧传戒，请客客无至者，幸得任师邀胡通判、任委员来，四僧四俗，饱餐而散。取大路还渡，循岸回院，尚未夕食。

五日　晴。滋女昨疾，忧之，今得小愈，柔脆之姿，与命相持，殊令人县县。六耶来索书，为干朱八、欧阳伯伯，亦知无益，而无奈何。因欧及功，大发议论，云士大夫做生意不如赌博，赌与其赢，不如其输，此《湘报》所未及，真新学也。李生复来言钱，云钱店负振款。余言经手分赔，无则听之。此事理之自然，而人以为河汉，亦新学也。世人不好新，染于旧习耳。故《康诰》欲新民，而先日新也。

六日　晴，愈煊。得陈六翁赴书，报其子丧，作一联挽之。猿公橘叟共娱嬉，恨蹉跎一第，艾服从官，名字甫闻天，有路请缨难致命；鹤子梅妻真解脱，记风月重湖，茶烟未歇，欢游俄隔世，登堂撰杖独伤神。晴日南风，颇似初夏。廖荪荄来谈，云朱雨恬、谭敬甫均化去矣。荷衣徒步记相从，喜册年平揖公卿，豪情吐尽书生气；花径玉缸须把酒，看诸子满床簪笏，里社仍祠积善翁。夜转北风。

七日　忌辰，素食深居，稍合礼法。薄暮以事小怒滋、真，欲训责之，亦以忌日而止。

八日　阴寒。朝食后入城，当说钱店账目事，寻屺樵未得，坐安记久之。程孙来，同过署守，异后失道，步往，苏荄云久待矣。邬小亭面有墨，似有心事，未便问之。蓬洲亦聋，未能畅谈。夜还，未二更。

九日　阴。真生日，放学作饼。诸生来见者相接，张子年、登寿皆来，遂尽一日。名为放学，转忙于不放也，至夕乃静。

十日　阴。复陈六翁书，写挽联。得皖抚复书。陈鹤春妻魏来见，能人也，言朱嘉瑞更能。朱本庸愚，言之似有智计，与程岘樵可抗行，但朱不知大局耳。财神亦不易福人，计利者甚未可轻，史公能状之，余犹未照也。以此推之，则刚子良、王夔石亦必有道矣，子夏所以叹可观，而人心愈益卑鄙矣。总当如天之苍苍，视下亦若是，付之两不知方为高雅。

十一日　阴。诸女母忌日，余食于外斋。麻十子来送木瓜。午下湘寻子年、岘樵，俱不遇。与张生谈时事，乃甚隔膜。过任师，云其嫁女、生日。三耶亦出相见，云廖老师催客矣。同出西门，萧、邬先在，程孙踵至。萧去廖出，云宁乡举人也，问其字未谛听。设馔甚费，戌散。

十二日　阴。煊不可袭。寻《礼经》当直之异，未得窾綮。毛杏生送白菜百余斤。近日秀才均挥霍，昔所未闻也。

十三日　阴。煊甚，登楼纳凉，望云气沉黑，如春夏雨候，顷之大风雷电，晦冥，令家人端坐听变。小孙不知惧，乃欲弄雨，余携之出，遂不得入。疾霆破山，飞雨满屋，几两时许乃稍止。至夜复雷雨，真春景矣。消寒诗人皆不得还，又一奇也。

十四日　雨意犹浓。得赵长沙书，云鸿子已荐洗令。看次山存文，误字颇多，无本可校。

十五日　雨竟日。苏荄代运石炭一船，洲上无人力，担半日乃尽，得七十四担，未问价也。子年送带钩，甚珍好，不欲受，复不敢退，欲劝卖之，所谓"沽之哉，沽之哉"。

十六日　甲申，小寒。阴，有雨。廖荪陔晨来，云已食矣。对客早饭，复谈顷之乃去。点书毕，亦下湘，舁至府学，萧子端设酒，招胡苤臣通判、江尉、任、邹同集，本期早散，乃至上镫，匆匆出南门，惟恐掩门。廖佣父死，遣之奔去。与书唐蓬洲，托麻仲良。

十七日　雨。闻廖振才孝廉当来，作饼待之，乃竟不至。王聚庭来。看四分律，殊不难晓，不知嵩公何以云云。

十八日　雨，旋阴。卜二毛仓皇来，云迎妹俱去，意在廿金也，亦不欲久留卜女，遂令同去。半日摒挡，遣男女佣送之。正住五年，尚无疑猜，奖以绣衣。孙女有离别之意，一好诗题也。

十九日　阴。晨欲阅卷，麻子来，云已见唐矣。任、胡踵至，俱留早饭去，遂无所作，摸牌而已。

廿日　雨，颇寒。看课卷毕。闻爽邵南罢官，陈复心代之，半年间客主顿异，雾露神又有聚散矣。

廿一日　浓雨竟日，夜始欲雪。一事不宜作，而懿儿专足三日走至，云欲由陆来衡，可谓荒唐，还书谕之。

廿二日　阴，欲晴。萧监院来，云署道台以洋人将至，约束诸生。余云吾门无无礼之人，不待戒饬。初以为真洋人也，既乃知即逃去教士，可为笑叹。

廿三日　晴。顾尉承欢来请饭，字孝先，成都人，清泉实缺也。云新得佳厨人，其从父首县祗应者。看汉乐府诗，未知字句何以顿异文赋，岂当时已尚新涩耶？

廿四日　阴。王进士请客，忽来退信，云已有公局，为胡通判作生日。本欲入城，因此亦罢。

廿五日　阴。王封翁来，前送《黄甲庐文集》求序者，常宁大有名人也。云避灭门令尹来，僦居府城，将徙僧舍，并携两孙。已而会于厘局，彭封翁不来，贤乎我哉。同集三厘司事并杏生，早去晚散，归仍晚饭。

廿六日　阴。闻奉丞为俄兵所迎，已软禁矣。其子夸张得意，曾及吾门，而不知耻，甚哉人心之难悟也。非教不及，亦实失教，教者岂能尽知人心，要必有心而后可教也。任、邬、胡、江、萧、谭公请岵樵办具寿我，岵云不取分资，珠大奶奶之义也。午往戌散。

廿七日　寒阴。约任师同赴顾掀牌，朝食后往，仆轿均不及从。坐幰轿入潇湘门，至濂溪祠，穿菜圃，犹泥泞，从任借靴往，则无局，乃大宴绅幕，昨集者无谭添丁。主人甚夸脆皮鱼，殊无佳处，余亦平平，唯鱼翅尚佳。戌还，甚寒。功儿已来，廖佣亦至。

廿八日　阴寒。家人办具，门生祝寿，亲友送礼，竟日夜忙遽，不折折而匆匆，非礼容也。夜或云懿至，后知渡客，乃设两席自馈。

廿九日　阴。晨呼儿僮起，诸生皆起，乃命报竹。吴仰煦信来，送越腊，兼为委员胡翔青扬祖。托保护。珰遣人来送束脩。诸生入贺生日者卅二人。客来早者刘子惠、周松乔、程岵樵，最晚者江东二杨。监院与谭香陔久坐不去。冯絜翁至，余出款之，乃点心而去。

十二月

十二月戊戌朔　大雨。晨出谢客，先遍本院。朝食后乃舁上船，至东洲，从杨家渡上度浮桥，入潇湘门，出小西门，复入过柴步门而西，至府学，出南门，坐小艇还，下昇。自入见者冯絜翁、廖荪畡、胡子清、谭香陔，未见者隆书村、程峣樵、曾泗沅、王宾予，非谢而见者任虎臣、张正旸。未夕还食。欲诣白沙，将夜而止。

二日　己亥，大寒。阴。功当入城，与同舟至对岸上山，陆至白沙，访谢周松乔，因见莲耶。周住山家，甚幽雅，门前鸡笼如孔雀笼，坐谈久之，借船渡洲头循岸还。夜狸啮鸡。

三日　雨阴。遣玙信去。散遣诸生各归度岁。功、舆入城消寒。清结年账，顿亏一岁俸，十年来所未有也。看六朝歌行。

四日　大雨，水长三尺。杨都司呫诈被打，来请兵，惧以道台，乃去。与书唁邵南失位，兼干盛衡阳，谋王鲁峰漕馆。

五日　阴，午后雨。纵女论事不合，似不可教。家庭断断，非家之肥，欲大训则伤恩，小说则不悟，姑置之。假寐永叹，鳏斯之义也，但教男而不教女，女德所以不修。余专于教女，而诸女多丹朱嚚讻之材，岂所谓无才便是德，女又不可以读书识字与？本凡材而以国士待之，适益其骄，故孔子叹难养也。中人以下，不可以语上，亦教之过。夜与功儿卧，论时局，直无从下手。

六日　雨。竟日闷不事事，反得专课。黄孙说"同好恶"为同休戚，与亲亲稍合。

七日　雨。与书陈渔文，言茨不能即行，补寄小泉挽联，已大祥矣。新宁专足来。

八日　阴。晨作粥供众，循旧例也。出贺任女加笄，乃无一客，即还。毛杏生父子告去。功、舆宴杨园，还言麻幼愚将葬，乃悟失去赴文即麻家也。夜作联挽之。薄宦得归田，何惜腰缠化榆荚；素瓶犹供几，不堪梦醒对梅花。刘能继、又吾父肩吾。能缉，元伯。希陶从子也，为其季父刻集，先呈稿来，余不加点定，而为序之。其内侄杨秉吾以乾来索原稿，奔驰衡、湘，复当往云湖，计其到家必除夕矣。

九日　阴雨。未明求衣。遣吊麻大，待舁夫返而后具食，自来无此晏也。午后张僮言姑少耶欲见大少耶，语甚支离，令来见我，则邓婿衣冠来，令人失笑。问其所往，云将游江西，余因举其父怜彭生诗序留之。意仓皇似避乱者，未与多言，姑留宿新斋。

十日　阴。略诲邓婿以涉世之道，心粗语多，未能领会，宜非女之佣之也。自云游可无困，出纸求书，为撰一联。久客人情当自惜；倦游词赋始名家。无宜振济，反失叉鸡米而去。朝食后琐门，闯入一僧一少，皆门者作弊，世事难整饬类此。衡阳来约饮，直辞以既去。暮雨如冰屑。

十一日　阴。晨开门进水，因出眺望，初无寒意。朝食后遣功迁城，姊妹辞年，大有离别之色，余亦眷然，盖老境也。黄孙云《尔雅》刻本落去一条，检原本先落去矣，校者不审至此，抄本尤须精校。

十二日　晨雨，复潇潇矣。新刻《尔雅》成，略翻一过，讹字无数，竟日看己注，犹未及校旧注。

十三日　雨。看《尔雅》。夜有微雪，丁婿复遣人来迎妇。

十四日　阴。雪未成，颇酿寒耳。看《尔雅》一过。得陈六翁书，云景韩尚有余累，未知其所以得过。

十五日　阴寒，欲晴。张生招客看迎春，黄孙从往。竟日摸牌。

十六日　癸丑，立春。诸女作饼。张、程、李生俱来，谈话竟日。李生云"托王无渐"笺句宜改。又云仲子赴以世子母，而天王微之，由内有君，非摄也，与不即位相起。今日大晴，积闷一快。

十七日　晴冰。陈、常俱去，生徒皆放学矣。今年亏空甚多，由家食者卅许人，又游资屯谷挪用正项。年下需钱，程孙送来二百元，非所宜用也，与书胡子清谋之。

十八日　晴。张生来辞，因言家计，欲办一岁粮。余云无馆时又如何办？此有恒产者之法，非秀才法也，如出兄意，当以实告兄。云不可行。幹将军骗钱，张知非之，而不自知处事故不易，又借口友悌，益谬。

十九日　晴。为陈郎书册页。颇出岸边游眺。划子上作小仓蔽风，以便拜年。

廿日　阴。遣佣入城算账。子清信来，言朱嘉瑞辞以无钱。如年大将军见把总不下马，知晦气矣。年不得过，便空过也。夜雨。

廿一日　阴晴。与书廖笙阶还煤钱。校《尔雅》一本。摸牌六圈。丁家专人来迎茭。

廿二日　晴阴。校《尔雅》一本。颇寒，燎火自暖，因坐半日。

廿三日　晴。校《尔雅》一本，未毕，夏道台送年礼，程岏樵亦送年礼。为王鲁峰觅漕馆。得祁阳、衡阳、衡山三县近五十元。五十年前余求此不得，今乃干人，亦近微高也。夜月复煊。

廿四日　阴。佣工过小年，因宴丁使。校《尔雅》一本，亦未毕。

廿五日　晴。携两外孙入城，欲办年事，途遇二陈郎。李生来，言和议，云有欲斩丁、程之说。又言岏妇今日生辰，自未便往，便同下湘。入柴步门，至任寓，正见丁笃生，问知外议否，乃云无此。顷之隆道台来，诉清泉骗漕规，邹幕主持云云。久坐不去。余先出，诣衡阳，见胡师，宾主留饭，辞出。诣廖笙陔，留点心。还至安记，寂无人矣。下船遽还，一无所办。

廿六日　阴。校《尔雅》毕。今年复虚度矣，时事可知，学行无进。晨睡欲魇。四儿专人来请安，上食物多种，居然似已析居者。张顺复来。功儿书报胡婿母丧，正早饭时，纷纭满前，乡佣促还书，与遣之，乃得食。丁婿送画屏寿幛，值年下，俱张挂补壁，顿华饰矣。廖笙陔录其族弟诗来。

廿七日　晴。丁笔政、程郎中来，俱有长安之志，出纸索书，余前为丁书已充西夷爨料矣。程孙言店银已拨，当取用起息。

廿八日　晴。廖佐才副贡来，言廿状及官商之异，以官办为善，又异乎纯皇之论，未敢决其长短。与同下湘，本欲置办年事，对客无暇。至安记小坐，因论清泉漕规，云当告太尊。往见蓬洲，谈老境，甚得世情；谈夷务，又太落世说，一得一失，取此弃彼可也。郐师甚匆匆，小坐而出。至任宅无人，乃遇于巷，同谭香陔从北来，俱至经厅署会食，萧、胡、廖三学，胡师，张尉均先在，程二后至，张已先去。江留山药已半年矣，尚未坏烂，余皆例菜。云聂得鄂抚。直李、江刘、甘崧、蜀奎、粤陶、湖张、闽许、滇魏、东袁、西锡、豫于、鄂聂、徽王、洪李、湘俞、黔邓、桂黄、滇丁、粤德、苏松、浙恽、陕岑、新饶。夜似欲雨，风声甚壮。

廿九日　晴。遣船下湘。陈郎、李孙来，谈久之，作字数纸。得霖生致李迪庵诸孙书，求为父碑，文词甚美，行状亦颇雅洁，不知何人笔也，为沉吟久之。隆兵备遣人来问漕规，授以奇计，如此如此。

除夕　晴。作字四幅。欲行湘岸，而无从者，遂清坐半日。夜待送灶，已近三更，及祭诗，过夜半矣，甚倦，不能饮屠酥。及寝，复良久乃曙。

光绪二十七年辛丑

正 月

辛丑正月戊辰朔　雨水。阴煊。晨起待妇女装饰。张、廖生来贺年，小坐留饮，旋入内受贺。莲耶父子来。朝食后程孙来，已，易衣出见。旋入，来者皆谢不见。至夕，屼樵来，复便衣出见。家人掷骰，余竟日未得大彩。移文监院，开复廪生喻谦。

二日　阴风，小雨如雾。晏起。张尉翁婿来，坐外厅待见，家人皆未起，久之乃出，小坐去。遣舆出谢客，因至杨家，伯琇云有坐船可借。

三日　晴。遣人借船来，遂发行李，诸女并归，将辞馆不来矣。监院来，传道台语，请发题。清泉顾尉亦来，忌辰拜年，非所望于官场也。与书宓女，问其行止。

四日　晴。发行李未毕，客来翩不已，遂自登舟入城，问盘川，更借程屼樵浮桥上船自乘，至夜，宿浮桥旁。程生来，同过任师，索面，以余未午食也。至初更女船始到，遂不饭。

五日　晴煊。晨入城取钱，还船，萧郎自浙来，仍往长沙查抄。谭中书过船相看，送南腿、苏糕。隆观察来，未能见，上岸答谢，遇胡子清、丁笃生、续宜之。避客先出，登舟，二陈郎、李、孙、程氏诸子姓皆来送。常生孙同来，程孙称其善问，因奖劳之。舆儿来送，云院门已锁，遣陈八还，两船载煤盐。至夜未行，移过浮桥。

六日　阴晴。将午始开行，北风颇壮，卅里泊樟寺。

人日　晴。欲作饼，舟中殊拥挤，未暇也。黄孙始读《表记》。行九十里，泊雷石滩上。

八日　晴煊。冲关径行，无呵问者。舟中唯斗牌掷骰。行百五里，泊晚洲。夜月。

九日　晴。水手贩私盐，留四竹堑甚久，促行已夕。泊昭灵滩，滩声如瀑。夜月。

十日　晴。舟人不欲行，诡云滩口有簿横洪，过午乃行，甚戒惧也。行卅里泊大石围，向来未闻此地。夜月甚明，先遣树生过滩，从山门附舟至家唤船。

十一日　阴。舟行甚迟，托风不进，俄而雨至，心甚烦闷，又小疾，未朝食。已而强进，大风飘船，又不欲行矣，夜泊马家河。

十二日　阴，风止雨霁。午前至涟口，待拨久之，茂入乡、纨、真闹船，因止其行。坐船怨红船解维，红船又怨坐船碰伤船舷，因移行李尽归红船。方过，舟舱已被随丁占去，难于更移，因呼拨船先发，欲独入山庄，再出县府，不过为投宿计耳。两外孙并欲从行，茂又强遣房姬随侍，乃似移家，更可笑也。甫饭罢欲行，拨船又至，已命开桨，因不更待。行二里，遣高奶负撷孙还，黄孙与房姬侍行，误坐漏舟，褥边尽浸，幸雨止月明，一更泊姜畲。

十三日　阴。榜人昨夜梦行三四里复睡，至晓呼之起，辰初乃至湖口，被浸湿矣。亟登岸，率黄孙步至山庄，懿夫妇出见，已辰正矣。待妪而食，久不至，乃饭。午后行李始来。家庭未洒扫，非治家者也，稍为清理。宗兄、闰宝俱来见，宗则犹是也，而宝发长矣。频遣人候船，久之不至，俄而茂、真昇来，云自县。又知纨、复、湘孙船来，更候之，唯滋守船耳。至二更乃来自姜畲，行色壮哉。待行李至鸡鸣乃寝。

十四日　阴。促茇拜其母墓乃朝食，复促早去，乃至午初方行，携撷孙同昇，懿妇已娠，不能送。顷之晢子来，云其母甚念，已遣妪来。遂预备分娩，戌正生一女胞，久未下，或云更有一儿，久之云已安稳矣。家人俱未睡，余先眠，遣报妇家平安。

十五日　阴。辰正懿妇又下一胞，房妪或云有之，或云未见，或云闻有者，亦未能明也。妇弟及其师来，乡客踵至，最习者"将军"及其债主，多谈诗、时。晢子论诗入微，及作，未能达副。论时局则未确，盖为俗染，颇以东西夷为能为害。夜待桥龙来，来者数十百人，久之乃去。儿女贺节，已三更后，吃汤丸甚佳，又小饮。乃先客寝，黄孙后睡，俱酣，及醒已天明。

十六日　癸未，惊蛰。午后小雨。振孙来。佃民、船户俱来，更有杂客，应接不暇。张、杨午后去，许甥孙先去。云吴师来乡，报和议改政之喜。晢子又以为可信，余不问也，殆孟子所云不动心者耶？夜雨。

十七日　阴晴。始复课读。乡人来，言望雨甚切。夜令诸女早睡早起，无事夜谈。

十八日　阴。晨起甚早，而不欲食。鬶工报周生当来，昨已至姜畲矣。一村妇从族妇来拜年，亦奇闻也。看宋生《采风记》。

十九日　晴。南风动地，大煊，可夹衣。静坐。盛庚唐来还谷息，且托荐湖北。笠毂，盖顶为弓所环，如毂受辐，故亦曰毂。作廖碑垂成，以无佳思，置之。夜北风冲阶阆，震撼不眠。

廿日　晴，顿寒。偶出垣外，见一株似桃而小，花垂满树，就看乃海棠也，不知何以在此。本植两株庭下，十年不花，又致两盆，未植而枯，方欲更觅，无意得此。乃知贤才遇合，未可人力为也，以余孜孜求者，而遗于目睫，遑问聩聩者乎。彭生鹗衣冠来，正作饼，因以款之。房妪出游，甚寒，未能同往。夜月。

廿一日　晴。频出看草树初春荣秀之意，因游石井，循田而还。夜雷隐隐，小雨时作。

廿二日　朝时飞雨，午后复晴。作廖碑竟。禄孙生日，正四生日矣，余始在家，作包子饴之。周生晖堃来。初夜廖佣来。功书报新政，抄来一诏，墨卷光昌，王、鹿所不能作，亟寄杨生读之。

廿三日　晴，午阴。看耕，正见族子元妻刘及其娣罗来。刘能佣工，养夫及子，且还积欠，贤能妇也，留饭款之。俄而雨雷，至夜遂雨。

廿四日　雨，旋霁。次妇亡日。湘孙设奠，招两妇来朝食，午前辞去。元儿明，颇有心眼，似胜黄孙，而野气难去，不可畜也，苟有家塾，正可教之。为薛女书扇。新孙女发疾，夜半求医不得。

廿五日　阴。讲《左传》"荆尸""追蓐"，皆无他证。士会谍楚，即今谍西学所本，宜张之洞之喜《左传》，惜不能设伏敫前耳。依李慈铭例，宜改号曰"马占"。凤衢挈孙来，上天入地，皆来寻我，与书刘定甫谋之。此孙虽至荒唐，而家人并知其姓名，不可绝也，留宿前客房。

廿六日　晴。朝食前黄孙被挞，逃至土厂，寻追久之，乃还。章孙去。雅耶专足来，皆至衡，不遇，而追逋至此，一一遣之。谭文子来，送豚蹄、线鸡。言谭文帅不出团费，无可奈何，唯能鱼肉良懦。余亦未出费，答以当禀官，告谭、王而求官计，不然当各还田主。

廿七日　晴。看汉碑。将作李男铭，因循未果，以其来买文，嫌汲汲也。课如例。

廿八日　晴。晨令送米入城宅，兼送房妪母子还家，余亦自到县办钱米。已发，携黄孙行，申至。入城至宾兴堂，途遇张守备，便同至堂。倬夫正在看花园，往则无花，同入账房小坐。葛获农来。云朔日丁祭，方演乐也。

廿九日　晴。晨访梅训导，送廖信，云廖已调省矣，小坐还。正遇蔡怡臣，便往城，内外通报，人客并集，云孙、十三弟、冯甲、盛孝廉并来，云刘星阁、唐春湖、沈子趣并死。唐蓬洲已还，偿教卅七万金，道府驱逐。朱菊泉来请观礼，往看，未为整饬。龚文生为主人，云初七日被火烧去白酒二千斤，火腿数百条。还，遣与李县令子仁相闻。顷之李来，正值倬夫煮烟膏，大锅两炉，于公所煎熬，甚不雅驯，幸李未问。朱未出，而葛、龚出谈考试事，云办卷不及，试日须少缓。久之李去，群客亦散。

二　月

二月丁酉朔　正五更时大雨，竟日蒙蒙，且寒。昨约倬夫往市闲游，今须舁往，遂过公屋，寻六瑚，云往衡矣。至雷坛观，道士营造已毕，亦小有结构，复为伎寮，约余小饮，辞以无暇。更访裕蓉屏，云将移入城，嫁女后出湖南，将之淮上。于抚还鄂，聂留苏，曾鉌抚豫，锡革，岑调晋，此疆臣迁除也。盛纶长沙，谭承元衡阳，全兴祁阳，林侄少湘阴，黎回衡山，此衡州大迁除也。过仁裕合，云复心儿来主其家，将赘于曾，又约伎饮，亦辞无暇。夕还未食，教官送胙，备一牢，甚隆礼也。食少而饱，便早睡。外报朱巡检来，坐待，复袜裤，起着衣，出见之，乃送夹衫，朝鞋，云相念甚殷。顷之倬夫还，复入烟房，久坐乃去。与朱略谈，已丑初矣。前夜寅初，不可再谈，便睡。闻雷。省船回，云茂女三日行。

二日　戊戌，春分。社日。大雨竟日，占云不宜。李道士来，云请明日会酌，告以将上船，可今日耳。昨道遇杨革镇，今日当往。陈孙来，云婚期尚未。余云可至我家住待，此处烟赌，无可学也。陈去便出，过杨、朱，出城襆被以行，借萧钱五万，预备春祠。携黄孙同至道观。月生来告苦，杨三来求洋差。与片功儿，告陈荆宜，兼令茂女待小轮。吴劭之、倬夫来会饮，并招杨、陈，仓卒，主人亦复多品。二更散，便宿丹房。

三日　晨起待发，轿夫未起，起又不肯短卸，久之乃至，至黄龙码头。廖佣负黄孙来。乃招陈孙，陈不能早起，饭后来。从杨三乞海棠，媵以豚蹄。午后始行，几一时许乃入涟口，水涨流急，虽顺风不进也。投暮到炭塘，遣异陈、黄先去，余坐待一时许，天昏地湿，风雨横斜，寒气侵衣，然不觉其苦，故境无哀乐也。二更到家，三更饭后即睡。

四日　晴。朝食甚晏，饭后已午初矣。看李花，吃沉橘，午夕皆小睡，甚沉酣。

五日　雨。陈孙起甚晏，亦嫌其词多，未与谈论，略诲以规矩而已。

六日　雨。懿女殇，生气不足，犹病廿三日乃绝，信死之难也。夜治械，瘗之园中，未名不哭，而其母犹伤焉。

七日　大雨。曾氏迎郎者皆沾衣。少瑚自衡奔还，亦沾湿，徒步而来。致夏署道书，即复辞馆。子新先生大公祖节下。去腊承赐年费，礼当恭缴，因戒行在即，恐劳谕留，祇领不辞，祇深愧荷。新春事定，百度咸宜，重惠来章，借稔多福。闱运滥设皋比，倏逾十载，正当归老，适遇贲临，方幸宾主之欢，重续棣华之好。缘三女皆已长大，方当议昏，久客衡阳，便成耽阁。兼年已七十，精力不支，乞假还山，事非得已。议席已荐代者，首士想必启闻。月课甄别，例系专主，课卷甚少，一目了然。如其拟题，敝门徒程载传、陈完夫均可代拟。谨先缴关帖，以免悬待，余俟续上，先此奉复，敬颂台安，不宣。又与丁笃生书，唐、盛府道书，卜云哉书，荐二瑚去，寻苟帅。

八日　晴。陈孙去。朝食后检点衡信。午后少瑚亦去，庚大耶不来。出看李花，惟见新绿，以为叶密花未发耳，就看则碎玉盈堆，方知早落，近在门庭，未能一赏，殊为负负。桃花犹盛，绣球如雪，亦点缀春光耳。

九日　晨大雾，午后始见日影。检日记，真成断烂报矣。旧团总盛张田来。张子持来，均言收团谷谭制台不出，余皆不服。余云应退或勒谭佃代出，可请县示。盛、张留饭去。杨家遣人来看女，便送点心。夜大风。

十日　黄雾，大风，复寒。校《论语训》，补说"危言危行"，行宜中庸，不可高也，言尤不可危，引《记》驳正旧说。

十一日　晴。看《明鉴》，煌煌先训，皆逆知后世之事，殊可伤闵。韨子诗有"莨薯"字，乃《楚词》字面，殊非泛览之书。似是《说文》言"博簺"事，检之不得，泛览无记性，亦可叹也。欲题数语，未得文情而止。

十二日　晴。开枝女为婿求一船作生计，依而与之。作李碑，兴亦不属。

十三日　雾。黄孙请假看戏。六耶来，待之久矣。夜大风，治窗幸完，不为所撼。

十四日　稍寒，晴。晨作李碑，叙倭辽军，颇费笔墨，不能详晰，宜待论史者考订。检日记，集卅年来挽联，得百许首。

十五日　晴煊。懿妇满月出见，瘦损矣。懿往祠办祭，乡人云"做酒做酒"是也，不成祭，故余不往。此皆收族之敝，今不必行者。

十六日　晴。杨生率其从弟来见，亦有规模，陈郎伯仲才也。

姻友中陈、杨当可与胡家比，他姓不及。留宿外房。

十七日　癸丑，清明。黄孙折山矾两枝，花较疏散，乡人云米蜡，未知是两种、一种。煊甚欲雨，与二杨散步旁原，春气蒙蒙，夜雨。

十八日　大风。杨轿来迎，不能去，懿乃得还。石山昨来，朝食后去。

十九日　阴，有雨。与杨生论人材，颇惜将军，遣招之，云入城去矣。午后二杨去。

廿日　晴。作李碑成。看杨季子诗。族孙漆匠来，送菌笋，新得芥头，美味备矣。顾工告去，采茶。片询裕衡州以近日西事。

廿一日　阴晴。陈升来，致夏署道书。将军来，云衡民复掠教堂木料，问陈升，乃无其事，唯云停考是实，学使回省矣。张牛书报夐榜眼褫职，以妄言事，似梁鼎芬也。懿妇献山兰一枝。寿山家族子来。

廿二日　阴。看甄别衡、永生卷五十八本，虽时作辍，颇倦于评点，盖真老矣。成生衣冠来，亦为席子，留面饭去。夜窗坐，春已觉蔼然。杨生来报时事，送《国策》请选。

廿三日　晴。定去取，写回信，遣陈升去。又书与黎竹云，荐六耶，塍以四元四百。居十日矣，入乡来未闲一日，今始督理功课。夜雨旋止。

廿四日　阴，晴雨相间，晡后始定，阴风。杨生来，询夏编修，词意肫诚，至性人也。余辈少时皆有此，渐漓天性耳。张生则不能，又是薄幸使然。看《国策》一本。谭团总来。闻子规。

廿五日　阴晴。约将军往姜畬对账，待过午不来，恐失约，遣人往告。人未行而将军来，遂同步往，黄孙从行。取田间径甚远，过两可饭之家，俱未入，到市晡矣，路甚秽湿。郑福隆父子来迎，入许大八家，翁妪均八十余，奇健，留饭，裹海参而还。昇来迎归，黄孙仍步。将军报夏入狱，急往杨生家。余还，舍昇还主，步至家，犹未夕食，顷之大雨雷电。

廿六日　雨，午后晴。思夏逢怒故不得，恐传讹也，遂无从探听。看《国策》毕。

廿七日　晴。午后将军及谢生来，仓冲人，名天锡，字似是晴初，乡间博通者，留饭。将军去，谢宿客床。

廿八日　晨雾。懿妇生日，设汤饼。谢生去，郑儿来，欲觅将军，久坐不去，怪人生怪事，殊出情理外，不可更骂之，听其痴坐而去，雨乃随之，天之抚彼也。夜看中唐五律，别有门径，真苦吟人语，如八家文也。

廿九日　雨。看晚唐诗，即不成话，掷去不复看。庸松昨来，言有人欲刻我书札弋利，渠有底本耶？答以无有。小坐便去，召食牢丸则去矣。五相公久不归，以为必掣骗拐逃，至夜乃至，云赤脚被刺，无用人往往如此。

卅日　晨大雷，风雨竟日。遣迎房妪，因发李信，由常霖生寄去。廖丁实行，兼觅红白文，无。自检日记、信稿，命湘孙写出。

三　月

三月丁卯朔　雨竟日。行人来言，大水穿田矣。写仲三遗诗，跋尾，略叙其踪迹。夜雷。

二日　戊辰，谷雨。阴雨。盛衡阳舟过县，送盐信。得张生片。

上巳　雨。午临田边看春，草树蒙茏，芜然一碧，颇有诗思，未遑命笔。夜作饼。

四日　雨。湘孙生日，余起最早，放学游戏。午设汤饼。遣人入城寻糯米，夜归，已将寝矣。

五日　阴雨。昨暮来游丐，求宿门阶，今早仍不去，观其携妇女长子孙，亦自可乐，信行乐之多方也。晚立石桥看杨花，树下堆绵，又自一种，与垂柳绿杨均异，盖白杨以花白一树得名。庸松又来，取信本去。

六日　阴。晨出前山，畦陇尽改，几不辨路矣。见《天水狂兽仇家弟子夹带书》，云仿《玉海》，亦复搜集略备，为流览经集一过。夕雨雷连夜。

七日　雨阴，仍风。唯看小说。树子来，谋远出，以无益，止之。人不聊生，贫惰已极，无从拯之也。

八日　晴，日色甚烈。朝食后丁妪、红药并至，登时繁富矣，自往迎护。唯盐茶未至，仍当遣迎。纯孙竟能作书，文理初通，亦为可喜。夜有胧月，再起暗坐，已而甘寝，竟忘晓矣。

九日　雨，旋晴。未明闻布谷，《月令》以鸣鸠在戴胜前，今子规先布谷半月，则戴胜非子规也。或令文随举，以食椹为准乎？遣廖丁复至县城。

十日　晴煊。郑福隆欲讼将军，先请辞证，令懿往听吩咐。俄云张生来，船山书院送卷人同至，将军亦至，正坐谈，有客闯入，设拜。张生问姓，悟为刘诗人玉岑，云在袁家教书，送新诗请看，留面去。张生与懿同赴郑，请将军饭于书室，待张还乃去。张家兜子来迎，居然绅富派矣。夜二更廖丁回，以盐茶油同至。夜早眠，迟醒。

十一日　晴煊。晨起看卷，房妪犹未起，廖又往刘坤运谷，晨得菜蒸卵膏，今年山味悉备，颇有田家之乐。讲《宋书》魏夐称元帝，初未省也，检《纪元表》不得，《兔园册》殊不可少。晡后朱通上、张子持及十七都甲总冯姓与将军俱来，问郑银着落。此间乡人均恨将军，欲假此败之，以余作囮，不知银失不可复得也，泛谈而散。夜复欲雨，鸡鸣起。

十二日　晴，晨阴洒雨。起稍晏，房妪更晏。鱼翅，《唐书》谓之鲟鲊，出润州，今云镇江鱼翅是也。运谷者畏雨空回，轮车之利益著。午后云阴，讲书毕，大雨，平地水一尺。夕食便暮，濯足后倦眠，遂睡五时乃醒，已闻鸡鸣，旋又长雷，不寐待晓。

十三日　雨。写字数幅，均不佳，看《夹带策》本。

十四日　阴。冯甲来送烟，告以无须包苴，许女来送面，亦如之。入门必有所献，自是古礼，而今成恶习矣。张南轩墓田兴讼，与胡祠同为无穷之争。

十五日　晴。欲取夏衣，因令舆妇还山，命湘孙作书唤之，举棋不定，唯意所适，殆非治家之道。夜月开窗，致有春景。

十六日　晴，大煊。可不衣。求箪，因寻祖母故箪，灰积尘满，儿女辈均不知敬，其愚如此，当作裹护，乃可襡也。妾箪反珍藏，取而铺之。盛大老耶自衡来，送藕粉，正求藕粉不得，令作捣珍。朱、张同来。曹厚之来，挟子筮书。初不记忆，乃沈子趣门徒也，云欲干王逸老。杨、张同至，郑儿亦来，顷之瑚妇亦来，言公屋事。门庭辐辏，应接不暇。夜与杨、张谈至鸡鸣。

十七日　晴煊。早起作书与皖抚，因及其巡捕，以树生委之云哉。杨生讲《国策》文，法王凤嘴。与张子持同步访王，犹衣领重夹，城乡之异如此。曹师少去，约以待时设立夏羹。冯甲又来取字去，其人字畐九，欲问其姓名，匆匆忘之。急急催饭，恐客昏暮，王云有人来迎，便催张去，送张至门，王舁亦来矣。杨、张则待月上，月殊不上，过初更乃微明，牵马步去，遣丁送之，懿亦送出，黄孙从之。顷之廖丁还，云懿往姜畬矣，短单里衣，并无长褂。黄孙还时，余已睡矣。

十八日　甲申，立夏。晴煊。沈梦溪山人来，留谈半日，颇及时事，余以时皆庸昏为慨。沈云赖有许多庸人，若生有用人，争战不息，生民涂炭矣。其言闲冷，别有理解，足令言经济者冰冷。借日记数本而去。

十九日　阴，仍煊。午后雷隐隐，凉风稍解温。懿还，云姜畬大雨。相去数里，乃无一滴也。盛团总来，请书扇二柄。

廿日　阴。未明，闻前村犬吠极喧，起看乃知鸡鸣人起也，因而坚卧，待饭乃起。彭童、许弁来，亦求书糊口，妄想颠到，无奈之何。

廿一日　阴。冷可二绵。孟郊诗前选太少，更抄十许首，备一体，看来尚不及张正旸，盖小派，愈开愈新也。张团总来，请书，清南轩祠田，正似寄禅，与书廖星陔对付之。

廿二日　晴，仍冷。抄孟诗六页，又看中唐后诸家诗，同李贺者不少，盖风气自开此一派。刘佃插秧送肉，报以越盐。

廿三日　晴。《宋书·符瑞志》有《金雌诗》，即《烧饼歌》《黄蘗诗》之流，亦奇验。孟诗抄毕，更补李贺诗半页，唐五言称无遗珠矣。廿年始毕功，识者宝之。夜不能寐。

廿四日　大晴。许女送肉，盛、张又来，方讲《宋书》，未暇对之。舜长六尺，是矮子也，未闻相者言之。至暮卧帷中，闻外叩门，众哗，以为盈孙，余独知其不然，开门则刘氏女携子来看伯外公，未知其为妻为妾，总是外室，宜生达人，惜未能收教之。令依瑚妇例宿后房，此床宿三妇，皆不离瑚，亦巧值也。三日晴，圳见底矣。

廿五日　晴。晨得道士书，约会于城，不饭而去，乡间难得如此人。写扇三柄，关门复寝，饭殊不可得。朝食后携稚看荠，忽有客来，似是诗人，久乃知为熊儿，云又有求，告以陈又老死矣，乃欲以王逸吾、张雨珊为又老，云但公不肯书耳。依而与之，留宿不去。

廿六日　阴。晨次唐诗目录，送张书与熊令去。月生来还花钱，送臭瓵，诘责之。以钱充路费出行。

廿七日　晴凉。篮舁山行，先从舟往姜畬，呼舁郑店，经杨门，入看杨生未起，见其两弟。顷之皙出，小坐即出，约会城中。从北行，过蔡领，至妻家，庭户狼藉，见六弟、二嫂、循妾及诸侄。六弟留饭，值年免办食，亦旨洁。召长兄二子侍坐。饭罢已晡，取径至桐坤，视仲章葬处，几二十年，迷其方向，导者妄指一山，视之非是。日色将沉，匆匆赴县，到已暮矣。道士先待，太史依然，夕食后遂宿宾兴堂。

廿八日　晴。晨出访杨、梅、裕府、许翁，还食于堂。午前访萧怡峰，言刘氏女子及周姬所属行户。热甚，至雷坛会饮，何八、龚文生、曹伦、朱倬夫共醵六百金助修造，尚少一人，欲邀欧阳客，假余势招之，三辞三让，而终不至。众客皆散，余乃独后。午雷夜雨，竟舁而还。杨生已至，太史亦还，夜谈新局。云苏来，示二瑚书，云卜云哉已外放矣。

廿九日　小尽。阴。晨发飘江，乃得郴船，行十里风起，船重恐沉，遂舣竹步港。小睡，过午渐阴，寒风成雨，因宿船仓，借榜人被以覆。同船郭姓，杨生戚也。颇相扳谈。

四　月

四月丙申朔　阴。晨仍有风，舣鹄崖，得鳖、苋，将充晨飧，恶其相忌，又无油酒，乃令瀹览早食。午后舣城，与杨生同入南门，绕东诣郭宝生寓，访午夷消息，不遇，遇熊子，言已谒张大人，约明日见，且期明日见我。余云我已见矣，再见何为。郭亦外出，遂至家，功儿、滋女均迎候，妇孙男女俱出觐。热甚，易葛衣，与客俱楼居。滋病颇重，始欲减耳。窕女近在对巷，夜来问讯。宝生旋来，夜暗去。

二日　阴。晨诣任师不遇，欲雨乃还。遣功寻黄郎望之，与谋黄孙事，滋意似喜，余亦欲分出之。朝食后，<small>朱穉泉、黎少耶来。</small>寻陈笠唐，云患手痿，稍愈，尚未至蜀。询易仙童，不甚知也。又寻陈伯屏，<small>两遇马、余于道。</small>误云臬台，其家人云藩台，其实一道耳，云已下乡。遣召重伯、任师来，约一饭。陈六翁迁晋臬，正欲诣之，又患其留饭，乃约饭于长沙，招刘晋卿致意焉。宝生来，言李雨农借钱于头陀，无俾已甚，当谋捄之，拟委于黎薇生，以为万全。朱穉泉送果狸煎饼，宝生留饭。窕月，辰来迎其嫂，夜半往，乃生孪女。一夜未安寝。

三日　晴。晨不记何人来在内坐，<small>使乡人还。</small>顷之头陀、郭、李来，在外坐，内去外留。朝食后，<small>李、曾来，曾泗源也。</small>任来催，乃令李、曾上楼，待郭、杨，余自出至长沙署，云张月波来此久寓，信钦亦来，俱邀相见，摸牌一局。信钦致六翁意，必欲一饭，因许同往衡。魏来陪我，催菜甚恶，草草杯盘，待主人一谈。遣廖丁送妪乳钱，余独与刘同步，热不可衣，至则六翁方磅礴作书，蔡、叶适至，看抚画臬诗。蔡索余书，陈笔不可用，勉写二行。叶先告去，旋亦席散。家僮来迎，还闻黄、曾并来，<small>杨夜未归。</small>恨不早还。

四日　阴凉。杨生为李干黎，黎辞以母，复谋于熊，请待一日。因遣寻重伯、黄望之、叶麻、陈伯屏、张雨珊来，自朝至暮。

陈约晚饭，张、叶先去，黄、陈共请未刻，久之亦去。入内摸牌，夕看寂女，与胡郎略谈，因过与循，闻其出戏也。虞侄出，踦闾语，为待廖丁，故不可入。已乃同廖访曾，久谈甚密，令措百金济李，留饭不旨，亦喜其不留意外养，有祖父风。至伯屏家，有一鄂吏，粗朴自喜，而简于言，云其表兄，忘问姓名。黄郎踵至，同饭而散。雨犹未至，翔步而还。杨生云不去，因定独归。

　　五日　阴。庚子，小满。常霖生来，云其外姑卒，伊甫学士妾也，近八十矣。顷之李健斋次子前晋吉坞来，曾假其银，以应我求，因缘欲见，遂留长谈，不朝食而去。霖生留饭，入内摸牌，与循来，入局未半，起出，欲附轮舟，已发矣。水急风小，从人未食，仍入城。牌局已散，急遣招集，令朱生凑成四人。王一梧、汤又安来，同约一饮，答未可定。朱家来催，客去，点镫入局，与循、莲太、余、朱，二更后毕，待包子，加二圈，遂至鸡鸣。黎生送□子。

　　六日　阴。晨起仍不甚晏，朝食后出访周笠翁、九十。谭文兄、八十。汤又安，六十五。谭午歇未见。还家，陈伯商妾龙珠来，批答三条譬之。方欲摸牌，重伯来，久谈，遣呼晢子，因留重伯夕食，以黎肉款之，如李临淮入人军，壁垒一新。晢子还犹未食，又别治草具，为设豉姜。曾待二更乃去。汤处见滇、蜀二吏，不记姓名。

　　七日　阴。刘晓沧庶子世琳来见，鄂小吏也，云相寻廿余年，同在一城而不能知，人不荒唐，但无能耳，久坐去。王镜湖来，云即入场阅童卷。文卿来，皤然老矣，忽忽十余年，犹以为昨日事。久谈故旧事，又似上古文，一迅一永，令人恍惚。家人促饭，余吃已饱，留客久谈，去已向午。陈海鹏来，则转矍铄。费生道纯来，云已加捐道员。龙珠复来，云但欲速释，恐未能也。费颇知蜀士踪迹，云乔栩尚在。得茂女清江书。夕饭汤家禽庄，王、叶两麻，余无别客。主人稍聋，不甚相闻，云中丞求题画梅。又见曲园笔迹，去年腊八后也，道山之说诬乎？席散而雨，舁还。

八日　晏起，雨自夜至辰未止，葛叟字心水。来。见栗诚算弟子，云博通夷言，尤长医理，将令滋女诊疾，俱言不必药。功意亦不谓然，将食而去。要宝生同回湘，过午不至，乃与杨生同出城，上小轮船，辞以不开，更送上清湘船，已至小西门矣。上漂下湿，官仓如甑，更觅凉爽地，裁可侧立，而泥腿拥挤，非官舫也。幸其迅至，亦将廿刻，乃泊黄龙马头。舁投宾兴堂，首士刘吉生在焉。道士来索会银，倬夫云散贩也，既已许之，属萧某以存钱付数。夜早眠。

九日　雨不成点，霏微而已。晨起欲从陆还乡，船已至，饭后定发。云孙来。堂绅设五俎宴余，殊为过礼。借油鞋出城，又待筐篮，已过午矣。溯湘甚难，入涟向夕，至姜畲，杨生上岸，便已不辨字画。迫夜到湖口，家人遣舁迎候，笼灯到家，两孙皆睡去，周妪哭女，令人疑诧。莲耶、衡足久相待。见程孙信，报耒阳、清泉教案未静，殊令人不乐。得夏榜眼书诗。

十日　雨竟日。补写日记，遂费一日力。校书札，讲《宋书》，写对子，遣告衡事于杨生。夜月早眠。

十一日　晨晴，午雨。校书札一日，如温旧书，亦颇劳神。未夜大睡，二更后醒，遂久不寐，然未闻鸡鸣，始知睡早。

十二日　阴。杂事略清，始阅课卷。振湘孙陈仲恂来。陈新昏归觐，因来告去，留宿外斋。因思渭春旅居，与复心书，令问消息。振孙夕去。

十三日　大雾。晏起，陈孙去，文柄又来，应接不暇，致可乐也。看课卷未毕，又校《汉书》，或作或辍，不成工课。将军来。

十四日　纨生日，设汤饼，散学，斗牌竟日。阅卷毕，夜出课题，构思颇久，即此岁值千金，不可忽也。为俞廙仙题彭雪琴画梅，调《归国谣》云。姑射貌，旧日酒边曾索笑。春风吹醒人年少，花开花落情多少。明蟾照人间，只有西湖好。　笔有仙气。视三诗人伧父矣，亦值千金，召女妇、孙女夸示之。

十五日　晴煊。先祖母忌日，素食。晨冒禁作俞抚书，说王耀堃。夏道书，送卷，说廖拔贡。丁藩书，说陈寿椿。陈臬书，送字。谭、胡两令书，荐廖丁、周兵。程孙书，拨卅元还常氏女。彭厘员书。送陈信，荐蔡溶春。送周儿往师裁缝，顿遣四冗食者去。书扇二柄，为杨氏姊妹改诗赋，日尚未睡，又略检点房篋，始觉日长，亦因忌日罢戏，专作正事故也，向晦少息。廖荪畡送润笔来，筐箧盈担，冰饧至数百两，家中正压梅子，喜其适用。

十六日　晴。单衣犹汗。晨作复廖书，遣其信力去。讲《宋书·五行志》颇久。张团总来，言被讼得免。津津有味，乡人习气如此。夜月，乘凉卧阶前。庸松来。四老少九月寄银，今始拨去。乡中何银可拨，财主不知民疾苦也，幸有三女买绵花钱应之。庸松言神童见鬼，疑唐才常等为祟。

十七日　晴。始稍有南风，闷热少解。补抄唐五言诗成三页，靪完本，付湘孙，其父未毕之工也，此小小业亦经三世，当作序记之。小年读汉以来五七言诗，辄病选本之陋。尔时求书籍至艰，不独不见本，且不知名。年廿余乃得《古诗纪》《全唐诗》。旅京师，合同人抄选八代诗，还长沙，录选唐诗，皆刻于成都官书局。《八代诗选》先成，《唐诗选》未上版，而余送姜丧归，留二百金，令弟子私刻之。主者以意去取，讹误甚夥，及刻成印来，盖不可用。《八代诗》则官钱所刻，版固不宜致也。保山刘慕韩，昔应秋试，在京师见余《八代选》，便欲任剞劂，及蜀刻成而刘权苏藩，又令官局更雕版。同县胡子夷又别有校刻本。唯《唐诗选》但蜀刻缪本，逡巡便五十年矣。《唐诗》首卷，余仲子所手抄。近岁有张生专学孟郊诗，余阅选本，孟诗仅两首，殊不赅备，因恐专家病其隘，更加选阅，自录孟诗，补入卅首。唐诸家五言，亦惟孟差自别异，余不足出八代之外，所增无几也。仲子孤女少春年又过笄矣，颇工写书，因俾掌之。区区抄撰，俄经三世，信日月之长也。凡学明盛则就衰歇，咏歌而计工拙，学之尤小小者，然在当日，如瞽之无相，夜之求烛，今乃得快其披吟，幸甚至哉！自今以后，有求选本如余者乎？但恐学业废，时地异，不得闲写其情性，则汉、唐作者又笑余多事也。辛丑四月壬子记。向夕，道士来，云会事不成，但余独借百余千耳。既有前欠，不可逃也。留宿而去。讲《宋书》"侨郡"，颇无头绪。

十八日　晴热。开枝弟五孙来出窝，三妇一女并至，留饭去。族妇求命名，以其生日芍药适花，命之曰茂，小名为荣。

十九日　阴，稍凉。懿妇归省母，甫出门而小雨。顷之杨家送菜，云前过未饭也。余未谙礼，乃补果饵以谢。衡州专龙八来送夏衣。夜雨。

廿日　乙卯，芒种。晴，雨凉。莲耶还，云巡丁不可即得。龙八又言衡局巡丁讹索至数百千，信弊之过于关吏。缘关书系无赖游滑，巡丁皆大家姻戚，胆大根互故也。初夏已暑，沾汗感凉小疾，眠食不适，未审何病，顿减饭之半。夜有雨。彭佣来，云滋女将还。

廿一日　阴凉。晨尚不能饭，午后大愈。杨都司来，借得应景，无一日不啰唆也。莲耶去。

廿二日　晴。晨见都司，问其意，云求与书督抚。余云督抚不若鬼子，我又未开此店。杨谢而去，云终望提拔而已。此等人真世之蠹，积弱半由此。讲《宋·官志》，初未及二台奏劾之制，而详于三署五校等无关之制。又其训诂极陋可笑。

廿三日　晴。晨濯足。小童来报六姐回，遣迎之，遂至午始至。慧孙同来，云从未相从，今来侍教，除舍让屋待之，放学一日。周生从鄂来，云督吏诬良，缇骑四出，魏阉派也，其学徒幸辨释矣。又盛称冯润堂。张引萧烟客来，欲借防卫洋主以兴团练，引王鹑甫为例。日夜多斗牌为戏，未理余事。正晚饭，游学先生来，辞以无宿处，便去，近乎知耻，所罕见者。移宿下室。杉塘五嫂遣老佣送鸭，直入内室，亦罕见也。既老且聋，唯宜矜礼。乃知耄不加刑之义，非谓太公、武后也。

廿四日　阴。闻珰女全家中毒，聂佣正告归，便遣看之。邵、衡间喜以药杂食中毒人，犹有蛮风，亦时有死者，然未闻杀有名字人，正拳勇类也。周生复来，未见而去。汉六条不载正史，故知条教律令，史家所不载。其曰"旁诏守利"，蔡质无注释，语殊费解。夜雨复凉，然犹不被。

廿五日　雨凉，夹衣。周生来，云乡人言有此大援，何不捐官发财。其说极谬妄可笑，而迁生以为实事，反疑我不肯援之。张僮告归，以雨留一日。作账成。

廿六日　晴。张僮先去，余约周生同行。周初读兵书，兴高采烈，因留宿。

廿七日　晴热。周生晏起，诘之，云昨失眠也。乡人器小，青一衿，便居然富贵。夏彝恂中进士乃有官气，又云远大矣。吾于周、张又增识力。张新二、萧烟客来，论南轩祠事。

廿八日　晴。晨起见月钩赤黄，实为丽景，惜日已将出，不能久赏。将入城祔祭，命舟下湘，待至午未来，仍完日课。日烈时晏，乃留待夕。上船已昏黑，二更至湘城，询扁食舫，云已三更。龙八话箱开，遂达鸡鸣。

廿九日　晴热。晨步上岸，云曹家马头，非城门也。步街中尚无一人，稍前乃遇行者。至宾兴堂，叩门始开。萧某外归，以为朱太史必未睡，往看烟灯已息，人立窗间，大诧之，云已眠觉初起，遂与出谈，看其盥沫。同过李县令，云已勘案三都。至育婴堂，询裕蓉屏，云南岳进香。桂三留饭，辞还堂。食罢，龙八乃来，犹不相见，出呼上船，问知遣买节物全未计办，属船工代买。乃附行舟，本求小拨，不得，得倒爬。顺流戗风，晡时到家，宿故寝。

五　月

五月乙丑朔　晴热。待方僅同出，未至。朱稺泉来，遣觅蜀黎生。取银钱五十枚，代杨生还功，因留廿枚自用。黎生来送钱。方僅夕来，出诣盐道未遇，至刘省钦处，要同过陈署臬，遇李石贞、常汉筠，因留夜饭。得俞抚书，云王耀堃即有差。为张生交名条，求厘委。午间王生三子来，言但营务讥禁甚严，尤文书人不得人，抚署尤甚，臬、盐殊不然，官事之不一律如此。看邸抄，停考行科，恩威并用，瞿九郎遂军大矣。孙莱三衣钵有托，或云中人力也。夜热，亟出，同省钦步至府南分道，余访任师，约饮，不遇便还。热不可耐，夜浴，裸坐久之乃出。程孙送其祖母东游来，未见。

二日　阴燠。斋戒谢客。程嫂来，不可无主谊，因遣使往。程孙夕又来，云其子亦同游，且有西□之志。竟日庀具馔涤，夜令两孙肄仪，便补定礼节单。午后大雨，夜犹淅淅。

三日　丁卯。阴雨，仍燠。晨起最早，待家人兴，已晨初矣。巳初行礼，祔祭祖庙先嫔。以年七十，但奉室中之事，令长子、长妇、次孙分献，亦尚整洁省简，午正毕事。出，答访金聘之经历还。程孙儿来见，辞客，约观礼，过午不至。复偷闲访王祭酒，门者问余何为，答以访王山长，瞠不知也。使者出，云看戏去矣。还从潮音庵，求别径不得，绕西北行到家。朱稺泉、任辅丞、刘省钦、程孙已来。龚生季蕃、王生镜芙继至，云韩子霖，即龚所讯斩也。又言宁乡禽一文生，云是匪魁，今在龚家授读。谈坐甚欢，未夜而散。隆书翁来求救，余云内而军大，外而督抚，远而全权，苟可致力，无不如命。盖衡阓归狱，巡道不知其由，或以委员来，道有直词，抚为之耶？俞抚首施两端，何于此而有作为，为之一叹。方僮复来服役。

四日　大雨。当还山，而阻不得去，以约船迎，恐失信，冒雨飞轿出城。督功儿出城看程嫂，余至马头待轮船，久坐待发，未正乃行。与吴生谈身世，劝以不必读书。听者甚众，未能韬晦，亦近词多也。酉正至黄龙庙，迎船未见，所谓宁人负我者。吴呼划子，至沙弯已昏黑，呼问，船至已久，船夫收账未归，虚糜钱粮，成此参差。邻船瀹茗具䐏，过初更，胡佣乃还，即发渡湘。新涨流猛，三更后始入涟口，已闻鸡鸣。时雨时星，过袁河五里小泊，天明矣。

五日节　阴燠。汗蒸如雨，蚊聚不散。舣姜畚，买菜早饭，余已一日未食，然点心未绝，殊不欲饭。午初到家，儿女尚未朝食也。时已正午，促办节物，待烛久之乃来，行礼毕，分朋博戏。大雨昼晦，平地水一尺，至暮不止。晚饭未欲食，令设一席，略坐而起，初夜即睡。

六日　雨。闷不欲食，小疾一日，至夕困卧。衡使复送卷来，并有程、卜信，令懿诵之。陈完郎送《楚词》，刻尚精雅，讹误数百处。夜较牌，兼校书，觉倦乃寝。

七日　辛未，夏至。衡使欲去，言词闪烁。晨起阅卷，朝食时毕。因作书复夏、程，出课题。发浙信、收条，绂子廿元已为舆儿掣去矣，然收条不可诬也。夏子新送节礼。遣方僮入城买时鱼，冒雨船去，衡使陆去。清净无事，闲散自适。夜大雨。

八日　雨阴。将入城买白菜，念劳人而止。涟、湘均涨，湖水已满。杨家送银使来，并补节礼，附使报之。看夏榜眼、陈秀才诗。

九日　大雨。方僮回，云时鱼不可得。暴下三次，倦卧一日。

十日　雨寒，仍夹衣。滋生日，博戏一日。后房水浸成泉，于墙脚凿孔，通流涓涓，初不知水源所来，佃人云往往有之，树根所引也。夜，圳溢水到门外，塍埒尽没。

十一日　晴。平田行船，呼许船网鱼，女妇并乘船游戏，唯纨、真畏闷未往，两孙亦从，至暮乃还。云山人多于楼窗出，乘舫避水。水比乙酉年唯减数尺，稻苗恐伤也。张团总来，云只减三寸。

十二日　晴。水退一丈，唯池荷最损，禾菜俱无害。校《周官》故书今本字义异同，枭为之说。姜㑩孙妇来，许女大妹也。房妪言事失旨，叱之，遂啼哭不食。夜不闭户，四更始起，收镫。闻雨。

十三日　大雨。忌日，素食。偶检《周官》"烟寮三等"，旧未理会，新为之说。

十四日　雨。说故书字毕，令懿录《说文》眉。视之，水复涨至门。

十五日　雨。写字数幅。看新刻《楚词》。新学使柯劭忞，《说文》所无字，"忞""愙"，勉强就"文""莫"加"心"耳。夜月。

十六日　雨。水退平塍，湿暗殊甚，多戏少事，写字数纸，逋债全了。看罗郎史论。夜月。

十七日　晨雨，午霁。唐诗五言尚落一首，且有误字，重校补之。隆书村专使来，即去。

十八日　大晴。《后汉书》有二本未校，补毕之。看陆存斋题跋，其被劾甫卅五，可谓早穷。与书俞巡抚，为书村求免成。复隆书，又深言不可。盖俞方欲避庇隆之名，必急遣之，以明己之不忤袄也。今往求之，正中其忌，隆不知而乱投医也。夜月。

十九日　晴。杨生专使来，为盛德水撞骗事，事由陈同知，与书问之。陈名夔麟，小石兄也，不知其为人，大约张之洞之流。连日为人关说，亦殊可笑。

廿日　晴。杨生请评庄子文。其文皆了然，无待评赞者，亦聊为批，明其踪迹，仍似注释耳。遣方僮入县换钱，土工求工钱，无以应故。

廿一日　雨。批《庄子》。懿来请业。将军来借谷，懿对以无。亦宜有以应之，留饭不肯，冒雨而去。

廿二日　雨。复女廿岁，当笄年也，为具汤饼，夕复馈饮，虽未执礼，亦以成之，因博戏竟日。夜懿又贺复，更设汤饼。

廿三日　丁亥，小暑。方僮夕还，云水未退。得张子年书。

廿四日　晴。讲《宋书》，点谢赋二篇。谢非赋手，唯《山居》尚有典型，而嫌泛懈，撰征则无可采。看《山居赋》注，始知林兰是栀子，初未留意。复遣方僮下省。

廿五日　阴。陈芳畹专足来告存，久未通使矣。振湘来探提爱。遣送千钱与张子持。陈信云仍赛城隍，但寥落耳。

廿六日　复雨。陈足求信，与空函遣之。杨亲家生辰，本约女携外孙归荐，旋以痳症不往。懿往行香。

廿七日　阴，有雨。检空箧，得舆藏吾杂稿，亦有可观，寻玩终朝，似看古字画。杨生来，论曾、廉等宜直往夷使处诘责索罪之谬，但恐廉等私书为夷所轻贱，不复以人礼待之耳。昔者英与李太伯语，太伯出其奏稿质之，耆遂遁还赐死，所谓行蛮貊者必忠信笃敬,《楚词》之"孰虚伪之可长"也。然则今之为奴虏,实诸臣之自取矣。夕杨生去。

廿八日　晴。邓生沅捐官,来送礼,遣宜昌二兵来,官兵如此用,尚何言战守事。本欲摽使,念来人不差之谊,姑与一片训饬之,礼物半还。询其踪迹,云陈大少耶接家媵。又为八郎三叹,为隽丞危也。何物生宁馨,岂尽教之不豫,殆有业因。

廿九日　晴。圈点《楚词》。看魏默深七言诗,严保庸注。求保庸出处未得。瑞生来。

晦日　晴。评《楚词》。督黄孙读书,小儿懈缓一刻不得。瑞孙无所归,与书萧怡丰谋之。周妪云丈人一纸,如汤沃雪。

六　月

六月乙未朔　晴。始闻蝉声,山中迟于水旁将半月。比日始得小南风,小暑气亦迟也。颜延之以清约称,而不还田价,盖实贫耳,然不宜清田。

二日　晴。沐浴梳发。方僮还,云大水成灾,外间尚无新事。

三日　晴凉,阴云飞雨。得功、茂书,王抚、殷孙远信,言张冶秋还京,陈伯商出狱。东意颇悔失康假墨,亦令人思也。既无西游消息,且当南上。

四日　晨凉。令呼船具装,船未至而日可畏,又复罢行。游戏一日,至二更乃发,到松弯,鸡鸣矣。停桡待晓,水浸枕蓐,船漏不可复坐。

五日　晴。未明即行,辰正始出涟口,大风横浪,几不能渡湘。遇衡船,急移行李,帆至上弯,缆至株洲,方过午。停愒至夕,乃泊上盐塘。

六日　庚子，初伏。晴，南风。行十余里泊怀杜崖洲尾。油船竟日，夕移昭灵滩下。

七日　晴热。过滩，泊淦田，几半日乃行，至花石稍凉，乘月宿。

八日　壬寅，大暑。晨过朱亭，欲从陆行，舟人以顺风劝止，比至晚洲，风息日烈，暮宿油麻田。夜月。

九日　晴热。舟子一逃一病，仅余二人，行甚竭蹶，泊石弯，遂不欲进。遣顾轿夫，索钱三百，以二百饵二榜人。暮泊衡山，从北门外步入县门，黎令出见，初不惊喜。其幕客黎姓，浏阳经课生也。欧阳生，坦斋曾孙也。黎子后出，馆我别院，十九年前旧寓，热不减船中。以陈郎伯商方释出狱，交地方管束，适亦到县，宜与相见。遣招不至，饭后自往北直巷寻之，乃与吾县一刘生同来。小坐还县，热不可睡，复食素面，移坐庭中，黎生相伴杂谈，三更辞退，余独坐，久之乃寝。

十日　晨闻庭中人语，讶其极早，久之乃起，则黎子早在。顷至设食，草具匆匆，为余发夫五名，每名百七钱，顾役工价例也。出西门，北行十余里师姑桥，又十余里岳市，过祝圣寺未入。舁夫欲投永寿司，余令就街店午餐，携方僮步还，入祝圣寺，御香行台也，新修整丽，在岳寺左北。正街即岳庙前，题棂星门，以不典未入。至店，令舁夫后来，余步取西径，至黑狗坳，更西南上岭，盖张栻所云西岭，张元忭所云须孙寺，谭元春所云西明寺也。自此更上山，游记所云天柱峰，嶒嵘数里，上峰路穷，更下即入方广路矣。二山之间，流泉乱石，未能成瀑，泉涧或亦可田，则成梯田。下里许为洗经潭，考《图记》无此潭。在狮子峰下有潭庵，今名紫盖庵，舁人云庵僧唯接贵客舁来者。余乃具衫服入门，僧傲不礼，但云今被劫，不接客，住持病笃，不能见客。

乃出觅宿处，并云无住处。舁夫饿怨，强投方广，破落不堪，买米自炊，让床宿我，茗菜俱无，亦饭一碗。小步溪桥看月。

十一日 晴。日初出，步溪桥，益西，寻山径向黑沙潭，未半里，恐有豹虎，仍返。携童东出，山大要高深幽奇，俱过灵隐，而实山峡，非灵境也，亦不足置精舍、辟书堂，游者强称之耳。五十年未识真面，今乃可品题之。屈曲五峰间，盘桓一径通。出入迷往来，翠壁萝蒙茸。条藓万古绿，安知夏与冬。峡溪唯一源，滩瀑百不穷。琪花润鲜芳，仙药秀青红。樵童不解采，覆荫三潭龙。叶深十里寒，荒翳千年踪。寄言青云客，翔栖谁与同。《天柱道中》。林田万绿侵，暑日自然阴。古道沿溪曲，幽崖见屋深。南台迷石记，西碉踏雷音。薄暮空潭黑，曾劳冒雨寻。彭簪明末来游，犹见唐、宋人题名，今皆蒙翳矣。或彭亦例语，不然何不闻王夫之记录也。西通三沙潭，前曾一往，遂不再，仍还黑子坳，取观音堂、店门前过九渡，刘明调所谓四顾无行径外也，然比之入山路平夷甚矣。暝投章木市，寻安康唤船，散遣舁夫。迫暮甚热，不可行，至五通庙后小坐，汤火计相陪，呼住持僧瀹茗，尽五大碗。水师哨弁唐姓来见，表功云：衡府端午日甚危险，乱民入者数百人，以大雨，火弹不得然，遂获其魁，斩二人而定。坐久茶多，又至湘岸，唐弁设坐，进藕粉清茶，待船至而行。露卧舵尾，泊大石渡，月落矣。程宅来人，云聂佣、端孙、周妪均至。

十二日 晴。晨发不甚早，过浮桥，日尚未照，从柴步与汤俱上，至岘樵家，云安记墙欲倒，不可住。又言斗雀客甚多，且留过日。因招其妻弟赵季植及厘局胡翔卿、张子年共戏，夕散。还书院，舆儿携畴孙来觐。畴啼送还，舆仍来侍，俱还，从后门入，暂宿前斋。

十三日 晴。日未出，呼船出城，过两学，谭香陔设芩麦、鸡子，余自备豆浆、油条，饱食。至道署，见夏子新，告以今年不再来之说。出至安记，张生率弟子及杨、任学同来，云完夫暴疾厥死，身被针伤，至今未起。又言笛渔子死，以娶妇过岭，甫还感疫也。同饭于安记，俱过常家，霖生正在，寿门已入棺矣。人命迅速，正一年耳。出至厘局，舁往府署，访唐吊邬。出至衡阳，访谭震青。出城访廖笙陔，交还墓表。便遣方僮持四元办午食，岘辞仓卒，胡云已备。至彭祠石洞摸牌，赵、程并至，热不可坐，更招谭、廖、邬来谈。夕出洞，饭于客厅，亦热。夜至杨家，看完夫还，又见张廷燎，往来屑屑，彼此当相笑也。

十四日　晴，风凉。诸生来者竟辞不见，居内斋。廖荪陔来送礼。邬师闯入，自辰至未乃去，为设水角。客去，快风阵雨，有雷隐隐，顷之而霁。夜移内室。

十五日　晨起出城，已日在甲上矣。径至程家待客，顷之传呵，以为夏道，延入乃唐府也，快谈，坚约一饭，不得已诺之。唐去，谭、汪来，皆谢未见。夏道约辰至，到将已初，馁甚不得食。方食，冯絜翁来，闻其病甚，惊喜迎之。谈及胡子清，亦欲往看，老健未衰也。随冯舁行，与岘郎俱入，子清亦愈。更过江经历，则未归署，遂还岘东厅，解衣卧，愒久之。赵季植、张子年来。剃发。摸牌，更招胡翔清，未三圈，邬、廖继至，谭厚之父子亦来。已夕，乃入坐，听唱二曲，七人共坐，戌散。出南门已闭，还从铁炉门出，乘月还。

十六日　晴。庚戌，中伏。休息一日。寄景韩、茇女二书。看贾谊书，请削诸侯，申、韩之学，非知治者，在董迁晁躁之间，其策匈奴，则阴谋耳。萧举人来求见，乃以我为戏，盖其昏不可醒，亦刘、廖之流，而才学不如。晡后有一点雨，初夜有两口风。

十七日　晴。萧监院来，失职甚悒，以衡考分裂为忧。余告以次青故事，萧之与李又不知相去几许，今乃知李亦人物也。午后出吊彭公孙，谢絜翁，便至程家，呼舁诣衡阳，程、胡、赵同局戏。热甚，邬师来，搅局，移至草坪，地热蒸人，顷之风起。谭翁出，话病，荪陔亦来，戌初入坐，戌正散，乘舁还，出南门。衡幕贺子献出见，竹诠孙也。

十八日　晴。贺孙来见，相违几廿年，不通消息，托孤负之，功儿之愧，余亦有惭德也。本欲与同下，因将愒，便先送之去，待船还乃下。过程生门，入看其痴儿，亦殊不痴，与谈百十语，皆了了，其师彭生出陪。厘局来催，邬、陈先在，顷之程至，移坐门中摸牌。胡儿十二，亦能陪客，与言戏赌之分，及一马从二马之礼，甚惊笑而不信，其父亦以为河汉径庭，不近人情也。世俗衰昏，不复可喻。赵季植后到。清泉令沈子珍保宜，武进人，怀庭姻家子也，与谭均公宴罗屠，席散乃来。九人坐镫下，热甚亟散，留吃咖啡，不复能人。步出钦炉门，门役方以欧瑞孙故被责，迎送甚恭。夜半出城，余不能约束之过，副将方欲穷治，是重余过，请衡阳亟解之。

十九日　大风，不甚凉。胡、赵约来访，令作越点待之。程郎亦同来，作饺饼，均陋，不似余家。设朝食，复不具，客去，遂闷睡半日。午饭颇早，饭后陈啸云来求书。得但少村书。北风怒号，作雨不成，夜仍热不被。

廿日　晴，稍凉。张生肇龄名起英来见，张一哥胞侄也，今在徐生和管柜，送《度西集》，云去冬即来，事忙未见耳。不独不恨其衰微，而反喜其有职业，大族世家至如此，谁之责也？略看紫岘年谱，五十年未见矣。午阴大风。常霖生来，留点心，作饼甚佳。旋同下湘，常舟吹旋不得下，移船邀之，榜至杨家门前，常上余渡，舣大马头。携麻菌访秦蓉臣，云不能出防矣。又言老不识字，十字才得二三，乃知识字别有神明，与人事异心眼也。

小坐出，至衡署，子献设酒，更招邬师、张尉、邱幕作陪。谭震青来，增招胡翔清共戏，因明日当入城，遂不夜还。与书喑少村。步投程家，宿其书房。岏已睡，更起，三子侍坐，二更睡，凉始被。

廿一日　晴。更凉，易绵布衣出，答陈啸云，还程家早饭，写字八幅。出至安记，正值坼墙，遂步出城。至清泉学，看荷花，荪陔讶其太早，坐卧闲谈，几两时许。陈啸云、邬、胡、程、谭继至，邬、胡、谭、程共摸牌，赵季植、沈子振后来，与余间一入局，三点后方入座，全无暑气。客散，余后归，廖以异镫送还，始觉道远。久之方下船，卧还冲滩，得句云。鸣滩夜瀑如翻雪，卧入溪阴六月寒。彭公孙补勤挽联云。荆折第三枝，犹胜王孙悲宝玦；佛光初十夜，定依莲品证金身。初更到院，家人半睡，镫下看张诗一本。

廿二日　晴，仍凉。晏起，出见子年在客坐，甚讶，仓卒沫漱，延坐，留早饭，未撤，程七来，便令独饭。饭后西禅二僧来，自辰至午，始得入愒。陈升复来干求，随缘应付，仍看张集。

廿三日　晴凉。湘涨。反复看张集数过，赋胜于诗。作字数纸，暇时但睡，夜起驱狸。

廿四日　戊午，立秋。晴凉。午前无事，但睡，睡非逃暑计，暑中不能睡，以偿热不得睡之劳耳。睡中闻雷声隆隆，起看天色无雨意，已命驾矣，复令少驻。待久之雨至，甚凉，加三衣。泛舟下湘，未半，日出复热，至柴步已复暑矣。雨时正立秋，秋过仍伏日，节候不爽也。异至府署，廖、胡先在邬斋，程岏后至。至珠玉堂摸牌，蓬洲老而欲学，廖则终不解也。未终局而夕，入席即小吃。戌初出城，还舟甚热，未具夜点，匆匆便睡，一夜再起。

廿五日　晴。杨江沐来，云生员许其匿丧，欲以丧日为始，不计闻赴日，廖老师主之，岂有是哉？赵季植、杨叔文、二程孙来。沈清泉便衣来，匆匆去。饭后小坐穿堂，见谢、曾生，偶问杨事，乃知彼欲以截缺索钱，致有烦言也，人情难测如此。

廿六日　晴。晏起未颒，谭衡阳来，作饼待之，遂不朝食。廖崖船来，求作首事，岘樵云利公谷也。与同下湘，女客从，日炙甚热。登岸至程家，岘不欲同去，与长者约，临时反覆，非也。余遂先升入府，邬师云程欲不赴陈招耳。余乃与约不县而府，顷之与胡皆来。招巴陵方生共戏，唐观局学摸，大有会心。四圈毕尚早，吃拌面，小坐，邬具升送我闽馆。廖、罗、胡苌臣先在，陈啸云为主人，邬、胡继至，陈亦学戏，草草未终局，设食亦草草，初夜散。从岘樵乞一瓜还，夜困卧。

廿七日　阴。命舆取节敬随封俱送程处。珰遣人来代觐，清晨催促回信，倒屣起，作书一纸，并以酱菜寄之。终日卧竹床消夏，夜食瓜，烂败不可啗，更剖一枚，稍可，取汁。《陶园集》三四阅遍，全赖以送日也。作常寿民挽联。度领逼炎蒸，新妇入门悲改服；持躬等寒素，世家无禄共沾襟。

廿八日　晴。陈啸云约同行，遣告舟具，以三妇闭坐不便，定自顾船。午下湘将往看，畏日不往，仅至杨家会饮，廖笙陔、常霖生、丁笃生、赵季植、张四哥正旸兄。同集。先在陈完夫卧室看病，久谈后出坐。设馔颇经营，有豆沙鸽卵，纯白去黄，惜未见黄用耳，当别炒之，以作桂花鱼脆当佳。

廿九日　晴。定坐桂阳船，令具二舟，即发行李，以免诸生更送。清泉令沈子振催客，久不能去。晡后行，风雨骤至，须臾已过，诸生送者欲沾衣也。到城路漧可行，步至厘局，诸客久待。胡妻伤寒眼花，见廿许女人，召僧禁劾，一坐皇皇。啸云先去，余与苏陔、谭震青均辞出，邬师、岘樵留陪和尚。余至程家待久、岏还，九、十一郎陪话，颇有条理，张生诱导功也。夜宿张榻。

七　月

七月甲子朔　晴。岏樵作盂兰斋，招张子年来陪早饭，饭后江尉来，遂留同谈。赵季植来摸牌，岏还，言新除兵备，已将走马到任矣。戏竟日乃散。

二日　晴。方僮来船报到，麻十郎来送行，廖崖船追送，力辞乃退。与程九出城寻船不得，仍还，遇童云实至，复出乃遇。三妇辞行，舆儿往常家书主，寻余坐船，已过浮桥，令呼之来。周云不若俱去，留小划待三少奶，以免纷纭也，遂坐后舫过桥。江、廖送礼，彭生芳送行，舆亦旋至，草草遣之，三妇至即发。树生与妻就食乔耶，太不成事，令树随我俱归。晡发，夜泊站门，雨风无定，待霁仍行。

三日　晴。晨起过萱洲，午至雷石看船，衡山买笋，石弯漏税，招雅耶来保护，小坐促行。夕至油麻田，夜稍休仍发。

四日　晴。船睡不甚热，昼亦可坐，交秋果凉也。晨过三门，舣怀杜崖，畴孙塞观音，妇姬无从往者。夕入涟口，船人告疲，乃泊袁河。

五日　鸡鸣即发，晓至姜畲换钱，招张生，一语而别。到家未午，遣女往城助作包。慧生欲归，船小不可多人，乃仅令三妇便往，四妇上船看宜孙母子，禄孙从慧登舟。将舣一日，恐热促发，日烈风凉，不甚知暑。

六日　晴。三伏已过，热犹未退。移行李二日乃定。张正旸来，云杨生已下县，京信又有迁改。论身世事，云当求官。余问此意自幼少已有耶，为新有所见也？张云初无此念。余曰，此两年中为程戟传所转移也。从我十年不及从程二载，何余之不能化人如此。因及诸生侜张，导率无效，且及功儿欲入赀从官，乃为陈三立所移，父师不如交友之易染也。张留宿前房。

七日　阴，甚热。朝食后张子持来。遣陈八去，寓书丁、程。与二张闲谈，闲睡，纳凉至申酉，乃得风，快若新浴，客恐雨遽去，果有小雨。夜云甚浓，诸女设瓜果，乡中无所有，亦凑成七品，并作酪糕。余睡醒复起，听弹琵琶。

八日　晴。卯热辰凉。巳起复睡，午初复热。始抄《易说》，日三页。作但妻吴墓志。

九日　晨凉。改儿、妇文各一篇。乡人甚重中元，男女顾工皆请假暂归，几无人炊汲。

十日　晴。抄《易》，看《汉文》。邯郸淳文入三国，《曹娥碑》仍宜入东汉，三国无此好碑也。

十一日　甲戌，处暑。极热，几不能伏案。方僮还，得功儿、但道书，云任师未妥，衡道已驰赴任矣。小疾不欲稻食，日啜面茶。

十二日　昨夜大风，热仍未减，今日又竟日风，至夕乃止，稍凉矣。晨面午饼夕饭，疾已大愈。送但妻祭轴，自题四字，曰"对薇增悼"。园丁摘芙渠五花插瓶，三次花也，半日而萎。树生借钱办供，但求四百，以为至少，余犹患其大眼铳也。不知艰难，一败不振，岂必旗下老耶。

十三日　晨起，自谓甚早，日满窗矣。懿往祠设荐烧纸，诸女亦荐其母，经营竟日，余但卧听。至夕，懿还，同食新。

十四日　晴。晨抄经。朝食后杨生来。将军旋至。朱通公引其宗弟来见，小舟胞弟也，因云与其父兄相识。欲求一馆，告以寻李艺渊，点心而去。杨、幹待张生不至，幹去杨留。四妇就其异力，携孙回母家。少瑚持卜书来求救。

十五日　晴。杨生论贾、屈优劣。余初以贾为王佐，今知定不如屈。屈为智士忠臣，贾则策士文人耳。杨生夜步去。二胡子去。允为卜作书与王抚。

十六日　晴。晨抄《易》毕。作二书，一与王抚，一与功儿。遣方僮送县，并问张生买油已否，兼探西信。午浴。周翼云来，欲谋阅卷。

十七日　阴。方僮还。张团总来，言盛事，兼云赵、廖之谬。余云天下谬者多，不必问也。又示李太耶批团费事。李真光棍不黏灰者，此等人做官，乃官妖也。

十八日　晴。盛庚唐自皖还，疑有避也，云卜儿罪当死，二胡适以今日去，不及救矣。沈子趣次子与门生同来，不欲见之，久之乃出，则匆匆告去，又悔久驻之。呼匠油屋，乃久不至，召小工自督为之。夜月，早眠。

十九日　晴。张生来告行，寄滋篆及《易说》与带衡，云欲作湘绮楼寿我，拟集费四百金。谈何容易，令人有广厦万间意。口破不便食，亦甚恼人。

廿日　晴。看课卷，兼抄《易说》。说"需血"为歃盟，"命渝"为监渝，颇无牵强。夕思麦食，假房妪生日，令作汤饼。来诉误记，不顾也。大检日记，果先二日。

廿一日　晴。晨具鹿筋面，午具卤面，饱食而嬉。谢生来，云欲得馆，劝令就村学。

廿二日　阴。遣迎妇、孙。小有飞雨。与谢生闲谈，无所发明，阅卷毕，谢生去。

廿三日　晴。闻张生坠马伤肱，遣视之，并送《诗选》。程、将军皆坠马，殊非兴祥也。

廿四日　晴。油屋将毕，又当筑墙，殊为扰累。午后闻有人自县城来，入视乃九弟妇胡，迎来同居，乃四十年前事，坚不肯来，今又自来求公租谷，不知余前惠也，可谓懵懂。然与玉岑堂客大异，仍告令来住。本欲令领功儿，今功又当抱孙矣。山中七日，世上千年，正自如此。乡中正无钱，又来告贷，借房妪工钱与之去。

廿五日　晴燥，有风。如伏日矣，炎熏，草木立槁。杨振清来请安。夜风。

廿六日　己丑，白露。渐凉。午雨，至暮时止时作，始着单衣。说"师舆尸"为贪功要赏，义胜惧败喜胜者。后世功利之见汩没人心，自太史公以《司马法》为少褒，宜言战者之日浅也。

廿七日　晴。抄《易》误落三四条，更补二页，日课仍如额。遣催子租，欲运入城。又近年积谷当有四五千石，而无一粒，亦不善蓄积之过，颇思革弊。

廿八日　晴。振湘来，言闰宝掣骗，出示书片，乃搢子笔迹也。搢子吾称其翛然名利，而招摇妄作如此，庸人学坏，实为可笑。讲《宋书·氐胡传》，元嘉封杨文德诏云："朝无暂土，树难自肃。"不知何字讹误。

廿九日　晴。佃户二家送租。清理积谷，凡二千余石，初无颗粒，管家荒谬甚矣。贪于入而忽于出，无能致富之理，今年始自理之，当买谷自食。真云无钱，往城中谋之陈芳畹。

晦日　晴。专足夜至。滋授子《书》《传》而不习，令执经来，略讲大义，先告以《书经》用处。颇热，抄书时作时辍，夕乃毕工。

八　月

八月甲午朔　晨起至湖口登舟，舟乃未至，坐待日出。抄《易》一页。呼张子持同舟至省，携内外仆以行，陈足附去。至姜畲，张未携被，借之田雷子。雷子送饼，登舟相看。晡至县城，船夫不欲行，乃至宾兴堂。冯甲、将军均来迎候，与萧、朱将见，即逢蔡四，报侄婿之丧。姻逾十年，曾未数见，欲往慰吊，恶夫无情，遂罢不往。许生来相看，蔡叟不去，余乃步出还舟。暮雨，泊城下宿，夜起太早，复眠。

二日　阴晴。待张生不来，冯、幹复来，留幹朝食。遣寻不得，日已将午，房妪促行，乃发。至昭山大风打船，令舣包店，风迄不止，船摇不能写字，乃眠。陈足告去，无可冀故也。半夜风止，起坐仍眠。

三日　晴。晨问所届，已在枯石，比起，近城矣。日甫在甲，至朝宗门，遂过高春。入城到家，尚未早香，功儿徐起。招朱生、刘省钦来谈。刘晓沧儿适至，云已饭。饭后朱去刘留，云当还鄂，欲求书干抚藩，均未识也。蜀陈生宝、王生父子来。寿孙言有被发人与方僮语，则子持至矣，罗顺循来，告将往日本，大以为不然。乃与彭鹗偕来，坐至夕，不留饭，彭去，朱耻江来，云闻之望之，盖謷言也。张宿余室。余仍上楼，补抄《易》三页，本日尚欠。

四日　丁祭无胙，令人有复职去官之感。晨出访子新，送交课卷，曾文正所谓永讫永毕者。寻隆道台不得，驰还朝食。朱生生日，送面点肉鸡。笠、静两僧，彭陈二五①，叶麻，寄禅，隆观

---

① "彭陈二五"，即"彭二陈五"。

察，宓女均来。抄书未得闲，仅能两页。

五日　晴热。晨出更早，至东长街口寻隆寓，遂拜藩台、汤前藩、谭前督，还已近午。仲章生日，设奠。方毕，萧传胪在坐，云即当归，送变蛋、火腿而去。二彭、任师、程子大相继来。任报李雨农父丧，约再会于盐署。彭稷初以我为盛纶，而哓哓不休，甚哉，其难悟也。客过晡不去，亟出访王莘田、朱叔怡、刘定夫。朱、刘公出，遂至省钦处会食，任师先在，遣招王莘田，待叶麻、龙艮三、沈胖、刘儿至而入坐，吃烧猪、鱼翅，夜还。彭五又与杨子杏坐待，谈稷五访闻事。彭氏爱管事，殊不妥确，城中拒绝，又太过，非公道也。作蜀书二函。

六日　晴。遣迎宓女。早饭，胡婿先来，小坐去。抄书未半页，彭稷初来，告以朝廷播迁，名宦子孙不宜争田地，且俟小定。朝食，未饭，刘子送蒸盆，不可吃，吃馒头三枚。宓女还。失去虎魄佩，责盈孙不服，痛责之。周生堃来，未见。龚生来，见之。藩、盐、龙令来，均不见。与龚坐稍久。王莘田来，以送银票成患难交，亦见之。袁守愚来长谈。畯五引谭孝廉襄云芸阶。来见。周生引其姻家鞋掌柜来见。黄扑总来见。李家报丧，遣功往唁之。陈生宝夜来，未遑见也。裕太尊来告行。珀佩退出，以盈孙惧我迁之乡间，故潜还水缸边也。房妪还房，病卧甚困。

七日　晴。晨起待买杂物，遂定晚发。至李祠看求雨，隶围于柳缸濯手，其他类此，何能感格。待抚、藩未至，暂还。携小孙女及房妪往看，则已行香，将去矣。朝食未具，楼窗照灼。张起英来，未见，方食，复来，见之，云求书干匦四，亟令还县相待。二彭复来。寄禅来，未同坐，纵谈四轮王。至午客散，登楼写经。陈生来请照相，辞之至再，以其拳拳，姑出应酬。片致厘总，为张生问信。杨子杏又来，待晡食日斜，照相，乃纷纷各去。

余亦出城，僮妪均至。纯孙来送，令还。遂发，宿枯石望。

八日　晴，无风。夕至县城，入宾兴堂，换银取钱，遇李雨人、刘吉生留饭，夜登舟，移泊十二总。

九日　晴热。晨欲买鱼，待至午前不得，乃行，际夕方至姜畬，到湖口已初更矣。乘月上，犹未晡食，夜分移行李方毕，倦卧已久，房妪告劳，昏昏复睡。

十日　晴。诸女办祭，余亟补抄《易经》七页，犹欠四页。夜亦先寝。

十一日　晴。晏起，半山生日，祭犹未具，将午乃行事。未朝食，吃汤饼两顿。外报小姐回，乃玉岑小女也，亦令吃面，留住女床。补抄经六页。夜雷，小雨，已而大月。

十二日　晴，大风甚热。房妪就医，大睡两时许。闻周、张两生来，乃起入内。今日乙巳秋分，气候将转，秋阳尤烈，风来如焚。抄经足额，又成一卷。

十三日　阴。顿衣二夹，且具帽领矣。与书谭震青，论阅卷事。吾本意欲舆儿校府卷，门生阅县卷，今闻舆亦与县试，非本旨也，又不可饬令还，又成错矣。罗匠来议起楼，正画样时，杨生来，遂同酌议，周生参议，估工至申乃去。张星二来。夜微雨。

十四日　阴，有微雨。杨生早起。佃户送牛肉。朝食后遣丁买菱藕，便送杨去。抄《易》足额，逋课悉完。片告萧文星，令代还二税。

十五日　阴，甚凉。抄《易》一页。入内摸牌，外报将军来，出陪点心。便抄经二页。幹去胡来，已将夕食。郑儿送牛肉，晡食烹鸭，甚佳，亦得鳜仁、绍酒，供养殊不薄。夜定无月，令妇女连句，作中秋诗。中秋兴自晚唐，非古节也。为作二句云。秦隋不解赏，轩唐庶可寻。盖秋分夕月，礼之遗耳。待月甚久，兼待包子，过子始寝。

　　十六日　阴，小雨。张起英来求书，告以不可，而彼急欲出游，与书雷、琼，古谪臣所不去之地，今乃求往，欣然而去。

　　十七日　晴。遣许六送德女还城，晨起作书与阳三荐秋生，正相当也。本约早办，及去乃无船，将午始发，又一折也。

　　十八日　晴。祖妣生辰，设汤饼，与小孙共食，告以故事，已及玄孙矣，亦庶乎流光者。得陈沛进士浙书，云诚、湍皆吾交友，可谓进士官也。盛团总来，云安徽不可去，将官湖北矣。夜月极明，使移前三夜，大有秋兴。

　　十九日　晴。丹桂始芳，较常年迟半月。夜作包子，亦早寝。

　　廿日　晴。说"朵颐"，无意得"楄"义，汉人经不熟也。家中久无钱，卖糠自给，清理杂物。

　　廿一日　晴。说《禹贡》九州后地《水》误也，乃旧界。为禹所弼，迎刃而解，省多少葛藤。当更抄《禹贡》，并廿七篇皆当增成大义，又苦日短，为学真无已时。

　　廿二日　晴，大风。抄经自十二日后日增一页，乃更早毕。写对联数幅，仍不妨戏。

　　廿三日　晴。张四哥早来，云饭于姜畬，不家食也。言其弟已辞馆，不日当归。兼言作楼工料，遣召木匠，云已定议矣，未饭去。抄《易》上经毕。刘少田来。看沈子趣诗。

　　廿四日　晴。裕衡州专人来，请作序送行，即复书诺诺。说《咸》"其辅颊舌"，舌不可钳，岂金人有此三钳耶？改为针舌，用陈完夫新事也。

　　廿五日　晴。抄经早毕。暮夜易诗人来，云欲捐官，先问能关节否？莽莽撞撞，未能答之，姑令宿食而已。

　　廿六日　晴热。易胖去。抄经毕，作裕序，记衡州教案，颇能简洁。

廿七日　晴。庚申，寒露。为滋女讲书，乃悟当时大义太少，不能贯串，即所谓望文生训也，又当补之。

廿八日　晴热，午雨，旋止。省船还，得茇书，并俞抚台金腿。令诸女作书复茇，亦放学一日。

廿九日　阴。至暮大风，午单衣，夜遂绵袄。彭生鹗来，言烈女不嫁天主教家，宜为诗旌之。大风搅寐，不得眠。

九　月

九月癸亥朔　阴。早课未毕，已朝食。食后杨生来，遂谈一日。团总请修银田寺。杨生言孝达欲送我行在，甚非美事。余云何以待之，岂先逃匿耶？又言起楼不得地，余云此避出资者之巧说耳。既创其议，当遂成之，呼匠来，令于孺人生辰起工。薄暮杨生归。夜挑镫作字一页。半夜雨。

二日　雨风。昨遣僮下县，今房妪假归，便寄书往靲，至暮不成行。雨频至，动溜积潦，但不久耳。盛从九冒雨来，曩吾敬子，今不敬矣。未出，听其一饭而去。

三日　阴。懿请假省墓，与房妪、妇子同去。一女与仆妪结昏，恐有搤颈之日，云我为媒，我又一易笏山也，瞿春阶必以为有死罪矣。至午毕发。方僮夜还，云相遇姜畲。

四日　阴，大风。抄《易》一卷成，一日得四页。讲《书》至《金縢》，无抄本，更令纨女抄大字，为补注之。城中买菊十本，花初蓓蕾。

五日　阴。晨作字数幅，抄《易》注《书》如额。真更授五言诗。大风夜起。

六日　阴。乡中无面，遣佣入城觅之。讲《康诰》颇似宋儒章句，盖发明大义，训不能古也。书裕蓉屏《送别图序》，增文一段，甚有情韵。

七日　晴。乡中晚稻畏雨，今始慰矣。平江生来游学，方僮误引之入，人颇安详，云入山见读书人，方知斯世有不逐风尘者。其言感人，送钱二百而去。冯甲又来，皆抄书对之。日课本赢一日，反似欠一页，夜为补之。说"除戎器"，是秦始销锋意也，为前人所未发。夜月。

八日　阴晴。召土工筑堂墙，匠人作楼，指画形势。孺人生日，设汤饼，女孙放学一日，夜食饼。杨振清来送柑。乔耶被撤来诉。

九日　雨。本约登高，不宜翔步。彭生来。赵婿来，言葬父事，劝以不必生口舌，切戒涉讼。

十日　雨。乔耶去，欲附衡信不及。曹家专人来求书楄字，吴山长为介绍通书，即作两纸应之。杨振清单开三贵人，求赏一书，皆振清一流人也，笑而诺之。叱之则跪拜，无奈何也。复书吴山长。

十一日　雨势乃浓。晨起笺《书》改诗，得一佳作。抄《易》早毕。外报陈秋生来，玉岑女婿也，出见之，三十余矣，而配少女，殊不相称。出示仁裕合书，云可得船局账房，留宿客房，遣杨振清陪之。

十二日　晨阴。作书与裕衡州，便说陈秋生，寻土物送裕不得，姑遣空信。留杨待周妪，已而传云许女送亲还，余人未归也。今日写字颇竭蹶，未知其故。六朝亦有八十许人，每读其传，心羡其寿，因思康乾人良有福也。讲《书》"自介用逸"，逸无用理，宜为反语。说"鼎"用如燉盆，方合木上有火之象。又驳《左传》

鼎铭"馆粥"之谬说，鼎为大夫世家之制，亦新悟也。夜雨潇潇，颇有淋铃之感，又思闻铃之乐。

十三日　雨。黄孙生日，设面饵。与书任师耶，探鄂信。今日乙亥，霜降。

十四日　晨雨，午阴。王珣儿云"身家讳与苏子高同"。盖读"珣"为"峻"，使易讳也。夜闻开门，又赤脚声登登不绝，起询之，云四儿步还。草鞋踏泥，欲以习劳，亦殊不必。

十五日　晨雨，夜月。始闻汴信。求冬笋不得。校程抄《楚词》，自叹其佳。盛从九来告去。

十六日　晴。秋少耶专人来送裕信。杨生送张信，并致楼资。遣僮至姜畲寻张四哥，兼运蜃炭。船人云福建纯用蜃，南方用石，各从其地产也。说"智臧瘝在"五句，不知句读文理，姑令阙之。僮、伻夜归。

十七日　晴。张四来，言造正屋多所条程，难与共事，议论一日而罢，近宋学也。留宿外斋。静庵儿婚，昨来迎，当勉一往。

十八日　晴。晨起襆被，欲检笔砚，船上不能隐几，遂旷课三日。至姜畲，前日约杨生一晤，已来相待，遂要同入县。昏暮始泊，入宾兴堂夜饭，欲步月，已下钥，遂睡。

十九日　大晴。晨起，秋少耶来见。冯甲来送油。旋出访裕蓉屏，云柯逊庵擢湘藩，已当旅竹西。还堂剃发，廿日不栉沐矣。饭后复出城，至静庵宅，异人相问讯，如走卒知司马也。莲花街殊隘逼，不容旋马，而静庵所居堂宇甚峻，房室逼窄，云新妇已时入门，今已将庙见。本家至者五人，习其四。新妇邹氏，云岳屏曾孙女，遂至贫薄耶？为之怅疑。指挥拜客毕，遂入席，亦颇不整口。余与裁缝陪小上亲，未入新房，亟亟辞出。从黄龙祠误转西，心悟而返，乃遇一人，为指点迷路。到船北风甚厉，僮工俱不见，遂入宾兴堂。杨生游忏心寺归，顷之倬夫亦归。初夜有月，旋复大风，遂各睡去。

廿日　晨起微雨，芒芒上船，促令移沙弯，甫至而杨生亦至。船夫云不可出入，宜泊一日。寒甚，拥被睡久之。吃落花生，凡再饭。杨生从陆还，遣许美成送之，余遂蒙头，一日夜不饮不食不溺。夜雨。

廿一日　雨风。更寒，强移对岸，两时许始入涟，雨泊久之。日斜乃更进，至松弯夕矣，命停舟不肯。夜宿姜畲，始有生气，起吃两顿饭。

廿二日　晨雾，醒已出日，唤起催归，榜人施施至，巳乃上坝。到家抄书半页乃饭，云孺人忌日也。抄《易》四页，随众素食。已而猎人奉雉，拌瓜为馔。优人戏猴，便却去之。斟酌礼达之间。

廿三日　晴。懿生日。移砚内斋，避寒风也。佃人请挑塘筑屋，遣人往估工。

廿四日　晴。方僮偕树生同往祠佃所。看沈山人诗，昨来访未遇。清坐颇寒。方、树夜归。

廿五日　晨未起，有入室者，云房姬还矣，遣人往迎。自起抄书，未毕一页，步往湖口候之，乃闻人呼，以为已从他道还矣。比至家门，乃见度岭，迎呼同还。窊女送蟹，许孙回门，一无所办，搜饼饵与之，如得宝也。

廿六日　晴。抄书认真，外报有客，竹诠兄孙也。其孙书来，云甚恂谨。遣懿接之，令办饭，云已食，乃出问来意，许为关节。顷之又报郑福隆来，余问子耶父耶？云是父，出乃其子，甚愠，方设水角，命撤之，待去，乃以饴贺，韩昭侯之义也。懿遣四人将羊入市，行色其壮。贺宿前房，余半夜未寐。

廿七日　晴。晨起不食，夜食卷子过多，饱闷吞酸，勉起书两纸。贺去，夜得美睡。

廿八日　庚寅，立冬。晨闻人还，云羊无人买。昨一日未食，早起书《易经》卦毕，遣方僮下县办冬祭品物。三裁缝子来，算祠谷账，闯入内室，亟引令出。妇女赏菊持螯。

廿九日　晴。抄《易》且停，料检文债，方欲挥洒，刘生岳屏兄来，云其弟妇亦死，唯有孤子及二女。谭荔生弟得陪王相国烧烟，荔生亦无子，其姊夫刘静生亦死矣。又言衡山士大夫优劣，亦为允当。留宿前斋。

晦日　晴。作胡徐碑成，未欲铭之，仍抄《易》二页，已而随笔成铭，遂不劳思。夜睡甚沉，梦亦甚杂。

十　月

十月癸巳朔　刘兄云今日日食，未问时刻深浅，昨月食，亦未候视也。饭后刘去，附钱二千赙岳屏。得戴表侄书，云世饷已停，闽督奏也。

二日　晴。抄《易·系词》，讲《书·君奭》。考焚券故事，有崔慰祖，又章表先称子章，未知谁也。方僮还。

三日　阴。大风，筑垣停工，以清脚筑土，劳逸不齐，土工不肯专包清脚，谕令暂止。昏暮报石珊来，已而见数人盲行，呼问之，乃云晋庵父子亦来矣。张镫设食，便成仓卒主人。

四日　阴，风稍息。厨人庀具，家人泛扫，昏暮华二、华四来。永孙、招子来。卅和来。六铁来放铳，刘佃来开铺，许婿来杀羊。二弟出游，夜始还。

五日　丁酉，冬祭，备三献。石珊求子租戴弯，先诺今许，未详其由。设三席坐十八人，杉塘甘棠坤。族有二，余皆石泥宗人也，昨未来者。又有三屠父子及名孙与树生，为六长房、三四房、三五房、六三房、一六房、二外客、黄孙，馂毕已晚，纷纷去。唯留石珊、屺子，屺即得一兄儿也，交情甚深，而流落不可收，徒呼负负。夜未闭户，薄被稍寒。

六日　晨雾霜，大晴。遣僮佣往刘冲筑塘换墙，门墙暂停工。朱小舟弟来送瓜。禄孙归。

七日　阴雨。幸不妨工。石珊请谷去。前筑上栋，挪用其百石，无账可算，而实有其事，故听其作抵。写字十余幅。

八日　晴。作书与胡辰谿，荐月珊七子。暂停抄书。

九日　晴。遣树子上县，屺儿同去。讲《齐书·佞幸传论》，言欺隐云"军有千龄之寿"，谓冒死者名领饷也；"室无百年之鬼"，则未知何意。夜颇寒，早眠。周生送姜、橘，云舆儿又还衡。

十日　晴。晏起，诸女讲《齐书》毕。陈芳畹专足来告饥寒。吾有广厦一间，而彼不来，但欲卷我三重茅，可笑也。将军来，亦不饭而去。夜月。

十一日　晴。始讲《梁书》。姚思廉文笔冗沓，不成纪体。抄《易·系词》欲毕，颇以《说卦》，不在十翼内，似宋学也。留仙云吾终归宋学，斯言亦有由。

十二日　晴阴。僮佣还，云塘工已毕，费钱千余，谷二石，抵五十工也。

十三日　乙巳，小雪。陈复心专人送玄纁表里并鱼翅、飞面，从孙家来，未知其由，即书复之，云当告归。大晴，夜月。

十四日　晴。张生自衡还，云李润笔已到，还旧债外尚存二百千，且喜不背攻。陈完郎专使请期，许以腊月，呈寿文，尔雅健举，佳作也，即令书屏。张佣与竖子争席，余自取被与之。沈山人夜来，谈至二更去，云月行有佳致，独行尤佳，别有兴趣，真猎士也。设汤面点心。

十五日　大晴。张生晨去，戴表侄来，求干蔡洋道，许之。将往城治嫁装，遣陈使先去，遗二衣，两饼银。日课俱停。

十六日　阴。本拟早行，防雨改明日，遣视船竟未到，要滋女同往办装。永孙夕来，云有人求文，实则求馆也。言复心已撤，改委沈闷南。张生复来，戴午去，检刘状将作传，乃羌无一事。唯岳屏有话说耳，置之。看朱孝子禀结，检新《志》，初无其名。夜雨。

十七日　雨阴。复抄《易》二页。纨女抄《左传》毕，未暇检点。

十八日　阴雨。遣送菊与沈山人，并媵以诗。至夕使还，乃有报书和诗，兼馈果饵。夜月。

十九日　晴。留久，本欲冒雨行，乃竟得佳日。命滋携黄孙同下船，半日行李乃毕，至姜畲，夕矣。往张生处取银。二杨兄弟同来，得朱、程书，话数语别去。出涟口已夜，到县初更矣。滋往三妇家。永孙来，言请留一夜。余约待月即发，久之遣促至即行，一夜未停，迟明到猴石。

廿日　大雾，晴，南风甚煊。辰正到朝宗门，到家已朝食，乃有九弟女携子女均先在，云近荐出无数人，宜为其女婿出力，笑而诺之。欲往小吴门，过宧女家，入视，便出从五堆还城门，云搜检甚严，乃未相诘，未知何故。遣功易银，步往小东街，还王借项，遇粟谷青、汪督销，将夕乃还。蔡女、儿女均去。宧来竟日，未夜去。早眠，闻失火，未起，起已大雨。

廿一日　晨大风，有雨，骤寒。王连生、朱生、梁璧垣、周荫坤来，云罗顺循已还中国。盈孙生日，自亦忘之，至夜乃觉，赏以二蟹。夜晴。

廿二日　晴。遣佣还乡。王莘田偕胡澹生来，九弟妇家人也。附竹孙与岵樵，托买锡器。陈芳畹来，苏三以为白日撞，诃问之。余云君衣冠太敝，不似盗也。

廿三日　晴。苏升来求荐，人不知足，亦不知所由富，宜张孝达之甘心夷奴也。与同至空门忏之，兼看讲舍，阒无人门焉者。遇道乡，同至笠云处小坐，即同看席祠，谒刘坤二，遇八指在舒家道场，始知叔隽死矣。凶祸相连，黄氏所不料也。还过孔搢阶不遇，到家，与寄禅同点心。女、妇过宆家，夜还。校经彭、李、刘三生来。

廿四日　晴霜。黄孙来。检点嫁衣。汪寿民、寄禅来，偕龙山李生，欻为吴永，以貌陋末选。陈芳畹来告饥寒，恤以二元。蔡氏从女复欲摇钱，则不能应矣。午过任师、朱守均不遇，还，五僧来，茶话。闻易青涟丧，正八十矣，天下可怜人也。张生四兄来，往清江。

廿五日　晴。任师早来，留饭去。宆女复来看尺头，动则百金，始知物贵。

廿六日　晴。龚生令桂阳，来辞，云少荃没而犹视，盖电气使然，非欲事吴如主也，而周馥适为士丐矣。永孙来，令觅晓沧儿同去，往城隍祠看戏，黄孙所好也。刘果夜来，云尚无行日。与书但少村，荐贺孙。

廿七日　晴。抄《易》一页，犹误以序卦不必深求，姑补成之。孔搢阶来，自谓正学，云当送裕蓉屏，未久去。曹镜初儿来，送出门，正逢裕过，入谈即辞，云爵帅开缺，陈生得漕督十五年，遂欲代丁，信升沉之无定，然亦捷矣。张翊六来，执贽。

廿八日　庚申，大雪节。晴煊。任积臣、胡子扬来，云黄伯周即在本街，同往看之，因送子旸至草潮门，独从又一村还。永孙复来告归。黄、雷、陈生来相看。

廿九日　晴。黄生来。程璟光来见，未知何人，延入问之，云虎溪子也，字海年，今居黄子襄故居，将同会于王家，故先来看。已而至王莘田处，粟、叶先在，又有陈六生女婿魏生及广东罗令，多言洋务电报。程子后至，八指亦在，吃饭九碗而去，二更散。屺儿来。

晦日　晴。与陈芳畹同出，答访任三不遇。马士元与黄生来。欧阳大人来，油滑无取，浏阳无此人，亦闲气也，与叶麻又异。独往戏场，但少村来，未见。抄《易说》成，凡百十日。

十一月

十一月癸亥朔　晴。黄孙课毕，想看戏，携至火祠，局散。同至盐署刘师处，有广西新举人，陈生季修孙也，小坐出。还遇笠、寄二僧，约作生日，众僧诵经，非所宜当也。

二日　晴。杨伯寿、丁生同来。彭畯五来求书，云有秀水王家，藏书甲天下。又有浔州守张丹铭求书楹联，并言其从子之能。得茂书，云往南海去矣。金妪来。

三日　晴。道乡僧早来，云坤二将遣人往吴，可带嫁装，便托购铜瓷器皿。午携孙女看窊，旋至城隍祠，遇畯五还，谈久之。左致和妻来告帮，许为加一千钱。夕出无僮仆，舁至赵坪，程海年请饭，有洪子翁，皮西学，陈十大人及其姻，苏、李两令，王莘田，赞广翅，说官话，夜散。与莘田步寻蔡洋道，寓郭宅，十年不到矣。

四日　晴。斋戒楼居，与循、陈郎伯商来，出见，遂久坐。陈郎被酒愤愤，恃有奥援，复欲入狱矣。略随语犍椎，未甚领解。李伯强 前普。来，剑斋儿也，便约明日一饭，报其半千金。夜风有霜。

五日　晴。丁卯，炌祭，早起待事，仍命功献，午初已事。宓女来。汤团练来。杨儿来，留饭，礼辞，遂听其去。朱生亦礼辞。遣纯孙请与循，便随之来。杨伯琇、李伯强亦早至，莘田俄到，杨云新学党魁也，何以相识。易实甫替人，千真万真，其然岂其然乎。李欲出城，遂早入坐。张雨珊旋来，初更散。四客步去，王留后。一日颇倦，早寝。

六日　大雾，晴煊。待黄孙课毕出，答访夏、汤，便过与循，均不遇。至笠云处小坐，聋老已衰，不可谈矣。坐看黄、张、郭、李之衰，又看汤、王、张、瞿之盛，亦算历一劫也。费、王生来见。乡中人来。

七日　晴。忌日，素食，客来均未见。萧生夜来，云当往淮上，送火腿而去。

八日　晴。晨课毕，步访夏子新，问相寻何事，乃云张生名条失去矣，余无所闻。至关祠坐久之，待昇不至，复出立街上。又将一时许，昇来，至藩署，客皆未至，入与但紫荄谈蜀事。顷之邀出，三客皆不相识，一贵州人，云曾于陈伯双屏后窥我；一李姓，字新和。云于靖港见我；一瞿姓，云初禀到。张雨珊后来。席散将夕，步出，又待昇还。得王生昌麟书，荐廖令来见。

九日　晴。部署无章，姑令糊窗，待移寓。彭晙五携其兄子来，云将往广西。廖知县来见，成都举人，开字帖店，携姥来候补，教习班也，与方廉史为师弟。

十日　晴。晨未起，莲耶来，云三女已到。携四女、一妾远迎之，暂令滋移内楼。蓝山赵生来见，黄提调在坐，先去，赵衣冠华绮，云往寻复心，盖贽郎之流，非吾徒也。王祭酒来。夕过蔡署粮，诸客已至，刘、王、程、李，余无别客，亦无多谈，但吃而已。坐散，答访罗师。任师来辞行，往安徽，到省。夜风有雨。得李生书。

十一日　晴。遣方僮迎家，二佣接轿，一日无客，料检移寓。夜携诸孙看本街三祠冬祭。看与恂寿文，为两孙书扇。

十二日　甲戌，冬至。卯正红光满窗。起送任师，其大门不启，待一时许寂然，今日不行定矣。此等行，无所用送，幡然而返。天似欲雨，顷之仍晴。家中嘈嘈，急欲移寓，遣人再往，均不得要领，乃自往便定。遣招三女来，滋愿留家，惟珰、四女、一妾先来。坐未定，程孙儿来，致其大父所送生辰纲。永孙又来，儿孙俱集。余又还家，看何诗孙所写张文星寿文，归本朱子，正合孤意。还讲舍，两孙已去。尹和伯又来请画像，并画立轴为寿，期以异日。和尚来。宓来，吃蟹羊雉稌，夜初俱散，不闻更鼓，亥正寝。梦作赋成，起段系"东"字韵，不起草，就卷书之，第四联云"桓元子五丈旗边，雄心盖世"，未及对而醒。又梦饮酪，甜如蜜，心昏然不能须臾，知被压，急自转侧，乃安。鼠堕足边，疑魅物也。蒙雨夜明，遂觉至曙。咏《洛神赋》。

十三日　阴。晨待饭未起，有人入房，云刘大人请客。卧而答之，人去即起，饭始熟矣，勉食一瓯。小雨作寒，短日无事，看西书。席研香儿来，未见。邓直牧送柚，真巴东产也，万方玉帛，未过如此。陈伯弢贺生日，并送新词。

十四日　阴。看未见书，皆近人所作，有陈昭谋时艺。何仙槎，年伯也，文颇有书卷，三心祖父也。午出谒巡抚，谈新政，云还京，已至真定道上，不废游览。日色将晚，至盐署会饮，坐客汤、王、席、李，新到县令刘省钦，以余为客，李即勉林孙，亦道员矣，最后至，云瞿军大寄家鄂藩，新妇随去。夜归。大风，有寒意。

十五日　晨起雪雾雾，旋落旋消，积半寸而雨，俱化去矣。功儿来，珰小女豆疹平安，又过一厄。夜早眠，得茂南海报，知已到粤。

十六日　阴，午后仍雨。俞抚部来，谈绅士，坐久之。客去，余出答席督销，过雨恬、黄提调、梁文案，旋至洋局会饮。厅前轿满，入则有杨巩、王莘田，又一白胖人，不知姓名。有少年陈姓，或云伯屏家儿，听口气非也。问蔡伯浩，乃知可亭儿，钱店老板也。又一张大人，云沅江旧籍，误以为张伯琴，亦问蔡，乃知云南学政，黑胡无翰林习气，纵谈督抚。杨、王先去，陈居洋局，余与张留，谈久之，与席俱出。雨复蒙蒙，见有云母车，询知三妇先归，宜孙待晴催饭开铺，顷之皆办。李孙来谒，未遇，名鸿幹。

十七日　阴。待来不来，独坐无事，看近人文集。陈梅根、谢钟楩来，谈时事。功来，言茂信已发。张季端修撰来。

十八日　阴寒又雨。尹和伯来，示画梅，即以为寿。陈郎来，云亦道员，捐四川，将办越盐。梁璧垣来，谈诗。夜闻喧声，宜孙归，其舅送之，而寓客舍，遣迎往家居宿。看包慎伯《一》《双》《三》《四》集及刘起潜《通议》。和尚送添妆。

十九日　阴，大风。功早来。看铜瓷器，竟日向火。二郑来，研生、祝嵩。问三儿，未知何处。至夜人声鼎喧，诸女、妇、孙皆从船来，先升入者五轿，幸有床板，暂得容身。

廿日　晴寒。发行李卅挑，出门迎轿，先过雨珊，出遇轿，误从中右行，乃导之左。寓中待米以炊，过午始食，夕食遂初更矣。家中儿女亦来，纯孙先至。出买床板，遂至夜，还食毕已太晚。三更始关门，议做生日事。

廿一日　晴。霜重路犹湿，舁呈新刻诗集，讹字极多。出答诸客，吊胡子威，须全白矣。过汪寿民、黄望之而还。陈瑜来，误以为璠弟也。入则陈芸敏之侄，前在藩署同坐者，谈数语去。

廿二日　晴。未起，彭晙五来，辞去。道乡来言瓷器。弹匠来。但道台送寿礼。黄修原来。廖荪畡送润笔、生辰纲。黎生父送百元。汤又庵来。雨珊夜来，为我筹划客坐，更开三间屋，以馆来客。吴妪来，属其子。

廿三日　晴。任师早来。笠、寄踵至，扫除外房，但直牧来，送润笔。宓还，遣迎滋来吃蟹，久之不至。功父子均早来。魏諴铁三来，嵌崎人也。益吾来，荐厨、戏。月生自衡来。郑弟来。汪寿民来。珰疾甚困。

廿四日　晴。珰犹未愈，忧之。陈郎来，云其姥从船亦将至矣。早饭后送往种福源。功妇来看妹，因还校诗。顷之齐七、二廖、倬夫、泽生来。黄望之来，云席督销纳徵，赵坪尚有屋，可喜也。言李雨农事甚详。夏子新、尹和伯来，遂暮矣。瑞师、胡师来。与书谢廖荪畡。得李生书，请游桂阳。

廿五日　晴。今日必当答陈瑜，催饭未得，且校诗一卷。饭后至皇仓，寻陈寓，乃在巷内孙老总昔寓间壁，瑜已出矣。过福兴，访二郑，亦出。还至家，见王生寿言内载挽联，不胜骇异，亟改正，至寓遣送魏寓，令就格更换。胡外孙女来，斗牌，索饼未得。忽忆当答尹和伯，未及去，罗洋员来，言日本看操，相隔百里，但闻炮声，实无所见也。告辞省母，匆匆去。余亦出，至府围后，和伯外出，又还斗牌。彭稷初来，送寿屏，自作甥书，一论耳，非序体也，然论文武极有理。入见湘孙，孙不能作一语，亦奇女也。胡孙夜去。

廿六日　晴。任师来，求但一差，书为干之。完夫来，云程岘樵已到。午后陈九郎、岘樵、麻十、杨叔文同来，廖生亦同完夫并至，邀坐摸牌。局未终，余出贺杨八嫂生日，当留听戏，局客俱散，送至雨珊处。余到杨家，见杨巩、益吾、龙艮三、李七耶及佛翼、王莘田，余多不识。汤藩台后来先去，余亦同出，念陈郎疾及三孙女未愈，因还寓早息。诸女坚云太早，旋闻鸡鸣乃散，及寝，果觉夜未央也。

廿七日　晴。晨出诣岘樵，遇其从人，引至水阁，麻、丁均在，戟郎亦起矣。言锡兵备有时而明，必欲见我，送寿礼、关书，余唯唯否否。因看陈郎三兄弟、二廖生，小坐，还舍朝食。送礼者纷纷，初不暇记。湘衡人亦纷纷来会，无馆待之。今日己丑，小寒。

廿八日　晴。晨起待儿孙同笠云至上林寺拜普佛，十僧主事，坤二放参，设如意斋，余具银钱十枚助斋衬。麻十来，欲干但藩。出遇二程、二杨，余不暇顾，径至寺，已有人候门外。顷之完夫来，言杨晳子、张正旸均到，即遣迎之，待二程、杨伯琇同早面，登藏经阁，正拈得《大般若经》。久之王莘田来，程、杨先去，杨、张补阙，至未散。出诣继莲溪，颇似庾召南，非发品也。将诣善化，时已不早，乃至家，解衣，见乡族十许人。闻三妇来舍，诸女欲来，步还止之。仍步还家，诸族姻门生毕集，磕头不计数，汗湿裘矣。待轿无有，又步至讲舍，暗行，衣靴抹冠，幸不遇小利。至门，待慧孙及佣工，久之慧孙乃过门，呼之不应，以为非也。内遣来告，乃入受贺，爆竹甚盛，家男舍女，女华于男多矣。宓尚留待，以太晏，催令办面，散已近三更矣。催众早睡。

廿九日　晴。晨起入浩园门，门已锁闭，久之乃开，犹是坼阖,不胜今昔之感。入晴澜舫,至东厅,已有诸客待事,因无自寿理,不请知宾。陈鹏孙早来,旋去,余随到随拜,不能记谁某,若齐次风、史士良岂能办此?少村来,云抚台必入,属令先待。巳正,廙仙来,不吃面,清谈甚久。藩台饥矣,而不便独设,陪坐至午正。客来三四班,李抚孙亦待久,请来同坐。廙去,谓但可一过我。少村又匆匆去,竟不得食,可谓仓猝客也。余陪夏子新一面,东西厅客纷纭,竟无暇饱,过未正来者犹相继,嫌其太迟,乃还舍解衣,貂冠汗透矣。女、妇始相见,女客亦有二三人。晚与功儿议发帖请客,杨儿必欲唱戏,遂留莲太耶、梁璧垣、朱稺泉摸雀八圈。戏子乃来,草率丑陋,不成局面,三更后散。

晦日　晴,仍热。晨起,诸生来者十许人。笠云同道乡来,看吃饭,杨生、蔡侄、常婿、云孙同饭于戏台。遂不顾客,出谢北、西、南三城客,留东城未去。在善化县门待舁夫饭,至一时许,入求实书院,与王生一谈,云罗顺循又中毒矣。诸女演剧,至夜分乃散,宓女亦去。

十二月

十二月癸巳朔　晴。饭后出,补谢孙次韩,即过葵园待客,正见陈十郎与一梧言叶麻子兄弟斗很事,修书求情,不惜卑词,殆类哀鸣矣。赵观察早来,张学台次,藩、粮、盐、臬,夏、陈两县继至,方欲进馔,传云洋医杀人,市人将閧,群官仓皇去。四坐但余夏、陈、李、次琴。张、雨珊。二程、二王,并我为二。散时犹未三更。

二日　晴热。诸女召剧夜演。功儿在家宴客。衡、桂、潭生络绎来去。午后到家,陪坐送酒,皆亲交也。设二席坐十一人,蔡侄、常倩不至，余未食而还。戏箱已来，寀女携女来，两孙女及王女并来。设二席，宴蔡侄、常婿，朱稑泉不肯坐。招麻十吹笛，叶麻不来，戏无精神，听曲一枝而罢。

三日　晴。衡客告去，三妇携子孙德牙均去，族邻亦去，散遣傔从，检点铺设。功仍宴客，午后欲往待事，门遇赵季质，谈常德书院事。马先子、徐甥、贺孙均来言事。客去到家，皮、胡、小梧。杨儿均到，彭孙婿先在，余皆不至。蜀两生来送寿屏，功陪坐，余先还舍。两生襆被从至馆外，客已散，即居外舍。询知为张式卿、戴子和所引进也。一为王剑门，则无人不知，以其手写《湘军志》也。杨生小疾，张生共谈。

四日　晴热。王、张补拜生，余补谢客。朝食后功来取屏对去，张之厅坐。与两生论时事，张云英人云中国君主乃压力机器，欧洲则用机器之人也。余云有压必有抵，抵当待压而后见，必不糜碎而已。匈奴轻汉，正其来朝之机也。午还家待客，费、王已至，遣招张、王。上楼假寐，云郑华容已至，当陪点心，强起出坐。莲太耶亦来，待朱伟斋、孙楚生，上镫乃来。设两席，送酒后退，还倦，初更即睡。

五日　阴晴。朝食后霖生翁婿来，言过礼铺房，张生遇于蜀客之房，云六樊友也，盛德金托其汲引。杨儿来问戏，功儿请病假，自往视之，则已出游矣。小坐还舍，斗牌，吃面，夕食遂夜。二陈来。云杨生不能饭，煮粥铺之。与蜀生同谈至三更，张生告去。

六日　阴。卯起，待张装去，赠以两蔬一肉，使归遗母。王生廿年院生，以事孔者事宋，困而出游，宋乃荐与胡延。余初不知，欲令游鄂，询知，故留，暂馆我，此即宋、王之优劣也，王之世故谙矣。常、杨来，云婚事功儿不知，当取进止，还家与议。

正遇雨出，又一客到门，下舁则毛杏生，云已捐知县，将往万县，为程生坐号。家人治装，刘伯卿来，遂坐半日。雨湿街石，先携两外孙来，不能还，乃独步至舍。骤疾，发热，微汗，大咳，夜不帖席。二瑚来送鸭面。

七日　阴。晏起，稍得一寐。任师来。家中纳陈氏徵，诸女、妇、妪尽往。余当往杨儿家待客，遣两僮荷酒先往。功来看懿疾，旋去。徘徊久之，恐后客期，遣呼舁来，至藩后尚早。任师先来，陈十继至，余皆待昏夜乃来，省城新派也。杨巩、叶麻以管班故早，李、云子。郭、筠子。粟、幼友。王新学。次之，祭酒最后，刘师不来，奇矣。黄郎云昨客有张雨珊、汤又安、席沅生、李抚孙，并无别意。莘田云黄提调出豆，张垫秋管学戏甚认真。散将三更，犹怏怏也。

八日　阴，欲雨。晨催僮仆还家，竟无人去，诿过小张而革之。实因方僮误之，而法不能加张也。用法往往如此，故曰"齐之以礼"，刑礼之异则在心术，由外言之无异也。媒人当来不来，不来又来，则由礼俗不同，彼己各异，非吾所能逆睹。往来碑石塘，又携三外孙看送装，还舍夕食。送礼单往陈家。

九日　阴煊。晨待取银，朝食时往家送女，开容娘已去，笫女未还，遣女来送嫁，诸女妇并集。杨生来，为婿傧。陈婿来，女犹未装，小裘犹热，再三催装，未初乃迎婿，奠雁，登舆，纷纷遂去。急解衣步还讲舍，正于乐道巷口遇新轿，未派扶侍，路人诧焉。顷之诸女皆还，待三女至夜未至，长妇、六女送亲，宴毕未复命，亟催令还。三女来时，已三更矣。闻闹房甚勇，遣告伴姆，不可忤客。余倦遂寝。

十日　雨。煤米已尽，散遣佣仆，撤去账房，交还借屋，检点长物，移房让王生，遂居内寝，遣湘孙到家。当出谢客，出时已将夕，仅至游击、藩台二处。从东茅巷至小瀛洲席祠剧饮，诸贵公子皆捐道员，貂裘满堂。席沅生设四席，皆辞首坐，竟空其一席，余与蔡洋道、余太华儿、聂四郎、王莘田、杨三品同坐，客逡巡并去。二更蔡道兴辞，余亦同出，过青石桥，居然有镫市之景。杨儿来，托其交戏价席费卅元。

十一日　雨。周妪早还，言须钱放赏，又去其十六元。三女整顿厨房，送归羊鸭，遣彭佣、曹妪俱去。与莲耶一书，干唐太尊。寄禅来，云笠云生日，邀往午斋，共三十二人，亦设四席。余坐久思归，遂冒雨还。黄小鲁儿庆曾来，忌辰，拜客辞未便见。云孙来，云待考未去。颜太尊将回任，云与俞抚不协。俞勤颜惰也。曹、王并为家中所留，文柄麾之不去，与约三章，留之挑水煮饭。

十二日　阴。功择今日回门，不知忌辰不可衣冠也。改期十五，又忘家忌，尤为荒忽。孙君诒儿举璜、黄小鲁儿庆曾、皮小舲孙晋藩均来见。和尚来，求保奸僧，与书王新学，转致善化令。写字二幅，看陈伯弢词卷，摸牌较牌。常霖生、廖春如、二陈郎、杨生来，谈及轿钱，余亟止之。而杨生力辨哓哓，余不觉斥数甚厉，虽无择言，亦非君子之容，犹觉风波易动耳。少年乃可盛气，老而好斗，又不好得，犹为本色。得任师耶书。

十三日　晴。湘四（江、云、西、安）豪雄配（甘、川、陕、鄂、苏、粤、豫）七旗，丁（桂）张（湘）直（东）汉亦同畿。只饶浙粤夸双节，豫桂苏徽一足夔。（粤陶、湘俞、闽许、黔邓、直袁、晋岑、浙任、滇李）晨出谢客，晤任师、盛令，还至家已朝食矣。女婿来见，设馔待之，至未乃来，请朱稗泉陪客。余上楼与伴姆计议伴送事，女在房与姊侄闲话，婿在客坐，余再上楼，比下已设食矣，遂步还舍。两遣人觅佣妪、鱼翅。

十四日　阴，蒙雨如雾。晨往衡清试馆看陈寓，已治装下船，铺陈尽撤。九郎早起，余尚未下床。还舍，待转脚，过午不来，自出探之，遇妪搴帘，乃知过矣。出门遇喻生，碑石巷遇陈、杨、魏，八人分二队行。夏寿璋自蜀还来见。彭鹗自下门入，匆匆去。还舍，遇呼传帖人，视之汤姓，"世愚弟"，盖谒黄皖捐者而误诣我。入内真已在室，留坐终日，定更去。任师来，言暂拨事，顷之遣人送来三百元，以清楼款。

十五日　雨。忌日，素食。珰出看二姐，携小女去。杨、陈、廖生夜来告行。还杨四百元。

十六日　雨。真来，云床坐皆移下船，特来暂坐。周妪定不去，遣舁迎之。陈婿亦来辞行，遣儿往船看之。余过胡小梧处，陪两县，长沙不来，客又有蒋幼怀、胡子清，至初更散。周已还而无睡处，处之客坐大床。与书督销局问支取银数。夜月。

十七日　大雨。蒋幼怀来。得督销道席沅生书，言去年干馆，世兄吉翁亲手领去，殊出意外。余屡询回信，且告以恐人中饱，所谓人者，即吾亲子也。彼昏不悟，清昼攫金，其胆大眼小，甚于攘羊，且以来书示之。

十八日　阴，晨有雪。赵景午来，言张司空有书来，言船山书院属抚台保护。余云"吹皱一池春水"，非管学及巡抚所宜留心也。颜太尊来，未见。功儿来，面谩云未闻庭训。既无心肝，不复与言。

十九日　两督销收支黄焘送来脩金五百，盖依例扣两月，易仲硕之谬也，与书席沅生正之。敝处与胡文忠家，岁由贵局支送六百金，乃张督部优贤报功念旧右文之雅，非干馆也。彼以为贤而馈之，我利其惠而私之，则不贤矣。是使督部滥惠，而受者无名，故必辞也。润公虽亡，人知其心，必不欲其家受此虚惠，其子孙不能辞，故代之辞，润公意也。如是干馆，则必求而得，或荐而得，万无伪辞之理。而易世兄不知大义，妄列于表，以蔽张公之美，而彰胡、王之陋，盖其魂东魂西，魂不附体之所为，不足责也。又随大例减去两月，则更谬矣。减去两月，何不裁此二分？且不必裁，而固已一辞再辞，又何劳易公之岁省区区乎？代者不知其由，但依易例，弟又远在山谷，从不入城，故瞢然至今也。幸逢阁下明达无私，故敢布其诚心。去岁小儿所领，悉令缴上，今年年终报册，求向名下注一"辞谢未受"，明年不再列表，以免刚中堂之流查账追缴，诸多不便。

廿日　雨。出答颜长沙，因至任辅丞处，还前借三百元，以票期未至，往来两次，遂置之。欲令功儿换票，辞以休息，词色傲很，不自觉也。遂索票自还，令方贵往，亦不成。市侩刁难如此，久不知此味矣。

廿一日　雨。遣舆往卝局换票，送还盐局四百金，始了前事。当请十僧一斋，饬家营办。家中小婢病剧，去来了然，可骇。

廿二日　雨，至夜遂雪。方僮兄病剧，犹在厨供役。冒雨出入，家事丛脞，殊无整饬之道。文柄得莘田荐充局丁，即日去。

廿三日　大雪五寸，庭阶皓洁。借僧客堂设斋，请十僧及坤二，报寿醮也。携端孙往，至夕还。方僮假去。

廿四日　雪霁。灶养亦请假助葬方兄，房妪兼厨，不更雇工，豪杰也。彭佣夕至，亦不乏人使。使今军大中有此一人，天下事未至如此，但废佣工一顿饭耳。赏钱折席，作年糕。

廿五日　阴。功晨来，送莪女广州书，言及时事，切戒以徇俗务外谋食好利之敝，因数其交游，无謇谔人。游词相抵，终不入也，亦聊尽义方而已，使王船山知之，必又痛恨。夕间任家送银钱来，始得开销。

廿六日　大晴。赵升令、黄少耶文相。并来谈。赵言学术，黄言但阴险，如见肺肝，致可乐也。我不能绝之，以识其微时，亦借其光宠，一义一利，交情乃缔。窊女来，夜令女、妇报莪书。

昨欲看迎春，已而摸牌忘之，遣彭十还山。

廿七日　己未，立春。云卿儿来借宿，盗地照去。初取其一，又从门房取所藏者而去，可谓巧偷也。令作新者偿原主，去钱二千三百，其所盗不过易三四百钱耳。送年礼者四五家，皆无以答之，唯分诸女银钱及杂用，亦顿散数十万。磨墨一碗，写字廿余幅。

廿八日　晴。晨起陈梅根来论文，兼为雷生借钱，并言尹和伯甚窘。余念当送润笔，而财力不足，取闽石、浙笔、徽茶、江鸭，胲以十元，马先生例也。省节他费，犹几乎不足，功云十千何所济，信大言矣，但不知功曾散几十千。

廿九日　晴。除日，小尽。年光颇丽。陈芳畹来，取四元。尹和伯来，因与俱访梅根，借以八元，左锡九儿妇二千，熊、吴各两元。来宗来，送巴布、野鸡，家人押岁，共卅一元，盛矣哉，寒士所不料也。儿女见惯，乃以为悭啬锱铢矣。虽房妪亦以为不应计算及此纤小，王生宜得十金，乃减至四元。犹患不足钱，钱何难得，世衰使之然。携孙女男还家拜牌，二更行礼，仍步还，路暗独行，岂能以财济人者耶？每思"车不雕圻"之言，善言用财者。三更祭诗，四更先睡，不复问家人洒扫事，亦无人洒扫也，纯乎官体矣。

光绪二十八年壬寅

正　月

壬寅正月壬戌朔　晴。未起，王女已来拜年，余至家，女又在家，朱稺泉亦先到随至，均可谓踊跃从事者。拜庙受贺毕，还舍受贺，爆竹烟咫尺不见物，从来无此喧阗，亦刘仲良所谓为寒士吐气者。儿女守岁，并困倦。过午乃有客至，凡见杨儿、任师、丁孙、梁璧园。旋过僧舍斋集，有萧希鲁、李少允父子及陈再伯、松生子也。刘坤二、诸寺僧众五六人，夕散。懿犹未醒。

二日　晴。城中来贺年者竟日不绝，皆避未出。曾生、周年孙便衣来谒，余云逾垣闭门，正避拜年客也。昔解孟子书“驱飞廉于海隅”，是讲洋务者，今又得此解，与番禺令说约与国战必先，同为善谈孟子。孟子正未可废，诙谐先辈也。

三日　晴。国忌，无贺年人，亦新讲究，早年不问服色，此皆官气也。寄禅来，言罗顺循。

四日　晴。遣僮补飞名片。午过蔡洋道，遇席督销，复过赵从炳而还。云孙来，功上食。

五日　晴。抚辕飞片，在其来拜后，似乎太简，特往答之，并讯咳血愈否。为余言叶、张诸绅登报，昨发电问外部，余以为不必，而俞绅必欲询之，岂畏亲家翁反脸耶？夷威及于岩穴，则所谓莫不尊亲者，确有其验。出过家，舍舁而徒，功妇进膳。

六日　晴。城隍祠住持和庵设斋，寄禅云初正那可入鬼地，已辞之矣。笠、道来，邀同往，又随而诺之。过家，遇一貂珠人，乃文擅湖南，自蜀归，邀入略谈，云何棠孙亦归矣。纷纷还家可喜也。二僧避客登堂，已乃同往，客皆不至，唯一陈姓闯席，及和庵僧妹夫同坐，去早散迟，甚破工也。窕女来送膳，姊妹毕集。

人日　晴。朝食后，夏三嫂次子来见，字子择，老实人，保家儿也。闻爆竹声，甚讶何人，乃擅湖南来送寿礼，拜而受之。遣招笠僧，则已遁去，初不疑其逃席，因过上林寺乃知之。步往卅局，无人焉者。绕路边井，寻留田馆，乃得之于黎家坡，宾兴司事皆在，唯见葛、萧。又过杨仲子，在洪井，叶邻。还至上林，闻大声出屋，未审为谁。入见孔、叶，孔云子妇初昏而丧。叶云日作冶游，以为得意，亦太无耻矣。粟、王继至，笠僧不来，寄禅甚不自得，未夕而散。房妪告归，遂琐门去。丁氏三子来，逊卿，果臣孙也。

八日　晴。写扇一柄，郑妇弟来，遂以与之。又写对联四副。午至小瀛洲，坤二设斋，又煮鱼翅相款，客有李时敏，李少允父子，笠、道、青莲三僧，未夕散。昇从织机巷，报谒蒋又怀、陈程初。赴草潮门陈家，陈仁、子近。翼栋寿嵩。为主人，诸绅半集，二道为客，各与接谈，恐夜散太迟，半席兴辞。六女上食犹未至，遣两儿携妇先归山庄，行李已整顿矣。

九日　晴。晨发行李，留夫担运。青莲设斋，云过午不食，欲早赴集。笠云必待午后，不从其禁约也。访邬师儿、汤又安，汤处遇汪、龙，小坐而出。见朱宣桢、谭生、沈粹儿、曹厚之、黄修源，谈洋马头，李宗莲愿办，又云回京，似未太平，张、刘俱当入卫，瞿、张朝望甚佳。久之乃去。胡婿又来。僧已再催矣，步往三官殿，迷其门径，彷徨久之，复遇陈姓，指引在周家对门，入则笠、寄、道三僧俱在，又讲和矣。张坤二、赵少耶、张怡仲、夏儿俱在，青莲设斋，宿云为主，未正散。过家小坐，还看两妇，犹未欲去，促之出城，行李已不及出矣。胡氏外孙女来，长妇亦来。至夜携五孙踏月，复至家小坐，独步还舍，遣舁送妇，因迎两孙。

十日　阴，有雾雨，旋霁。黄文桐同知来，历诉坎坷。笠僧来约往龙祠。常静来诉其徒。小雨欲出，仍返。贺子明来见，出门又遇尹和伯、周生，同行至府后，周自南去，过尹寓小坐。循抚垣至寿星街，寻龙宫道不得，法喻避去，其师弟设斋，请章童子、张怡仲、刘坤二、张传胪，雨涔涔下，菜迟迟来，遂尽一日。舁还，少憩。陈雨初来，三年契阔，余儿受其干馆，亦当辞之，又不知作何词也。诸女并赴王生妇家春酒，大雨往还，至初更未休。更迎黄孙来，并滋及两孙女，均宿舍中，以息疲人。

十一日　阴，复有晴意。长沙令国忌宴客，既约申刻，复改早饭，应酬无聊至此，余亦从而无聊。街湿舁往，闯抚辕过，栅丁担夫口角手搏，俱不知礼，余默而已。约束家丁最难，步步宜谨，不可令张正旸见也。往则客犹未至，顷之任、黄二师与子清同来，刘师、罗洋继至，散已将夕。复过陈崧生家斋集，从浩园还。

十二日　癸酉，雨水。晴。三官僧宿云早斋，晨往，欲往，赵道台来，复闻房中有客，道香僧先至，舁往则笠僧先到矣。怡仲、寄禅、夏子同集，坤二不来，云往陶真祠行香。陶即士行子孙也，修道未闻，岂亦五斗米道耶？午还，未能款谈，且出谢陈、黎，因访吴仰煦，便过张状元。遇李少耶训苗，不知何许人也，小谈而别，还夕食。陈宇初、黎竹云皆施主，宜有一饭之报，令诸女开单营办。邬师夜来。狗儿来。得吕、夏书。

十三日　晴。尹和伯来照像，设坐僧堂，功儿、两孙均到，午后朽毕，留至讲舍点心。王镜芙来。午集刘师家摸雀，曾翰臣其姑耶也，与刘父子同局，未半，黎竹云来。汪知县来，怀庭女婿也，无书卷气，云摸雀第一。黎代刘，汪代曾，局散无胜负。夏武夷寄寿文、水礼。

十四日　晴。明日请客，诸女两佣皆至家助办，余亦还部署。欲畀还，兰孙亦当畀，乃步从，不及，比到已决瀿闭门，登陴矣叫呼，乃辟门。少憩，步至浏阳门李氏怀庐，赴罗麟阁招，设越食，熟客有任师、王莘田、魏铁三，论碑帖之殊、茶煤之税，夜畀还。微雨，夜半遂雨。

十五日　雨。陈湜儿索作祠联。丁、王生并送汤圆。廖世英梓材来。陈亦渔子妇来看珏女，其叔姑兄妻也，此人不见经传六十年矣。廖误以在讲舍请客，到遂遣畀夫去，余告以尚早，辞去，无轿，乃遂踏泥，后又甚雨，遣觅不得，顷之取空轿去，余亦还家。王生已久待，夕始催客，客不待催已陆续来，黎竹云、刘省钦、梁璧园与王、廖同集，更招朱稗泉，黎令意也，散正初更，渝酒甚佳，留送黎船。待煮馄供神，二更后始行礼受贺，诸女皆至，还舍已鸡鸣，更煮馄、摸牌乃寝。

十六日　大雨。遣看船还山。丁秩臣孙谦字荇泉来，言祖父无传，允为撰述。果臣孙遂来求事，亦为干但，皆应办事也。作陈祠联。孤垒捍神京，栾范论心，分谤生民功不朽；新祠邻故宅，曾杨把臂，世家乔木泽偏长。夜晴有月。

十七日　晴。晨写字数幅，尽还墨债。看船，始定期后日发。娄儿请客，席于王家，余初不知，以为公局，恶其有娄名，辞之。尹和白来，云照相不现，当重照。

十八日　大晴，甚煊。陈梅根引颜可铸、郭又衡及其侄婿、族孙来，云欲一见。同里而会于畀县，可笑也。和伯早来照像，更就大殿东堂设坐，往照毕，更邀照像易生来，啜茗而散。饭毕，就轿至任师处摸牌。久无人至，出街游行，道滑不能远，还则二汤、潘、石均至。汤前来误认黄、王，告以年谊，以为不能相会。未半月而相逢，信乎路窄也。彼此相谢，各怀不睦。与同摸牌，顷刻负进数十金。汤儿知不偿进，坚辞另局，与潘季鲁、曾翰臣、查文案出现银博厢房，余与任、石终局。局散，赵阶六厘员始至，酒殽均不旨。舁夫未至，任仆送还。

十九日　晴。昨发行李，今犹未半。欲面干藩臬，买小毛衣未得，乃作书与但，托丁刘，勇丁。继托邹儿。夏托任儿，陈芳畹、陈海鹏为左托孤儿，李祥霖托王门斗寡妇粮。黄文桐来谢委，俞抚信人也。常时五官并用，曾不厌倦，今乃疲于接对，手挥心应，犹似昔耳。功来竟日，余凡三出三返，皆以客故。初遇刘采九，云长余七岁。次遇陈芳畹，三遇朱伟斋。复与书刘定夫，托荐胡升，又还赖福于任师，与唐二以干馆。诸事就绪，掉手遂行。城门泥滑，复遇空轿，登舟见客，则彭五奉雉，寿贞祥也。雉伤翅而不死，耿介入罗之说未确，乃命畜之。俄顷便夕，催功早去，开铺挂账，初更俱睡。

廿日　阴晴。大风逆南不发。胡氏外孙男女、长妇及两孙女均来，喧笑竟日。至夜转风。

廿一日　阴。北风甚壮，帆至昭山，戗风船簸，俱立舷边避倾仄，行十余里乃平。昭山险，闻六十年矣，乃今知之。夕过县城，不泊，入涟行，迟夜投沿湘河宿，《志》所谓袁家河，因山松而名者也。树生自雷卡来求书，与书衡岑。

廿二日　阴。缆篙并用，晡乃至姜畲，帆过南柏塘，竟入湖口，行李不移，辎重全至，初所不料，甚快庆也。待舁必夜，率诸女皆步上，北风吹面，女皆寒涕，余惯不觉也，又知御风而行，亦非易事。到家已夕，船物亦皆运至，以己室居珰，自移书房，移王生于客房，夜为禄孙设汤饼。

廿三日　阴。甫欲料检，书籍并笔墨全非故处，纸格遂不知所往，书亦失散，又一番流离也。衡道专人来请题，余生遂专为拟题之用，良可笑叹。庸松来，冒冒失失，但欲觅荐书，随语诲之，彼皆不悟。张生兄及许都司来，亦苦求荐书，左仲茗所谓可杀可剐者，即依所请，与书程生，令量材用舍。夜作书复锡、程，兼请程办屋料，遣方僮下县取字画。

廿四日　阴，大风。将运谷不果，遣衡足去。常信复来，常婿遣迎妇女。乡人来拜年，送鸡豚者相继。始令黄孙温书写字，字犹未荒。

1774

廿五日　阴晴。杨生来，韩布衣、沈山人先在，正谈王伯略，问我自负伯才，今当何如？余云无王有伯，伯王一道也。伯之所及者狭耳，其设施皆王道，非后世所谓偏霸。因语杨生当慎所从，如为俞、罗驱使，则身价先减，事又无成，不可妄动也。杨又言银钱漏洋。余云此魏氏谬计，土地不能漏，何患之有。金银无用物，古人方欲捐山沉渊，今以博易有用之货，不尤善耶？杨意似不以为然，重驳难耳。待食至昏暮，乃得去。夜微雨似霰，簌簌打棚。

廿六日　晨雨，俄晴。乡人塞神，寿龙见过，来祝釐。四老少来，示陈经畲诗，值得一差，当与浙抚谋之。全校《水经注·河水》篇"石盐大段"，从朱改"火煅"，误也。火不煅盐，煅亦不破。大段谓太大，不合用耳。约王生过其家饭，相去四千①里，居在乡僻也。年中各得登堂，亦可诗也。遣至刘坤运谷。冯甲来，方僮还。

廿七日　晴。遣运谷，竟各不去，云一不胜，一脚痛矣。许孙宝老来。张武童来见，正旸从弟也。田雷子来。今日戊子，戊

————————
① "千"，疑为"十"之讹。

初惊蛰，四戊矣。写字廿余纸。三妇上食，补在城日供也。自四日至十四，子女妇孙轮供夕膳，尚余两子妇未供，故更补之，遂可曲宴终月，亦庆事也。

廿八日　阴。微雨如雾，竟日阴。振南、镇湘两族孙，六铁族子来。二杨子来催饭，昇夫使得早去，当家无人，殊不成章也。

廿九日　晴。写屏殊不成款式，幅长势散，不相贯注故也。七十年倒绷孩儿，盖知凡事无怩。

晦节　晴。正半年乃得终月游赏，实为罕事。彭鹗、王凤儿、郑福隆来。周生辉堃来。同周生游前山，携黄孙同行，欲登云峰，怯行，不似壮年矣。又雨，因还。彭佣斥去。

二　月

二月壬辰朔　晴。懿妇设汤饼，始毕年事。已得芥兜、蕨拳登盘，杶芽早老矣，桃谢李荣，便春深也。女妇剪字作寿联，赤文绿字，省费省力，亦新样也。午后饱睡，至初更乃起，饭。

二日　晴。唐、黄不愿乡工，亦遣之去。四工去三，复少人力矣。移床撤画，为过春计，未知能安静否。与片但儿，送寿对。少村方伯八十生辰正正月十五日。薇省月华三五夕；楚南人颂八千春。"楚南"字从来少用，此亦搭天桥扯来者。

三日　晴。看《水经》，写字如额。田雷子请春酒，午前遣迎，未初往。有王凤喈、王瀛台、周生，及七都赵生，王孙师也。有羊肉小碗，非乡里菜，酉初散。家昇来迎，还。

四日　晴。看《水经》，写字。过元功塘，看紫荆院内海棠满花。说《梓材》"庶邦享作"，"享"即"百"，解"享作"即作新邑，下文"庶邦丕享"即与上相应。而"后式典集"四字晦拙，仍当以"集庶邦"为句。"丕享皇天"是王之享，非邦之享也。后世用其法以集庶邦，则可大享皇天，尽附中国民矣。如此文句较顺。

五日　晴。张声仁来求书，极异事也，一见纠缠，归之宿业，依所请而与之。盛儿又来求书。张诚妻兄来求字。皆与周生同至，嘉宾满坐，思之哑然。夜雨。

六日　雨，时作时止，未慰农望，喜无人来耳。看《水经》，北方水道今皆无迹，欲一一图之。

七日　晴。苏三晨来，得功及陈婿书，并送腊肉。树生妇来，辞去，讶其泥行，云已潒矣。今日戊戌，社日。张星二、王包塘来。王亦族子也，而不知其名字，舆云代顺。云与包塘同产，未分而卖地，得银已充公用，今始欲分耳。余不理族事，令诉主者。

八日　大晴。晨闻犬吠，自起看，乃无人，还待鸡鸣乃起。辰鸡也，正农家食时。写字误斜一行，意甚懊恼。遣苏三去，小婢无人照料，亦遣之。懿与王生俱附船向姜畲。四老少来。夕有周镇军来，挟采九书求见，意不欲见，期以明日。二胡又来，所谓坐上常满。

九日　晴热。正单衣犹汗。狗孙来，云为花鼓管班，因闲来游食也。族中皆此类人，唯恨尧之睦，法鲧之圮耳。然古者姓始有族，此又流失之过，儒者之迂使然。团长来诉谭儿，谈许久，犹未尽其意。召见周总兵，营混也，问其所欲，亦自知其无益，令姑归待事。四、六夕去。

十日　晴，更热。朝食后大南风。偶看客房，二少已去，两老又来，雅、晋。亦携一仆，幸其开缺，否则拥挤矣。至夜复失去王生，以为寻死，甚疑虑也。热气不减，竟单衣坐谈，可怪也。

十一日　晴。牡丹、兰草、杜鹃并花，海棠未落，差足流赏。

王生晨还，悟其那话儿去矣，所谓百虑愁眠也。两弟并去，家中无油，遣僮入市，便令送之。席督销专人来，言干糇，复书置之。狗孙游惰，亦斥令去。戴表侄又携佣同来，二胡亦还通山。游人四人，运租佣工七人，总集夕食，顿饭五斗米，盛集也。一日不暇他事。夜大风。

十二日　癸卯，春分。阴。晏起，出看新笋，未出上。戴、胡均去。闭窗避风，看《国语》，言越王起事，书生谈兵，可笑也，便似演剧。夜风甚寒。

十三日　阴。小雨如尘，便已酿雪。看夏榜眼律诗，勉以更历艰难，莫以杨升庵自比。自来才子诗人，误人不少，使升庵遇我，必有所成，孔子所谓斐然不裁，诚悲悯之圣心也。瞿军大亦非弃材，被放差开坊养成亡国之臣矣。虽生质各殊，不教之害为大，若凡材则不足叹也。

十四日　大风，寒。手冷不亲几案，亦无人来，为杨儿改文。唐姓来，言宾兴田事。

十五日　雨，时作时止。雷殷殷，风少止，犹寒。看《管子》一卷。午有排门求见者，云刘春台，乘舆，风帽，朱十二步从，盖土老也。言李巡捕买田批契，朱家索加价，中人为难，将有大祸。笑喻使去，但令多煮饭，待坐拚而已。

十六日　阴寒。忌日，素食。有排门来者，风帽拖鞋，邓婿也。酒气薰薰，言词鹘突，旋又呈诗，草不成字。自云从江西还，已到省禀到，又舍去，将应乡试，今年两科并行，大有进取之路。余唯唯而已，须臾辞去。弥之儿遂至如此，亦可叹也。

十七日　大风，晴。方僮还，无所闻，唯闻懿将入赀作官。义方之训，非今所施，听其自便可也。衡道专陈八来送卷。

十九日　晴。甚煊，而仍可重裘，未解其故。看卷竟日，毕七十三本。夜遣人入市。

廿日　阴。晨煊午寒，遂大风雨。竟日无事，作《管子》书目录，并题记校录本末，一书经卅五年乃始有眉目，则陈隽丞治浙一年而有眉目，非嘲语也。夜风撼窗。

廿一日　阴。芥菜遇雨不能暴干，亦乡居之一忧。佣入市还，寄真饼饵及干肉。遣陈八去。宜孙乳妪求归，大扯是非，遂欲乱国，余恭默而已。不晓事人不可理喻，喻之更乱也。瑞孙来，得真书，而使已发，何其迟速不相谋如此。乡人议事，余待再请，至暮不来，盖无成议矣，乡人亦不可理喻。名、法家所以发愤言治术，但不知何以使婢仆。

廿二日　阴雨。晨未起，房妪怨怒请死，庄子所不能治，乃以孔子门内治法治之。房妪非可云恩，正所谓"远怨""近不孙"之女、小耳。业已养之，因而恩之，又家长之一法。黄孙读《多士》，因考《多方》所云"尔辟"即明辟之辟。凡辟皆二伯、内相之称。禄父监殷，周公居摄、居雒，皆称为辟。凡言辟公辟王皆同，唯百辟卿士则为王官有地之通称耳。夜大雷雨。

廿三日　阴。雨仍未畅，春寒半月矣。裁缝散工。刘女弟来，云但大人条荐，营主大怒，遂革役。异事也，与书刘定夫问之。懿还，云衡州专足来送信，留住县市客寓，不敢来。云程家媒事，尤可异也，亦当问之。

廿四日　阴晴，见日。懿自杨家还，云无新闻。夜雨雷。

廿五日　雨。刘丁去，便问衡信，一日未返，想误传耳。舆将出游，初不知其何往。匡五厌父丧来赴，意在挽联，与以一幛。王生亦将去湘，留待我同行。仓长来，诉欠谷。王三屠亦老耶矣。许屠诘盗，为盗族所逐，请众公议。遣舆代往，云团总不至。

廿六日　雨阴。午前渐沥不绝。牵羊往祠，正触泥行。杨生来，言灾异，又言无三统之说，"春王"皆宜断句，自为一条。又言卜筮皆为授时，卜以候气，非为前知也。大要皆新说可骇，而以"春王"截断，似可通。又言谭佃生事云云，当传询之。饭后去。

廿七日　阴晴。懿始往祠，将午乃行，匡礼无人送。珰家复专人来迎。桂阳专人亦至。

廿八日　晴煊。复可单衣。懿妇生日，为设汤饼。城宅人来，送茂信及越产数种。懿夕还。石珊弟来，老病龙钟，留宿客房。

廿九日　阴。九机兄子来见，六十矣，言墓禁事。余言庶人以下不宜有墓，此皆弥文之敝，遣从石珊以往。又责石弟不可留狗孙，欲附匡联，复防中饱，其无用如此，何族谊之可论。夜雨甚风，与书陈郎，告以不闲。

三　月

三月辛酉朔　阴，复寒。为张生作母寿文。夜风雷。

二日　晨阴。雅南专足来。城佣还省。夜雨。绂子来。

三日　晨大雨，朝食后霁。诸女踏青。海会僧来求募疏。张星二来。夜，湘孙设汤饼，纨女暴疾。

四日　阴。湘孙生日，作牢丸。招振湘来治疽，云鱼尾疔也，为处方留药而去。族人士智来，诉黄步侄妇反复之状，明清单词，片言可决，随而听之，与振湘俱去。放学闲戏。张奶妈求祷文。

五日　阴晴，甚寒。遣方僮觅船送珰女，至暮还，云无埠头，唯有行船，宜就近觅为便。山榴盛开，梐木亦花，夜闻子规，滋云清明日已鸣矣。

六日　晴，仍寒。常家佣人呼得一船，索价六千，奇闻也。

云湖船亦索五千，则无帮之故。此处上永丰，不过数百文耳，当再访问。由陆行亦不过数千，熟路成生，弹指五十年矣，夫力皆加倍蓰，国奢之故。论治者乃曰民贫。惰非贫，而有贫之道，以为贫则大误，贫可悯，惰可恶也。陈芳畹专足来，余待之外厚而内薄，以迎与同居而彼不肯，故参差也。力量亦非不及，但不欲施之此人，若好行其德者，当必不然。黄步族子来，诉分屋，断令充公，各与一千了事。

七日　阴。魁孙弟名振来，功儿荐充山塘长工。王生告行，赆以四元。盖有三月饭债，十千现钱未偿，故来坐索耳。万毅甫来送寿礼，正在穷迫，又索去三百青铜钱，使人不敢守株。

八日　晨起，待送衡客，乃皆酣卧不起。将往舟傍看周姬，再行，阻泞而还。朝食后骂众毕发，孙、奶子亦去，是非既成，则自息矣。舆、滋送之石潭，微雨沾衣，余因罢行也。夜雨遂成，送者还途，衣袜尽湿。张正旸来，留宿西轩。夜晏眠。

九日　阴。作《朱孝子传》。寻壬午日记，永丰水程，余行亦在二月此日，仿佛注《楚词》时。张生夕去。夜大雷雨。

十日　雨，午后霁。寻汉碑，作杨石泉碑文。周生来，宿客房。懿妇治熊掌，作汤饼。

十一日　晴。樱桃初熟，复女手摘以献，与蜀产大同，杜子美当复吟"也自"耳。周镇遣持刘帖来取书，因以付之。彭生来。将军见过，旋去，周、彭亦行。菜水蒸蛋，美品也，欲为制名，则殊扭捏。去年今日亦始尝新，几成故事矣。看《禹贡图》。周生去。

十二日　大晴。作杨碑铭，亦自动宕往复。王凤喈来，未饭去。晳子来，言定出洋。余以当恤名止之，意殊不止。其妹亦谏不回，盖意有所中也。读书信不能变化气质，以此知李生之贤。

沈山人来送苞卷，夕皆告去。山中时有佳客，又时有穷客，凡纳谏者大智慧人也，余庶几于此。

十三日　晴。唐排律未抄正字，命复女、湘孙成之，更为检校。彭鹗来送诗文。

十四日　甲戌，谷雨。木匠亏空，账主均集，营营于我家。楼上亦未完，旷日之过也。

十五日　晴煊，大风。龚文生来，将诣总督，恐其不见，以贵人讳言高科，必不认鼎甲年侄也，同年之敝至此极矣。为书告岳生，令设法兼谢寿礼。张起英书来，言秦子质治粤有绩，忘前书作何语矣。

十六日　晴。衡州送卷来，张生来看，云佳者皆程、常之作。自枪自荐，不知可耻，此亦科举之敝。一日毕阅。张生夕去。

十七日　阴。待僮妪久不来，诸事料理，将出县一看。与书衡永道辞馆，遣陈八去。张武童来取书，令往省宅候信。为二陈、张看诗，即令持去。周生来，约同行。

十八日　阴。晨起写对子条幅，逋课粗毕。周生来，云船已办，摸牌一圈而行。天色甚暗，至姜畲留宿。舆亦同出，与周俱访张店。张、田并来，顷之张兄来迎，云已杀鸡矣。往夕食，暮还船独寐。半夜大雨，篷漏，舟子明镫照漏，遂至晓未眠。刘弟来看姐，居七日矣，竟不得见，令同还省。又遣还取扇，约待于姜畲。

十九日　雨，时作时止。许大八请早饭，四女出见，田、张、周、舆并会，食毕告行。刘弟亦来，周、舆上船，映兰放赖欲从行，斥之不止，听之自去，又可怪也。午至沙弯，周生上去，放舟至城，舁入宾兴堂。罗学堂正在会议，欧阳福、李雨人均在，待葛伯乔而议定，云出洋无人，似罢论矣。寻朱太史问之，亦云前车已覆，不可为也。罗、阳、葛续去。龚文生、朱菊泉、云孙来，同夕食，二更始设，食毕遂睡。

廿日　雨，竟日甚寒。朝食后少瑚来，拥被对之，偶见倬夫案头有《中州名贤集》，内有窦先生，先生未闻，因借阅之。其识者孙奇逢、汤斌、张伯行、李棠阶、倭仁，其不识者耿介、逸庵。张沐、起庵。李来章、礼山。窦克勤、静庵。井觐祖，蟬庵。皆汤、张前后时人。中推孙钟元过于李二曲，自孙外皆进士也。书为黄曙轩所刻。

廿一日　晨雨差小。朝食后答访龚文生。还，云孙引朱孝子孙、张贡五来。周生少瑚来问舆儿刷书事，则束载矣。余既无所待，则亦从之飘江上船。大风，宿鹄崖。看粉妆楼，五十余年不见，全不省忆矣。

廿二日　朝阴，午晴。至平塘乃起，比到城初晡耳。舁至家，顷之从人皆至，云永丰须半月往返，出人意计外。茶亦不佳，埽除内楼，略可施坐，遣舆看宂，还云方病起，少进食，余亦殊不欲食。朱四来谈。未二更即睡。

廿三日　阴，有雨，午后晴。李石贞来谈诗，旋送诗稿来，云新与与循开亲，四门亲家也。二丁来，未见，言闽有鼠瘟，身肉内出，鼠无皮毛，中者立死，传染甚众。夜雨雷电。

廿四日　雨，雷甚壮。要与循来，摸牌竟日，王、朱并集。梁璧园来，请题先画。王镜芙来，夕食后俱去。更与孙、女收局，颇倦遂睡。四老少来，旋去。陈伯严儿遂为继母所虐，吁矣。

廿五日　晴雾。晨起甚早，作书与陈小石，遣四老少去。欲雨，怯出，清坐一日，时有雨。

廿六日　晴热。朝食后出访和尚，先过雨珊，云已病七日矣。坐上一客，未问姓，旋至与循处，看颐侄，热甚步还。访尹和伯，诸女欲迎其女至山庄学画，先为道意也。

廿七日　晴，午雨。和伯来，不能去。陈伯屏来，谈京中事，夷人开一门，金锁彻明，而我夹其间，启闭甚严，掩目捕雀未至如此，此自欺之至诟也。杨生来，欣欣治装，予亦自欺，云各从其志而已。王船山丑诋犬羊，而其子求试焉，三徐不似舅，有何可叹。晚遣人下乡寻干馆及鲑菜。

廿八日　晴。晨出欲访伯屏，先已约魏铁山来谈，因从任师门过，入看三、八，遂访张状元、陈道台，俱未起，魏亦未起，人唤之起，略谈，还朝食。晚至长沙寻胡师借盘费，同诣龙友，小坐归。夜看洋书，云熊希龄复起矣。

廿九日　朝晴暮雨。今日己丑，立夏。朱生设酒，余家作汤丸。乡中信还，湘孙报四娣得一女，廿四，亥时，云又添一春矣。当名之曰添春，小名益孙，"添"非古字，作"沾"又不可，未能定也。龙、马二师来。

晦日　晴热。从长沙令假得五十元作路用，便将附舟西行。胡子清来，偶及择婿，云有两家嫌贫者。余往刘师耶处访之，因同出，过盐署不遇，便过朱、王门一问讯。梁、杨暮来。颐侄来，云龚文生已到。顷之果来，馆与循处。魏铁三来。改字叔弢。

四 月

四月辛卯朔　附小轮未定，暂留一日。作字，看《佩文谱》。夜遣两儿答文生。夜寒雨。

二日　冷风苦雨，万无行色。昨夜感恶梦，意亦不欲行，再留一日。省钦来，言陈氏媒两家均不就，其人无母有父，孤贫甚可妻也，宜少待约之。程孙早来，云当往清、淮，朝食后去。夜宿外楼。

三日　雨。贺侄孙来，言欲觅馆。余云今儒冠多饿死，当恤此辈人，不暇及师耶矣。刘督当入京，西行计不成。朱孝子家送润笔，便还盛款，尚余其半，买夏布已去卅元矣。俞抚台送贡茶三种，手书谢字，语多恭惟，因便论学堂，以报厚意，云陈右铭在此，自愧不如，林放湘州，狂澜不可扇也。闷雨竟日，子清来谈。

四日　晴。过辰正，厨人犹未起，曾家八本，已无其一矣，亦耻唤醒之。作书复夏午诒，写应酬字。看演《封神》，往来人丛，殊非老人所宜，晡后不复再往。孔奏派来。

五日　晴。遣房妪视窊女，题曹驯册，序文小坡词，皆无聊应酬，而为之有味，搭天桥骂人，故可乐也。莫从城里觅林逋，一角孤山兴不孤。卅载炉香宫锦旧，两篇爻篆砚床朱。蜀茶供养新驰驷，湘笋青猗定忆鲈。借问唐家春睡醒，可能潇洒似君无？杨儿来相看。黄矿师来谈。笔债渐还。刘师书来，请再待几日。王、廖两令来。夜雨。

六日　晓寒，早起。陈伯屏求题《枫林图》五六年矣，暇题一曲。湘流碧玉，正浦云平处，翠松团屋。世外仙源，归去来兮，三径丛兰更绿。板舆长爱闲居好，浑不忆、禁宫边角。只①夜窗、听得书声，似伴纺灯宵读。

万事如今莫问，且料理墙外，几株梅竹。清绝湖南，枫树青青，分付楚累骚曲。牧童钓客如相访，又谁管沧浪水浊。尽留连、一片汀州，稳放采菱舟宿。遣问曾杰是陈芳畹何亲，又是何人。还云长沙人，与其女同坐绣花。盖因送货来往而成婚者，闪灼其词，殊可不必。午至黄提调处，伯屏、欧鹄先在，烟气熏人，同至小房摸牌。与循、璧园后来，六圈摆饭，杨生亦至，十七老耶同坐。与循病困先去，余待终局，

①　"只"，据《湘绮楼词钞》补。

取四元以归，以与孙女。夜雨。

七日　阴晴。午后将行，笠、道两僧来，要至龙祠看会，同至北街。念当复还，当省往返，遂归小坐，待发行李，然后昇出。湘泰船坏，不复能驶，与循率颐侄同坐烟篷，房妪携两刘俱从。夕初到城，换船，始饭，五人去二，夜泊沙弯。

八日　时雨时晴，一日八变。晨坐船头看涟口，一时许方至，未正到家。看新生孙女，生气方盛，云其母自乳，紧可放心。邓子竹先来，未见。

九日　晴。抄唐诗三页。宜孙缠绕不去，殊妨于事。佃户两家分秧送肉。夜月。

十日　晴。抄唐诗四页。遣船上衡，云须明日。至夕，懿复告行，云往三姐家借钱捐官，殊可怪也。此儿本无教训，未能约束，但借款无着，必为姊累，又不如杨姊借银为弟买妓矣。

十一日　阴。晨起甚早，待儿、妪去，懿于食时行，妪、丁去，时将晡矣。雨纷纷，未能送，已而大下，顷之乃霁。抄诗四页。

十二日　阴。抄唐诗五页。开枝三儿被访闻，来求救。答言无救法，唯有贿差耳。营营再来，默默而去，开枝儿遂至此，可叹也。

十三日　晴。树生妇来买书，告以无有。云五相公补签子手矣。庸松来，访父踪迹，未茶而去。午设饼甚佳。抄唐诗五页。

十四日　晴。纵女生日，设汤饼，本境清醮无肉，从六都得之。抄唐诗四页，则回龙较牌，至三更乃散。搜匡床，得五鼠子，俱未开眼，夜闻喧动，则移去矣。

十五日　乙巳，小满。晴热。忌日，素食。抄唐诗五页，所选始定，卅年功成非易，亦叹日月之不居耳。夜月，早眠。

十六日　晴。李义山诗尚有可补，薛能、郑畋二律并删，再抄凑之。未一页，一少年来，入拜，似是游学者，又似长随，徐问之，乃易清涟长子也。前年今日，人面桃花，为之感怆。留问所欲，不离局馆者近是。廿两之惠，如何可忘，遂与点心。热甚，始浴，浇背又凉，唯中下绤而罢。暮携两孙出戏，又遇一人，云自坝子塘来，云根舅之孙也，不可怠慢，处之内室，询其来意，不外提爱耳。夜月，未午，二客俱睡，余亦就寝。

十七日　晴热。始纻衣。抄李诗毕。杨生弟送团总信来，言王三屠倚势倡狂，信可乐也，复书详告之。与书采九，言易郎馆事。又书与龙郎，令留馆焉。清涟恃才傲人，致无立谈者，然与余厚，故为致力。易、李朝食后均去。

十八日　阴煊。遣滋往舅家贺婚，午前去。甲总来，言萧姓干预，恐有哗斗。风雨骤至，匆匆各去。夜凉，始得美寝。有雨。

十九日　阴。顿凉，复重绵。圈唐诗毕，唯无七言排律，本朝最重大诗体也。自鸿博大考始用之，非小翰林所敢作，唯汤海翁有七排百韵，亦弟一诗人矣。

廿日　晴热。入内看女孙临帖，出见客坐房中，讶初不闻知，则将军也，云有讼事，求申冤，意在游祸，留饭而去。滋亦被留不回。

廿一日　阴燠。方朝食，舆还，云瑞师同至，又言李仲仙革职，皮鹿云掌教，康、梁还国，谭、杨赐恤矣。逆案能翻，阮大铖所不料也。看《唐书》，初无眉目，乃知贪叙事，固不如断烂朝报之可喜也。宋、欧一实一空，并成笑柄，此又前所不觉。黄昏时，汗如浆，裸卧久之，大风白闪，骤雨翻盆，起着夹衣，明镫而寝，风撼竟夜。

廿二日　风未已，阴，稍煊。看《画录》，得汪之瑞本末。李云舅所摹八幅，皆中锋干笔也，于法最难，而无画趣，但画者有趣，正肖其性情也。唐人议卢弈遇贼不当死，知当时清议不贵忠烈，与今不旌烈妇女同。张巡子恨许远，诸名士皆不直之，余独有疑焉，虽事远，其子当不虚语也。然巡之守功甚惨，读之至今不乐，又非其分土而守焉，宜谓之侠。得茂书。

廿三日　阴风犹寒，时有飞雨。懿归，昨夜殊未醒，今乃询之，则欲就丞尉，不觉哑然，此必周煇堑误之也。不友达人，至沦胥溺，略喻以方法，彼殊未悟。闻敬竹真病，又为闵然。盖不调养而又怫郁，乃至此也。虽弃材，亦因无照料至此，且宜从我薰陶，或无悔乎。陈俊臣老伯之女借钱与弟买小，已荒唐矣。女乃借钱与弟捐官，曾不问我，盖批者乃如此耶？殊为可怪。两百元又何劳借，昨令退还，亦未穷究，此项即由我还，以后少生是非。八妹又产一女，不育。我女真多女也。

廿四日　晴。四妇满月出见，设五俎接子，儿女放假一日。

廿五日　晴。晨起甚早，待夫力久不至，乃饭，并召女、孙等较牌，俄云夫集，遂行。至石潭访将军，要至饭店，剃头后乃行。取回水弯、仓坤道至花石，过一大镇，正欲问名，见题大字，知为郑家坳。不过市，从左入山，未至花石五里小憩。须臾雨云甚浓，至店，街石已湿。

廿六日　晴。舁夫定从山前，不由白杲，初未经过，姑一往看，出门便有小坳，十五里饭石坝，水中横石天成，云紫荆水也。廿里毛棚，十里饭福田，廿里岳市。遇旷凤冈甥，文姓，擅湖从子，云旷居此，今往石弯求田去矣。日已将夕，皆云不可进，强行廿里，宿店门前，方僮云必"殿门"误也。昨日宿轿中，蚊睫数十口，今乃施帐设床。夫疲，步行廿余里。

廿七日　大晴。五从者皆脚痛，不能复进，强行五里，饭于黑沙。又行至八里坪，皆去年熟路，已忘之矣。廿余里，欲饭九渡铺，舁夫不前，乃遂径过，小愒余庆，坦道旁碑亭甚壮，雪琴神道也。三里至樟寺，从安康觅夫，飞行到城。至安记后门，已如张昭门，塞土矣。强唤开门，入见岘樵，邀至其家。张生五弟子及廖生师弟皆来见。周妪出见，云真女来觐。无可言者，一见令去。一日未食，晚饭二盂，匆匆暂宿岘樵客房。

廿八日　晴。舁夫留一日。岘樵招张子年来陪，因同朝食。唐蓬州来谢，未见，约自往一谈。程家不便居住，请扫除安记以居，午往。二陈来见。夕仍饭于程家。今日步至府署、衡令署、清学署。还，稍愒，谭香阶来，适有事，亟欲出，对接甚简。

廿九日　晴。张生晨来叩门，云宾主有闲言，即日辞去。余为画策不从，留行不肯，因令往余家代照料，令其坐竟日，以终三年之局。午至道署，答访香阶、子平，皆不遇，热甚即还。张生夜来索书，言明日去。

五　月

五月庚申朔　晴。晨起将渡湘。廖苏畋来久谈，言周达五报销折奏，其词颇委曲周至。对客朝食，日炎风微，遂不复出。赵观察送蒸豚、点心。二陈、喻来见。朱得臣弟、廖生来夜谈。热不可睡。

二日　辛酉，芒种。晴。晨令具汤饼，朱得臣来，谈稍久，遂成糊矣，屏去不食。即渡湘，忘携轿钱，待于渡头，有伧父延余坐，且欲备轿，未识其人，即"泥饮"叟之流也。至絜翁家，尚能出坐，借轿吊彭传胪，知其送葬，于义当一往耳，余俱未入。道逢丁轿，余先至其家小坐，从浮桥过，还午食，梳发纳凉。唐守催客，步往，云何迟也，邀共摸牌。顷之岘樵至，代余，巴陵方生及谭震青同局，俱胜，独唐负。未竟已夕，设食杂谈，二鼓还，妪已去矣。更热不能寐，闻外有转侧声，呼之不应，起，脱衣露卧，乃得睡。

三日　晴。常生孙来。丁笃生来。谭震青便衣来。三日唯看林西仲所选文诗，兼令程九郎看之。晨语常孙，亦欲其博览，不专治经史也。赵署道遣来约一见，以店不容轿，许待于程家。冯絜翁来谈，云久不入城矣，步履尚轻。期午而会，至未不来，乃归店，遣问之，则云未约也，将夕乃来，久谈。贺子献来，不得一语而去。此刘丁之误。唯吃炒面、薄饼，与张子年一谈而还。天似欲雨，小睡片刻。

四日　阴，晨雨凉。刘子重从九来。真女送菜饵，廖送茶面，首士送节礼，辞之。清泉令沈子振来。晡后晴。柳子厚称箕子为先生，此号甚新。韩退之三上宰相书，何以靦颜存稿，实齐人之不若，文集中一奇也。冯世兄来。

五日节　晴。程父子、陈昆弟、三廖生均来贺节。程送粽、卵，午又招食。有罗剑芝自蜀归，稍问蜀事，云陈老张署高令矣。二廖同食，散未及申。余未食，索点心无有，衡城节日罢市，省城不及也。莲耶及七相公均来见。二廖又来相看。陈八来，令具船来迎。

六日　晴，复热。卧看唐、宋杂文。午坐无事，闯入一人，以为谢少琴子，故行李同来，徐问所由，则竹伍孙也。自苏州来相寻，径至书院，又至东华门，而踪迹至此，如方相索室，甚可怪也。大致不离乎提爱近是，懒复与言。遂出，步至衡阳，答贺子献，旋入震青签押房摸牌，赵阶六、程、贺同局。谭翁出谈，廖笙阶、薛师耶踵至，舍局，清谈久之。贺已输进，余接手遂不复振，输八元矣。夜散舁还。热。

七日　晴热。晨呼船发行李至书院，余独待。夜卧看杂文。殷、周并来，痴坐，观其意，未知当如何而可。饭后赵阶六、薛仲贤并来先施。问薛来历，乃因心安怅怅乎不合于锡、赵，亦庄之过。屺樵来，告会彭葬。谭震青言有章京来查衡、桂，甚讶无因。午初廖笙畎催客，往则无客。顷之，谭、萧二学官来，赵阶六继至，借牌消日，热不可坐。震青来，云尹中书往广西，非查办也。夕终四圈，入坐饮唉，散未至夜。从太史马头上湘，月出矣，到院无所见，未二更即寝。

八日　晴，风凉。诸生分班来见。二程来请课，程石珊专人来寻书，告以误。见新生五人。李雨农从广西来，云船已过浮桥，复又上耳，送全州腐乳甚多。喻生引刘生来见，新学徒也，盛称樊锥，云有定见。黄公度恶平等之说，以枭生不可平，颇知时务。夜雨。

九日　雨。晨起见水满瓴，乃知雨足，府县禁屠，已不待祷矣。牌示略定日课，以副改学堂之说。康、谭之徒争骛收召浮薄，故并心于讲报，天主教之宗旨也，然借以整齐学规，未始无益。今书院实不如禅堂，禅堂又不如教堂也。说《禹贡》"浮""达"尚未妥，又改计说之。州末记水道，以达大川为主，所谓四海会同也。浮者，下水。达者，上水。逾者，隔水。入者，自此水入他水。至者，自此水陆行至他水。乱者，渡水。沉带沛河，在河之委。沛，湿之上游。浮沛达河，则通冀、豫、青、徐、殷。必言湿者，湿为州经流也。青州与沉、徐界沛，水道唯自汶出，汶为湘经流也。徐州与扬分淮，达菏通沛，泗为州经流也。扬州，江为经流，沿海以通闽、越，上流则淮、泗，为徐、扬界流也。荆州亦以江为经流，而州南水俱会池、涔，州北水俱会汉，其通豫、沉、冀、雍，必逾雒乃至河也。豫以雒为经流，与沉、冀、雍皆界河也。梁以潜、沔、渭为经流。沔言逾，以明二水俱通江而不相近，如雒之与汉也。渭言入，以通河也。必言乱河，渭非□也。洮为雍经流，自洮至龙门，南北相对无水道。龙门亦雍经流，自龙门乃入西河，至渭出雍境。

十日　阴。正课十人始入呈课。贺生差有心得，但粗浅，典故尚不知，读书太少耳。看《尚书》一本。遣僮入城办菜，乃一无所得。首士又送节礼、火食、程仪、束脩，仍辞节礼，留束脩作秋。请遣船夫买船未得，连日早睡，不知夜也。

十一日　阴燠。廖崖樵来，发白矣。喻谦假去，九人呈课。呼匠治屎，白蚁满彭舍，悉令揭去。五相公来，云张先生所遣，送鸡、饼，却且戒之。乡人好以一豚蹄求奢欲，又重报谢，极可恼。孙生来，言冯絜卿观察化去，前一日尚留客饭，亦善死也。

十二日　阴。晨往哀絜翁，吊其次子，子师出陪，治丧颇整齐。还尚未朝食，馆饭之晏如此。为殷孙与书竹石，写对六联，看书三篇。贺、唐生讲书，颇有起发，说赤归于曹，以起羁为大夫，自然证据也。又说女子无仲，积于叔。

十二日　阴晴。忌日，素食。麻郎送牛肉，以款二陈。七相公来，请印文集，云赖子购之，即告完夫，令刷五十部。陈生来，言耒阳廪生与郴州牧儿争斗，州牧各棰之千数，血肉狼藉，学使阳好言慰之，乘传竟去，亦异事也。

十四日　阴雨，午霁见日，旋阴。常宁、宁远两生来销假。邹、廖两生来。唐锡珪说郭公与虞公相起，皆去国君。经书"赤归于曹郭公"，使若赤来依郭公者，然与纪叔姬归于酅同文。曹已无国，徒归于郭公尔。《传》曰"曹无赤"者，以上见曹羁已为特例，此不得再有大夫也。若以为君，君既死矣。以为世子，上又特设君死文，不得见世子立也。故知赤、郭公为一人。若曰"赤归于曹"，即郭公归于曹也。"郭公"为经自注文，与"寔来""宋灾故"同例。所以不称郭公而称赤者，存曹也。使若未失地而有可归之曹，其实此赤已成郭公，无曹名矣。作冯挽联云。靴帕不辞劳，招降虏，作名臣，记当年深入碉巢，晚论海防惊鼠胆；锦貂曾召对，朝奏功，夕报罢，笑幕府在工刀笔，归从野老免鸥疑。夜起犹热，顷之作雨，频洒频止，已而澍注。

十五日　晨雨，连三时不止，内外晏然，余徘徊不能出，朝食时始有人入，荒乎其唐哉，即饭于外。午后雨止，作字数幅。复改"郭公"笺，以郭公即赤，赤即曹矣，世子后杀大夫者。又以"郭公"为经自注字，若"宋灾故"例也。《春秋》诚奇异可骇之书，微言既绝，孰使正之？萧教授来，告当送考。

十六日　晨雨。程崇辅说"鼓曰食。用牲"，《传》"闻世"隐、桓、僖不书，唯庄篇再见，以庄正故，有君道，可求阴也。庄三日食，冬不见鼓，则冬春不鼓也。夏秋阴始生，故鼓以求阴。"闻世"一见文正即位，从正例，以后从不复见例。日食为重，皆鼓可知也。余灾为轻，故唯水一见鼓，庄前七年。大水不见鼓者，未书日食也，后从可知。亦鼓无疑也。如此说可通。朝食后往冯家支宾，探知无一客，未入，移船向城，遣人上岸，亦未入城，还舣梳妆台。买枞板，比五十年前贵十倍，不知当时何以贫窘如彼。梳妆者，庞女也。家居临湘，化去时遗鬓花案上，今生石榴，岁有花，以脂痕为验，置花纸帛上，有染印也，昔修志书遗此。峣樵送盆兰，监院送课卷。东安两生来，不通名，坐课也。夜雨。

十七日　雨阴。看课卷毕。管子论四民不可杂处，农固无杂者矣，不杂者专别士也，游惰皆托于士。看《书笺》。

十八日　丁丑，夏至。雨。看《书笺》毕。遣人下省取衣，因视山庄。喻生来，言刘焕辰可妻也，已与其父兄言，送八字来。补书告儿女平章之。安徽客带来聂蓉峰妻石刻，云吾女索看，无此事，想卜女寄来耳。名孙女曰裕春。裕亦添也，小名谷孙。

十九日　晴。始闻新蝉。程崇夏赴考，托带家书、煤炭、花边。自来请示，又加二片，言刘姻事。水泄四五次，腹甚不适。

重看《禹贡》，究不知荆记雒、河之意。

廿日　阴雨。水涨平中礁，尚余三尺上礁，五尺则入门矣。赵署道约来不至，尊官可无信，初过班，学派头也，凡再失约矣。

廿一日　晴。看《易说》。二陈郎来肄业。衡、清考生告去，十人肄业，仅存二人。

廿二日　晴。二陈讲书，日课十五页。程孙日讲《记》三页，皆定为程。真来看，留午饭去。陈郎更请批《南齐书》，彼已点过，亦尚仔细。腹疾小愈，饭后又不适。真夕还，遣船送之。

廿三日　晴凉。讲书后入城，答访沈清泉、赵厘员、薛师耶。薛不在馆，与赵署道一谈，云福建考官已有报，今年乡试不停矣，奎、张其奈何。四学皆去，乃从南门还船，道遇塞神轿马。还，尚未午食。

廿四日　晴。向、黄两生晨来见。讲书如额。腹疾复作，人甚不适。

廿五日　晴。正讲书，赵、薛、张尉来，久谈乃去。常曾孙候见，初不知其移来，后始知之，令居内斋。唐树林从宜昌还。杨世兄送润笔水礼甚丰，又滕四百金，则为邓沅骗去，委员李再林云云。余言例不受银，不必问也。得陈、杨、刘生、映藜。功儿书，云两儿往鄂。邓婿之流耶？经方之类耶？吾不能知，但知树林又来吃胡孙矣。

廿六日　晨阴。雪琴玉茗已萎，命工移盆中，照料终朝，亦一课也。昨说《甘誓》，有扈氏必非启兄，兄不能剿绝其命，盖怙强犯上故记启能转弱为强耳。唐牧六来告丧，兼请墓志，送鹿茸，却之，受熊蹯一对。屺樵送时鱼，已过时矣，余适不食，因召内斋四生尝新。夜雨。

廿七日　雨。十生入受业者，遂去其八，学制如此，恐非罗振钧所能，振钧本亦无此礼也。常孙看《汉书》，请批示。陈郎亦请看《晋书》，为增一课，但恐不长耳。若此不懈，洵为相长。看周荇农所藏诗卷，印章"总是春"，恶劣不堪。明人恶札也，而以为宋高宗书，寒士可笑，宜卷赠朱纯卿。岵樵来说媒，未有以应。

廿八日　雨凉。唐孙告去，与陈、程送时鱼，岁一尝足矣，不必频馈，令蒸送真女。与书夏子新，为晋庵儿关说。看《史记》，定功臣位次，误以韩、彭与萧、曹伍，淮阴又当抱屈也。诸侯王在不臣，当时首齐王无疑，上尊号则首韩王矣。功臣次乃缚信后定，并不得与哙伍也。

廿九日　雨阴。看《史记》。改《召诰》，以"鳏在"为纣在，似较顺适。乔生来，报石珊弟丧。晚年贪昏，无复立志，亦我百谷害之也。本非庸人，而无成就，利之误人如此。《史记》一家言，作传甚草草，盖才大之过。疾过旬不愈，遂病矣。考课发案，明日不考文。梁乳妪来荐木匠。

六　月

六月己丑朔　晴。内斋生尽假归。狗孙来，云自宜昌还，譸言也。荒唐人无所不荒唐，不必问之。

二日　阴雨，亦见日。看《史记·平准书》，言天下贫富，与吾身所历大同，知无政者听民自息耗，无古今一也。往时但以为故事，且咎汉武称文、景，谬矣。

三日　阴雨。腹疾犹未愈，浸寻半月矣，当消息之，乃断稻食。作书复杨、陈两道，令程录稿。看《史记》。

四日　晴。午复阴，夕昼晦，大雨，顷之止。至夜遂雨渐渐。作书奖李经羲，因吴师致之。昨梦赠丁郎律诗。丁自言作越藩无展布，开府当胜，余箴其易言。醒遂书告莪，并报近事。送炭船还，得滋书。夜起尚黑，俄已晓矣，明暗际只转瞬耳。今日壬辰，小暑，入六月矣。

五日　晨雨甚畅。出看川涨，寂无一人，独立翛然，不知六月有此凉晨也。改孙墓志，援笔成文，自哦自赏。赵燮堂云中国数千年只料理得数千字，颠来倒去，极其精能。此言实得文明之盛，而有文无质之敝亦见矣。南风，夕阴，夜雨。刘丁不还，遣书问之，因送竹生与子年，发长沙、岳州书。报考官信到，迟二日，始放又议停科也。李士鉁不知名，余不识“鉁”字，内斋生乃无《说文》，可笑也。《集韵》“鉁”同“珍”，“鍂”“鑫”亦同“珍”，鄙俗已甚。夜雨昏黑，刘丁率周儿来送纱衣、《禹贡图》。得陈小石书，居然督抚派。功儿书、湘孙书亦司道派也，皆未若滋书有家风。夜设汤饼。

六日　雨不住点，至晡乃晴。看《史记》《晋书》。陈郎讲书毕，更讲《周官》。彭老者亦来讲书，则志在升课也。麻哈州，沅水之原，殊非外地，出一状元宜矣。

七日　晴。欲出不果，七相公、乔木匠来，均留饭去。今日断屠，余又不饭。看《史记》《晋书》，讲书，无所事。

八日　晴。朝食甚少，讲书后出城寻薛师，已移寓矣，不得蝉联，云新道台已至衡山。与同至屺樵处，寻摸雀之局，遣请赵阶六，四圈毕，设食。饭毕，看塞神，遂散，尚未至酉。逆水久行，到已昏矣。孔融、蔡邕并羊祜外公，祜父名道。

九日　晴。昨夜欲雨俄止，今始开旸。看史讲经，一日未食。至夜陈郎发沙，颇为皇扰，夜为一起。

十日　晴。腹疾后复发寒疾，大为不适，昨卧一夜，今复困一日。

十一日　晴。二陈讲书毕，令还家养疾。遣人下城买熨斗。张鸿基玉堂来，戊戌变政庶常也。云桂学以私盐褫职，故桂抚亦替。又言谭震青奉急檄往安仁，或云东安，未知其由。赵厘将接印矣，新道未到，谈久之去。马小先来，云乡中无可筹，意未尝须臾忘宋子，告以不能。公卿会集，严介溪不至，客问东楼："相国何迟？"谢曰："昨伤风，不能来也。"王元美举《琵琶记》曲文云"爹居相位，怎说出这伤风的言语"，以此陷其父死罪。忍俊不禁，唯口兴戎，不虚也。陈幼铭革职，或为联云："不自陨灭；祸延显考。"一若明以来四百年俗套讣文，专为此用，亦绝世佳文

也。然比之弇州，风趣减矣。江南、湖南口角如此分。

十二日　晴。庚子，初伏。乔妇携族孙来请名，命曰"名衡"，留一日去。移席内斋。

十三日　晴。稍热，可浴，未办大杅，垢如泥浆，草草而罢。谭震青移东安，盖有人谋其缺，假以用才迁之耳。因感肥瘠，辄赠一首。赤日炎风洮水西，暂凭盘错试刿犀。须令鼠盗还耕犊，莫枉牛刀但割鸡。官不患贫民自乐，国无嫌小礼当齐。丹崖碧洞曾相识，薄领余闲为访题。

十四日　晴。看《史记》毕。得张生书，云新屋好兴工。付二书去。莲耶来，送饭豆。夜得凉风，顷之复热。

十五日　风凉。谭兵备来。丁酉桂考官曾来，未见，序初小儿也，明通博闻，大异隆、夏。

十六日　晴凉。讲书后下湘，至程家借轿，回拜张庶常、谭兵备，因过府署，留面，与邬师略谈。出城赴江西馆，公饯谭震青，见马牖云，甚夸午云。诸人多面善，不能悉记，坐一时许，客来，六席，看戏，以我陪客，不欲久坐，未吃烧猪先告还。程九郎已上船待，乘月夜还。

十七日　风凉。咳犹未愈，不饭不事，讲书后唯卧困耳。送

米人复来送冬黏。

　　十八日　晴风。谭震青来，余尚未起，在外坐，延入内，略谈而去。本欲入城，因循未行，已夕矣。房妪病发，悲泣半夜乃定，余亦为不睡。

　　十九日　暗，时点雨似露，俄遂成雨，平明已湿地，辰初潇潇矣。大雨不止，平地水尺，欲送故道，闻炮声砰砰，心知下船，竟不得往。申初小止，去则行矣。榜船还。夜复雨，凉甚，避风。

　　廿日　戊申，大暑。雨。讲书毕，冒雨借屐入城，伞重不胜，甚为竭蹶。至薛师家小坐，同至张庶士处，辞以将出，因至衡阳，送震青，行色匆匆，无心对客。顷之庶士亦至，旋去，吃包子二枚，辞出。薛欲过贺新令，在焉，遂同谈话，殊不休，又不肯去，乃辞出，与薛同至其馆门，别而登舟，到院正夕。

　　廿一日　晴。咳殊未愈。讲书后，张恕堂来。马先生儿来辞行。留张吃炒面，客去颇倦，遂困卧，至夕方起晡食。未夜遂睡。

　　廿二日　庚戌，中伏。阴。晨写对二联。午后常家人来馈女，因附书于珰，告两女昏对事。

　　廿三日　晴。人热我凉。仍咳多痰。二陈、常、曾均去。张凤盖来。夕登西楼纳凉。

　　廿四日　晴。北风甚壮，然不甚热。借沈近思、章学诚遗书读之，章书余所熟谙，大要一秋风客耳。沈则自命刚廉，所学极陋，不知石揆何故赏之，皆不及恽格也。刘衡阳来。

　　廿五日　凉，有雨。病似欲愈，功儿进瓜使至，顿食半枚，又取汁一枚，食两瓯，乃始知瓜气，小便顿清，饭量未复。邓沅汇银票来，并送飞面。

　　廿六日　晴。遣盛佣至真家送瓜，并分程、张，城中唯此知食瓜耳。作城乡家书。晡时骤雨，风凉割人，避至后房，顷之复常。任三兄及谭绅来，已夕欲去，任忽发沙，求药，少卧息乃去，送至湘岸，余亦蹒跚倒矣。水毙一鸡。

廿七日　晴。南风甚凉，水复暴涨，饭后遣盛佣还。张正旸又专人来条陈，即复令去。

廿八日　晴。看《汉》《晋书》，渐觉班书抄史无类，《晋书》则尤丛脞，大悟修史之法。谭翁和诗来。

廿九日　晴。马话山偕月生来，值晨无菜，不能具一餐，听其从表侄常孙食。已而闻在陈处，亦姑听之。马本不必留饭，从七相公则不可不饭也。张子年送山药、汤圆。

1798

晦日　风雨，凄然似秋。考课发案，东安唐生兼支两名不得，则请于首士，势同索债，遂屏除之。唐亦秀良，而不知世事，遂鬼怪也。

七 月

七月己未朔　晴，犹凉。乡人谭、盛来，为庚大老耶求皖信，云仲英在彼。为与一书，并复书严饬。乡例必饭，晶毳对之，痴坐久之乃去。诸生讲问者至晡未散。今日食少进。夜雨。

二日　晴。入城，答衡阳新令刘桐封，字叶唐，因过谭兵备，送谭翁叠韵诗。异至岏樵家，殊不欲食。梨汁一瓯，日正午矣。出至厘局，寻赵阶六，闻朱艾卿主浙考，张方伯有去志，并言盐务乖谬，解饷荒唐，进士颇有抱负。卧安记待看塞会，久之无人声，呼僮具食，云会散矣，亦一奇也。步至太史马头，榜舟徐还，到已夕时。遂一日不饭，剖瓜代茗。姬云瓜汁，神浆也，洁清第一。晨梨夕瓜，余亦欲仙。虔诚占书院，中人几八五八。（明明一条坦路，就中坎窞须防。小心幸免失足，卒履不越周行。）

三日　晴凉。病似差可，困卧半日，为贺生书扇。贺今年为郴牧捞千二百，牧亦斥去，贺则如梦，必前生债也。夕雨。谭翁和韵来。

四日　晴凉。晨和谭诗。陈生讲《周官》毕，讲皆粗略，不及条问用心也。张资夕来，言柏丞家事，云有孤孙，令携来一见。

五日　癸亥，立秋。凉阴。廖生问从祀先公，定公时不得有僖、闵庙，疑定、昭亦兄弟，祢昭，故从祀耳，与僖、闵兄弟跻祀相对。定初即位不祢，昭六年大祫，始正之，不言有事，大事者始立庙也。作弥之墓志成。正立秋，大雨凉风，蒙被遂卧，雨势不止，因令闭门。看《汉书》二本。屼樵送瓜。

六日　晨雨，朝食后晴。廖生解公孙猎"贱乎贱"，胜余笺说，改而从之。即日升补正课。夜月。

七日　晴。遣妪送瓜真女助七夕。夜设烛卧堂中，寂无人至。午后始有人讲者。妪船已还，夜月晏眠。为常曾孙看《汉书》一本。邓在和来见。

八日　晴。晨起未食，已有人讲者。朝食后看桂船下湘，李生正立船头，顷之入见，昼日三接，留宿内斋。萧鲤祥来。

九日　晴，稍热。晨起作字数十纸，殊不得食，陈婿已入讲矣。讲毕告归。约李生吃包子，诺诺而去。贺孙来告行，往东安，云徐巡捕署常宁。薄暮大风雨。

十日　晴。四老少来，正欲出城，与二陈行李、程生同下湘，至柴步入城。过薛师，遇天主教奴，小坐。出访贺孙，同至衡阳，诣谭翁，谈久之，同出，过江尉，分背各行。余过子年，遇胡丞，留饭未待。雷殷殷，雨将至，急行至府学，雨大至，入萧斋待久之。借轿上船，乃云震霆，相去三里，殊不闻声，响不及炮，信也。忘具肉菜，煎卵作殽，亦致一饱。

十一日　晴凉。写字数幅，终日闲谈。至夕大风小雨，夜月致佳，独卧赏秋。

十二日　晴。今日庚午，出伏，留瓜待客，殊无客至，竟三伏凉不可浴，尤为异也。瓜已欲败。月生来送梨，二陈、李俱来辞赴试，吃包子去。

十三日　晴。家尝日也，亦令具五俎，尝新稻。方僮久不归，房妪下厨，甚热，不能多食。夕坐，偶成一诗。凉多讶秋早，幽林不能暑。月华贞桂静，风叶新篁举。散发便卧疴，鸣琴思无绪。佳人久见遗，淹留怨独处。短夜恒若岁，愁来复风雨。忘情当诉谁，并予信非侣。但恐流萤照，空帷痛将语。盛时已迁移，岁晏岂云补。

十四日　阴热。四老少早去，余亦早起。颇有暑气，时闻雷声，竟日闲卧。陈八请客，僮工俱去，自出守门，夕乃皆还。

十五日　晴。晨起甚早，以绂子躲生来此，六十整生，当为设面，命僮经营之。彭老者来求考费。刘丁思家暂归。廖丁亦假宁家。桂阳二谢、耒阳曾生来，云行李在船，催令急去。校《易》二卷。

十六日　晴热。张子年来，言程生得仪栈差，欲往干之，求信先报，即留陪绂子朝宴，吃洋酒少许，昏昏竟醉。请客外坐，独睡片时，甚舒服，乃起送客。午浴。狗孙来，言缉私已频被殴，破脑者相望，因辞出矣。

十七日　晴。南风，几席并温。绂子告去，取《易》稿付去，并令湘孙取手札同付岳凤梧刻之。午睡甚久，闻二陈尚未行，检遗落一本，交李孙带去，因无人入城，遂罢。

十八日　晴，极热。狗孙欲就食子年，斥其不可。方欲遣辞岘樵，告运木料往乡，即令狗往。房妪欲为其弟娶妇，求程婢，有成说，来召面议，正发疾，强扶以往。唐子勋来，言祁阳本无盗，因邻县起，遂不可制，一二年事耳。道州全兴，小小书吏，零陵姜，亦老书办，全畏盗报仇，姜纵盗不问，遂令反者蜂起，然后改易令长，百姓遭殃，亦时局使然。程孙求看唐诗，日为批点十余页。廖胖私人革去，复用我私人代之。夜北风。

十九日　晴凉。将刻《书经》，召匠未至，看唐诗十余页。夜闻房妪呻吟，亦为不安。

廿日　晴凉。方僮求书与祁令贺莑生荐胡椮，依而与之。程讲《乐记》毕，看唐诗半卷。夜珰专信来，送蜜枣。

廿一日　己卯，处暑。晴。晨未起，程生来，云刘映黎来见。入则兄弟二人，弟坐兄上，未暇多谈，遽告去，云待开浮桥也。遣人入城，为珰家办节货，唯须千钱，可云俭也。更赠以麦屑、白糖，并复珰书。夜雨旋晴。

廿二日　晴，日烈风凉。魏监生入学来见。看唐诗半卷。夜寄军机书。

廿三日　晴热，南风。房妪疾不减，欲迎医诊之，重劳大神，且迟一日。

廿四日　晴。房妪疾大愈。常生孙毕点班书，为日阅一本，殊费日力。

廿五日　晴热。齐毛妹之子来见，云求一吃饭处。衡州无闲饭，与书功儿，令觅人荐。周儿、方僮并有箱箧，恐狗干没，与书令齐甥往乡，赠以四百文，即时遣去。夜有热气。

廿六日　晴热。乡中遣佣来送瓜，并上安禀，文体甚雅，未知谁作也。黄孙亦抄《书补笺》来，有著作之意，云张生已去，舆已归矣。留佣小住，且待秋凉。夜北风。

廿七日　凉阴，遂已秋景。程孙讲书毕，同入城看岵樵、薛师、邬师，过马、方，云唐太尊上道辕，禀商白沙盐卡事。又云辰州杀二鬼、二邮、三教士。王道凝护府矣，引见官停一月。待避暑还，恐雨，遂还。晡食甚饱，夜点又过多。

廿八日　阴凉。昨夜谭翁送别诗，今晨和之。西风摇五两，凉动潇湘渚。吹笛上高楼，橹声如雁语。角巾玉杖地行仙，县吏新迎上濑船，宜阳竹马儿童长，钟武林乌孝爱传。湘牧移才展邻境，独有唐侯惜贤令，我来流寓伴闲吟，偶和新诗接高咏。从来老去别情多，更题长句作骊歌，不夸治行传家谱，却引秋心寄涧阿。洮阳山水零陵最，我昔探奇梦松桂，岩石千年无俗尘，县门只与青山对。青精饭熟松酒香，孙解读书儿捧觞，自有官田供禄养，何须五斗觅柴桑。午后真来，留饭去，遣两力送之。夜雨。

廿九日　晴阴。校《书经》至《禹贡》，仍觉茫然，所谓"以其昏昏，使人昭昭"，不可得之数也。看史、范各十页，论范《光武纪》，言盗起盗息事，未为智谈。盖盗未有以追捕而遂息者。

八　月

八月戊子朔　晴。《禹贡》记水道，不可深求，只是记舟行通川耳。贡道说虽不可通，亦不甚谬。宋人新说与今人新说，心思不相远，但未密耳。房妪复疾，清坐无营，欲写书无格式，闲卧而已。

二日　晴。欲遣人而不得钱，心生一计，借杨四百金用之，所谓扯寸金谎亦可乐，于是众债毕了，树账亦还，但有租无人收耳。拔用方僮，令为管家，明日定行程。崇夏问昏礼主人庙位，先殊未照，取《馈食》士堂下、大夫阶上说之。国君位则《燕》《射》有文，又其昏迎皆异，不必考也。房妪疾甚，为与书厘局，荐其弟。

三日　晴凉。作家书，处置家事，井井有条，顷刻而了。与书并寄食物与女、妇。刘、方均点心而去。校《书经》，看范书，民爵止公乘，无级可加矣。得赵阶六书，约饮退圃。

四日　晴热。无人使唤，乃呼陈儿来扫除。朝食后刘丁还，云到城乡省视，兼知木料消息。功儿书来，云妇病连月，省城疫气，病者必啮铜钱乃能治，名碧罗沙，不知谁所名也。真送梨饼。午后甚燥，复夏衣。看《史记》裴、马二家注，颇有新解。如"不享"作"不亭"，"玄女"为旱魃，"湘山"为艑山，又以为黄帝作《说难》，皆前所不留意。

五日　晴热。校《书》至《召诰》。晡后暴雨，顷之霁。作书问长妇疾状，并寄茋一函。程孙送鸭。得祁阳令贺奉生书。

六日　晴热。张子年送甜糟。抄改《君奭》。廖荪畡送茶叶、月饼。民间谣言有剖腹取胎者，昨夜城厢大扰，问廖佣，云无其事。言人人殊，未有若此甚者。

七日　晴。甲午，白露节。热不减伏日。七子来，言剖胎如目睹。又言盐事，亦不实不尽。

八日　晴热。始令程崇夏作格纸，抄改《书笺》，日复三页课。朝食后入城，至安记算账，买羽绫。欲访荪畡，试过樾樵，问之云即当入城。坐上更有罗剑芝及一衡士，至熟，忘其名姓，谈久之，还安记少睡，云厘局客已集，往则方有公事，任三、罗掌延坐小房。主人延客，乃至彭祠，本约听琴，琴客出差去，赌友亦不至。坐久之，入局摸牌，毕四圈，张尉来，补四圈。未半，廖荪畡、张师耶来。戌入坐，亥散，乘月还。

九日　晴热。两程俱去，内院无一人，房妪亦出刨姜。独坐抄书三页，欲睡，苦蚊，复补改《多方笺》，抄一页。狗来，得湘孙书。

十日　晴。廖荪畡送胙，并报蜀乱。遣探无确信。程旭从京引见来见，留饭去。其两弟夜来。

十一日　晴。半山生日，设汤饼，作扬州肉圆，浑不似。马先生儿来求书，所谓"足下不死，孤不得安"。程鹏讲《礼记》毕。

十二日　晴热。抄改《多方》毕，似稍条理，以后随条补之，多所将就。起用废员，修改精舍。夜月尤佳，独坐颇有吟兴。

十三日　晴。圮墙，尘土三寸，外院不可坐，新浴复垢。作书与奭邵南、马声燫、陈芳畹，并寄圆圆，算账还钱，稍应秋节。《书笺》改毕一本，当从头修补。

十四日　晴。昨夜影戏声扰，僮工夜出，晨起唤之，乃见廖丁，云初六自省城来，亦闻蜀乱。始补笺《尧典》。夜入城看真女，遂访廖苏畦夜谈，步月送我，绕城西南还。

十五日　晴。节物无办。张子年、屺樵均来。常生孙来。至夕，周裕衿来，未见。夜月极佳，独坐久之，热不可睡。致沈山人书。

十六日　晴。廖苏畦久谈，客去颇倦，又有和八耶、周颠子，苦不得休。书与葛获农，得糕两封。陈苏石孙来见，程孙甥也，因留食宿。夜热。

十七日　晴，愈热。得六耶书，乃知席初未委，与信催之。三屠夕来，值余往城答谢屺樵不遇还，因未见。夜有北风。

十八日　晴。晨甚不适。先祖母生辰，未能汤饼，午乃设焉。召见三屠，诲其归农。移坐外斋，补笺《禹贡》，稍明晰。夜月。

十九日　晴。仍热。邬儿来见，较弟为胜。和八耶复来催案，与书衡阳令催之。提镇跪道之威，乃皇皇于一讼，令人思周太尉。

廿日　阴，有微雨。遣刘丁送木器银与芩女，因附一书。三屠、狗儿均去，余亦欲入城，至岸船已下步，从沙嘴往，乃遇张尉，遂还，久坐。客去，抄书。

廿一日　晴。知不足斋复竖柱。周松乔来，吃伊面。苏畹送豚蹄、茭苋。方对客，未暇复书。《禹贡》补抄毕，殆半通矣。今日戊申，秋社日。

廿二日　晴。风凉有秋意，刘丁还。说《汤誓》二"割"未安，皆当为"害"，以免望文为训。彭老者乡试还。谢价人来，斋长亦还，唐侯亦到。张奎生来见。前监院儿也。

廿三日　庚戌，秋分。晴。计二陈当来，作酬待之，乃款廖俊三，言京中事、江南事，皆有官气。送查糕、火腿。夕陈、谢乃来，夜去。

廿四日　晴。未朝食，会馆来催客，讲书毕，又与房妪较牌，乃往厘卡，犹未午。张奎生避入房，委员、稽查三人出陪，未问姓字。已而张出，同坐船至浮桥下，泊泥湾。从会馆后门至前门，陶、盛为主人，廖苏畹、周松乔先在坐，久之待尚、戴不至。周令设牌局，入后厅共戏，尚东乃出。俄而戴至，又待张师、萧监院，久之，竟消一日矣。陶云和丰公司可捐钱，属书与杨三大人，省城新红人也，笑而诺焉。欲诣邬儿，已晚，乃还。水涸行迟，到院已倦，遂寝。

廿五日　晴凉。晨起作诗。十四夜行月至清泉学舍，访廖苏畹，同游西郭，因作赠廖一首。蓉池飞盖地，芸香草玄宅。嘉会偶相要，喧寂俱有适。凉辰始夜游，郭外罕人役。池亭清竹树，秋烛明簟席。高论谢世情，余兴临水石。昔余旅西寺，十里芳塘碧。今来澄空水，寻香杳无迹。明月照人影，送归无主客。掩扉既愉悦，还舟未寥寂。且欲期来宵，中庭桂华白。喻、陆两生来，致胡婿书，及送蟹廿螯。程生儿来，留宿，均谈试事。

廿六日　晴阴。溯湘至白沙洲，答访周松乔不遇。下湘遇萧教授，以致张、杨劝捐信与之，托其转交福记。旋分道，余步萧异，各入城，至詹有乾买笔墨砚。至两学，入西斋，见谭父子，留吃藕粉、点心。出遇岷樵，还坐，遂至陈家看二陈及女婿试论，尔雅古洁，但不合程耳。还舟未晡，甚饥，不得饭。

廿七日　阴，有雨。抄《康诰》，颇有条理。谭香畦约来，以为阻雨，顷之竟霁，谭与李、毕同见访。李，华卿同县人、陈伯屏姻友也，毕则纯斋孙，云数年不见矣。留伊面去，外班追去也。盐局夏委员来，亦同坐，分道下船。看梁启超热血书。

廿八日　晴。房妪入城。邬师来，无人倒茶，吃石榴而去。抄《酒诰》，已有梁启超习气矣，小发议论，新学之移人如此，无忌惮故也。程生办祭事踊跃，是有志向上人。

廿九日　晴。桂香葵花，秋景剧佳。抄《书笺》亦踊跃，计日可毕矣。书院发帖请客，客无至者。

晦日　晴。刘衮引甥方来见，云受业，人云说官事也。谭儿来求书干程观察，皆晦气也。二陈率其从子来演礼，因留宿。

九　月

九月戊午朔　天热如仲夏，道台更戴领帽，热杀小生也。例祭船山，未辨色即起待事，陈驯已起，执礼者犹睡未醒。以须略待监院，故迟至食时，排班三献，亦复秩秩。陈生云不必牲牢，亦正论也。然诸儒甘心冷猪肉，则未可废。先已朝食，事毕更设汤饼，客俱未至，且或已去，监院乃来，面无怍容，人所难而彼所优也。罗二木来献图，云四老少主意。张生书来，索三四百金，又一奇矣。

二日　晴。出城答访夏委员，邬、张、毕、李四师。过程家看拜生，与唐太尊长谈，吃窝果、索面而还，又吃牢丸。复书张生。张绅八来走信，又索四百金，荒乎其唐，不可救也，与书戒之。伻来以图，知我二人不共贞也，三四百金之说仍是老生常谈，未敢闻命。前思秋闱后必中举，中举必拜客辞行，何能为我料理？故改派方桂来接手，升为管庄客，老弟可放心，不明农矣。完夫来，云见大作，我知其必不中，又将撤去方桂，仍如前议，总之当在九月半后，此时不必言也。屋事已告罗木匠，不赘。

三日　晴。罗匠告去，与书戒饬方桂。前我看你不躲懒，颇面上，以为必有出息。何乃带领刘东汉到刘奶娘家，住到初八？目中无人，胆大妄为，不可用矣。梁奶娘乃董升下饭菜，红花仔当须自爱，何可如此，此我之不知人也。你当自想成人否，若想成人，切须稳当，文昌帝君最恨邪淫，做人须先戒此。以廿八元了王税私欠。谭儿来求书干程生，依而与之，并令饬懿回家。

四日　晴。外斋开门向内，以便妇女来往，书院规制所未有也。《书笺》改毕，值移床，未暇检点。夜宿正房。

五日　晴。作《重修精舍记》，兼题周苓农宋字手卷。工嵝峰率程旭来，八十老翁，举石折腰，不两月仍健步，地行仙也，不胜健羡。廖胖率其儿来，并居新斋，已昏黑矣，未能部署。罗木匠五弟来，告以点工，芒芒复去，且留之一宿。

六日　晴。作陈六郎挽联。公子早知名，不妨选色征歌，别有心情寄国史；少年能作吏，所恨大才小用，莫将形役问医王。欲书无墨，乃自研之，数十年不亲研墨矣。

七日　晴。晨与廖胖登楼，见十官，云妇女船已至矣。迎候数日，竟不先知，侦探之难也。顷之湘孙等并异来，六女最后，居然当家人。竟日未作一事，但检点行李，以暇较牌，夜至二更乃寝，静梆亦为晚发，则可怪也。得功书，送曹淇县银信。

八日　晴。为孺人设汤饼。过午，真归，持螯吃面，至夕乃去。工人皆出游，余遣僮妪入厨，遂无人使唤。闲入看诸女回龙，夜代较牌，未二更而寝。梦与曾涤公谈时事甚久，言及唐鄂生后必流落。俄而梦醒，则见斋房镫烛甚盛，往看之，有三人为牧猪奴戏，一似魏樊，乃还寝。斋长不在，禁赌吾事，拿赌非吾事也。顷之一人持镫来窥，意甚鲁莽，乃程家竹林与喻生，其一不知何许人。微雨清秋，正佳时良宵，不宜以此杀风景，遂吹镫睡。今日乙丑，寒露。以凉雨应景，犹煊于立秋时。

九日　复晴，午后阴。学徒出登高，置先生不问，余乃招廖生父子入食，断屠无肉，仓卒主人也。黄孙亦欲登高，夕食后乃去。作饼酪俱不佳。

十日　晴热。将入城临陈丧，觅舁夫不得，沙行上船。至陈门口，遇其弟便衣步出，门无吊客，唯有传胪知宾，久坐热甚，乃辞而出。至屺樵家解衣易鞋，复步下船，还至沙嘴，步上，隔水赤脚履沙石，颇受梗，乃知鞋底之力。得茇广州书。

十一日　阴，夜有雨。廖生解"赤郭公"，用吾旧说，吾忘所以易之，心粗气浮，未暇校也。程生孙看《国志》，亦为覆勘。复茇书。

十二日　复晴。秋旱殆不可救。闻报子南去，衡府殆无人登榜。意功儿必中，报人迟耳。夜起看月，秋光往来，扫除正楼。

十三日　晴。晨得张生报而无榜录，知亲友无分耳。改章两榜，遂潦草如此。一喜一惧，不知梁启超复作何语。前切属送书版，亦仓卒不顾，张生性情如此，与书戒之。又来索钱，以前存百金与之。并书与功。遣雾露神俱去，停六日矣，有似三秋。黄孙生日，设汤饼，廖生入贺，多礼也，蒸鸡答之，又不熟，不能具馔。黄、宜两孙均入城，至夕还。夜月入房，徘徊不寐。

十四日　晴。晨见一蜇伏帐角，已而疾上，呼妪捕之，已迷所往，大索不得，疑出床架也，以顶版甚笨，不欲再移，仅换衾褥而已。萧生儿来，云欲住斋。先未关白，径移被箧，亦所谓挟故而问者。

十五日　马儿送蟹十脐，毙其六矣，真武穴来者。晨出讲堂，但见廖父子徘徊往来，今年废学，太不成局，非吾力所能振也。考序无房室之说，未见所出，疑是郑注迷其方向。序明有房，其说鲁莽，重取《尔雅注》看之。

十六日　阴。周妪欲教其子，而力不制，乃借助于回纥，遂成大乱。先请余勿问，既乱亦不能问矣。好用计者自弊，所伤甚多，余闵默久之，无良策也。李少荃所云妇女不可共事者已，终日不怡。麻世兄来求差，谭道台复来送聘，复书告以错误。

十七日　晴。与片唐太尊，说麻事，陈八送去，亦一奇也。门人以昨闹故，人人不安，夕告程鹏，乃有遁词，因切责之。

十八日　晴。先祖母生日，设汤饼，七十年矣，慈庆如新，家人则无逮者，故不遍及。马话山来，告以世情。马氏三世不知世情矣，告之亦不知也。廖峻三来，求干丁藩，告以不可。

十九日　晴。道台来，仍拜请阅卷，并云师课可停。说不明白，亦时派也。冷稳老人告修热蔽者，代之劝善，小人遂作督矣。真还，留住三日，陈骅来谢孝。

廿日　晴。先孺人生日，设汤饼，不能办，以无人力，改于午设。与李勉林书。寄茇诗集、衣料。萧孝廉鲤祥来谈诗。邹生日煊来见，言常生孙。

廿一日　晴。吴祥发来见，稀客也，云欲依曾重伯垦田南洲。重伯正无人逢，而有愿从之者，罕事也。正欲与书，因而许之。七相公来。六耶官封移文来，告接印。二陈郎夕来，大风，因留宿。

廿二日　阴。孺人忌日。二陈晨去。得芳畹、席沅生书。看陈、范书，陈殊多不检，为指摘数处。

廿三日　晴。邹彦建甫来，长沙举人，安仁教官也，曾在廖荪畡处同席。夏绍箭来，时济从子，子青弟之子，云吾昔到其家时尚未生，其父乃早化去矣。有弟愿入院借屋，陈十一所指引也。岐山僧田静来，云曾见曹菩萨。

廿四日　晴。朝食后出城，至程家少坐，出寻子泌家，已迷蹊径，误从西入乡，问明乃还。见报条，入问入学，世昌乃其长子，其家甚深，前堂男妇杂坐，似又是一家。呼其家人，有出拜者，卅许人，询是弟五子，坚留坐，固辞而出。至清泉学，廖荪畡亦出，以为请同城官也。还安记少愒，岘樵来徐徐，云病创未大愈。坐久之，待至日落乃舁往道署，张庆云先在，唐太尊、周行之、廖畯三、廖荪畡踵至，设馔三堂，殽豆颇精，鲫鱼大有苏派，酒亦可饮，为尽三杯。主人自云宾客皆上选也。又言樊增祥在行在私事滋轩，同人呼为孟浩然，取夜归鹿门诮之。易实甫乃又欲依樊，未之卜也。二鼓后散，入内较牌，寝已鸡鸣，早鸡，荒鸡也。

廿五日　晴。令蒸羊，厨婢云无火，自督蒸之。房姬大怒，余伪为不知，若少年必亦怒矣。心头火灭，乃能如此，焉能振家规乎。

廿六日　晴。发单约客，闻常九弟来，未能约也。以唐、廖未酬寿酒，故特约之。

廿七日　阴。霖生来，留谈一日。初未具馔，乃觉疲乏，客去即睡，中夜闻雨，心神恬适。招莲弟来掌锅，待至夕乃至。振湘亦来，云张正旸已去。

廿八日　阴。内外煎和，未午已办。笙畡先来，云蓬翁已至。顷之，赵皆六亦来，惟待岘樵，乃反最后。云彭畯五之兄来，心知稷初也。设坐新楼厅，未夕散。

廿九日　晴。偶行后院，见晒衣，欲移楼上，问知房妪，乃自移之。俄闻急呼僮妇，虑其迁怒，因自呵之，发狂奔出，势甚恂恂，信知有泼妇也。一不敢撄，怒犹未已，两小孙皆喜叫，无情与有情甚可观也，余亦与之化矣，岂但霁威而已。午后彭稷初来，言俞抚三聘贺金声，而后杀之，与杀谭、杨同意。留饭乃去，坐船送之，携两孙俱游，投夜还。

十　月

十月丁亥朔　晴。晨出堂训诸生以自强之说，退而省私，校《书经》一本，妇女入城看亲。

二日　晴。入城答访常霖生，云在陈家，待顷之至。以携端孙，未便久坐，便早至清泉学，苏畈遣力肋舁，本约早散，待周行之，遂夜。唐、赵、朱同集，端孙亦有坐，邬师亦至，先共摸牌，云袁督请假，吴粮道遂护督矣。

三日　阴。胡卤笙索书。近作吴山饯集诗，下笔成章，可云才子。陈郎求书干张大学，因及瞿军大，责以不宜仕，而又为陈求进，其说极难，乃用截搭题渡下法作之，两岸猿未啼，轻舟已过矣，亦行文之乐事也。并谢曹东瀛二百金之寿。写对数幅，夜雨，振湘为周儿治创，遂不入寝。

四日　雨潇潇而不能寒。待抄两信，又较一牌，下湘送振湘去。舁至清泉学，邬、唐、朱皆先在，行之后至，便共摸雀一圈。入坐，未饱而散，还未上镫。谭兵备来请题。

五日　阴。邻僧来求楹联并赠诗，因题一联，竹树护精庐，林鸟似识前朝事；鲈鱼答弦诵，芋火还容宰相分。并书一诗。东林近在雁峰南，虎踞中流波影涵。雏出笋根删密竹，鹰盘云顶见高杉。瞿昙帝释知同记，弥勒维摩共一龛。等是忘情隔尘世，木鱼声里唤堂参。

六日　晴。将入城，渡夫筑室，因辍行也。廖畯三又来辞。半夜腹痛，不能寐，且又燥热而汗，辗转至晓。

七日　晴。校《诗》二卷。携黄孙入城，送廖不遇，至常九弟处，遇其纳采，媒人将来，无心对客，因辞而出。过岘樵，论请客，定初十日，托其代办。至安记，见从人已将还船，黄孙方看戏，自往呼之，便看打彩，爆竹烟满台。上船久待，渡夫乃至，还已夕矣。料理请客，便复陈六笙去年书。镫下俱毕，乃打骨牌，迭负而罢。

八日　晴。校《诗》三卷，张子年妻送糕，并送盐，正欲点心，适应所需。霖生送酒，辞之。

九日　晴。晨起校《诗》一卷。朝食后刘兰孙来。黎锡祉送炭，并还前银，云太多，减廿，仍附去。出入无账，纯以意往来而已。毛孝子来。

十日　晴。校《诗》二卷。请岘樵治具，招谭兵备，本约霖生，已去，唯彭传胪是行在旧友，正堪作陪。午后客至，酉初散，吃一肚子水，烧豚复过火，已费经营矣。

十一日　晴热。朱嘉瑞请客，以为唐、廖之局，往则专燕我。毛、廖作陪，贺孙亦在，并邀陈郎，草草杯盘，乃为盛馔。廖畯三不至，更以胡委员补之。余云自有燕窝，从不请徒步客，今日可云出格也。还尚未夜。夜微雨。

十二日　晴。与书邬师，问零陵考期。为陈芳畹干王石卿。刘兰生辞去。校《诗》二卷。

十三日　晴。校《诗》二卷，始尽补遗义，可寄吕生，吕生又不能看矣。得功儿书，云已保特科，并附懿书。

十四日　晴热。校《诗》已毕。说《文王》"帝命"，又补二条。阅课卷，申饬程孙。与书黎儿，荐刘兰亭，明知无益，其姊索荐甚迫，乃以去就要君，无奈何也。更与书张庆云，所谓无我负人，此心不可欺也。夜雨。召刘丁，与以四元，坚辞不受。

十五日　阴。庭菊盛开，插瓶供玩。入写屏四幅，步至湘岸待船。至白沙洲，答访黄鹄轩，南城人，见所居萧寒，似王文成龙场光景，不觉有迁谪之感。吟诗一首。独成生寒色，萧条似谪官。客嗟鸾在枳，人叹虎而冠。薄宦谋生拙，虚堂望眼宽。茫茫今古事，吾亦暂凭阑。从洲前入里岸还。胡元佐来见，以为昨同席客，乃一伧父，语言可憎，以其补服来，未便呵之，听其聒噪而去。丛菊荣冬晚，临阶烂漫黄。恃霜无退色，烘日有余香。岂惜供瓶几，还持伴笔床。寻常篱下看，不及过时芳。二谭香陔偕朱继元父子来，洪井旧客也，廿五年矣。

十六日　阴，有雨，始有寒意。将入城，临渡而返。袁生问"南雌毋立"，亦闻也，语在《郗业传》。

十七日　阴，有雨。杨郎伯琇来，自京师送方物，言城中焚毁三之二，天津则皆毁矣。细雨如尘，大有冬景。

十八日　阴。朝课未毕，廖苏畹偕洪联五来，云十五年未见矣。廖邀廖生来谈，陈郎同至，留客设饼，送客下湘。访彭、杨不遇。至杨园看竹，吃京果，乃分途还，匆匆便夕。请廖运石炭一船。

十九日　晴。批答陈郎问礼十数条，又出湘岸游行。待乔子，至夕乃来。

廿日　晴。程景赴补来辞，与书陈六笙属托之。自此陆行，二万钱一名夫，豪举也，我未之前闻。乔云似孙老总，不虚也。夕出城答访洪联五，遇苏畹正出，云洪已往水口矣。同步至衡阳，刘同知待客殷勤，而馈以草具。便过朱季元，云于王石卿处见文心妻墓志。三学、通判、清泉、经厅同集，摸牌二圈，散已初更。

夜大雨，顷之止。

廿一日　晴。写条幅一纸，始觉腰痛，老境也。每日闲戏亦觉无聊，当觅一事遣日。昔访麻源谷，君家正避兵。青山知好在，白发见余生。苦战终何益，劳形只徇名。得闲聊话旧，投老未躬耕。夜雨。

廿二日　晴。作韵书屡不成，恶其烦碎，难于条理，辄取前人说看之，又不当意。大要须不言转声，乃有画一，而转声自然不可废，故多歧也，沉吟久之而罢。

廿三日　晴。连日作饼，亦将废事，人都不可有嗜好，信劳生之无味也，又过二日矣。

廿四日　庚戌，小雪。晴。稍有寒意，午尚暄也，所谓小雪犹衣夹。刘佣求书与李仲云儿，言求地架屋。即书与佛翼邮去。乔耶大扫落叶，顷之又盈园矣。岳坤谢生来。

廿五日　晴。谢生徒步来，欲求一馆。其学于乡塾为博，于世间未能数九牛毛也。无可位置，姑食宿之。僮仆俱无，甚难于酬接。

廿六日　晴。谢生无可谈，仍自督课，如无客时。欲取《吕览》《韩非》诸子孤僻小典，如爱旌目之类，别录成集，以备遗说。《吕氏春秋》"大庖不豆"，今厨人掌锅者不摆围撰也。

廿七日　晴。入城寻腰带，便问油盐，答访胡知县。未去，二陈郎来，舍客径行，至又急还，殊为可笑。许六花来索砖钱，诡云家中无钱，语殊可恶，恃有亲家母，不能诘责也。珰遣人送菌油。云门小儿偕一赵姓来，写安仁乌鸦冲荒田，云其父令来看，均留一宿。

廿八日　晴。杂人均去，始看《晏子》，一日而毕，无可取者。送煤钱十七枚还廖荪畛。

廿九日　晴。看《墨子》，程孙抄有注本，嫌其未晰，欲更理之。为陈郎批答《礼问》，补改二处。

晦日　晴。抄《墨子》二页。李生金戮自鄂来，云无甚新事，唯闻有科。

十一月

十一月丁巳朔　晴。晨出堂，所谓告朔爱礼，告诸生当自好，学习之，斯好之矣。廖拔贡告去。抄《墨子》二页。发课案，用积分法分三等。廖云石鼓已封门矣。

二日　晴煊。抄《墨子》二页。房妪出游竟日，无送茶者，亦可笑也。外报有僧来，未欲出，俄见名片，则明果，十年旧契也，亟出见之，因订一斋。

三日　晴煊。抄《墨子》二页，写联幅，详蔬笋至罗汉寺，请初七日斋，请明果。是日忌辰，用追荐福。廖荪畉送羞，廖德生送橙，并书报之。

四日　晴。王鎏来，广东师耶，自称受业，忘之矣。致刘乐昌书，犹殷殷以六大三阳为念，此人不劾罢不止，所谓扭也。抄《墨子》二页。夜雨。

五日　阴。抄《墨子》，看《吕氏春秋》，纯乎游谈，较《淮南》多故事耳。尚鸿宾来见。

六日　雨风，寒甚。盛巡检来求书，不避寒暑，亦可取也。并携村仆来，则有官体，留宿西房。夜大风。

七日　先孺人忌日，设斋罗汉寺，幸风息而止，犯寒而往，即送盛去。黄孙从行，禄孙啼从，至又惧啼，不可喻也。斋请明果，好心作陪，监院同坐，申散。僧送上船，到犹初夜。

八日　阴。二陈来，告杨八蹏六十双寿，欲索一联。本当报礼，而即日当送，往还廿里买对纸。又当送真女点心。竟日营营，日不暇给。吾家旧习，手忙脚乱而皆办，可笑亦可喜也，刘丁则足塞矣。丁谦自桂阳还，来见，云可余廿万。

九日　阴。晨往杨家拜生，遇任、丁、江、吴、尚弁、顾尉，吃面即还，已日中矣。四妇往真家，就便过门，至夕还。竟日领孙，未一事。夜雨。

十日　雨。抄《墨子》，写字一幅。屺樵送雉鸠。张石四、李煦师耶来。王銮引刘乐昌儿偶澧来见，为六大也。夜大风寒。

十一日　阴。三女为其母忌辰设奠，余往拈香。抄《墨子》二页。

十二日　阴。抄《墨子》二页。看《吕氏春秋》。刘令儿复来，送端砚。

十三日　晴。抄《墨子》三页。耒阳二生口角，皆儿女子语，而自谓文人相轻，不值一笑。罗船户来，约来迎还湘。

十四日　晴。明果来，与演化僧偕，约往西禅。问其何不教授，则彼寺僧有争为教授者，正与耒阳生印合，皆末法也，且抄《墨子》"尚同""兼爱"诸说以救之。夜作包子极佳。

十五日　晴。屈小樵彦钧来，云到已十日，调署衡谕。真女还，送省信、布匹。功得两尚书保，应特科，湘抚亦荐之，可谓三举成名矣。瞿海渔亦特保送，则未之闻，又所谓国有颜子矣。抄《墨子》二页。

十六日　晴。院生课未毕，放学赴斋。晨有村妇入内斋，跪求伸冤，又一金凤大娘也。门役病手，故疏于照看，非买放也。房妪勒令往府，即步入五马门，正见两令、一学，云木行牙帖已注销，无枉太尊。手痛未出，携三孙步至西禅寺，约苏畋同集，明果盛言请经因缘，属为作碑。待屺樵至暮，先遣孙还，余携外孙步至舟，又待房妪，已夜乃还。

十七日　晴。抄《墨子》二页，颇不踊跃，忽思作西禅碑，试作数行，遂成一半。

十八日　阴。前喻生父言刘生可妻，取其过廿未婚，已发女庚。将两月，昨始来请纳采，事从省减，请陈郎为女媒，便于其家写红帖。喻生代父作男媒，其父亦至。刘生父来会，并与其弟同来，朴拙人也，送茶不知辞让，陈郎仍致敬，不笑不侮，颇有老成之风。小雨蒙蒙，礼成，舁至清泉，再往说项，乃知所委。还舟待渡夫，久之乃至，到院亦夜，夜雨至晓。王佣来报筑室工程。

十九日　雨。晨成《西禅碑》，遣纽清稿，诸女工忙，暂停牌课。抄《墨子》一页。

廿日　阴。院生去者大半，复有来者，未督其课。抄《墨子》一页。下湘，欲诣飞翰营。明果来，辞方丈，勒令写片与演化，依而与之，乃得出门。畴孙请从，登舟泊铁炉门，至安记取钱。舁出北门，过罗汉寺，寺僧物色王老师者络绎。尚弁复不在营，乃从西门入，行壕畔，颇有清景。至两学，皆不在署，一讲圣谕，一摸麻雀，各从所业也。还舟，畴已先在，道遇岘樵，云文擅湖南至矣。问今何在，亦往杨八跸家打牌。还院吃饼。

廿一日　雨竟日。将入城复还，抄《墨子》及《西禅碑》。沈保宜子振来，言说项已妥。

廿二日　阴。朝食后入城，至程家寻文擅湖未得，无所往，乃至安记取花边，将遣佣还。见杨船已到，到船一看亲家母，阁门数语，杨郎出，立谈数语即还。遣懿妇往省亲，两孙同去，夕还。

廿三日　阴。抄《墨子》二页。两杨郎来，小坐去。

廿四日　庚辰，冬至。阴。晨与房妪同船至铁炉步，佣妪入城。余掉舟至柴步，寻文船不得，舣船更衣，云文船在对岸。乃渡湘。至八蹄家，牌局狼藉，文云昨夜未睡，甚违宁身静事之义，小坐步还。挂牌躲生，闭门六日。衡城不祠冬至，并无节物。

廿五日　朝食后复下湘，至杨寓，见两杨郎，写对子一副。遣昇迎真，余待湘岸，久之船至，与谢妪同舟还。妪云有身告假，诉其兄公不恤。还抄《墨子》，得王必名书，云陈芳畹已得厘委。

廿六日　阴。昨夜三更后有叩门呼周妪者，问之不答。心甚疑讶，妪醒问之，乃云四老少还。开门数语，令人内。今晨遣视，尚寐，俄来问讯，云与杨生俱来。廖、谭来探踪迹，均匿未出。薄暮，二陈、杨郎俱来，问东洋所学，乃欲抹杀君父以求自立，新学有此一派，孟氏咒墨之报也。然必期于流血，则又西洋好杀之习，盖孔、释俱有婆罗门，计百年后大有翻覆，此时尚未。初更三子俱去，懿妇携女还母寓，助治迎妇。抄《墨子》二页。夜月。得茂女书。

廿七日　晴。本欲入城，待船太久已懒，又值功儿来省，髹工请发，遂留不去。抄《墨子》一页。

廿八日　晴。闭门躲生，仍有来扰，一切谢不问。院生敛醵为寿，徒费无益，又成陋例，故欲避之。杨生来言宗旨，仍是空谈。喻生、程九送礼，遣人退去。屺樵传胪、擅湖南夕来，出见。廖荪畡自廿山还，初未知之，乃谢未见。宝老耶来，则可怪矣。莲耶亦来送礼，又有王嘉祜不知何许人也。夜内外馈庆，爆竹甚盛，近感成都时。二陈郎襆被来，与杨生俱留宿，乔妇亦来。

生日　阴。晨出堂待客，外来者有局司夏、张、周，局员黄县丞，县人来者有张子持、王三屠、宝老耶，余皆院生。正设汤饼，常霖生率其从曾孙来，外设一席，内二席。午初昇出渡湘，循岸东下，过浮桥，从北门出西门而南，谢客廿六家。飞轿至彭祠，贺客廿三人，官自道府至两尉，绅自给事至监生，幕客张广柏、衡山文擅湖，演戏贺生。六女、四妇、湘孙先在楼房，未暮而去。小雨时作，余待席散还船，船已去矣，呼小舫送归。闻鸟声似布谷。大雨竟夜，酣眠至曙，许女至床，未觉也。

晦日　雨仍未歇，休息一日。申明学规，定月课等第，发监院详道，通饬各学。

十二月

十二月丁亥朔　功入城谢客，懿至杨家助婚，房妪厨佣均至杨家送礼，真女还城，两小孙从伯父出游，院生俱散。出堂不见一人，已而来五人，言斋长程生吃油饼事，令禀监院。西禅僧送普佛斋馔。抄《墨子》一页。

二日　大雾，晴。送张生回局，因至杨家少坐即还。抄《墨子》。

三日　晴。晨出下湘谢夏、张，即至大马头寻轿，久之乃得。至灰土巷谢马，过秦蓉丞门，门帖俨然，车过腹不痛也。循隘巷至程家，彩昇已至浮桥，周某陪媒，亦大简矣。媒人江、朱坐待久之，二久十八，日遂斜矣，犹未朝食。乃至女家，虚无一客，云完郎往杨家，犹讶其早。陈婿出言，杨生必得祸。余云今无降祸者，但恐自入网耳。天下有道，乃有文字语言之祸，今不暇也。借昇至杨寓，新妇已入门，门客寥寥，新除一客坐坐焉。径待至夜，初更新月娟娟在檐角，光景清佳。还船待女归，云均不来，乃独掉小舟还。功儿亦去，唯存三人，独寐至晓。

四日　阴。朝食唯四人，至午舆妇、湘孙乃还，畴孙从母亦还。致书道台，论书院不宜发考费及设官坐监之礼。夜功徒步还，顷之潇潇雨作。

五日　晨雨成雪，遂见六花。坐内堂竟日，四僧来，言罗汉住持。

六日　晴。懿还，言出洋。告以母教，以吾与彼无恩，故莫往莫来也。前日杨生言父卖子为奴，公法有禁。今若禁其出洋，则甘心为满奴，犯公法矣，余又不敢。若听其去，余又不能也。世事遂至如此，可为痛恨，无他，一"利"字害之。

七日　阴。朝食后出答黄、周，乃知谬误，又误由石道南上，误之误也。黄鹄轩留吃莲饧，差为不负此行。

八日　晴。作粥应节。二杨郎来迎姊，并携甥去，云懿妇母明正五十，儿出洋，故思女也。若以义止之则又伤恩，促令即去。杨氏新妇来，屼樵亦来谢。

九日　乙未，小寒。晴。杨妇携儿女去，过午功亦携弟去，佣工并归，始料理过年矣。过年太平盛事，今世人皆不顾年节，是为乱离也。

十日　晴，大风。舆妇贺杨赘婿，船不能下，从陆行。复抄《墨子》，纸短不合前式。午入城陪文、彭，饮于程家，实为文设。以余为客，文为介，彭为苟敬。鱼翅似堆翅，程所罕也。

十一日　晴。唐、王两生来，王改名嘉祐，即送笋者，旧名者香。木卡员绅黄、周同来，言木牙帖。夜月，抄《墨子》半页。

十二日　晴。文擅湖来辞行。首事来，言更换斋夫，以丁姓代之。程九郎云丁次山之谋也，张凤盖嗾之，离奇不可思议，似蜀事矣。岂余教不安靖，故蠢蠢耶？且付鸡虫。廖荪畦复送羊。

十三日　阴。奉命诣府，久谈无着，但看俞剡牍而还。出北门，乃反绕道半里至会馆，四学、两营、二师俱会，张师独后，遂伺候半日，至夜乃设食。求募六百元，顷而集，亦豪举也。萧教授甚有推卸之能，而亦不免借劫于众耳。谭及老实首事，具轿送余还。微雨间作，从浮桥渡，循湘而上，到已二更矣，雨遂潇潇。

十四日　阴。抄《墨子》半页。莲耶送雉汤，食甚美。斋夫求留，与书请之。

十五日　阴。方命羹雉，湘孙依常具素馔，云曾祖忌日也。先九月曾祖母忌日，未素食，以在外不亲奠，故无忌日。今若云依常节，非教敬之道，余亦依而素食焉。抄《墨子》半页。喻生来言昏期。

十六日　晴。令滋女办装，云陈六嫂自请办，云一日可具，因命往商之。余亦便入城，畴孙欲从，遂令同往。至安记，值其盘账，往程家少坐，复至陈婿家探疾，赵永顺处贺喜，仍还安记。久之日暮，赴道署，至门遇苏畹，云大人未起。俱至李华卿斋少坐，因并邀李入坐，程岵樵亦至，同看李伯时画马，赵、董书。宋徽宗《训储图》自题有丸熊等语，恐明人为之，道宗当不至此。又黄鼎着色山水甚妙。传胪来，已夜矣，入席畅谈，饱啖，二更散。乘昇步月，自百搭桥下船，还复食腊粥。得茷书及僧书。

十七日　晴。抄《墨子》一页。复茷书，并寄四妇谕。戴表侄来借钱，如取诸室中，一瞬便去，所谓妙手空空儿也，十二元小哉，亦复快意。得刘诗人火腿，正少此物。

十八日　晴。抄《墨子》一页。岵樵送貂裘，盖以当束脩，受之有愧。为陈郎批答《礼问》数条，说"方明玉"象瑞玉，是也。《顾命》"越玉五重"，亦其意，岂亦有借象方明而形制异耶？无圭故五。桂阳教习来。

十九日　晴。封印。长沙僧来索书，留之磨墨，云观察大人急欲得书也。午下湘至会馆，送钱五十元。先至安记，又至程家借轿去，四学、一营皆散矣，吃包子而还。

廿日　晴。年事未办，复至安记料理。将往城外，微雨欲来，乃还船买糯米、北流饧，坐待久之，云货客拥挤故迟也。与李生书，戒以开卅。还抄《墨子》一页。

廿一日　晴。东安令送闻弹干面，即复一书。程鹏复来送貂褂，貂冠虫蠹，割袖补之。抄《墨子》一页。

廿二日　晴。陈婿生日，遣湘孙一往。佣工俱出，身自牧羊。抄《墨子》一页。

廿三日　阴煊，午雨。祁阳僧送青石桌倚面及黄芽白，云皆祁产也。程太尊来，言京、浙、江南事，云将往陕西兴经学。项妇来求书与廖老师，俱久坐乃去。程送面茶、作糕。送灶。己酉，大寒。中夜闻雷。

廿四日　晴。佣工重小除，例有酒食，依常办给。程岘樵妻五十满生，作联贺之，齐眉百岁屠苏酒；四德三从宰相门。遣人往送，至夜乃还。吾家事皆取办临时，亦旧习也。

廿五日　晴。周松乔、任辑丞来。女、妇入城，黄、郑孙从母俱去。庭梅盛开，冬暖益甚，夜闻络纬。黄孙还，言程生已被代矣。

廿六日　晴煊，遂夹衣。廖荪畡来，谈隆无咎，并送遗集。余前见之于幼铭所，未知其有父冤也。十日已来，南风作梅湿，异候也。

廿七日　晴煊。入城，阻泥而还。午始转风，乞历日，乃得市本。荒州末运，殊无皇灵，可叹也。得但少村书，拓其妻志铭见寄。

廿八日　阴。抄《墨子》半页，看《韩非》书。北风始厉，作会馆戏台联。东馆接朱陵，好与长沙回舞袖；南山笼紫盖，共听仙乐奏云门。

廿九日　阴。刘丁自省还，致盛郴州书。陈郎甥舅来。程致其父书，并送炭敬。程岵樵言俞抚移晋，赵次山来代之。留面去。有雨意。写对屏数十纸。

除日　阴。晨起无事，将遣佣妇视女，恐劳打发，改令滋女一往，并看子年家备年事否，送以十金。晡时还。上滩已有稷雪，夜遂大雪。待夕，饮屠苏，吃年饭，恰满一桌，外设两席。夜办祭诗果脯，饮酒一杯。雪甚，鸡啼，三更后寝。

光绪二十九年癸卯

正 月

癸卯正月元日丁巳朔　大雪积半尺，年光甚丽，辰正受贺。朝食后出泛湘，至东卡，过对岸，遇两陈郎，停舁相待，共入杨家暂坐。伯寿儿出延客，耕云夫人自出相见，将设年礼，辞出。循湘岸下，至浮桥渡湘，绕北门入城。出西门，至苏畡处一谈。入城，南上渡湘，待船来，还院犹未午食也。雪花点衣，殊不成朵，皆纯似玉珠，从来所少见。夜掷骰，未三更先睡，房姬醒已欲觉矣。

二日　大雪。岷樵、苏畡、黄翀县丞、任绩臣、谭兵备、程生来，并入谈。喻生来，空坐无所设。

三日　雪止冰凝，天反稍暖，知未遽晴也。黄生早来，以忌辰谢之。俄而周松乔、顾尉、唐太尊俱来，杨郎、程尧亦至，昼日三接。作书谢俞抚、但道，并致杨亲家。刘丁陆行去。

四日　雪。两县，贺子献，长沙乡亲三家，萧、谭两学师俱来，竟日接对，至暮颇倦。小惕，夜起掷骰。

五日　霁。张尉女婿石生来，避老总，匆匆去。赵阶六来谈。程生集新安馆相待，午后乘舟往。苏畡、丁次山、陈郎、江尉俱先至，到已迟矣。食毕遂暮，借舁下船还，乃酣睡至晓。水仙始花。

六日　大雾，晴。城中迎春，两孙往看，僮姬俱从，闭门谢客。晡时人还，云已过矣。

七日　晴。国忌，以为无客，蒋少耶挂珠来。登楼看梅，繁花半发。抄《墨子》一页。

八日　阴。昨夕得蔡洋局书，云蜀枭欲要往教习洋生，道理既多，一切不说，但复电云"老不宜来"而已，并劝蔡去，未必知我意也。两程孙来。梅已闻香，登楼独看。六女作饼。马道台来言江南事。

九日　晴。将入城，廖氏三郎来，长者神似其父，少者盖似其母，与谈久之，同下船。至岘樵处送行，陈郎家探病，真女出拜年，小坐还船，至院未夕。女客来，杨六嫂请见，并见程、赵母女，夜掷骰。

十日　晴，有风。三妇出拜年，顷之人还，云真已娠矣。夜久不归。振湘来，因令入城探赖事，便问消息。初更还，云懿妇留待不还。余以真一拜而娠，与宵庄同，虑其难产，心县不寐。又闻仙童得实缺。乃梦与笏山父子论受妊事，见笏山甚矮而无见，所谓噩梦也。

十一日　阴风。晨起将令滋往替郑，顷之报喜人来，云丑初得外孙矣。疑虑顿释，如新得一女也。午后西禅四僧来。岘樵来。杨蹁、丁笃生来，丁入看楼。半日应酬甚倦，遣妪看真，问作三朝乡俗。抄《墨子》一页。

十二日　雨竟日。抄《墨子》二页。日夜掷骰，夺状元。科举停后，一升平典故，抵一篇《选举志》也。周、杨两生及耒阳刘生来。

十三日　晴。抄《墨子》一页。张子持送窑灰、笋衣，与书诲之。女、妇携妪至陈家洗儿。清坐昼长，看女孙博戏，犹不能消日。乔子妇携儿来拜年，催饭去看龙镫。初夜月明，女、妇均还，未暇夕食，湘孙设春卷、胡麻酪，遂饮一杯，微醉。早睡，云起将雨矣，中夜遂大雨。

十四日　晨起风寒雨凄。抄《墨子》一页，考定所引召公之令，为《君奭》文，讹脱皆可读，亦一快也。

十五日　阴。入城答客四家，贺、廖、常、谭，唯贺寓未入。廖氏六子皆成人，以基为氏，木旁为名。植，璧耘；械，次峰；樾，季海；樵，稺笙；杰，叔怡；栋，幼陶。本答其拜，乃皆不遇，云日本人看卅，长者往厂去矣。道署留谈。闻爆竹声，憬然有节物之感，似廿年前光景。驰还，掷骰。来宗、金姁来，云从王同知往道州。金留宿，同床。

十六日　阴，欲晴未晴。午初锁门，内外俱上学。遣送打箱钱交王同知妻付来宗定皮箱，投暮往还，余假寐以待，初更已还，复起斗牌。常霖生、张子年呼门，入谈。

十七日　阴。晨出吊喻生丧，内外无人，唯一孝子，立话数语。江尉来。刘子重、曹从九来。毕八先生次孙来，送《楚词》，求作家传。客拥挤一时，殊劳祗应。正欲夕食，懿妇还，方僮护送，张四哥同行，端孙留外家，唯孙女同来。水仙香发似晚香玉，非贵品也，正以其不种而华新，异之耳，亦宋派。抄《墨子》一页。

十八日　阴。梅树万花，登楼巡赏。将出颇懒，抄《墨子》上篇成。毕送行状。

十九日　雨。张振告去，晨谈张家事甚久。作书遣陈顺去，辞以待船。乃辞张振，独下至常家送嫁。程孙先在，略谈遂出，答访张、刘、曹三尉。曹字先仁，即捶教民者也。刘门条甚新，似甚得意。皆云至江尉处相待矣。旋会于江署，客尚有朱二、贺孙，程孙亦来摸牌，至夜还。未至船大雨，舁夫衣尽湿，至船坐顷之，汗雨因风而冷，屡命船中蓄火以待，出则无备，幸入春不至大冻耳。此皆出行要事，往往忽略，则异夫苦矣。

廿日　晴。朝食后约张振同下湘，余亦襆被以往，畴孙从。至安记，先遣僮妪送至彭祠，余卧待，催客乃往，道、府、幕、绅、商公请春酒，以程太守为宾，设三席，至戌散。畴已归矣，余宿江南馆。

廿一日　晴。朝食后步从大西门出，循城而西，从堤埒间至莲湖书院，莳畯为主人，看新修两楼及斋房。待谭兵备，至午正乃至。陈、程甥舅又后，已向晡矣。谈燕竟日，烧小猪甚佳，教官之侈也。夕还，欲雨，廖遣轿送至船，到院二更矣。

廿二日　雨。欲作莲湖宴集诗，先作元旦拜年诗。又登楼，看梅花如雾，从来咏梅者未及此。彭传胪催客，步往。彭景云来，又不识之，程、陈继至。大雨作，畀来，迎上船，还正初更。

廿三日　阴雨。召匠作书箱。剃发。

廿四日　阴。晏起，黄孙云巡抚专差来，甚讶之，开函乃告别求诗，并请题赵卷。赵书"止斋记"，未知止斋何人也。作文者段从周，亦不知名，赝笔也。庸松来，未及谈，下湘赴陈郎春酒，先至安记，寻《元史》，翻段从周。彭传胪霖生来。杨四郎回门来见，同饭，酉散。宿江南馆，夜寒。

廿五日　阴，有雨。欲出答客，忘取毡冠，更遣还东洲取之。程孙、廖生、常、陈舅甥来。唐太尊来，言耒阳令讦周室举人。廖生极不然之，余意官话多不可信。欲告巡抚，因诣道府，道幕张广柏已往郡馆相待，唯见毕孙。唐太尊甫还，正会客，入与戴梦子谈，云郡人公请，待久矣。往泥弯，则设五席，演《调叔》，甚有情态，赏李三一元，廖赏武松一元，礼也，堂会不可专赏旦。未尽欢，已二更，乃还江南馆。

廿六日　阴晴。纵女纳徵，乃无华饰。衡俗过清庚则不更送钗钏，唯凤蟒、开容脂粉、折席喜封。媒人亦至，萧然无办，坐久之，乃设汤饼，赏钱不过三千，俭之至也，几复余昏时故事矣。久留抚弁，又得排单来书，言已请退，更求余文，乃还作之。步至马头，遇一破舫，男女杂坐而还。舟中一弁，自云耕云旧勇，曾事彭、常，且从修志绘图，弹指卅年矣。夜作《送俞廙轩还山阴序》，未成，鸡鸣乃寝。

廿七日　阴。晨作俞序成，便题赵卷。书复仲隅，又书复茂女，遣专弁去。戴将来，入谈。耒阳资生送柏丞孙来，留居我处。余客皆谢不见。抄《墨子》一页。夜薰沐。资孙虱以百数，房妪辞目眊，遣僮丁料理，惜孺人没，无古道矣。大雨，睡熟不知。

廿八日　晴，大热。墙壁、木漆器皆流水，异候也。襆被入城，待滋女办装，余止安记。女妇借程生家暂住，至夕乃来，已昏暮不能事，余仍还院。

廿九日　晴煊。复女请早行，黎明即起，过辰正未妆，余不能待，携妪先发。至安记，过东华门，看滋安排送装，妪先取器皿陈之。午后两妇、二女、一孙女携四妪皆至，滋先迎程二嫂助铺设，仍似铺房，但略满耳，将夕乃送去。房妪摄行伴婆事，先往料理，至夕俱还。黄翀县丞、周松乔秀才来贺，至书院未遇，又便衣至安记晤谈。夜雨。

二　月

二月丙戌朔　纨女嫁日，当早往城料理，妪请朝食乃去，去则尚未开容，补定醴女迎妇礼。陈郎、程孙作媒，其弟为赞，皆会于寓室。女客则杨、程、江、常、陈氏，加笄后，便亲迎。女婿刘焕宸，其父名昌澧，字皆未之问也。申初发亲，余至刘寓，一会亲家即还。院中更无人，移居内室。大风雨，从者晚不能渡，夜黑如磐，凡三出呼应，并遣资孙出视，一时许乃从对岸借船渡，此岸竟不能渡也。灌坛风雨不是过矣。

二日　晴。晨作小词，题俞仲隅画册，词能驱驾，又一派也。数遣人往来城中，竟无人送衣履来，终日靸行。从洲东溯流过白沙洲，黄、周俱出，为黄书一联，便送与之。夕程、夏来告回门发帖事，双双而至，《春秋》所讥，不知启将何词。余云翌午三朝恭候而可矣。请陪客，古云婿见迎赞也，遂书三帖与之。程送书箱，为纨装书毕，适刘送酒馔，便令船去，附箱至城。廖学师送胙。

三日　晴。李生晨至，言开廿无违祖训。与余所闻大异，不违祖，似违父师耳。功儿私财火烧不尽，而欲尽于廿，亦可闵也。纨女回门。往城先至冯家吊孝，马寿云作陪，始行朝奠。待婿见，请陈郎、程、夏作陪，陈伯严不可复得矣。陈、李、程亦俱来，遂留便饭，余未出陪。夕散还船，水暴涨，携妪婆息同行，上水甚难。

四日　晨晴午阴，夕遂大雨。湘涨未落，往城请媒，兼令觅船。步访常霖生，云夏得鄂抚，张专练兵矣。朝廷以百熙文于之洞，故熙学而洞军，与潘世恩文优阮元前后合符。道遇玉洲僧，诉田讼。与书盛太耶，荐高奶子。还寓，待客久不至，遣招陈郎、李、程踵至，请霖生便集，知余欲回船，未毕而散。将入夹，红光罩人，乃是电影，久之乃闻雷，雷殊不近，光在咫尺，亦异景也。为俞抚写送行序。

五日　阴雨。附船下湘，云得一巴干，及发行李，又云桐壳，已遣迎湘孙矣，不得便已，欲别附一舟同行，乃送女婠先往，刘婿来送行。为李生致书张管学为道地。李称有守者，而亦干进，非上品也，船山生又少一人矣。至船边见劣可容。入城至寓处午饭，告诸女待晴乃上。资孙逃去，托留后于廖生，促程、夏入学，遣招崇辅同行，至夜毕至。雨蒙蒙未止，泊毛桥。

六日　阴。夜半发，午过雷石。邓进士师禹来见，送鸭脯。五相公送鱼肉。夜泊晚洲，行二百廿五里。

七日　风雨不宜行，强行六十里，泊昭灵滩。笔墨被琐，竟日但睡，无事。

八日　雨寒。仍风，行百里泊下滠司，又睡一日。

九日　甲午，启蛰。昨夜初更时已隐隐有雷，晨乃雷雨。辰泊湘潭，闻山庄被窃被褥十余铺，恐无此多被也，然当惩之。刘丁上岸，逢贺生来见，问其何往，云至麓山。问何以失约不还钱，乃送八元来。可谓狭路相逢也。画里湖山好，又几回题句，年华催换。少日襟情，老来游迹，旧图都见。莫道风波恶。泛一叶、钓舟还便。愁洛阳、暗满胡沙，迟了莼鲈张翰。　非晚。新恩重眷。有琴鹤归装，萝荔芳院。待欲抽簪，怕羲之笑我，庚公尘涴。陶令容萧散。记运甓、才专方面。只兰亭、不似新亭，许多春怨。《曲游春·再题仲隅〈卧游图〉》。船人逗留，未移寸步，将上岸，以湘孙在船故止。夜被房姬惊醒，急问其故，乃云梦魇耳。

十日　阴。平明始发，行迟日长，午后已过南门，舟不肯泊城岸，女不可坐露舟，乃独身先归。唤舁夫，方知盛佣从懿去矣，家人无能者，久之始得舁往。罗、杨比而辱我，使劣子自投牢溷，亦业冤也。后至江厦，与人论，比之杏元小姐为奸臣陷害，直一笑耳，不必恨也。吾误收杨儿，致此奇报，慎无为善，岂谓此耶？将夕湘孙乃来。朱稺泉来，坐谈。夜寒，宭女来。

十一日　阴雨，有雷。胡甥来，坐甚久。但粮道来，未见。送书抚台，言乡中盗贼敢于尝试，请饬惩治，兼为常霖生请托，约明日往见。俞公遣人来约，枉驾辞之。云孙来，言高等学堂。熊姁来，得龙郎书、银，即复两纸。宭女来。

十二日　雨阴。家中轿无雨衣，赁舁出谒抚台，言耒阳举人周室访闻事。庼公云唐守已言之矣。又言张孝达保护事，洋人必为出力。论晋事无可为，浙东多盗云云。答但，访徐幼穆、张、王，皆不遇，见笠僧而还。迎寀女来。笠公来，垂帘无从，似女客，余避入，复出。稷初夕来，言家务事，并示《受禅碑》集文。程生来问行期。期以明日。詹徒同来。

十三日　晴。幼穆来畅谈，留早饭去。陈郎自衡来，云诸女仍还书院矣。陈海鹏来，醉熏熏，大论抚台不知兵，及为洋人所挤去，殊出意外。武人文论，死期①将至之征，余于贺虎臣验之矣。张雨珊来，云张之洞论管学，谬也，乃袁世凯耳。杨儿来，云已引见，将到省。寀率儿女来。摸牌至夕，甚倦，乃假寐，遂酣。起已三更，有月光，无月影。

十四日　雨雷。李生来。李佛翼捐道员，分湖北，借差来湘，病起来见，云尚木愈。王逸吾听讲感寒，亦力疾来见，坐谈甚久。徐幼穆送鼓子、克食。杨度来，未见。写对子四幅，复龙郎书。

十五日　雨。巡抚送酒脯。朱生来谈时派。陈中书来，请看戏，云少保入祠酬客，已十余日演唱矣。未晡即往，雾露神多不识者，唯知陶、劳两督裔，叶麻、杨巩、雨珊、莘田，初夜即还。寀女送饼，尚未去，留摸牌一圈，二更后乃散。程生早来，订行期，王耀堃来谢恩，均于楼上见之。

十六日　忌日。邓沅来，以不衣冠，无妨见之。忌日不见客之例又改矣。顷之僧明果来，云忌日不妨见僧，亦见之，以后遂清静。午后设荐，坐楼上，待夜而睡。

十七日　雨，更寒。李通判翊煊来谈廿务，与李生同见，去

---

①　"期"，原误作"其"。

后送其家集，乃知为小湖学士之从子，因看《小湖集》。寀女回。

十八日　雨寒。刘丁来促发，便襥被检箧，令先上船。胡甥来言讲书事，问诸子门径。黄修源来言女学堂必不可开，词严义正，杨、罗不能施技矣。看李集。作茹孝子阙赞，书交何棠孙转致文擅湖，由李佛翼递去。夕食，功妇云甚早。乃不能早，芒芒上船，已欲昏暮，坐小艇殊不隐便，功送上船。静庵弟专信来索馆，陈芳畹书来告穷，文柄来告革退，俱不能救之，唯交一条与黄、夏耳。朱生送茶点。詹有乾拨银钱卌枚，交房姬，专人与方僮，预备清明祠会。儿子不管事，致无人照料，非佳事也。登舟怡

和洋行船名昌和。乃不容膝，与程生卧佣保间。程已半日不食，余未安排，寒雨故也。夜未解衣。

十九日　晨雨。附舟者蚁集，又呼余起，卷被开仓，热不可再住。程生觅得一房，已有两人占住。余亦占住。顷之小儿女领婢姬来，问知为黄七老耶。又来一老翁，似曾相识，问余姓，知余字，则孙海槎也。黄七老耶乃黄鹿泉，其子亦捐江南通判矣。喜非杂人，七人同仓，不可容膝，已远胜于昨夜。午后开行，乃得饭吃，夜黑不可进，泊白鱼岐。

廿日　晨雨，午后阴。行至岳州，停久之，有持署督名帖来迎者，请过船，谢不敢当，约到鄂必往见。又停城陵矶，关丁看税，取夏布数捆去，亦余之耻。晡后乃行，龚文生来见。至嘉鱼又停，待月光复行，水手索钱甚汹涌，急出避之。

廿一日　阴晴。晨至汉口，接船未至，待久之，楚航乃来，陈三少耶毓恒叔慎。及舆儿同来。端署督又来迎，复谢不往。往复心寓中暂住，悉邀孙、黄、龚同过江，行李、孩稚、仆姬甚盛。至汉阳门，过藩署东行，循巡道岭至陈寓，复心出见，完夫亦在，云杨、程均未去。遣告程太守，顷之来见。恐端复来，先往上谒，

以见总督礼见之，纵谈时变。端方，字午桥，劝善人也。神采不精爽，无火色鸢肩之相，与张幼樵皆所谓圣人无相者。谈久之，辞还，朝食，实已午矣。赵、马俱来见。二陈具食于前志局，即扫三间馆余，张先生亦在，李、程同饭。宋生育仁来见，留谈久之。端督来答访，便约夜饭。宋、程均出谈，久之俱去。小坐未几，常晴生来，余不出见之，陈郎强令入谈，女婿之奥援如此。将夜催客，便衣往。李文石葆恂、子和儿也。梁鼎芬、邓少宣吉士、宋、陈均先至，甫坐即入席，泛谈故事，初更散，异还。

廿二日　晴。入二月始见日。刘世兄送菜。余尧衢早来，便留同饭。端署督约来谈，少待之。恒镇如第四子宝巽来，已道员矣。云有兄弟官越、蜀、江、鄂，同祖共九人，诸子十五人。坐颇久。两湖生黄、左来。许为盲者，已不省记矣。饭后端午桥来，谈不能休，为樾岑孙说项。日斜乃出城，张、陈、赵生俱相送，閺儿从行。求书者纷至，皆不能应，为复心书端伯母一联而行。寿国祎衣荣八命；谢庭犹子致三公。出城上船，宋生先在，送者皆在后，待久之乃来，不欲复待行李，戗风过江，舣龙王庙，遣散送者。与宋、陈同访爽邵南，道滑泥黏，到门不遇。异夫怯故道，改从后街，亦殊不潆。还饭酒楼，至一品香，乃无坐处，更至得月楼，菜不可吃，唯烧鸭夹饼，鸭肉又带血，择皮包，啖六七饼。行李不来，诸人亦无处觅复心，借茶号暂坐。店主曰魏紫峰，牌名西泰昌，正无如何，魏言陈公子、吴孝廉自蜀来。果见吴简斋，将从之去，陈、宋俱在刘幼吾处，试入一看，刘便让床居我。唐树林亦来。告行李已到客店，谢陈、宋，令过江取被来，占刘床，亥正先睡。看戏人回，未与问讯，咳嗽竟夜。

廿三日　晴。闻五点钟即起，店主已备饭，广东上等饭也，菜则草草。饭后便行，尚未辨色，踏月影异行甚迟，至东站始明耳。端督遣材官护行，营官亦来见。_{宁乡人谢澍泉。}易由甫邂近来谈，始知其复应试。过一时许，行李犹未来，出门闲望，又遇程戟传，写票登车。汉同知冯少卓来，焌光子也。索还车票，预备官坐，亦差愈于二等仓耳。弹压委员何司狱_{守贤效廉。}来，谈经济。邻坐烟薰甚闷人。过武胜关，从石山穿洞，行一里许始见天日，酉初到信阳。西铁路营官杨姓遣马来迎，并自来见。州牧孙金鉴，字光甫，遣舁来迎。南汝光道朱寿镛曼伯亦遣舁来。令程九从杨骑入城，程生第八弟及常生孙亦至车旁，程生从之去。余独先至道署，遣舁迎易郎，同谒曼伯，在道署大堂降舁。又见一人来迎，甚似王苇塘，又疑陈经畲，未便问姓名，知为蜀门人耳。孙知州亦在道门内相问讯，曼伯久乃衣冠延入，又请至花园，久谈往事。易、程不至，待至二更乃来，更延陈杏生来谈。蜀生亦同坐谈，知为罗姓，又久之，知其字莘渔，仍忘其名，犹茫然也。程生云曼伯夫人今夜馈祝，爆竹甚盛，将三更乃散席，酒肴甚盛。赠《止斋集》，朱泽沄著，曼伯远族祖，乾隆初诸生，纯乎家法，儒林有传。又言其伯父名士彦，谥文定，为曾侯师，改子城为国藩。出过州署，谒光甫，谈数语，兴辞还寓。云新修大公馆，以待三属牧守诸令，正栋已为欧阳生所住，馆余秋水馆，易郎亦居外轩，程生仍出城去，程九居余对房，孙牧供张，若待贵官，夜半方寐。欧阳小大人名述来谈。

廿四日　阴。孙、朱踵至，程生早来，易郎晏起，俱在余处。与地主相见，言前途泥深不可车骑，二吴藩子重憙、赞臣。均不得行，当俟火车，火车已不肯前矣。午食前杏生来，谈甚久，便留同饭。杏生云此名八加二五，餐须万钱，饭似黄粱，夕食乃有白粲。饭后杏生犹不欲去，余当往营答访杨弁，乃起更衣，送杏生去。步出东城，可二里许，杨分一哨居神祠中。自云常文节缢于其家，其父即杨光先也。今五十八，曾见少耶来迎丧。计壬子至今五十二年，时年五岁耳，犹了了能记。营中无长夫，顾夫仍须从州牧索之。少坐，步至南门外寻旧游迹，不复忆矣。还馆，乃知罗生名意辰，教习知县分河南者。顷之微雨，至夕乃已湿街。州遣一昇来迎三客，往返甚窘。余先往，主人方往车栈未还，至罗令寓室小坐，仍至客坐待主客，易、程继至，杏生亦来，仲怿儿后至，云电报已改派总办矣。席间唯言火车不肯送客，当往求洋人云云。余决南还，二更后散，大风。

廿五日　己酉，春分。阴寒。晨起，二程亦起，易六犹睡，余呼之起，催夫力出城，赏办差六元，到青云栈，泥滑路难，竭蹶至矣。照料委员车云奇峰迎候甚恭，汉车已发，洋条忽至，云再送公车一日，即刻开行。匆匆复发行李，程、易未来，上敞车，行李拥挤，方防风雨。车下来一人，与洋人言，又数人环伺，车县丞下车。米人呼余姓字，招下攀谈，乃知端公复委大员来护公车，试用道黄祖徽稚农，此其自通，至省皆呼小农。实来幼农弟也。挟洋员书，请开车，移余官仓。广东五人，湖南王孝廉、朴山从孙。江西欧阳师耶同坐。遣潘戈什招易、程、吴，不至，并潘亦遣之。巳初开行，申初到新安店北。道泞不能步，车丞步送，为觅一轿，初以为乡间魂昇，后乃知为喜轿。飞行到镇，确山王肖谷、鼎征，山阴人。明港驿丞陈濬、笠琴，天津人。委员姚鑅紫珊，江宁人。迎款。新化唐忠弼辅廷彭煊坞甥，又为婿。复来接谈，居余于东室。王明府具食，公车之阔无比矣。诸君皆云宜昇行，为觅十五名夫，每名四百钱。夜过公寓，与王、陈、姚周旋。唐丞来谈乡旧。

廿六日　晨阴。黎明起，夫力已集，面罢即行。仍至昨停车处，顺铁路北行，渡一水，见小车数辆，皆傍山行。路无客店，小歇避雨，至十里河，又大雨，停轿道上，令昇夫避民村舍。及行乃又大雨，轿衣尽湿，思"鸳瓦油衣"之句，哑然自笑。戏作一诗。一月春霖行客稀，汝南烟树自霏微。如今已是无鸳瓦，只把油衣当锦衣。行至确山，近城路愈泥泞，城门水如流泉。县中遣人来迎入署，云并无家眷，唯一身作吏耳。确山在东南六里，《水经注》之浮石岭，溱水所出。田豫常为朗陵令，何曾封公国，在此。范滂征羌人，云亦县地。又云安昌、安阳亦县地。名族有周氏，燮、繇、虓、访、抚、浚。浚子嘉、颚、嵩、谟。抚子孙三世为将。胜地有北泉、南泉、中泉。以上皆借得县志所说，志版漫漶，尚是乾隆时修。又题赠王肖谷一首。朗山二月柳条初，寂寂高斋称旅居。共说县庭清似水，今来真见釜生鱼。

廿七日 雨，风寒。县中为顾两车，官价一骑日钱四百，因车贵，又加二百，轿车廿千，篷车卅二千。午初始发，北风吹雨，衣绔尽湿。竭蹶至驻马店，民房客栈俱满，开官店居之，门扉作床，仅有一桌，门外一步不可行。夜大雷电。

廿八日 阴，微雨竟日。材官昨夜不能脱靴，骑从太苦。改计南辕，避断桥，更西行，得小路，甚干平可行。又山水暴涨，复绕从北，投东，至确山东关，乃晚于昨日。县丁来迎，潘戈什亦到，复投县斋，为久住计。遍谒县友，唯见账房李，余阻泥不能亲到，投刺而已。夜饭后李友、汤书记同来谈。汤亦蜀人，谈尊经院生甚悉。遣散车夫，共费钱十一千，从者受二日苦。潘材官云易郎已来，程太守还汉口矣。汤生送陈彦升盘庚新繁举人。来。

廿九日 风雨。晨未起，王佩初来诉困苦，托觅车，车久不来，江西欧阳桂林已觅得，盖差、店通同作乔智也。汝南风景在春初，芳草寒林似画图。六里确山烟暗淡，三条直路水沮洳。茅檐赏雨诗家酒，席帽冲泥计吏车。苦乐随心无定境，鹧鸪行唤意何如。点心而去。县友李仪臣、汤剑珊、王葵卿、丁寿峰、李植卿均来见，索书。胡霖润农则未来见。为书半日。夜得易郎片，问行止，即复，示以诗。

晦日　晨阴，辰后雨，更大于昨日。写对幅、斗方，看日记，将为隆无咎作小传。汤、丁同来，言此处有铜川书院，以创始人地籍名之，铜川未知何县也。新增脩脯，欲整顿文教，请作一联。文武继诸周，好为汝南增月旦；弦歌开广夏，定因言叔得澹台。傍晚主人还，未相见，二更乃来。

三　月

三月丙辰朔　仍雨。闽郑孝柽稚辛来，示戊戌题圆明园词诗，云苏龛弟也。余己未因弥之识其父兄，时尚未生，今已册矣。言及康、梁，有奋发之词，盖南海、闽海同气也。作诗箴之。汝南三月春寒重，烟压前溪雨如梦。驻马回鞍深下帷，邂逅逢君茗谈共。当年京洛访贤兄，华裾织翠羡才名。岁月泄桑一弹指，功名事业百无成。藿食忧时伤激烈，蜀人空葬苌弘血。宫庭造乱匪自天，群盗因依作妖孽。即今文致太平时，求贤吁俊补创夷。嘉君未老壮心在，欲回元气还重熙。四海富强非政本，三督焦劳当自哂。君家兄弟有时名，莫笑吾衰但充隐。忆昔汉阴庞德公，弹琴于忽啸春风。清吟未歇风尘满，已见南阳起卧龙。

二日　阴晴。写洋纸无数幅，殊无佳字。闻有山路可至白水下水入汉，因陆路远于信阳，未便往也。王刺史复来，留一日。

三日　晴阴。有风，留一日，无所事，改注《盘庚》三篇。又序隆无咎事。电报绘图友高讲子约来谈，船政学生，长乐人，在樾岑之后。又横州施进士子来求书，夜皆书与之。

四日　阴。晨发确山，用夫十一名，每名官价四百，一名须两名价，担夫不加，计钱当八千八百，唯发七千二百，不可解也。共赏丁、厨四元，点心而行。午尖师子桥，夜宿明港，无店，至小店支凳架秫秸为床。行九十里，晚步十余里。

五日　晨有雨点，辰后晴。未早尖，急欲到，舁夫已罢矣，步行使得稍休。舁夫皆以为必至，乃反迟延，又行山径，避涂泥。程轿甫上铁路，云洋人揎轿，绕至下路。洋人云可行，余又不肯复上矣。蹭蹬久之，仍由铁路，将夕乃投青云栈。程生担不至，饭后陈杏生言朱事，留城久谈。二更睡，三更担到，赏酒钱一千八百，护送亲兵各一元，店中火食三元，北行事了矣。

六日　晴。未明即起，至火车旁待写票久之，已初乃发，坐二等仓，及随丁三等仓，共银钱十九枚六角。弹压委员何司狱来，谈甚久，且请点心，设角黍，为吃三枚，至七家弯，乃别而去。既至江岸，停久之，乃到大智门。弹压营官遣哨官来迎，又相遇于路，舁行，循城根投江岸，可五里至龙王庙。觅渡，径上一船，有肩舁，徘徊不敢上，亦命招涉，则缪太太之兄石农观察也。并坐攀谈，久乃到岸，舁至陈馆。程生在汉口访其父踪迹未得，同来。复心出饯，朱署道、刘师耶出陪，复心两子亦还，相问讯。刘君曼来，刘师耶退，与刘郎坐至丑正，主人不归，乃宿刘斋。

七日　晴。复心晨来候问。文擅湖、峒樵父子亦过江相见。赵巡检来。马先生又来。宋芸子来，刘君曼亦来，同朝食，正午矣。亟步过抚署，谢端照料，并约移入看碑砖。又遇梁鼎芬，看吃早饭。更有李文石，遣邀黄仲弢，不识之矣。同照一像。看铜尊彝，将夕乃辞还陈馆，摸雀已过八圈，仙人之棋不及王柯经久也。至夜文、程过江，刘亦辞去，李生偕谭、刘来，李留城宿。

八日　晴。赵巡检又来，与同步至督署，李、陈并从，孝达未起，坐步辇还。谭芝耘之兄伯臣来，郭梆生道台来。枉拜，余当见之，托梁致声也。文、程本约早饭，饿至未初乃来会食，饭后告去。王复东道台来，云抚台即至，顷之署督来，久谈。又待爽召南，将夕乃来，谈一时许，竟夕矣。抚弁来催，急往，主人候门，馆我楼上，见程制台从孙乐安志和，梅抚台小儿子肇，李文石、金甸臣。_{宝巽世兄同坐。}九钟乃饭，三更始眠。

　　九日　甲子。晴阴。早起，端公来谈，尽出所有碑帖，如入群玉之府，皆有题跋，一种数本，为清理汇集，_{李如槐来见。}半日已阅三四百本矣。午饭后复心来。朱道台汇之来访。_{杨笃吾来，未见。}与金甸臣同坐后亭看湖。端公亦邀程、梅俱来谈，将夕乃下，因留同晚饭。饭毕余留朱、程摸牌，借牌于金，同摸四圈，复心告假鼾睡，三更后散。

　　十日　晨雨，旋晴。题秦权，写纨扇。李、程、陈、马、四老少得与制台平起平坐。李生告行，小坐均去，将朝食，已过午。赵次山抚台来拜，出见，让余上坐，要至东厅会食。程、梅、李亦出相见，饭后散。杨笃吾来请饭，严斥之，许为关说。将夕，主人来请会王大人，见则不知谁何，既闻其声，乃知火车中阔人也，十四年一弹指，可胜慨叹。看安山所藏手卷，殊不及宋、元卷。程乐庵言京中有人藏扇面至一万，岂其类耶？次山来，同饭，谈吏治，隔壁账也。三更散。写扇三柄。

　　十一日　阴。晨看汉碑，欲题数十本，甫得一本。主人来，生日不受贺，招岳生来见，余意郭请在今日，将借此拜客。至陈馆早饭，乃知陈、刘、宋、王、岳及刘保林_{仲立}。公请在沙局。先至陈守初儿处补吊，_{元珧、元祥。}云一往柯逊庵处，一已道员矣。捐项未缴，已求端帅告赵帅，_{陈庆滋廉访鹤云。}遂欲硬骗一官，奇矣。胡棣华处未见，见朱惠之。遇王火车长谈，又留独谈，密谋铸炮，亦由端帅告赵帅。出访黄讲学不遇，昇夫云余不便路，可至沙局，遂往，日始斜耳。主人皆至，待陪客黄、梁，至月上来，又去，初更后散。今日行半城中，从文昌门出，入汉阳门，宿陈家。

　　十二日　晴。题戴醇士画。四老少、马先生、程九俱来，同午饭。买靴。拜藩、粮、武昌府，谭伯臣、瞿赓甫，均见谈，府署未入，已将夕矣。往郭盐道公馆会饮，郭印生从湘来，谈闽事，满坐倾听。同席有吴义生、汪赞周、陈、程、黄小农、李文石及印生，杨楷出见，戌散。还陈家，主人牌局，刘君曼来陪，催令去。半夜张年弟来，请明日一谈，漫应之。

十三日　晴。藩台来，不敢见。臬台李少东来，不敢不见。

十四日　晴。晨点后，便拜臬台。入抚署看帖数十本，正待食，督府遣轿来迎，从角门入，至大堂将下轿，四人出曳入，径至客坐门，主人立待，不见又十年矣，须冉颇美。问其保举恽藩，祖翼。力辨其非己意，且数其短数千百言。问其何以连生子女，云今已

不能矣。请梁知府、黄学士来陪。梁云程工部亦将来见，余便请待程来乃食。程又久不至，朝食实夕食也。电报荣薨于位，辰死午闻，可云迅速，酉初散。又入抚署，今日请学生。黄、梁踵至，文石亦来，唯谈荣死，程乐安大不谓然，余亦劝黄早睡。三更散。

十五日　昨夜雨，今日大雨有雷。端公来，问畏雷否。余甚讶之，后乃知黄学士畏雷也。顾华元、邹元辨设席岳凤吾宅，遣舁来迎，自抚署至保安门可四五里，王、宋、程作陪，岳生次子及两从子俱出行酒。雨甚，遂留宿，诸客并冒雨去。看新出西书，说理可厌。

十六日　晴。颇冷。晨舁还抚署，题看碑帖半日。梁请早饭八旗馆，又改府署，朝食后与程、梅同往。请看学堂，二教习、一委员出见，梁亦见其二子及子师讲地舆学者，求余《礼记笺》及诗文集。李、程、宋、黄继至，朱惠之后来，张督已再召梁矣。出欲还寓，或云黄宝已催客，文石先去，余往则但见郭盐道，客俱未至，摸牌两圈入坐，散已二更。岳轿太远，因还陈馆。刘君曼来。陈婿、永孙俱来。

十七日　雨。晨入抚署看碑，为程、梅题画写扇。卜云哉至陈宅相访未遇。本约游洪山，因雨未去。梅子告辞还南昌，复心来相看，王复东继至，主人出谈，遂留王、陈同夕食。宋生送菜。夜早眠。

十八日　阴，有雨。孝达约来谈，期辰，至午犹未来，云见洋领事。王鼎丞儿年十五，奉母命来见，马绂领之来，亦见抚台。为李文石题《花酒图》。十顷澄莹水，有客亭负日，看人来去。春怨难胜，不如秋好，碧云吟暮。多少销金地，待付与、柳丝芦絮。问荷花、照过倾城，还似旧时香否？　延仁，前游三过。记玉堂墙外，眉月弯处。更有珠宫，听红儿歌罢，较量词谱。只恨诗人老，况近日、黄流沙污。怕图中画出相思，又添离绪。写扇、对数纸。黄仲弢来送行，岳生来请题其母方氏《孝经》本。孝达来久谈，便留朝食，又将夕矣。送客后告辞。题董书崔诗置黄鹤楼。又题安山所集宋、元墨迹，明珠管家也，精妙可玩。夕还陈馆。端送三百金，受二百，留一与功儿。君曼来。晚饭后访裕蓉屏。三更寝。

十九日　雨。写扇对、屏幅。招经四、程九来治行。端署督来送行，为题姜遐断碑。遐美姿容，侍武后，二张类也。题岳生母所书《孝经》。工课俱毕，但余屏对债耳。龚文生来。程子大请饭，宝子申来送行，未去，余赴程饮。邓知府先在，谈保护教民之功。复心、汪、高、文石继至。汪，巡捕之类；高，马仔①之类。唯谈笑话，夜散。还即睡，北风动窗。

廿日　晴。晏起。邱师耶来，浏阳邱同年从子，其弟先来，以不堪造就，欲见其兄，故约一谈，潘虎臣徒也。刘郎来。马、赵、经、永来，旋去。写屏对未毕，裕蓉屏来，留同朝食。张制台传见，刘、陈饭罢俱散。程子大来，欲见其子，遣招未至。孝

---

① "仔"，原误作"孖"。

达来，请期午初，余允未初。待程儿来略谈，又再催矣，并以异迎。从之往，入一处，似是公馆，不见主人，则两黄、纪、梁补服相候，余布衣上坐。顷之孝达来，云已约雏庵，留别、饯行一局也。此为学务处姚氏花园，看牡丹，吃时鱼，评论光、丰以来人物。问余能办事否，余云当中而立，无所不可。张、梁固问，不相许也。然孝达泥谈，眷眷不忍别，以其爽书院之约，乃遁而归。出文昌门，上善后局兵船，程叔撰行李、盛、刘俱先到，岳、顾、邹、刘皆蜀人。上船相送，且约夜饭，辞之。陈婿叔从李丞、赵司来送，俱促之去。三更，督府遣人来告，派小轮送长沙，辞之不得，遂诺，盖梁谋也。

廿一日　阴。晨看程子大儿文诗。刘香树来，要至纱局早饭，上楼看江，岳、宋、刘、王、黄小农、宝子申均来会。复心、顾华原亦来。方设食，报马来，言兼督已来，待之同食，午后早饭端去。写屏对、扇子、小条竟日，仍入刘寓摸牌。至夜岳生三子、皆佳。邹生儿、平。宋生长子极老实。俱来相见。岳复设酒相饯，二更散。顾生先去，余皆步送上船，镫火甚盛。

廿二日　阴。晨起束装，陆鸿宣来，曾托何人而忘之，又误以为在卅局，问乃悟焉，已言其荒唐矣，盖亦不老实也。辰正过楚威船，移至南岸嘴待拖。曾光禄、陈仲驯来。午初曾来，遂发，未初雨。《张督部鄂中饯席》：再喜东南定，重叨饯饮欢。新亭十年恨，白发两人看。浪暖催王鲔，春荣放牡丹。深杯情话久，未觉夕阳残。　五十年来事，闲谈即史书。谤人诚不暇，观我意何如。坐阅推迁惯，仍惭岁月虚。青骊路千里，春好独归欤。酉初泊丁家口，皮条断，遂不进。

廿三日　晴。作《荆牧行》以赠署督，兼箴本督也。午过宝塔洲，飞雨数点，榷吏来看拖船。暮泊新堤。作《织局楼歌》，寄谢饯者。夜雨。

廿四日　己卯，谷雨。阴雨。晏起，午至岳州府治未停，傍湘山行入湖。兼圻六署（直、湖、闽、滇、粤、蜀）四巡虚（洪、黔、晋、浙），豫（袁）桂（岑）承恩鄂亦殊。三直八旗非重□，五湖能胜两徽无。《癸卯三月督抚歌》。遇廙公船，风利不得过送。酉初泊鹿角，上火龙滩，飞蚁成堆，至夜大雨。

廿五日　雨过鹿角，便入青草湖，中有一带草堤，绿芳无际。书谢端公。自别桓楼，如有所失，非独感公款至，亦以摆落尘壒，开拓心胸，俗吏儒生不能拘限，具此识力，乃后可言设施。间气所钟，一见为快，想公亦照之也。虽然今日疆臣，供人指使，而王、瞿又无所指使。规模虽阔，实际难言，况复五日京兆，二品教官，比之曾、胡犹不逮。惟冀澄心养望，察吏求贤，毋邃远谋，以劳心力。学生狂议，度外置之，无所用裁成诱掖，此皆张公所自招耳，《范仲淹传》彼未尝读也。在嘉鱼奉上一诗，计已达鉴。官舫迟留，五日始至长沙。无名之费，斯亦一事，鄂中似此者无数，泥沙锱铢，自古然乎？雨窗奉谢，敬颂台福，无任企仰之至。夕泊铜官渚，大风夜雨。昨忘吉尔杭阿谥，据陈康祺录云谥勇烈。

廿六日　雨风。拖船不敢开，至巳初乃行。小船帆风者，且疾于轮行，加火不能驶也。未初到城，不肯舣下游，必欲至大西门。坐小艇上，甚雨风浪，忙忙上岸。遇昇来迎，到家，功尚未出门，遇朱稧泉。夕食已遂未，下楼与三孙女摸牌。

廿七日　晴。周郿生来，朱报之也，云求作父碑。督抚大有更动，勉林竟代许矣，册金门包花得着也。路溅可行，闻窊女移居对门，待周妪来，携小孙女往看，尚虚无人来，还遇胡婿。夕食时子夷亦来略谈。夜早寝，通夜未寐。

廿八日　晴。遣送酒交来船带鄂，并复裴孙一书。王莲生来。胡婿来，吃饼。将夕，窅芳还觐，二更乃去，余已先睡矣。

廿九日　午后雨。黎长沙儿来见。窅女又还。汪寿民两子来。房妪假归，治装。

四 月

四月乙酉朔　雨风。觅船，皆云大水无牵路。议由陆行。已言当率两孙，人多为累，再迟一日。妪还，云定从去，又添二人，更当舟行矣。胡家外孙女来觐。

二日　晴。甯女送汤圆，颇得浙法，胜余家制。留住一日，遣詹有乾觅船，夕携孙女看花。

三日　朝晴午雨。终日觅船。詹船人杂，别顾回空船，索价三千，贵两倍矣。□孙又来。郑太耶病故，来赴，未能往也，作一联报其赠墨及酒之惠。郢雪和皆难，饶将佳句夸蛮狄；湘春游恨晚，待访循声向皖黔。

四日　雨，更寒。晨作汤柚庵挽联。少壮历艰危，晚得消摇，庭阶双桂传芳永；经纶裕文武，材仍蕴蓄，乡国维桑被福多。午初出大西门上船，程已先到，妪妇从至，待一时许便发。夜泊探塘。

五日　晴。得微风，行至竹步涧，风息行迟，一时许乃至湘潭，泊仓门。船人上货，风亦不利水，上岸亦不能陆行，遂不复进。

六日　雨。停一日载货，申正行，十五里泊向家塘。

七日　阴雨，未后晴。行六十里泊沱心上港。

八日　晨雾，大晴。帆缆兼行，六十里泊淦田。始见流萤，见一萤随舟直上里许，升而为星，疑是星随舟，而实见其飞。

九日　晴。过朱亭，有附舟者，欲过对岸，舟人不肯渡，漫呼一艇，竟得熟人，看其打桨而去，亦金圣叹之一快也。夜泊油麻田。

十日　晴，南风，大煊。停一日，夕行过石弯，泊对岸港中。

夜雨三阵，稍凉。

十一日　乙未，立夏。阴。转北风。帆行，泊雷石。上岸答访邓进士，云病尚未愈，小坐即行。饯风过望，夜泊七里滩，行百廿里。

十二日　晴。缆至樟寺，买油，已将午矣。小得顺风，晡至东洲。登岸到内斋，廖、彭、程相迎候，入见诸女，未遑他事，饭后小坐，早寝。

十三日　晴。诸女、妇入城会亲，余留守屋。岘樵、萧监院来，言狂人冤鬼事。两人异议，各有所主，信采访之难也。待至子初，城人始还，便睡。

十四日　晴。院生请见，分三班，见十二人。纫女生日，待真还须船往迎，余便同下至道署一谈，还船，真已上矣。渡湘，令昇送之，余携姁舟还。午设汤饼，斗牌二局，倦眠，闻大雨。

十五日　晴。家忌，素食。稍理诗稿，已多散失。

十六日　大雨。重抄《墨子·经说》。

十七日　晴。作饵，待道台不至。子年来，始知江尉迁官去矣。笙陔来，谈煎银。乡中佣工来。

十八日　晴。罗汉僧来约一斋。看接臬台，待一日不至，站队甚不整齐。陈芳畹专信来。

十九日　晴煊。入城答访笙陔，先过萧教授，要子年来谈，与刘子重、孙少耶同来。萧接臬始回，未饭，至笙陔处，已睡矣。欲留谈，哨官来回事，因辞出。诣府久谈，遇谭东安，移宁乡令，来禀见。余亦先出，至岘樵处小坐，已消半日，然还犹未晚。夜热不眠。

廿日　晴热。监院早来，云道台来，补送学。麻十子及西禅僧来，旋去。午后谭芝耘兵备来，设拜，告以诸生半去，又散学矣。

廿一日　大雨，顿寒。遣佣工去，又费去五十元。乡宅仍未造成，当更须百千也。夜雨凄风，行见电光，心讶寒冬那有此，天时人心俱变，诚为异矣。

廿二日　晴。雁峰僧来募化。陈人告去。张子持送茉莉、珠兰来。真女还家，余自船送至杨家登岸，余便到城，与屺樵寻牌消日。至厘局，云在谭训导有局，往府学西斋，诸人聚戏，二桌四圈。道台催客，往看倪、董、四王、恽、仇诸家画。萧、廖、彭同集，散已二更，在外城门半掩矣。刘婿自鄂来。

廿三日　晴。道幕张、李、毕，分府孙、刘、张，府学谭同来。张、李并携二子，游谈半日，点心而去。

廿四日　晴。抄《墨子·经说上》成，差可读。廖索青梅，园中仅四实，可笑也。夜雨。

廿五日　大雨竟日。得廖廷铨告苦书。

廿六日　庚戌，小满。晨雨。作《毕大锁传》，走笔而成。约谭、廖同游，冒雨入城看花盆。上船渡浮桥至罗汉寺，廖已先至，两县赵、程俱集，待道台，散已昏暮。

廿七日　晴。妇女请客。移花。作郑妻墓铭，雁峰女也，不意得吾文，亦雅饬可诵。真女还，旋去。

廿八日　晴。三妇生日，陈、刘两婿均来，晨设汤饼，午期冷热不来。

廿九日　晴。携丁妪、畴孙入城，余至道署，答访张、李、毕。至四同馆，答访三尉，不遇。张、李均设点心。午还，从者已在船，遂回书院。茇寄滋卅元。

晦日　晴。抄《墨子》。省城送课卷来，得赵抚台书。

五　月

五月乙卯朔　晴热。抄《墨子》二页，看课卷三百余本。

二日　晴。晨看课卷三百余本，两包已全阅，无一佳者，不料湘省文学退步如此之速，午后乃取笔批抹数十本。纵家来迎刘婿，未还。乘舁故敝，重换轿衣，遣三妇至陈家谢。大风吹去轿顶，船去陆还。夜与刘婿略谈家事。真还送姊。首士送束脩火食。

三日　大风，晴热。纵待迎未至，朝食后自送入城，分两船，余送婿，真送姊。未发，夏特科来，船上见之，客去便发。至柴步，担夫忽与船夫争执，不可理喻，以将过节，移船避之。仍至铁炉门，刘轿已至，罗妪送之，与纵俱去，乃令真上岸，两孙从去。余待刘婿行，即至程家。刘仍先在，促其即发，周佣送之，余留待点心而还。携两抄，提银打伞，汗如雨下。至太史马头，待船夫，久之乃至，还将晡矣。阅卷数十本。

四日　晴。道台送节礼、卷脩。屺樵送茶、杏、京靴、粽子。陈婿送点心、火腿。和尚来，未见。乔耶来编方。唐太尊来。

五日节　二廖生来，入谈，余皆未见。屺樵父子来。莲耶子侄来。乔耶来。陈婿及常次觳来。诸女、妇出游，夜还。

六日　晴。唐衡州送茶脯。和尚来请客，云募修雁峰寺，告以当请天主教，从时尚也。夏生来请写对子，并看诗画，以其特科，特应之。卷子看完，尚留数十本作明日课。夜热转风。

七日　晴。晨毕卷课。与书赵抚台辞馆，自送衡阳，兼答朱师不遇。两孙从行，已夜，因率往清泉学舍看月、吃茶果，谈炉冶而还，亦不甚凉。

八日　晴，不甚热。看本院课卷卅一本，校阅事毕，已八日不事矣。

　　九日　晴。抄《墨子》。朝食后入城看道台，问京信，因至府署摸牌，招贺、方同局，留食面、鱼，夕还。答岍樵未遇。得滋、纨书，刘婿书。

　　十日　晴。滋生日，设汤饼，午斋邀陈六嫂为客，真女亦还，清谈帘内，余独卧外斋。抄《墨子》二页，看《文选》。

　　十一日　晴。蒋龙安督廿事，来访设炉处，兼示条程。朱师、季元陶、黄、邹生来，待点心，遂坐半日。七相公、乔木匠来。抄《墨子》一页。两女、房妪并出，独卧看《论语》。夕凉，妪还，未饭早眠，两县夜来请宴。

　　十二日　晴。抄《墨子·经说》毕，《经说》遂有可读时，但未知何时解耳。廖生父子移入。丁夫均疾，独牵羊下湘，捗得一人，持帖答访蒋郎中，云两县公请在彭祠。往则主人方至，群客毕集，尽富贵也。喜见徐幼穆，乘月还。《衡阳夜宴喜逢徐幼穆赋蓍山溪》：旧时游处，只恐沧桑换。明月又窥人，喜分明、尊前眼见。尘襟初浣，离绪不胜情，三更烛，满堂宾，总恨深杯浅。　玉骢催去，计日征蓬转。公事且匆匆，好安排、诗简茗盏。淶阴梅子，五月定应黄，将携酒，共谈心，莫论人长短。今日丙寅，芒种节。

　　十三日　忌日斋居，二客闯入，毕念予与张尉也，留早饭不肯，亦听其去。抄《墨子》一页，看《词选》一卷。

　　十四日　晴热。抄《墨子》一页。将军来，留宿同房，令黄孙入内室。作书复赵晴帆。夜凉。沈山人送寿序，文长意美。

　　十五日　晴凉。得苏畹片，约游雁峰寺。朱得臣来送刘令苞苴，依揭帖例停留一宿，即当夺官，与书辞之，交岍樵代退。午后携畴孙下湘，循山道上雁峰，令担铜盆帖包，以洋伞为扁挑，殊有隐居之景。至则客无一至，坐西寮，树阴凉日。马、魏、冯、程、廖、王继至，王即袄教徒也。待道台至夕，亦携小儿来，官绅多不至者。初更雨至席散，风雨磴道，甚有。下阙一段。

十六日至十七日阙。

十八日 　上阙。舣铁炉门，从童、姬至江南馆，呼门不启。绕前街至安记，遣丁寻张姬看女。顷之皆至，子年亦来。正办饭，程家送菜至，便以肉畀庖，并令姬饭而去。步至蒋龙安处，荐将军，唯唯诺诺。得两孙书，字颇整洁，胜我少时。两女看谭恭人及其二妾，云已下船，余亟还船，则皆未至，遣呼姬来。复女昇先到，云滋被陈留，不来。还院已夕食，初不觉稽迟，又消一日矣。将军去，云夕凉好行，赠以四角。夜较牌。雨。

十九日 　晨大雨。抄《墨子》一页。携畴孙入城，至张尉处待客。子旸、毕孙早来，云可添请苏畹，临时约之，顷之昇来，云已朝食矣。至午乃得食。贺孙犹未来，从容毕馔，已申初矣。客太贺来，云安仁复闹事，留三客听之，俄而俱散。就张榻酣眠，张亦入内睡去。将夕，念笼镫不便，乃步往程家，廖、彭、马先在，皆来陪道台。西初谭兵备至，云湘臬擢江藩，冀道补湘臬矣。看画数幅，瓷瓶四件，内有一铜绿，谭云脱釉，后又云均窑拌铜金屑，年久发锈也。均窑未记年代始末。又有白定粗瓷，从来少见，程云轻止四两，岂唐大邑瓷耶？烧猪甚佳。夜还，再较牌。周儿来，云十四日湘潭大风，飞瓦覆舟。还寝不安，又有噩梦：遇一人姓方，似亦文人，余被鬼使剖皮换骨，又以沸汤灌两足，方则至母女酒店饮毒酒，云无能五杯者。方尽五杯，笑而去，已而饮水毒发。

廿日 　阴晴。抄《墨子》一页，皆论语，无意义，特少其程，乃不生厌。夕至朱嘉瑞家陪道台，马、程、魏同坐，二更散。

廿一日 　晴。作书寄城中两孙，遣刘丁归省母。周姬多心，疑我厌之，反以言挟我，余但笑而已。臧武仲要君，卒以自奔，智计不可过用，此妪亦殊不自量，郑詹类也。后之人将求多于汝，则奈之何？然近今大臣殊无此廉耻，余但取其力疾从公而已，安能斗智？然自喜善用人，能得其死力。李石贞偕苏畹来。

廿二日　晴。复女生日，晨设汤饼。廖约荷叶肉，未能吃也。抄《墨子》一页。步至廖斋，遇李华卿，亦访石贞，同吃荷花饼。昇至府学，萧子端招饮，有湘乡陈孝廉、李、廖、屈、常，未夕散。至洲，见女客方去，入内室晚饭。湘涨平磴。

廿三日　晴。得藩台书，送课卷，在抚函未到之先，姑且置之。茇书来，告未入京。余已与书陈郎，令报功儿矣。复茇一纸。抄《墨子》。

廿四日　晴。抄《墨子》。遣约石贞吃饼。廖书来，言已去。余华来求荐，令其且回。

廿五日　晴。监院来借斋房。抄《墨子》，看课卷。曾荣楚来见。

廿六日　晴。抄《墨子》，看课卷。畴孙生日，为作饼。谭兵备来，留谈，吃饼，送风鹅、楂糕。王清泉夜来，并言徐幼穆已去矣，兼约番菜之会。

廿七日　夏至。晴，夜雨。看课卷。

廿八日　雨凉。看课卷。买油纸蒙轿，城中无油纸，余纸皆倍价，云洋人收纸去，且凡弃物皆收去。知货不弃地，能用物也。张师弟广栭来，云功儿至熟，忘问其字。

廿九日　小尽。雨。看课卷粗了，入城赴清泉番菜之约，往则犹未催客。与桐轩久坐，廖、谭、张、萧继至，询知张字倚梅，元玉族弟也。待屈麻雀，至夕乃来。凡上十二盘，吃三种酒，散犹未夜。

闰五月

闰月一日　甲申。晴。晨出点名，还，坐看课卷毕。程屼樵送时鱼。沈伯鸿来致姑夫之命，正作书复藩司，未能谈也，少焉已去。顷之臬台复送卷来，辞馆愈冗，有是事耶？姑置之。

二日　晴。朝食，周生送时鱼、鳜鱼，分送道、女。张正旸来，吾令程孙招之，将以自代也，留处新斋。抄《墨子》二页，料理请客，夜谈至子。

三日　晴。周儿送包菰。抄《墨子》。雁峰僧来请印缘簿，一百廿分，一分得十金，则千金矣，未必有如此广募之力，为送道署。终日酣睡，废弛已极。

四日　阴。抄《墨子》二页，校《尔雅》。府县书记方耀珊、陈南桢来。陈，县生员，识张正旸。廖送石炭，周生再送时鱼，屼樵亦送一尾，渔人又献一尾，一家足鱼矣。

五日　雨，午前阴晴，客来俱未沾湿。廖、李石贞。先来久谈，萧、张、石士。李华卿。继至，饭后大雨，客去遂倦眠。张生夜谈。

六日　雨。屼樵来。廖书来，约赏荷，代请道台，并借抄江督移文。捕学生党来看道台，因送卷金。屼樵送一甲名单。

七日　晴。看臬课卷，诸生呈课文者皆不暇看，兀兀竟日。写詹条四幅。

八日　晴。水涨又将平岸，至夕乃退。张生欲入城，求船不得。看课卷竟日。

九日　晴。看课卷将毕，来封似是二百本，三日不止，日数十本。方以为讶，屈小樵来，言特科定于十六日廷试，又详言陈伯屏家事。遂消半日，吃操守而去。校《尔雅》一本。

十日　晴，有雨。看课卷毕，较前两课稍有眉目。校《尔雅》《尚书》二卷。

十一日　晴，夕雨。定等第，实三百十六卷，取三人焉。仍与书黄宁藩建笁辞馆。夕与张生谈时事，仍申前说，朝廷但责条程和战诸臣至天津大议，以重法督之，尽杀诸议者，必有奇士出矣。往与孝达言，周公杀飞廉，何以必驱之海隅，以其谈洋务也。今唯有海隅杀人一法耳。为日本计，则当折入中国，请臣为藩。为俄罗计，急还奉天，敛兵观变。则皆可鞭笞英、德，坐收美、法矣。奇计唯七十老翁能出，信陵不作，项羽不能用也。真女还，冒雨去。

十二日　阴。无事早起，家人皆未兴，补写日记，似误记十日事为九日，不复改也，数日内精神顿振矣。朝食后入城，携畴孙冒雨绕南壕，饮笙畩所。客尚未至，便答屈小樵，隔壁亦须昇行，雨大至。唐太尊来，岘樵、朱德臣继至，待道台来入坐，吃烧猪，谈零陵与唐龃龉，聋老又不干己，余不复言。畴孙先归，未遣人送，亦为县县。臬卷交程便寄，并复花农书，又与黄提调书，退卷金。还院正夜饭，一碗便睡。得湘、健两孙书，赵抚台复书，其文甚美，道府传观之。

十三日　阴，有雨，又见日。校《尔雅》毕。校《尚书》二卷。夜早眠，复起，还寝。今日汪副将来，前两路营官也。

十四日　丁酉，小暑节。阴。改廖生文四篇，校《尚书》二卷。刘少田来，周亲毕集矣。

十五日　阴。与书蒋龙安，荐刘丁，未报。小轮上洲夹，复从大道还舣东磴。王心田及两朱郎来，煎沙总办也。将夕去。苏三又来，并送食物。复抄《墨子》。

十六日　阴。抄《墨子》一页。携孙入城，周亲从者四人。至协牙门答汪兰生，轿夫走去，步至程家，误行九角巷，迷不得路，还寻正街乃到，轿夫犹未至。步出潇湘门，遇轿，舁至泥弯，王、朱均出。乃还船卧，待孙、姬，将一时许乃得还。改张文不能完卷。

十七日　阴。晨起料理请客。抄《墨子》，校《易经》。蒋少穆来。长郡馆首事来。罗妪还，得纫书。

十八日　阴。遣刘家夫力还。与书女婿，言新学复反。抄《墨子》，卧看樊词。何人冒称族孙，而派系族子，且留之。

十九日　阴。晨起看办具，作饵成縻，其味尤佳，令以豆粉糁之。待客不来，抄《墨子》，看课卷。方欲较牌，心田及朱郎菊荷。生来，吃操守。待岷樵颇晚，饭后犹未夕，厨人不谙食性，未可用也。何人为侄孙所诘，窘而逃去。

廿日　晴。始闻蝉声，复女云蝉鸣半月矣。一宫之间，气候不齐如此。得功儿京书，寄特科举单，湖南遂有五十六人，可雪两次鸿儒之恨。作书与豫抚、雷委，遣苏三、两刘均去，暂报肃清。

得官报，王春罢，夏时升，又当作诗一首，诗曰。八旗（甘崧、川锡、湖端、云丁、苏恩、徽诚、湘赵、陕升）四督（甘、川、湖、云）两非真（端、丁），豫（直袁）桂（越岑）隆隆压鄂（桂柯署）闽（黔林署）。两直（广张、晋张）二徽（东周、黔李）输贵捷（豫陈），五湘（江魏、闽李、新潘、浙枭①、洪夏）新报夏催春（桂王革）。

廿一日　晴。抄《墨子》，看课卷毕。此月疲于校阅，茅塞心矣。毕孙送润笔，和尚送《维摩经》，全是小说，六朝派也。始纳

---

①"枭"，为"聂"之讹。聂缉椝是年为浙江巡抚，见《清史稿·疆臣年表八》。

凉，吹南风。

廿二日　晴。抄《墨子》，改课文，看翰林报喜，郑氏复有一选。颜太守来送礼。

廿三日　晴。抄《墨子》，看张生《诗例说》，颇多新义，穿凿附会，是其所长。

廿四日　晴。王、朱约饮，会于清泉学斋，午往，蒋龙安亦在，妪同至城，夕散，遣迎同船还。渡夫妻死，竟未面诀，余从杨步步还。抄《墨子》。

廿五日　晴。抄《墨子》，校《易经》，再校《词选》。

廿六日　晴。抄《墨子》，看岳僧月璜诗，午倦睡去。

廿七日　晴。庚戌，初伏。朝食后廖荪畡来，言辞差事，欲为通于赵抚。留食羊饼，便留小睡，醒吃葛粉汤，待杨家催客，同往会食。程、蒋、二魏、二杨同坐，主人无多语，听客泛谈，戌散。还船颇有热气，写扇两柄。

廿八日　晴。南风稍息，尚未大温。抄《墨子》后大睡至午后乃起。耒阳周孝廉来，言已定不革，谢未敢见。校《易》二页。

廿九日　晴热。抄《墨子》。得茇书。岘樵送羊肉。改阅诸生文。

六　月

六月癸丑朔　大暑。阴云稍凉。伏假，免点名。朝食后携畴孙邀正旸出探特科报，先至程家，留畴孙待于程。独至清泉，答访县陈生，南桢。遣与桐轩相闻，出，令具点面茶颇佳。未及谈，彭二大人来，廿局亦来请余。遂出城，访蒋、王、二朱。催令渡湘，复过程门，领畴孙步至道署，访李华卿，亦与主人相闻。芝耘延坐，告郴变及特科第一，全单未见，访之陈婿家亦未得也，遂还。复戴表侄书，与茂书，均邮去。夜凉。

二日　阴凉。抄《墨子》。饭后小睡起，已过午，摸牌二圈，遣佣入乡。厨人卧疾，欲舁无人，坐船从外城门上龙祠，二王、二朱、蒋、廖先到。点心后雷电疾云，似有大雨，顿凉，遣回取衣，步上雁峰，已复热矣。住持请客，入方丈设茶。彭给事来，乃出至摩云舍，点镫入坐，散已初更。二王步送至山下各还。

三日　阴凉。抄《墨子》。卧竹床，遂睡两觉，消一日矣。写字四幅。

四日　晴，稍热。抄《墨子》。待朝食携两孙至长郡馆看戏。两董事、四值年诉尚弁荒唐，告其文案调处。周松乔云甚易，廖荪畡云甚难，未知何从也。葵心家被劫焚，烧死一嫁女，其孙妇等皆逃去，巨室乔木，为害于乡，非孟子所知也。午后郡人踵集，小儿亦有四五人，设五席，以王心田、程岵樵为客，公请廿局四总办，梁、李都司、营官作陪，余皆序坐，听曲至二更乃散。中复摸牌，纳凉，作竟日戏，大风竟无觉者，唯步至街上乃知雨湿。岵樵让轿，坐百步仍下，同扣城还其家，宿厢房。

五日　晴。晨起呼僮不见，闻渡夫声，知船已至，即步出城，到院尚未朝食。抄《墨子》，改文一篇，遂睡。夕凉有雨，又早睡，凡睡五时许而醒，可以偿伏日之劳烦矣。

六日　晴。刘乙堂将代。为朱季元作字数幅。朝凉亦汗，遂罢抄《墨子》。

七日　晴热。朝食后两朱郎及王心田来，留食瓜，云特科名单已到，王代功名在疑似之间，杨度第二，日本力也。桂阳取三生，宋芸子亦高列，曾重伯无名。久之去。两长随来求荐，鬼不荐枕，纪昀必不诺也。抄《墨子》二页。陈婿来，呈文课。夜热。

八日　庚申，中伏。晨起出城，门逢李使送扇，即往卅局，王、朱初起。见覆试单，第一二皆被黜落，桂阳三生、宋生亦俱落矣，可骇也。留饭，至午乃还，甚汗，大雨至，汗不解，吃瓜、吃饼，夜早眠。

九日　晴，稍凉。改张文二篇。喻生来，与书卅局，荐其弟琼。遣送瓜谭兵备。家中遣二佣来，懿妇送瓜、信也。

十日　晴。抄《墨子》书。喻懿妇以不可忧时，传令诸生观之。周松乔来，言是非事已了矣，传言不可信如此。王三屠来，与论祠谷事。夜早眠中起，内外俱未睡，聊复循行。刘衮来，求改谱序。

十一日　晴。抄《墨子》。复谢沈策山人书。王佣请假一日。夕随船至城下，迎六女，畴孙同行，还初夜。

十二日　晴。抄《墨子》。饭后大睡，起食瓜不佳。王佣、三屠俱去。刘庚鲁而向学，同学轻之，补附课以诱劝之。

十三日　晴，正热。抄《墨子》。摸牌。入城至会馆，周松乔请客，廖荪畡先在，黄丞亦至。与廖至卅局，少穆交捐银四百，邀吃饭不来，仍与廖还。有局友先在，旋去，张师来。向夕设坐前庭，月上未凉，都司敲门来，陶斌亦至。还船初更，到二鼓矣。

十四日　晴。喻、蒋、何三生来，诉狗樊家事，令往廖处诉之，屈教谕正病不理事也。抄《墨子》，校《尔雅》。

十五日　晴。抄《墨子》，校《尔雅》。陈婿、常孙、陈孙来第三。呈课艺，亦清顺。遇雨小凉，留食杏酪，仅得一瓯，未能供众，任房妪之私所亲也。夜大雨竟夜。周煇来，责其杀子无亲，未之见也，一宿径去。

十六日　雨不住点，水平地尺许，湘亦小涨。抄《墨子》，改课文，与张生释天。

十七日　己巳，立秋。初不知时刻，起欲迎秋，桐叶已于丑初落矣，大风。三妇入城谢陈、常两女。于魏氏写对子，逃暑，得三日凉。与书复心，索《说文》。得笠云求救道乡书，与书黎竹云关说。抄《墨子》，校《尔雅》。夜食瓜。

十八日　阴，微风。庚午，三伏。抄《墨子》二页。道台送南腿包子，并言边事。

十九日　凉。得家书。抄《墨子》。夜雨，遂至晓。周佣自省担瓜来，又得家书。

廿日　雨。前日湘涨平堤，昨已顿落，今又将涨矣，心恐禾稼不登。诸女方欲还家娱游，真太平人也，余又为杞人耶？抄《墨子》。梁小舫孙习孙来，不知吾两家渊源矣。

廿一日　阴，有雨。抄《墨子》。得陈子声书。陈六嫂来，竟日未入内。夜雨甚凉。

廿二日　阴，竟寒矣。立秋六日，如八月，异事也。《墨子》抄成，小改旧序。得纨女及刘婿书。邹竹垣从桂阳解馆来。张子年来，与莲弟同去。

廿三日　晴。李贡奇来，云隆观察旧友，前送画扇者，字画甚俗，容观不委琐。岐山僧来求书与颜太守募化，均诺之，遣去。得纯孙书。陈若璞来，字曙人，隽丞孙也，文通人妥，诸孙中佳者。夕雨。

廿四日　阴晴。黄翀县丞来，适滋女入城，因延内坐。写小屏一幅。

廿五日　晴，稍热。朝食后将入城，刘牧村来，权衡阳令，昨日接印。已闻教民争卖木板，将生事矣，因言不顾罢官。余云既作官，无愿罢理，不顾罢，即不必作，故子文，孔言未智，但不可舍己徇官耳。朱继元偕谢、张来，张即石士儿也，年过四十矣。二麻来，欲干易郎，告以不可。荪畦、少穆来，言卝政，均留点心去。

廿六日　晴。入城答访谢、张，均谢不见。至石士斋少坐，入与谭兵备少谈。异出城，至廖荪畦处，不遇，见其弟五子，叔怡出见。便访梁、孙，彤轩出，设酒、粉久谈，复至王醴泉记室小坐。过岘樵不遇，便至安记，取钱上船，船乃在下步渡，船人坚云已上步。至太史马头小坡，不得下，簰客请余小坐，待船至，携孙伴妪同还。

廿七日　晴。廖生入城，余代馆写字后携两孙入城，妪又伴往。至石阳馆，公饯刘叶唐，设五席，两牌局，赌友均集，戏既不佳，天复甚暑，二更散。携烧豚一头还，到已三更。

廿八日　晴。常、陈来，吃早饭，云将下省。午日甚烈，唯睡不事。夜雨。

廿九日　晴。晨起甚早，麻竹师两儿来，言仙童权桂枭。程孙言王抚已回，遣问诬也。何人来，求荐衡阳，云系江西人，刘南亭已革。闵其流落，姑令来食，名曰王升。但少村信来送卷。

晦日　晴。昨看历日，误揭一页，乃以为朔，僮言非也。已起仍睡，朝食后看课卷。谭屠来，致两周姓书，诉方桂强霸，与书告以不管。夜热。

七　月

七月癸未朔　晴。晨起点名，犹有廿六人。廖胖亦来。看课卷。真女早还，平姑子亦来，未晡食去。真夕去，遣船送之。王六铁来，致王凤喈书。

二日　甲申，处暑。晴热，夕大雨。谭兵备来，言边事，去，未至而雨。廖荪畦送炭来。谭送卷金，恰以供煤价，即复书还钱。刘丁来告去。看课卷。

三日　晴。看课卷，无一可取，令人闷闷，终日不抬头，为此无益，可笑也。六铁早去，亲送之。夜大雨。

四日　晨犹小雨，朝食后晴。看课卷毕，与书但少村销差。

五日　晴。煤船当发，刘佣告去，余即坐煤船入城送卷，交真带省。补致胡扬祖书，交还墓表，托刘叶唐带去。至程家，有绅士拜会，云是陈润甫。谈修中学，起斋舍百间，费万金，大举也。朱师、张尉均来，叶唐旋至，设汤饼，热未能饱，二更还。

六日　晴。看本书院课卷。劣者犹胜省优等，自喜十年有效，半日而毕。

七日　晴热。放学休息，竟日摸牌。送煤人咨且不前，改派陈、周两儿，兼令乔子妇附舟去，今日早发。夜作酪饵，设内外二席，食瓜置酒，廖、张俱局蹐就坐，殊非宴集所宜，又热不能坐，匆匆而散。

八日　晴。《书经》刷成。午间烈日如烧，雷声隆隆，炮声訇訇，桂抚罢官还里，正舣马头，遣帖迎之，俄而俱散，雨竟未至。

九日　晴热。过午又雷阴，似有凉风。乘船下湘，观桂抚门雀，来船尽卸。遂至萧家，问蒋龙安，云前五日去矣。仍回夕食。

十日　晨未起，闻王灼棠来，初未相见，衣冠出迎，谈良久，大要言岑督谬妄，又云郑孝胥已在幕府矣。李贡奇来送烟，字青徐，北人派也。得陈十一郎书，云杨度被劾，已往东海。书痴自谓不痴，故至于此。夜凉，始有秋意。

十一日　晴。朝食后廖胖告去，云与程十一同行。院生纷纷赴集。廖生母送浮梨。出答王抚，颇热，旋还。

十二日　晴凉。衡山毛生潏被押府城，来书求援，与书兵备为缓颊。欲抄《谥法解》，因并抄《逸周书》，日课大字三页。

十三日　凉。王抚送桂土宜，受蛤蚧八尾、荔枝一筒、自作墨二笏、茶七饼。麻七子来。骆主考来，送鱼面、宣威腿。今日吃新，鱼翅未可食，上下内外俱设五碗之馔。抄《书》四页。

十四日　阴凉。抄《书》四页。王抚来送加脩，遣朱三来致，受之，以其罢官，不可辞也。正欲还山，因以为资。

十五日　阴，复热。滋女往陈家看船，因与同至城，还钱安记。过道署，问毛濬访拿事，云土匪头目，绅士开单请拿者。唐知府云放必造反。彭给事曾缓颊矣。过学署，将至谭香陔处摸牌，客无至者，乃还安记。顷之来催，则牌友已集，局将阑矣。仙人弈棋又短于世间甲子，看局待馔，赵阶六、陈润甫、罗心泉、子年同坐，更招黄孙来，令同还船。

十六日　雨竟日。晨遣约王抚一饭，仆衣沾湿。纨冒雨还来，一家欢喜。抄《书》三页。张生疾甚，唯事服药，殊非湘绮学派。

十七日　晴。抄《书》三页，黄孙自十五日仍还受《书》，前二日未能问课程，今日读六页《书》不熟，遂延一日。遣约蒋少耶来陪抚台，云送儿赴试去矣。改请屼樵，刘婿来，便令致之。李如槐上书谢，又送礼，遣儿英仕致之，未见。

十八日　庚子，白露。晴。抄《书》二页，写对子十余联，并为下款。刘婿又引钟司狱来见，云河南吏子也，名广照，字蔚五。

十九日　晴。抄《书》四页，伪书也，语意支窘，故作不可解语。杂引各传记语于间，一望而知，唯《克殷篇》《谥法解》或为汉人作耳。其引“熙地之载”“小人难保”等语，皆与本经不合。抄七日，乃敢断之。

廿日　晴。道台送稻菜，即芥茎也，云系黔名。盖倒萺菜，取雅字耳。廖二子梅生来，误以为澹如子，询乃知霖生孙也，小坐去。午后朱家瑞来，岘樵旋至，俱陪王抚。刘婿后来。本约午集，厨子手迟，乃至戌集，菜不能佳，主人不饱。

廿一日　晴，复热。晨待饭甚晏，抄《书》纸尽，竟无所事。夕报船来，妇、女还山，约陈六嫂同伴，要廖生母同去，即夜发行李，夜鼓起而罢。刘婿昨来，未去，宿东床。

廿二日　晴。早饭甚晏，清书少二种，遣往程孙处取之。崇辅自来，并告当去，刘婿亦不告而去。催妇、女上船，余乘小舫送懿妇至杨家告去，见船来，追不及，遂送至万寿马头，船小人挤，不可复上。至衡阳会饮，十七年旧负始一表明，两学、两商同席。戌散，仍还旧泊处。陈六嫂已先在，遂遥语而别。还院寂静。

廿三日　晴。遣妪取钱送船，与两生吃残菜过生日。午间屈小樵来诊，开方甚夥，久坐而去。午始撤厨爨以省，柄孙章法。陈婿、常孙来。抄《书》三页。

廿四日　晴热。抄《书》三页。西禅僧来请斋，云欲作水陆道场，湘中所无也。余云有为之法，不必告我。晡过彭给事家，陪抚台、杨八、马有、丁笃、魏三同集。热不停扇，夜还，汗露并濡，如在岭外。召匠治地版。贺孙来，约一饭。

廿五日　晴。抄《书》三页，复浴，甚快，裸坐久之。张生入论疾。周生入论毛狱。夕小雨，顿凉。

廿六日　晨凉。张生往会馆候医，午还，云已得船，要廖生同去。抄《书》毕，自送至城，各赠四元，文柄送之。至程家小坐，欲闻近事，客来不得闲语，遂还。始见桂花。

廿七日　阴凉。写字抄《书》，散早工。和尚时来相扰。周梅生亦请提爱，本许面托，乃欲求书，姑妄听之。李贡奇来。

廿八日　大晴。时闻桂香。抄《书》三页，又似非伪，疑莫能明也。陈婿、常孙来，陈致毛书，周所使也。世情如此，乃以测我，奇矣。亦为改正，令送唐老守。呈常文，颇能着题，面奖以胜五哥。作书寄棣芳。夕送炭船还。

廿九日　晴阴。抄《书》三页。见双蝶交飞，赏仁久之，作一小词。二月相逢后，正见深秋篱豆。玉阶前，几日长苔绣。艳影交飞，略比春前瘦。无酒无花候。莫更兜人，只防离恨迤逗。　闲幔消长昼，漫道诗情依旧。薄罗歌扇冷，舞裙皱。桂小香寒，怎似牡丹双宿。晴日金钗溜。为报西风，尽他罗袖消受。待房妪久不回，小雨生凉，衣冠将出，逢船还，云王家客初去，至则谭、彭、程、朱皆集矣。唱戏无聊，未二鼓散。得程孙书。

八 月

八月壬子朔　晴，复热。抄《书》三页。下湘至船，仓内如烘，改用轿，从铁炉门上。至西门，正遇屈小樵，云荪畎已回，至则未见。至小学堂，正值堂讲，教习不迎客，入看恐惊坐，乃出。从小径至一处，从来未到，询知杨林庙，普明常说者，有樟树，荫一院，小立久之。径至西禅寺，诸僧午斋未散，登阁看经。见轿夫，疑是荪畎，入客坐，乃刘牧村，讶其来早。久之清泉令亦至，俱待道台。荪畎传胪继至，屺樵亦来，借酒清泉。谭兵备来。久之乃入坐，内四外三，畅谈至夜，真闲半日也。初更还，房妪迎门，告亲家翁来，余云不见。其意甚愠，遂怨不解。余吹镫竟睡，往来三四，必得温旨而已，可谓奥援也。

二日　晴热。召见许美成，亲家母意也。抄《书》三页。夜小不适，早眠。

三日　晴。抄《书》三页。午间常霖生来，陈婿、常儿同来，留同看煎沙厂，辞欲访亲，遂去。更招房姬侍往，至炉下未上，便过榷局。黄鹄举请客，尚弁先至，周松乔亦在坐。甚困欲卧，张师来，遂起。食不知味，亦未废食也，初更散。还船迎风，亦未加衣。

四日　乙卯，秋分。阴。疾发作欬逆，未朝食。抄《书》三页。竟日闲戏。

五日　阴晴。得铸奶书，云毓中丞弟求书，其诗似珠泉，其人流落，奉母至孝，字赞臣而不名。方还墨债，因为作一联，字殊不能佳。抄《书》三页。廖丁来，言李同知骂赖知府，有意寻事，非其过也。房姬欲说官事，余不可往，则设席招以来，亦姑听之。出城答访霖生，小坐而还。

六日　晴，复热。写字数幅，笔墨皆不合手，不能成字。丁祭送胙者五处，廖、程合致一军，大烹飨焉。抄《书》三页。廖丁去，许婿还，空往返也。将夕桐轩邀苏畹来，云看煎沙，还索点心，从人十一，皆得饱食，夜去。

七日　晴。晨待陈副榜，阮。昨来未见，以当衣冠也。朝食后来，似特投我，便留居西房。遣人入城请客。张尉及其妻、侄孙来，云道台疑我避学堂，故去。浅之乎，量我也。王桐轩、梁习生俱送殽核。梁，干妈曾孙也，并求书。

八日　晴。黎长沙擢桂牧，送黄提调书来，并送茶、脯。抄《书》三页，写字数纸，俱劣。

九日　晴。黎桂阳来，留饭不可，问桂阳民情、廿事而去。其子旋至，便留一饭。王桐轩约早来，后又告不来，均不信。常霖生来。黄鹄举、周松乔来。桐轩旋至，牧村继之。本请一客，乃集至七人并邀陈卓生。团坐快谈，酒肴均不旨，未夕均散，余倦亦眠。

十日　晴热。抄《书》二页。出答访黎父子，均不遇。至安记算账，至程家亦不遇。至子年处写字，赵皆六、胡均斋均索书，罗心田亦趁火打劫，遂写半日。岷樵来，乃摸雀三圈，朱嘉瑞来而散。夕至安记取银，复还张处，客亦半散，步月还。

十一日　晴。料理上船，询乃无船，附卅沙船以行，先送行李去。乃与书告苏畯，请先大帮即发。苏畯方患寒衣裘，力疾作书，并送程仪。余仍还院朝食，日初高舂耳。告陈皁苏同发，又泛船下湘，定率仆姁皆行，一行十众，行李一船。余至铁炉门换钱，岷樵送书来，并送行，小坐去。还桂阳马头，见己船可坐，贪就安便，遂不上沙船矣。夜泊石鼓。

十二日　晴。沙船不欲行，令小船先发。浅于七里滩，四人竭力，不能出泥，呼沙船人来，俄顷而济，后船亦皆至。夜泊站门。祁阳周生来谈，云欲买新书。

十三日　晴。朝食后舣雷市，张子持、树生均来，云凌委员已至，局事将变。委员虽小事，如凌者无处而可也。过石弯未舣，已日斜矣。云有杂花滩，不可下。月明波平，与周、陈夜谈，泊三家河。

十四日　晴。连日东北风甚壮，夜泊空泠峡上，三日亦行三百里。

十五日　晴。北风愈壮，晨行下峡，至株洲已过午矣。船人趱行，至月出不休。以佳节，令泊马颊，沽酒切饼，大犒舟人廿名，余亦与周、陈畅谈。二更寝，三更发，月已昏矣。

十六日　晨至涟口，与三舟别，犒以二金，意犹嫌少。呼拨船未得，遇一倒爬，以一元与之，移行李便发，日已将午。夕至湖口，不得入，乃从南岸渡，约约越莲花山还家，许女从行。道逢树妇携儿来，因同入门，人不觉，唯有狗知耳。呼门入，女、妇、孙出见，云才女始去。今夜无月，北风振窗。

十七日　阴风。房妪告去。三屠、张星来看。六十裁缝来求田。夜早眠。

十八日　阴。扫屋糊窗，作内外斋。懿妇携资孙来，留孙遣妇还，云其兄避祸，往日本去矣。彭鹗来送礼，求提镇官，将军亦来，皆须臾去。夜为祖母生辰作汤饼。抄《书》三页。

十九日　庚午，寒露。阴，大风。抄《书》三页。陈阮副榜来，云事尚未了。方絮谈，闻外有人声，舆儿携一成童来，云叔平孙也。资孙方思恋季师，得之甚快。廖生同来，陈生告去。

廿日　阴。清刷书，抄《书》三页。张星二率萧团总来。方管家还。有诉私宰者，不得意而去。刘南亭来。刘诗人来，不饭去。谭前总、王都总来，王留夜谈，初更乃去。

廿一日　晨似微雨，初不闻声。朝食后出游，径路泥湿，同廖生、资、黄孙，宜孙至石泥旧屋一看，后栋已圮，乃无多屋，新屋竟胜旧也，予怀稍慰。未至家，有三乡人相待，乃十七都王姓，自称本家，来言讼事，久之乃去。谢生来，留住客房。抄《书》二页。

廿二日　晴。田雨春来。四老少来，少坐便去。抄《书》二页。沈山人来，谈时事。

廿三日　晴。抄《书》三页。戴表侄书来，言讼事，回片谢之。许虹桥外孙来。阙。

廿四日　晴。朝食后陈、谢俱去。许外孙来，言国安逃去。铁夹不复能夹矣，金圣叹虽称快，余不可快也，命镇南往镇之。镇、瀛两孙来，言祠田事。舆、廖携三孙俱送陈去，方管家办饭点之，饭后去。携四女看涤荷池，遥见一人来，似田似张，自往迎之，则张生扶病来，甚讶其力疾能远行，云十余里行一日矣，犹为健也。夜令早眠，游子夜归，又至半夜。

廿五日　阴。抄《书》二页。庭桂三开，幽香悦人。作周笠翁碑成，不甚得意，塞责而已。宗兄宗子来。夕小雨。田雷子来。

廿六日　雨。辅廷族子来，大约怕穷，先告穷，知其夹力未改，留饭去。廖生母子告去，冲泥送之。夜星。

廿七日　阴，晨雾。张生告去。南河同知王安东来，言讼事。作《双丁传》。

廿八日　晴。王安东又来，张四哥、宝老耶来看脉，许生笃斋来，德女来，俱留一宿。得巡抚撤书院书。

廿九日　晴。许生去，来客不断，急出避之。未出门，复为周颠所见，相随至湖口。待船半日，比至，日斜矣，至姜畬而夕。正见两轿过潭流岭，轿衣故敝，疑非委道，姑遣问之，乃正是夏使，要之还辕。时已上镫，客已下店，就见之，云江湘岚，名峰青，丙戌进士，过班道员也。致夏书，肫肫请至南昌，词颇雅饬，疑榜眼笔也。客主互让，乃送余登舟，初更后矣。行至街，正二更，便宿杉弯。

九　月

九月辛巳朔　晴。日出，命开船到城，舣观湘门。先至宾堂待客，账房犹未额，呼朱三不应。出访杨梅叟犹未起，其孙来，云有疾。顷之祖孙父子均来，倬夫亦起。江湘岚来，留住客房。周生永云、孙翼云兄弟、冯甲均来午饭，唯江、朱、萧得与。饭后朱出赴席，将夕仆告有拨船如我船，约江即夜去。周世麟从登舟，则乌杠也，客人所不坐，已上没奈何。摇风夜行，点心后睡，比晓已至衡山马头。

二日　日出，舣大西马头，未盥颒，便坐轿到家，家人未起，待久之，登楼安床。两孙出见，功儿亦起，神气似张正旸，云将发背，昨得内消，不敢攻伐，自宜勿药。颜楷来见，送汴绉。疑是颜桓，出见果然，所谓拔儿也，谈豫、蜀事。邀登楼为设面，云九皇斋朱生焕曾。来，食之。及午食，朱去颜留，余亦清斋。饭毕与同至东牌楼，访江道台不遇，迅还。藩府来谢，未敢见。作奏、咨两文，初时文思甚涩，于道上成起句，遂滔滔也。宬女来，摸牌，二更后去。

三日　晴。湘岚来，示以二文。周郢生来谢教。胡婿来，言教习事，均示以新作。午后出诣抚署，畅谈，意虽不合，情则甚挚，留茶两次，日云暮矣。出诣颜筱夏、黄修元、朱署皋、张藩小船、夏子新、朱纯卿，均入谈。席沅生、朱雨恬、但少村均未入，还正上镫。宬女又归，同夕食，稍倦，遣送之去。

四日　晴。复夏竹轩书。曾祖忌日，素食，不谢客。江湘岚、王一梧、夏子新来。谭道台自衡来。张伯基，黄修元，黄仲容，汪寿民，翁经生，曹典初，淑甫，东瀛子。笠、明、道三僧，吴妪，刘丁均来久坐，客散已夜。中间试奠，未见客。曹凡再至也。中又出门至李道士祠一看，为告朱生明日请客事。夜有月。

五日　乙酉，霜降。晴热。彭稷初行装来，云将入京。胡子夷九婿周林生早来。房妪来相看。抚、学并来。学台柯劭忞，字奉生，挚甫女夫也。自言宗旨不同。皆久坐，柯仍后去，问文、诗、《穀梁》。新善化令胡翔清来，不得谈而去。湘岚来，欲去无轿，芝畇先去又来，仍坐待。纯卿将夕乃至，更邀稺泉入坐，设食，费而不旨，以了江使耳。詹有乾招陪湘岚，至乃以我为客，困矣，初未下箸，二更还。

六日　晴热，可纱衣。晨出访刘定夫、王心田。王处遇胡大庚，冒冒失失，乃问我姓字，良干吏也。答曹吉士昨致其父书、京物。百金辞之。出小西门，待送江使，犒材官十金。至午正，湘岚乃来，一揖便别。至学署已封门，会覆优贡。过胡子威兄弟，遣问汪寿民，寿民即来共谈。看师范学堂，值礼拜已空矣。因过与循、文卿，文卿衣冠出陪，公孙子阳类也。日已西斜，皆未朝食，匆匆驰还。至邓家门又久住待，邓万林颜色肥泽，老将中佼佼者。夜共房姬议出处，为半月之约，大有叮咛刺刺之意。

七日　阴。龙名晃、戴光笏、曾邦彦、曾荣楚均来待见。送房姬还家，因令伴寿孙游开福寺，余步往。日本僧梅晓与笠、道、常静、明果均出迎，吃咖啡、洋饼，坐楼上久谈。俞道不来，朱、叶郎舅来，陈海鹏所修房屋遂易主矣。洋和尚文理粗通，年廿七，梁启超之亚也。看孔雀，唯留一雌者。大风微雨，步还城已夕。

八日　阴风，有雨。孺人生日，窈女还，余待设汤饼，至巳初未办。赵阶六来小坐，闻余欲出，遂去。出答访柯学使，又遇抚台，未肯深谈，浮慕而已。众口铄金，余不能无疑也。至席祠，藩、臬、盐为主人，黄忠浩、蒋德钧、涂朗轩儿陪客先到，待衡永道未至，来即入坐。主人初无一言，唯四客喧聒而已，未正即散。过播阶，闻其罪状，赵抚直斥为康党似不近情，以其盛称熊希龄则又可疑，天下多美妇人，何必是。到家已催客，往则尚早。见叶景葵，卅许人，能干之至。谭兵备、瞿子纯、朱叔彝踵至，入坐犹未夕，散正初更。

九日　晴。见客一日夜，竟无登高之想。节物甚美，寒气颇重。二更发榜，唯中一祸息耳。

十日　晴。出看榜。因至息机园访黄泽生，并见朱叔彝，皆讶余能步。又访张少堂不遇，过谭寓而还。朝食栉发复出，答刘叶唐、钟毓灵、赵雪堂，唯刘未见。本约送稷初，竟忘之矣。周郿生送润笔二百金，辞之。邹幕夜来。陈郎专人送卷及书，即去。

十一日　晴，有霜。晨起芒芒携盈孙送稷初，并见鼎珊及其子姓，还朝食。朱继元来，志在阅卷，匆匆未能谋之。赵道台来。午过抚署，答访抚幕叶揆初、陈履卿、邹小亭，遇朱府、赵抚，皆未朝食，乃出访任勋臣、赵季质。从贡院还，寻尹和伯未得。刘、徐内外甥俱来。阳侩来。

十二日　晴。马太耶来。明果请斋，洋僧告病。遇黄小云、刘教五后人来画屋样。与明果至浩园看芙蓉，还招二周、王心田来，酉初散。郿生送润笔二百金，辞之，其弟犹未知也，岂私送耶？夜雨。

十三日　晴。午过王逸梧，与同至谭家，文卿衣冠待客，长子侍坐。黄觐虞、谭芝昀、彭绍湘先后来，奶汤翅甚佳，余则具文而已。申正散，主人不复出。自此诀矣。陈阮来。

十四日　晴。马太、蔡八八、黎地仙来。朝食后，但粮储催客，便道答访陈啸云、蒋幼怀，小坐便出。至宜园，席盐局、曹麻城先在，蒋、黄、卅局黄统领均来，申散。朱叔彝、罗麟阁、徐寿鹤、果臣两孙来。

十五日　晴。龚季蕃来，瞿春陔孙宣绩星查。来，请受业。徐寿鹤、孔摺皆俱在坐，坐半日未能请一业。赵季质自常德来，言朱知府之谬，赵抚台之信哄，及学堂荒谬事。又云朱举程生总办南路学堂防军兼盐务，已电商江督矣。曾岳生函请为李、孙作志。

十六日　晴。曾介石遣相问，即往会谈。本约杨生来见，竟忘之矣，至夕乃遣召之。杨树毂因与循请受业，廿许人，云有志读书，以诗授之。李前普伯强来谈。四老少来。

十七日　阴。王心田母生日，作一联颂之。曾介石请饭，乃无一客，唯湘乡朱氏二少年，谢、王两叟，黄觐虞同坐，申散。宇清早来，未见，夜来一见即去。窳女回。

十八日　晴。晨过心田家拜生，省城宾客之盛，尽在此门。不设面，唯送点心，小坐，还朝食。介石、王佩初来。江西进士陈渔孙兆坤。便衣来。陈可亭、席沅生、瞿孙、朱荷生兄弟均来。龚、王送席，朱、廖皆送菜。过郭家，见次青次子积璇。

十九日　大晴，热。杨少曾来。李三少耶来，云数见巡抚，尚无着落。午至马太耶家摸牌，一彭、一董、一任，董未入局，夜散，笼镫还。看刘定夫诗文，并为作序。夜月极佳，遣孙往吊斐泉。

廿日　庚子，立冬。晴热。陈孙毓华来。沈冠群明府来。曾祖及先姒生日，设荐行礼。毕，至朱长沙署陪两主考、学台，看顾虎头、荀勖、巨然、贾生字画，及赵、杨画，米字，孔搢阶亦在坐，未正散。房妪已来矣。

廿一日　晴。刘定夫复送文章来，请分存删。舆儿携畴孙来，云张先生亦来矣，未暇与语。呼轿下乡，人索二百，房妪云太多。令张佣刘丁昇出北门，可五里，至刘东汉店，余步二里，乔孙兄弟追至，同步入沙垣萱圃看菊。宇恬出谈，清健如常，自言衰，未衰也，与文卿天渊矣，岂翰林当早衰耶？自巳至未正，待裕蓉屏，凡再点心，始设酒。蓉屏为李仲仙请饷，大似请熊师至江西请饷，亦宜开复原资也。酉初散，到城已夜。陈副贡健讼被斥，来求救，无可为矣。尹和伯来，言李幼安，武冈人也，今年南元亦武冈，李岂其家儿耶？夜寝甚早，未半而觉。

廿二日　晴。晨起欲为瞿孙批抹文稿，廖荪畦来，张、周生继至，遂握发对客。客去，步至抚署看蓉屏，邬师留饭，颜小夏送菜，鱼翅反胜朱家，不仓卒也。请裕交次青儿名条与赵中丞。

出访尹和伯、王石卿、廖荪畡、张筱传方伯、汪寿民、黄泽生、王镜芙、龚季蕃。午子送去戴、王垫。两条，并遣人递呈柯凤荪学使，请咨奏。步还，瞿孙守候，见，告以期丧，亦有忌日，今日孺人忌日也。未饭，邬师夕来。

廿三日　晴。晨起出须，张生已来，舆儿已告刘婿上船，即时当发。陈副贡、刘南生守候不去，余乃携畴孙步出。畴云不能远行，乃至李祠暂游。还则四老少、张先生与舆并去，遣盈孙护张僮负畴登舟，王仆已往宁乡上任去矣，阖门谢客。赵抚来送，未见。皮经师来，斥之。胡婿来，久谈。闻外有客声，避登楼，始得清坐一日。夜过窊家。

廿四日　晴。湘孙婿家请期，期曰冬月十二日。窊女生日，一家俱至胡家，早面晚饭。伯固子姓两人来见，久约不至，今已谢客，遂从例避。留书与茂。

廿五日　晴。遣看船，改瞿孙文，看刘定夫文，为颜生写屏联，作书复秦子质。王子常永孙来，径入。为房妪做呈纸告债事，家人无人写呈，请朱三少耶书之。城债俱了，用去百金，可以行矣。

廿六日　晴。发行李，挑菊花，余乃无一担行李，坐千石大船，可笑也。家中船亦来迎，夕登舟，南风不发。

廿七日　晴。仍无北风。岸上演戏，迎诸孙女看戏，留早饭不及，夕食乃去。

廿八日　晴。似有风色，移船对岸，仍南风，乃缆行。校书札四本。晚得顺风，到县。

廿九日　晴。晨从仓门前步入城，交银百五十两与萧文心还秦子纲。见倬夫，云子质已到家矣。饭于宾兴堂，辞出，登舟即发。阻浅梅花渡，遂宿船中。

晦　还阴。舟至午未能前，步上岸，至姜畬。寻张四先生不遇，见其兄弟，借轿飞行，申初到家，犹未夕食。告诸女检行李，夜斗牌，大风有雨。

十 月

十月辛亥朔　阴晴。晨起命舁书箱下船，催真女先发，留纫夫妇待已船来乃行。朝食后步待船来，又待真，已晡。至姜畬借钱田生，开轿夫，作盘费。比至涟口，杳无人船，雨至风寒，坐困仓中，借邻船安僮客，一夜倚被包，不解鞋。陈孙甚安静，不夜啼。听雨至晓。

二日　雨不歇。遣刘家僮觅船，冒雨去，船仍舣待。至午纫船来，请刘、张过船，直率王妪坐已船。遣刘佣唤船来，傍晚始至，男女分两船，寸步未移。

三日　阴。晨发涟口，夕泊株洲，女船在对岸，不肯来，遣刘丁往守更。

四日　晴。晨发，得小顺风，行卅五里，早泊山门。有月。

五日　阴。是日乙卯，小雪。帆缆兼行，九十里泊晚洲。午后于空泠滩中，因篙工取鱼触来船，小损，致扳船口角，得毛篷船主解纷。

六日　阴。帆行七十五里过衡山，刘婿访其兄来否，船泊县城。余过女船，先至雷石，待船来已夕，遂宿卡上。暮夜有人来寻船，自名张应元，未能接见，送黄柑一篮而去。夜有雨。

七日　阴。顺风帆行，过望甚鼓侧。行百十余里至樟寺，未夕，风息雨来，遂宿川中，不知地名，约至樟寺二三里耳，皆出意外也。比日张生讲《大雅》十篇。夜雨。

八日　雨。晨行甚迟，到大石已将午矣。至城遣告真家，二陈郎来，顷之程孙亦至，真率儿、姁上岸去。要客过船，令纨率姁先发。待两时许，渡夫不来，风寒甚雨，皆有饥寒之色。将夕换两艇，要张、刘同至书院，院生四人入，已不辨色，然烛夜饭。未二更即寝，凡三醒乃曙。颇闻雨声，有小词。

九日　晴寒。换小毛入城，至岘樵家，闻苏畹到厂去，仅至道署而还。程家借牌延医，留余小戏，与赵、彭、陈同局，更招子年来，托买私盐。屈小樵、罗估后至，同饭。借轿上船，张、刘同来，先到船相待，乘月夜还。闻骆状元来候见。夜作门帘，二更后乃寝。

十日　晨未饭，骆主考来，三十许，容色未老，谈桂事亦不甚了，赠以新校二经。萧孝廉径入共坐，待其去又独留饭乃去。院生入者不悉记。将夕张尉来。得王石卿书、钟广照书。

十一日　阴晴。晨出送桂考，骆状元已去矣，过王前抚而还。朝食，萧教授来，谭道台来，萧亦后去。谭震青来，言但少村主和，抚绅各加脩金，已畲服矣。但因此可不勒休，谭未能收漕规也。二陈郎来，不得开口。廖苏畹来，言局事，笼镫去。得俞廙仙书、李石贞诗。

十二日　阴晴。会馆请陪苏畹，道、府、县亦请陪苏畹。朝食后出，道逢一舸二客，皆夏氏，一绍籍、一钦。又逢岘樵乘舁来，停舟延客，岘去夏留，同至柴步登岸。答访震青，遇周松乔、丁笃生。至府署不遇，便至长沙馆，众皆便服，我独衣冠。顷之苏畹来，云须往道署，待上镫乃去。看戏半日，未尽兴。至道署，唐、刘、谭俱先到，久之入坐。散出南门，已下钥，到家，婿、女俱云夜深矣。

十三日　晴，较冷。谭厚之遣送蟹，即复书，并送广物三种。

讲《洞酌》一章，再四推敲，乃解得"洞酌"二字。行潦非难得，何必洞，更何必酌，今以行潦为玄酒之用，则可酌矣。邓县丞思亮来见，蜀人也，州牧之子，与王昌麟同在南学，今为炉头。因循已晏，亟出城至浮桥上岸，廖船正泊，呼余登舟，屈教官亦在，少谈，避客先上。设四席，主人陆续至，邓思亮叔明亦来，少坐便去。有三童子，共廿二人，均饯廖。余以昨晚太夜，未待酒半，先遁出，正二更到院，殊未饱。拟题送道署。

十四日　晴。晨作送廖诗，连日构思，苦无下手处，姑写一两行，汩汩其来，顷刻成一篇。白香山歌行所谓一笔滔滔，文有神助者也。讲《卷阿》，吃伊面。王太耶请陪荪畦，将出而雨。船至铁炉门，异至府署，正见程仆跑帖，余亦入府，荪畦踵至。已昏暮，然烛看《申报》，赞夏学务，谭兵备极喜，遍送僚友赏之。同至清泉请邓少府不来。吃洋酒，俱觉头晕，携橙、馒而还。雨霁月昏，大好光景，夜闻雨。

十五日　大晴。晓未看外，但闻风萧萧，犹以为雨。房妪搴帷来请，乃见日色照楼，不觉失笑，白日昏昏，乃至此乎？讲《民劳》即无弃之劳，劳非恶语，数千年铁案恐须翻也。

十六日　晴。晨讲《板》《荡》"上帝"，皆为五帝受命之符，更上帝之例以合全诗。饭后异答邓县丞，即看银炉，彭传胪亦在，更有蜀黄生、王清泉。久坐，待唐太尊点心后散，传胪同至书院点心。喻生、王鹤仙来，言命案，亦辞以懒。夕至道署，芝公专燕我，银炉二生、岘樵、小樵、桐轩均先到，二更散。

十七日　晴。讲《文王》五篇，说"清酒"，仍未了。午后戴营官来，自言霆营旧卒，在江西往贵州攻天柱，救陈宝箴，以此见知。向夕，刘婿兄申字晴岚来见，似曾相识，留便饭而去。夜与婿、女摸牌四圈。王抚送程仪。

十八日　晴。韩姬未明请起，早饭后遣纵女夫妇归家，家船亦去，与书廖大、璧耘买煤。讲"清酒"为周祭明堂之礼，稍为熨贴，周尚酒，谓此也。二程生来，居内斋。夜月甚佳。

十九日　晴。晨兴无事，复俞抚书。讲"陟降厥士"，又复了。文王一陟降，成王三陟降，而有家士之分。家谓群叔，士复谓谁？又须日鉴在兹，此何士哉？士，殷士也。陟为大寮，降为顽民，宜鉴于殷之亡。王生来看相。戴营官来。

廿日　庚午，大雪节。晴。讲《生民》"以弗无子"。疑求子非雅谈，又何以被无子？此宜以前古礼例断之，不可徇俗见也。求子起于有族，古人不求子明矣。屼樵，二陈郎，梁、陈两幕客来，遂混一日。

廿一日　晴。早起《大雅》讲毕一什，颇思重录。清本已抄七通，似朱夫子《四书》，未敢再抄也。写条幅一纸。廖振才教习来，坐敞船，将换船送之。值谭训导船来，留廖复坐。谭与朱季元同来，坐颇久，又消半日矣。西禅二僧来。夜半起看月。

廿二日　阴晴，甚暖。杨八踣来请饭。朝食后讲《板》"上帝"，定《诗》《书》上帝之分。以虞并郊禋为七天，周并郊禘二丘为八天，增出皇天为总天，升地球亦为天，算法乃密也。古只祭土于社，周乃分地土为二，今宜从之。写对子五副。龙僧送柑。

廿三日　晴煊。张监院儿奎生来请饭，教以无多费。道台书报兵议，并送课卷。八踣请吃烧猪，赵、彭、屈、陈牌会。陈郎、丁孝廉、罗估同坐，戌散。还拖竹竿，行甚迟，到院月犹未上。

廿四日　阴晴。看课卷。讲《抑》与《宾筵》，皆卫武人相辞官之事，同时执政有好酒肆谑之人，己不能正，故其词甚婉，但不知好酒者何人耳。廖丁还，云书版可得，煤船尚未发。

廿五日　晴煊。写字半日。讲《桑柔》，不能终篇。和尚来，未见，摸摸棱棱，遂已夕矣。呼程九同至城，取《公羊笺》版。昇至清泉，云请客毕至。至陈南桢斋立谈数语，便至客坐。坐上有萧委员、岷生。余营官，鼎臣。更邀刘牧村，又吃烧猪，余弁短衣与衣冠之会，亦新政一奇也。戌还。

廿六日　晴煊。余洪柱送椰子茶、胡卢，未通谒而有苞苴，亦①应酬之别派也。讲《桑柔》，仍未恰到。王巨吾来诉苦，陈皋生来告败，喻、未皆来示意。廖拔贡来，议书院。午后入城，答访两府学，诣道台告行。着夹衣至程家，问刷《春秋》，便至布政街，将访朱季元。张师催客，往则并集，赵、屈、黄、周、贺、梁，上镫入席，二更散。夜雨潇潇，稍有寒意，北风甚紧。

廿七日　阴。梅生儿云明来，今年优贡也，亦不稳重，留饭去。甫写字，张生来，讲《诗》，诸生纷集，说"凉曰不可，覆背善詈"，往复不安。

廿八日　阴。写字三幅。廖拔贡又来，廖秀才告辞往淮北，昨日尚伥伥，今乃翩翩矣，并留饭去。说"善詈"与"善背"相对，"詈"即谏也。《书》"怨汝詈女"，《词》"申申詈予"，"詈"不可为骂义，乃得安。夕睡。

廿九日　晴煊。检书办装，陈副贡为先驱，余与张生继之，来月朔去。巡湘岸，辞二彭、杨、丁、戴，至衡阳，答刘、朱，均公出矣。贺孙设饯，仍六日诸人，但少周耳。戌散，还正二炮。

晦日　阴。诸生来送行，朝食后登岸，先到城取银，诣程告辞。陈郎来送常霖生书，因李伯强送二刘生书，求为伯固兄弟作志传，先送千金，行色匆匆，未能作复。即至陈家，真女未出见，

_____

①"亦"，原误作"不"。

少坐仍还江岸，设胡床，张伞而坐。戴营官来送，道台送礼，皆就沙滩与相接。闲步至书院对岸，看行李船，与同下。至毛桥，周松乔遣迎，舁往，黄、屈、彭先集，摸雀二圈，入坐饮苦糯。还船宿，夜有雨。

十一月

十一月辛巳朔　移舟铁炉门。晴。晨起入城，候道台来送。周梅生依依不舍，相从至程家，余托故还，欲离散之。及往，周先在程家，遂同朝食。张生亦来，二程孙、廖拔贡均同食。还船，片荐胡桑，面托周瑞。二陈郎、廖、程俱登舟相送，屼樵亦来。待刷书未至，遂泊一日。

二日　霜晴。取书，唯见《公羊》，竟无《书经》，可怪也，未遑诘程儿，即令卅船。大北风，仅得至樟寺，买油，夜宿七里站。

三日　大霜，晴。草鱼石守浅半日，夕泊萱洲。

四日　晴。午过雷石，不看船。夕泊石弯，方睡未起。及醒，遣告六耶，向桑从来，并其从弟亦来相看，送笋、橘，交名条。

五日　乙酉，冬至。大霜。船夫欲不行，严斥之。至黄石望，吟诗一首，盖感辛亥于清江道中闻箫鼓祠祭，不胜节物之感，声犹在耳，弹指半百年矣，同时人无存者。夜泊朱亭，吃羊面，则不似袁州之美。

六日　晴。早发，夕至漉口，遣问江西车，待至二更乃寝。

七日　大霜，晴。本以先孺人忌日，不登程，适逢周儿来船，云至湘东，便令移行李，朝食后便发。溯漉卅里，泊石亭铺，云有石亭山，山神甚灵。说《云汉》，未得其旨，似《左传》议论。

八日　晴。竟日过坝上滩，看乱山纠纷，殊不似两川间情色，非佳赏也。六十里泊醴陵桥东，船人云师徒各造桥，徒先成湘东大石桥，师耻后之，至今大石桥石俱反面。

九日　晴霜。晨至何家渡，张生欲附火车，因至三石车站，火车未发，待行李久不至，比来已开轮矣。云次车已正当到，待至未正犹未来。刘丁先去。冯客云误卷其被，亦来附车。五人饥疲，幸卖橘人携有《天宝图》，坐看半本。车到即发，一时许到萍乡城西，急投宿店，遣顾车轿，初更始饭。

十日　晴阴，无霜颇寒。晨待车未至，因与张生闲行城中。自西门直行，乃至小西门，过南门，欲至东门，乃反至北门。复还西，遇车轿，复过县署，少折即出东门。行廿余里，步过毛叶坡。又廿余里便至芦溪，山原秀远，甚有逸致。溪市繁伙，反盛萍乡。待车久不来，至小学堂，监督吴岁贡出，迎入，略谈学务，云："闻聘王闿运，经学有名，亦贵县人，宁识之耶？"余云："渠在鄂抚署未来，固亦识之。"学堂当俟新学政主持，未知何章程也。吴曾从许仙屏于广东，言越学延倭教习，必令学徒改衣服，江西尚无此，留学生则有之。其子今年中式，刘受亭孙亦中式。久坐茶冷，车犹不至，更坐桥阑，待日落。芦溪跨水两大桥，仅渡其一。夕行十里，宿新路铺，问店妇，膏捐殊未行。

十一日　晴。晨踏霜甚暖，至仙峰访余烈女，乃见《谢贞女碑》。沿途留心物色，竟迷其处，行万茶间，不及昨秀野也。十里竹园，店妇认乡亲，不茶而行。十五里分界铺，卅里至袁州西门，府城乃在高平冈上，不忆之矣。常时骑昇直行，故迷踪迹。欲寻试院，亦迫暮，脚痛不得去，卧轿中久之。正旸来，云得一船，即乘月至北门马头，对船装载，喜于即安，船价十三元，杨叶秋也。遣散轿车七辈，至二更后皆安睡。忽有人大吵大闹，欲起叱之，弟子门人皆寂不语，卧听乃知是附船客，至故处不得上。方知彼主我宾，我占，非彼侵也。幸不急性，不然谬矣，三更后乃安寝。

十二日　大霜，晴。舟子樛葛甚多，煤火极迟，午乃得朝食，正对时始见饭，三日不两餐矣。午正开行，过厘卡未问，卅余里泊杨港。《云汉》未通，且讲《崧高》。

十三日　阴煊。行七十里至昌山。张生至山祠看碑，云本伤山也，以水陆多伤舟徒故名，改为"昌"耳。有浮桥。夜月极明，又行二里许宿金龙铺。讲王诗至夜分。

十四日　大晴。晨行十余里至分宜，登岸看县治，带城城外一洲，绕洲乃至。残毁未复，甚寥落也。过仙人亭，云有碑，字难识，遣张生看之，云是篆书。行卅里泊水口。

十五日　阴，午后晴。大风，行五十里泊新喻，亦过浮桥。夜阴，三更雨。

十六日　阴。风息水宽，行卅里泊星塘。剃发。夜大风，水入仓，两箱并透水。

十七日　阴，见日。守风一日，夜强行廿里，泊罗坊，大市也。过浮桥，无官役，自开缆而过。讲"职兄""自替"为悔仕之词，分"疏""稗"为仕隐之食，似可备典故。夜半小雪。

十八日　阴寒。大风，行一日得十二里，夕泊骆屋。清江地。待月又行里许，两阁浅而止。

十九日　阴晴。讲《昊天有成命》为二丘之礼，以喾不可祖，又不可不祖，故推为感生帝，特创圜丘，以祀非天非地之天，配以非人非天之祖，故曰"单厥心"，言事祖祢之心尽也。又曰"其命宥密"，诚"宥密"也。樟树有厘局未看。行卅里泊临江府城外，已夕，夜半复行。

廿日　庚子，小寒节。晨至樟树神福，饭后始开，余朝食过午矣。讲《执竞》，玄解通神，于无意中得大典礼。夕泊黄石坝，丰城上十里。

廿一日　三更乘月行卅里始曙。阴霜。至午过市涩，大晴。生米盖"沙面"声讹。上十里河步所，盖前置河泊所官于此，此皆以意说地名，但不以雅改俗耳。霜行苦舟人，卧颇自哂。河步浅船百余艘，又一沱心也。生米有厘卡，独呼停船，想系佐杂领之，闻一人说京话，亦竟未来。初更后至城，泊滕王阁。遣丁告抚台，张生同往，呼城门入。顷之，张生与李生砥卿均到，言叔轩自来，固辞不敢当。再不得命，乃自上至舁前相见，小坐官厅，中军、两武官均来见。谈久之，借轿乃至，入城，径至抚署，主人亦归，便坐密谈。文案陆知府出见，待张生来，复设酒，未饭。起看寓斋，主人送入，又小坐乃去。谒同舍黎、戴、梁，咏谐，安化人。余俱睡，李、张谈至三更。余睡后又起，再睡仍未着，已天明矣。

廿二日　晨为两生所搅，不能再睡，起待拜客，又嫌太早。顷之钟雨涛、王梅村、陈仰阶、芙初子。陈六笙、桂阳人。颜佩琳、近谟子。彭柱臣桂阳。均来相看。出谒学、藩、臬、盐、江湘岚首府，均有耽阁，唯学台未见，已日斜矣。还院朝食，见叔轩三子。子鼎、子复、已实。署臬汪絜荀及湘岚来，龙副贡、蔡毓衡、钟生俱来。避客游东湖，黎禹门、戴邃庵、陈六①笙、砥正均往。绕湖南还，还则杨叔文已相待，遂留坐半日。主人又盛馔相款，自来言便饭不陪，余招其子出坐，与张、李、杨同食，三更睡。

廿三日　晴。学堂二王来。庄兆铭、傲庵。杨金康、小篆，沔阳。

---

① "六"，原误作"亦"。

宝壬印住，少芝孙。均来谢步。沈子培欲久谈，不得而去。出谢诸客，唯见粮道，日色尚早，仍还寓。复有客来，或谢或见，不能记忆。司、道、府、县、候补道七人公宴百花洲，府学均集，再游苏圃，申坐戌散，甚热。

廿四日　晴。欲出看翁树棠，周黄燮幼麟。来。主人来，谈甚久，同早饭乃去，沙年侄来。不能出矣。待至午初，舁往豫章书院，仍大会集，延见教习七人，学生六十二人，略问课程，泛酬百余闲语。学生廿人复入，便坐留我，答以当再来。管学傅苕生设宴三席，共十二人，未夕散。还寓。任雨田来诉冤，午前曾传泗亦来诉冤，久之乃去。陆、黎、戴均来夜谈。杨叔文来，亦久坐，客去已将四更。

廿五日　晴煊。换小毛衣。范叔兰德孚来访。中军、左营将弁均请饭，余不及表大奶奶多矣，皆辞之。孙伯玙来，留饭去，令其宜黄，颇怏怏也。昔为坐上客，今为辕下驹，又可伤矣。戴、张俱去，罗文昭、子晋，永绥。彭继武、鸿川儿，盐局。尹湘琳致稷初书，来见。杨焜贵溪令。致伍崧生书来，未见。避客出游，要叔玫、砥卿、夏公子同出德胜门，访北兰寺，至则改为北坛，误也，寺在下二里。未知是否。临江裴回，便访娄妃墓，读邓碑，入看吴大安寺香炉。至滃台门，看南唐将军石像，寻与希唐别处，门已琐矣。小车甚多，过新学地基，日烈照灼，绕东湖还。过傅苕生门小坐，还寓大睡。龙副榜久候，强起。夕饭后赴汪颉荀处会饮，沈鲁卿、幼丹儿。王孟湘、仲允儿。沈子培、傅苕生、江湘岚均先在，杨印生后至，陈酒饮三杯微醉，杨、沈先去，余皆二更散。填词一阕。《一枝春》：旧迹重荒，剩残垒、指点承平游处。北兰寺废，画栋片云成雾。网船唱晚，料无复、藏园词句。空自访、贤守碑题，更寻傍城斜路。　江州谢家治谱。到如今、想像南朝风度。南唐又过，说甚滃台徐孺。转车腹痛，似听得、往年筘鼓。应为我、细数流光，不须吊古。黎禹民送电报。

廿六日　晴。四川两令刘芳、香畇。杨焜、少廷。赵能寿、扬叔儿。王梦湘来见。又一人称外孙婿，顺孙夫也。知是觐臣孙。黄钟字燕生。居然知县。章孙伯范、王明望皆来见，左季高所谓冤魂不散者亦皆见之。王、赵并送书，叔文又借得元《记》二种，一日未出。周敬夫来，言三版船吃水深，不可往袁。黄翰臣子震隆昆生来，年五十内外矣。

廿七日　晴。送书学堂江道台，以了聘局。叔轩第四子别索一分，依而与之。四川二令解鸣珂锡珊、李德利来见。子培、文芝五来谈。吴国良复来谢过，初未知何谢也。复书伍崧生。邓经历、湘皋曾孙。陈仲昀平江人。同来。黄达生来，言黄家事，皆如读旧书。沈子培来，约游娱园。东湖欲扬尘，娱园自含霜。良会续华京，复此泛清觞。岁晚惜新欢，嘉宾并愉康。摆落世上事，旧游斯可忘。官梅忽忆人，久久更芬芳。不见尧时雪，犹留禹至杭。三宿已无恋，六游真自强。且暂为我主，近看南鹤翔。苕生约三点钟集，五点不来催，因自往看之，则庄儆庵、周味西学铭俱为主人，王梦湘、翁树棠、汪颉苟、赵剑秋、沈子培先在，江湘岚、陆孟孚后至，酉集戌散。锡粮道请饭，辞谢。

廿八日　晴。陈副贡自袁州来。周敬夫来，言六日必不能到袁，其词甚厉，不知干何怒也。即辞其送，而又不许，天下宁有是事耶？叔文来送生辰纲，余皆不记。得奭弟弼良泽清书。未正步至南昌府署，访娱园，门榜俱不存，园亦似缩小，王孟湘、陆孟孚俱为主人，前诗但言子培，漏矣。曾传泗、南舟。陈运鹃、翰仙。梅子肇台源。来谈。今日沈请子肇，馔具肴俎颇腆，汪、傅、赵、江、孙均先在，梅后至。看李伯时罗汉，徐元文赋稿，蓬蓬然，杂画字不配画。抚台来请，云已结彩棚，为我馔祝。二更还，府中僚友、公子皆来庆贺，惶悚不当。杨、李为傧，先辞抚台，余不获命。登堂再拜，其上题明月亭，傍有里外间，内坐外饮，复吃千面，还寝。

生日　晨有小雨。为夏郎看诗。杨、李来，同至花园，主人衣冠设拜，府中俱同拜，见其四孙，早面午饭。未饭时，江湘岚已催客，再催三催，司道皆愠，江之过也，写扇两柄而往。"四大金刚"、周学铭、傅苕生、杨小篆均先到两时许，出菜又迟，散已二更。

十二月

十二月庚戌朔　阴雨风雪，亦有日光。晨出谢客，因至傅家拜生，其母五五。留面，见三道二府，仿京式用净面条，颇佳，为尽一碗。陆孟孚借客坐，遂成主人。从陆门出，过曾传泗寓小坐，访伯玛未遇。直至江南馆，在琉璃门右，有方池二阁，登眺裴回。主人赶至，小岩第二子庆源子异。延坐外厅。顷之唐巡盐来，椿森，字晖庭。子培、周、杨、汪、任、陈庆滋、陈鹤云先后集，照像三次，陈不照相，犹老辈余风也。赵剑秋、傅苕生后来，亦得一照。设席水阁，二圆案，肴不能佳，云两县送生日菜也。用菊花熬春茶，颇有清香。夜归，风雪。

二日　晏起，出户雪已盈寸，至午又加二寸，城人云近年雪少，官民皆喜。尹伯纯、赵剑秋来。主人来，久谈。张子年女婿翁树棠来。张婿即剑秋家儿，呼余世伯，可怪也。赵进士，云松来孙，出册请题，翁师傅得以归赵者，覃溪少作，诗工字懒，已自言师秘监矣。改夏子鼎诗一首，犹作小儿狡狯。《息吹更治朱》：泪染湘妃竹，新斑更点朱。融脂惜香冷，临镜晕红酥。定有还丹药，真如照日蕖。

调弦莫催拍，更待整罗襦。夜拟通饬札稿。

三日　阴。料理归计，谢客伏案，书条册千余字，客来者挥毫对之。孙伯玙坐最久，刺刺语盐事。送陈副贡四千。蔡倅孙已荐出矣。王孟湘、傅苕生来，苕言束脩事，瑳磨久之，遣王衍曾送四百金来，抚台再送二百金来，受一百，更受四十金衣价，余皆不受。今年大发财，又辞千金矣。为梅五题端，权欲作《喜雪诗》，匆匆无暇。洗脚吃面，三更乃眠。夜见星。主人凡三顾。

四日　晴，见日。为子复改诗，为颜、陈、钟作字，署臬来，取一联去。苕生、鹤翁俱来送，主人设饯，陆、钟、黎、李同会，饭毕更写数幅字。闻炮声，云倾城出送，惶悚不敢当。子复赠貂冠，冠之以出。至官厅，两县、四府、抚司、四道并集，先揖让致词，乃拜辞上船，县具二舟，李生及三公子俱待余至，周统领、吴举人均登舟相送。舍大船就小艇，邓经历、罗军功为文武巡捕，未知其礼，云系府委，盖中丞意也。船开，四公子乃去。又待换船行，已过晡，夜泊生米。周佣到任，刘三哥尚候补也。快雪群公喜，新晴旅客欢。东门荣共饯，南浦绿仍寒。待泽春先到，还山路不难。远来知近悦，岁晚吏民安。　　紫貂光八坐，青雀送归舟。观礼民知盛，非贤德岂酬。圜桥应作颂，杕杜喜来游。敢谓从隗始，时危宠更忧。

五日　甲寅，大寒，中。晴。王明望来送，饬令回去，以二诗交递。日三竿始行，作《喜雪诗》。官阁阴阴欲绽梅，飘风先转雪花回。应知柏府同霜肃，不是徐公带热来。光映玉珂迎夜宴，暖消银盏泼春醅。频年瑞应非无意，只为贫民润麦荄。　　文字多欢酒量宽，无劳县令访袁安。只疑庶妇能反狱，却恐倭军不耐寒。北极关河连海冻，西山松竹隔云看。烦君寄语梅公子，莫遣当筵绛蜡残。行五十里泊金家望。

六日　晴霜，不寒。得北风，行百里泊樟树。得沙年倅无聊书。水师汪守备来见。湖北进士。

七日　阴，无霜，甚煊。炮船行至夹坞，水浅舟胶，仍令回营。邓经历_南骧伯腾。移行李附船，至临江乃发差船，余船先发。伯腾出示松堂家书，湘翁所珍藏者，引司马语以自助，又与藏拙意殊，皆仁孝也。至清江始见小山，填艳词。六十五里泊水府庙上，儿童抛瓦石，令移舟远岸避之，未知欺鸬鹚船耶？抑偶然也。

八日　阴煊。行卅里过罗坊浮桥，来去皆四日，顺风顺水一也。作小词甚佳，以太亵，不能存稿，可谓枉抛心力，亦背人吃肉之类矣。借以销日，又非全无用。又行廿里泊坎上，夜不寐。

九日　晴。北风，行四十里宿水口，而非前宿之地。夜大风，推篷看月，殊有幽僻之景，不似腹里。

十日　晨晴俄阴。帆风牵滩卅里至分宜，问船人，后日始能到袁。因邓伯腾言分宜近便，遣人先上借夫轿，至则施大令遣人来迎，辞不往。又自来拜，辞不见。当往答礼，而误至县署。旧令萧霖宇出见，云辛未在会场曾接谈，未知日记有否。又言及何贞翁取弟子文，则在日记之前闻此事也。留点久坐，便与施捷三相闻。顷之施来，云已发夫。凡坐将两时，日已夕，乃得轿，匆匆别去。乃知大具厨传，遣送出境，即辞不得，遂宿昌山。过浮桥，正廿八日，吃八八席，饮水酒。_{吾车久当悬，物役殊未休。春泥汝南道，腊榜牵川流。寒风厉严霜，晨夜犯征裘。岂谓我无衣，念彼棹者讴。小人固多营，君子谓何求？孔墨逝已久，谁能为世忧。燕雀安其巢，龙蛇方远游。栖栖一岁终，乃欲历九州。且宜守儿女，酌酒弹箜篌。　来帆溯寒淼，归舫向南煊。清川隐铜碧，贞木郁晴烟。冬游诚可娱，但复逼岁阑。岁阑亦何感，惧阻藏雪艰。王路忽以塞，民贫征赋殚。我有幽居室，繁花树楠萱。童子诵新诗，常嗟来日难。嘉时可归休，袁山草已玄。况无迷途患，行藏讵徒然。}

十一日　未明有小雨，才湿路。及早尖又雨，亦仅湿路。饭于宾港甚久，行则甚急，四十里至宜春。蒋营官映南遣迎，云列队相待，遣周佣止之，仍不可止。先派一顶马两对子来，直至所居关庙，队迎于半道，幸不连珠放枪耳。宜春令李兰仙来，就见，问学堂事，云无经费。因告以不可劝捐，请其先回署理事。人夫亦集，日晡矣，急行卅里宿沙井铺，欲寻当炉胡，不可得也。

十二日　晴。晨行，飞露扑面，初未之知，以为风寒，及见草间，乃知露也。十里饭湖江口，沿路寻店妇，见兵来皆避匿矣。卅里过芦溪，又卅里宿茶亭，辎重不能从，初更后乃到。花香近酒家，娇女唤茶茶。夜送邓公子，朝随萼绿华。莫言年易换，应怜日未斜。从来萍醴道，不恨别离赊。保之有《夜度茶山歌》，即此路也。

十三日　晨小雨，急行卅里到萍乡。直至县门，彭世兄尚未起，久之出见，颓然老翁，云鸿川长子，字星伯，继长房，作令几五十年。留饭，发夫，借钱四千，又赏从人四元，过午乃行。雨又至，亦未暂停，到湘东尚早，接者未至，附一南田船移行李，雨大至，纷纭久之。行十二里过浮桥，又十里泊仙桥。即止石桥也。夜雨凄凄，幸十日晴光送我归程，得潄手潄脚。

十四日　晨起，雨意甚浓，朝食后欲晴，雨云日影难分。下水殊不驶，恐当逾限，以无迎船，非我失约也。夕至醴陵，又阻浅不得前。

十五日　阴雨。换船先发，移行李时大雨，俄而霖霂。作小词。《燕山亭》：细雨催春，兰桨顺流，回避残年风雪。十五尽头，早约还期，圆梦胜于圆月。鸳瓦油衣，从前意、如今都歇。佳节①，只粥嫩糕甜，酒温香热。多少离合悲欢，算年去年来，大家休说。谁是倦游，那有闲情，朝朝替人伤别。若问归舟，乱山里、片帆明灭。山缺，刚见我、绮窗梅发。季冬望日，俗云尽头十五。雨行七十五里，夜泊唐山口，有作。余从南昌雪后行水陆，经旬晴暖，过醴陵登舟乃雨也。时甲辰，立春前五日矣。

十六日　阴。晨发甚早，至渌口已近午，小泊即行，过马颊

----

① "佳节"，据《湘绮楼词钞》补。

正昏黑，到易俗场闻一更，泊涟口。见云湖船，呼得周仁房一船，即起换船。刘丁助榜到姜畬，四更至湖口登岸，泥行车辙中甚困，比至家天明矣。家中皆起，遂不睡。

十七日　阴。见茂书，云尚在上海。湘孙改于廿日嫁去，妇女初四日始回，房妪前日始至，舆儿竟未出，亦异事也。初夜即睡，三更仍未寐，料理年事，作衡书，辞馆。

十八日　晴。感寒欲嗽，抄新诗，摸牌，小愈。刘丁议昏，姊妹俱去。舆妇往杨家看才女病，资孙亦往，遣丁负畴孙送之，家中遂无内外佣。正欲稍愒，张四铁闯入，邓经历亦来，杨家佣来送饼，杨梅生送顶油，求书，纷纭俱至，疲于接对。自出扫尘延客，至夜留邓宿楼下，题松堂遗墨，三更寝。

十九日　大晴。张铁来求金，未见，捐金与之。邓遣人取行李，刘丁送省信，王佣办灶糕。与书朱倬夫，诉道士骗账。与郭葆生，荐张先去，后小愒。王凤喈来，久坐忘出，晚饭始见之，饭后去。遂大睡至二更乃起，终牌二局，客已睡矣，仍寝。

廿日　己巳，立春节。大晴。作饼，设五辛盘。夕前李道士来，言词支展，还银卅两不足，大约求保护雷坛之意，留宿外斋。

廿一日　昨夜有雨，今晨已见日，复阴，风寒。邓县丞办装，道士饭后去，将午雨至，邓去。六耶专人来，似不知有江西行者，正欲专人往衡，因求六使带去。杨孙自来求书，遇雨，留宿内斋。始作《刘康侯碑》。

廿二日　阴。杨孙早去。赵四谨绽专足来求书，此等皆适相值，知债不可避也。唯偷闲摸牌，以遣俗烦，牧猪奴甚闲，陶荆州甚忙，正宜以擤蒲药之。

廿三日　晴。风日甚佳，方欲有作，张星二又来，曹姓亦来诉官司，又不如催租事干己也。与书程生，荐赵季质。看《广记》，作刘碑。幹将军来送腊鸭，即去。致许生书，并寄《淡园答问》。夜送灶，吃年糕。

廿四日　大晴。登楼迎春，命儿女拚扫客房，出门眺赏。张子持船弟来，船已卖矣，送笋衣而去。杨使又来，皆挥令去。内外佣工吃年饭，方僮出县借钱，周佣往省城，均未预也。

廿五日　阴。看窗前梅花甚瘦，尚不及盆中绿萼梅，疑即绿萼也。沈山人携子来，张之道兄弟亦来为客，刘相公来相访。与山人谈世事，云必行井田，乃可为治。十三耶故妻来求助。告以吾但恤王氏妻，不能恤他家子女，若无食可来依我以食，否则不过问也。作刘碑成。五相公扶病来。

廿六日　阴。十三妻去。乡人纷纷来言官事，一无所问，然亦足扰人。饱食终日，不受诉，即摸牌，余事作文诗，正业荒矣，此为消日过年。王升复来，告以不宜汝我。

廿七日　晴。方僮求金不已，作书取盐金，请长沙太守致之。并为房妪索债，书寄朱纯卿。筠仙儿为大庾令，求调剂，托其兄书干我，专足来取信，告以今年不能，俟吏治澄清日可议也。公义私情，久不分矣。三屠妇以子死，其长子来告丧，诸女甚讶之，余因告以乡俗如此。周浩人来，言周桂生官事，遣寻团总，未及往，桶烂矣。胡太和迎周妪去散事，乃与幹将军同寮，尤可笑也。凡此匪夷所思之事，皆闲中之至乐，迂儒何足知之，故天荆地棘耳。

廿八日　大晴。晨行傍山，所种树无一存，可讶也。张瑞亭来，排难解纷，以曹婆花边资之。幹将军来，诉闰保，遣王佣往，挈之还。今年年下殊多事，殆天不欲吾家居，姑率女、妇一游前山，聊以疗俗。

廿九日　晴煊。作刘伯固墓志，一挥而成，似胜其弟。许氏从女来言官事，亦以资张星二，张颇以谙讼自许，亦得其趣者。夜转风，风冲房户，呼房妪起扃闭，夜欲阑矣。禄孙还家辞年，一妪携来同住。

除日阴，仍煊。作书复刘，蕨，国郾。还文债。方僮还，得朱长沙复书，并三百金，开销窑工韝活矣。朱云日本舟师战胜俄人，盖讹言也。未闻约战，何遽兴师，岂我不作红十字耶？哺后雨，夜颇潇潇。辞岁，男女数十人，未遑辨其谁某。刘丁、周佣、王升俱来自省。得陈毓华、宋毓仁书，文词均雅。夜久待爨清，至丙夜乃祭诗，齿痛不能嚼啮，空陈脯矣。

光绪二十九年癸卯　十二月

1889

光绪三十年甲辰

正 月

甲辰正月庚辰朔　丑正醒，呼房媪未起，顷之质明，唤僮仆不应，乃云久已将起，似讥余晏朝也。待久之，梳盥毕乃至。舆犹未朝，两女已出。入祠行礼，还寝受贺，启门待客。乡中例唯子孙及佃户始贺朔，余皆不至，又失考据，乃更衣掷骰。三师来贺元正。夜倦早眠，再起开门，仍寝。

二日　晴。将军来，遂接见邻里村翁十许人，晡始还内。陈佩秋儿来，倦未见也。夜亦早眠，闻雨乃起。

三日　阴，复晴。起见陈生，因见诸客，饭后去。又一陈生来，市侩也。一女客携女来，来历不明之人，皆吾族亲，始知民庶有族之害，尧所不及料。

四日　阴晴。永孙来。出见陈生，因见杨都司，缠扰无已之人，不如留之听差。衡山送府信来，得两陈郎书，谭道台、程岘樵书。谭告妾丧，程告丁丧，永孙告易箫条程及夏子新丧，一弹指顷死亡相踵，可骇也。

五日　晨阴。朝食后转风，遂雨。屋前后均嫁娶，择日未精也。永孙去。登楼看新妇，遂遇两市侩。作书复谭、陈、程。午食饼甚佳，遂饱，不复夜餐。掷骰至三更寝，星有烂矣。今日甲申，雨水。

六日　大晴。遣人送刘信及碑志稿去。出西冈看种杉，见一肩舁停而复起，径来入门，迎视不识其人，询之，则君豫长兄元涣字心培者。云有笔墨事相属，出示其父诗及己所撰《古诗苑》。《诗苑》正与《全古文》作一配，有用之书，搜辑甚勤。畅谈至夜半，留宿中斋。曾岳松遣使来求文。

七日　大晴。曾使送锦段袍褂表里及百金，约回头时取回信，晨即告去。宝老耶来，言官事，云庞姓亦被告矣。地方讼狱繁兴，承平象也，乱又萌矣。与心培畅谈，渐多乡语，中见杂客、族孙辈数班。刘力堂来送鸡、酒。

八日　晴，南风甚煊。杨妇母生日，房媪请往，正合孤意。心培欲去不去，过午乃行。许虹桥来，言其母病，因与弟争论受气，不意辅廷乃至于此。

九日　阴。杉塘三子来，振南来，六铁、再满来，族中菁华尽此矣。刘家信回无复书，盖其慎也。作李子墓志。

十日　晴。三子去。刘兰生来，将起义学，择于绂、刘，未知当用谁。尺五女来求荐，宇清为之也，德牙亦有力焉。元妇送子连逆，欲其读书。盛举人、郑三儿来见，辞不敢见。盛诉乔耶占田，又异闻也。彭十被火，留之。佣工又去不来，盖均志江西。夜出见刘生，询郭五嫂年纪，云七十八，居侄孙家，不复入城。寄银、果礼之。

十一日　阴。笔墨粗毕，摸牌掷骰，以应年景。尺五女请去，刘生亦去。张星二来回事。刘丁携妻去。张妪复携女来。移栽树秧，樱桃、唐棣并开，山茶亦放大花，春意正秾。张生兄偕赵士鹏来，呈荐卷。正在前山，闻爆竹甚闹，知是刘家报喜。还得刘婿书，及珰女书。云初五日得一子，毛衣抱裙，今犹未办，仓猝坼寿障红绸与之，杜子美所谓天吴颠倒者也。房妪挞妇，不守家规，性拗难驯，且置不问。与诸女看月，徘徊久之。

十二日　晴煊。刘使去，方僮舅父来，琐琐姻亚，真须吾家大耶整家规矣。德牙来，则家规应有之义，又须吾无规者乃始欲整也。得功、茂书，纯孙书颇大胆，似非庸庸。夜月。

十三日　晴煊。写字半日，失纸无数，以谭佃送纸充许生原纸书之。二胡来，憔悴可怜，犹说官话。国安来，言瑞师吒钱，可笑可恨，令捆送来问之。乡龙来。

十四日　阴。纯孙来觐，以戴醇士临《青溪图》求鉴。戴师石谷，而无其繁密，惠菱舫乃直题为石师本，可讶也。张生仲兄来，云已入郭营。刘佣不还船，斥之使去，并斥王佣，一时俱去。邻团龙来。廖丁回。

十五日　阴，晨大雨，闻雷。二胡徒步去，遣追还，已通身湿矣。摸牌掷骰竟日。夜有朦月。

十六日　阴晴。二胡、德牙俱去，以一元宝交二胡办货，并办满月衣物，冗食者遂无一人，留周妪儿充数。至夜又得杨振清与代元儿、闰保共四人，聊应黄笺筷子之占。与书橄樵，荐蔡儿学当铺。夜月。

十七日　昨夜大月，晨乃闻雷动地，大雨骤至，春湿渐蒸，桃柳均见碧黄，登楼玩赏。作书答茂。

十八日　阴。城中人还，云市无好货，银至九钱余一千钱，犹滥恶，谷价愈贱。将军及陈女来。夜大风，许女来，坐半日去。

十九日　雨，有稷雪，复寒。滋家专人来迎女教习，有吴坚山者，荷汀子妇，不知谁家女也，自言为岳松女聘作监督。岳松使回领书信，令见之，不识也。先遣曾使赍志去，犒以八元。周生来。

廿日　己亥，惊蛰。晨有雪，风止。王、黄、周丁俱告去，陈女亦先去。每日"雾露神"必来，今日暂肃清。午间四老少芒芒来，言母病，欲支三月薪水。纯孙作保，与十姑借银二定，并赠杏仁、橘皮，匆匆去。取诸宫中，亦一乐也。

廿一日　阴雨。《广记》点毕，甚精致可喜。陈国戕来，言欲从游。初不相识，而责望甚深，匹夫不获，则曰时予之辜，任学家事也。杨使复来督催，皆人情中幻相，可乐之事，吾从来不遇，今富贵过万钟，所识穷乏固怨我，不识穷乏亦怨我，当如何三自反哉。陈佩秋儿专足来取回信，亦报之以温语，须臾俱去。

廿二日　阴。细雨微阳，春寒犹重，桃花竟勒不开。振湘来，亦欲江西，则为怫然，以彼求无厌也。为许生题《答问》。

廿三日　雨。欲刷谱，求版未得，专足刘坤问之。桃李均蕊，柳杨并绿，已食笋矣，犹未作铳菜，厨人不识时也，令剪韭作饼，以诒纯孙。

廿四日　大晴。滋看《罗敷》，复放纸鸢，诸孙均游南塘。周生告去，遣送莐书。陈生书来，几谏江行。夜雨。

廿五日　雨，欲晴。已命榜人治行，因令诸孙先发，并携资孙同入省，午后发，周姬携妇以从。至姜畬，遣纯孙看懿妇，百钱顾轿还往，夜泊以待。张兄、田生、许孙、许臭、刘立堂、赵士鹏均来船相看。

廿六日　阴。朝食后发，午初到城。携三孙至宾兴堂，正值电报送南昌信，言已派人来迎，又得半月前衡信，仍请期遣迎，盖非诚也，而辞甚恳切，余两可之。请萧文星换银，与朱倬夫闲谈。怡怡两孙来。杨孙来，与同至杨家，乘舁还堂，取银钱即行。幹、许来船。夜雨，泊通济门马头。

廿七日　晨雨。待买菜朝食，将午乃行，大雨。仅至鹞崖。看花鼓至夜。

廿八日　仍雨，有风。晨发午停。靳溪买米，到城未夕。诸孙先上，余借靰鞋步上，绕从寿星街还家，遇郭炎生亦张伞雨行。

到家，功妇出，领两孙女出见，功云发疥疾，不良行。询无新事，率两孙楼居。

廿九日　晴，见日。朱生稑泉晨见，午送点心，每来必具礼，意甚厚也。次青仲子积璇来。廖荪畹来，即告李儿求馆之意。陈家球不知有小题正鹄，乃欲以名父子充写票差，可笑也。胡婿已辞学堂，方谋苜蓿。窆女来，留夕食，夜去。

晦节　阴。王、廖两令来，皆在洋务局，云近来一道员张鹤龄主局务兼学务。胡氏孙女来，更有姻愚侄曹姓来见，询知即尺五女婿，从古称也。得衡书，云已来迎。麻七郎来，言俞少耶痴骄之状。邓婿来见，饬以早归。

二　月

二月庚戌朔　阴晴。午始朝食，出看湘孙，便诣首府朱、前蜀督陈、新提调廖，湘孙道乏，余俱久谈。欲诣但粮道，舁夫不欲，遂还。湘孙已来拜见，云孙婿入学堂矣。诗曰：日光光，夜光光，洗衣白白净，哥哥进学堂。日本学堂之谶也。六笙来回拜，久谈，窆女送饼，留共对唉，客食倍主，俱为致饱，云将诣葵园公集，要往为客。余请为主，际夜舁往，觐虞语山，谭公子，汪、孔两翰林均在，二更散。湘孙已去。窆女尚留摸牌，不觉三更，催令早去，登楼即寝。买牡丹二株。

二日　雨。龚季蕃知县来，病犹未愈。颜生镡来。夏午诒自桂阳来，留居客房。陈孝廉国祥来，孙婿兄也，其父旧识，耀先。忘其字，人亦开展。将定祭礼，刻入家谱，前稿已失，稍损益之。呼船人令还，假以卅元。

三日　阴晴，晨见日。杨树毅来。竟日无客，慧孙生日，设汤饼，窆女回摸牌。见熊姬。与午诒略谈，便至鸡鸣。

四日　阴晴。周郢生来。路澌可行，出看心田。答访黄士艾，少海儿，海翁孙也，云已有啖饭处。还朝食，出看但少翁，因过刘叶唐，荐王升去。刷谱纸贵，且缓之。一梧来，云佳日可游，将与桂抚买屋。遣黄孙看吴坚山，乃至杨姬处而还。复令资孙出游，亦匆匆还。

五日　大晴。甲寅，春分。刘叶唐、但少翁、邬师、席沅生、洋和尚来，将午始得朝食。午诒告去，送至抚署。殷默存来，午诒仍还，云轮拨已去，无便船也。蜀四生招饮，步至种福源陈祠园，道遇王生，云当诣府。龚、颜二生为主人，廖子材后至，徐次鹤、语山继至，戌散。窆女尚未归，留更摸牌。夜饭后与午诒谈京华旧事，三更寝。

六日　晴。晨起送午诒，已去。胡子夷来谈。晓沧儿来，求书与梁"海盗"。前得黄芷琴信，亦求提爱，因并及之，并送《礼记》。黄海孙来。胡独留饭。出城上冢，资孙与两孙并从，将采水苞不得，余遂先归。邓生国华坐待，垂垂老矣，思桂阳事，为一惘然，吃面去。陈为銮来。笠云来，云陈杏生已归，同往看之，遂定开福斋会。还要陈、但两公，并与书雨恬约之。片与沅生，告以不闲。又告王莘田莘田夜来谈。荐侄女婿。夜答邓万林。

七日　晴。雨恬送鸭酒、楂糕，且告不闲。斋戒谢客，凡来者皆不见。房姬来则不能不见。窆女亦还助祭。夜要胡婿肄仪，外孙亦能入班，可喜也。

八日　丁巳，祠祭祢庙。晨起待事，赵次公闯入，延至客坐久谈。尚未羹定，频上楼休惕，将午乃行事。洋翻译中畑荣来访，令胡婿陪之，且令观礼。事毕已晡。未朝食即往开福待客。蒙蒙细雨，蓬蓬远春，至则客尚未至，与六休久谈，并看倭人册页，书法殊胜宋、明人，有六朝笔势。荪畦来，乃至舫斋，刘希陶孙亦至，但少翁、陈鹿翁、杏生继至，设二席，并邀洋和尚，酉初始散，还城已夕。竟日未稻食，夜始饭。朱子元、邓伯腾夜来。王莘田来，均刘讼案。衡船来迎，得谭、程书。

九日　阴煊。两绵犹热。答访次青儿、次山公，见其子七郎，字介卿，云报捐试令，方学公事。谈及张小浦鹤林，云正在府，即往后堂畅谈，叶撰初亦在。脱祅乃不汗，便过盐道朱、督销席、张藩、颜府、王祭酒、孙知州，孙未见，亦不知何许人也，云山东人。到家已夕。冯星槎来。王芍棠来。陈婿来，告当往山东。丁果臣孙恒相来。镜芙两儿来。得电报，云江西船已到县相候。王莘田交长沙银票，屈负刘银，余再请托，乃得直。

十日　阴。杨棠来。陈耒之儿来，云江华典史回避开缺，光景万难，且言花楼家事。黄文彤求调优差。王佩初又往会试。张垫秋为会总，宜可会元矣。张小浦来，看余《论兵篇》，题陈鹿笙图册者。陈欲得《雷坛碑记》拓本，余所未见。二邓郎来。王镜芙、道香僧来。为洋和尚作序，竟未能成，乃下楼摸牌。少村来催，步往新楂，周菱生、刘定夫、陈六笙继至，鸽羹甚佳，纵谈亦乐。夜微雨，昇还。

十一日　阴。陈为銮、戴、王生来，戴言讼事。邓南骧来，言往江西事。周生示王抚条呈，方欲有言，余不暇顾，入内斋摸牌。周菱生来。朱乔生请酒，刘定夫来，属删四六，且约朱家酉集。正欲小憩，忽忆倭人约，几乎失信，昇至里仁巷倭公社大屋，寂无人。中田荣字含泽，俨然在焉，言有友欲从余学。方言有教无类，又疑忘仇雠者无时可通，婉词谢之。欲得余书，则诺与之。复过广盈厅，访冯星槎不遇，仍还。夕赴乾升栈，已无知其门者，可叹也。鹿翁、谭儿先在，刘定夫、陈杏生后至，二更散。

十二日　阴。萧希鲁来，兼约朱稺泉来谈，方朝食，余未饭。客去后方欲作字，乃无可录示倭人者，彼求教益，不可以罄悦示之也。遂下楼召宀女，还饭二碗。晡后出门，正遇徐甥，未遑下舁，令其夜来。便至松生家，其嗣子设斋，招笠、道两僧及余小集，杏生为主，未夕散。步至自新所，答小亭不遇，还雨。徐甥送腊菜，余云不求馆则可送，求馆为贫，贫者不以肉鱼为礼，且令持去。三更雷电，余方甘寝。

十三日　晨雨。治装将行，先令移花。已而雨止大晴，令两孙从妪先上船，衡州遣迎红船也。刘定夫约饮，过午不催，余不能待，遂舁下船。云开见日，过门问讯，客毕集矣。陈、但两叟外有一白须后辈，广东官话，以意测之必赖子佩永裕也。待席郎，酒半乃至。散未夕，即登船。和伯先至，功儿来迎，令去。携一姬、二仆、二佣以行。夜泊南门。夜月。

十四日　晴。无风，缆篙上水。夜至县城，入宾兴堂，唯见萧某，小坐上船。冯甲来，未上。

十五日　晴。朝食后移船入涟口，已过午矣。到姜畲，答访张兄，适已下磴，遂不上岸，投鱼报鸡。夜至湖口，登岸步还，月色昏暗，两孙从行，家人俱未寝，云周佣昨先报也。较牌两庄，宜孙睡起来见。遂寝。

十六日　阴，有雨。遣迎和翁，以家忌未同食。胡年侄、谭教官儿从县追至，求提爱。和伯急欲看地，冒雨同往。舁夫未集，更呼零工，未数里即告饥困。过云湖桥，至张庄看一处，形势远秀，穴场太小。更进至鲁家坝，日欲暮，雨势更浓，还至麻园，衣履尽湿。到家索食，不异轿夫。一夜风雨，殊未成梦。遣僮下县办祭。振湘来。看周梅生。

十七日　阴雨。检日记，寻丁挽联未得。写册页六纸，并书

《礼笺》，送倭学生。与书夏抚，告未能行。片致曾介石，退李银票。夜大雨。国孙来，请通山谷十三石半。

十八日　晨雨未止，待饭后发行李上衡。斡将军来，带厌，杨振清亦带厌，遣令回城。江使欲从，令随船上。请和伯先登舟，余待至午，昇夫不还，乃步携两孙，宜孙请送，舆儿与张子持步从，至山径逢昇来，乃免泥行。上船即发，乘流迅疾，到涓口乃暮，留和伯住一宿。月霜甚盛。

十九日　晴。寒食。龙忌在冬至后百五，非为介子也，并俗禁烟，自是三月，后皆混为一事。晨送和伯至君豫兄家，遣力挑担，俄顷已还，云有人送担。即刻开船，南风送暖，午后夹衣。课读稍认真，资孙已全荒矣。夜宿小米港，漉口下十里。

廿日　己巳，清明节。牡丹犹未花，芥茎已迟，水苋未发，唯踯躅遍山，昭泠滩上最盛。南风行迟，日仅卅里。资孙读《孟子》毕，授以《尔雅》，令抄，殊不知眉目，知《尔雅》非蟆蝈学堂所有也。夜泊四竹站。

廿一日　阴，有雨。得望风，快行卅里，未夕泊油麻田。晚晴。

廿二日　大晴。南风动地，竭蹶上矶，停六七刻，风势愈盛，又行二里泊黄田，热不可衣。舟终夜荡簸，三更大风骤雨，飞电浓云，一船俱起，余亦戒其容止，正襟危坐，俄顷乃定。

廿三日　阴，有北风。行过雷石，风息天晴，仍转南风。夜泊寒林站。

廿四日　晴。微得顺风，至夕至衡州府城，衣冠昇至程家、道署皆不遇。遇张、李两幕客，略坐还船。两程生并至，适有小雨，即促令去。得陈六翁请托书。

廿五日　阴。晨出访蓬守，以为未起，乃竟延入，畅谈还船。

屼樵复来，即留共饭，同至安记，写对联，贺传胪母生日，因往看戏。十四人公祝，设三席，看李三，已肥壮矣，装犹似女。看三曲，缠头不知数，三更乃散。午着单衫犹汗，夜着两绵尚寒。大风怯渡，径下浮桥，复遇桥散，呼轿夫异跳乃渡，循湘复上到船。

廿六日　晨阴，午雨。入城看两孙，便留朝食。步过屼樵，谈数语。出访子年不遇，还船。王慧堂、之杰。彭公孙、见绛。二麻、萧生来。得刘禹岑求馆书。夕赴府饮，程、朱均辞，新得胡翔卿为客，与贺、屈同坐，戌散还船。细雨。

廿七日　阴雨。清泉学王生来见，同县人，居省城，向未相见，云曾藏余《照胆镜赋》稿，疑瑶林儿也。彭向青、彭锦荣来。张师来。翔卿来。两马生来，致小马先生书。子年遣婿来，告病。莲耶送鼓子。仍令两孙率僮仆还船。

廿八日　阴雨。晨起出拜客，先过清泉、耒阳令，皆未起。过浮桥，吊丁，不受赙，儿亦长大，似非败子。过冯、彭、蒋，皆未起。至杨家拜生，云珰女昨已至彼，杨六嫂小病未妆，小坐辞出。过府学，唯见香阶。至慧堂家，未遇，还船。王季棠来，应酬殊胜两兄，众皆轻之何也？晡后过道署会戏，二王都司、尚弁、三县令、朱德臣，坐两席，二更散，已关城矣。

廿九日　雨。得夏生书，似有大怨，文人不广，所谓自煎者，作复谕之。欲令黄孙抄稿，乃不知体例，信乎下笔便难也。出答访衡令。王训导果瑶林儿，忘其父字，询是縠堂。至彭家陪道台，寿酒四席，二更散。珰来船居。

晦日　阴。夏使去。朱嘉送海菜。答访夏师，始忆约饮，又诺彭家，幸一往，乃不谬误。老年健忘，殊以自叹。

三 月

三月庚辰朔　雨。连日为资孙理书，坐销长日，应酬简少，时得请托书，皆投之湘流。黄孙读《孟子》两篇，苦不能成诵，令改读《周官》。行箧无书，且抄《尔雅》。移居彭家，红船仍苦人满。

二日　雨。写字四幅，甚不成章。午过湘，至彭公孙家，陪二王、一萧、一王百禄儿。饮。王季棠后至，散犹未夜。渡湘至张师寓，客犹未集，李师、朱丝先在，其从子亦与坐。顷之芝畇来。小饮至戌散，城门下钥矣。

三日　阴。嘉节无游赏。道台送卷来，看廿卷。下湘至东洲踏青，院屋阴森，树阴蔼碧，枇杷、梅、杏、樱桃均多实，颇思留待，装回顷之乃还。玿女来。

四日　阴。看卷六十余本，定等第，送去，便治归装。写小屏四幅，与谢裕光、张师。毛根也昨来，误以为谢"皇帝"，久未见之。过唐衡州辞行，不遇，至贺孙处小坐。

五日　甲申，谷雨。晴。谭道台来，言船山必须坐镇，否则废矣。区区欲存此学田，未知何意，以其难悟，唯唯否否，彼出便告首士云已留矣。午渡湘，见杨六嫂，岵樵先在，言须留三日，开课乃去，彭给事亦云然。午诣与其三弟子复来，并携文武妾来见，云送下湘，仍还桂阳。玿往真家，遣迎来作主。张尉来，言设船捐局。

六日　晴。真女出窑，催饭往迎。唐太尊来久坐。午约向青摸牌。岵樵来约，往则魏紫陈红，殊失所望，虽八圈无一牌也。夕向青来。余还船看女，萧生在船饭，余亦欲饭，索冷茶，未得而罢。复至程家饭。初更聂老总来，满口湘话，似曾相见，余让坐与之。还正二炮，稍倦早眠。

七日　晴。两女渡湘去，一日无客。午诒问《伐木》称干糇之义，因思干糇为赠行之礼，亦以迎客，民不行礼，惟此不可阙也。

八日　晴煊。珰、真又来，真匆匆去，珰留船住。说"未卜禘"，禘尝不卜，二禘不同，当考卜禘之礼。

九日　阴。看覆试卷，欲就本日起学，饭后送去，谭兵备以迎母不能到，遂作罢论。屼樵请看新戏班，未午而往，以太早，欲回船，细雨已至，遂留至夜。陈、魏、彭、杨均会，唐守、彭都继至，亥散。

十日　阴晴。首事必欲起学，改十二日。杨仲角来。谭道台差帖来谢，又亲来谢。

十一日　阴晴。书院送常例来，此行亦将费百千，己亦费百千，可惜也。萧孝廉来，欲领一队，余不以为可。岂以萧为不若黄忠浩哉，不合余例耳。夜大雨。

十二日　阴晴。廖拔贡来，云子复要往桂阳，昨步行，暗进十里至书院，未相见。余待饭欲上东洲，殊无心于对客，又索《书经》版不得，午后乃行。上水甚迟，缆行乃进，彭、萧、谭、两县皆先到，余与屼樵相遇，舍车而徒。久之道台来，云行迟磕睡，日欲斜矣，匆匆对拜而还。回拜副将周金玉，一差官，河南人。问知周字振声，朴山旧部也。到船已夕，送者十余人，一揖而别。子复还桂阳。午诒移妾过船，送我下湘，到樟寺，初夜矣。程、彭船并未至，倦而假寐，醒则已舣，月亦昏暗，风潮微漾，时过三更。

十三日　晴。晨发寒林站，朝食过雷卡，未问，旋过石弯，亦未问，榷局愈苛愈纵，筹仙经济可惜无存也。夜泊昭灵滩。

十四日　晴。得斜风，挂饿行，未午至涟口。溯流甚平，午至湖口。与午诒步上，两孙从到家，舆往杉塘议开龙未还，迎夏婴来，暂分内外为客。夜煊。

十五日　转风，稍寒。幹将军来，遂雨，时作时止。看茷女书，命诸女治装，滋辞不去。夜雨，看新笋。

十六日　雨，午后晴。摘樱桃盈筐。杨孙来守候同行，余将赴县勾当公事，亦命巾车。房妪请留一日，未知其意，勉从所请。夜月，听夏侍弹琴。

十七日　大晴。与书峎樵论书院事，遣廖丁送省城。本欲入县，因此为房妪所留，一日未事。

十八日　晴。午正昇行出，谭前总来，乡者、讼狱者相随。至姜畲田药店一茶，急欲趁宾兴午饭，道遇邓婿。至则已过。与朱、萧略谈，朱出拜客，俄而雨至。杨梅叟来。永孙来，请从行，允备百人之数。

十九日　雨。邓南骧又来，新衣甚华，问其掣骗，云唯有骗账，系三世兄之意，夜度债则无之。痴坐待饭，甚厌之，而无如何。陈佩儿亦待饭乃去，皆周世麟之流也。王心培昨来，言程观察已至，收支不敢忘也。夕往看三妇，乃已移在东邻。余三年未至其家，甚为疏简，新姨、九嫂、两孙妇均出见。还与徐甥晚饭，亦欲备百人之数。

廿日　雨。当避邓痴，冒雨下乡，适家人遣船来迎，故不朝食，取银钱下船即发。永孙从行，至杉弯上岸，取间道，约于袁河待船，问香铺巷，右循石道直至涟岸。睡一时许，轿夫告寒，乃命陆行，又避泥反从鸭蛋铺循正路，彳亍田塍，可二里许，乃驰而还。黄丁告饥，令饭姜畲。余小坐张店，久之乃行，到家正夕矣。

廿一日　庚子，立夏。晴。昨定行期，行李半发去，将军要沈三耶来送，留吃立夏羹而去。轿行回迟，与午诒同步至炭塘登舟，复女与夏妾旋至，各上己船。余具六舟，从者复率两姬一女，余率戈什，都司，张、方两僮，廖、王两佣，黄、史、刘三夫，王秋江，将军，杨孙，永孙，黄、资两孙，杨仆共二十一人，并船夫十二人，发自湖口。周姬被桨击号啼，七船皆惊疑，午诒云能哭必不妨，须臾痛定。行至袁河俱泊。留书与县令，论讼狱事。

廿二日　晴。湘涨平岸，溯风行难，一日乃至马颊河，行廿五里耳。甚煊。

廿三日　晴，稍凉。夏船行迟，迎其侍人过女船，泊凿石浦，待久之不至，移泊雷打石，欲渡潋口，会夜遂宿。

廿四日　晴。至潋口已将日午，午诒未来，遣戈什、亲丁还迎之，久之乃至。献诗一首，余亦作四韵记事。促令早发，余船先行。已日夕，泊胡琴滩，石亭上五里。夜大雨。

廿五日　晴热。行四十五里泊卷步口。夜坐看星，俄顷云起骤雨，船漏，顷之止。

廿六日　阴晴，时雨。午饭醴陵，移船看火车，雨霁乃行，泊丁家坊，行廿五里。

廿七日　晴。朝食甚晏，五里过一市，前所未见，云是岘头洲。卅里泊金鱼石，萍、醴分界处。鹅雏渡水，杜诗所云"引颈喷船逼"者。

廿八日　阴。晨唤人起作饭，船人皆起。过一坝甚斗，水高五尺许。行卅五里至湘东，甚早，船人唯务吃饭，改计由陆，以省米炭，遂令顾车。朱照磨司榷来迎，谢未见，送鼓子，受之。

廿九日　昨夜有雨，方恐碍行，晓乃阴霁。运行李十六车，两担，四舁，加客车三，共五十人上道，所谓"百两成之"者也。辰正始行，舁夫一愚一刁，皆不能抬，亦姑任之，易家佣代舁，乃甚轻便。未夕便至芦溪，中饭萍乡十里铺，夕食舟中。沈巡检封船至袁，官价二千八百，不为廉也。来寓一谈，来船，谢未见。从者虽未绝粮，饥困多未饭者，即泊芦溪。

四 月

四月己酉朔　大晴，时有雨。巳初发，水浅碍坝，宿土坝上，云廿里。夜热，始得安眠而不能安，船中皆露卧。

二日　阴煊。晨即单衣，午日蒸雨，遂似伏日，将夕乃凉，顿加两衣。行过仙峰涧，泊马家潭，廿五里。蒸参五分，饮之不尽，夜反加渴。

三日　雨。晨至张家坊，水始稍盛，别有一水来合，亦长数十里，盖牵水出宜春左源也；或亦至此换船。下里许西村，晡至袁州。船小价昂，杨、韩别附舟去，犹存十七人，换一杨叶，二更移船。房妪病，呕吐困卧。三更乃寝。

四日　晴。晨买桌凳、煤、米，朝食已午。杨焜少廷。另补令，来见，云已委榷局。比初见时较老成，已不识之，退而送纸，翰林罗、文类也。倦愒遂寐，开船竟不知，觉已行十余里，夜泊石壁弯。

五日　晴热。午至冰港，遇炮船来迎，哨官不在，云往袁州矣。至分宜乃来，吴攸济。云中丞十九日得信，廿日派来。仪节疏简，盖客军惯骄，不似在湘纯谨也。夜泊粟潭，分宜地。

六日　晴热。行百五里泊枫江市，新喻地。浮桥边见刘少田，云江西巡丁无弊，洗手奉公而已。

七日 晴热。朝食后过札屋洲，有呼问者，云抚台复遣迎。廖丁云李少耶，至则砥卿。子黄来见，云初二出省，遇南风不得上，昨夜驻此。谈顷之，令永孙过船去，遂不相闻。夜月，呼移船近，略谈倭事。船人或欲泊，或欲行，仍还船。夜行至临江。

八日 晴雨不定。朝食后至樟树，曹廷珏来见。将发，顺孙婿黄钟来迎，旋去。未午忽停，云当避风，乃无迅风雨，唯得快雷。旋霁，复行，北风起，仍还泊拖船步，李、杨船皆前去矣。

九日 晨见日。行未十里，狂风骤起，几不得泊，炮船冒雨来助，乃得胶沙地。名芳金，未得正字。顷之霁，复行，未十里又泊，俄又帆行、缆行，扰扰竟日。夜泊市槎，亦行六七十里。

十日 阴晴，大风。帆橹趱行，刘丁来迎，沿途探问者相继，李生船亦在前相候，恐烦公迎，欲从生，未上岸，云当过渡，乃止。从德胜门，将入城，迎者云司道均在滕王阁。曲折小径，至章门，四司道、郭统领、庄傅、府县、三营皆在，小坐，云抚台来，见后告辞。县备舁伞送至馆，便谒五大牙门，皆云在公馆相候，急往，客满堂，宝生、叔玫、谭、李皆先在。复女率婢妪来，已将夕矣，行李皆至。任提调来，谈阳宅。大僚皆去，苕生独留，具馔点飧。学堂四员来见。王剑门、周辉堃来。沙年侟来。汪婚家来。黄生炳湘亦来。沈子培来谈。送全席，以傅馔款宾，以府席待坐家客。宝生告去，余陪谭、李、黄、王、沙、汪、叔玫于外坐，遣永孙陪幹、周于内厅，马仰人翻。陈复心、陈伯严又来，遂无坐处。叔玫让席，陪二陈，余乃得食。饭后入室，要二陈密谈，黄楚枏亦与，谭、李、杨作陪，孙伯玙夜来。三更散。房妪布席，鸡鸣乃寝。

十一日 晴凉，可夹衣。晨有李诗意候见，遂出外厅，见江湘岚、解锡珊、唐世孙廷韶、艺渠孙。魏硕辅、亦农儿。向檠乐毅弟。

诸人。逃入朝食，已过八点钟。出，纵横街巷中，拜客六十余家，郭宝生、王梦湘、陈伯严同事黄、大壖林斋。刘景熙皞如。处俱入谈，余皆见其门仆。入抚署已过申，伯严、叔文、复心、谭、李同坐，散犹未夜。汪寿民来告兄丧。

十二日　晴。李叔和来。周镜芙、梅子肇来，言程雏安在城外，明欲公请我。余始悟当修礼士大夫，即托开单，过午谢客。文芝五、陈芝初光裕知府。来，抚台踵至，余尚未朝食也。饭后抚去幕来，傅苕生来，兼有山东王少耶咸昌泽薰。见访。魏硕甫送扬州全席，三辞不得命，遂留复心、叔文、子黄同食。未坐，教习斋长七人来，雨至客去，乃得饮食。汤多菜少，白费廿千，可惜也。

十三日　雨。黄云岑儿来见。孙伯玙、彭丙炎来谈，云彭锷，楚汉弟也。家世杂并，谱学颇难。夏芝岑儿与皮经师儿同来。饭后出诣陶、李、梅、曹、文、邓、魏，皆江西出面人，唯李未见。吊唐盐道妻丧，驰还未夕。电报次山撤任，学堂衰歇矣。

十四日　阴。见刘县丞、隆麟玉丞。邓知府、在珉。任二尹、褆佩卿。许知县，德芬复初。出，答拜先施诸客，亦纵横城中，而人家寥寥，颇为劳厌，见二观察而还，皆润屋富家。到馆少憩，往江南馆公宴，进士家毕集，黄、刘、陶、曹、梅、文、程雏庵为客，握手道故，感暑不饮，不及去年豪耳。

十五日　阴。家忌谢客。李、郭、杨三熟客闯入，云复心当来，既而不至，看画评帖。陈运昌太尊云来，三次未见，必欲便见。向棻亦欲阑入，告以资轻望浅，不可依例。看京报，文卿儿得会元，补湘人二百年缺憾，龚榜眼流辈也。叔平家亦得进士，又熊希龄、王朝弼之流。

十六日　晴。管学请入堂会，晨见郭、兆麟。唐本棣。两同县，李洛才儿凌刚、县丞黄新建。到堂见九教习、二管学，一提调、两监督、一收支、百四生，设二席，酒三行而散。还寓暂解带，复往抚署送复心，设酒未饮。至谭、李斋中看报。出拜藩台，俗劣少减于初见时。派办催客，往则江赣南已到，沈、铭照。庄、兆铭。翁树棠为主人，设席洋厅，傅苕生、魏业钊同集，陆孟孚后至。酒半大风雨雷，小待雨止，乘电光而还。寓书端午桥。

十七日　国忌可避客。谭儿珠褂来，蒋、涂踵至。汪寿民来，留饭，向鑅与焉。杨、昌焌莼生。曾、传泗南舟。章孙伯范、左春牙、郑、周舅鼐。任雨恬、王梦湘先后来。孟湘谈颇久，曾见黄婿，亦姻亲也。王少梅衍曾。来，报孙伯玛暴病，将不起。

十八日　晴。萧分宜、兆熊林舒。贺少耶、元麟。冯师耶、用霖寄云。邓经训、竹孙。魏馆长、弼臣。王少梅便衣来，见之。遣邀张四耶看孙先生，为此不能出门，坐待公请。匆匆大会，主人尚有不识者，江、郭同为客，未夕散。舁夫未至，借力驰至伯玛寓，已半死矣，寮友有四五人坐护之，皆有交谊者，叔文亦至，或云小有转机，余遂先还。

十九日　晴。黄冠仙朝乾。来，欲得清赋差，吹灰力耳，请翁观察谋之。复弼饶州书。李余、弼卿，饶判驻省。黄翰臣儿、勋隆。曾、兰舟。周、戟门。黄外孙黄子余弟、经镕。吴、鸣麒。沙年侄均来，一日未食。与书端抚台。陶斋尚书使公节下：别后未再通书，缘扶风铜器文久未报命，恐惹债帅。长江既有洋人盘诘，两次出游，皆行内地，无由上谒铃下。比至南昌，恭闻新命，愿随麋鹿，重到长洲，一上苏台，庶瞻新政。而抱冰抱柱，交替无期，若夏气已深，有妨游客，瞻望辕辕，企想徒劳。谨因陈复心寄上拙著《尚书》《春秋》各一部，聊尘插架，近状亦令代陈。专肃请安，并贺迁喜。将夕郭营催客，水陆将官公请周将军，到已一日，谭、李、梁、杨均在，永孙从来。吃番菜，殊不清洁，还家吃汤饼。

廿日　晴。铅山令朱来，言厘务、盐价。赵、景祐。邓、在岷。曾、南舟。向、魏、郭镇钦人作。均来见。出谢客七八家，臬、粮、恽、萧均入谈。道买时鱼，遣先送还，已亦暂还，旋赴杨小楼警察处会饮。江赣南、陈芝生、李嘉德、江傅同集。甚热，得雨，夜还。

廿一日　阴。晨晏起，抚台来，言张天师将入京祝嘏，先来省张罗。抚去，谭儿来，乃辞以饭，饭后又点书，乃出接见。钱昌澜优贡，知县。云与功儿至熟，不求提爱。洪琴西俹挟萧允文书以来，正如萧挟醇王管家书，令卞颂臣眼中出火耳。顷之周道台来催，云江赣南即日当发，午饭改早。细雨稍凉，东湖看绿，致有佳赏。江湘岚、缪芷汀先在，江切吾旋至，周、朱、杨、傅继至，沈仲盘后至，未夕散，还。萧生鹤祥自衡来，留住前轩。

廿二日　晴。晨起见同乡陶、周、唐、颜、向、李、韩、陈、章、孙、李叔和，言李家焞事。蔡俹孙丁忧来南昌，言功儿复发疡疥。周辉塈来谋居停，与萧、陈、蔡并入房。陈年俹光裕知府，若霖从子。来，欲同往周道台处，辞以尚早。欲愒不得，待催客，即往石头街。周戟门为主人，请同乡作陪，杨小篆、傅苕生、贺云儿、郭宝生、李伯康、陈光裕、王梦湘俱集，菜颇精洁。

廿三日　辛未，芒种。晴。洪子先葆钦。来见，云四川旧识，不记忆矣。文芝五、董惠藩、广东会同令，名汝昌，解李犯官。向龙山、冠群。袁海弟、左心子、陈仁斋、元珧，雨初儿。魏□□均来。避客出，拜客七八家。欲赴任雨田饮，日色甚早，徘徊东湖，访湖心亭，已改作矣。与住持僧茗话，询卅五年前事，均云不识，僧雏亦死，无可流连。出至席祠，愒树下，向燊邀入，看《夜谈录》，乃似未见书，亦可异也。任家催客，往则陈翰仙运鹏。先在，翁树堂、杨小篆、傅苕生、周戟门、余泽如、长春，汉口人。王梦湘同集，戌散。

廿四日　晴阴。复女出游东湖。杨叔文来早饭，见客一日，魏、舜臣。皮、吉生，通判。黄、冠仙清赋。二洪、尔谧、寿颐。文、廷楷，式弟。李、岳年洛父。翁、树覃。臬、陈。二何、如璟、师吕。恽、福成。张、献于。盐、欧阳霖。杨、士京，学生。三刘、隆麟、震鸿、澍。彭、芸卿，稷初族。傅、维新，己卯新城令。曾传泗。廿一人，又四教习、余建侯、李钜亭、程荷生、龚子良。一幼童邹、邦玉。共廿六人。曾言买缺事，王少庵夜来，亦言买缺事。

廿五日　晴。李生来早饭。高荫吾监督、何如璟、李幹青来。谭儿来辞。任水师来谒，福黎，出洋人。陈年侄翰仙来约一集。濮维通判来诊脉。梦湘招饮，即答谢何、傅、濮三家，还至百花洲，诸客毕集，李翁、洛父小浦。曹、价人树藩。李、伯俊。邓、绍鹄。沙年侄、钱昌澜同会，初更散。

廿六日　阴。恽福成、李伯俊、周晋阶植谦。来，未饭。孙宅来报伯玙丧，往则已下榻矣，以五十金资之买棺。叔文先在，一贵州人，一江南人顾大事之孙。均来问姓字，敛具未办，反劳招呼，乃先还。涪州周巡检来，灯捐委员也，云亦致数万金。周敬湖来看。萧生、沈鲁青自临江来。周戟门来。江蓉舫儿忠赓。来，云尚有庶兄弟六人。沈子培来，言孙事，不以卖缺为不可，乃属余言之。颇难辞允，且往送敛。文芝五催客，往则叔文、江切吾、陈芝孙、周光棨、周敬湖、郭保生同集，戌散。

廿七日　晴。解鸣珂、赵景祜、恽福成均来谈。藩台来，俱去，正为孙事作难，适有此会，因与言之，藩云可行，便成说矣。濮维兄瓜农来，云曾应四川经课。钟雨涛、成锷会试还来。过午出，拜客数家，便至抚署，言孙事，亦不甚拒，幕府想不谓然也。便访陆、洪、黎、梁、成，出过沈南昌，过梅子肇久谈。赴夏芰舲招，与皮儿均作主人，陶补孙、熊解元、张浔州、向粲、杨郎均先在，知余尚有一处，故先馔具，上席甚早，比出点心，已初更矣。张亦先去，余从而出，至席祠，傅已再催，江、周、杨、翁、郭、梅、沈均集，看保生，饮酒至夜分乃散，便送江行。

廿八日　晴。邓少鹄来。卢教习豫章文明。来呈艺。任福黎来回信。李宗洛仲伊。来见。周氏父子来。半日未出，申正赴席祠会饮，翁、文、陈芝初、金、郭、筠儿，子秩。李伯俊。先在，郭保生后至，陈翰仙为主人，待客甚久，饮酒不多，先坐楼上，后移水阁，二更散。

廿九日　晴。恽福成欲得官报主稿，频来。三朝和文虽工，无取也。王梦湘来，示时彦诗册，且报陈年侄之丧。人命迅速，真如屈申臂顷，为之骇愕。李叔和、陈仲畇祖煊。来。尹、邢避面，云李氏妾义儿也。写唐祭轴，题四字曰"琅玕怅远"，专切桂林。又为孙伯玙题铭旌。料理毕，乃至陈家临丧。毕侄、谭儿相识，云有一妻三妾而无子，暴疾半时不起。曾、传泗。李光鑠。旋至，翁树堂、王梦湘亦来。后有哭声，差愈于孙。出过余泽如，兼询沈翁而还。二胡子来，亦主于我。到此始得此半日闲，二更便寝。

晦日　晴。萧苣庵儿来，云竹轩年伯许为谋生，在此已大半年矣。杨树荣女婿也，路路相通，六亲同运，有不期而然者，乃悟方以类聚之理。周戟门来。杨孙告假赴瓜洲。傅莒生来，留谈。吴幼农来相访，开缺另补，苦不可言，云昨乃知我来。正欲出答客，谭、李来，与陈偕，久对不得睡，门人皆出，留之避日。魏家催客，舁往，甚倦，至则卢绥珊、朱礼斋、陈景夷、翁树罩四道先在，贺云儿明日生辰，告席先去，沈仲盘后至，二更散。热闷不可过，三更后大雨。

五 月

五月己卯朔　未明，闻锣声，知司道从巡抚视学，当往为主，盥冠而往。藩范已先在，傅总办亦来，令余谒先师。顷之署抚来，学官教习率诸生立东方，司道群官立西方，延入，率诸生拜、抚拜、司道拜。府县人，少坐，抚率群官出城阅兵。复率婢妪自公馆出城。余至讲堂，讲《礼记》十页，还寓，待复还乃饭。曾传泗代德兴令来，谢未见。午后出答九江镇，已出城矣，过仓二府而还。少坪司使小儿，人甚端拙。至幼农寓，甚幽敞，云不在宅。

二日　晴热。晨至学堂讲《礼记》。□□来候，已初还。杂客来不记。午后谭、李与成南皋步过，留其避日，令晡食乃去。甚倦，以生客未可失陪，强坐待之，将夕乃告辞。赴盐局，江士彭、罗兴国令、欧阳候补道、陈景夷、陈仲畇俱先在，陈芝孙茗生后至，二更散。

三日　晴，稍凉。辰至学堂讲《礼记》，凡三日皆有疑，一安安而能迁，补云徙义以崇德。冠衣不纯素，冠无纯素之饰。行媒知名，知名何益？诸生无能问者。还寓，收贺令珠服来，国忌吉服，宜其撤参。周味西来，言德兴事。

四日　阴。彭莲村来，楚汉弟也。郑恭菊仙。来诉屈。抚台来言萧生事，且告出省。学台来未见。出吊唐盐道、陈翰仙，便拜客数家见黄宅安。还，傅茗生来，亦言萧生。舆儿偕陈仲驯来，自苏、杭。黄新建来言团拜。夜雨。

五日节　辰至书院受贺。藩、粮并自来贺，谢不敢见。李、谭、郭、翁、张四耶、黄孙婿均入见。周生来就食。傅、周道台入谈。

六日　晴。寅初起，出送抚台，冠盖已盈门，入谈数语，驰还。雨初儿作斋，早在客坐相待，云频来不得见，今早来亦不得见，留谈顷之去。至学堂，傅观察已到，云覆试停讲。萧生移入伴食，余即还，少愒，出答藩、粮，便拜数客。绕湖行至百花洲，邓绍鹄为主人，何端臣，周、魏两道，李伯俊先在，梦湘旋至，同泛湖过二桥，访茗生、孟孚不遇，仍还。李叟来会饮。戌正散。夜雨。

七日　雨。至学堂讲书，诸生已集，驯、舆并随往。王生言萧云曾事不谐，余知其诳。已而曾南周来，请王，王复出矣。当看课卷，刺刺不休，求馆甚难，忍耐接之。任雨田来，诉彭孙索债，告以不必斗气。得刘婿书，毓赞臣词。

八日　雨。遣人送王生谒曾，旋至学堂讲书，还看课卷。张先生来，方云"冬寿"，方疑讶，忽悟其登寿，令入密谈，竟日乃去。对客写二扇，作一小词。

九日　雨。丁亥，夏至。讲书还。郭英生、王梦湘、沈子培来，入谈。欧阳小道、笠侪。赵小洲、李寿史艺渊儿。均于外坐相见。

十日　雨。晨欲出，黄云岑儿。要于门，谢委还。陈金章、刘柏友、赵、张婿，黄、饶、李三乡人，周戟门、刘笏云、增道台、雨农接连来。洪子遄见于内坐。头晕，欲睡不得。余知县、陈少道芝孙来。①

---

① 缺五月十一日至年底日记。

光绪三十一年乙巳

正 月

乙巳正月甲戌朔　立春。阴。待诸女来起居乃兴，盥頮，出受贺，三妇进圆枣、莲汤、年糕。掷投夺状元。科举将停，宜改为毕业等第，须二张议之耳。乡人元日不贺年，惟佃户、自居厮养，例来者三人，皆亲出礼之。竟日撩零，不计胜负。夜寒早眠。

二日　阴。午初四妇携孙男女还。张生亦来，杨巡检继至，云欲过班，告以不宜。振湘来，方诚告假省亲。杨去张留。珰移床滋室，黄孙来从余睡。

三日　阴。夜暖晨雪，未能积素。食稻不甘，改作汤饼，亦不能多。今年食少频饥，似有老境。与张生谈出处，张云圣人不能为人用，亦不能舍。用舍行藏，入世之语。其实当云"隐见"，见者一露神迹，非作而物睹也。说"现"字甚趣。

四日　雪。盘查谷账，交代公事，令振湘管家。张生告去，夜掷览胜图，因念子培请题滕阁联，作六句题之。胜地已千年，每临江想望才人，不比劳亭伤送客；高朋常满坐，到旧馆仍陪都督，更闻县榻喜留宾。

五日　阴。料理衣被，预备陕行。看滋女作篆，兼率女妇作饼，斗草。城中仆从来求安插，皆令先去。冯甲来送。方僮辞去。

六日　阴，欲晴。唤船出涟，珰、舆请从。并携畴孙。盛从九、王提孙来见，不识之矣。闰保出陪客，真乃沐猴而冠。作汤圆，登楼看发行李，自辰至申乃成行，夜泊姜畬。张生兄弟来，辞兄留弟入舟，谈顷之乃去。周妇船来，停舟暂问。

人日　阴。舟发甚晏，饭于袁河，有肉无菜。过县小泊，遣舆看三妇，永、云孙并来，喜其母病可愈，各令谋食。未正开行，泊鹞崖。晡餐复行，宿暮云司。

八日　阴，欲雪。午初到长沙，泊朝宗门，待轿两时许始至，珰已先上矣。房妪下乡，行李并不上岸，因午谘有电报，云当还桂阳，可待晴暖也。宠女及婿均来，家人贺年，具食。夜大雪。葆生来。

九日　早起看雪，已盈尺矣，将出未果。朱穉泉、胡子静来，便销一日。震孙来，旋去。王镜芙、廖世英来。湘孙昨还，未去。

十日　阴晴。出看客，分东西路。因欲送颜小夏，先往西，过但少村、王莘田、王石卿、徐寿鹤、抚台、黄觐虞、陈家述、孔搢阶、杨三报、王之春、朱纯卿。小夏已行，追送出小西门，云在大西门，比至已发，望见行舟。还已暮，过湘孙家而还，仅见但、端，皆约一集。张先生亦追来，寓客栈。

十一日　国忌。端抚素服来谈，湘孙婿弟亦来见。余芳臣、孙裕琛来。瑶儿子来，云接张先生。端抚催客，遂往，裕蓉屏先在，杜云秋、金倬云踵至，金甸臣、黄佐臣其幕寮也，云曾陪摸牌，不忆之矣。谈谑逾时，留居署中，辞出。瑶林儿、陈六郎均来谈。

十二日　阴。晨出东路，访文卿、王益吾、张雨珊、蓉屏、笠云、张鹤龄、小圃、苏兆奎，唯见和尚，蓉屏、笠僧。云其徒烟寄已坐化，今日送入塔，故匆匆也。过少翁门，云厨子方来，且归小愒。邹小亭来，已派抚署文案，云幕僚岁支二万金，数倍主人，恐非长策。少村催客，复往，客仍未至。久之席沅生、苏虞来，胡京卿、薛铁路、张雨珊来，皆甚迟，待王益吾尤久。上席已申初矣，犹名早饭，未终先还。内逼如廉颇，登厕后少睡，醒已昏

黑。昇至落星田颜通判仲齐寓，四蜀生设酒，公请龚、廖，尚有
饯局，烧猪酿翅，从吾约也，戍散。遣人告沅生取银代谒，还未
二更，遣方、周往清泉。

十三日 阴。房妪来迎，云须晏发，先送襆被去，留与嫁女，
略话家事。胡婿、朱生、张生来送。席还五百金，以百金还赅，
留二百金往陕，换二百金给压岁钱、张兴工钱，正月止。火食银一
定，不计数。余携以行。女孙接龙，左大嫂来求事，纷纭至晡。携
黄孙登舟，又待顷之乃发。昇夫助桨，三更始泊包庙，有月。

十四日 阴。睡半日，舣县城十二总，久之移杉弯，又久之
已暮矣。桨行取涟口，雪水暴涨，溯流甚迟，到袁河已夜，欲宿
姜畲，黄孙欲归，乃令更进。以为三更可到，王佣云至姜畲鸡已
鸣，余犹未信，比入云湖，舟人方寐，已天明，遣方僅起。

十五日 雨。晨待昇，令黄孙先归，凡三往反，余始昇归，
已巳初，女归迎候，顷之设食。振孙已来，云亏空公谷甚夥，当
严追缴。食后觉倦，大睡一时许。罗小敷来。夕食饮半杯，微醉。
检日记，上元有月夜甚罕。

十六日 己丑，雨水，中。阴。始理学业，除外斋。先于内
室题韩滉《小忽雷》拓本，孔氏旧藏，后归汉阳叶氏，有抄存方
廷鍸长歌及桂馥跋，端午桥得拓本属题，云好诗题。余以为词题
耳，因作《琵琶仙》一阕，悲壮空灵，词中上乘也。马上胡笳，更安
史、乱后琵琶凄切。谁道经画江淮，繁华未销歇。春院静、檀槽手制，几回看、柳
花如雪。（用滉诗意）元相征歌，李謩撇笛，长自呜咽。　想秦蜀、流落千年，又
新染、桃花扇边血。多少玉颜漂泊，叹腥膻宫阙。只一曲、迤逦沙尘，把古今、积
恨弹彻。说甚叶氏韩家，那时喧热。点书毕，入讲《周官》四页。吃饼，
夜作粥，单衣起看月，乃后房镫影耳。

十七日 阴。振湘假归，增一守山人，助厨不给。张四铁来。

讲《周官》杜注"博选"及"旅下士"为无员数，皆以意说，较不说者差胜耳。检日记，录小词，以备观览。

十八日　阴。幹将军乘昇来。杨梅生妻专信来求墓志，可谓不知高厚，以庄子视下义，亦宜许之。夜月。

十九日　阴。走笔书杨志，付来足去。刘婿书来，并送年礼。抄词稿三页。夜雨，萧、周来搅。

廿日　阴。刘佣去。遣人视珰女，因书与端抚、沈府、廖荪畡，唯沈无求。因天寒，令方僮代姁。午间谭教子来，云午诇已过省矣。未饭而去。

廿一日　阴冷。上坝留生、张生弟来，皆欲提爱。乔子来，留共刘饭，其姻戚也，亦不宿去。

廿二日　风寒，阴晦。赓大耶来求信，索价百金，乃欲赊账，奇闻也。遣书吊杨梅子，遣王佣去。灶养假未还，令诸姁代之。夜雨。

廿三日　阴。看日记，字多不可识，词亦难晓，事少而话烦也。王佣还，无新闻。

廿四日　阴。看《白虎论》，亦普通学也。赓大耶复来，避入内摸牌。

廿五日　阴，有雨。珰、舆各率儿女还，外内仆从又三人，正起行李。偶出前堂，遇二客，愕不识之，拜起，乃知为余琛字瑞生，其一则佐卿第三子，刘小姐长子也，字叔廉，留坐外斋。致笠僧书。珰送端抚书。顷之又见一昇，云王大少耶，入内则二少耶也，云省墓至此。王凤喈复来，小坐便去。珰家复遣四力来迎。人客总集，厨房如市，吾所见爨人，欲清无不败者，非佳事也。舆致功书，云魏、夏内召，陕可不去矣。云孙致樊云门书，极力恭维，令人有戴高帽吃米汤之意。又写示五诗，则阎王升玉皇，亦不为过分也。今日食不依时，亦不欲多食。差厘局，官黔捐，丧尽良心，又做了湖南粮道；父南坡，兄翠喜，那堪回首，是当年天子门生。陆观察雅正。

廿六日　阴。客轿并去，欲和樊诗，韵以"羁"字开首，遂踌躇不成句，俄而得焉，立成打油腔五首。长安廿载骋金羁，亲为君王秣盗骊。久陟台司参八坐，喜逢丰稔庆三时。文章声价儒为吏，张李渊源友共师。霜月夜吟谁与和，只应冲雪访徽之。　中兴圣哲仰文皇，光辅论功配德苍。筹策定知胸有竹，鉴衡宁道目迷糠。骑驴归去寻茅屋，雏凤喈鸣入玉堂。武达文通谁第一，南强北胜总非常。　馆阁从来雅颂音，声希味淡妙难寻。忽从鲸海开文派，如听龙门奏古琴。谪向梓潼山径曲，吟成葭泪水云深。惺惺自昔长相惜，愿煮青梅论凤心。　莲峰仙掌平生梦，为待春来陌草薰。漫拟到秦无孔辙，只疑回驾勒钟文。深山闭户千帷雪，军将传书五朵云。关尹定知贤主意，华山一席恐人分。　少陵笔阵扫千兵，肯拔王郎跋浪鲸。不信把诗能过日，自嫌垂老是虚生。康成行酒曹公恨，广武登台竖子名。独坐看山且西笑，遥知画戟晚香清。得女率儿来请安。夜早眠。二相公去。

廿七日　阴。七相公来拜年，送髓卷，云欲见乔哥，盖谢送兄枢也。亦云知礼，告以不必去，留住中斋。

廿八日　风阴。七子晨去。房姬读《周官》经，奇闻也。张僮来。寓书樊云门邮去。讲《周官》，始悟鱼醢重用，盖有错误。看《白虎通》。

廿九日　阴。陈佩秋儿来。余佐卿妻遣人来送食物，兼买木器，复片令去。佩儿甚憨，送以二元，余家亦送十元，并寄十六元，收木器。曹姬儿来堂屋拜年，分宾主成礼，谈官事。

晦节　阴。一日清静，难得之候。舆儿内热，且令娱游，余亦率妇女校牌，至亥寝。

二　月

二月甲辰朔　晨见日，旋阴。朝食时复见日，连阴四旬矣。

今日惊蛰，乃惊出也。诸女出游，突有客至，出轿称老伯，则熙臣次子，从襄阳来，小坐而去。周满长率王八来，叱绝之。

二日　晴。遣方僮至袁州取桌凳，与书周静皆。黄三元儿、二胡妻同来。田汝春来。写字二张。

三日　阴，有微风。黄儿殊不欲去，索写一联，至暮乃行。刘丁来。夜呼人不应。振湘来。周裕苓来。行善言王八未可非，团总未必是。田雷子来，所论又异，云陈裕三孙包苴赌囊，潭令何、张皆为所颠倒。王良、伯乐即一人。

四日　阴。陈秋生、罗兰生、杨都司均来。叱杨令去，以刘为上客，因并陈同留宿书斋。夜雨。

五日　阴雨。客不能去，再留一日。石珊外妇来。王佣迎房姬陪媒。夜雨甚快，大风可骇。

六日　寒雨。二客不能再留，因听之去。石妇支离其词，意在索钱，不知我无措也。金圣叹言寒士见诸葛丞相，彼此不相知。余以为诸葛必知寒士告帮，寒士不知诸葛淡泊耳。若八百株桑一树得十千，又何惜一枝借之。今人惟朱雨田稍能通转，亦未闻断炊也。孔子欲为颜回账房，盖陋巷人不能舍财，唯不吝善劳耳。书此以广《笑林》。佐卿儿及张生均来，留宿，夜谈。

七日　阴。田妇、张生均去。看霞仙集语，始议抄诗集，分与儿女，各课二纸，余亦分程。

八日　阴。裁纸濡笔，将欲写书，闻呼门声，自出视之，叔止闯然入，愕不忆及，俄而悟焉，幸未问姓名耳，两年之别如十年也。延入内坐，子女、妇孙皆出见，夜共摸牌。又闻呼门声，云刘婿来。夕食时祠堂二人来，自陪同饭，令别设款六弟。仓卒无床，俱宿账房。夜雷雨。得两陈郎及程父子书。

九日　晨风已晴，午后见日。早起候客，幸犹未盥，叔止告去，留之一日，多陪摸牌。夜雨。六妇去，宿之内房。

十日　寒雨。必不可行，叔止必欲行，遂听其去，计必沾湿矣。蒋树勋来，管盐秤，告谢请升，俱不相干，小坐去。祠中二人来，亦夜去。

十一日　阴。与书王莘田，说田事。打发刘丁召匠开门。爵一来索酒，告弟子荒唐事。

十二日　雨，寒。令复女看唐五言诗。稍改少作，删其客气者，日抄二页。

十三日　雨，寒。四老少齐衰来，云前月十三丧母，竟不遣赴。又麻衣须六千钱，无力备服，白袍而已。许以廿元赙之，匆匆去。

十四日　雨，更寒。唐树林自鄂来，询省事，不知也。看杜《苦雨诗》，正与今同。

十五日　戊午，社日。蕨既不拜，笋更不谢，朱樱下又不可行，散学一日以应节景。寒甚无薪炭，劈书夹板代薪，计二三百钱一斤柴，石崇未能过此。夜雨。

十六日　阴。衡州专足来迎，因复三书谢之。家忌不事，客来皆不见。今日己未，春分。一家清坐，顿觉日长。夜月。

十七日　晨起见衡力及王明望。乡人来诉镇湘。十二弟子来卜葬，许为一看。衡力午去。

十八日　阴。刘邦直来从学文，王明望言夏抚被劾，开缺矣。刘留王去。刘即八弟孙，孟墀儿也。

十九日　晴。刘生去。振湘不能理家，且多无赖举动，勒令休致。内院阑人小偷，取绔、袜去，告团保严禁。夜雨。刘禹岑遣使来告急。

廿日　雨。资用不足，遣人下省取钱。三儿逋负甚多，亦借此逃去。周养息亦藏匿，当追索。事殊纷然。夜书寄朱竹石、端午桥，并送书。

廿一日　晴。遣王佣送省信，周妪往四妇家，宜孙、宜萱并同去，刘婿亦去，家中顿清静。苏丁来送省信，并致茷书。

廿二日　复雨。振湘去，方僮还，得周晋皆书，略知洪州消息。

廿三日　雨。移床起煤。盛团总来，问王楚村何许人。告以吾家但有王楚材，吾六房，第二房也，有族兄二人，俱未相见，今已绝矣。

廿四日　阴。杨梅舅妻来谢墓志，求提爱，留居女房。已移出外斋，夜摸牌至亥子交乃散，妇女又来定省，小坐令去。

廿五日　雨。杨妻去，爵一又来，云索地价。众议退还，其子孙并怂惠油赖。以其笃老，不能诲之。

廿六日　雨，寒。王佣还，令办族食馔具，取银二百来应用。得茷去冬书。遣船至湘乡采买木器。

廿七日　阴雨。移床上房，以正房居纨女，改账房于门旁。方僮、苏丁、刘丁并下省公干，来往络绎，殊非山隐所宜，然无如何也。寓书王石卿。

廿八日　阴。盛团总拨银了爵一讧头，盛农遂破家矣。乡间如此等事不少，固由地否，亦实乡愚自取，无足惜也。为之批契、批佃约。

廿九日　晴。始有春色，犹寒宜裘。王佣奔走靡皇，待船不至，遂往刘冲办差。

卅日　晴。午往刘冲，携两孙从，添一舁二夫，并不能抬，换一人加一挑，黄孙仍步行。小憩史家坳，与张、萧二姓闲谈。过瓦下塘，老树犹存，门面似改，心田坤亦不似前景，渡炭圫尚仿佛耳。至祠，族众除烟客无长衣，可为慨然。

三 月

三月甲戌朔　清明。晴。晨兴待祀，无人料理，乃不待馔具，与宗兄行礼，设五俎而行事，亦不顾众，蛮人所谓子路知礼者。饭罢复至成家看开煤，还至杉塘，吊绂子，送三元，借九元。诸妇并出见，皆老矣。唯宝老耶母反少，官民之分也。小坐驰还，两孙犹在史坳相遇，余乃先到，颇倦早眠。

二日　晴。朱通公约来，张船户先待，坐半日始去。陈佩子、殷竹孙、宗兄、李舅孙俱昏暮叩门，应接不暇。引李郎内室见之，余俱在外斋，无床被款客，不能设法也。

三日　晴。午后微阴，有雨。令节放学，昪至桥上看写碑，乡老咸集，小坐即还。魁孙弟玉孙持只鸡来，求从游，问其能，杂货担贩也，实无所用，亦姑诺之。殷、李并去，陈、宗尚留。

四日　晴。珰求喜对送叔舅，买得浙纸，七言误书八言，纸不能容，画格、买纸、写字人皆荒唐粗疏，然无如何，唯有照和珅办法，撕去另写。诸女作牢丸甚佳。

五日　晴。始得游赏。沈山人来，亦得佳客。检廿六岁诗，无数佳题，并无一字，可谓严谨，然不足为诗史，为补一二首，不能佳耳。

六日　阴，晨雨。珰携女去，为设汤饼，饯于湘绮楼。方僮回，得程督销书，纯乎官话。刘少青书来，荐一刘生，盖意在督销，亦可笑也。

七日　雨。刘生去，本约至张家，雨不能行，遣足报之。午后忽发疾，昏睡半日，三更乃起解衣。

八日　阴。仍睡半日，竟日不食，夜令作卷。摸牌倦，早睡，一夜未寐。

九日　雨。早起遣人干请三要津。六耶专足来，送三书，正骂其总办，抄稿示之。六耶，功儿一流人。功畏瞿鸿机，而欲我削其稿；六畏程和祥，而欲我乞其恩，斯所谓执鞭之士与？周丁无求，故荐于巡抚以奖之。抄诗百纸，聊息数日。夜见月照东墙，与妇女登楼，看夜山田林院宇，致为幽秀。

十日　雨，朝食后晴。遣周、方下县，周便上省，方办木器。与书陈复心，回赵信。作小诗，不能入格。

十一日　雨。盛团来。冯甲午后来。方僮还，云无木器。黄孙毕《夏官》。李长生来催信，与书诲之。

十二日　大雨，午后晴。检田契田约无一存者，无子之穷如此，文王不能仁也。

十三日　晴。门前小池种荷，稍疏理之，已不成池，大蹄涔耳。刘婿、黄孙出游，众皆有外事，余亦闲游眺。王生来取对，送扇。刷书人来。

十四日　晴雾。刷书清版，片已残落，岂被盗作薪耶？且就所有刷之。校抄诗亦有讹落，方知不立文字之省事。书扇二柄。说"汤大濩"，即大镬也。镬以煮汤，故取于镬。史东茂来，如见故人。得裕蓉屏、茂女书。六耶来言公事，如见仇人，不爱其亲而爱他人，谓之悖德，以悖为顺也。

十五日　戊子。晴，大煊，顿着单衣。早起戏作余佐卿墓志，遂成一王氏体。六耶去，宗兄来，言买谷事。天阴阴将大雨，顷之风雹雷雨交至，风吹草树怒号，墙壁悉震，新楼门窗尽破，大树皆拔，雹复杂下，雷如炮震，余恐惧思愆，未知何祥。《论语》《庄子》刷本并坏，万纸尽飞堕泥，一时许乃定，刷书事遂散矣。

夜风犹吼。

十六日　阴风。与书儿女报灾，兼料理修补新楼。牡丹三花，一开二蕊，俱为楼窗压折。

十七日　庚寅，谷雨。斜风细雨，仍有春寒。遣船运瓦，乃云无瓦，价亦顿涨，云坏屋无数。盛团来，云姜畲灾尤重，瓦买尽矣。秧田亦伤，谷当顿贵。子泌儿来，云干程商不遇，欲我加函，告以不可，留居客房。夜复雪，非雹矣。雷隐隐竟夜。寄茂京书。

十八日　阴雨。作牢丸寄湘孙，欲遣人去，无奋勇者，雨亦不止，遂召匠修楼。看《词律》，极可笑。四老少来乞粜。

十九日　阴。王、史两佣，方僮并去，午后大雨。陈秋松送木器来，朽而贵，湘潭之陋如此。夜雨雾雾。

廿日　阴。踯躅始开，节候较差半月。牡丹既折犹花，乃胜于在枝者。复女讲唐诗毕，夜闲无事，拟令看《水经注》，又欲自抄《论语》。

廿一日　阴。前抄唐诗未二页，聊补成之。斡将军来，小坐去。夜讲《水经注》。大雷电雨。

廿二日　晨雨，旋止，竟日阴冷。许孙来，看抄诗一页，字体甚工，惜不欲与人，为他日陶斋一种耳。子规始繁，蛙鸣稍息，鳌夜雷雨。

廿三日　晴煊。方僮回，云尚无新茶。易诗人坐轿来，云欲留两日，无词距之，听其阑入。夜雨。纯孙上书，文理尚通。

廿四日　阴。工课甚忙，未得陪客。午后与诸女后山闲看。冯甲还，周妪率方妇还家，方僮复去。

廿五日　晴。王团总来，请写芳名，至云湖市书丹，朱通公作陪，午出申还。张生携兄子来，留宿。

廿六日　晴。诗人去，张生亦去。午往写碑。云门子孙来。功儿书来，言铁路为瞿所误，未知何也。

廿七日　晴。写碑还。沈师儿、陈秋儿来。沈复送鲟鱼，从父好也，蒸以来，便与同食，留宿外斋。闻文卿丧。

廿八日　阴，大风。沈、陈冒微雨步去。王明望来。草蛋坐轿去。写碑毕，朱通公不至，谭鸿才来，刻工不能用刀，召黄孙刻三字为式，余先还。唐秀才来。

廿九日　阴。补昨日程课未毕，朱倬夫专信来，云抚委何令踏勘雹灾，指宿我家。新令张海楼亦来，并要朱同行。正遣轿送三妇看杨家，方僮未还，方深支绌，且复书允接，告六女治具，鱼翅罄矣，以燕窝代之。夕，方僮还，指麾扫前房及楼，以备款客，作饼送春。

四　月

四月癸卯朔　阴晴。晨起排当，小有陈设，别设烟室待客，礼不可少，近于佞也。东风甚壮，待客不来，日旰君勤，俄而报到。何莘耕字又伊，奉抚委来致书，送茶酒。张湘潭超南，字海楼，陪委员勘雹灾。朱太史卓夫为介，俱至。设酒楼上，二更始散，小坐即睡。张、何分房，朱入内斋吃烟，至子正未睡。余先解衣，旋复更衣，已鸡鸣矣。作书复午帅。

二日　晴。晨起送客，客犹未起，朱乃先起，坐待送两令，又将经时许乃饭，午初去。唐秀才亦告归。未申间大雨，平地水几尺许，俄顷而霁。书谭文卿挽联。湘中诸帅独文通，五十载旧学商量，依然晋馆联镳意；洣上巍科承雅步，二百年天荒缺憾，亲见郎君夺锦回。

三日　乙巳，立夏。雨竟日。作卷迎夏。说《雍氏》引《柴誓》，考甲戌日不得何月。因忆周公死时闻子规，至初秋葬，三月至七月，正合五月葬期。淮夷之兴当在卒哭内，故令戫腠，必非当戫时也。惜无长历，不知当在何月。又郑注"小子言平"，必非俗读，孔亦未知所出，《夏官》有"小子"，而无"平"字。

四日　晴热。瓶花经月不萎，反胜于在枝者，此理前此未悟。课读如额，抄诗加一页，犹有余闲。夕阴，俄雨，遂倾盆竟夜。黄孙朝惊以蛇，我未之见。

五日　阴，复寒。文卿吝而厚我，一联太薄，更送一障，近大呢不可用，因用江绸，纨女以为可惜，又改用湖绉。书"寿高彭李，茶陵达人"也。

六日　晴。功课早毕，午后少愒。许女报其姑归，携子同至，宜孙甚喜，云久不见长生也。正欲遣人从刘婿入城，即改派焉。

七日　阴晴。刘女婿欲阅卷，盖谋膏火资，为荐湘潭，今日当往，张、周同去，兼换钱还粮，舆书功儿及萧某，午初去。申初县令书来迎。宗兄率其侄婿崔生来，与谈小学、舆地，留宿外舍。幹薛阿来。沈山人来，言树艺。殊无办法，亦宋学也。

八日　晴。宗、崔并去。偶清书版，令方僮试刷，初言不能，后乃成业，刷匠不能胜也。余两刷谱，均以价贵而止。昨雹云起刘坤，殆以警余，今得方僮，竟可印行。王升自武冈来，为之折纸，半日得数百页，云刷匠亦不能更快也。

九日　晴煊，复有雨意。吴劭之专信来，归命于我，我亦自任，然茫茫无所谋，但鞠躬尽瘁而已，复书诺之。

十日　阴。朝食时雨，复寒，凄凄竟日。读《周官》，壶涿氏始制水雷，而有十字架禁渊神之法，今未知有效否。圣不语怪，何以著此？夕寐甚久。

十一日　晴。日光未朗，气候犹寒。翻严集《汉文》，崔寔

《四民月令》引寒食谓之冷节，不注出何书。小时不知冷节，梦人告我，今五六十年乃见征引，尚不知所从来，亦可笑也，博闻何可易言。又讲卢鸿诗"樾馆"，"樾"字《说文》无，《广韵》云树阴，卢乃以为柘，亦所未详。夕间佐卿儿与一僧来，云笠僧亦出洋矣。

十二日　晴。苏三昨来。功儿报四妇出洋，三儿护送，以为我必怒，殊不然也。此皆不齿之人，何必问其所往，复书告之。张生来，言其详。张子持又来见，言雷卡事，午后皆去。

十三日　晴。谱有阙失，遣问有谱家，乃皆无之。冯甲尤畏步行，乃设法规避，可恼可叹。王佣亦无足而至。

十四日　纨生日，晨有雨。张生来，告出洋。湘绮党稍零落矣，胡、罗始得快意，且留吃面。放学一日。登楼看稼，三女一妇并从，便留摸牌，至夕倦乃散。饭后昏睡，三更乃起，又睡。瑞师、陈儿来，皆未见。竟日燠热。

十五日　晨更热，换单衣，旋雨，俄止。祖母忌日，不出食。饭后见瑞、陈，遣人往借谱本，补缺失，并借唐诗。

十六日　晴。抄补谱传，随笔改定。

十七日　阴雨。抄谱毕，始可辑览，新修成尚未暇看，殊可笑也。樱桃已熟，多为雀啄。

十八日　大晴，不热。溪圳水浑，不可瀹茗，数日未润喉吻，亦殊不适。四老少来，卯金刀同入，俱饭而去。

十九日　辛酉，小满。阴雨。又抄《宫词》一页，王建、花蕊合装一本，昨检失之，如此类散失不少。夜雨。

廿日　雨竟日。抄诗共三页。登楼看水。作书复胡吉士，因便寓书茂女。雨水煎茶，稍有清味。

廿一日　雨。水退。赣孙小疾，迎医诊之，余未招呼，非老辈规矩。刷谱靬成，复校一过。复女亦小疾，放学。

廿二日　晴。冯甲率文柄买瓦，有酒烟之利，故去。一日抄《宫词》毕，诸生徒亦各毕一本经。木匠来。

廿三日　晴。瓦炭俱至，议请零工，余持不可，令僮佣合作，文炳借事逃去。刘婿阅卷还，永孙来求书，门庭喧阗，一饭斗米，极热闹时也。

廿四日　晴。永孙午去。扬榜士仁来。韩将军来求字，云可得廿金，磨墨来，为书五联。夕小睡，遂至半夜。抄书亦不踊跃。遣看张生，云已从倭矣。

廿五日　晴热。抄书如额。沈山人来，言树艺事，亦宋学也，又将以十万钱试之。才女慢书来，且以匈奴待之。

廿六日　阴。遣人下县。抄诗稿毕，《游仙》亦将毕工。欲补作除夕还山诗，竟不若填词有趣，乃知文各有宜。腊鼓催年，航船侵夜，送我匆匆唤渡。自笑闲忙，把佳期迟误。问何事，只剩残冬一日，兀自片帆双橹。却累长年，向斜风吹雨。　算年来、更没关心处。谁曾管、世上流光度。去住不负良时，似山阴来去。到明朝、独守梅花树。屠苏暖、醉把归程数。道此行、恰似飞仙，在春来前路。《拜星月慢》。梦有人持画求题。初不知画者名，功儿云继莲畦笔记中有之，检得康熙题记，云柴万荣好用大斧劈皴，因谓之柴大劈。乃取画题，画心敝裂，惟旁有新绫边，将题其上，复不知柴字号，视其印章云浚宇，题时又似姓万，云万浚宇好用斧劈皴，初不为时所重，因其姓，号为柴大劈。梦甚分明，未毕题而寤，梦中又看继笔记，甚繁富，分上下二卷，胪列多门，文字随心所念，无不历历。

廿七日　晴。抄书毕工。为三妇作汤饼而去，恰无新杀，乃具斋面设铺垫。长儿学缝工，不能缝椅披，经营逾日，尚不熨贴。

廿八日　晴热。晨起，三妇来叩，诸女未能早集，面亦甚晏。

午前始浴，汤如泥浆，方散发得意，内外起二场。外场已散，云有女客来。四姑女孙适涂氏者来，不见十余年矣。停久与相见，令遣夫力去，留过节乃去。吃面甚饿而不能饱，遂不夕食，食二牢丸。夜请膳，却之，已又索食，老人无常如此。

廿九日　晴。放节学。闲坐楼上，忽来二客，一岫孙、一赵郎，疲于接对，冯知客已不知去向矣。入内食包子、蠶糕。小睡，夕起，饭后又睡，遂至曙。

晦日　阴。晨往桥市写碑，还乃朝食，甚热而雨，遂至竟日。昨张生送谱版来，今补刷成。

五　月

五月癸酉朔　大雨竟日。刘婿冒雨行，余亦将还城。祢祭，放学嬉游。

二日　阴晴。朝食后命舁入城，取道月印塘，看张生赁庑，其兄设食，适吃野鸡，甚饱，不能举箸，小坐而行，至城将夕矣。衣箱未至，待久之，停宾兴堂。周畹香工部来，作主人。萧某已归去矣。朱菊泉与云孙先在，倬夫亦在，初以为夕，及坐谈又两时许。刘诗人、杨孙、秋少均来，周设夜馔甚旨。晏徒往报县令，夜承先施，二更乃得衣装，往答拜，即留设酒，亦不能再进食，辞还早眠。

三日　晴。未起，闻蔡四耶声，不敢应也。周主政复来，菊泉亦至，遣招吴劭之，久之不至。先往吊杨妗，还，率两孙看三妇病，已能起坐，小话病状，还寓。劭之已来，紫谷道人再至，陪客竟日，甚倦，对客竟卧，久之乃兴。夕食后倬夫从市还，初更俱至县堂，余捕厅作陪，二鼓散，还亦早眠。

四日　晴。丙子，芒种。晨出看船，大水循岸，无舣岸者，上下傍流，皆言当用划子，乃还堂朝食。遣觅得一炭船，午初发，未初至南湖港，步行十里入城，至詹有乾油市，云当用全州者，辰、酉价贵。遣信与程生、李文石相闻。程生已来。未夕雨至，宠女亦还觐，三更乃散。

五日节　燠暑蒸热。王镜芙、苏兆奎、余德珍、胡婿、邓、刘婿均来。程孙来见。午初庙中行礼。宠女又来。李文石来访。湘孙亦归。招朱四老耶摸牌，未能用心，时作时辍。午食后乃入少息，倦卧遂久，左妇来不知也。点镫后起，与女孙坐谈，吃包子，又觉渴睡，真老矣。夜雨。

六日　大雨。斋居谢客。裕蓉屏闯入，以有条子，特出见之。夜初陈驯复来，陈馔器后遂寝。

七日　仍雨。巳正行事。唯有胡、陈两内宗，女婿、外孙无至者，礼亦生疏，午正馂。出谒抚台王、商务石卿、厘总裕、营务何莘耕又伊，雨甚还家。夕过抚署看戏，久坐李文石书房，见陈善余、黄左臣、裕蓉屏，同出看戏，邓少庵后来，子初散。

八日　晴。晨出吊文卿诸子，访邹师、张兄，还朝食。本约陶、文往盐局看画，孙女出看大水，舁夫久不至，因步往，遇王爵帅，久待抚台，至酉乃至。看手卷十余，无佳者，设食亦草草，舁还。

九日　晴。小亭来。午出城展墓，入城访文、石，传帖人未来，因自通名，谈顷之出，便过王抚、朱纯卿，还小愒。晚饭后出吊陈仲英儿，云不在丧次，乃还。

十日　晴。比日本家子孙来者六七人，陈生毓华亦频来，外客皆不见，惟陈余以世交得入。忆其父来往时，已廿余年，今又相遇，遂不相知闻矣。何又伊请饭，辞已还山。属胡婿买笔寻帪，急欲还山。

十一日　晴。谭碧理儿以诗来赘，惜不得袁枚摘句褒之。午过王莘田饭，程生、王、贺遐龄国昌。同集，熊禽辞腹疾不至。仲英儿送礼，辞之。

十二日　晴。步访但少村，云无屋住，欲移湘潭，委以安置。还朝食，谭儿复来，云欲提爱，奇想也，送去二元，亦可惜矣。唐树林来，致复心书。王爵帅召客，一人不到，急往赴之。杨巩、曾鹤林、张仲卣、符子琴儿同集，惟符为红人，初更散。与书问夏叔轩及端抚，荐陈家祥。

十三日　晴。家忌，素食谢客，唯毓华得入。程生送盐金一百，朱送卷金。家人来迎。宜、黄两孙同来。更顾一船，携女同上，湘孙先回。

十四日　晴。晨起登舟，胡子靖追来，求提爱，诺诺连声，且待机缘。为程题张之万画册，写对三副。午后睿芳来，慧、细两孙同轿，湘孙亦至，宜孙从登舟，黄孙及纯、盈两孙从轮先去，功儿、四老少亦附船同发，余携诸女坐顾船，功坐自船，北风忽起，遂挂帆行。夜泊芭蕉滩。

十五日　阴晴，有雨甚热。船发甚晏，帆行亦迟，午至县城，不遑他事。刘诗人、陈国玑均来求救，匆匆来去。夕发，至涟口已昏暗，行十里泊袁河。

十六日　晨阴晏日，日光甚烈。叙姜畲早饭，午至湖口，待舁久不至，两孙女从其父步归，余亦从湘孙后步至家，盈、巍来迎。夕食后大睡，二更起看月，吃杏酪，余已饱矣。

十七日　晴。得陈鹤翁手书。振湘来，令方僮具馔。送沈山人五十元，作树艺资本。

十八日　晴热。遣人入城，令方僮治馔，以款睿、湘。送刘兰生干馆。暮雨，遂至晓。

十九日　大雨竟日，水骤涨断道，城人未还，且烹羊网鱼，为功儿作五十生日。小睡，午诒来，刘婿亦还，并冒雨泥行，亦赏雨，一乐也。夜吃饼。三屠、树森均来。唐树林送毓华书，又来。

廿日　雨。功儿来行礼，诸女、妇、孙均拜堂上。客有夏、刘、贺，邻有张、周，宗有岫孙、振湘，张生率兄子亦来。早面午饭，竟日摸牌。

廿一日　阴。午诒欲去，急题《金纺图》，遣唐丁去，再补寄孟浩然书并送《墨子》。尧儿来求《墨子》，亦与一部。午与午诒讲《凫鹥》"公尸"，首章祭太祖，次袷祭，次禘祭，次四亲祭，次绎祭，始为妥确，有起予之益。夜为复女设汤饼，未夕食。

廿二日　晴。夏、贺晨发，跣而送之，实已晏矣。复女生日，留儿女更住一日。厨中无办，勉设汤饼。午煮饼乃有风味，遂不夕食。遣看余儿，留省未归。

廿三日　晴。归舟，以赤口不发，更延一日。气候热蒸，市中无肉，新垩地皆出水。仅写大字，诸课尽停。谭鸿才晚来。

廿四日　晴。晨遣王佣至船铺陈，饭后复令房妪往料理，湘、慧先上，寿春从窨芳，午正乃发。两孙从其父步去。张子芝兄弟来求救，云大头小尾事发，委员查办矣。事发于革丁，非上察知也。幹将军来，言谭拔萃有屋出售。与书但少村，追送船上，不及而返。暑浴。粉后房土壁。祠田退佃。

廿五日　晴。昨日有和尚来，言湘乡田姓谋寺产。至夕又有一贞女从县舁来，诉兄姜，自云年五十三未嫁。谈次数揽衣探乳，辞令出宿。

廿六日　晴。宜孙生日，唤周儿买肉，乃云昨夜未还。张僮、璜孙均外宿，家规太不整，乃悉撵之，因及王佣，一朝尸三，又益一个，所谓老、庄流为申、韩，自然之势也，然佣仆颇已振作。靯书还，分与诸女妇。自校诗集。

廿七日　晴热。周妪护儿，不肯令去，此家规则不能整，姑稔其恶，谪令出差。沈山人来看山。田泽霖来，言保释陈国祆。夕风大雨，顿凉，早眠，一卷诗未校毕。罗小敷来言讼事。

廿八日　晴。晨凉，甚可夹衣。与书两女及程岵樵，欲遣周儿行，云已晏，定明日行。刘小姐送礼来，将附复书问之，又已行矣。女子小人反复如此，信难养也。幹将军来，久坐留饭去。

夜凉早眠。

廿九日　晴。省船还。宜孙读诗八句，不能上口，坐卧一日，以新法未尝督之，或成国民耳。校诗二卷。凉气欲寒，早晚衣夹，枕簟犹冰也。

晦日　晴凉。校诗卷毕。谭屠妇来，为烟店妇保产，利之所在，无缝不钻，余不能为无缝卵，是余过也。

六　月

六月癸卯朔　晴，午后雨。代元妇求代退佃，遇雨不能去。张育凤复来求书荐馆。无因而至，亦不能拒之。人事可厌，其实可喜也。

二日　晴凉，欲雨未成。盛团总来，取银去。扬休夕来，令投醴陵。

三日　晴凉。看船山讲义，村塾师可怜，吾知免矣。王、顾并称，湖南定不及江南也。夕见一远人来而狗不吠，疑之，乃方僮自长沙来，送茇信、物。周妪二子亦来求事，适冯甲告去，因留据其榻。

四日　晴。名言来求提爱，欲弃香业而为亲兵。岫生来探其子，盖兼为四老少游说，将去，雨已至，顷之倾盆飞溜，漂摇我室，乃知《诗》颂"攸除"，诚有见也。

五日　晴。华一来，求提爱，兼为和尚游说。争讼求胜，无孔不钻，避入于内。作书寄茂。

六日　戊申，小暑。晴，颇有暑气。黄兆莲亦为烟店事来，留宿客房。

七日　晴。黄儿去，欲呈契不敢出，乃令屠妇来，私与房妪，大约欲挟以呫索寡妇也。愚懦自入网罗，吾不能剔开红焰，徒为三叹。夕食毕，卧藤床纳凉，闻有人行声，则李生自桂阳至，云真女生女，已满月。久不夜谈，今始与坐月下谈，至亥初乃寝。

八日　阴晴，北风。晨坐楼上，与李生谈官事，已而大雨，新屋尽湿，不可坐立。僮佣皆出，独呼黄生、周妪上楼闭窗，室塘进水，床下流泉，坐门外避雨至昏暮。李生急去，遣送下船，舁轿均不能还，待至二更乃有人还。

九日　雨通宵达旦，移至上房。滋小疾，问之，云弟妇有闲言，牵及才女。余云吾女不比人女，曾经教训，人女且不如吾婢妪，不可计校也。还房语妪，妪乃大闹，教训之效如此耶？复徐喻之，至夜始静。六女亦来，遂不复言是非矣。

十日　仍雨。召匠蔽雨。刘婿告去。六耶书来，求留差。告以办公不可言私。程生专足来求文，告以无此例，并复书令去。

十一日　有雨。真女还，陈婿亦来，门庭喧闹。看陈婿用庚韵《哀夏赋》，亦复斐然，但未配搭匀称耳。年小于我两岁，可云美材。王元涣来，求留差。实不暇应接矣。

十二日　晴。衡信还，得珰书，不报妾丧，犹拘俗讳。程父子送油来，名言又来送鸡，愚不可喻如此。至夕闻有轿来，则戴表侄闯然而至，怀挟三书，一无以应，留宿夜谈。

十三日　晴。戴侄晨去，六铁拉杨榜来。玉莲来辞工，国安来求事，王氏人物更有树生，如此添丁，不如钉卢也。为程生作鹿寿序成。冯甲又来求书，立等送之。乡人不知世事，不及刘缝人能驱使刘二妹子，使其妹立起沉疴也。陈婿讲《周官》"陈殷置辅"，欲以"殷"为殷眺、殷见之殷，官府会外朝亦可云殷见，"辅"则以王官持节往。似胜旧说，然"陈""置"二字未确。

十四日　晴。红日朗然，始有炎意。禾有螟贼，乡俗例傩。夜坐门前，热气上身，乃入还寝。

十五日　晴。佣工均失晓，自起呼之。黄孙读《周官》毕。冯甲欲贩田取钱，乃知前佃目需索而去，乡人不顾后患，使从其言，生无限枝节，此亦自不理事之咎。

十六日　晴。晨写对款，作书与功儿，送谱与两嫁女，召王佣问祠田，遣史佣下省。方僮书报端抚陛见，湖南复少宁矣。微风不动，始有暑意，几席犹凉，夜月。周佣复来投靠。

十七日　晴。宜孙议《诗》"干糇以愆"，郑说甚陋，方恐客不来，而言其好吃，无此理也。干糇行粮，唯一见《春秋传》。致糇是遇礼也，弗顾则不来，有咎则不来，失德则以愆，盖愆期不至，言不能要人耳。以我失德，虽行路时约人相见，彼亦愆期，是兄弟相远。始闻蝉。家人云前半月已有蝉，盖误听也。

十八日　庚申，初伏。晴。斡将军偕李邦藩来。辅廷遣人来说佃事，往复益糊涂不可喻，所谓未达人心事之过也。黄孙读《仪礼》。家人多伤暑。

十九日　晴。遣方僮了佃田事，晨去。史佣担瓜还，周丁同来，云端系撤任，赖署首府，大少耶方请客，未暇作禀也。方僮夜还。戴表侄复专人来。

廿日　晴热。遣戴信去。满嫂子来送礼。冯甲去。一嫂子来求退田。食瓜。陈秋子来，自持藕饼，长衣触热，可谓褦襶矣。陈婿问《周官》"王后""后"之异，令自考之。云内官则尊称之，又有言"后"者，承上而省，余皆但言"后"，唯太宰摄，则亦言"王后"也。周丁云余肇康方在省待鄂藩，岂李翰林当罢耶？得朱卓夫书。

廿一日　晴，有风，热稍解。陈问《司寇》独言"禋祀"者何，未得其例。夜无风，甚热，起与女、妇、两孙食瓜。今日癸亥，大暑。陈子芒芒然归。

廿二日　晴热。检《史赞》，将重录清本，视之，仍当检本书，未易写也，又热不可事，且置之。

廿三日　闭风，益热。上下屋均如烘炉，殆近年未有之暑。遣僮买瓦，竟日未归。刘邦直送文来，忽又四阅月矣。夜入室，有热气，仍出门，卧久之乃入。宜孙昨夜从我寝，今乃独宿。

廿四日　晨阴，朝食时雨。北风漂室，不可坐立，未知所由，阶檐亦均在雨中，如无瓦也，乡中匠拙如此。杨江沐忽专人来请托，殊出意外，复片训之。

廿五日　晴，蒸暑。常宁陈商来，云云土四十石，为人截买，欲得一关说，以去年烧烤之惠，许为谋之。盛团总复为戴表侄说讼事，则更支离。起入食瓜，张彬所献也。无往非苞苴，犹云乐饥，亦强颜矣。湘抚张曾飏。

廿六日　晨雨，旋止。遣买瓦、烟，顿去两人。又顾工洗黄阁。俄而雨至，至夕甚凉。

廿七日　晨雨，遂至竟日夜。雨中张兴来贡瓜。得廖荪陔书、功书，言亲友悲欢，而无着落。纵云湘侄报王妻女同日死，意指此也。看《五代史赞》，十不省一，宜更翻译。

廿八日　庚午，中伏。得雨又防漏伏，幸云起无雨。诸女食瓜，顿剖六枚，有二佳者。周妪少子引黄徒来求事，云其主人也。复廖、朱书。

廿九日　晴，南风，始正夏令。晨起作书与程岹樵，言鸦片烟讼事，遣陈商去。张、方二僮俱去，周儿愿留一日，韩佃来求田。

七　月

七月壬申朔　沈山人率土工四人来，令垦后山。早饭已午。沈去斡来，言夏族争山，欲假我名息讼。乡中依托名字者不少，真无可如何也。冯甲夜去。看《史赞》一过。

二日　晴。晨起呼僮不起，仍还自睡。史佣亦病，汤妪请假，内外遂无人力。午热夕凉。

三日　晴，风凉遂秋。宜孙脚疡，放学二日。入内摸牌，夕热遽散。三妇小疾，周妪领宜孙睡。

四日　晴。晨作《乾图说》。涂孙、陈儿均来，久不长衣，着衫见之，大礼也。涂铺后告去。

五日　晴。晨为二陈改诗文，一雅一俗，不同年而语者，竟同刻而改。刘丁来送瓜。沈山人夜来食瓜。

六日　黎明闻阖门声，起看，山人已去，外舍七八人皆寐未醒，真老大帝国也。作书荐刘丁于和尚，亦京派。今日闭风，晨已纻衣，又为今夏第一热候。然昨夜颇凉，日出后亦不热。池荷二花，朱色顿鲜。方僮回，得朱竹石书。

七日　热。张生来。饭毕，喻生、程孙来。喻呈《史篇》，程致父命，言卅沙，均留宿。夜饭甚热，夕月，看诸女乞巧，应故事陈瓜果，无心拜织女也。

八日 晴。己卯，立秋。喻、程晨去，张生午去。看喻生《史篇》，与书功儿，言接脚大姐事。

九日 庚辰，三伏。看《史篇》。将军来，言官事易了，已了二讼矣。看《史篇》。

十日 阴。晨为萧女驱彪，未毕，刘生来，早饭后去。见理安诗序文，亦雅饬。刘孟坻亦作诗，甚讥曾侯，前未闻也。

十一日 晴，午雨遂凉。看喻生《史篇》毕，义例未一，不能批示，略驳数处。

十二日 雨。齐七作《周官表》，为看"祭祀"十篇，以祫烝皆为祭太祖，不如以为祭两世，室则父庙为祫，义亦新妥。周祭最多，悉由义起，明堂禘则行事姜嫄，盖以大尝前行事。《记》曰鲁人有事于上帝，必先有事于頖宫。頖或为郊，即姜嫄之兆也。郊前行事，周则有庙，故于祭太祖庙前行事。奏夷则是七月也。奏无射，九月也。八月祭亲庙为尝，九月故为大尝。

十三日 晴。诸女设荐。卜云哉来，知其欲提爱，告以不能。首府忽去，不知何意。卜云，赵特荐也。赵用人真独具眼，似有心疾。尝稻无新登，亦应故事设馔而已。

十四日 晴雨无准，湿闷不爽。检《周官》，乃知先祖为祧，寻章摘句，典礼存焉。但周月夏时不合，夷则律在申，于周九月，郑说低一调为妥。取经文悉表四时，月用周，时用夏，民用夏，国用周，或可调停。依《春秋》则时月皆改，而《周官》全不相应。

十五日 晴，有雨。卜午去，将遣僮同去，迟疑不肯。雨后尺一女来，仍申前请，余已忘之矣。且得啖梨。陈孙女请医，适相遇，亲自陪话，此等礼，今人久不知矣。夜月极佳，人但困懒。谭团总送鱼。

十六日　晴。朝食过午矣。曹氏女不待饭去。周佣逃去。王凤喈、夏弼臣、田泽霖来议刻碑。作喻诗。

十七日　晴。周儿来送信，得程孙书，寄樊集、黼裓。茂书言婿无改官之志。功书言立宪。余初未闻，何者为宪，作何立也？

十八日　晴。出伏。食瓜，瓜尽成水矣。看樊诗。田生来，云和官事者皆受辱。实为快事，使家家若此，应无鲁仲连矣。

十九日　晴热。催工刈稌，才得五斗，农家亦有获者。看樊批判。午后大风飞雨，暑蒸愈甚。

廿日　稍凉。炭船失期，遣人买煤。夕雨至。看樊集毕。复程孙书，寄《墨子》与之，兼讯毓弟。

廿一日　雨凉，遂秋矣。一日无事。

廿二日　雨。晨起写对子数幅，犹热，遂罢。周生世麟携儿来，云往长沙小试。赤脚踏雨，尚无习气，留饭，又吃饼即去。

廿三日　雨。将军晨来，前约以廿日至，共考《禹贡》，又忘之矣。

廿四日　甲午，处暑。雨。三妇携小孙上省，未知何事，遣方僮送之。与幹薛鄂共商定地图。

廿五日　雨。移床入内。晨起考定冀、沇水道州界，前分界未甚确，亦可不改。

廿六日　雨。晨闻犬吠，出看，文柄正与狗斗，彼从未早起，狗讶之也。考青、徐、扬、荆水道，仍以六泽为樆葛，当别图之。薛、鄂说弱水屯田甚好，依改前笺。

廿七日　雨。校《水经》。河、沛故道，纠纷迷罔，殆不能了。讲书点读，聊应日课，未能兼理也。

廿八日　雨。乡中无米，新谷不可获，余亦到处乞粜未得。陈米霉气甚重，犹未易得，民间盖藏空乏如此，亦士之辱，当谋救之。幸已放晴，人心稍慰。夕虹甚丽。方僮还。

廿九日　晴，仍欲作雨。考《禹贡》水道粗毕，惟夏邑一水未知何名。又地图未画南阳湖，检日记寻之，彼时微山湖无水，知图无益也。图有微山，无南旺。

八 月

八月辛丑朔　晴，复热。欲检《水经》并《禹贡》为一图，以乾图分州，难于检校，且俟重绘时再增补。

二日　晴。始获。夕佐卿妻遣人来取轿，遣家僮迎之，上镫乃至。令复女让床宿之。

三日　晴。佐妻言有书值六千金，将以与尧衢，欲余作中。告以尧衢方讳富，不可云我知此事。又官人反复，意勒贱价，恐亦不必偿也。余家负累三千金，售田仅可了债耳。夕去。滋以养女与之，亦负而去，余颇恻然。

四日　大晴。画九河故道，一片杂水，殊无着手处，只可载今州县名意作河道耳，全无用处，然说《禹贡》不能少此图也。河、沛、淇、漳、恒、卫交会，当时实止一片水。

五日　晴。幹薛去。自检《水经》，看完夫诗，颇有进境。齐七治《周官》亦有眉目，为分表层次示之。

六日　晴。看《水经》。删除破荷，看园葵已萎，胡卢垂实，菜土全荒，无人力作故也。

七日　晴。得邓婿继室书，求干馆，复书喻之以但能衣食不能立家之义。云淦郎复往江西矣，真黄氏之患也，疑邓七丈亦有不合。

八日　晴。遣僮下县，备半山冥寿之奠，并以十元与邓妇。夕在楼上见两信足问路，唤入，云益阳来，送竹器。则赵质庵求信东吴也，且令留止。

九日　晴，有微雨。令齐七黏帖地图，以《周官》讲毕，将出游也。李生送羊肉，盖秋祭分胙。

十日　庚戌，白露节。犹热。赵信去。冬女来，云尚是未嫁，曾一见，留之不住。移砚入内，作《黎墉碑》。待船不来，诸女办具甚忙，夜半乃云方僮不归。得女送菜来，且请轿迎，佣工并困，惟余史佣一人，家人佣妪亦倦卧，不能兴，余独秉烛以待。自子正至寅初，为时不久，而如一日之长。

十一日　阴凉。半山若在，遂满六十，例有岁荐，为加镫彩，晨作汤饼。齐七入行礼，将夕始荐，先辞宾，以便早退，设荐毕，遂不待献。

十二日　阴。方僮还，已不及事，致果树六盆，仁裕合所购也。检帖包黎儿行状，已将腐败，乃为作墓碑。夜雨，田生来讼烟，初未知之，答云不见已乃幸也。

十三日　阴雨。作黎碑未成，直学汉碑，不须结构，亦不放笔也。为陈郎看诗。夜阴。

十四日　晴。看近作谀墓文，居然得十余篇，是非未颠倒，但人言不一，恐有过誉者。夜月，未甚皎镜。

十五日　晴。晨督工铺设。黄孙未能照料，责之，仍泄泄近书痴矣。诸女、妇来，大要求干讼，避之。与斡同舟访沈山人，女婿、外孙从，并携畴孙步过桥，溯云湖，见龙港幽深，移泊步上。里许至麻塘弯，山人方锄土，久之乃出，略谈开垦事。方僮发沙，亟还，更至龙塔，看退圃《石记》，大有征引，宜其自负。

至通湖桥下船，还桥市，回看刘六翁，步月还，甚汗。张生候久，坐，召与谈，令无言礼节。久之乃入，单衫受贺，男女亦数十人，皆草草应接。夜月十分，不能久看，困卧甚酣，醒已明发。张生去。

十六日　大晴，复热。竟日闲坐，夜作酪，食鸭，甚甘而饱。月明人定，赏玩久之。将军去，陈佩儿来。

十七日　晴热。陈佩儿复去，云美国绝互市，美人皆去矣。得女亦去。午后风凉，夜遂狂风。

十八日　阴。风凉，夹衣。抄黎碑与朱生，还陈账。文复满一本，皆诔墓得金者也。看陈兰浦水地图，纯乎宋学，在胡、齐脚下盘旋者，不及汪梅村甚远。取《世说》授黄孙，欲医其俗。

十九日　风，晴阴。写字数幅，无墨而止。黄孙读《仪礼》毕五篇。午后看船，甥、孙并从，至山塘尾，有一处可筑亭馆。

廿日　晴。将送女上衡，己亦出游，家两女未便在山庄，劝令暂入城宅。船工未毕，且待数日。

廿一日　晴。连日大风。写字磨墨不给，或作或辍，摸牌时多，黄孙亦辍讲矣。朽人又来。

廿二日　晴。写字半日。庸松来，商出处，告以止可江西。崔甥来，已不省记，未饭去。佃户送租。

廿三日　晨起，忽欲入城，幹将军已先知，早待于路，大似白石大王，因与同上船，铺派可坐，遂发行李。坐船上半日，令女来看船，乃迎真来，真未言船小，不待再看，徒劳往返耳。刘南生来送鸡，殊不能作主人。夜秉烛写字。

廿四日　晴。料理粗毕，殊暇无事。昨梦与皞臣同行圃中，已而皞臣短衣，劫刚夹衣，自一路行。余同何人一路行。云得边报，北方节镇兵溃，有人改易奏章，余亦为点易之。往一节署，寻幕府，问报到否，云已知矣。因问补救方，余言不遑言战，且须自理，遂散去。念皞臣久不见，何缘从劫刚行，欲寻之，遂迷失道而醒。午登舟，齐七、宜孙先至，四女后来，发已将夕，泊姜畲。田生送寒具。新船漏浸，复添小船，滋独移行李。黄孙已与刘兰生从陆到县去矣。

廿五日　晴热。午初到杉弯，移行李上周船，齐七亦同舟，黄孙未至，正开行，见之，余欲招呼，周妪云坐船在，彼自能识也。及舣县城，乃芒芒从陈生来，立树下热甚，余不能出，遣招令上，云未朝食。三船一饭斗米，至夕仆妪多饥，皆愠反唇，长沙人尤甚，滋亦长沙人也。过昭山，丛桂新香，余舟独进。

廿六日　乙丑，秋分。晴热。晨至省城，后船未至，遂先步入，齐七从行。至玉皇殿，余误转右行，遂绕通泰街、长城隍祠而至家门。令宜孙识"友"字，乃疑不入，家人均未起。朱穉泉来谈，儿孙出见，欲遣迎女，未知其迟速，顷之黄孙来，云已上矣。四轿夫力三倍，近日马头已有洋派。宭女旋至，已过午初，胡婿亦来。新闻纸无新闻，斗室顿增十余人，喧哗拥挤，陈婿乃从李生同旅客寓，亦一新闻也。计此行亲戚九人，男佣三人，女佣五人，瓜葛两人，俱令留城外。遣约笠僧造湖亭，夜来，送《东游记》。

廿七日　晴热。刘小姐、余氏二子、朽人、涂孙、曹郎来，皆有求于王莘田者。青莲僧请斋，固辞不往，唯见王莘田，问涂消息。家丁求荐者纷集，皆摽门外。程太守书来，求寿序。

廿八日　阴，稍凉。倭僧来，言中土僧徒庸陋，此来甚悔。又云倭民与执政为难。余云倭执政更劣于中政府，以为民役必不才之甚者。中土今求通文理者甚少，盖不如昔时，菁华竭矣。顷之李生来，亦言外夷皆欲效专制，而端方乃方议立宪，今之愚也。

胡子靖来，引夏入。袁云罗、杨革命思想，其沮授之流乎？黄海孙来，为余子谋甚力，姑为一谋。

廿九日　晴。晨至邬、张、蔡处，皆不遇，反遇刘小姐，亟还，小姐已来。避登舟，召周妪来料理南北船，附得一南船，乃入城发行李。船人云，明日乃可行。诸女照相。作书与裕、廖，皆为提爱。夜雨。

晦日　雨。张僮觅船未得，昨船已去，轮船价贵，行李又不便移载，改觅汉口煤船。坐船湿漏，亦改拨船，且留一日。二谭来谢，兼求文。招朱生吃烧肉。刘兰生来，张、李生来。

九 月

九月辛未朔　雨。下船促发，坐待纨、真未至。旁有官舫寂静，唯两三人，莘田扶上，旋即过余，后更有一人，则桐轩也，茶话久之。两女来，移行李上小船。齐七、黄孙来，在王船小坐。功儿、两孙并来，李生亦至，将夕去。移舟南上，拨行李，从者四人，余留坐船独宿。

二日　雨。昨试船，帆风甚稳，仍令两女移上，强而后可，犹仅得纨母子。拨船促开，女佣未得过船，乃改令周儿护送，仍还西湖桥，已再往反矣。恐真船不待，旋促随发。余过煤船，船主未来，遣王佣寻文柄。健孙来相看，因令同游，黄孙亦入城，约明晨共上，仍宿昨岸。

三日　雨。胡子夷送拣字。《诗补笺》仅得一本，在城未敢开看，今始看之，《凫鹥》五"尸"犹未改正。北风挂帆，行半日，仅泊涝口。

四日　雨。北风仍壮，酉至靖港，遂泊。齐七讲《诗》，余校

《诗》，黄孙读《燕篇》，唯健孙无业。

五日　阴。行六十里泊湘阴，时有飘雨，夜亦有雨。

六日　晴。舣芦林潭，看货，新兴米厘也。潭市不便泊，泊吴公庙，久之移泊营田，方晡耳，以待风，故止，颇合吉行之程。

七日　晴。夜半开行，云有顺风，晨起已至磊石。齐问"夫圭田"笺云"夫田，农田"，何以无征？初忘其注，不详。盖据《孟子》书余夫而说。《孟子》不可说经，然可说《王制》。《司勋》言"唯加田无国征"，余夫田亦加田也。又五岳下皆有诸侯汤沐邑田，则每方应余二百余里之田，未知多少。大要百亩以上须三万亩矣。晡泊南津上港，无店亦无港，云去城较近。三子入城，因留宿复心寓。

八日　晴。孺人生，停一日。将邀复心游君山，移泊洞庭庙，城西北岸也。将上岸，复心兄弟携两孙来，托借红船，饭毕即发，两孙不从。舟行甚久，前游甚快，此乃极迟，几三时乃至。洞庭庙、湘妃庙皆破颓矣，循左手入山，寻崇胜寺，制茶公所也，旁有救生公所，后有湘灵宫，左有九江楼，昔年直至其地，今则荆榛塞径，二吴久亡，无人过问，岳士之荒陋亦可叹也。前赋君山，但咏水中山，今乃细玩山景，别为一诗。《同二陈游君山》：神山引余舟，重湖漾天白。良辰朗清秋，携朋造灵宅。横箺带平波，沙径散芳若。池林状崇深，一丘自成壑。始入如可穷，转幽更迷适。三陟寻西楼，空明旷超怪。云构偶兴衰，仙游岂朝夕。春茗怀新芽，月桂香晚石。选胜期再来，无为谢劳剧。夕还饭船上，复心去，仍返行十里，泊昨宿处。

九日　晴。晨行仍过昨泊处，未舣，北门看厘票，顷刻便至螺山。临湘西塔向螺山，百里江程顷刻间。名士久无王漆室，摧官新改陆头关。神鸦乱后谁抛肉，戏鸭洲前尚有阑。且喜江村近繁盛，酒家眉月似眉弯。神鸦久不至矣，今来集樯上，复有承平之喜，食肉三条去。夜泊老弯。

十日　晴。移舟宝塔洲看仓。舟人求与榷员相闻，遣告李正，则太守顷之自来，勉林从子也，初未相见，与程生至交，小坐去。又送广罐、蜀面及《帅抑斋集》。朝食后开行，泊牌洲下港，汉阳地。

十一日　辛巳，寒露。晴。昨夜月佳，泊穷港，今晨早发，行百余里，泊鲇套，正欲舣江夏，适如我意。三子上岸，秋阳甚烈，遣僮看岳将军，顷之岳来，忘其有弟丧，竟未吊之。闻有客，乃促令去。仲驯及从兄伯尊来。久谈，留饭。齐七未还，月出去，两孙亦还。驯子又来，遂宿舟中，言恒子观察来迎瀛眷，杨度女为女界特色云云。

十二日　大晴，晨无露。遣纯孙吊岳尧仙，题一联挽之。笃孝允家风，官薄未能偿一桂；送君如昨日，客游犹及奠生刍。李如槐来，云马先生已往湖南相寻矣。此次避恩有效，令人身轻气爽。船不能抵岸，遣人附船，乃从行户觅之，既已写票，事不得已，令炭船入汉就拨，收集徒众，遂及晡时。岳生复来，促之去。到南岸嘴已夕，遂泊。

十三日　晴。黄孙生日，昨令看戏，未去，以岳生送菜饷之。朝食后将雨，换船，欲抵岸，云仍不可。既不知其故，亦不必强也。黄孙登岸，余仍在船，请发人，云每人价六十，又不知其故，此皆"示我周行"中所应考察者，不必出洋也。闻岑弟开府，未详所以，亦当考察。

十四日　阴晴，大热。仍泊朱家巷。昨夜汉阳火。岳生复遣人来。陈驯书报李倅开缺，岑起代李，岂袁欲结暄耶？何忽忘本。未夕阴雨，船仍不发，又舣一夜。

十五日　晨大雨。朝食时发，过朝关验放，戗风行，始濯足。翼际山北一丘甚秀丽，六十里过蔡店，厘局看船。雨至，遂泊对岸。夜大风，久不寐。三张同姓复同乡，不及岑家棣尊强。五满三徽尊一豫，东黔闽浙可怜湘。

十六日　晴。始绵。新沟买菜。汉川地。缘堤多柳，昔人言汉阳柳色，有以也。𬇙风船侧，不能作字，夕泊汉川，百廿里。夜魇，闻呼声不能应，再呼，强应一声，则岸上人呼也。

十七日　晴。朝食后过鸡毛口。船人云寄马口。作樊云门寿叙成，比吴文为自在，比鹿文则不可同年语矣，樊颇知六朝文故也。夕阴，过分水嘴，云已行百里，未宿，更缆行十里，泊羊楼沟，汉川地。登岸行市，循水还，微雨旋止。

十八日　阴。朝食得饱，大睡，午起，微雨。沙岸崩房屋颇多，亦无向密林平沙。雨后复见日。行八十里泊仙桃镇，自新堤过沔阳东，今到沔阳西矣，正十日行百里也，亦胜不行，乃知动必有功也。晡后两孙入市，可一时许乃夕。《过仙桃镇感怀周寿山》：乌衣朋辈数神童，归向荆南叹转蓬。下噀田荒难学隐，上司雷过只如聋。晚投关陇从袁虎，空托师门敌李鸿。骠骑定应惭第五，更无灾难作赏翁。

十九日　阴晴。晨发甚早，夕至岳口，微雨，沿岸无可观，唯砖岸颇整，工亦甚费，行百五里。北风吹浪急流浑，水驿生疏积思烦。暮雨孤帆收岳口，平堤秋树隐天门。旧游春梦知无迹，新曲夷歌只自喧。独咏汉阴移柳句，不辞搔首向黄昏。夜雨。

廿日　阴晴。船人托云逆风，休息一日。发程太守书。夜雨。

廿一日　雨。再停一日。夜出，捩指裂爪。孔子生日。

廿二日　晴。缆行六十里，泊泽口，潜江地。寒日荒荒浊浪流，不成清汉不成秋。崩沙有尽从淘浪，古戍无人独系舟。估客渐稀村犬瘦，稻田频歉渚鸿愁。游人岁月何须问，十日行衣换葛裘。

廿三日　晴。南风，𬇙行九十里，泊新堉，荆门地。晨有霜，可重绵。

廿四日　晴，复煊。十里舣沙阳，有荆门州同。换钱买菜。盘堤有路记沙阳，曾笑当年举子忙。英杰几人曾入彀，朝廷无事可更张。已闻论古推秦莽，谁复昌言辨墨杨。寄语宜春傅先辈，鹿鸣难复奏笙簧。沙阳盘堤大道，今无行人。袁州傅太尊约余重宴鹿鸣，故有此寄。午后开行，五十里宿黑麻塘。

廿五日　晴，晓寒辰煊。《安陆道中作》：浮云迢递眇愁予，吊古重经故楚虚。三叠烟峦长点黛，一簪秋发不胜梳。堤沙激沔黄流壮，郢树迎霜绿意疏。津吏莫劳频借问，几时删改算缗书。（新设船关，其违定制，未知所由始也。）过马良始见山。唐涧买柴。陆道去城卅里。夕宿师子口，未问远近，约行六七十里。

廿六日　晴煊。朝食后至安陆府城对岸，舣樊城庙，渡汉至城，云七八里，未能往也。登岸看税船者，直以船名分钱多少，少者犹千余。余所坐船，索五六千，与一片，减至三千。云堤捐也，起自某巡抚，十余年矣，疑谭敬甫所为。交钱即发。南风帆行，夕泊冀洲，云六十里。

廿七日　晴煊。汉水流急，常若有滩，远山平望，秋色可玩。夕宿流沟戴家集。有二炮船，一丁自云衡人，来相闻，言夏抚媵自此路去。盖未至而开缺矣。今日行七十里未能，五十里也，夜煊，多梦。

廿八日　晴。书与余尧衢，岳生意也。行五十里，早泊茅草洲。未能日课一诗，且复首又一首。沔水东流激箭惊，顿令赵客动归情。抽帆早误南风信，报远频闻北雁声。青草藉沙渔坐稳，乌篷传鼓戍镫明。宜城桑落应犹早，白坠如胶且试倾。今日无风，可单衣。节过霜降尚单衣，共爱晴秋逗夕晖。巨石横烟不须树，崩沙积浪遂成矶。眼中郢路悲三户，指下牙琴叹七徽。此去商山差自慰，白头轻出未全非。两孙上岸，还云帽子洲，非茅草也。五更风。

廿九日　阴。守风未开，四面皆秦声，作野菊诗，未录稿。久过重阳不见花，秋光犹在野人家。且宜对酒陪新咏，直恐题诗感岁华。汉女双珠元自解，陶公三径更无加。御筵未抵霜潭盛，莫怨疏篱暮雨斜。

十 月

十月庚子朔　因黄孙读《春秋传》，讲十月庚子孔子生，《传》作十一月，一鲁历，一周历，故不同。周十一月今九月，是月朔日食，前月亦食，蒙气见二日，圣人在下不得位之象。欲发明其义，因作一诗。子同生日比生缘，左毂何须纪圣年。谁辨四时周夏鲁，为分三世见闻传。阳精频蚀知天意，尼祷占房记日躔。莫把庚寅比庚子，陈经未若拜经贤。午初始发，宿宜城西岸窑弯，去城三里。两孙入城，云县令学警并兴，记功得意。夜雨。

二日　晴阴。东风帆行，旋转北风，泊洲上，上岸散步，柿柳杂树，平野可住，傍水沙石陷垫，未能畅游耳。云地名巴洲，去县十五里。东风吹雨叶舟轻，散步前村看晚晴。湖女共寻绵马齿，酒家空说古乌程。青林赤柿遥相映，素岸金沙远更明。随处安家便堪隐，故应庞孟肯躬耕。

三日　阴。昨夜大风微雨，今以得发为快，又得小顺风，尤为幸也。巨浪掀舟睡不酣，起看帆影映晴岚。秋风梳柳条条绿，汉水澄波渐渐蓝。禹迹更寻邵潨北，游心先到鹿门南。老来无事能消日，小别铜官月又三。行五十余里宿刘家集，去鹿门数里，云山有佳泉，到城始知之，悔不往游。

四日　晴。顺风，帆行六十里至樊城，初以为先至襄阳，樊城乃在城南也，汉西岸。渡汉入东门至道署，似行乡间，乃无一人家，郭兰生已先至船矣。船邻来一冒失人，云从新疆还，姓吕，蔡与循年侄也，先云游幕，后云就亲，云系疆抚潘女婿。两孙上岸，齐七守船。道署见三郭，又戴师耶字金城。自来陪。久之主人乃还，固要三子入署。又告提督来陪。提督夏南溪毓秀，前在蜀似识之，及来乃云甚熟，情意甚亲，留一饭，因许留，兼游习池、鹿门，戴师为之料理。初更后三子来，发差呼船，乃得移城下。二更乃得食，酒后还船，又误投大北门，还至小北门，船宿。看报，湘抚移浙矣。但少村病故，当已九十，而官年八十二。

五日　晴。晨起看《德政碑》，至汉皋楼，门扃未入，接官亭也。郭炳生巡检来，正辰正，可云有信。待船上饭后乃同舁入北门，直出南门可三里许，中有昭明楼，云梁太子读书处。南门壕水深广，沙路杂石，循汉可十里，取山径至习家池，云水自地涌成池，入汉径至鹿门山，成一泉，水色不乱。康熙、乾隆、道光初凡三修，始有花木亭台。毛会建为许养性作记中则北平王奉曾立祠，后则吴凯建四贤祠，祀三习一山，云皆应祀典。习郁、习珍，余未之闻也。又有王庭祯，则同治间人。王文韶梁上题名，盖又重修。正欲往鹿门，郭观察已至，云鹿门须自刘家集往，习池对岸则观音阁，至城卅里，遂不复往，约游岘山、檀溪而还。土人无知岘山者，乃引余至张柬之祠，看梅花石，复引余至乱山中，云是岘首，乃是一破寺，题岘石寺，云上有石洞刻字，余不能往，以兰山不能步也。告以此非岘山，乃云在路傍，名羊杜祠。山川能说，与多识草名正同，土名随时变也，客游问路难矣。下山还城，日已将夕，提台催客乃还。入南门，转东，衣冠至夏琅溪处答拜，无陪客，临时要汪师、刘中军水金。出谈，戴、郭亦来，夏妻作饭请客，强余加餐，为尝一瓯，初更散。夏、郭又送路菜，还船即睡。号房又来索钱，命吹镫闭仓乃去。

六日　晴。船人殊不嫌逗留，日出未开。自起看，过城西门，大堤工甚完固。沙明重见仲山城，曾是朝天第一程。西路车轮已生角，大堤歌管不闻声。关曹苦战无荒垒，羊杜交期叹九京。物役徒劳人事改，茫茫落日壮心惊。襄阳古来重镇，今无居人，盖流贼所毁，今未复也。作诗吊之，诗不能妥，以虚实难恰好也。习池作则差可。鱼竹侯家旧有池，鹿门西岸岘南垂。灵泉入汉通仙涧，杂树成阴覆古碑。地主暂留同试茗，山公曾醉莫空卮。粗沙碎石归来路，犹惜当年马上儿。行卅五里早泊牛首，夜大风，数发数止。

七日　晴风。稍寒可绵。说大东纯乎官话，一洗告哀之陋。缆行卅里，戗风行十余里，夜泊谷城，云去县数里。襄阳形胜锁南荆，九代繁华有变更。旧镇楼高秋易冷，大堤人去月空明。卧龙何处寻茅屋，放虎无端误谷城。今古英雄多少事，卧闻流汉夜涛声。

八日　晨发，至仙人渡，两孙登岸，张僮从，复下取郭扇，几落水。促船急行，夕至老河口。遣寻两孙不得，行侣频来问信，应寻船者反不来，可怪也。夜冷无被，夜宿谁家，待至月落乃睡。

九日　晴。再遣寻人，岸上声唤，两孙来，云船已顾定。令船泊岸，登市欲寻面馆，黄孙不能从。三人行市，可二三里，更无一酒肆，至茶楼啜茗。船边徙倚，市有新城，庚寅所修也。街店盛于樊城，云厘税至岁四十万。过午乃换船，吃面。夕发，过厘局未看。夜饭，两孙不饭，即泊局上。光化地。作李碑成。

十日　晴。船户登岸去，朝食时乃开行，余尚未起，及余朝食，已向午矣。有陈梅勤①相约欲同行，待至晏犹不至，未能遣问为歉。彼陕人也，云其兄代晴生署咸宁。作李碑铭，亦系本色，无古法，所谓宋版《康熙字典》，其价宜在宋版上也。张僮踩破笔管，亦是罕事。洲边系缆待移巢，且步旗亭认碧旃。市侩喜知羊肉贱，盗多常备犬牙交。两三人艇通丹淅，百万商征算斗筲。秋点寂寥清不睡，起看弦月下林梢。行五十余里泊沙陀营。

十一日　晴。入淅水，始见红叶。南风，帆行过高港，有厘

---

① 原误重"勤"字。

局，十余里泊李官桥，行六十余里。夜闻狼嗥，入河南淅川地。

十二日　辛亥，立冬。看《史记》。百曲清川泛小舠，弘农南界去滔滔。定无□□□尧战，□□沧□□禹劳。析水屯军曾鼠斗，乱山初夕听狼嗥。无眠尽夜看秋月，独为怀王咏楚骚。考秦、楚战地，未知析十五城所连跨，盖并均、房数之，其汉中别为镇也。秦封商君以制楚，实为得计。行五十余里泊韩川。

十三日　阴晴。五旗双桂直徽三，二豫袁家恩宠覃。东浙闽黔聊备数，江南假节胜湖南。行五十余里，得顺风，泊析川，云将改为州。

十四日　阴煊。看《史记》，宋襄作颂，尚阙征引。舟人假归，三人三假，遂消一日。顺风坐过，犹行卅里，宿大石桥。

十五日　阴煊。索水不得，取罐自煎，僮佣皆愠。黄孙作诗篇，亦有可取，为改一句，便成佳作矣。夕微雨，舟人不来，篙工懒行，遂勾留一日。宿黄鹤街对岸，行卅余里。过一石山，山寺犹存残柱，云娘娘庙。

十六日　阴。北风，行廿余里泊沙滩，夜雨不寐，时有小漏，至三更乃睡。凡五梦犹未曙，得句云"如有永夜术，五觉犹未明"。析水至冬不成川，片水片沙，故为析也。

十七日　大晴。清川片片岭屏颜，豫雒华离镇一关。雨后晴光霜信到，风前雁字锦书还。□烟乍起横苍鹘，卧石成堆误赤斑。从古中原扼秦楚，南河闻道往来间。行廿许里，午后至荆子关，登岸散步，有一营及分县。县已改厅，犹云县丞，谬也。

十八日　阴。齐七讲《载芟》"妇""士"未能通，如郑说是一出村戏，如我说又不合情理，依违久之，已夕矣。今日将午乃行，泊襄河街，云卅里。沿岸皆石山，体秀而形乱。

十九日　阴。连日阴霜，始有寒意，可小毛。改《诗笺》，始知王有见藉田农妇之礼。盖亦以教天子有家，其妇女充后宫，无嫌也。王者亦当小饶娱之，故蜡作罗襦致鹿女。夜泊草场滩，入陕西境，商南地，行七十里。

廿日　晴。晨过戴家河，有市店，站口也。偶忆庚寅此月一联，小雪衣夹，弹指十六年，事过境迁，逝者为陈人，余犹多所贪求，诚为痴矣。夜宿皮家弯，行六十里。山柿一钱一蒂，因改为榑弯。有月。

廿一日　晴阴。晨有重露成霜，不甚冷，似深秋耳。夜行不止，至二更乃泊，行八十里，宿竹林关，商南地。

廿二日　大晴，复煊。朝食后过瘦狗滩，盖潄沟也，乱石成沟，仅容一舠，行六十里，泊湘子岩。

廿三日　大晴。村人云陕不雨三月矣，山粮歉收。行六十里泊浪窝，夜不能进。先十五里，三子从陆行，寻程太守，以为必来迎，待至夜分不至，终夜未安眠。

廿四日　大晴。行一里许便望见龙驹寨，船人停舟早饭，已初乃至。三子仍来迎，云太守入省，代者未至，唯吴师耶耳。顷之遣异来迎。湘阴吴阜安，菊年礼部从子也，请代顾轿驮，作箱夹板，借盘缠。夕见废信封，发家信。宿厘局，吃鼓子甚佳，夏姻、龚生同席，来迎辎重者。

廿五日　晴。朝食后发四轿三骡，约共银卅两，借五十金而行。无正路，唯越山渡水，出寨可十余里，有山坤甚佳，旁田皆种胡桃，中路如堤，多杂树。又有白皮树，似桐孤直，异夫云白样盖椅也。五十里宿夜村，前有一客，长沙口音，山阳号褀，初不知商州有山阳，已而来见，乃知竹汀儿，实缺也，似胜其父。云曾相见，年卅八矣。竹汀谥壮恪，有五子。夜煊。

廿六日　晴，稍冷。行六十里至商州，州牧遣迎，云胡启虞，华阳进士。长安令得电报，樊司使遣讶，帅者已将交卸，代者劳牧，云甚明白。未来见，即不明白也。

廿七日　晴。四更即起，坐待舁夫至曙，初以其再三请早发，不知其恐我晏也。驮夫催发，则恐无店，亦不必早，此事不明言竟亦不知，人情信难测哉。从州城至黑龙峪，但行水中。俗云七十二渡脚不干，今皆支略彴，路则平夷。所谓"高下入商州"者，出商州也，"潺湲尽日"者，尽日行水中也。词不达意，亦实写景。州牧遣送，辞之，但留一差。行八十里，至尚未夕，两得饱食。

廿八日　阴。过秦岭。疑不在此，岭亦不高，亦频渡水。尖牧护村，宿蓝桥，桥支独木，从石上渡。程生遣人来迎，云到已二日。梁咏谐、郭丙生俱差帖，大具供帐，远胜传食，迎者一丁四勇，皆乡人也。蓝关即峣关。

廿九日　晨发甚晏，遣商差还州，上七盘山，地图无其名，山路纡折逶迤，甚得制度，唐李西华所开也。西华未知其功阀，当更考之。七十里宿泄湖，土人读"泄"为"叶"。上山皆石路，不可步，下山土路可行，余步下六七里，遂得平地。蓝田令公出，未遣迎，莱山家儿，宜不知事。

晦日　晴。廿里饭于野店。行十里，咸宁令易遣迎，云藩台自出郊。令取冠靴，遣僮先探。又廿里，将分路时，见东南数骑来。叔公以诗来迎。午诣弟兄自出至东关，抚、藩、警员、易令均相待，入见少坐，入城至夏宅，与樊谈至二更。

十一月

十一月庚午朔　晴。晨起欲出，叔公已至，云当往贺樊生。告以尚早，坚欲即往，不得已同去。樊果未兴，径入客坐，久之乃便服出谈，要至书案边看字画，又久之乃吃面而出。诣常少瑜、裕盐道、光西安、昭显堂、锡闰生臬使、曹竹铭抚部、咸宁易岱松、长安李少耶经江、问珉，小泉少子。毓赞臣道台、俊。王沔县声扬、郭丙生县丞，见四人，余皆过拜。日已夕矣，急欲归休。因至程馆，戢传不在，见太守妻，留吃面。云门催客，闻叔公已坐一日，不能再挨，驰往已初更，又畅谈，二更散。

二日　晴。约午诒兄弟游曲江，坐车出南门，至小雁塔，复至雁塔，登两级，鸽粪满塔，唐僧不埽，小坐慈恩客堂。还寓，郑邠州候见，三妇族叔也。子复得二鸽一鸠，黄孙得一鸽，送程家充庖，早饭毕，已夕。咏谐送活鱼烧鸭，丙生送烧豚烧鸭，皆以充馈，饔飧甚侈。步与咏谐、午诒及齐七同看皮衣，求貂爪银鼠皆不得。还夏馆，戢传又来，同夜饭，三更又吃牢丸。看西安严志，长明，号道甫。不佳。

三日　阴。晨起要龚师同访钟雨涛，小坐即出。过咏谐，云已至我处，急还。叔公出谈，云门俄来，久坐，吃两点乃饭，去时过午矣。谈翁师失君得君之状，令人齿冷。锡臬送菜。

四日　晴。朝食时毓赞臣来见，老实人也，亦谈李雨苍。午过戢传早饭，赞臣、尹凤翔、昌龄，庶常改令。仲锡、吴敬之同集，未散。还寓，与午诒、齐七、纯孙步看高翰林旗竿，因至行宫，旧督府也。还过云门，留晚饭，更招午诒来谈，三更还。汉宫唐殿，夕照外、并无禾黍。五载秋风，依稀谁记，前度雕阑绮署。反挂珊钩旁人见，也被笑、匆匆来去。看彩凤帷空，盘螭金暗，哑咿鸦语。　延伫。翠绥鸣玉，朝班鸳鹭。想待漏星稀，退朝云散，看尽终南黛妩。古往今来，前因后果，留得许多词句。但一角、危楼无人共倚，朱颜如故。《二郎神》。

五日　晴。云门送诗，未遑属和。戢传送银买皮衣百余金。夕复过云门饭，周道台、铭旂，懋臣。刘、树南，瞻汉。尹、仲锡。吴、敬之。程四太守同集，二更散。复谈至子初，看石谷《西陂六景》，每幅百金，不值十金。

六日　晴。将行，云门更留一日，约来谈，复不至，又送诗，并要午、戟同至藩署晚饭，至子正散。寄廿金与茂。

七日　忌日，素食，破例为程太守书扇。云门来送，叔公父子皆亲送至华清，樊、程、钟、易送至八仙庵。钦赐道士宗阳出迎，推窗看兴庆池，东院看黄杨树。右树大可荫亩，高可七矢，枝干盘曲，奇观也。左树小减，亦天下所希。晡，樊仍前送至霸桥，易咸宁设钱，以忌日更具菜食，程亦在坐，离情顿起，霸桥长不至百丈，自古为名，何也？见坐车折轴，余坐夏轿先行，以为必早至，及到骊山，夜矣。衣装皆在后。送者夏公三乔梓，郭丙生、梁咏谐、夏赓虞及陈婿皆先在，黄孙从余轿行卅里，纯孙后至，皆先浴。余欲浴第一汤，微风吹单衣似寒，乃浴腹以下，水不甚热。夜与叔公谈至三更。

八日　晴。晨不寒而地水冰，未知其理。昨车轴又折，再换装车，及辰正乃辞别送者。午诒同游，骑从，余昇至零口，未尖，到渭南未夕。刘大令供张，行馆在县署东南。已睡，刘来拜，便衣徒步，余不能再衣裤，请午诒见之。午诒不愿，因勉以世故人情之说，乃肯作陪。询之，云自七十里外赶回，人甚明白。

九日　晨起促行，轿夫不来，欲答访刘，恐惊早梦，日出乃发。行廿五里，饭于赤水铺，具食者不知尖宿有定地，亦余疏忽也。十五里过华州，看少华云阴不了，欲宿华庙，轿夫云尚有七十里，不能至，乃遣去轿夫，与陈、夏共车。十里昏暮，月行五十里，华阴明府遣镫来迎，十里到祠馆，已二更后。践华期仲九，千里赴忧要。无霜悦春和，有月丽初宵。清夜循修涂，超阑骋联镳。星雾合灵扃，寂静启松寮。仙掌俯层楼，穹天未能高。凭关昔虎视，作镇歌柴乔。祠宫仅完修，周道眷西郊。金德傥重曜，谁能但游敖。

十日　晴。晨谒岳祠，登万寿阁，制甚宏壮，道士以未修角楼为恨。唐碑烧裂，仅存四字。朝食后步出催车，久待不来，两孙皆不从，比至玉泉院，正午矣。崔大令备兜子六乘，兜夫廿四名，用三兜五背。小坐即登山，沿涧东西十余旋，折回张超谷。看鱼石，巨石十丈，水漂行三里，光绪十年六月事也，山寺院皆为水毁。度五里关，为第一关，又数里希夷峡西为第二关。关南莎罗坪，得小憩。所谓大小上方，在东数里，十八盘阪路盘曲。又里许，毛女洞，石林凤游记云名玉萎，洞中时闻琴声。又里许，至青柯坪，皆谷内也。坪北见一峰奇丽，午诒名之玉女峰，盖小玉女耳。饭后闻午诒语声，出寻乃在院左，云得一石洞，洞顶石文黑白，谓之梅花洞。余视之，正似蒲桃。又一洞，亦有梅花，余未往也。夫力皆仰食道士理泰而取偿于我，唯携四千，不足酬之。

十一日　阴雾。朝食后上北峰，过回心石，兜夫云当步上，遂上千尺幢，石云即郦《注》天井。旁施铁缆，西折上百尺峡，度车箱谷。南上磴道甚斗，林云端人崖，俗称老君犁沟。又南为胡孙愁，祀一猴。遂至云台峰，即北峰也。上南峰，由上天梯至三元洞，大风，入督龙祠少避。欲还，风稍止，过苍龙脊，郦《注》谓之搦岭。两山间通一石，旁山斗绝，深谷若池，为登山最险处，其实可舁过，非吴猛所渡石梁之比。石云韩退之投书处，有石刻未暇看也。东上斗下，名鹞子翻身。复上至五云峰，出金琐关，石云即箭筈，通天门。时有斗磴，皆不甚远，舁夫必欲余步，余必欲舁，亦时下步。上二里许便得土路，且多下坡，再上即南峰，积雪未销。入金天宫投宿，五云道士来为主人。饭后上绝顶，齐、午已再上矣。观对山绝壁上出三峰，道士云赛华山，实华山一体也，从无人上。夜月甚明，迟久不寐，风已息矣。

十二日　辛巳，大雪节。晴。欲上东峰，午诒云玉女在中峰，东峰唯有秦昭博局。因踏雪先至莲花峰，即从下望若丛笋者。及上无甚可观，旋至中峰，皆舁行。寻至玉女，醴泉未得。望西峰背石，花瓣如生，秀丽非凡，下峰回望，仍如簇笋也。时初过午，可以还馆，因促下。数里即金琐关，步下单人桥，入龙口，舁过苍龙脊。步下天梯，不入云台宫，直步下犁沟，三百卅五级。长揖猴王，报其息风之助。遂下百尺峡，通天门也；千尺幢，天井也。初以为尚有险处，见刻记知已过幢，遂无劳步。因令舁夫直还玉泉院，各赏百钱，其行如飞。至院不暇与道士语，与齐五并骑而还，至馆未昏。黄孙捕雀相待，饭糯不可食，索面，吃大半碗。道士来催捐，与以十金，兜背力钱十四千。摒挡未竟，崔华阴来拜，字湘奇，戊戌庶常，桂平人。云从其父上华顶，又从升督部再上，本欲从我三上，会已行，不果。二更后云门专马来送启并词，限一日到，果依期至。复书写成已三更，遂寝。

十三日　晨与午诒骑访崔令，谢以未起，即还治装。午诒更送至潼关，假馆行台，到即登关祠眺望，雾无所见，还馆甚热。关厅刘蓉弟来拜，字季□，云在南学知我，言潼、函皆非险要，已成通道。两车换轴，关外辙狭故也。夜醒，室中已辨色，唤人不应，起视月始斜，吹镫复寝。

十四日　晴。午诒不忍别，促车先行，不复顾之。过文家店，未饭，卅里尖盘豆驿，廿里宿阌乡。午后大风，夜月。

十五日　四更即发，月初西斜，行廿里天始明，又廿里尖稠桑驿，廿里出函谷，尽下坡路也。灵宝城在关北。廿里宿曲沃街，即安仁所谓"升曲沃而惆怅"者，曲沃不在此，不知何以名。《水经注》云以晋有司守塞故。

十六日　五更发。晴。过陕州北，尖池中镇，宿张毛，行九十五里。剃工云万历六娘娘幼秃，被选至此生发，故名"长毛"，至观音堂换形，商州女也。

十七日　五更三点行。晴。冷水尽冰，五十里尖观音堂，下坡路。又卅五里宿渑池，渡一水。

十八日　晴。行五里天明，又五十五里尖铁门，未饭，渡一水，新安地。稍煊。卅里宿新安城，大店少。

十九日　晴。行五里天明，又六十五里至洛阳，周公所营已无余迹，即元魏、李唐京制亦皆荡然，圣哲徒劳，可为三叹。刘丁必欲进路，日夕行至夜，卅里宿一井铺。

廿日　阴。行时天已欲明，沿雒西行，过偃师，又西渡雒，共六十五里，尖黑石关，有新修行宫，卅里宿巩。西峰最明丽，云日寒嶣峣。入谷光已炫，回崖秀相招。践雪登其巅，纤云拂层霄。花英如石肤，玉映紫翠苗。其外千竹萌，解箨润春苞。似闻洞壑幽，未敢探山腰。即此悦耳目，又无登陟劳。古来多赋才，谁能状亭苕。至今云外人，但见三峰高。《华山西峰》。

廿一日　天明行过虎牢、成皋，皆下坡路，车行土巷，非阻险也，两旁平原，自可横行万人。午后阴，尖汜水东关，夜始至荥阳宿。《华山》诗一首：雍凉表天阙，维石发琦英。嵯峨涌厚地，巉削起重城。三陟五千仞，始见南崖平。法驾不能跻，跬步在精诚。苍龙伏其胸，自作天梯横。纠缦五色石，虚闻万松声。仙岳收视听，天池漾金晶。卓尔既有立，昭兹瞻仰情。　《赠樊方伯》：昔年慕英彦，结交共屯艰。拨乱未反正，群公智已殚。徒遗凋瘵民，征缮岂能宽。闻有达政者，高才在卑官。听讼实知本，政平民气安。朱绂既就加，百吏皆改观。关陇今贫僻，不与治乱权。近欲崇节制，苟务兵食完。无信谁与立，奇谋空万端。荐贤非吾职，但念得见难。岁暮情有余，感慨回征鞍。　《灞上赠别樊山》：征鸿久南飞，仲冬犹未霜。游心喜煊时，脂辖舍未遑。良友惜轻别，三宵进离觞。再送复远饯，帐饮清灞旁。居人有行色，徒御尽仿偟。余生固无羁，万里鹜车航。见此不忍去，新知乐无央。生离昔所悲，寒树远苍苍。挥手竟超然，濡呴亦难忘。暮色忽凄寂，眷然愁路长。

廿二日　阴。竟欲雪矣，喜不风寒。天明即行，七十里至郑州，犹不得食，入一店，送者请入栈，不能拒之，破例移往，幸饭菜有南味。拦腰一扁担，料理行装，众言不必，亦皆听之。夜作书寄夏、郭、梁、程，并寄诗云门。

廿三日　晴，大风。午出店上火车，送者辞去，未正开轮。过鄢城、长葛，见县令送差，问知陶斋弟锦，字叔纲，往问讯，留谈。见程雏安儿端，程旋来辞去。夜至驻马店，起行李，至天保栈，乃得茶饭，饭后即寝。

廿四日　阴晴。黎明即起，上车，辰初开。车上倡优隶卒，坐立拥挤，非人境也。戌初至汉口大智门，仍入天保栈，取其近便。

廿五日　阴晴。晨率僮佣看船，三子亦出，出即相失，张僮误引至龙王渡口，自下寻煤船。余待久之，知其误，上至街口，遇王佣，旋引至打钅口巷前待雪处。又久之，张僮未来，复令王佣往寻，须臾俱来，云船在对岸，划子拨上，便令作饭。张先王后，俱往大智门发行李，过午乃来。久之，两孙过江来，云齐七未至，遣看小轮未得，坐待至夜。齐七主仆来，云半日未食，又往来寻船不得，时已初更，不复具食，且俱宿船中。夜雪。

廿六日　乙未，冬至。起看得雪五寸，不先不后，知时应节，可喜也。小轮未至，定坐小拨。午后岳、顾两生来看，余正抄诗，与谈近事，并要至一品斋小饮，吃烧鸭野鸡，又送上船而去，各为书扇一柄。

廿七日　阴。有稷雪渐渐竟日。兀坐舟中看小说，不复作生日矣。

廿八日　阴。移泊鲇套，半日不得到，到停半日，遂泊套口。

廿九日　晏起，船已开行，朝食后至大军山，晡时方过金口，欲宿东瓜脑不得，泊蠓子口，七十五里。有雨。

十二月

十二月己亥朔　阴，见日，旋复欲雨，已而小雪。行七十八里舣簰洲上。欲作黄杨歌，未有诗思。

二日　雪。船人早戒，因寻狗反迟，至辰正始发。行九十里舣宝塔洲。看船，送勉林碑状还李正则。复行十五里，泊陆矶口。连日便阂少食。夜大风。

三日　阴风，有雪。晨发，船不得出套，久之乃活，顺风帆行百余里。过阳逻矶，船甚簸荡，卅里闯关。过城陵矶，泊岳州城下轮拨马头，齐七主仆上岸，寻复心寓。

四日　晨起待发，久待齐七，巳初乃与复心同来，送螃蟹。朝食后乃行，顺风甚驶，泊琴岐望。有雪。

五日　早行，阴见日，竟日帆风，二更后乃至水麓洲，欲趁城，不及，皆睡。

六日　阴晴。遣王佣入城，待久之不至，三子先上，余亦换船先上岸坐待，舁夫亦至，巳正从大西门入，儿女欢迎。道遇观察，问其出居之意，一言不发。张生来，余责其乱人家事，欲拨乱反正难矣。本欲即回乡，待周姬，乃停一日。窕女还。杨振清来禀见。

七日　晴。齐七、李生来。三妇携赣孙自乡迁城。谭会元来问学。子瑞来。定率两女还山，就乡船还，便俟吃粥而去。朱生来。尹和伯来。夜寒。

八日　晴。乡船索价二千，麾之去。周佃被火，来谋兴复。

程生来见。尹和伯、王理兄来，未见。客去食粥。胡氏外孙女来，留吃汤丸。夜寒稍减。

九日　晴。船去不成行，廖荪畡来畅谈，李生来论磺卝，两人各持一说，不相合，并拂衣而去。蒋少穆亦来诉卝事，皆以余为干预，其实未过问也。争利有何曲直，亦非余所当问，且入摸牌。夜饭甚晏，倦小寐，旋起解衣。

十日　晴。房妪未明即兴，余亦早起。晨出城，附轮拨至县，正午时，凡行卅刻。大雾人挤，先遣觅小船未到，划子送至杉弯，呼得一船，抽篙即行。到落笔渡已昏黑，乘月至姜畲，犹未朝食。王佣寻至，唤周儿上船作饭，房妪昏睡不能起，竟日未沾水米，唯吃蟹饺数枚。二更到湖口，王佣来迎，晨还。方僮夜出，云不能守舍，且游且赌，余之不善用人如此。史佣甚诚笃，又无干用。文柄复来，竟不出见。三更房妪乃饭，匆匆就寝。到家即雨，与到汉口遇雪，见转移节气之幸福也。

十一日　晴阴。许女来诉。方僮及土工厂砌工检屋。大理衣装，分为二箱。看《水经注》，作《华山记》。

十二日　庚戌，小寒。晴。代元妇携儿来。缝工来裁衣。遣史佣送衣料与诸女。无事，唯书《游记》。方僮入城买烟。

十三日　大晴。倪叟来言退佃，许退百金。方僮还。作《游记》毕。夜月。得曹东寅书，送杏仁。

十四日　大晴。幹将军来。召工泥壁。抄《汉碑》。夜月，开窗赏之，四更月隐有风。屠肆来求免学费。文吃送鱼粉。

十五日　阴风有雨。家门二人为屠所使，出示黎承礼禀，群儿妄作，实可闷叹，笑遣之去。谭屠妇又来送豚蹄。

十六日　雨寒。盛团总来，求起学堂，筹烟捐，云铁路得二千金，已撤局矣。抄张昶《华岳铭》，郦道元盛称其文，殊无可观。

十七日　阴，有雪。滋来书言乡中事，耳目甚长。史佣担豚来。午寒向火，夜暖微雪。

十八日　阴，午晴。打掉一日，写一联送韩古农。庆云。幹将军来抄《游记》。

十九日　晴。检衣箱。张僮来。接缝人加工。盛团总来。作告白禁赌，罚三子、方僮，以警盗赌。

廿日　晴。张生来，言学堂。王街总来，言禁赌。张僮先去，令文柄从之，寄食王恒止，皆无父国人也。

廿一日　晴。侵晨戒行，午正始发。房姬闷船，便令由陆，以看视妇女为名。晡时舟至湘潭城外，待僮姬将一时许，僮从至县。见任三老耶，说官事毕即登舟，待姬至初更乃来。盛生、张屠、杨孙俱来相看，避嚣亟行，一夜泛泛，五更二点到水麓洲。

廿二日　晴。晨移草潮门，步入城，以轿迎姬。到家，家人俱未起，待饭甚晏。窊女来觐。书与程生索银退佃。李、张生来。两儿来见。如韩湘子还家，世情尽矣。宜孙仍留未去，朽人、尧牙、张四哥同来。

廿三日　晴。晨出无所往，闲游荷花池，还。胡氏外孙女来。朽人又来。汪学堂来见。谭会元亦来。程生、尹和伯夜来。王莘田来。邓婿来。夜送灶，尚无年景。三妇来。

廿四日　晴。朝食后笠云来，请明年出行饭，因与同访邬师、胡子仪、朱纯卿、王芍棠、孔揩阶，邬、孔未遇。还，纯卿来谈，张生告归。暮访金姬不得。

廿五日　晴。作文卿碑将成，文思不壮，姑止不作。会元及龙芝生亲子来。吴姬来求金。三孙散荡无聊，且令抄书。借辍耕录看典故。步访莘田，遇张立之儿，彼不知六十年前周旋事矣，然可与抚台来往，故是跨灶。

廿六日　甲子，大寒。朝食后访一吾、会元，并不遇。还看日报。夜雨。为汪孙书小横幅。

廿七日　雨。程生来。会元、李正钊、胡元达来，正钊眼子，吾误以为梦颠。谭出李东阳像请题，上有覃溪时帆翁师傅题，盖以其出旗籍而喜之。一吾暮来。

廿八日　雨，欲雪。程生遣迎一饭，未晡而往，遇吕八牙子，不忆之矣。又有李萃轩、尹和伯、旷凤冈，功儿亦在坐，半日席散，看三王画。

廿九日　雨寒。作谭碑成，即日送去，今年无债矣。黄姜来迎滋母子，欲令劝和，往迎，云须住数日。二更后又还，云黄婿有病，甚瘠，亦可云长命。

除日　大晴。人心甚快，家中起甚晏。二谭来谢，未见。朱、程生来，小木出。湘扑、觉女均还辞岁。三妇亦还，自立门户，仍云人众热闹，未知其独往之意。"倭奴"则已勘破红尘，视骨肉如土苴矣。三孙亦无团意，盖世运所趋，人不聊生故也。年饭甚早，待祀灶稍迟，亥初行礼，祭诗毕已子正，遂睡。寝户未扃，时闻人往来，最后呼问功儿，则已寅正。

光绪三十二年丙午

正 月

丙午正月己巳朔　晴。功儿昨睡晚，不能早起。朱生来拜年，尚无接待，自出见之。程生来，黄翀县丞过班来，皆与接谈，李生来则未能出。胡婿子女均来。夜掷投夺状元。半夜雨。

二日　阴，有雨。命功儿出应酬，轿钱须千数百，用佣工自舁。席沅生来。笠云接出行，请合家三代。三子皆不往，命纯、宜侍行，觅轿夫不得，乃步往，泥行颇竭蹶，将至而雨。倭僧先在，明果、道香、宗镜、青莲及两孙同吃年糕，便入坐。言碧湖起亭，梅晓愿包工，以五百金与之，听其所为。梅晓复欲于旁造寺，亦假予名，佛本外夷，无中外殊也。借轿往赵坪王家，益吾请陪爵帅，客皆未到，看仁寿班。顷之报子、沅生、诸幕、可升。程生皆至，夜演镫戏，久无此升平风景，人以为侈，吾喜其存古也。二更后散。程生送谭道台关书来。

三日　阴。为谭会元写字，题李西涯像。廖荪畡遣人来迎，约俟见日。湘孙还。李生、颜孙来。程生送银半千，即令纯孙送开福。金妪来。

四日　晴。黄花农小儿兰萱来见，以道员分湖南，但旭旦流辈也。初与其家相通，随往答拜，并及亦峰长子，亦初相闻。王芍堂约看戏，城中土老多在，诸幕亦与，二更还。

五日　晴。路漍可行，出城展墓，由老龙潭至西湖桥铜元局，访裕蓉屏，便留吃馎馎，晡还。曹婿、陈儿自湘来。李生来报程生被代，代者匏孙，诸人又皇皇于干馆矣。夜掷投摸牌。

六日　阴。闭门谢客。陈顾工、徐元兴同来，未见。见谭会元，谈收心法，以写字为日课。六耶来送年礼，又当办公，殊无了日。夜煊。

人日　晴。小疾畏寒，少食多卧。作春卷应节景。得茇京书。看晋石刻抄本。夜风，正困卧，闻健孙詈语，起问乃与外孙斗气，唤黄孙问之，殊不愧怍。孙辈胆大心拙，殊为可哀，儿女亦俱不乐。得苏畡书，约至其家。天气未为佳，既约不便辞改，且扶病去。夜检衣被，便还山也。

八日　阴，颇寒，幸无雨。待廖迎力未至，以为改期。晏起，闻夫力已来，便舁至永兴街，又换一力，出城渡水麓洲，二渡已将午矣。小憩龙王市，从柏叶铺过杨厚庵墓前，宿黄泥铺。径路幽静，亦时有舁担，但无年景，店亦可住。

九日　朝晴见日，风起，俄阴。出善化境，五里油草铺，入宁乡，欲寻智亭逗留之地，无可问矣。卅里至龙凤山，周尚书祠在山北，童家屋稍在其南，山更在山，非高山，盖葬家名之耳。又五里廖遣人来迎，舁至南田亭，又遣镫迎，时尚未昏。行十里至横田廖家，苏畡迎于门。又见一客，云王章永，字杖云，王学士之族曾孙，新化教谕。廖二、四、五、六。子皆在家，出见，妇女馔具洁清，旧家风也，然有更夫，则又官派。

十日　阴。晨起苏畡已兴，议游沩山。杖云告归，早饭后去。游廖园，楼旁一室甚佳，楼不可住，房室在古今之间，小坐，仍还廖书房，围炉杂谈。书门楄一额，五郎请书联一幅。设正酒，客去无陪宾，苏外孙梅童子十岁，云知西历史。及二、五、六。郎同坐。良农不出，似熊师家，盖不接俗客耳。

十一日　晴。本约晨发，朝食后已巳初矣。苏畡为我顾舁夫、挑子共四名，自用八名，并随丁二人，计十六人上道。从田罐出停钟桥，云断丰罐旧有寺，寺僧梦老翁云明日上升，请无鸣钟鼓相惊。次日大雨雷电，白气弥空，僧讶其异，鸣钟鼓助之，倏大震，龙堕，水涌没寺，僧亦漂死。今有和尚桥及沉鼓潭，皆其故迹，未记其时。苏畹云采铁地陷所裂，今湘潭下弯、常宁水口皆有其比。小憩佃户家吃茶，五十里渡沩水，饭于双凫铺，通安化铺路，湘、鄂军援邵，自此进。廿里宿横铺市，刘克庵次子有钱店在焉，近因捕盗防仇，欲建堡城。去市二里许，有云山书院，今改学堂。

　　十二日　庚辰，立春。朝霜，大晴，至午阴云。廿里饭黄柴，云黄木江。《沩山志》云唐敕建密印寺，材木自此入山，故名。大中年赐额也，初曰应禅，后建同庆，今曰大沩。山皆循沩左行，平沙坦途，林壑幽胜，余评之曰"萧寒"，苏畹云"清深"。十里至鄢弯，李湘洲称其杉、竹。十里渡沩西，大约往来频渡，东西其大略耳。至同庆寺，过门未入，急欲见沩山，过二阜皆不峻绝，然颇盘亘。初入山，五色飞岚，甚似庐山五老峰，第二重少逊，亦自幽静。到沩山寺门，乃不知何者为沩山。村人送龙镫不入寺门，余亦未便异入，与苏畹步入知客寮，二僧知客湘乡忍吾，湘阴佛岩。留宿设食，苏畹云斋僧一堂不取饭钱。未入方丈，宿僧值寮。昨日偶成一律，补书于此。华岳归来又看山，喜逢良友共追攀。春风隔日先舒柳，晴岫开烟乍整鬟。地有林泉双映带，路随塍圻九回环。知君新岁寻诗思，只在丹崖翠蔼间。又。平沙修竹望沩西，行近灵山路转迷。叠翠几重飞黛色，盘蛇一道引丹梯。飞桥仿佛过灵隐，结社相将到虎溪。更向南崖寻瀑布，净瓶公案与新提。

　　十三日　住持僧寄云来接客，同饭客寮，同游沩源，观瀑流，传云石泉入石池散为莲花，其说甚诞，有三流皆不成瀑，无因激散也。在寺南可六里，亦非沩源，陶记似在一山，尤诞矣。沩出益阳，今属安化，此泉入沩，以寺名盛，因移山水耳。还寺午斋遂行，放参一堂，用钱三千。过同庆寺，看唐碑已折，商于荪畦立之。僧诉江姓占僧塔，欲谋挂扫，皆痴也。循来路至皇木江，荪畦急欲归，促行，夜进至横铺宿。夜雨。

十四日　晨发，欲一日还家，路滑不得驶。至东鹜山，荪畦已偕黄少春武庙宿，客强余夜谈，且息夫力，遂止不前。饭后看灰汤，不成池，甚垢蓶也。至柴龙寺买鸭，云此处鸭骨独有髓。余因悟“东鹜”，冬鹜也。野凫、家鹜亦或通名。此有汤泉，凫多宿止，或有异种流传，为灰汤鸭。荪畦赠余二双，聊赋一律，为沩鸭故实。东鹜山前冬鹜肥，汤泉温暖养毛衣。久闻下箸胜鹅炙，莫惜随笼别鹭矶。旧例羞珍烦驲致，新河余粟损戎机。老来补首须真髓，犹恐摩尼见火飞。又至蒋安阳祠，并祀刘将军，荪云是刘敏。夜宿关祠。

十五日　元夕佳节，早与荪畦分袂各归，荪五十里，余百里，自以为不至。天气晴煊，节景甚闹，时时逢乡傩，鱼龙漫延。行五里冷水井，过坳稍高，四十里饭郭家亭前下四铺，偶见告示，询知即湘潭七都地，喜知地近，遂从银田寺驰还。到寺已暮，急行十里至灵官庙，见月，月中行廿里到家，愈矣。野月不及家月明，山家又不及城中明，此理无人说过。乡人闻余归，欢喜送镫，月西乃至，自出接之。龙去乃睡，睡醒犹未曙也。与书谢荪畦。

十六日　晨晴大风，巳正微雨。以五俎缋廖佣，谢遣令还，各酬四百钱。男妇来者络绎，移砚外斋对之。夜早眠，大风雨。将军来，午饭去。作鸭诗。

十七日　雨寒欲雪，竟日在内室间看杂书。盛庚团来。检县图，寻昨路，微有方向，但失载郭亭。

十八日　晨起开门，茅屋雪积寸余，坐内室不出。田团来，顷之又来二村人，闻名求申冤者，曾老太耶亦非得已，余直告以要钱，乃断葛藤。作小词二阕，《元夕词》尚入格。夜早眠，不寐，颇寒。

十九日　细雨凄凄，寂静可喜。晏起，遣人买煤，并遣方诚去。张德辉来，得意洋洋，讼棍情状毕露，麾之使去。大概居乡唯有讼事，无他正业也，奈何奈何。

廿日　阴晴。包塘族长来，言屠帖竟每日有常课。看《四此堂文集》，幕友而僭称堂，殊不自量，然可见范承谟是好官，不得好死，实无天道。唤工补瓦、换银、起煤。闻报船来，以为煤炭船到，俄见黄孙，云佣妇皆还，两女在县阻雨。自出迎候，久之乃至，发行李直到晚。吉娘倾去头油，大闹半日，有族曾孙，不先不后，被骂而去，亦一奇也。事皆前定，理不诬矣。夜闻方僮撞骗屠行，彼以撵去，亦不复问，仍早寝。人来自暖，亦若有使之然。凡气机相感，有不可理测者，若无意，若有意，至琐至细，岂不神哉。

廿一日　昨夜雨，晨雷似擂鼓，前罕闻此声。雷殊不同，何以云雷同。若云同听，又何以处聋者。看曙色到枕后又再睡两觉。房妪温书，黄孙设坐，扫除庭轩，遣迎两女。文柄自来。萧团来，言成赟君改《论语训》，以不愠人为不愠君子，贵贵之义，伺候阿哥不可愠也，此与西法教习有合。程生送油盐笋脯，云衡道自往省邀聘矣。义不再辱，然不能不一往。

廿二日　阴雨，甚寒。团甲人来，族孙族子麇至，将暮二女乃还，莲耶亦来。少顷已夜，摸牌无人，取诸私臣，四圈后寝，犹不得曙。玉莲来上工。

廿三日　阴。往视牡丹，泥不可步。登楼，小坐外斋，看樊山艳诗，大要为小旦作，故无情致，邪思亦有品限。夜有舁来投宿，未见，云是钱店儿也。

廿四日　阴雨。戴表侄率其段表弟来学讼，告以理路，彼不领解，大约欲得我油祸而已，遣送去。偶考勾践百里地，当今四百里。则山阴、嘉兴皆非故地。又朱室、炭渎，相去又太近，盖封以长狭，合成百里。

廿五日　阴雨。作游记，随笔写去，谓之游账则可，看诸道人作《石门记》，不觉自失。

廿六日　甲午，雨水。雨。摸牌竟日，聊补消寒。玉岑女婿来学讼，谢未能见。居乡居官司外，无他相关，无地避事矣。乔子来求部置，切责饬之。

廿七日　雨。镇湘来，留住一日。抄游记毕，不荦不飘，不成文也，然愈于陶密庵。

廿八日　雨。王凤喈遣儿来问讯。镇湘去，将军帅夏估来，言王理安妻欲来见，盖将诉其兄公，亦官司也。因感风，乃复摸龙凤两圈。夜雷，大雨，俄止。

廿九日　雨。莲耶去。看玉溪诗，手寒向火。登楼避许女，然不能避，嫁狗随狗，无可奈何也，有大力自能振之，唯可自惭。玉莲又去。

二　月

二月戊戌朔　阴。后山始可步，看新种树秧北枝梅花。雨意殊浓，无可兴作，摸牌二圈，出登楼，梦雨飘瓦，地已全湿。盛丁来言洋事，云程生亏五万金，周福严追，尚不及夏生善作弊，亦可怪也。夜大风。

二日　苦雨凄风，饶有春意，宜饮酒作伎，不宜他事。乡中岑寂，以闲写代冶游耳，且作一词。凄凄半月雨，做尽春愁无处诉。帘外泼寒处处，只柳眼啼烟，杏腮笼雾。寒鸦报曙，听几声萧瑟如许。谁知我，酒边诗里，别有咏花句。　芳树。艳阳潜度。早引起玉钩金缕。花朝刚是小雪，尽放春来，莫教天妒。眼前骢马路，怕他日天涯又去。还分付，暖香眠鸭，好在绣帏护。夜雪。周裕芩来送菜。

三日　起看雪，但冰耳，竹树皆冻垂地，所谓"树介达官怕"，六朝读"嫁"以叶"怕"，吴音也，今苏语犹然。今无达官，五大臣亦足当之否？有天地然后有万物，此即混沌时也，为一怃然。且冻豆花以佐汤点，夜食饼。看复作寄姊书。

四日　冰冻。看《周官笺》，手冷方向火，紫谷道士来，殊不欲见。久之乃出，询系来作经纪者，云萧子求文字，非为学堂也。

五日　晴。史佣送祭用往省，王佣将往运煤，来请制篙帆。道士先去，煤船并送观察木器去。将写寿对，忆张苍侯封不得，簏中乃无《史记》可检，甚可笑也。搜得三儿三史，且移入备查。并书萧子三联，字不能佳。张翁百岁号云台，就名号颂之。系出文侯，鹿赐弥永；号同阮傅，麋寿逾高。萧子闲官，又不读书，因题二句云。琴书陶令销忧物；诗酒扬州写意官。此亦充日课，闲懒极矣。

六日　阴。云卿第四儿来，字庆生，名名寿，在醴陵学贾，稍胜其兄，能具衣装，留宿外斋，与之一饭。夜雨。

七日　晨雨，朝食后阴。雪师两孙来，长舜臣，云颇通文理，其小弟亦干净似官家儿。顷之小敷又携女来，俱不饭去。夜有月。

八日　晴，犹寒。岫孙来。与张稽察谈官事，张被押得释，兴高声壮，余避入内。郑福隆率其孤孙来见，不肖子死，舐犊爱存，亦可悲也。十二耶儿来，即去。

九日　晴。岫孙去。周生世麟来，值沈山人、许甥孙与将军同谈，唤门乃入，留沈饭，久不具。田、雷孙及王姓来，同吃面。

沈饭噎，竟不能饱，匆匆去，已夕矣。周亦辞去。

十日　晴。周生居客店，未知何意，开门待之，久不至，乃闭门，入闻挝呼声，云王心培来，出接之。崔甥孙与庸松来，刘兰生亦来，皆意在欧阳述。谈喧竟日，吃杏酪，崔、庸去，王待饭去，刘宿外斋。遣人运租，夕得廿车。

十一日　晴风。陈秋生来，周生亦来谈，不饭。余与两女看运租入仓。因思往年南竹作银桶时，未料无尺土；及六百钱卖大柜时，又未料今日有租收；未知更六十年复作何状，大概化水无形。以语两女，使知倚伏之理。刘丁来，言铜元局将改枪炮厂，得郭八、完夫书。

十二日　己酉，启蛰。黄孙不能读，自愿入官学，因遣入城。盛丁已将入武备堂，又自愿归农，亦暂往辞退，遣船送去。刘兰生、王仆均去。廖生不带纸而送书价银，并令功儿买纸。长妇归胙二俎，赐以莲饼。滋检得残本《广记》，未加点者，补点四卷。春晴五日，犹有寒气，夜月胧胧，桃李未蕊。

十三日　晴。屠侩因族长来求关说，甲总因冯甲来诉卖谷，黄团总来乞巢，均侵早来候。见玉莲，报祠漏当修，遣滋往估工，晨去，来请训，适余睡未醒，比起，已去矣。见三诉者，各谕令去。看《广记》半本。胡荫南儿炳生来，亦为欧阳述，小坐便去。滋未夕还，云未须大修，苦补可矣。择于十八日遣匠兴工。

十四日　晴阴。出看桃李，遇余家佣，云余子来，从船至，出见，与谈生事。至夕又报程观察遣人来，以为送润笔，令问已饭否，答云未饭。适夕食，辍盘飧食之。出见，云常宁詹炳光，字华楼，久仰老师，欲往陕西，求信与樊藩台。告以一函百金之例，皇遽欲去，会暮微雨，自请一宿，许之。未几又一人来，云从船至此，亦无所止，则蒋生也。此生相求四年，无厌已甚，既为李生金羧所关切，强又出见。两人共被，夜雨潇潇，余高卧不出矣。

十五日　雨竟日。詹生晨出。王佣还，云煤不可运，盖实惮往，令寻船送蒋生。看《广记》，寻舆乱书，见梁启超论说，且读一过。

十六日　晴。蒋、周俱去。张僮来。忌日，斋居。召匠问修祠屋事，遣文柄往。写字数纸。

十七日　晴。德成来，言修祠，意欲包工，以匠估廿元，此又减价，即令包修，以十元付之。滋出游南塘。刘诗人来，不饭去，云张冶秋已降官江西，教民杀南昌令。至夜朽人来，云水泄不通矣，亟欲问消息，无从问也。《广记》点毕。

十八日　晴。写字数纸，无佳作。盛一送银来，得湘孙书，云洋人尚无着落，鬼蒽亦入学堂矣。未死已见披昌，所谓永绝书香者耶？抑船山、王敔之类耶？芝兰生于阶庭，荆棘丛于卧榻，有何欣戚，不独韩湘子看破红尘，韩文公亦了悟矣。詹生又来，限一月取信。遣寻将军刷书。夜雨。

十九日　雨阴。出门看李花，野棠已盛开。见一人彳亍来，则周生从县还，云诚勋改将军，恩铭代之，继代恩，庄心安代继矣。庄重入省城，甚为可喜。方与两女看花，见一轿来，云左斡青，思贤弟子，挟笠僧书，笠亦疲于津梁。左乃欲往陕西，以六破果合，求篝车之获，告以世事，废然自失。

廿日　晴。左副榜去，留条子欲得分销，与张冶侄同有大志。约将军来，议刷书，至夜乃至，狗吠人哗，一时喧闹。挂坟三力来，无宿处，先去。

廿一日　阴晴，似欲雨。樱桃半开，梅花未落，犹可重裘，行人早脱衣衫矣。将军嫌床板硬，一夜未睡，见其欠申，神色不足，问乃知之，非"将军"实巾帼流也。将夕仍去，以十元请买纸。

廿二日　雨煊。遣船下县。寻《广记》，得五代时八仙，以证西安八仙非湘子等辈也，盖宋初改兴庆池为之。李八百忘其时代，长寿、葛永璚并未知其事迹。

廿三日　晴，复寒有风。吴少芝专人来，复书即去。沈山人遣儿来种树。

廿四日　大晴，煊。始绵。作《黄杨词》。见二童子红衣来，询知烟店儿，求住屋不充公。遣周生往询原委，亦令得分讼费，省愚妇人乱用银钱也。看牡丹初苞，李花始绿，杂花已香，春事渐繁。

廿五日　晴煊。纸、船昨夜到，将军呼门入内，竟未闻知，晨起相见，陈生已去，将军饭后亦去。看杂树新绿，桃杏始萌，暖气催春，无复寒色。四老少扶杖来，顷之舁去。夜可不被。

廿六日　晴。煊甚，换夹衣。代元妇来，助作小绵袄，不复需此矣。刷书人来，先刷《大传》三部，为之次第，更刷《论语》。楼上已热，不可坐，至夜大风，稍解温热。校陈刻《楚词》一本。子初大风暴雨，电光如月，起坐待风止乃寝。

廿七日　甲子，春分。晴。李花全开，出门眺赏。清《论语》，刷六部，内少六页，未知遗何所，当补刻。看汉人拟骚文，甚愚陋，所以胜后人者，博弈用心之类。更刷李严诗。周生学讼还，云官事不可了。丁郎已下省去。检严诗，未刻《锦鸡赋》，前已求得，后又未刻，未解其由，今不知可再觅否。沈山人、宗兄并来，方与问答，忽报"油胡篮"夕至，兼有世愚侄徐全瀚，不知何许人，车殆马烦，人喊马嘶，真无处避秦，只得延见，大要不离提爱者。近是夜分，派宿处亦费安排。沈诬我涉讼，呼夏估使面质。

廿八日　晴。午初客去。幹将军来清书版。山人已去，宗兄亦翩然矣。将夕，将军亦去。遣人下县买纸墨。衡船来迎，陈八及其二子来，遂定南上。程生刻《易说》来。

廿九日　晴。料理经手事，送信与圣旨，留书与将军，自往催佃户出庄，唯余一疏未作耳。定明正行，至夕微雨，遂大风，雨雷达旦。胡贞女复来诉冤。

卅日　大风竟日，不能成行。张生冒寒来，言宫中事，且告出洋。校《易说》两卷。夜雷雨。

三　月

三月戊辰朔　社日。雨寒仍袭，可向火。烟店妇来诉苦，入门已冻僵，姜汤活之。大风动地，仍不能行。

二日　雨。看牡丹已坼。晨见贾妻，谕令无讼。朝食后径上船，待房姁来已正午，即令船发，行五十里泊向家潭。校《易说》一卷。

三日　雷雨连日夜，湘水大涨，行卅里泊沱心寺，所谓"泥缆风帆一舍程"者。文柄附船去，舵尾犹有六人，雨漏频兴，余亦寝不安，而食甚甘，遂觉过饱。

四日　雨时至，唯雷稍远。水急不能上行，十五里入漉口，泊。校《易说》毕。得咬菜根，复采杞苗，作山家清供。

五日　霁。漉口守水，往来数十年，始知空灵称峡之由，与瞿唐同有封峡时也。过午得东风，甫出口，风息，缆无牵路，撑掘半日，泊杜崖对面，行八里。

六日　晴。水夜长午退。春色颇壮，帆过空泠峡，船平岸行，无复石险，尤险于行石角也。见估轮上驶，有日辟百里之感。欲舣花石戍，风息，泊湘浦，行卅余里。

七日　大晴。水退五尺，无风缆行，过朱亭对岸不能泊。晡舣油麻田，买肉菜不得。行二里，阻矶头，退下，遂宿沙嘴，行三十余里。

八日　大晴。晨舣三叉树，觅笋蕨俱无，唯有干菜。泊近一时许乃行，舣研经书院午饭。昔古今夷皆为科举作对，无得失也。夜微雨，旋止，泊乌石滩。

九日　晴。晨上雷石，缆挂水中石，船侧桅折，流下里许，篙橹并用，仅过厘卡，唤匠截桅，复缆而上，已日昃矣，行廿里泊寒林站下。折桅，凶事也，舟中人皆言幸桅折，不然已覆舟矣，其善谀如此，此与瑞雷何异。午有雨不成滴。夜月。

十日　晨起，雨意甚浓，已而得晴。缆行七十五里泊樟寺对岸。

十一日　晴，亦似将雨，盖春气动地，细细缊缊，在城中但以为春阴耳。午至衡府城，登岸至程家，见岘樵父子。陈郎兄弟、二廖、喻、萧、谢生均至。闻道台已拟学章，往谒未遇，旋约相待。晡后来谈，云江西事已和，廿万许了，京中平安，将夕乃去。复招陈郎、廖、谢来谈。夜吊张子年妻丧，遇雨，舁还船。明果、好心来请斋。

十二日　晨待客无至者，唯马太耶步上船，小坐去。朝食后上岸，至女家，真女昨夜已上船来相见，今早想未起，有喻、廖生在，亦不便唤出。昨觅《张小录》，意喻生家必有，果得之，持交程九，令补入严集。诸生仍集谈，稍倦，至安记小憩。成就来求募化。李华卿、张子年、谭老师来，留坐颇久，岘樵亦在坐，吃饽饽，客散，小睡。道台催客，以为必专请，往则会亲酒，王季堂为客，绅商皆在，陈郎亦与，合演昆、乱，三更始散。闻彭四孝廉病故，当往伤之，先在一联。公孙最小得偏怜，恩许充庭，一揽桂枝悲月缺；乡誉无双期独步，人嗟又弱，那堪棠棣正春荣。

十三日　阴雨，午晴，大煊。移船上东洲，匠人满屋，无驻足处，竹树多伐，庭柯愈翳，但无茂草之叹耳。小睡东厢，闻足音跫然，廖、谢、陆三生来。周麟儿来，颇欲继武略，海戒之令去，犹不忍去，乃卧对之，此则庭训之传。夕食后令内外不得点镫，关门便睡。南风动地，月影移花，春景虽佳，无能共赏。

十四日　晴煊。子年、岘樵、石鼓教习等来。时晴时雨，幸未大注。闻城中大风且雹，客去恐风阻，留之不住。又见高才生六人，畅论学务。夜雨。

十五日　阴。李、向二新生来，更有曾、陈，皆熙党也，皆舆服照耀，颇有官气。入城答谭、涂两教。清泉朱捷臣，因及衡令胡玉山，便诣潘署府，请假未见。马太耶催客，以为摸雀，往则清坐半日，坐客朱、程、张师耶，初更散，乘月还，犹有春寒。乔耶来觅活，随至书院。

十六日　晴。遣周奶孙往盐局。马太耶先来，程生来论修造，两县来相访，常宁唐生来见，二陈郎，廖、喻两生，常霖子俱来。唐生遂同坐不去，亦周世麟之流也。纷纭一日，至夕乃静。

十七日　阴寒。朝食后出吊二彭，始知向青亦当受吊。至宫保第，满堂吉服，云初成主。太守仍似童儿，孝廉唯存一妾，客多不识。往退省庵看花，牡丹千叶桃盛开，恐添应酬，遂从间道出门。以来时道遇真轿，遂还陪，女未至，前有官轿，欲避不得，问知衡尉王生，年七十三，上磴捷疾，便坐略谈而去。入与真谈，常婿又来，朽人踵至。道府来拜，潘清太守云于陈又铭处曾同席，来迎李抚。留坐不肯，乃至船独坐，将夜始去。岘樵送牡丹一本二花，聊助春色。真夕乘船还城。

十八日　阴。入城答访李华卿，因过张师。张妻病狂，李留点心。出诣安记，又至程家小坐。还安记，子年来，要同往福建馆看花，云当上府坐。待其还，与至道侧，程生亦从，遇罗、马、程、罗为主人。牡丹芍药皆七花，紫荆落尽矣。出与张分道，程从还金银巷，余至陈家会饮，屺樵先在，谢、常、陈、廖皆其亲昵，程辞先去，将夕乃食。雨至夜黑，舁上船，几不得还，暗行久之乃到。

十九日　竟日雨。作二律，校四牌。退省庵看牡丹还，程屺樵送致二花，明日看花闽馆，夜雨有作。湘绮临开不在家，却来掩泪旧阑花。寻知富贵非常主，正赖笙歌送有涯。骢马赏春双躞蹀，流莺唤酒一要遮①。锦棚今夜潇潇雨，直恐寒侵系臂纱。夕看桂抚船过，口占一律。虎节新从桂府回，春风笳鼓晚潮催。几年狨草萦边梦，三月汀花照酒杯。夜雨潇湘新领略，江湖魏阙几徘徊。驿楼临水容闲坐，记见楼船十往来。

廿日　雨细如尘。张尉及刘子重、喻生来量地，留夕食去。陈甥自辰来求书，其无知可耻，不足责数，大约寻钱吃烟，与王文柄无殊，令还客寓。

廿一日　阴。念二妹早逝，推恩孤儿，与书为谋，即召之来，训饬之，令寻新皋台庄心安。大水。

廿二日　阴。祁阳周生来，欲令办斋务，陈教谕召之也。携其从子天球来，亦附生，可应考，与谈一日。

廿三日　阴，欲晴。当答曾熙，船往东林寺，隔一港，果林颇茂，监督不在馆，即还。上水钩船极难，到院已过午。贺生来，诲数之令去。夜雨雷。

---

① "要遮"，据《湘绮楼说诗》补。

廿四日　阴雨竟日，夕大风。看《广韵》，凡上声字十九读去声矣，因以笔识之。周生世麟来。上任尚无章程，无可施为。冯生来见，为梁奶娘关说。

廿五日　阴雨，甚寒。当至东林赴曾监督之招，迫夜难还，令就船眠食，移具以往。兼访杨八踔。不到门，便泊罗汉寺对岸，至晡，见道台来，乃舁而往。曾泗源为主人，向、谭执事，又有两生出见，自称弟子，吾未习其名，未敢当也。唐牧六自家来见。周生从来观学，及酒罢还船，夜暗无风，遂泊申家门前。周从余眠，俱不解衣。

廿六日　晨移舟到城。周生自丁马头步还书院，余在庞妆台朝食，移舣铁炉门。得胡生书。二陈、邓、廖、喻登舟相访，官钱船喧闹不休，避至安记。岘樵设燕窝点心，太冷不可食，亦不喜食，领其意耳。特设款余，陪客张硕士，章襄亭，朱、张二尉及二陈郎，酒半霖生到城，延来同坐，略谈学政，鲑菜鲜新，酒有药味，未夜散。乘风还，大雨沾衣，几不得登岸。

廿七日　阴雨。欲吊张尉，房妪云可明日去，亦自怯雨，未往，因遣人告霖生改期明日。看考卷百余本，周生从子为有理路，渊源不可诬也。

廿八日　午前雨。船山出学，诸生卅余人仿京派请余团拜，复请道台为客。岘樵极言其非礼，泗源引证以为合礼，余则有请必到，以为礼不遑论雅俗也。先至张尉处吊，后往看戏，则非礼耳。今日衡人士公请道台，不请我，则为合礼，以不便坐也。周生晨来，言程生已还，今日当来。午至略谈，云胡、张与王、孔作对，不准存古，令人惊叹，党祸将成，文明极矣。程当还江南，匆匆便去。夜复大雨。

廿九日　晨雨。看考卷，不及前三年远甚。周生涣舟云以喻谦为教习，故好手望望去之。午初到城，水复大涨，泊新城门下。舁吊张子年，刘子重支宾，衡阳令先在，不识之矣，以意得之。卜三毛自省城来，出见，小坐。至陈郎家访霖生，人客甚多，避往程家，亦遇生客王翁，岘樵亲家也。二陈郎旋来，云亦渔儿成主，不得宴会。霖生来会，同至彭祠看戏。申正谭兵备来，更调石美珍唱正生，深加赞叹，余亦附和，赏银钱八元。三更散。宿安记，本约摸牌，夜深且雨，乃睡。

卅日　晨起待旦，久无人至，自出开门，大雾，舁至新城绝江渡对岸，鼓棹甚勇，已流下里许，到院午饭。看卷百本，薄暮倦卧，起作两诗，和芝耘，绝似曹雪芹，亦自得意。

四　月

四月戊戌朔　昨晴又雨。遣船迎监督、教员，并令办饭。岘樵早来，力争山长火食不可裁。顷之周、谢、喻、陈俱至，霖生亦来，九长从至。唐牧六来送新茶。阅卷封记如观世音，幸得第一。又有宜章李兆蓉，大有诗腔，但似咏白牡丹，亦赏拔之。岘樵先去，余俱留饭，将散，张督修来，议买垣外民房，昏暮皆去。陈郎独宿内斋。

二日　大雨。遣船迎女，以家事托沈山人，令莲弟率周儿送银去，出同二陈、两周饭。论书法不可二两，取省文耳。饭后陈、周入城，余看雨避漏，一无所事。《和谭兵备雨中牡丹二律用原韵》：花气霏微薄雾侵，晓看芳土润甘霖。春红艳重燕脂湿，晕碧枝垂翠幕阴。蝶粉风干依镜箔，鸭炉烟聚袅檀沉。从来画本宜深色，对影研朱试一临。　香不知寒玉不温，沉香亭畔驻春魂。共怜国色初酣酒，似出汤泉早受恩。晓梦定应黏柳絮，啼妆谁为温檀痕。红楼莫闭葳蕤琐，待看荼蘼落满尊。程孙来辞收支，其文甚美。

三日　大雨。晨看《广韵》，校刻书样本。詹炳光复来索信与程太守，书告之。水将平岸。霖生来，喻教习领徒来。庶长开火，余亦出饭。霖生宿内斋。

四日　雨。岘樵遣船人来，云船山改师范，道台甚愠。顷之芝耘书告学案已发，定初五日接见。来勇去渡钱六百，云水已断道。方令房妪作春卷，水遂入室，仓皇移出，僮妪踏地成坑，水随而涌，移被上船。饭后余亦上船，霖生、乔子并笑其早计，至夜水漫，俱避上楼，周生作歌矣。

五日　雨。移舟近城，遣迎霖生、斋长、庶长、教习、朽人、周生，周辞不至，遂泊百搭桥。余入城至安记，见学生三班。霖生同步至新街前待昇，会于安记。二陈郎、程父子均来。邓、喻、廖生亦来看。待张太耶久不至，将夕乃来。余饭罢还船宿。

六日　雨。朝食后庶长同昇来迎，入城见学生三班。水已入城，程、陈家俱将避水，或云安记墙不稳。程八郎慎五。自来迎，云祖母迎至其家。余不欲移，不却其意，饭毕而往。霖生亦来，并要陈、廖摸牌，夜宿程家，已十年未来客矣。二郎、慕召。四郎、伯厚。十郎剑萍。均相问讯。

七日　雨。水遂穿城，不止穿洲。诸生来见者稀，已满三日，未便久待，仅见数人，重定名次，以李兆蓉为首。昨送诗来，有饩牵既竭之叹，因思远来者亦必同困，当仿鸿博例，供其火食。张太耶来摸牌。廖胖来。

八日　雨。送卷道台后复见三人。陈教谕孙，年十八，自称监生，似未毕五经者。西禅请客甚坚，遣僧引导。周生为余卜宅周彤侯新屋，与霖生往看，佃租颇昂，似不宜住。至西禅，与霖生议，且借程学堂及彭祠暂居。好心、明果设斋，引看经楼，别

有定慧堂，居十三禅诵僧，仿沩山法也。大要丛林勤苦，必有安
逸处，以待高材出，即国学上舍之意，事有必至，理不可通。张
尉后来，同散，余遂还船。周生来诉庶长无状。

九日　晴。始有生色。渡夫畏水已甚，自率上洲看水，从山
边上绕道三五里，云尚较直上为迅。书院全没水中，后墙已倒，
乘舟直至楼阑，木器颠倒漂流，大似左季高奏报湘潭胜仗语。绕
后院一周，从窗取帐帘出，更钩得云母窗三扇，其一扇依然未动，
十年故迹，涤荡无遗，不劳发誓，自不能再入矣。有起有灭，即
有始有卒，不足伤也。还舟饥甚，得张太耶点心，顿食之尽。庶
长来，请入城，与俱步上，将至东华门，雨又至，顷之止。霖生、
陈婿、邓、廖、唐、谢、喻生俱来。喻言仇彭，其词甚厉。余云
《春秋》大九世之仇，不可入彭也。寓所正欲帖门牌，因以经义
治事名之。以周生明日将来寻，周与周仇，先动者诛之，亦经义
也。张师耶率徒弟来，将暮去。与霖生摸牌，因屼樵殇一外孙，
往唁之，恐昏黑踏水，未坐而出。屼与余同至寓宅，亦催令去。
陈郎作《募振疏》，为改易成章。夜得庶长烧饼充饥，以程家送饭
未饱也。二更后散，独眠孤馆。

十日　晨雷雨。移寓多所繁费，不如即开公火食，令庶长召
厨夫办饭，朝饥可忍，至午船上送饭，子年送菜，并请竿牍百金
之例，改为千金之酬。与书实卿，兼为沈士登书一联。常、陈均
来，房妪亦至。零陵生诉被攘，令周生缉之。

十一日　大雨平地三尺。官绅会议，设粥厂，余不以为然，
不能止也。周生移入城，送家书来，诉役田之扰。令子年与书委
员解之。子年复送菜饵。真来即去。

十二日　雨。一事不可作。子年来，为周生作书致曾委员，
斟酌半日。唐牧六来，诉唐太尊丁祭忌辰，皆不停刑。妪从真往

看程节妇。夫死欲殉，以遗腹暂活，今子又殇，六日绝食。屼樵女，陈亦渔子妇也，真夫兄子之妻，故时时劝谕之。迎霖生吃鸭，乃无鸭，吃子年送饼，与诸生同啖，真亦来饭，夜去。程孙送书版，即付佣送家。

十三日　庚戌，立夏。晴。出至彭祠看屋，云不借人住。复至常祠，门前积水未退，乃还。将往道署，纨家人来，云女还，乃不果出。纨携申孙来，真亦留夜饭，诸生腾房让女，均移门房，湿暗不可居，余亦感湿热发疾。

十四日　又雨。纨生日，真携儿来，余一日未饭，吃面半碗，不知其味。与书道台，散遣诸生。昨屼樵来言道台不明白，今道台又来言屼樵不明白，吾无以正之，大概皆不明白，我亦不明白也。救荒无上策，总以亲历察看为正办。明果来辞行。与书功儿，令送《诗经》来。

十五日　阴。霖生来，报珰已到城，遣问乃在罗家。治事人朝食后皆散，珰携一婢至，治事斋移常祠。廖教习告假。邹监督来见，二程家并送点心，适逢忌日，亦未敢明辞也。

十六日　晴。将令女出诣姻家，珰疾未能往，真亦咽痛，徒恼人耳。议移船山书院于乡，云申庄可居，庶长往看，还遇暴风。

十七日　晴。珰强起忽厥，势甚危急，召医不至，自出访之。过道署，张、李师耶云正亲讯骗子。少坐，与戴弁同见兵备，谈未半刻，心动辄还。霖生来看侄妇，笛渔孙亦来，平姑子俱到，医生来，开一方，未服。

十八日　晴。珰疾退，可不药。其夫族兄来诊，开方亦未服，唯少饮参汁，余遂三日未事。

十九日　晴阴，午后雨。珰生日，以疾免行礼。余避坐常祠。衡俗重满，珰正册一，其族亲皆来，彭、陈、魏、罗女妇与其两女弟凡十人，常祠亦设汤饼，待其叔舅侄甥、内外妹婿。寅臣儿痴坐不去，犹有仪仲阔派。余不预坐，客有喻、周，留霖生摸牌，又遣招谭老师。陈教谕夜至，请关说。遇雨，真遣舁迎，乃得还。

廿日　雨。令周生见道台，云客多不见。黄船芝来。写扇五柄。出门遇傅仪，所不欲见者皆见矣。

廿一日　晨雨。写扇四柄。朝食后晴。雅南来送风腿。真来夜饭，未去。张子年来，寓中无一人，又无镫火，殊可笑。陈送鼓子。

廿二日　晨晴。杨慕李来。刘亲家兄弟来。至午阴晦，正摸牌，恐惧天变，出堂外待雨，俄而稍定，还戏，霹雳一声，电光灼窗，知雷气下击，顷之晴。喻生来，问雷击何处，答云不知。至夕张僮言，道署柳树被劈，遣问信然。涂年侄送鼓子。文柄欲死，连吃三顿粥。

廿三日　晨雨不止。至午船夫催出，冒雨渡湘，吊彭向青，二营官、三土老支宾，坐久之，无贵客。日出甚烈，乃渡湘西往，陈鸿甲教谕待客，见清泉学舍为水冲圮，步往一看。范训导衣冠待见，揖谢，不入坐，仍至衡学坐谈。二周、两陈、涂教授后至，催饭菜，未终席大雨将至，趁夕光入城。沿路民房倒塌，创夷满目，诚大灾也。夜风雨至晓。

廿四日　大雨竟日。晨书条幅、折扇，改陈郎文二篇。陈郎送鱼，以饴霖生。昨送鱼鳏不达，特交庶长驰送。陈氏外孙女周倅，诸姨俱送食物。卅和来。

廿五日　晴。雨意仍浓。两女始出诣戚姻，余亦步出。频至常祠，说迁怒系为人求人，或诉人而人不直我，遂成嫌衅，世法恩怨，多从此起。范训导来，与陈子猷俱至，范云壬子年其父为常抚台将兵守金口，未审《军志》有范姓其人否。道台复书，言陈耀甲事须查究。一涉官事，遂必破家，吾辈真幸福也。幸者罔之生，直道不行久矣，上下古今，且笑且叹。周生营营，为陈作囮，亦非知命之人，各私其乡，宋学尤甚，一党同之见使之。两妪携刘孙出游，遂无守屋人，欲出不得。段培元孙字玉成来，以贺年侄诉其姊争屋，故遣庶长问之。彼云门已上，事已了矣。同出至衡捕，访刘亲家，小坐，即还至衡捕，答诣王尉，云翁曾桂大表兄也，有旧家风格。昏不辨人，乃还。跄至二更始归。粥厂更展五日。霖生又去。

廿六日　晴。真来摸牌。蓝山廖生送礼，令见庶长，告以不受，已亦自至常祠见之。诸生多未归，旅此殊未宜，陈郎急欲起学，亦有所见。岯樵来，言湘潭阻境，请书与任弟。马太耶来，言大水浸城市民房，沿湘尽圮。

廿七日　晴热。周、陈来，议徙学事。邹、士林。廖、燮。罗三教习来。王翁来，言和讼。陈家女客来，避出，诣岯樵，又遇王从子，俱因系援得为城绅者。

廿八日　大雨顿凉。今日乙丑，小满。农占宜雨。觅杂花不得。常生媳妇来看叔姑。为陈郎批唐绝句。真还摸牌。兴宁考生来，以晚不见。

廿九日　晴。晨至治事斋，见颜、曹生，云道远不归，且发四千火食。霖生施粥，了事还城。陈教谕长子来见，盐知事分淮，意在提爱。刘亲家来告归，云讼事已了。教民不敌教长，无须尊孔也。

闰四月

闰月丁卯朔　令房妪作饼，云待明日，小姐必来。霖生亦当诣道府，余勉自振刷，至夕携镫诣道署，犹辞以沐。至李师斋，看学道单，移星换斗，未详其意。子培得皖司，朽人司鄂，连臬补东，湘人仅汪编得之。

二日　晴。子年来，与霖生同至，因留摸牌，并邀岵樵吃饼饇。未夕，六、十两女船到，真亦先还，书房遂成女子国，纷纭喧闹。得笙陔二月书。功儿寄《古微诗》。前记游诗甚佳，今看殊未成格，姑录三首。金秋严肃气，凛然不可容。一石一草木，尚压千万峰。岂肯放平易，招引人世踪。树皆斜仄生，云皆斜仄通。略无寸步直，但有两壁穿。近之太难亲，远瞻俱景崇。正如古神圣，千载共朝宗。不睹岩岩象，但慕泱泱风。安知真巍面，不与跻华同。　　为访云中君，来寻天上石。千洞万洞热，混沌重开辟。人行入山中，山已天外立。再上更不能，有石皆倒发。台殿青云端，势欲压山侧。森然一檐下，献此万丈碧。造胜启天荒，入深闯地赜。遗众仡曾颠，骤觉此身易。出山意已移，灵境渺天北。百转百丘墼，一步一阶级。奇怪非一逢，性命几万掷。　　山穷水尽处，群龙天上来。泉泉云所化，石石天所胎。万寸芊蓉间，中有银河洄。积此千仞水，郁为万古苔。想当开辟初，昼夜冰雪隤。一潭一变化，一瀑一沛淮。至今秋雨天，石破惊皇娲。出坎入坎龙，九天九地雷。我来但莹碧，光影涵三才。愿借玉女盆，酌此玉井杯。更借巨灵掌，劈破片琼瑰。携归傲嵩岱，何独小黟笞。魏源诗注云，华以险名，由取道者舍谷而趋青柯坪。不知谷水之源，即接苍龙岭，但从水帘洞对崖横穿斜栈，开凿不过数里，即可避千尺疃、犁沟之奇险，而兼收西谷、松云、水石三胜。

三日　晴。岵樵来，请书抚督，采办官米。余不欲多事，以来词甚正，无以拒之，令再思一日。玱、真俱出赴席。霖生夕来，言东安考生事。

四日　雨。昪至公所，还朝食。周生引陈子来拜门，不避嫌疑，妄求结纳，与庶长引子办公同谬。界限难明，俗敝已甚，殊难诲也。滋出访亲友，玱亦往侄妇家，至夜俱还。复问王少伯诗本古体，余选入律，遂未检得。卅和还乡，与以三元。

五日　晴。晨起与书孝达请柴，近多事也。莲耶请归乡，许以资助，大要不能田，仍虚语耳。午至公所，即同霖生诣程、陈，因要子年询开学地，云旧馆已成泥坑，数月内不可居。霖以和讼先去。周祁阳送鼓子，设汤饼，完夫亦具点心，吃毕各散。还，夕食后大睡。

六日　晴。与书抚台，告柴事。女客来，唯见鹤春妻，余俱谢不见。避往常祠，又至安记小憩，看《聊斋志异》两本，又还常祠，唤饭，待夜乃还寓。屼妻犹未去，看作牢丸，未吃。写扇三柄。

七日　晴，阴凉。与书荪畡。写字十余幅。子年复送菜，以不可常，辞不受。滋、复渡湘看杨女。得湘潭令书，言易俗场阻米，请兵，奉抚谕，不必往运。此有三奇：乡民欲饿死城人一奇也，请兵起运二奇也，抚台避强民三奇也。吾但欲以洋鬼治之，三奇皆不敢支吾矣。此等新学，正是野蛮。

八日　晴。城居一月余，一事无成，无不窒碍，余与之为无町畦，屈子所谓观南人之变态者。彭向青夕来谢吊，言外部必不移南昌狱交军机，以瞿必推劻，劻兼二官也，大要诬服无疑耳。王巨吾夕来，则已昏暮，正夕食，辞不见。陈郎示午诒书，知我思在桂林，盖将军云云。

九日　晴。晨往常祠，见王生，云专来见我，今日即行。诚耶伪耶？可欺以方，感其意也。彼与卫青互诉，则未可决。马太耶来，亦似送行。与书衡山令，荐张僮去。

十日　晴热。诸女皆往陈、魏家。霖生、子年来，因遣要手谈，陈郎他适，其弟来共戏，夜热甚遂罢。厨人与游妇市斗，从而闹者数十人，俱至常祠寻主理论，治事人无一在者，得免口角。

兵备许位置朽人，反添一心事。

十一日　晴。晨至常祠，遇汉筠通守，还朝食，复往。张生凤盖来见，亦云特为我来，何其专诚。与霖、年、陈郎往看书院，门墙故敝，遂似破庙，地已瀎净可步，正在补葺后院，更收地十丈，方百丈，每丈一元银，摘青梅而还。过向青，留面，渡湘各散，余还点心，至治事处剃发。踏月与霖生过岘樵，方议发振，余遂先还，摸牌校牌，未散先寝。与常生孙谈商州路，复有汉舟之兴。真来未去。

十二日　晴。夜睡沉沉，天明始醒，竟夜不须覆被，奇热也。起盥，见门隙扇影，开门见庶长，入言事久之。朝饥惄如，入食蒸糕，玉带糕即猪油糕也，干之为难，蒸之始可食。朝食后昇至北门，答访马少云，日烈即还。张子年来相寻，言一事，以不相干，旋即忘之。本约来写地契，陈儿反覆，遂不复议。告张宜急筑墙，张已去矣。周渔舟附得永州船，约明日同游。

十三日　晴。晨作书告道台，请撤浮轿。与书沈山人，令收文炳。至安记取银，作游资。还朝食，舟趁北风当发，遂至常祠告行。霖生、庶长已出送，同过陈门，完夫亦出，从柴步门上船，送者皆反，周儿、朽人在船相待，辞令即去。喻生复上船相送，皆不当言送行也，岂欲我遂去耶？过午乃发，至夜不休，余已昏睡，云行七十五里，泊云石洪。

十四日　晴。帆风行，辰过一水口，云桂阳水，所谓平阳戍也。多睡无事，唯看《水经注》。薄暮雷电大雨，船漏如筛，唯一席地可卧，已而雨止，露卧竟夜，宿柏坊。

十五日　辛巳，芒种。暑热似三伏，行六十里泊河洲。周生云祁阳地，出鱼水。夜月，亦露卧。

十六日　阴，有风不凉。当过长滩，舟人云九节滩，余以为竹箭滩。滩夫牵卅里，六十钱一顿饭，岸上多求赁者。送至老官庙，天阴欲雨，舟人冒进，周僮急呼乃泊。大风骤至，巨浪击船，破船将散，幸风止雨过，乃免破败。泊钱公滩。行五十五里。夜凉。

十七日　阴晴。晨发颇早，五里至归阳，市小而整，水口桥亦新好，所谓余溪水也。周生上岸，得家书，知役田事大发兵差，其弟亦逃出投我，我为役田逋主矣。庸人生事，乱不可弭，庞抚批禀尚明，云已委员也。卅余里过相思峡，有高峰曰相思岭，水急波高，难于钱滩，但不甚远，故不添牵夫。夜泊峡上。

十八日　晴。南风缆行，及上望转北风，亦缆行，晨过白水，午上观音滩，遇羊角风，幸未覆舟。帆行三十里，望见祁阳城，风息，久之始至对岸，泊驿马门。周生入城，夜还，云祁民欲变，树旗讨贼，知县荒谬，将成大狱。余云民阒易散，总非祁福，当至县一看情形。夜半大雷雨，船漏无容席处。

十九日　晨雨。借轿至祁令处请换船，因留早饭。桐轩言役田尽由道委，非己所能与，告省状者系其书吏子，故重责，又派人访拿造言人，已夺获旗帜矣。余言宜释吏子以安人心。因招其刑幕出见。蔡姓，北人，未尝学讼。方食间，有柏姓来告密，委员曾闯入来见，饭毕还船。前船已去，换一小船，仅可容身。方偃息，曾委员来谢，未见，送皮蛋而去。日昃，庞抚内侄自桂林新昏汪诒书女，还吴，祁令为设马头，送飨牢，余移船避之，复入县晚饭。曾从九又来诉王谬妄生事，己皆不与，且欲辞差云云。盖闻抚批委卸，俱欲脱身也。委员王寓生亦非能了事人。夜访蔡、曾，至彤轩室共饭，方说曾鬼话，曾已短衣径入，王颇错愕。

廿日　阴晴，颇凉。日出尚未解缆，辰过浯溪，未上。元次山摩崖颂中兴，殊非其职，且工费甚巨，亦非凋郡廉吏所办，而此地遂名。其水石亦不称，未若滴水岩，岩去县卅里，游陟未便耳，祁、零分界地。又四十里过湘水皆南流。黄石司，泊大花滩。夜雨，船人均还其家。自浯溪至滴水岩以岩为胜。　零陵水石多奇秀，别起嵋台在湘右。摩崖深刻颂唐文，从此山川生锦绣。后来论古有微言，不废元颜妙迹存。谪官几人伤僻远，题名俗士喜雕剜。贞元司马嘲多石，那识漫郎山水癖。犹嫌卜宅近城隅，未若丹崖弃官客。云山峰连滴水崖，天然峭拔洗苍苔。岣嵝神碑九疑颂，唯待重华封禅来。

廿一日　雨至巳初，船人晨来未发也，朝食后乃行。卅里至高溪司，作诗一篇。风凉多卧。湘水始北流，卅里泊冷水滩，大市也，廿五年前曾一游。夜半雨大，南风。

廿二日　阴，有雨。船人欲贩米，岸人阻枭不果，延至午初始行，未初泊木瓜铺。祁、零水程甚近，不比清、宁也。哺过十马潭，油布落水，停舟将捞之，未得泅者。船人云"潇湘二水流，十马对九牛"，九牛即九疑声转。营水与湘并从南卜，营大湘小，不得云营入湘，正合流耳，往年过此，殊未审。夜泊白蘋洲，正对城塔。

廿三日　晴。晨移舟浮桥，桥小于衡，而不轻开。周生觅船未得，朝食后余自登岸，有醉榜人来相问，云空船，只觅二千钱，遂登其舟，遣移行李。午后令周生导游朝阳岩，率房妪从，步可二里许，汗湿衣裤。至则亭阁增修，洞被水浸，不可步，泉流汩汩，洞石杂列，亦不似当年秋景，幽期之地不可觅矣。还船甚热，夜饭后欲便，船仄，遂落水，三舟子下水抱上，已再浮沉矣，老不稳重，几为话柄。夜睡后右手跌痛。船人误记落银，旋又得之，从者皆以为诈索，钱重于命，信哉。

廿四日　晴。移泊太平门，正对朝阳岩，篙担船行五里泊毛家桥，系舟柳树，正见香零山。周生以不得游新岩为恨，云息柯题为赛朝岩，与零山相对也。已而移泊山下，夕宿黄市，去城十余里，水程可卅里，船人云前明府治在此，今犹称府门、县门。余案形势今城必非汉县，此处亦不似郡城。

廿五日　朝凉，有小雨，旋晴。船板炙热，不能久榜，频息频食，夕泊淡岩。遣两僮上岸，皆不踊跃，余乃自往，洞门已塞，绕从皇觉寺入，未及往游之幽异也。寺僧出迎，设铺垫茗果，余短衣不能礼。念前诗殊不佳，更题一首。胜地临官道，尘中一洗心。向来迁谪路，空慕隐沦深。过客劳川陆，题名换古今。张杨不重到，倚槛独沉吟。岩前有小市，遂泊。

廿六日　晴凉。午泊杨家马头，经一时许，三日行卅里，云水路将百里。热甚，欲舍舟，念当看营阳峡，且宜耐暑。夜泊麻子滩，甚凉，饱睡。

廿七日　晴。午泊杨村，夕至双排峡，有厘局，周生云私设也。双排峡即观阳峡，郦《水经》所谓"沿溯极艰"之路。

廿八日　晴。晨凉，夹衣，过滩泊两时许无行意，云须待后船乃能过滩。凡船例然，一日仅能渡二滩，故郦云极艰也。若轻舟急进，一日可行五日程，殊不艰耳。登岸看缆船，至单江亭，遇一生，称余公祖，亦能物色风尘者。十里观阳峡，飞流滚雪来。簇排青菡萏，敲碎碧玫瑰。缆力催篙力，滩雷似瀑雷。轻舟独沿溯，不觉路遭回。夜泊麻滩。

廿九日　晴。行十五里过三滩，宿大江铺，夜凉峡小，星光甚朗，午热如伏，夕遂如秋矣。

卅日　晴。晨凉，过两滩遂泊，询知上步洞至九疑，与清口同远近，而水程少三日。遂舍舟陆行，顾夫至宁远，索五百钱一日，依而与之。晡行廿里，宿萧家山。佣保牛马杂坐，卧闻蝉。

五　月

五月丁酉朔　夏至。阴凉。步上苦竹垒，见一山嘴，绝似苍龙脊，但洞水截前为异道。州有三洞，毛、谢、麻分画山界，竹木之利岁数十万金。作诗示周生。九疑西北千万峰，峰峰点作青芙蓉。盘陀鸟道滑如砥，平步直到苍霄中。莫徭种山师伯益，划石耕烟作沟洫。柀黏青青似稻栽，万顷连天挂零碧。我来五月正南薰，独携老友去人群。君自担簦我即轿，世人疑是云中君。七盘九折青霞栈，曲曲修蛇饮深涧。老翁矍铄生壮心，忽思快马下峻坂。昔从岱华俯中原，沧海簸荡黄河浑。野人不识战争事，但怪囚尧招舜魂。我今老去肉生髀，五十年来丘壑里。昏嫁未毕归不休，安能径作五岳游。看云种松且适意，莫陵太清观九州。自苦竹垒步下大星垒，峻坂修曲，令人有驰骋心。舁夫不复能胜，寸步停顿，仅得至中和墟。旷朗平夷，稻田弥望，然已龟坼，亟望雨也。周僮驽进，强行八里，舁大遂困踬，余亦不能更步，频舁频下，宿断石桥。夜热。

二日　晨，从者不能兴，真暮气矣。余不能更睡，遂起，闷坐久之。步至前冈，遇三挑夫，诉无食，许以舁工，待轿不至而去。轿夫强舁过一冈，换一生力，行廿余里至城。城外街市颇盛，城内亦止一街，未见泠道治而访县学，寻彭畯五，自至学门，则非彭姓，盖误记耳。立遣两夫力去，令周生顾夫未得，有一伧父持帖来邀，云樊润苏。云其子领盐巡，是营弁也。初不省记，往则似曾相识，谈久之犹未知来历。留坐待轿，俄而雨至，饭罢即行，平原黄土，山嶂重掩，风景剧佳。小雨略避，夕宿百草坪，至夜大雨达旦。

三日　晨雨正。樊姓顾夫甚贵，乃至六百钱一工，十倍常例，尚能疾走耳。十里太平营，误循右行，入鲁观洞，璞山、俊臣当年战地也。道逢乡民，指向东行，以为周生必不迷惑，未半里，闻周反踵至，亦其迷也。樊欲使周寻土人，余不可，遂至舜庙。轿投僧寺，余立庙外，待周生至乃入拜堀下，庭无拜石，即就草间再拜稽首。入瞻陵碑，初无丘封，即立碑山下，殿外唯存古树，心尽空矣，香杉已无一存。庙是光绪初所修，乾隆初因配天礼成，诏令通建。出寻住处，误入一书院，馆师礼接，辞当寻轿，乃得旁一佛寺，僧得清为主人，居室无多，乃至书馆。馆师彭仁安，土彬。陶学使取入，近卅年矣，学政纷更，仍聚徒诵读，可与适道者。僧杀鸡款余，夜又送粥。即宿彭榻。

四日　晴。彭、僧导游近岩，云紫霞洞须一日。欣然步往，洞口流泉，解袜而入，衣裤尽湿，以为必有佳境，愈行愈泥，不可游也，复匍匐而出。至玉琯岩，亦无可观。至无为洞，有永福寺，未入。又至飞龙岩，垦土掘断山道，又不可入。道中有鲁生留饭，亦未欲去，蹒跚而还。仁安许同游三分石，留过节乃去九疑。巡检樊利宾来，幼铭故人子。

五日　晴，午后雨。黄子玉次子来邀，不往。仁安大具羊豕、鸡凫，并设雄黄酒、米团应节，亦有小枝红烛，无蒲艾耳。酬僧一元不受，转以遗我，受之。看新书数种。杨紫卿诗言无为洞有李峤篆字，题“碧虚洞”。玉琯岩有明刻九疑山宋补蔡邕铭。土人云旧舜祠陵均在焉，不知何故移今地。以《水经注》证之，营水径岩前，则舜庙在此不疑，今舜庙则泠水源也，至巨川何以至此，则不可考。夕得清设粽，黄子又来。

六日　阴，晴雨无定。晨从黄家顾夫往三分石，得清亦喜，同行三人步，余独舁。过二岭，至庞洞，舁夫午饭，店家为设点心，酬直礼辞，信过化之教远也。渡泠水，上一大山，总名烂泥坳，余以为“蓝宁坳”声转也。直上十里，郦道元以为百里，大言之耳，皆循泠水行，以水定九疑舜庙，理无疑矣。洞虹忽起，仁安云旧有大蟆，吐气为之，僧言为妖。冷风飘至，小雨，旋大热，山穷将下磴，至坳间，冲风吹人，望三分石，尚须从西转东乃能上，计须两日辛苦。伏日已近，惧船热未便，遂议还辕。过涧又起长虹，风雨追送，皆以为蟆之为。黄生已吾新入学，居庞洞，与彭姻友，先来相留，因投宿其家，月正中矣。得句云：涧斗虹难起，山深月早明。夜设四榻，幸有学僮腾让。

　　七日　晨，诸人俱卧不起，自往唤轿，轿夫亦未起，习气日惰至此。还食于黄，宁远皆生肉大切，不可择噬，昨赖供僧一菜羹，今早索得粉条汤，饭毕即行。将还彭馆，念当至黄家，报鲁生，因直诣黄宅，约三人俱往，诺而不至。周生举动必出人意外，疑其言行矫诬，有类将军，余之不知人可验矣。待一时许遣要乃至，鲁生不来，清公后至，行时日已西矣。宿大界，本名马鞍岨，夜坐韩婆祠纳凉。

　　八日　晴。步行二里，坐大树下待从者，一时许乃至，十里红洞，十里田家，有小溪，旁有龙潭书院，门闭不入。十里饭岭脚，始有瓜菜，然饭烂不能饱。日烈风燥，舁行频息，过回龙书院，规制甚壮，道州地也。十里青堤，十五里清口，遇水手呼之不至，知已辞工矣。云船在马头，人俱往道州城，且就船休息，一事俱无。周生夜至，云迷道故后。船户登舟，始有主人，夜睡船头。

　　九日　晴，有风。补游记可诗者。渡泠上坳，山水幽秀，有方广、灵隐之胜，而无其尘俗。彼有寺庄，此唯径路故也。舜葬在大紫金山，有金竹扫墓，瑶人独知之，云见灵异。解袜探幽洞，需泥怯暗湍。乖龙眠自古，仙鼠见应难。石气晴天雨，窗风五月寒。阴崖付神鬼，题字待谁看？　　泠水经虞庙，徐碑复蔡铭。至今寻玉琯，犹得访仙扃。金竹时时埽，瑶歌处处听。圣人安远俗，何用比湘灵。　　甫竁开南岳，明堂奉瓦棺。

仲篪邻弟国，湘瑟罢妃弹。义嗣无传子，安民在审官。后来耕稼者，怅望紫金峦。

　　泠水源千曲，疑山径九回。两边苍翠合，一线绿天开。灵隐多僧气，龙潭斗瀑雷。自然幽胜地，唯待访仙来。　　　天外分三石，云中不可行。香茅久无贡，芝草为谁生？涧斗虹难起，山深月早明。东扉今夜掩，剪烛话升平。　　　窈窈无为寺，前朝隐士居。风尘曾不到，水石自萧疏。更欲招缙素，相随访碧虚。暂来胜久住，何用狎樵渔。亭午正眠，名松呼我，顷之房妪还自道州，带有瓜菜，周僮亦趁虚觅得茄子，十日未饱，乃得一面一饭。夜宿船头，沐浴晞风，如游仙矣。船人半夜来解缆，遂入中仓。

　　十日　晴。昧爽开行，午至上步涧，初过镰刀弯，即知营阳峡也。作一诗。截壁横波秀，鸣湍拥汰便。无风舟自涌，碍石橹难前。四水初回洑，千山暗接连。向来迁客少，空使峡泷传。下水过滩甚快，夕泊袁石望，行百卅里。

　　十一日　晴。早发，朝食时泊淡岩，寺僧来送石拓，求名，云全拓纸本三元。谭震青曾拓一分，再与一元，取其半分。看山谷诗，虽乱道，他手尚不及也。行数里，泊船树阴，周生登岸去，遣玉莲从之。将看船起拨，欲及早到，船行甚劳，盖远四十里，薄暮方至，周生已来迎矣。不能拢岸，困顿乃至，云无船可附，又不能办饭，余遂竟日不饭，买面取饱。夜睡船头，大风吹帐，起入仓。

　　十二日　晴。晨遣两僮看船，云有草鰍，每人六百钱，嫌太小，遣往零陵索官舫，还云捞得一只。陈升来，言胡令勘灾出，何又伊在盐局，移船过载，便上岸入城，至何馆，规制甚壮。云何到船访我，适去未久，入待其还。坐待船信，历三时不至。玉莲来，云船已逃去，又捉得两船，前船户已押责。大扰川陆，又将为周生所恶，然已无可奈何。又伊留午饭，炮鳖炒鲟，又异宁远，并送土仪。到船复来一宗再侄，未知渊源，亦送茶米，见面不甚识，小坐而去。夜行，泊木瓜铺，距泠水滩十五里。营口秀孤石，行舟望宛然。分明似江岛，只是少诗篇。滟涵风波里，瀛洲想像边。香兰生得地，不与世人传。

十三日　家忌，素食。晴。午泊黄石司对岸，舟人还家，半日忘发，夕行四十余里，泊红石山，遂尽一日。

十四日　晴。朝食时至浯溪，从者往游，余畏日未上。自泠水滩顺风夜行甚快，到祁阳守望风，戏作一诗。昨日迍遭路，今来浩荡行。微风散初暑，夕月有余清。湘水元多曲，汀弯复几程。闲游总无闷，顺逆不须争。周生急欲上岸，又言再来。余云再来则不必去，周生甚窘。余好以理穷人，亦宋学也。送被人与以五十文，皆不可用之钱。则又一廖平矣。泊对岸守风，久之始行，夜泊盘江湖，去归阳卅里。

十五日　阴，过午晴热。归阳买菜，至午乃朝食。玉孙献瓜，云道、永早荐新矣。不可食也，取得见之。过此又一大弯，永、衡迂回，不利舟行。夜泊柏坊。

十六日　晴。行，日仅至东阳渡，欲乘月陆行，恐诸女已到东洲，夜难唤渡，遂令泊船。

十七日　癸丑，小暑，晴。晨发，一时许乃到东洲，遣看无人，即顺风到城。步入寓馆，见滋，云十妹大病初愈，恐不能再受暑。因至常祠，见霖生及诸生，议即入东洲避暑。还寓朝食，未食也。程生来，本不欲见之，适相遇，遂同至其家。霖生亦来，言屺樵管粥厂卅年，干没无算。遣招屺来问之，云不相干。得庞抚、樊藩、程太守及茂京书。还寓少坐，步访芝耘，言唐守被弹，役田成讼矣。夜待月出，携复入书院，张尉、廖生相送，庶长先到相待。

十八日　晨遣船迎女，本期会朝食，复云三姊约饭后来，乃先饭。大风吹船，将午乃至，云未朝食也。霖生约夜来，亦未至。房姬馆我侧室，余意甚愠。

光绪三十二年丙午　五月

1995

十九日　晴。阴云屡风，竟不能雨。谭、陈两教官来候迎，霖生亦以午至，监学舍似热，暂请居内斋，过暑假。

廿日　晴。亢旸已甚，不能见客，院中人亦俱出，摸牌亦热。遣觅《离骚》。议请女客。

廿一日　阴。朝食时微雨成滴沥，枯苗得润。马太耶来。至午大雨。与书茷女。抄诗，复满一卷。

廿二日　阴晴。晨遣船迎真女、常婿、陈婿兄弟及常曾孙来，与霖生俱为复女生日来吃汤饼，因留摸牌。请张尉办具，过午方至。女客陈氏姑嫂四人俱来，杨、程不至，外坐八人，增廖卓夫，周庶长不入坐，未夕散，已疲矣。常婿留宿，余俱入城。

廿三日　阴。常婿在公厨饭，教以必饭于我，已饭又强饭焉。与书朱八郎，荐左戆青，又为常婿关说官事。常婿乃去，真女亦归。

廿四日　庚申，初伏。晴。自到书院，未亲几席，固由畏热，亦懒使然。陈妪告归，与一元遣之，令随刘丁即去。王保澄来送犀玉，意在欧述，告以不能，欧述波犹未已，盖今年谈柄也。大风骤起，须臾微雨遂过，日复皎然，闷热殊甚，令人不适。杀羊食饼。

廿五日　阴晴，暑热。张尉来求书，亦似方四，屡荐不售，心殊未餍，又依而与之，作浆煨莲款之。北风聚暖，室中不能久坐，夕有一点雨。

廿六日　晴阴。霖生前日去，晨始还馆，云庐陵官民互斗，各有杀伤。常婿亦来早饭，二陈、常子均来午饭。写诗刻淡崖。夜坐渡口吹风，北风大作，曾不入室，唯楼角有风耳。枕席尚凉，可睡，早眠。夜雨。

廿七日　阴凉。珰往姑家。看官报，皆言外事，无内政矣。

内政止要钱、怕鬼二事。张尉来索书与沈士登，又作书与何又伊。屼樵送羊面，真送豚蹄，一月未肉食，顿享少牢。吃饼，打凉粉。

廿八日　阴，微雨旋晴。程孙送《易经》印本。陈婿、常郎、程孙皆来入学，并送衡种三白瓜，晚凉未宜食。日夜昏睡，不能自振。

廿九日　晨雨旋晴，连日北风。书扇二柄。说"门内之治恩掩义"，见恩不见义也。如保赤子，行事无所谓是非，非者补救之，则无所爱憎而恩意蔼然，恩即义也。舜尽事亲之道，而瞽瞍底豫，完廪浚井，临时权宜，不知为亲所为，何至计其弟母乎？又说颜子"不改其乐"，只是譬喻。若颜子事亲，不可箪瓢为乐也。啜菽饮水尽其欢，又非回之乐。此赞其能事亲，非赞其能乐。

六　月

六月丙寅朔　雨，暑。校《易经》，不能久坐，时起时卧。夜出渡口纳凉。琀还。

二日　晴，亦有雨意。校《易经》。敦竹来。作牢丸，食瓜，纳凉，看霖生等《夜归鹿门》。石五嫂息妇来。

三日　晴，夜雨。校《易经》甚竭蹶，老将知而耄及之，心孔日开则筋力渐退，唯可坐论耳。

四日　己巳，大暑。雨达旦。出看霖生，已去矣，乡人能早起，殆然镫治装耳。庶长自言已起，想未起也。程生不认买文，而来送菜。得湘孙书，欲急得信，似是女婿已回，而不明言，可怪也。敦竹告去，石妇亦去。

五日　庚午，中伏。真女送瓜。与书王逸吾说陈子干馆，因复孙女一片。刘孙臂疡，遣送城中诊之，乃云无医。屼樵送瓜，兼送木瓜。

六日　晴。看《乡饮礼》，不外献酬一事，未及祭礼之秩秩，其精意在宾贤耳，殊难得人，孔子独称之，盖非太平不能行。

七日　晴。《易经》校毕，大谬只三处，尚无烦换版。欲入城，惮暑不去，唯遣人来往，亦非恕道。卜三毛来，云子年有事，遣来相闻。蒋树勋从湘潭来，云诸生逐去王、张，更举袁、余，颇得用人之法，庶长俱留之饭。

八日　晴。复女初不知《世说》，因求官本，亦无，令买充官书。又求《金石萃编》，亦无藏本。改定《论语》说一条，以不愠不知，因其人乃君子，不可加喜愠者，故有三移不举之典，此真新义，所谓开生面者。

九日　晴。连日晨阴风凉，已有秋意。敦竹早来，出堂会食。屼樵来，言唐守之冤，系谭道所构。得何又伊、毛杏生书。杏生云送铁杉。予纵不得大葬，未宜葬毛生之木，以问功儿，必又诡词，门内恩掩，不可发覆也。功遣送瓜人来，午至酉始寻得，主人公更遣船往迎，待至二更后。

十日　晴。歇伏一日，惟议饮食。滋、复作包子至三更。看沪报横议半年不能救法人一语，团体之效可睹亦可喜也。喜我顺夷，真如骄子。喜夷惧我，不敢横行。使我为法人，直曰江召棠该死，使教民杀之，敢称冤者，并斩若属，彼岂能支吾哉！不用中行说，故辗转敷衍，气杀青年国民。

十一日　阴晴有雨。遣复入城，答谢陈家，令珰同往。作书复毛生，致沈山人论闺保包窝，又与书功、舆，略加训饬。诸子不肖，贤者早夭，生见披昌，不甘聋痴，早同梦缇死，不至见此也。然其根全由妻家，笛仙所谓禀母性者。作伪径情，皆成夷兽，但能援尧、朱以自解。

十二日　晴。检王昶《萃编》所录淡山题石，误以嘉祐诗入淳祐，全不寻文理，乃知著录家鲁莽如此，为抄出正之。新拓有宋仁时一诗，诗中一字但书御名，不记何字，乃更取《宋史》检之，颇足消日。

十三日　晴阴。陈、魏来谢，诸女留一日，余但坐楼上，唯看石拓本。滋请泛月，与珰俱送魏女，方欲禁妇女出入院堂，旋已自坏其例。

十四日　晴。抄《题名》日十纸，殊不成字，日可写五千文耳，校少诗已减半也。程生来学优。

十五日　庚辰，三伏。院生宜有读本经书，亦是大费，遣周儿取"三礼"来，刷给之。又与书沈山人。谭兵备送瓜三担，分与教员。得庄心安书，欲令作张寿序，投我千金，恐败名不敢得也。复书荐皮、叶自代。夜月，食既。

十六日　晴。庄令长沙专差昨来遂去，托衡守待复书，复与衡守驿递，官事辗转如此。《题名》已录者有八十段，余当待拓本来，已无可抄矣。

十七日　晴凉。看唐、宋碑文。得湘孙书，言茂女思归，宜往迎之。王氏女学虽盛，女气亦强，方知薛女所云无才是德者，亦有所见。洲人犯夜，告清泉令笞之，议立保正统洲事。

十八日　晴。常婿复来，云在彭家摸雀。彭不多事，而但赌牌，虽亦小过，殊非家法。程生坐三日，已告假矣。有恒产者无恒心，唯士为能。

十九日　甲申，立秋。晨雨晴。观音生日，亦设汤饼。滋往妹家，议迎八妹。喻教员亦作生日，秀才之侈也。申有大风。

廿日　晴。申大风，遂雨。诸女作饼，未预备，有饼无馅。招两婿兼及三姻，但对空盘，大似魏南崖吃苋菜也。夜饭果有苋菜，鲜翠可爱，余已饱矣。诸女方食，侍妪寒厥猝死，大惊扰，余亦彷徨，如儿女疾之忧，为待医药至半夜，赖房妪伴之。陈生问"王饮酒"当以何事？有明文者，唯在泮养老可推，视学亦其一也，从古无人道及。湘水又长平岸。常婿告去。

廿二日　晴。消夏无事，且看《兰泉碑》，录考《石鼓文》，定为西晋伪作，因以簿记所疑，聊代日课。正摸牌，前佣妇湛来，求提爱，老不可爱矣。

廿三日　晴。看碑录。未午避暑酣卧。霖生来，夜饭寺中，余未同往。得茇京书，十七日至。

廿四日　晴。张子年来看碑录。诸女入城，滋未去，余独卧楼上竟日。连日热风，可云秋虎。改陈婿《王饮酒考》，知族宴亦用饮礼，《常棣》云"饮酒之饫"是也。

廿五日　晴。得沈善化书。作书唁朱竹石，云当被劾，劝其待罪，不可求去也。霖生入城夜归，往看之，乃遇其兄子，云自平江还。

廿六日　晴。三伏已过，秋虎犹猛，唯楼上有热气可坐，试到外斋小坐，汗如浆矣。真偕如来，似去真留。

廿七日　晴。山中船来，得沈山人书，送南瓜。看碑录、《申报》。夜大北风，旋霁。

廿八日　晴，仍热。看碑录，写对子。隽丞次子，已五十矣，记为作五十寿序，犹昨日事。留人守屋，其费不赀，此非算细不知。《诗》曰"如贾三倍，君子是识"，然则不当知也，舱船亦如是矣。

廿九日　晴。佃佣晨去。陈氏外孙来嬉。夏生钦来，发种种而非剪，须影影而似吴，吴翔冈也。云新授速成师范，遵朝议也。闭风即热，吹风又烧，偃卧竹床，一事不关。左弼来言官事。

夜暑。

晦日　晨雨，暑解。谭兵备来。张尉及张奎生来，云已调永州，不能去，为道员所推排也。竟日止陪得二客，遂昏暮矣。

七 月

七月丙申朔　晴。常、刘二女家来迎妇，轿夫喧阗。天复炎燥，至夜纳凉，大风声吼，坐处不动尘，入内登楼，床帐书纸并飞上屋，院内不可张镫，笼烛往来，家人皆请余下楼，不知风雨易过旋敛，神功也。两女明日当去，稍留坐谈。

二日　复晴热。遣房姬送两女，各与卅元折皮衣，以示鸤鸠平均之义。家人尽行。颜拔及周玉标之弟玉柄来，字斗卿，举人同知奏调黑龙者，均以放振义务，自备资斧，到衡、永一带。银米充斥，委员宣骄，振济之无益验矣。故为政在人，有人又患无财，泛谈久之。示以与垫秋函，留饭楼上。送船，将夕乃还，已疲于接对矣。夜勉坐至二更，还寝。

三日　晨入城，与真同舟下，答周、颜。颜云明日上永州，匆匆无可为赆，小坐而别。欲至程家早饭，道过衡阳，便出城答访郑训导，辞不敢当而还。程家已饭，后设鲊酱、索面。午至安记小憩，看《平山冷燕》一本。道台来请，舁往小坐，门遇传胪，共坐，吃水饺，将雨乃散。遣告真令陆还，余船还，将至遇雨，入门真已先到。屺妻亦来看滋、复，留饭乃去。

四日　晴。写对屏，校改《礼记注》，说下大夫妻"褫衣"，及再命"展衣"，令廖生就改之，以"公袭卷"笺改"衮"，与不改字例不合也。《易经》补改数处，亦送本来。

五日　晴。写对子，考释奠、释菜，为一生一死，似较妥洽。

创定视学礼，尚为易行，令陈郎商定，知会城中。送女人未还，云须到两家。

六日　晴。与复女清换《易》本，审定讹误，写字校多，饭至乃罢。午后闷热，朽人来相看，纨寄瓜来。

七日　晴。周、颜生尚未行，复来相看，设瓜不能佳，作牢丸，客已去。夕看诸女乞巧，饮瓜汁，仍有暑气。院中树密不见天河，亦无流萤银烛，光亦未冷。闻竹轩病故，云五月廿四日，赴何迟也。竹轩略似胡文忠，胡能行志，夏赍志耳。吾负胡而未负夏，张孝达乃以为政出多门，误矣。蒋幼吾部郎亦死，则金圣叹所谓一有心计人，然吾亦不快也。心计得行，故无所快。

八日　晴。与书樊山，令转喑夏，旋得夏赴，而云作墓志，似陵节矣。写字数幅。

九日　晴。峻樵来，言夏丧在此月初三，非廿四也。张尉、陶估来，约十七日会馆一集。当挽向生父，因作一联。屡荐记廉能，六大三阳虚企望；诸郎并英发，八龙五凤定骞腾。写字数幅。

十日　阴。大风不入屋，唯闻木叶翛翛。写字数幅。程生来，言庞抚、周督迁除未确。湛妇率儿来求事，问其须铜匠否，亦含糊无答。异于曾震伯，惩曾轻诺故也。然余以曾为知礼，盖问余必曰有，亦轻诺也。真女暂归，遂觉寥寂。

十一日　风仍壮急，天气遂凉，单衣不能出户，真去，已夹衣矣。随丁、房妪斗很，且逐二仆，以正学规，若在家尚亦不判断也。去则无归，而敢犯法，吾服其胆。几案可亲，夜欲作诗，闻树上雨落芭蕉上，响异常雨，欲写其声，竟不成句。霖生小疾旋愈，云受露也。

十二日　雨凉。作诗六韵。湘水复长七八尺，诸生皆归。孟兰、霖生送蒸盆。夜改定一献礼，以待视学。

十三日　晴，复热。常年荐新有宴，今在外亦设二席，请同院教员，俱不至，唯霖生夜来，周生后至。设馔不精，余先在内饭一盂，后陪霖生复饭一瓯。

十四日　晴。程生请早饭，巳初下湘，霖、周同船至铁炉门分道，余往安记取钱，遂至程家。马生先在，似识不识，霖及二陈旋至，程弟乃来，兄弟分家，昔仇今和，犹路人也。申初散。真女已先到。

十五日　晴热。龚文生来，忘其名，未相见，后乃知之。院中正经营学务，未暇往问也。因令会馆约十七日一会。

十六日　阴。卯初起，日已高照，辰正释奠，便释菜，方悟释菜为弟子见师之贽，与释奠先师当分人鬼。礼成早饭。彭给事、潘太尊已到，涂、谭两教官亦来，遂留便饭，唯潘稍后不饭。两县最后，已入内斋，余无出路，从后门昇至前门。府县同次，已乃悟其当次西方，适道台来，遂移西斋，乃无坐处，幸有教员室容膝，六人皆栖一室。天又微雨，踏水上堂，行一献礼，虽不闲习，颇为不俗。礼成吃饼，宾主均饥，饼又不软，充腹而已。谭兵备连饮数杯，小坐而散。余亦热甚，汗湿衣冠。夜雨。

十七日　雨。出堂讲学，辰正退。两女往程家，因同船下湘，将答谢府县，至道署，知是忌日，小坐出。至张尉处问船，云尚未办，但欲留吃饼，辞以会馆公请，便过考棚。龚文生已往会馆，三学三幕均在，忌辰演戏，云城外无妨。余亦入坐，两时许乃得点心，上席戌初矣。雨大作，三更散，到船呼人尽寐。

十八日　雨竟日。待饭至巳正乃得饱食，又霉米也。周生来，请以子为卿，告以不可。干没不已，必大困也。从城外入潇湘门，至潘太尊处一谈。潘，懦人也。至清泉未入，至衡阳，闻庞抚已移黔，岑五来湘，又结一案。岑盖潘之类也，喜不似兄，亦恨不似兄。湘中须岑猛一乱之，必胜端、赵。得荪畦书，廿案又发。午至岘樵处，兄亦后来，午食甚早，还院已夜。霖生、二陈俱留城宿。

十九日　雨。早饭甚晏，饭后入城，至厘卡前，逢来舟，周僮云邓姑少耶来矣。呼令返。又有刘邦直专足来索荐书，初不知为何人，令投清流。与周生邀邓婿俱至安记。旷凤冈来访。霖生与陈婿同来久谈。两县请早饭，未正始催客，往则朱、程先在，客无一至者，令招霖凤同吃，申初早饭，散后仍还安记，邓婿早去矣。看《双凤传》，至无聊。霖、陈来，同至道署，彭传胪先在，戌初入坐，亥初还船，仍摸牌两圈，昏倦乃睡。

廿日　乙卯，白露。晴热，似小暑。写字数幅，检行李上船，半日始了。院中俱集门外待送，女从洲西，余从洲东，并发，但留拨船载书版。泊江西馆旁岸，至潘衡州署会饮，有彭给事，余皆船山人，夜还船，两女未上。

廿一日　晴。监学、教员公请听戏，外有彭理安、朱德臣叔侄、罗心泉、张尉，主办设三席，别请三女，女先往楼房，余待申正始往。道台为客，酉正乃来，子正散。

廿二日　晴。会馆首事来送行，潘送程仪，道台约监学同来送薪水，将午始去。客来俱谢未见。邓婿来，令率妻子同去，至夜始来。两女未还，即宿内仓。颜、周来请书扇。九疑彭、黄来相看，并送山物，晨往小坐。周生父子来谋事。邓复发风，夜深三来三去，余睡美，懒问也。

廿三日　阴晴，时雨。发书版，退关书。至岘樵家小坐，鹤妻设戏酒饯两女，因往一看，坐榴阴下，雨大遂还。街石已泥，踏湿上船，令淦妇移住坐船。

廿四日　晴。两女还船，真从六嫂俱来送，有离别之泪。促发，而船人逃去，复上岸至陈嫂家，屼妻设饯，又留一日，演戏。余独坐船上，谭香阶、李华庭、毕念劬来送，催饭已夕，复至陈家听戏，了无精彩，遣召张尉，云已去矣。黎儿专人送润笔，正欲得银，令明日送船上。三更还船，旋有人来，云两女亦当还船，待来乃睡。商霖次子病故，戏犹未散也。宿顾船。

廿五日　大晴，复热。送丁促发，跣而过船，独留待。黎使送蜀物、湘银，复片令去，遂亦解缆。此行三船，共廿二人，日费双金，已五日稽留矣。庶长与淦郎同坐书版船，至樟寺相会，朝食。滋饭后大睡，余亦午睡，梦与人评画。人云有枫浦画否？余言不但无枫浦画，且不知枫浦何人。其人匿笑。苦问之，但笑不答。余云男耶女耶？答言是女。又问何代人？仿佛似是国朝人，而终耻余之不知。方欲穷问，俄然而醒。夜泊老牛仓。周姬未午食，玉莲又与口角。

廿六日　晴。晨觅雷石买菜，遣二船先至衡山相待。邓挟潘书干衡山令，张超南呼余见张，余不欲觌，遂先去，午乃相会。呼周姬过船摸牌，夜宿朱亭，有雨，甚热，起纳凉。

廿七日　细雨如雾，仍热。看日记，今年督抚大更变，又作一诗，不言地，但举人，亦一变也。端升对起敌张袁，岑五随兄比二恩。五调二升能择地，锡丁曹坐看洪新。夜泊下弯，听雨。

廿八日　晴。朝食时入涟口，晡时到云湖口，后船逾时不到，乃舁至家。见沈山人、六继妻，略谈入内，饭后已夕。邓婿来，网网相随，登楼少坐，闻其已附船下省，促令早去。与山人谈官事。夜大风。

廿九日　阴风。庶长晨来，令自往省，与邓婿同船去。冯甲、三屠、卅和相争，俱来诉。余一不问，但令催租。至午顿寒，着绵袄登楼，清书版。

八 月

八月乙丑朔　阴。滋女下湘，余亦上省，同船行。留房妪伴女，朝食后上船，待滋未即发，仅能至县，已夜矣。余感寒，昏卧半日，未食。

二日　晴，复热。到省城时大热，脱绵着纱。滋先到家，询无新事，遣迎窊女、湘孙。三妇率宜孙、赣孙，杨仲子率禄孙、谷孙均至。仲子长谈，自昏至二更乃去。舆儿又往南昌。岑调滇督，丁补闽督。

三日　晴热，汗出如浆。昨往谒米汤不遇，遣告张尉。张早来，朱、黎亦来，同吃菜包子，云茶室今无旧制，新者加肉皮，每枚四钱，不可口。羊肉面尚如旧，唯长四钱。百物昂贵，乃及扁食耶？卜云哉又同张尉来。葵生亦来交条。午过胡婿问疾，小坐还，吃饼。将电询八女行止，遣问李文石，云尚在差，未暇。诣南门至王石卿处，交二张名条，匆匆欲出城，长妇、二女固留再停一宿。

四日　晴，大热。晨未盥须，即舁出城上船，烦闷无风，行一日仅宿断妖洲。盖昭潭三妖所窟，或以为断腰，则夏水断之也。未能六十里。

五日　阴，风凉。午过县城，以为不能至家，及申初已望见姜畬；又以为必早到家，篙缆久之，到湖口暮矣。如待舁必夜，乃步入门。直袁（豫）、江端（旗）、闽丁（旗）、湖张（直）、滇岑（桂）、川锡、广周（徽）、甘升（旗）、东杨（徽）、豫张（直）、晋恩、苏陈（黔）、徽恩、西吴（豫）、湘岑、桂林（闽）、黔庞（苏）、陕曹（东）、杭张（直）、新联①。七旗三直分三派，两豫双徽挤二岑。试看黔驴作司马，曹林庞莫倚词林。与书，遣清泉送役回。

六日　阴。有微雨，尚不成雾。扫除堂房，桂花香酢。卅和送鱼茭。检旧书，得子虞父曲本，看之终日。遂失去严道甫《华山诗》本，遍检不得。夜遣人守船，因专丁下省买果菜。

七日　辛未，秋分。晴热。房妪告假娶妇，赏廿元令去。顿去五人，不足使令。清坐无事，数十年来家居第一闲日也。写册页五六页，以与李生。夜月，有雷。沈山人云四日已有雷，余未闻也。

八日　阴。方自喜闲，陈顺已晨至送礼，真无奈何。顷之周生又来，田团及曾姓、宋地师均来，过午皆去。写册页六页。考张超未得。彭大来又去。

九日　阴。昨夜史佣还，云电报未报，不知出京否。王仆在后未来，且事铺张。又为余佐卿看诗，且作叙，大有老气，似唐蓬洲。午后凉，可薄绵。王仆坐周船还，得陈国祥敬民。书。

十日　阴燠。晨起铺设已毕，桂香亦歇，偶忆杜若之作，再赋一诗。两株仙桂缀金银，欲采琼花召玉真。蛾黛不随尘世老，凤楼长见月华新。从来幻影分明现，每到秋期怅望频。莫根都梁香歇绝，好来芝馆话良因。功儿当来，待至夜分未到。明灯照阶，花影依稀，复忆蜀院旧情，又一世也。三更后睡，梦曾涤公谈笑甚欢，言今贼平无事，可以宴谈。余云不如且战且学仙，别有风趣。涤公咨赏，甚以为然。又告我周凤山守炮台在此。余言凤山偾军，乃复用耶？曾云肃清和、含，甚得其力。余袜行往见之，不甚似，亦不甚识我，在坐

---

①“联”，据《清史稿·疆臣年表八》补。联魁是年为新疆巡抚。

六七人，皆偃蹇不理。余欲以中堂骄之，放言高论。顷之辞去，周送曾迎，与余对食，席于泥地，未上菜而醒。

十一日　晨醒未起，功至乃兴，待复上祭，已巳正，乃吃面。石五嫂率白辫儿来，云承重叔祖。俱留吃面。庆生来，致六耶书。黄油胡夜来，未见，云娶陈氏，凤衢外孙也。表兄章伯范，闻之头痛，辞令宿旅店。夜掀牌。竟日雾雨，喜不湿地。石妇去。

十二日　阴。晨起见油胡，与以宋芸子信，令作进身阶。朝食甚晏，待功儿去，久未成行，小睡起，已去。曾竹林长子广武来，字经伯，云从京师寻表叔，作随员还，亦欲谋事。余云女父谋事一世，究何所益，不如烤老糠火。彼执迷不悟，亦甚壮往，留宿西房。

十三日　阴。检日记，补作七夕年表诗，甚费拉扯。祠邻二人来，言命案，已用去数百千。任太耶甚畏苦主，仓皇求救，唯令和钱而已。

十四日　阴风。不雨七日矣，下有谋上者，未知何应。曾广武去。出游前冈，左往右还。岫生来告母丧。将暮功还，饭罢已夜。

十五日　阴，有雨。族子女来者十余人，余客未见，设三席，大宴王氏，余至夜乃食。树子送大鱼，重十六斤，蒸鱼头，未遑他膳。亥初月出，至丑大明。

十六日　晴。盛从九来，言银谷。树生后子十二岁矣，犹须其父来领乃去，又一相公也。冬女言家计，求济，而无以应之。夜月似去年，登楼玩赏。看《桃花扇》本。

十七日　晴阴。佃户送租，家丁并集看斛，扫仓可容十人，亦乡中最大政。沈山人来告归，并带二佣工去。六老官名褒，来求老粮，留宿北房。

十八日　晴。谕庆子宜去，必欲混饭者，可携被装来，已虚费八日工矣。余亦抄七夕诗，作年谱。先祖妣生朝，作汤饼。庆、褒皆去。冬女暴疾。

十九日　晴。功儿坐租船下省，摒挡一日。夕大风，复留一宿。冬女去，得邓龙头书。

廿日　晴。朝食后功去。盛赓唐来还银。冯甲来言退佃。组云从许团来言讼事，斥未见。夕至茶亭看修路棚工，从田塍还，甚困。双桂复花，香不出门，所谓馨一山者。

廿一日　晴。辅廷来，盘查祠谷，且议营造。余初欲省费积谷，以眈眈者多，亦欲散之，留饭去。正治门前道，恰来一族中富寿人，祥征也。

廿二日　丙戌，寒露。气乃更暖。四老少来，言愿以九满分屋为宗祠，本故居也，作祠甚善，令告经管定之，贤于别建，旋去。复请讲《尔雅》，口点二页。

廿三日　晴。检类书，试校一本，亦有可乐。书《华山游记》，毕四纸，记未尽也。因翻唐诗咏华山者录之，以为日课。

廿四日　晴。晨得胡氏女婿书，求干米汤，即书与之。王名述来请，油祸邻农，随语训之。铺时宗兄及岫生来，留宿西房。校课如额。夜中醒，正亥子也，缺月初升，宵衣起坐，至月中天，复出看，光倍上弦，已下弦一日矣。

廿五日　晴煊。校课未毕，宗兄父子去。余少耶偕王资臣来。王云往上海，久欲一见，颇谈堪舆，云从石潭步至此。余送松花、茶糕，留面去。夕往湖口，甫至而夜。戴叔伦有长沙东湖诗，盖今便河。或云唐城在麓山，则水麓洲亦可为东湖也。

廿六日　晴煊。校《类聚》，明本任意删削，已非唐旧，不足观也，以已校，姑看之。又检唐诗，亦无华山正篇。午正船回，遣迎房妪，未正还内，旋已步上，并携其子妇来，二年未见，全改变容态矣。得莪七月书，又得八月书，及功寄妹书。窊女送蟹八枚，费钱三千，浪用不节，宜其坐困。

廿七日　晴热。换夹衣。校课半日，《类聚》以讹传讹，字皆失正，余亦懒翻书，随意改之。唐诗则又阅一过。二胡子寡妻来，携后子。

廿八日　晴，稍凉。校课，聊应日程，未抄诗文。扬榜、镇湘、许孙先后来，言油火事。遣石儿看其继父。

廿九日　晴煊。复女小疾，仍点《尔雅》，余亦校《类聚》一本，仍"金根"改"金银"之类也，然我能作之，即可改之。夜复疾甚困，为之不寐。

晦日　晴风。复疾小愈，校《类聚》，讲《尔雅》。张四哥来送豚蹄。

九　月

九月乙未朔　晴凉。校讲如程。族邻妇女纷来。点查山树，皆为草没，树艺亦费千缗矣，曾无成效，不专之敝也。与书沈山人论之，以为皆计利之过。盖主人不专，客作计利，故五年无成。

二日　晴煊。校讲毕，日初晡，始知山中景长。方夕，王心培来，杂言久之。厨中无办，至初更后乃得食。半寝，似有物从枕畔下地，如半堵墙移，起视无有，房妪亦闻之，怪案也。空暗中定自有物，可入《阅微记》。

三日　晴。心培去。写对两幅，校讲毕，看秋光，作诗一篇。

四日　晴。王仆病假一日。校讲如程。《类聚》时代与严抄不合，或先或后，严抄尤为陵躐，殊费寻检。晡后刘兰生来，宿西房。睡甚早。

五日　晴。校讲如课。周儿又来，张妪亦留待芋船。庸松来请书，点心去。刘生留一日。

六日　晴。五更醒，便不寐，天明稍养静，便起，朝食甚早。刘生步去，瑚妇亦携子船去。晡后福同来送京书，知滋已到十日矣。舆儿亦入京，是可喜也。三妇寄北梨、江蟹，夕为加餐。初月凉朗，拒霜新花，桂香犹馥。校《类聚》至夜始毕。

七日　晴。辛丑，霜降。讲校早毕。振湘来，旋去。

八日　晴。讲校毕。作牢丸。七、四两子来，已夕矣。孺人生日，亦设汤饼。两子来迟，夜饭便睡。省城来顾男女两佣今日始去。

九日　晴。两子晨去，遂不还。沈山人来诉苦，云天人不助，故无成也。朱通公、冯甲来换佃约。国安来，为掌妹子求情。田、雷孙及许、李、土生登鬲采歇脚，人客总集，山人不得尽词，余亦不能毕业。退佃册金，加租四石八斗，至夕乃散。携女看月，还即大睡。

十日　晴煊。校书半本，谢帝来，令其独坐，入毕一本乃出，亦无可谈。偶论徐福误作梅福，云江西人，检之乃寿州人，史云九江，故误。因检梅婿严光，乃余姚人，徽、浙开亲不知何缘也。岂吴市卒以女嫁严州渔子耶？徐福齐人，故愿至日本。夜月极佳。

十一日　晴。朝食后谢去。校书未半，冯甲与王侩、谷儿来。谭心兰子来，留吃伊面，去已日夕。朱通公来求书，告以不能。陈顺来。

十二日　晴，有雾。写对子六联，无墨而止。校书半本，计日不能毕工，当俟城舟中了之。夜月。

十三日　晴煊。校讲如额。戴明来。谭子送菊，才半开耳，已过霜降，何其开晚。收茨菇半斗，知叶烂在秋末。

十四日　阴，仍未凉。校书写字未半，崔外孙来，云在贵州八年，人颇明白，与岫孙同至。瑞孙妇子亦来，梅宇所使也，使其谢氏女送诣，欲食于我，年始廿九，正合旌例。俱留宿，而崔、岫暮去。

十五日　阴。两妇携二子饭后去，令发行李。夜大风，校书一本，停讲治装，写字。

十六日　风未息，小雨。仍讲校如程。行李毕发，惟人未上。

十七日　风止，阴，有雨。朝食后催上船，至午未行，乃先发，久之复女上船，已晡矣。停姜畲午饭，夜泊杉弯。细雨无声。

十八日　晨雨。船夫不起，乃先盥，早饭至巳未熟，叔落笔渡待洪，夜泊袁河，舟不欲行，遂宿。

十九日　晴。午至涟口，风大不得出，夕乃强行，复被吹还，到杉弯已夜。遣觅盛一，问两女行程。

廿日　晴。先孺人生日，求汤饼，市中无办。至县令署，与任三老耶谈官事，乃不知根交为开花，盖侜愚耳。留早饭，见其八弟、杨云轩、黄伯周。晷至船，待买酱油，陈顺送柑，午后乃发。泊鹞崖，待月，始复泛舟至巴焦滩。米船阁浅，遣迎久之，鸡既鸣矣。

廿一日　晴。晨至平塘，起盥时，正在南湖港，比泊朝宗门，步至家，家中犹未早妆。迎复轿来已向午，行李毕上，日晡矣。滋、莪相见，丁氏两外孙女随来。小坐无事，步至宗家，唯见孟嫂。还家，婿、女旋来。夕过翁树堂，三孙及孙女均来见。夜摸牌，至二更乃寝。

廿二日　晴。儿女以母忌日，均素食。余送周妪至三妇处，告以养疾，不必来奠，还始朝食。见夏、杨两生，端、点二侄，邓女婿夫妇，云孙，尹和伯。夕奠时欲自献酒，家人已先行礼，立待毕拜而退。

廿三日　晴。朝食后将出，有一朽人名朱壬林，自称"乡愚晚"来见，云小舟从子也。送去，同出访莘田、荪畦、心盦，_{庄处遇涂孙}。相见久谈。过席沉生、谭会元、张雨珊、王一梧不遇，至与循处，见端、柢两侄，便约便饭。还家尚未昏，夕食后小睡。

廿四日　戊午，立冬。晴煊，换夹衣。一梧、荪畦来，午至抚辕看接印，新抚不入署，唯见庞去。遇三四人来问讯，久立意倦，遂还。宓女生日，为设两席，招婿、女俱来会食。请与循、朱稺泉陪子瑞摸牌八圈，二更散。

廿五日　晴。船米滞消，觅荪畦，受廿六石，自留四石。出访余尧衢，谈江召棠实系自刎，案已可了，为外部所误云云。夜尧衢又来，言改官名。

廿六日　晴。王石卿、翁述唐来。王族来者四五人，皆麾令暂去。马先生来，告土捐，且送羊蟹。云柯郎复放贵抚，林入军机，所谓歇后郑五，盖岑将敌袁也，袁私人暗被出矣。

廿七日　晴。雨珊来，云其弟改邮传部，盖重任也。此次更动，盖有退袁之意。朝廷不靖，马伤园葵，恐亦非外间之福。夕步至黎坡卅局，遣仆至仁美园问陈家近事，独立樊西巷西头。久之乃至黎坡，见红墙忽迷下上，问道人不答，后乃寻得，引上南楼，涂懋儒先在，雨珊、一梧、沉生、余少闿、聂特科继至，金银气盛，余为财主。至夜驰还，舁夫勇不可当。

廿八日　晴。晨访朱叔彝，遇马生，其婚家也，婿已死矣。出诗见示，新学好旧诗，诚不知其何心，又不如衣冠禽兽矣。道遇邹师，云已出抚署。还摸牌，大负。文石夕来，约吃烧鸭。因思地主之义，宜有一集，请廖荪畦谋之，兼约心盦一谈。宁乡周生以书为贽，来见，谈天下事。

廿九日　晴。晨办招客事，往来卅里乃定。心盦来，径入快谈，兼见功儿，为之谋馆。酉初步至青石桥徐长兴，主人未至，顷之乃来，云客无一到，更约黄翀及潘、李两司事，后又来一人，云在开福寺曾相见，同吃子鹅、炸肫、蟹、白鱼汤，不饭而散。

十　月

十月甲子朔　晴。晨起换钱，送手卷与尹和伯，托交李雨农，以了三债。值其移家，女轿来，遂还朝食。匆匆舁至卅局，文石早到矣，涂罨庭亦先到发德风，催心安，顷之亦至，尧衢两次告假，云不能早，未初亦来，纵谈甚欢。苏畋聋，不多谈，已束载秣马，明日去矣。散犹未夕，而饱倦尽兴，乃驰而还。四儿送妇回国，见之甚喜，舐犊之爱，未能忘也。窊女亦归，作馎，夜设三点，饱饫甚适。

二日　晴。晨访邹师，其家似已早饭，城中无此作家。还见杂客，不记名姓，唯张子衡孙所当恤者。廖五郎来，亦能步行。道香来。

三日　晴。胡子靖欢迎袁京兆，步往观之，期午正，巳往，巳后期矣。余郎同行，过醳泉，往来陋巷，猥秽不可耐，乃还，唯见枞叶门耳，宫室之美不可见也。夜大风有雨。房姬还家，期二日，一日来。

四日　阴，始寒。黄小农观察来访。梁、刘、刘、周四潭人来。邹师夜来，为刘谋食。闻张督直言谭道不容唐守，事理实不然也。今制道不敌守，焉能去之，然存此说，亦足夺谭之气。孝达议论往往似是而非，纯乎儒者。

五日　晴，复煊。正讲《尔雅》，余郎引李宗道来，谈岑、王事，并送交桂。才女来求人参，旧有存功儿处，乃云无之，当问其妇。罗伯勋来见。黄翀鹄举来。李兆蓉来。

六日　晴。朝食后舁出，送黄小农，值会议路政谢客，还至文正祠。笠云徒孙主麓山法席，玉泉施主董、金来庆，兼请三客，并三僧同集，夕散步还。

七日　晴。庚午，小雪。作易笏山挽联，代道香，余以无讣，又晚年意气愈不投，故无哀诔也。夕过尧衢饮，与阎季蓉、严秬香同集，谭会元、郭监督后至，叶麻最后，胡子靖亦会，二更散。黄海孙送书纸来。

八日　晴。写对三联。余儿来，同至贡院街，乃误从东道，转西访李宗道照邻，久谈时局，还，大风。湘孙回。

九日　阴寒，大风。黄孙请登天心阁，久未至矣，舁往，上梯，风寒似欲雪，阁中闭窗设火。刘彦臣先在，阎季镕后至，又有湖北冯生，女园教习也。笠僧亦与，设净馔。昏散。

十日　阴，有雨。三老表晨来，定夫最早，彦臣、黄柏继之。客去朝食，杨宗岱已催客矣。舁出北门，轿担脱钉，下舁步往，过铁佛寺后，便连紫微入门而右，倭僧方与常静、法裕围炉，杨生来，乃同上楼，示我亭图及倭书。杨生见其二子，皆倭生也。更有祁阳陈生亦从倭还，盛论兴学之无益，凡游倭还者，有材无不被摈也。夕舁还，又一真老表来。尹和伯来。

十一日　雪。重裘向火，犹有余寒，然身中尚不宜裘，手足仍不敌冻，颇难调适也。袁京兆夕来，云即当去。夜月。

十二日　晴霜。今日健孙纳徵，晴爽可喜。未午会元来，久谈。甫去，朱穉泉来，未见。与循旋来，乃冠褂出。看书庚帖，见媒人，女媒李华楼，云在镜初处曾相见，不忆之矣。涂观察招饮催客，待轿夫送聘转回乃去，过拜京兆，旋至廿局，韩古农先在，聂儿、刘道、邹师同坐，乘月还，颇有富贵萧寒之景。家客已散。

十三日　刘定夫谆谆属早饭，晨起出西门谢媒，谒韩，均不入，还城尚早，过心盒闲谈。午初谒定夫，主人尚未还家，顷之乃至。久待王祭酒，祭酒甚怪客早，赖子佩、沈士登、刘乙唐又嫌菜迟，稀请客者，为客揶揄如此。申散，出，复至东南拜客，还，夕食。

十四日　晴。珰女遣人来送礼物。丁家请改期。彭畯五来，因睡未知，门人不知例，故慢客，畯五亦不能立雪，两俱失也。

十五日　晴。畯五早来，言学官颇乐，无归田意。送婚礼者纷纷，或辞或受，一皆不管，请彭孙主之。冯甲、三屠来。会元送菜，因约李、余便饭，余竟不至，李暮乃来，不多食，亦无可食。

十六日　晴。沈士登来，云十年前曾同席，了不复忆。唐老守署岳常道，颉颃谭翰林，亦一怪事。

十七日　阴凉。易霈来，合种人也，不识之矣，适当拜府君生日，未交语而起。荐毕，设汤饼，饱闷不能食。余郎来约饭，迁延不欲往，家人争欲进食，乃避而出。步至府后，李兆邻借屋款余，嫌太寂寞，更招尹和伯，久待不来，方食，尹至，已上镫矣。李有营派，翅子、鸭炙，甚为之费。步还，俄雨。

十八日　阴，有雨。舁出吊王灼棠，城中金刚皆在，争赞余挽联。横海袭东溟，奇计未成雄略在；余氛靖南泗，无勋更比蜀功多。王季棠亦相招呼，小坐而出。过叔鸿久谈，便飞片孔、席而还。周庶长自衡来。彭向青夕来。

十九日　阴。周庶长早来，不饭去。写字数幅，摸牌赌裙，负廿四元。颜仲齐来交条子。

廿日　阴晴。房妪半夜梳妆，搅我不眠，枕上成诗二首，和笠云僧天心阁之作。媒人来送，发轿，午初遣健孙迎妇，未初至，秩臣孙女也。攀附清门，殊以为幸。妇兄性泉来，女客男客不记谁某，陪媒竟日，颇苦，先饭一碗，待菜甚迟，甫上二俎，主客皆饭毕矣。夜散甚早，然已子正。与周梅生对谈。

廿一日　阴。倦息谢客，卧后房，与循来，亦不知也。请客无人来，仅一高亲，以痴婿作陪。盈孙满廿生日。

廿二日　晴。晨起出谢客。雷飞鹏来，一见。周回城中，望门投帖，入者向子振、李华庵、与循、笠云、曾震伯、梁璧元，看笠云挽笏山诗，颇能切题，薄暮驰还。廖子佩、刘乙唐来催客，竟日未食，吃面，欲往，舁夫已疲，唤一人来，甚有难色，改乘东洋车驰往，已上镫矣。客仅彭给事一人，王、张、黄三翰林，工商总尗至。方谈话间，突一人闯席直入，踞坐，祭酒低头，余喻令去，胡言乱语，即痴婿也。余起避之，乃乞钱而去。以后半谈邓事，搅散蟠桃会矣。坐中人不能制一狂徒，宜夷奴之昌狂也。

廿三日　晴。解散铺张。彭给事、衡、潭客去。复讲《尔雅》。夜风。

廿四日　阴。滋率周妪还山，纷纭竟日，晨起发行李，至夕乃行。补请贺客。

廿五日　晴。始闻寇警，云浏、醴骚然，官军被围。步访王镜芙，途遇朱、周，盖为掩目之会者。新妇生日，廿三岁矣，以待客馔具醴之，更治一席，作雉羹。将饭，震伯来，遂出泛谈锑质用，云湖南有千余山尗，尗之最不费本者。

廿六日　晴。谭组安、杨昭朴来，言土匪哥会事，云前遣军已被围，后去者皆涕泣，或云皆妄也，然无用则可券矣。讲《尔雅》。沈士登送菜，黎伯葶来见，即以款之，更招三数客作陪。夕步至楠木厅向子振新宅会饮，有杨三老耶，余与雨珊皆不识。有李德斋、胡子靖，更一美学生，李姓，能带洋眼镜，主人亦甚自矜。二更始散。

廿七日　大晴。李兆蓉来献诗，与以四元。沈士登送菜，颇精，正欲约彭给事一饭，便招黎伯葶、翁述唐、曾、谭同话，给事饭忙辞酒，抚辕会议练团，至夕乃集。重伯后至，苦说会元开业，盖斗空之难也。二更散。得衡电。

廿八日　晴。浏警愈嚣，聊以行国，至张伯渔处一谈。庶长偕武德来，告以衡电，皇皇不安，其词支离，乃知非脱屣百二者。写字数纸。作蒋筠轩挽联。宦迹似旋蓬，晚晋崇阶才未展；名场同掉鞅，昔游京辇梦全非。

廿九日　晴。伯渔、稺泉来。毛孝子来，求墓庐一联。月白风清，依然昔日鸣机地；夫忠子孝，难慰寒泉罔极心。午后步访黎寓，见新抚解散告示。作《碧浪新亭记》。翰仙儿来见。

晦日　晴。镜初亲子来见，名彤炯，字咏春。询其父《墨子》，云有抄本。作书复谢谭兵备。功儿招彭、汪、周、朱会饮。始见学台。

十一月

十一月甲午朔　晴。谭会元来久谈，庶长继至。遣健孙送文开福僧。将夕风寒，叔鸿欲来，止令勿出。宜孙来报生妹，长妇往视之，名曰芸孙。抚台解严。

二日　晴煊。易夹衣。镜初儿送《墨子》本来，初览浩如烟海，乃取家本，日对十页，便有眉目。九疑生杨、彭来，议画图时祭礼节。家中孙子已不能晓，甫一载不亲事耳，乃如古事，余死后欲存仿佛，难矣，更写一通与之。翁观察招饮，黎伯尊、朱俊卿、罗芳圃、杨黄花及其提调，皆同县人。

三日　晴。斋居谢客，亦罢诸事。夕视濯肆仪，女娴于男。

四日　阴。丁酉烝祭，辰正行事，馂已午初，男女十七人，分两席。夕至叔鸿处便酌，唯招孔揩阶，云作报子，即所谓清流耳也。其兄寿鹤及其二子五、六。皆同坐，散已二更。乡船来。

五日　阴雨。陆献无介而来，云浙人，曾令蓝山，意颇自负，大要是进士。勘《墨子》毕，题镜初本，还之。写字数幅，无墨而罢。

六日　阴雨。始裘。答访冯星垱、陆明府，因遇尧衢、雨田、沅生、王石卿，唯见冯、席，遇孔令。至贾祠待客，梁璧元尚未至，莘田在局，顷之梁来，蒋少穆、席沅生、欧阳子明继至。初见于明，眇小丈夫耳，云已辞差。荐秦子和，其亲家极多，尽富贵也。

七日　阴。忌日，谢客。九疑彭生来辞行，传话不明，招入见之。午后欧阳生之子来见，辞不得，又见之。门无应童，故有此事。

八日　辛丑，冬至。晴。写字五六纸。偶忆"遄"字韵诗一句，不能全记，乃作一首，并前后共四至日诗矣。廿岁江西道中一诗，亦不能记，年久自然典故多，亦足调查也。夕过彭少湘不遇，遂饮盐局，蒋少穆、梁焕奎、王心田、冯心垱、翁树堂、叶麻同坐，二更散。

九日　晴。写字数幅。宭女来，言贼旗已植城边，城中人殊不惊迁，似非佳事。今日求罗、骆、塞、徐亦不可得矣，余唯有避去耳。与书谭芝昀。

十日　阴晴。会元早来，荪畡午来，遂销一日。荪畡云平江亦有匪踪，为卄夫击退矣。明季沙贼，今有沙兵，非有道之隆，其孰臻此？胡监督夜来款语。彭传胪来告归。

十一日　晴。两女生日，忌日不得侍食，招两外孙女，亦不肯来。因思外王父母宜亦有忌日，侍母礼也，不在母侧则不忌，与讳同。房姬假归。步访蒋少穆。

十二日　晴。写字五纸。午出送传胪，见臬台，言三事：一释刘楚英，二荐张童，三说卜云吉，久谈近事。至荪畡处已申初矣。驰还送茇，往看湘孙。得陈郎书，云真女当来。夜访邹师。

十三日　晴。徐寿鹤来。欧阳孙来请客。遣问徐幼穆。午间幼穆来，适余尧衢亦来，云赵芷生出京，便约一集欧局。饭毕异往，则向、翁、王、赵、秦子刚均在，尧衢后来，二更散。乘月还，街雾朦胧，颇有佳景。

十四日　晴。尹和伯、曾荣楚、颜仲齐、赵芷生先后来。昨荪畡、心田并言俞协统已凯旋，甚讶之，遣问未也。城中巨绅乃造谣言，可知政乱。夕小睡起，登楼看月。

十五日　晴。晨出城访幼穆，云当移入城，多此一出也。便诣荪畡，留早饭，异夫皆饭焉。还答寿鹤不遇，到家尚未朝食。宷女还。

十六日　晴煊。镜初亲子来，言刻《公羊》《墨子》，题欧临李帖，颇析湘篆之原。欧孙旋来，留行。庸松步来，匆匆去。夜有风。

十七日　晴煊。戮无辜狂人，犹再三研讯乃刑之。幼穆来。写对子十副，遣三孙女视湘孙，以廿元与养疾。

十八日　晴。闭门谢客。胡、杨、梁、周、二蔡来。蔡挟与循书，欲求竿牍，干龚文生，亦奇想也。妇家无人，亦宜为谋。

今日细三生日。周梅生送水仙、螃蟹，便以赏之，且烧肉作饼，并为客设汤饼，反成盛集矣。

十九日 晴。张四铁来，说官事，刺刺不休。荪畷送信札来，云欲学自治，官书误也。官书私书不能分，何其鲁莽。功儿被札管学堂，云无常款。

廿日 晴烜。六女早还。新妇满月，例有茶点，乃不知这套，其姑为代设之，至夜分乃具，诸姑为客。

廿一日 晴。假托回乡，孰伪可久。留女船送县，且欲干涉讼事。清晨当发，房妪留吃早饭，遂至过午。南风逆水，仅泊包佃。半日卧，又竟夜眠。

廿二日 晴烜。再卧半日，过午始食。晡到县，舁入署，欲寻杨师叩民隐，乃不相值。绩臣陪坐，无可语者，逡巡退山。杨师已回，任复陪往监之乃出。寻朱、阳，均云不在，惘惘而还。陈顺送点心、馆菜。香铺族于米，言讼事。烜甚，将风，定计复还长沙。

廿三日 晴。北风，顾役加班，径由陆行。诗云。弯桥已过九华兴，樟树青葱到诞登。大坧漫漫连累石，新开盆岭入南城。诞登寻桃花人面不得，闲步沙间，店妇相呼，遥指妾家，未能往也。入城尚未夕食，询真女尚未到，竹轩已到汉口矣。得朱竹石书。

廿四日 晴。城中求雪，渐有阴意。遣玉莲还乡。闻樊山撤任，近今所罕有也。升亦可人，惜两贤不宜相厄，使竹轩在，不至此。得与循书，言其族孙应孙欲干龚文生，恐不足恃，更与书署道曾理初谋之。真及婿同来，只携一子。

廿五日 阴。居然有雪意。与书王莘田，言生日恐不能宴集。莘田旋来。仲英儿琦章来，问刻墓志，树碑远近。淦郎酒颠频来，意甚伤之，然无可为计。

廿六日　阴。陈婿来，无住处，夜坐复去，复、真往南门看侄女，至夜始还。

廿七日　阴。三日闭门，竟无所作，尹和伯来谈地。

廿八日　晴。欧阳孙来，言岑弟代已。湘夺江利，年百卅万，恐不能保也。蒋生来，告移醴陵，兼送食物。夕至卅局，访苏畹，遇邬师略谈，还已上镫。

廿九日　晴。苏畹来。诸女必欲传班演戏，指挥作台。功儿报北洋军哗。庆生来，致六耶书。常婿自衡来，无屋设榻，听其寓客栈。夜儿女馔祝唱戏，至三更乃散。

晦日　阴晴。晨晏起。三妇出窝，孙女甚瘦小。巳初家人贺生日，设汤饼四席。宽女忌日未来。午至楼上摸牌四圈。申正出，诣汤稺安、龙艮三，今日公祝，作主人，尚未相见，故先礼之。尚有黄、汪，则熟识者，不必先去也。戌正还。闻程孙来，住船上未见。见四老少。

十二月

十二月癸巳朔　日食，未见。午后又唱戏，四女设席相庆。龙八、谭三来。谭碧理儿送诗来。陈伯弢亦送诗。为谭儿看一过，请题数语，不能诿嘲，亦难题也。程叔揆来，致其父及张子年书。留三婿同看戏。

二日　晴。遣问文石北信，乃无所闻，方约明年西游，殊暇豫也。程孙及常、陈均来，留看戏摸牌。长妇设席演夜戏，乃为游人所搅，至破额流血，欲成油祸，总查弹压始去。方矜德感，遽见凶威，亦得意中小失意也。

三日　晴。程、常、陈仍来。步过和伯。夜仍唱戏至三更。

四日　晴，转风，似欲阴雨，俄仍晴朗。与书莘田，为王儿押柜事。无情理之请托，乃有至情至理。四老少三谒督销，不见，乃真无情理也。湘孙病亟，遣房姬往视，便留伴夜。

五日　阴。房姬早回，云尚不至革，家中男女均往省候。会元来，言陈伯弢并约一饭，辞之。宷、滋又往看侄，滋留伴之。夜煊。

六日　雨。朝食后滋还，言侄少愈。午后出辞余、欧。夕至乾升栈会食，心安已先到，客有汪、蒋，其从孙迎客，雨田衣冠坐陪，欧、余后来。

七日　阴。与程孙约借船上湘，遣发行李。湘孙病，夜令房姬伴之，兼自往视，魂游虚墓矣。问欲见我何事，乃索百金，归检得九十金，尽以与之。

八日　阴。作粥，匆匆竟不能成，所谓虞不腊矣。近年第一嬲恼，久留不去之过。别换船，欲往铜官迎夏柩，行李仆从顾一船，诸女俱坐程船已去。午正出城，祸息追来立谈，至晡登舟，夕移坐船傍，房姬始从湘孙家还，已夜矣。

九日　雨。女船晨发，余复还朝宗门，欲往三叉矶，舟人谬云当有大雨，系久之。功儿遣舁来迎，本不欲上，舁夫空返，悊然乃复至家，妇、孙俱言宜暂住城中少待。散遣船夫，复居左房。与信苏畋借钱。

十日　雨。苏畋来，送六十金，且言己留此无利，余劝其决去。廖云余但能为李东阳，不能伤人也，余云李亦卒不自保。然人各有性，不能相强。

十一日　雨。夏仆往迎船。宝老耶来，求听用，翁观察不许，皆奇事也。篁村儿作江南通判，来求援系，不知其字，呼孙妇问之，乃亦不知，久之云是赞侯，依而与书李文石，未知李何时行，但追与书耳。

十二日　雨。专丁迎夏至三叉矶，乃云来船无知者。城中既闷坐，拟先还山，觅船不得，乔耶来，乃令寻之。

十三日　雨，旋阴。夏仆来报船至，待昇久之，始出城登舟作吊，与午诒絮谈秦事，便留支宾。唯一吊客，系余前臬，共看樊藩讦督疏，殊为孟浪。家人并往看湘孙，无昇可还，泥行三橇，立岸上久待，到家云湘孙申初死矣。宠女往未归，待至二更乃还，云犹无棺未敛。

十四日　雨。乔儿来，告舟具，便襆被将行。纷纭间龚生来，致樊书。送二百金，夏还千金，顿富矣。宠女来送，午后上船即发，夜到县城，已三更。

十五日　阴。晨遣觅船，两时许不至，移船杉弯，乃云先寻我未得。午初开行，大风泼浪，仍还故处。张四铁来求救，令具昇驰入城，过仁裕合及不忍堂，皆无遇，从瞻岳门出后街，有人追来，云水师管带冯学楷，为马头事，停昇与语，便同至杉弯画界，让丈地与株洲，云湖船纷纷不肯，责数数语乃定。夜寒，有月。

十六日　晨雨，起看有雪，北风愈壮，又停一日。感升、樊互讦事，为赋一律。可怪封疆第一人，荐贤无望厄贤真。也知白考难修怨，争奈红单又反唇。表奏纷纭似浮宠，亲交凶隙惜张陈。臣争直恐卑公室，西望秦云独怆神。

十七日　晴。公船为我具舟办饭送点心，从容开船渡湘，浪激更险于前日，两舫相并，然后得渡。至松弯已过午，初更后舣湖口，家中迎候，蔡表侄执炬前导，未五十步炬灭，暗行而还。诸女方明镫校牌，告以侄丧，各泣而散。催饭毕，又小坐乃睡。

十八日　晴。遣迎纨女，作衡书五函，送押岁卅元。移床中栋。滋小疾，一日未食。令四女分校四诗。

十九日　阴。有雪有雨，皆如露珠。遣呼匠补墙，匠来辄去。改夏行状。

廿日　阴。小疾卧一日，房妪强进粥饮，殊不欲食。

廿一日　阴。强进粥。改夏行状毕，与书午诒、完夫、云门。夜月。

廿二日　阴。复有雨雪。宗兄来，言再七横蛮，当钤治之。晨遣人入城，待夜当迎春，至二更不还，复女又疾，无人行礼，茂、真公议遣房妪恭代，独居无亲，当并此家人繁礼去之，然未能也。半夜催起，月色甚佳，迎春毕，始寅初耳，余亦未寐。

廿三日　又阴。史佣还，得纨书，云明秋始能归。夜委真送灶，作小词一首。

廿四日　雨。佣工过年设三席。宗兄去。夜初二奶奶来，不知何奶奶也，逡巡已入，仿佛似䜣姨娘，方摸牌，令坐别室。顷之召见房中，致戴表侄书，求借十八元。祖母家只此一家，当依恤之，然怪其遣女人油赖，乃应其半。邓婿来求助，则不耳矣。

廿五日　雨。二奶奶去。复疾未减，遣出问医。滋已愈三日矣。作但碑。

廿六日　雨。晨遣石儿送夏行状往衡。遣迎医，待之朝食，至午不至，吃油索点心，将夕乃来，诊脉已，遂夜，药亦平稳。医号许竹斋，年七十矣，居象鼻山，习于谭、罗。至夜又有叩门者，云山东陈令遣使。陈名毓崧，即墨令，求诗序，云在历山相见。了不忆之，检日记，有其人，曾送余百金夫价，还了未谢。召见来使，云亦姓陈，谈数语，令宿客房。周妪为玉莲疹子经护半夜。

廿七日　大雨。陈使伴欲夜去，至午尚无行意，甫送去，又来一人馈岁，云谭象塾，昨医识之，令相见，遂令同行。大雨不住，泥行相逐，亦一乐也。校《类聚》一本。

廿八日　大晴。遣候衡人，至午俱空还，云乡人畏泥不来。得刘月卿亲家书及珰、纵书。玉莲疹重，送回其家。欲办年事未能展日，仅使至湘乡一看木器。校《类聚》讫。

廿九日　大晴。复过七日，尚未立起，更寻医议之，待一日不至，山居此等事真不便，独坐纳闷。瑞妇携儿来。

除日　阴，欲雨。家人早起，此不待教者也，以此例之，则申警亦为多事。待至午，张四铁始来，看扫除下栋，遂忘洗脚，仅剃发梳辫。夕食至亥不具，自来无此晏也。祭灶封门，已过丑矣。寒雨。